Miranda Lux

1. Auflage 2016

ISBN 978-3-7641-7059-2

Umschlaggestaltung: Eisele Grafik-Design, München
unter Verwendung eines Fotos von Kilroy79/Bigstock (Ufo)
Lektorat: Emily Huggins
Druck und Bindung: Pustet, Regensburg
Gedruckt auf Papier aus nachhaltiger Forstwirtschaft.
www.ueberreuter.de

Oliver Schlick

Miranda Lux

Denken heisst Zweifeln
oder warum jede Geschichte zwei Seiten hat

ueberreuter

Geliebtes Salamis, der Wogen Dröhnen
umtost dich nun,
da Seemänner auf deine Küsten blicken,
die fest im Meere ruhen.
Dein Sohn ist fern der Heimat,
wo Ida ihre Herden weidet.
Fern deinen geliebten Felsen.
Gezeichnet von der Zeit,
ohne Trost und ohne Namen,
sicher nur in Aussicht auf das dunkle, kalte Grab.
Weh, der Mutter am Ende ihrer Tage.
Weh, ihrem öden Herzen, ihren grauen Tempeln,
hört sie vom Schicksal ihres Kindes,
geflüstert in ihr Ohr.
Weh, weh, gellt ihr Schrei.
Kein leises Murmeln,
wie das Jammern der Nachtigall.

Sophokles
»Ajax«

1

Der dünne Ledereinband liegt auf einem Stehpult in der Bibliothek meiner Eltern. Eine antike Tragödie. »Ajax« von Sophokles. Aufgeschlagen auf den Seiten achtundzwanzig und neunundzwanzig. Siebzehn Zeilen hat meine Mutter farbig markiert. Das Buch liegt noch immer so da wie an dem Tag, an dem ich es zum ersten Mal gesehen habe.

Es war ein Mittwoch. Ein kühler, regnerischer Sommertag. So wie heute. Fast auf den Tag genau vor acht Jahren. Ich war sieben, hatte Zöpfe und Sommersprossen und wusste nichts von der Arbeit meiner Eltern. Ich war noch so klein, dass ich mich auf die Zehenspitzen stellen und den Kopf recken musste, um einen Blick in das Buch zu werfen. Damals ahnte ich nicht, dass wir die Dinge nie so sehen, wie sie sind, sondern so, wie *wir* sind. Und ich hatte keinen blassen Schimmer von der Existenz des Zweifelwerks.

Ich erinnere mich, wie ich mit klopfendem Herzen die Tür zur Bibliothek öffnete, die ich vorher nie hatte betreten dürfen. Daran, wie ich staunend auf die bis zur Decke reichenden Regale voller Bücher blickte, auf die Tische mit den grünen Leselampen, auf die Sofas und ausladenden Sessel, auf die Galerie über mir und den roten Teppich zu meinen Füßen, der so dick ist, dass er das Geräusch der Schritte verschluckt. Ich weiß noch, wie mein Blick zu dem großen Kamin am anderen Ende des Raumes wanderte und an dem seltsamen schwarz-rot lackierten Spiegeltisch hängen blieb, der so überhaupt nicht zu den anderen Möbeln zu passen scheint. Ich hatte ein merkwürdiges, ehrfurchtsvolles Gefühl, so als würde ich das Heiligtum einer fremden Religion betreten. Für einen Moment glaubte ich das Parfüm meiner Mutter zu riechen; ich erinnere mich daran, wie der Regen gegen die Fenster schlug, und daran, dass Tante Trudi irgendwann neben mir stand und leise sagte: »Es wird Zeit, Miranda.«

Ich erinnere mich wie ich, meine Hand in ihre gelegt, durch den Regen zum Hammersteiner Friedhof spaziert bin. Ich erinnere mich deshalb so genau an diesen Tag, weil es der Tag war, an dem meine Eltern beerdigt wurden.

Seither habe ich die siebzehn Zeilen unzählige Male gelesen. Ich habe gewartet. Darauf, dass etwas geschieht, das mir helfen wird zu verstehen.

Gestern ist etwas geschehen!

Ich nehme in einem abgewetzten Ohrensessel Platz und ziehe eine Fotografie aus dem schwarzen Umschlag, den Elektra mir am Vorabend übergeben hat. Ein Polizeifoto. Es gibt kaum ein Dokument oder Foto, an das Elektra nicht gelangt.

Beim Anblick des Toten richten sich meine Nackenhaare auf, aber ich widerstehe dem Impuls die Augen abzuwenden und zwinge mich, die Fotografie genau zu betrachten: die Blutspritzer, die sich wie eine krakelige rote Fieberkurve über die Raufasertapete verteilen, das Gewehr zu Füßen des Mannes, sein Kopf, der in einer dunklen Lache auf einem Schreibtisch inmitten von Büchern und Papieren liegt.

Ich präge mir jedes Detail ein.

Nüchtern gesehen ist auch der Tod eines Menschen nur ein Ereignis unter vielen. Auf dieser Welt finden unaufhörlich Ereignisse statt. Stehen sie in offensichtlichem Zusammenhang, spricht man von Ereignisketten.

Wenn an einem Sommernachmittag auf der Terrasse des »Hammersteiner Hof« eine Wespe um den Kopf eines Weißbiertrinkers schwirrt, ist das ein Ereignis. Lässt sie sich eine Sekunde später unbemerkt auf dem Rand des Bierglases nieder, rutscht auf dem glatten Untergrund ab und stürzt kopfüber in einen klebrigen See aus Hefeweizen, ist das wiederum ein Ereignis. Genau wie der tiefe Schluck, den der durstige Gast nimmt, sein ungläubiger Blick, das blitzschnelle Anschwellen seiner Zunge, der Griff an den Hals. Ein Stuhl kippt um, Menschen schreien, die Sirene eines Krankenwagens ertönt …

Ereignis auf Ereignis: Wespe – Weißbier – großer Durst – tiefer Schluck – starker Schmerz. Eine für jeden durchschnittlich Begabten nachvollziehbare Kette.

Andere Ereignisse haben nichts miteinander zu tun. Manche von ihnen sind freudig, manche traurig, manche sind außergewöhnlich, andere alltäglich und banal. Ein zusammenhangloses, kunterbuntes, nie enden wollendes Durcheinander von Geschehnissen. An verschiedenen Orten, zu verschiedener Zeit: die Geburt eines Kindes in Kairo im April 1986. Der Absturz eines mit drei Personen besetzten Hubschraubers über der Nordsee im Sommer 2008. Der heimliche Verzehr eines Schokoriegels durch Tante Trudi – die offiziell eine strenge Sauerkraut-Diät hält –, heute Morgen in unserer Küche. Oder … der tragische Unfall eines ehemaligen Luftwaffenoffiziers, der sich beim Reinigen seiner Jagdwaffe versehentlich erschießt. Gestern Nachmittag.

Ereignisse ohne jede Verbindung.

Auf den ersten Blick.

Bis man über den scheinbar unbedeutenden Umstand stolpert, dass zwei Opfer des Hubschrauberabsturzes und der tote Ex-Offizier offenbar eine Vorliebe für schwere literarische Kost geteilt haben. Für die meisten Menschen wäre es wahrscheinlich nichts als ein merkwürdiger Zufall, dass die antike Tragödie des Ajax das letzte Werk war, das sowohl meine Eltern wie auch der gestern ums Leben gekommene Stabsoffizier gelesen haben …

Ich wandere, das Foto in der Hand, hinüber zu dem Stehpult und lasse meine Augen über die markierten Zeilen des Textes gleiten.

Geliebtes Salamis, der Wogen Dröhnen
umtost dich nun,
da Seeleute auf deine Küsten blicken,
die fest im Meere ruhen …

Meine Finger zittern, als ich die Fotografie des toten Offiziers neben den Ledereinband lege. An der linken Schläfe des Mannes – sein Name war Joachim Hersfeld – ist ein sternförmiges Einschussloch zu erkennen. Die grauen Haare um die Wunde herum sind blutverkrustet, sein Gesicht liegt mit der rechten Wange auf einem Ledereinband.

»Ajax« von Sophokles.

Die gleiche Ausgabe wie die vor mir.

Aufgeschlagen auf den Seiten achtundzwanzig und neunundzwanzig.

Geliebtes Salamis, der Wogen Dröhnen
umtost dich nun …

Vor drei Jahren, an meinem zwölften Geburtstag, haben mich die Zweifelwerker aufgenommen, und das Erste, was ich lernte, war: Der Moment, in dem man auf scheinbar unbedeutende Verbindungen merkwürdiger Art trifft, ist der Moment, in dem man sich fragen sollte, ob die Ereignisse wirklich unabhängig voneinander geschehen sind – oder ob sie vielleicht Glieder einer Kette sein könnten.

Endgültig bemerkenswert wird es, wenn man auf ein drittes Ereignis mit derselben Verbindung stößt. Spätestens dann sollten aus Fragen Zweifel werden: Zweifel daran, ob die Ereignisse unabhängig voneinander geschehen sind. Zweifel daran, ob sie so geschehen sind, wie es offiziell behauptet wird. Zweifel daran, ob sie überhaupt geschehen sind.

Ich bezweifle, dass der Hubschrauberabsturz meiner Eltern vor acht Jahren ein Unglück war. Ich bezweifle sogar, dass sie tot sind, obwohl das für jeden anderen eine unerschütterliche Tatsache zu sein scheint. Ich bezweifle, dass der Schusswaffen-»Unfall« von Joachim Hersfeld am gestrigen Nachmittag ein Unfall war. Und ich bezweifle, dass Gerald von Aschersberg seinem Leben selbst ein Ende gesetzt hat.

Sein Tod liegt mehr als fünfundzwanzig Jahre zurück. Das erste von drei Ereignissen, das erste Glied in dieser Kette.

Ich gehe zu dem Regal mit den Biografien, steige auf eine Leiter und ziehe einen abgegriffenen Band, den ich schon mindestens ein Dutzend Mal gelesen habe, aus dem obersten Fach: »Der Fall Gerald von Aschersberg«.

Die Büsche vor dem Fenster scheinen in der Abenddämmerung näher aneinanderzurücken. Ich nehme an einem der Tische Platz, knipse die Leselampe an, streiche mir die Haare aus der Stirn und beginne, durch die Seiten zu blättern.

Gerald von Aschersberg wurde im Jahr 1989 Staatssekretär im Verteidigungsministerium, aber bereits am achtundzwanzigsten März 1991 wurde er in den einstweiligen Ruhestand versetzt. Fünf Tage später erlitt er einen Nervenzusammenbruch und wurde in ein Krankenhaus gebracht. Um ein Uhr fünfundvierzig am Morgen des zweiundzwanzigsten Mai 1991 stürzte Aschersberg aus einem Fenster des sechzehnten Stocks, in dem sich sein Krankenzimmer befand, in den Tod.

Hinterlassen hat er siebzehn handschriftliche Zeilen, die er kurz zuvor aus einem Buch über Weltliteratur kopiert hatte.

Geliebtes Salamis, der Wogen Dröhnen
umtost dich nun …

Die Zweifelwerker, allen voran Fidelio Hümmerich, haben, schon bald nachdem sie mich eingeweiht hatten, meinen Blick darauf gelenkt, dass Ajax ein Bindeglied zwischen dem Schicksal von Gerald von Aschersberg und dem meiner Eltern sein könnte. Aber wie dieser Zusammenhang aussieht – diese Frage hat mir bis heute niemand beantworten können. Ich habe alles über Aschersberg gelesen, was ich in die Finger bekommen konnte: jedes Buch, jeden Internetartikel, jeden noch so kleinen Zeitungsschnipsel. Ich bin auf verstörende Informationen gestoßen. Ich habe eine Vermutung darüber, welche Verbindung sein Tod mit dem Hubschrauberabsturz meiner Eltern haben könnte – aber nicht den geringsten Beweis. Was vor allem daran liegt, dass es zu dem Absturz so gut wie keine Informationen gibt. Offiziell wird von einem technischen Defekt ausgegangen. Die Einzigen, die die Wahrheit kennen, sind die Menschen, die an Bord waren. Sie können nicht mehr befragt werden. Meine Eltern haben – so jedenfalls die gängige Meinung – ihre letzte Ruhe auf dem Hammersteiner Friedhof gefunden; ihr Assistent Birger Vend, der mit ihnen an Bord des Hubschraubers war, liegt in Skandinavien begraben.

An dem Punkt sind meine Nachforschungen über das Unglück zum Stillstand gekommen. Aber nun, mit dem Tod von Joachim Hersfeld vor nicht einmal dreißig Stunden, gerät etwas in Bewegung. Als hätte eine Uhr, die stehen geblieben war, plötzlich wieder ganz leise zu ticken begonnen.

Ein toter Staatssekretär, ein abgestürzter Hubschrauber, ein Ex-Offizier, der sich versehentlich erschießt. 1991, 2008, 2016. Siebzehn Zeilen aus »Ajax«. Jedes Mal. Ich frage mich, ob …

»Mirandaaaa!«, schallt Tante Trudis durchdringende Stimme durchs Haus. »Allerhöchste Eisenbahn! Du hast morgen Schule.«

»Morgen ist der letzte Schultag, da werden nur die Zeugnisse ausgegeben. Wir machen nichts mehr.«

»Mir egal«, dröhnt es von oben. »Schule ist Schule! In den Ferien kannst du machen, was du willst, aber solange Unterricht ist, bist du um elf im Bett!«

»Nur noch fünf Minuten.« Ich blicke gedankenverloren auf das Stargate-Filmposter neben dem Kamin. »Kein Zufall«, sage ich leise zu mir selbst. Ich habe schon lange aufgehört, an Zufälle zu glauben. Wieder ein Toter. Wieder Ajax …

Warum gerade jetzt, wo der Großteil der Zweifelwerker in alle Himmelsrichtungen verstreut ist? Von vielen weiß ich nicht einmal, wo sie sich aufhalten; über andere habe ich nur vage Informationen: Sibel ist seit zwei Monaten in Peru, um neue Luftbilder der Nazca-Linien anzufertigen. Von Fletcher habe ich das letzte Mal vor einem halben Jahr gehört. Er war auf der Spur eines Gegenstandes, der bei Grabungen in der Nähe des Jerusalemer Tempelberges gefunden und unter größter Geheimhaltung zum CERN in die Schweiz gebracht worden ist. Und Rasputin Keller? Na ja … An einem Abend vor drei Wochen ist er hier aufgetaucht, mit irre funkelnden Augen und Käseresten im Bart. Er stolperte durch die Bibliothek wie eine Fledermaus mit defektem Ultraschall, fuhr mit seinen knochigen Fingern über die Bücherrücken, spähte alle dreißig Sekunden ängstlich aus dem Fenster und faselte unaufhörlich wirres Zeug. Bevor er aufgebrochen und in der Dunkelheit verschwunden ist, hat er mir mit heiserer Stimme ins Ohr gekrächzt: »Schon mal darüber nachgedacht, warum Matratzenläden fast immer in Eckhäusern sind? Es ist was sehr Merkwürdiges im Gange, Miranda … Und noch was: Trau keinem, der an einem dreißigsten Februar geboren ist!«

So viel zu Rasputin Keller.

Trotzdem wünschte ich, er wäre hier. Das Zweifelwerk ist dramatisch unterbesetzt. In Hammerstein halten momentan nur vier Leute die Stellung: neben mir noch Fidelio Hümmerich, seine Tochter Elektra und …

»Miranda, wird es bald?« Tante Trudi hat ein Organ, gegen das jeder Wagner-Bariton abstinkt.

»Gleich«, rufe ich – was mir erfahrungsgemäß weitere fünf Minuten verschafft.

Das Zweifelwerk braucht dringend neue Zweifler. Vor allem neue Zweifler mit Führerschein. Es gibt einen Kandidaten, den ich schon seit einiger Zeit beobachte und den ich morgen …

»Miranda! Wenn du nicht sofort hochkommst, komme ich runter!«

»Nur noch einen Moment, Trudi.«

»Herrgott! Jeden Abend dasselbe. Mach hinne, Kind! Sprich noch dein komisches Nachtgebet, das du immer sprichst, und dann ist Feierabend!«

Tante Trudi ist – trotz ihres rauen Tons – ein echter Schatz. Leider neigt sie dazu, in konventionellen Erklärungsmustern zu verharren. Das, was für sie ein Nachtgebet ist, bezeichne ich als Versuch einer interdimensionalen Kommunikation.

Ich nehme den Transkommunikator, den Fidelio konstruiert hat, von dem schwarz-roten Spiegeltisch und setze ihn mir vorsichtig auf den Kopf. Er hat die Form einer Pyramide; aus ihren Seiten ragen neongrüne, wippende Drähte. Als ich die Pyramide aktiviere, leuchtet sie rot auf und beginnt sanft zu vibrieren. Ich stelle den Kippschalter an der Vorderseite auf IDK (Interdimensionale Kommunikation) und versuche, Kontakt zu meinen Eltern aufzunehmen. Wie jeden Abend erfolglos. Ich atme erleichtert auf. Dass sie nicht antworten, ist der eindeutige Beweis dafür, dass sie sich *nicht* in einer anderen Dimension befinden. Sie leben!

Ich werfe einen Blick über die Schulter, um zu sehen, ob Tante Trudi im Anmarsch ist. Von dem, was ich jetzt tun werde, muss sie nichts wissen.

Schnell öffne ich eine Schublade, nehme die Zeitschrift mit dem Cover-Porträt von Edward Snowden heraus und lege sie vor mich auf den Spiegeltisch. Hastig stelle ich den Transkommunikator auf ST (Simple Telepathie), schließe die Augen, berühre das Magazin mit den Fingerspitzen und schicke meine Gedanken auf die Reise:

Geliebter! Nichts verbindet zwei Menschen so sehr wie die Liebe zur Wahrheit. Eines Tages werde ich erwachsen sein und es wird der Tag kommen, da uns das Schicksal, das uns zweifellos füreinander bestimmt hat, zusammenführt. Der Tag, an dem uns keine Entfernung und keine noch so widrigen Umstände mehr trennen werden. Kein anderer Mann wird je in meinem Herzen sein. Du bist klug und mutig und wahrheitsliebend und großherzig und – ich blinzele und spähe auf das Zeitschriften-Cover – *und irgendwie sexy. Gute Nacht, Edward.*

***

Vor mir auf dem Schreibtisch liegen vierundzwanzig Zeugnisse und warten auf meine Unterschrift. Eine Premiere.

Ich nehme den teuren Füllfederhalter, den ich extra für diese Gelegenheit gekauft habe, schraube die Kappe feierlich ab und setze ein schwungvolles *Viktor Carelius* unter das Dokument, das zuoberst auf dem kleinen Stapel liegt. Es entbehrt nicht einer gewissen Ironie, dass ausgerechnet ich mit meiner Unterschrift die Echtheit der Dokumente bestätige …

Mein drittes Jahr am Giordano-Bruno-Gymnasium, mein erstes Jahr als Klassenlehrer der 9b. Während ich die Zeugnisse unterschreibe, rufe ich mir die Gesichter meiner Schüler vor Augen: Alexa Bevers – nur mit Ach und Krach die Versetzung geschafft. Kein Wunder, wenn man mit seinem Smartphone so gut wie verwachsen ist. Kerstin Hammes – das beste Zeugnis der Klasse. Was für ihre überehrgeizige Mutter aber wahrscheinlich immer noch nicht gut genug ist. Oliver Kassel – der Klassenclown. Wirklich witzig. Joris Reichenau – ein bisschen schüchtern, aber ziemlich pfiffig. Miranda Lux …

Ein leichtes Frösteln überläuft mich, als ich ihr Zeugnis von dem Stapel nehme. Miranda ist ein intelligentes Mädchen. Eine hervorragende Schülerin – auch wenn einem ihre Neigung, alles und jedes anzuzweifeln, schon mal auf die Nerven gehen kann. Aber es gibt etwas an ihr, das mich nicht nur nervt, sondern in höchstem Maße beunruhigt: Miranda Lux starrt mich an. Ständig! Im Unterricht, wenn ich auf dem Weg ins Lehrerzimmer bin, wenn ich Pausenaufsicht habe. Ich bin mir hundertprozentig sicher: Miranda ist in mich verliebt.

Ich habe Kollegen, die schon mal in einer ähnlich unangenehmen Situation waren, um Rat gebeten. Mathe-Köhler hat mir berichtet, wie sich eine Schülerin in ihn verliebt und ihn gestalkt hat. Er hat zusammen mit der Schulsozialarbeiterin versucht, ein klärendes Gespräch mit dem Mädchen zu führen. Sie ist völlig ausgeflippt, hat sich auf den Boden geworfen und einen Schreikrampf bekommen.

Nachdem er mir das geschildert hatte, habe ich meine Pläne, ein Gespräch mit Miranda Lux zu führen, erst mal auf Eis gelegt. Wer kann schon sagen, ob sie nicht auch zu hysterischen Reaktionen neigt?

Vielleicht hat sich das alles nach dem Sommer von selbst erledigt. Nur noch ein Schultag und dann sechs Wochen lang Ferien. Fünfzehnjährige sind heute in den einen und morgen in den anderen verliebt. Vielleicht fährt sie in Urlaub und lernt einen netten Jungen kennen – und schon hat es sich von jetzt auf gleich mit der Schwärmerei für ihren Klassenlehrer.

Aber was, wenn nicht …?

Ich kann nicht verhindern, dass meine Finger ein ganz klein wenig zittern, als ich meinen Namen unter ihr Zeugnis setze.

***

Als ich die Augen aufschlage, fällt mein Blick wie an jedem Morgen als Erstes auf das gerahmte Foto neben meinem Bett, auf dem die versammelte Lux-Familie zu bewundern ist. »Morgen, Papa. Morgen, Mama«, sage ich, gähne verschlafen, recke mich und wackle mit den Zehen. Das Bild ist zwei Wochen vor dem Hubschrauberabsturz aufgenommen worden. Ich stehe ganz links und strecke dem Fotografen die Zunge raus: eine aufgedrehte Siebenjährige mit Erdbeerflecken auf dem T-Shirt. Rote Locken sprießen mir aus dem Kopf, wie Drähte aus einem Transkommunikator. Neben mir meine Eltern. Gideon und Aurelia Lux. Vater hat den Arm um Mutters Schultern gelegt. Rechts von ihm grinst Tante Trudi in die Kamera. Sie war schon damals mit dreifachem Doppelkinn und verbrannter Dauerwelle gesegnet. Die Dauerwelle ist bis heute geblieben, die Anzahl ihrer Kinne liegt aktuell im zweistelligen Bereich. Und da, am rechten Bildrand steht *sie*: die Unaussprechliche. Ich habe ihren Kopf aus dem Foto geschnitten und auf die Stelle, an der ihr Gesicht war, einen Anti-Atomkraft-Sticker gepappt. Ich möchte ihr Gesicht nicht sehen, ich möchte nicht über sie reden, ich möchte nicht einmal mehr an sie denken.

Eilig springe ich aus dem Bett und hüpfe unter die Dusche. Anschließend steige ich in meine schwarze Jeans, greife mir ein T-Shirt aus dem Schrank und schnüre meine ausgetretenen, heiß geliebten Leinenturnschuhe. Ich habe den heiligen Eid geschworen, mich erst dann von ihnen zu trennen, wenn sie mir während des Gehens von den Füßen fallen – was, so wie sie aussehen, nicht mehr lange dauern kann.

Auf leisen Sohlen betrete ich die Küche. Tante Trudi steht, mit dem Rücken zu mir, vor dem geöffneten Kühlschrank.

»Morgen, Trudi.«

Sie fährt erschrocken herum und schlägt die Kühlschranktür zu. Ihr Kopf ist knallrot, an ihrem Kinn sind Schokoladenspuren.

»Was macht die Sauerkraut-Diät? Schon Erfolge?«, frage ich und schenke mir einen Kaffee ein.

»Bestens«, nuschelt sie, wischt die verräterische Schokospur vom Kinn und nimmt ein Brötchen aus dem Brotkorb. »Was möchtest du drauf haben, Kind? Käse, Gelee oder Honig?«

»Ich bin fünfzehn, Trudi. Ich kann mir selbst ein Brötchen schmieren.«

»Was für ein Unfug, Kind«, sagt sie kopfschüttelnd und belegt die Brötchenhälften mit mittelaltem Gouda, während sie auf den kleinen Fernseher neben der Mikrowelle stiert. Tante Trudi schaut ausschließlich den Romantikkanal. Daily-Soaps und Telenovelas in Endlosschleife. Ihre große Leidenschaft. Gerade läuft »Marionetten der Liebe«.

»Fabian von Scherbel hat Jessica mit ihrer Schwester Clarissa betrogen«, klärt mich Trudi auf. »Dabei hat Jessica für ihn einen Meineid geleistet, ihm eine Niere gespendet und ihm Gut Birnenschorf überschrieben. Wie kann er nur so gemein sein?« In Trudis Augenwinkel glitzert eine Träne.

Das ist einer der Momente, in denen man den Impuls verspürt, ihr über den Kopf zu streichen und sie in die Arme zu nehmen. Was nicht ganz einfach ist, denn Trudi ist eins fünfundneunzig und eine ausgesprochen walkürenhafte Erscheinung. Sie ist die Schwester meines Vaters – zehn Jahre älter als er. Aber es sind nicht nur die zehn Jahre, die sie trennen. Vater hat Ausgrabungen und Expeditionen organisiert, Forschungsreisen unternommen, Bücher geschrieben, Vorträge in aller Welt gehalten und, gemeinsam mit Mutter, die Lux-Stiftung und das Zweifelwerk gegründet. Tante Trudi hat die Arbeit meiner Eltern nicht im Geringsten interessiert. Ihr Leben findet in einem anderen Kosmos statt, in einer Welt aus Backrezepten, Butterfahrten und fragwürdigen Schlagern. Als ich sechs war, habe ich Fetzen eines Gesprächs zwischen meinen Eltern aufgeschnappt, die sich im Flüsterton über Trudi unterhielten: *»... unglücklicher Zwischenfall ... als Kind mal beim Röntgen vergessen worden ...«*

Tante Trudi geraten Obama und Osama gelegentlich durcheinander, sie hält Wikipedia für ein schwedisches Möbelhaus, den Dalai Lama für ein Höckertier – und ist die reinste Seele, die auf Erden wandelt. Sie hat meine Großeltern bis zu deren Tod gepflegt. Danach ist Trudi zu uns nach Hammerstein gezogen, hat den chaotischen Lux-Haushalt auf Vordermann gebracht – und jetzt umsorgt sie mich. So als wäre ich noch immer sieben. Selbst der rüde Kasernenhofton, in den sie gelegentlich verfällt, kann nicht darüber hinwegtäuschen, dass Tante Trudi von Kopf bis Fuß aus Gold gebacken ist!

»Arme Jessica. Was wird jetzt nur aus Gut Birnenschorf?«, seufzt sie und packt das Käsebrötchen in eine Frühstückstüte. Ich nehme die Tüte in Empfang und verstaue sie in meiner Schultasche.

»Was denn? Keine Umarmung zum Abschied?«, grummelt Trudi, beugt sich zu mir herab und legt die Arme um mich.

Unter keinen Umständen würde ich mir eine Umarmung mit Trudi entgehen lassen! Sie riecht nach Zimt und besteht aus unzähligen weichen Röllchen. Aus einer Warze an ihrem Kinn sprießen drei dicke goldfarbene Haare.

»Warte nicht mit dem Essen auf mich«, sage ich und greife nach meiner Tasche.

»Bist du nach der Schule verabredet?«

»Noch nicht. Bis später, Trudi.«

Zu Fuß sind es vom Kastanienviertel knappe zwanzig Minuten zur Schule. Ich folge dem Kastanienpfad, einem schmalen, baumbestandenen Fußweg, der sich in zahlreichen Windungen talwärts schlängelt. Als die Klosterruine in Sicht kommt, verlasse ich den Weg, ignoriere das »Betreten verboten«-Schild, klettere durch ein Loch im Zaun und nehme die Abkürzung über das unkrautbewachsene Gelände. Das Kloster ist bei einem Brand im siebzehnten Jahrhundert zerstört worden; die schwarzen Mauerreste sind mit Efeu und Geißblatt bewachsen. Ich laufe durch kniehohes feuchtes Gras, Tropfen glitzern in der Morgensonne, eine rote Nacktschnecke rutscht behäbig über einen Stein. Noch ist es angenehm frisch, aber am Himmel steht keine einzige Wolke. Es wird ein heißer Tag werden.

Am Rand des Klostergeländes befindet sich, versteckt hinter einem Fliederbusch, der Eingang zu einem gemauerten Tunnel. In gebückter Haltung laufe ich durch den dunklen Gang und versuche dabei, so wenig wie möglich durch die Nase zu atmen. In einem altägyptischen Grabgewölbe kann es auch nicht viel muffiger riechen. Drei sauerstoffarme Minuten später erreiche ich den Tunnelausgang, der hinter dichtem Gestrüpp verborgen ist und direkt in den Hammersteiner Stadtpark führt. Von hier aus kann ich bereits den schmalen Glockenturm auf dem Dach der Schule sehen.

Heute ist es so weit: Ich werde den Kandidaten für das Zweifelwerk testen. Viktor Carelius. Neunundzwanzig Jahre. Mein Klassenlehrer. Geschichte und Philosophie. Es ist das erste Mal, dass ich dem Zweifelwerk einen Kandidaten vorschlage. Als ich Fidelio Hümmerich von meiner Idee erzählt habe, hat er das Gesicht verzogen.

»Viktor Carelius? Im Ernst? Ist doch 'n Weichei. Lässt sich viel zu schnell veräppeln.«

»Ich finde, er sagt gelegentlich ganz kluge Sachen. Außerdem hat er einen Führerschein. Wir könnten ihn gut gebrauchen, Fidelio. Und es spricht ja nichts dagegen, ihn nebenher ein bisschen hochzunehmen.«

»Jaaa …« Fidelio hat sich auf der Glatze gekratzt und versonnen gelächelt. »Wäre schon witzig, mal wieder 'nen Frischling zu verarschen. Na schön. Wenn du meinst, dann gehen wir die Sache an. Aber erst mal nimmst du ihn eingehend unter die Lupe.«

Genau das habe ich getan. Das ganze Schuljahr über habe ich Viktor Carelius beobachtet – was ihm natürlich nicht verborgen geblieben ist. Sollte es auch gar nicht. Ab einem bestimmten Punkt begann mein Dauerstarren ihn sichtlich nervös zu machen. Wahrscheinlich befürchtet er, ich wäre in ihn verliebt. Wenn sich eine Fünfzehnjährige in ihren Klassenlehrer verliebt, hat er ein Problem. Viktor Carelius ist ein guter und professioneller Pädagoge, und ich bin sicher, dass er genau das getan hat, was ein professioneller Pädagoge in einem solchen Fall tut: Er hat seinen Kollegen seine Befürchtung mitgeteilt und sich Ratschläge eingeholt, wie er mit der Situation umgehen soll. Sie haben ihm geraten, mich wie jede andere Schülerin zu behandeln, Situationen zu vermeiden, in denen er mit mir alleine zusammentreffen könnte, und für den Fall, dass ich um ein vertrauliches Gespräch bitte, eine Kollegin zu diesem Gespräch hinzuzuziehen. Ich bin sicher, dass Viktor Carelius all ihre Ratschläge verinnerlicht hat, denn er ist ein wirklich guter Lehrer. Abgesehen davon, dass er kein Lehrer ist.

Ich bin gespannt, ob er ein paar Tiefschläge einstecken kann.

Oder ob er eine Mimi ist.

Das Giordano-Bruno-Gymnasium in Hammerstein besteht aus einem schönen, aber reichlich renovierungsbedürftigen Altbau, in dem man sich im Sommer zu Tode schwitzt, und einem kack-hässlichen Neubau, der vor dreißig Jahren an das ursprüngliche Gebäude angebaut wurde. Glücklicherweise liegt der Klassenraum der 9b im dritten Stock des Altbaus. Lieber schwitzen, als in einem architektonischen Verbrechen unterrichtet zu werden. Die Fenster sind weit geöffnet. Von meinem Platz habe ich einen Panoramablick auf die schiefergedeckten Dächer von Hammerstein, den Turm der Lambertuskirche, den Marktplatz und die bewaldeten Hügel, die die Stadt umschließen. Eine verirrte Hummel brummt in das Klassenzimmer, während meine Mitschüler zur Tür hinausdrängen. Vor einer Minute haben die Sommerferien begonnen.

Ich verstaue mein Zeugnis so umständlich wie möglich und gebe vor, in meiner Tasche nach etwas zu suchen. Joris Reichenau lächelt verlegen, als er sich an meinem Platz vorbeidrängt. Er hat braune Locken, braune Augen – und guckt wie ein schüchterner Hundewelpe. Joris ist in mich verschossen, seit ich ihm im letzten Oktober beim Volleyball einen Ball an den Kopf geschmettert habe und er kurz k. o. ging. Dabei hat auch sein Brillengestell Schaden genommen; er hat es bis heute nicht richten lassen. Die Brille ist mitleiderregend verbogen und hängt auf seiner Nase wie der gruselige Albtraum eines Optikers.

»Schöne Ferien, Miranda«, sagt er.

»Ebenfalls«, antworte ich knapp – und fühle mich eine Sekunde später entsetzlich. Warum mache ich so was? Joris ist ein netter Kerl.

»Joris?«

»Ja?« Er fährt herum und blinzelt mich kurzsichtig an.

»Ich wünsche dir auch schöne Ferien«, sage ich. »Fährst du weg?«

Er läuft rot an. »Nein, ich, äh … nein. Ist in diesem Jahr schlecht. Du weißt ja, die Drogerie am Galgenplätzchen hat dichtgemacht und … Mutter hat noch immer keine neue Arbeit. Ich habe einen Ferienjob. Vier Wochen. Bei *Scardanelli*. Wird bestimmt super.« Joris blickt zu Boden, wispert ein leises »Wiedersehen, Miranda« und stolpert aus dem Raum.

Ich bin mit Viktor Carelius alleine.

Er steht mit dem Rücken zu mir und wischt die Tafel. Zur Feier der Zeugnisvergabe hat er sich in einen Anzug geworfen. Mein Vater sah in einem Anzug immer aus, als hätte er sich verkleidet – für Viktor Carelius gilt das Gleiche: Er hat strubblige blonde Haare, rasiert sich höchstens zweimal die Woche und hat eine Vorliebe für ausgewaschene Ringelpullis. In dem Anzug wirkt er wie der schlunzige Bassist einer Indie-Band, der vergeblich versucht, sich für ein Einstellungsgespräch einen seriösen Anstrich zu verpassen.

Als hätte er es geahnt.

Viktor Carelius nimmt seit wenigen Sekunden an einem ausgefeilten psychologischen Einstellungstest teil – nur weiß er nichts davon.

Einen Kandidaten für das Zweifelwerk zu testen, ist eine ernste Angelegenheit und braucht entsprechende Vorbereitung. Ich habe, zusammen mit Fidelio, eine erstklassige Strategie ausgearbeitet. Zuerst werde ich einen Scheinangriff starten, der bei Viktor Carelius einen heftigen Adrenalinschub auslösen wird. Dann gemeinerweise eine Beruhigungsphase einleiten und ihn für einen kurzen Moment in falscher Sicherheit wiegen – bevor ich den entscheidenden Leberhaken setze.

Als er sich umdreht und ihm klar wird, dass er mit mir alleine ist, leuchtet ein panisches Flackern in seinen Augen auf. »Oh … Miranda, äh, musst du nicht …«

Ich mache drei schnelle Schritte, schließe die Tür und schenke ihm ein zuckersüßes Lächeln. »Ich muss mit Ihnen sprechen, Herr Carelius. Vertraulich!«

***

Nicht gut!, ist der erste Gedanke, der mir durch den Kopf schießt. Das ist überhaupt nicht gut. Das ist ausgesprochen schlecht! Genau die Situation, die ich vermeiden wollte: alleine in einem Raum mit einer verliebten fünfzehnjährigen Schülerin. Bei geschlossener Tür.

Miranda Lux bedenkt mich mit einem Lächeln, das viel Raum zur Interpretation lässt, und ich habe plötzlich das Gefühl, als würde sich das Salamibrötchen, das ich mir in der großen Pause im Lehrerzimmer einverleibt habe, wieder in Richtung Speiseröhre bewegen.

Ruhig bleiben, befehle ich mir. Denk daran, was dir deine Kollegen geraten haben!

»Würdest du die Tür bitte wieder öffnen?«, sage ich.

Miranda rührt sich nicht. »Wie gesagt, es ist vertraulich, Herr Carelius – oder darf ich Viktor sagen?«

»Wir werden bei Herr Carelius bleiben.« Mir bricht der Schweiß aus. Wie ein Ertrinkender nach dem Rettungsring, greife ich nach meinem Smartphone. »Wenn du ein Anliegen hast, können wir uns natürlich gerne unterhalten, aber ich werde meine Kollegin Frau Kern zu diesem Gespräch hinzubitten.«

»Ja. Sicher. Das würde sich gut treffen.« Miranda kichert. »Schließlich sind Sie anschließend noch mit ihr verabredet. Zum Bruuuuunch.«

Ich starre sie mit offenem Mund an. »Woher weißt du …?«

»Frau Kern ist seit ihrer Scheidung sehr einsam, und Sie sind nicht der Erste aus dem Kollegium, der bei ihr brunchen darf. Mathe-Köhler war auch schon da und hat Ihnen gesteckt, dass Frau Kern nach dem zweiten Gläschen Prosecco ziemlich anhänglich wird. Darauf haben Sie überhaupt keine Lust und daher spielen Sie mit dem Gedanken, eine plötzliche Übelkeit vorzutäuschen und sich schnell zu verabschieden.«

»Das ist doch …« Verzweifelt versuche ich zu verstehen, was hier gerade geschieht.

»Sie fürchten, ich könnte mich in Sie verguckt haben?« Miranda Lux kommt lächelnd auf mich zu und nimmt mir das Smartphone aus der Hand. »Sie können Ihr Handy wegstecken und sich entspannen, Herr Carelius. Ich bin nicht in Sie verliebt. Nicht die Bohne. – Es geht um etwas völlig anderes.«

»Nicht? Du bist nicht …« Das Gefühl der plötzlichen Erleichterung ist überwältigend. Als würde ich in ein warmes, herrlich duftendes Wannenbad gleiten. »Aber warum …?«

»Warum ich Sie beobachte? Ich studiere Sie. Ich sammle Informationen. Ich sammle Eindrücke. Um festzustellen, ob Sie geeignet sind.«

»Geeignet? Geeignet wofür?«

»Später … Interessiert es Sie denn gar nicht, zu erfahren, was ich noch über Sie herausgefunden habe?«

Miranda legt ein ganz besonders unschuldiges Lächeln auf, bei dem mich ein merkwürdiges Gefühl beschleicht. Das Wasser in meinem Erleichterungs-Bad ist plötzlich nur noch lauwarm, aber ich versuche Haltung zu bewahren, verschränke die Arme vor der Brust und sage in amüsiertem Tonfall: »Ich kann es kaum erwarten, die Ergebnisse deiner Ermittlungen zu erfahren, Sherlock.«

»Sehen Sie? Das habe ich zum Beispiel rausgefunden.«

»Was?«

»Wenn Sie sich unsicher fühlen, neigen Sie dazu, sich in Sarkasmus zu flüchten. Tun Sie das nicht! Der Unterhaltungswert sarkastischer Bemerkungen wird in der Regel überschätzt und der Grat zwischen amüsantem Sarkasmus und besserwisserischer Nörgelei ist ausgesprochen schmal.«

Mir klappt die Kinnlade runter. Ich sitze stumm auf dem Pult, versuche mir klarzumachen, dass diese Worte aus dem Mund einer Fünfzehnjährigen kommen, und sehe wahrscheinlich aus wie ein extrem verwirrter Neandertaler, bis es mir gelingt, mich wieder halbwegs zu sammeln. Ich räuspere mich ausgiebig und sage trotzig: »Also schön. Drei Dinge. Nenn mir drei Dinge, die du über mich zu wissen glaubst. Außer dem Sarkasmus … und der Geschichte mit Carola Kern.«

Miranda blickt mich herausfordernd an. »Erstens: Ihr Friseur trinkt während der Arbeit.«

Volltreffer! Nur dass es kein Friseur ist, sondern Frizzi Zabruda, mein Nachbar, der mir alle sechs Wochen in meiner Küche die Haare schneidet. Nie ohne einen umfangreichen Vorrat an Dosenbier dabeizuhaben.

»War einfach«, sagt Miranda. »Na ja, Ihre Frisur ist irgendwie ...«

»Was stimmt denn nicht damit?«, frage ich verunsichert und fahre mir durch die Haare.

»Zweitens«, fährt sie ungerührt fort, »Sie haben keine Freundin. Bei jeder noch so öden Schulveranstaltung, für die Freiwillige gesucht werden, sind Sie dabei. Hätten Sie eine Freundin, wüssten Sie was Besseres mit Ihrer Zeit anzufangen.«

»Ich übe meinen Beruf eben gerne aus.«

»Das tun Sie. Aber eine Freundin haben Sie trotzdem nicht. Drittens: Gelegentlich rauchen Sie Gras. Keine Angst, dieses kleine Geheimnis wird unter uns bleiben.«

»Ist doch ... Blödsinn ...«, entgegne ich matt. Einen Moment lang blicken wir uns schweigend in die Augen, wie zwei Pistolenschützen beim Duell. Es wird allerhöchste Zeit, dass ich die Oberhand über dieses Gespräch gewinne. »Ich bin dir wirklich unendlich dankbar, Miranda. Dafür, dass du mich nicht auch noch gestalkt und gehackt und meinen Müll durchwühlt hast.«

»Wir waren uns doch einig, dass die Flucht in den Sarkasmus eine Sackgasse ist. Und natürlich habe ich Sie nicht gehackt. – Das erledigen Fachleute für mich.« Ihre Augen blitzen fröhlich, sie zwinkert mir zu, dann prustet sie unvermittelt los, hält sich den Bauch und schüttet sich aus vor Lachen – und ich lache mit. Weil ich für einen kurzen, idiotischen, hoffnungsvollen Moment tatsächlich glaube, dass Miranda Lux einen Witz gemacht hat – bis sie sich eine Lachträne wegwischt und sagt: »Ich habe da noch ein paar Verständnisfragen, was Ihren akademischen Abschluss und Ihre Masterurkunde angeht.«

Das Lachen bleibt mir augenblicklich im Hals stecken, das anverdaute Brötchen steigt diesmal nicht zur Speiseröhre, sondern sackt ohne Vorwarnung zwei Etagen tiefer. Meine Hände umklammern die Pultkante, vor meinen Augen schwirren schwarze Punkte und ich habe das Gefühl, keine Luft mehr zu bekommen.

Schritte auf dem Flur. Die Stimme von Carola Kern.

»Viktor, bist du hier? Wir können los.«

»Wir werden dieses Gespräch später fortsetzen«, flüstert Miranda. »Halb vier, bei *Scardanelli*. Seien Sie bitte pünktlich, Herr Carelius.« An der Tür dreht sie sich noch einmal um und pustet sich eine Locke aus der Stirn. »Ich glaube, ich sage doch lieber Viktor. Das macht die Dinge einfacher.«

Ich werde jeden Moment ohnmächtig.

»Schöne Ferien, Frau Kern«, höre ich Miranda auf dem Flur tirilieren.

Alles um mich herum dreht sich, mein Magen zieht sich krampfartig zusammen. Ich schaffe es gerade noch zum Waschbecken neben der Tür.

***

Ein bisschen gemein komme ich mir schon vor. Hätte ich geahnt, dass mein Klassenlehrer einen so schwachen Magen hat … Aber wenn Viktor Carelius der Mensch ist, für den ich ihn halte, wird er sich nach dem ersten Schock schon wieder einkriegen. Ich trete durch das Schultor auf die Straße und mache mich auf den Weg zu Fidelio und Elektra.

In der Drogerie am Galgenplätzchen, in der Joris' Mutter gearbeitet hat, ist jetzt die Filiale einer pseudo-alternativen Kaffeehauskette. Die Tische davor sind bis auf den letzten Platz besetzt. Überglücklich lächelnde Bedienungen nehmen Bestellungen von überglücklich lächelnden Kunden entgegen, die es anscheinend für ein gottähnliches Privileg halten, aus einhundertundfünfzig affigen Kaffeesorten eine auszuwählen. Ich hoffe, so was ist nicht ansteckend. Vorsichtshalber lege ich einen Zahn zu, biege um die Ecke, laufe schnellen Schrittes an den bunten Fenstern von Sankt Lambertus vorbei und überquere den baumbestandenen Platz hinter der Kirche. Anschließend folge ich einer engen, gepflasterten Gasse, die steil aufwärtsführt, bis ein Geschäft mit einer grünen Leuchtschrift über der Ladentür in Sicht kommt. »Elektro Hümmerich.«

Genau genommen liest man: »Elektr ümmerich«. Die Leuchtmittel in dem o und H haben sich schon lange verabschiedet. Viel zu viel Aufwand, sie zu ersetzen, findet Fidelio. »Der Rest funktioniert doch noch tadellos. Die zwei Buchstaben kann man sich ja wohl denken!«

Fidelio Hümmerich hinkt hinter der Schaufensterscheibe durch den Laden. Er hat einen leicht schwankenden Gang, bei dem ich immer an einen gestrandeten Piraten denken muss. Nur dass Fidelio kein Piraten-Holzbein hat, sondern an seinem rechten Fuß einen orthopädischen Schuh trägt. Mit mürrischem Gesichtsausdruck zieht er eine Schachtel filterlose Zigaretten aus der Tasche seines Arbeitskittels. Fidelio gehört zu den Menschen, von denen man nicht glauben kann, dass sie jemals jung gewesen sind. Jedes Mal, wenn ich versuche, ihn mir als Kind vorzustellen, sehe ich einen notorisch schlecht gelaunten kleinen Jungen mit Glatze, Hornbrille, blauem Arbeitskittel und nikotinverfärbten Fingern.

Er zündet sich eine seiner stinkigen Zigaretten an, bläst Rauch aus der Nase und wirft einen gelangweilten Blick auf die Straße. Nur alle Jubeljahre verirrt sich ein Kunde in den Laden. Die Dorfältesten wissen zu berichten, dass »Elektro Hümmerich« in grauer Vorzeit *der* Elektronikfachhandel in Hammerstein war, bis sich in den Neunzigerjahren des letzten Jahrhunderts am Ortsrand ein Elektro-Schnäppchen-Shop angesiedelt hat. Fidelios Kundschaft ist geschlossen übergelaufen. Aber es ist nicht nur die Billigkonkurrenz, die seinen wirtschaftlichen Niedergang betreibt, sondern auch seine etwas eigenwillige Geschäftsphilosophie: Im Schaufenster steht ein betagt wirkender Kühlschrank, ein Sonderangebot für sagenhafte DM 499-, daneben eine Stereoanlage mit Kassettendeck, ein Föhn, der aussieht, als könnte man mit ihm den dritten Weltkrieg auslösen, und ein schwerer Röhrenfernseher. Ein selbst gemaltes Schild weist den potenziellen Kunden darauf hin, dass es sich um ein »Sensationelles Farbgerät!!!« handelt.

»Alles Wertarbeit und Top-Qualität«, wird Fidelio nicht müde zu betonen. »Bevor die Ware nicht vollständig verkauft ist, kommt mir kein neumodischer Schnickschnack in den Laden.«

Als ich eintrete, scheppert die kleine Glocke über der Ladentür. Fidelio schaut auf, hinkt auf mich zu wie John Silver persönlich und blickt mich neugierig an. »Und? Wie hat er sich gehalten?«

»Als ich auf dem Flur war, habe ich gehört, wie er ins Waschbecken gekotzt hat.«

»Nicht schön. Hat ihn kalt erwischt, was?«

»Kann man so sagen.« Ich lege meine Schultasche auf dem Verkaufstresen ab. »Er tat mir richtig leid, Fidelio. Mussten wir wirklich so ein schweres Geschütz auffahren?«

»Das gehört dazu. Du musst einen auf die Bretter schicken, wenn du wissen willst, ob er jemand ist, der wieder aufsteht. Ich hoffe nur, er gewöhnt sich die Kotzerei mittelfristig ab. – Wie geht's jetzt weiter?«

»Ich bin um halb vier bei *Scardanelli* mit ihm verabredet. Kann ich hier warten?«

»Klar«, brummt Fidelio. »Aber lass mal dein Zeugnis sehen.«

Ich habe das zweitbeste Zeugnis meiner Klasse, doch Fidelio runzelt sorgenvoll die Stirn, während er, die Zigarette im Mundwinkel, einen kritischen Blick auf meine Noten wirft. »Na ja«, sagt er nach einer Weile, »sieht ja ganz manierlich aus, aber … 'ne Vier in Religion?«

»Falls du es nicht wissen solltest, Fidelio: In dem Fach geht es um Glauben. Da ist man als Zweiflerin von Natur aus benachteiligt.«

»Wenn du meinst«, murmelt er und wischt die Asche weg, die auf dem Zeugnis gelandet ist. »Willst du mitessen? Es gibt –«

»Würstchen und Kartoffelpüree«, ergänze ich. Bei Fidelio gibt es immer Würstchen und Kartoffelpüree, außer zu den seltenen Gelegenheiten, bei denen Elektra, seine Tochter, in der Küche zaubert. In dem Fall gibt es Wurzeln, Beeren und rohes Gemüse.

»Was denn jetzt?«, knurrt Fidelio. »Essen oder nicht essen?« Er ist ausgesprochen stolz auf seine Kochkünste. Einer Einladung nicht zu folgen ist Majestätsbeleidigung und wird mit grottenschlechter Laune, nicht unter zwei Tagen, bestraft.

»Vielleicht einen Klecks Püree«, sage ich und folge ihm, an Videorekordern und Zimmerantennen vorbei, durch den Laden in die dahinter liegende Werkstatt. Auf einem Arbeitstisch verteilen sich die Innereien eines ausgeschlachteten Radios, an der Wand vor mir hängen Verlängerungs- und Verbindungskabel, Mehrfachstecker und eine alte Baustellenlampe.

Fidelio beugt sich vor, steckt zwei Finger in eine Steckdose, ein kurzes Zittern durchfährt ihn – und die Wand vor uns schwingt zur Seite.

Es geht eine steile Treppe hinab, die in eine hohe unterirdische Grotte führt. Sie wird von bunten, beweglichen Scheinwerfern erhellt, deren Lichter über die Felswände gleiten und sie in ständig wechselnden Farben glitzern lassen. Zahlreiche Gänge zweigen von der Grotte ab. Sie sind genauso wenig natürlichen Ursprungs wie die Grotte selbst, sondern Teil eines künstlichen Tunnelsystems. Es waren nicht die Zweifelwerker, die dieses System angelegt haben. Es existiert bereits seit langer Zeit. Wer die Tunnel, Stufen und künstlichen Höhlen vor mehreren Tausend Jahren in den Fels geschlagen hat, und zu welchem Zweck, darüber gibt es beinah so viele Theorien, wie es Zweifelwerker gibt: die Hinterlassenschaft einer unbekannten Hochkultur aus prähistorischer Zeit, eine ehemalige Basis von Außerirdischen, eine unterirdische Stadt, die von reptilienähnlichen Wesen bewohnt wurde … Rasputin Keller ist sich sicher, dass irgendwo hier unten das Tor zur Unterwelt zu finden ist. Was nicht viel bedeuten muss. Er hat den Eingang zur Hölle auch schon mal im hiesigen Straßenverkehrsamt verortet.

Das Tunnelsystem erstreckt sich unter ganz Hammerstein. Manche Gänge enden einfach irgendwo im Nichts, andere teilen sich immer wieder, manche bleiben knapp unter der Oberfläche, einige führen tief in die Erde. Niemand hat die Gänge und Höhlen so eingehend erforscht wie Elektra, aber selbst sie kennt nicht mehr als einen kleinen Teil.

Fidelio Hümmerich humpelt vor mir die Stufen hinunter und ächzt bei jedem Schritt. Wäre er tatsächlich auf sein Talent als Einzelhändler angewiesen, würden er und Elektra schon längst im Schuldturm sitzen. Glücklicherweise ist er es nicht: Fidelio und Elektra sind zwei von drei hauptamtlichen Mitarbeitern der Lux-Stiftung. Was vor allem bedeutet, dass sie hauptamtliche Mitarbeiter des Zweifelwerks sind. Die Stiftung kennt jeder, vom Werk wissen nur Eingeweihte. Die Lux-Stiftung ist die Kulisse, hinter der das Zweifelwerk im Geheimen agiert.

Die meisten Sachen im Leben sind Kulisse. Vor allem die, deren Echtheit unentwegt behauptet wird. Auch Fidelios angestaubter Laden ist nur eine Kulisse. Seine Kenntnisse als Radio- und Fernsehtechniker sind überschaubar, seine wahren Fähigkeiten liegen auf einem ganz anderen Gebiet: Fidelio Hümmerich ist eine Kapazität – manche behaupten sogar ein Genie – auf den weitgehend unerforschten Feldern der spirituellen Technologie, interdimensionalen Kommunikation und techno-organischen Entwicklung.

Durch die Grotte schwebt ein hundertsprachiges Gewirr flüsternder Stimmen, das zahlreichen altertümlichen Radios entsteigt. Vor den Radios stehen Mikrofone, dahinter drehen sich Tonbänder, die jedes Wort aufzeichnen. Tonbandstimmenforschung ist eines von Fidelios Spezialgebieten. Eine Möglichkeit, Nachrichten aus anderen Dimensionen zu empfangen – theoretisch jedenfalls. Spielt man die Tonbänder nach der Aufnahme ab, kann man manchmal unbekannte, fremdartig klingende Stimmen hören, die sich unter die der Radiosprecher mischen oder deren Worte verformen. Laut Fidelio hat die ganze Sache mit psychoelektronischen Feldern und dem interdimensionalen Schwingungsecho zu tun. Ich bin nicht wirklich überzeugt. Jedes Mal wenn ich die Stimmen höre, verkünden sie in einem leiernden Grabeston merkwürdiges Zeug wie: »Orthending muss wandern!« oder »Kraut und Wurst auf Zimmer 9!«

»Immer mit der Ruhe, junge Frau!«, hat Fidelio mich ermahnt. »Dauert Jahre, bis man das richtige Ohr für die Botschaften entwickelt hat und den transdimensionalen Code interpretieren kann.« Anschließend hat er mich darüber aufgeklärt, dass das, was für mich nach Kraut und Wurst klang, eine ausgesprochen konkrete Warnung vor einem bevorstehenden Putsch in Südostasien war. Gefolgt von dem Ratschlag, Kaffeemaschinen regelmäßig zu entkalken.

»Autsch! Verdammt!«, höre ich Fidelio schimpfen. Im selben Moment knallt eine gusseiserne Pfanne auf den Boden, Fett spritzt durch die Gegend und ein halbes Dutzend Würstchen landen im Staub. Fluchend bückt er sich, setzt die Pfanne wieder auf den Herd und sammelt die Würstchen ein. Fidelio gehört zu den glücklichen Menschen, für die es keine Trennung von Beruf und Privatleben gibt. Weswegen sich seine Küche auch inmitten seines Labors befindet. Man kann sich nicht immer sicher sein, was wozu gehört, und Fidelios Püree hat mitunter einen stark metallischen Beigeschmack. Während er etwas von *Pfannenstiel-Verschwörung* murmelt und die Würstchen starker Hitze aussetzt, erregt ein Aquarium meine Aufmerksamkeit, das bei meinem letzten Besuch noch nicht hier war. Ich schiebe mich an dem Regal mit den Transkommunikatoren und Psychophonen vorbei. Auf dem Grund des Aquariums liegt eine rote, gallertartige Masse. An der Wasseroberfläche schwimmt grüner Glibber. Beides ist durch ein Dutzend feiner Drähte verbunden. Ab und zu springen blaue Funken aus dem Wasser und die grüne Masse macht lang gezogene Furzgeräusche. Ich hoffe inständig, dass die Geschichte zum Labor und nicht zur Küche gehört.

»Ist Elektra in der Ajax-Sache weitergekommen?«, frage ich und wende mich von dem unappetitlichen Anblick ab.

Fidelio nimmt einen Topf mit Kartoffeln vom Herd und gießt das Wasser ab. »Bisher nichts Neues. Leider. Ist im Moment aber auch schwierig. Die Elfenprinzessin hat mal wieder ihre Launen.« Er blickt zu einem der Gänge, die von der Grotte abgehen, und brüllt: »Elektra? Kleine Fee? Essen ist gleich fertig!«

Keine Reaktion.

»Geht schon seit gestern so«, sagt Fidelio. »Sie hat sich einen von den Transkommunikatoren geschnappt und hockt in ihrer Höhle. Ich wüsste zu gerne, mit wem sie da kommuniziert.«

»Was befürchtest du denn? Dass sie mit einer spukhaften Nebelerscheinung aus der fünften Dimension flirtet?«

»Ja, kann doch sein!«, poltert Fidelio und eine Ader auf seiner Stirn beginnt zu pochen. »Was weiß ich denn schon davon, wie eine Sechzehnjährige tickt? Wo ist der verdammte Pürierstab?«

Ich stelle mich in den Eingang des Tunnels und flöte: »Elektra? Ich bin es, Miranda. Willst du nicht rauskommen und uns Gesellschaft leisten?«

Einen Moment lang herrscht Stille, dann höre ich ihre leise, singende Stimme: »Hallo, Miranda. Schön, dass du da bist. Es tut mir leid, aber ihr müsst alleine essen. Ich habe gerade … Kontakt.«

Achselzuckend blicke ich zu Fidelio, der noch immer auf der Suche nach dem Pürierstab ist, und beginne den Tisch zu decken.

»Was ist das denn für ein Ding?«, frage ich, als ich im Geschirrschrank auf etwas stoße, das aussieht wie ein atombetriebener Eierschneider.

»Finger weg!«, knurrt Fidelio. »Ist noch nicht ausgereift.«

»Sag schon. Was ist es? Was kann es?«

»Ist 'ne hypersensible Seelenharfe mit selbstklingendem Sympathieverstärker. Wenn du sie in der Hand hältst und jemand …«

Pling, Plang, Plong, macht es plötzlich und die Eierschneider-Drähte beginnen zu schwingen.

Fidelio kichert wie eine lungenschwache Hyäne. »So wie es aussieht, denkt gerade jemand an dich. Und zwar äußerst liebevoll. Du hast einen Verehrer!«

Edward!, schießt es mir durch den Kopf und ich kann nicht verhindern, dass ich rot werde.

»Drück die Harfe gegen deine Stirn«, sagt Fidelio. »Dann kannst du den Kerl vor deinem inneren Auge sehen. Vorausgesetzt der Emotionalreflektor arbeitet vernünftig, der macht manchmal Zicken.«

»Wirklich?« Ich presse die Seelenharfe gegen meine Schläfe, halte den Atem an und erwarte jeden Moment dem berühmtesten Whistleblower der Welt in die Augen zu sehen – als plötzlich ein Bild von Joris Reichenau und seiner schiefen Brille in meinem Kopf aufblitzt. Er ist gerade dabei … Ooooh!

Umgehend lege ich die Harfe weg. Es gibt Dinge, die muss man nicht sehen!

»Und was ist das hier?«, sage ich, bevor Fidelio blöde Fragen stellen kann, und deute auf einen Gegenstand, der von einer betonharten Masse umhüllt wird und aus einer Plastikschüssel ragt.

»Finger weg! Das ist … oh, der Pürierstab. Gib mal rüber!«

***

Nachdem ich mich vor den Augen von Carola Kern ausgiebig ins Waschbecken erbrochen habe, muss ich keine Übelkeit mehr vortäuschen.

»Um Himmels willen, Viktor. Hast du was Schlechtes gegessen?«

»Salamibrötchen«, keuche ich, drehe den Wasserhahn auf und spüle mir den Mund aus. »Tut mir leid, das wird heute nichts mit unserem Brunch.«

»Du siehst ja entsetzlich aus.« Carolas Augen bekommen den überfürsorglichen Blick, den ich auf den Tod nicht ausstehen kann. »In dem Zustand kann man dich nicht alleine lassen, Viktor. Weißt du was: Du legst dich bei mir auf die Couch und ich versorge dich mit Kamillentee und Zwieback.«

»Nein danke. Nicht nötig. Ist nett, Carola, aber … ich möchte nach Hause.«

»Soll ich dich fahren?«

»Nein. Ich glaube, frische Luft … ist gut.«

»Vielleicht holen wir den Brunch in den Ferien nach? Ruf einfach an, wenn du Lust hast, Viktor. Ich habe immer Zeit. Ich … ich würde mich wirklich freuen.«

»Sicher. Mache ich.« Ich taumele über den Flur davon wie ein Zombie mit Gleichgewichtsstörungen und schaffe es irgendwie, auf mein Fahrrad zu steigen und mich auf den Weg nach Hause zu machen. In meinen Ohren rauscht eine Meeresbrandung. Die Sonnenschirme vor dem »Hammersteiner Hof« verschwimmen vor meinen Augen zu bunten Punkten und die Stimmen auf dem Marktplatz klingen wie ein einziges dumpfes Brummen. Nur ein Gedanke hat Platz in meinem Kopf: Wie kann sie davon wissen? Wie kann Miranda Lux von der gefälschten Masterurkunde wissen? Niemand weiß davon.

Vor drei Jahren, als ich mich auf die Stelle am Giordano-Bruno-Gymnasium beworben habe, habe ich Blut und Wasser geschwitzt. Wäre ich aufgeflogen, wäre alles vorbei gewesen. Kein Lehrer, stattdessen rechtskräftig verurteilter Dokumentenfälscher. Aber – nichts geschah. Alle Unterlagen wurden anstandslos akzeptiert, niemand bemerkte die Fälschungen. Ich konnte mein Glück kaum fassen. Trotzdem verging in der ersten Zeit kein Tag, an dem ich nicht damit rechnete, plötzlich aus dem Unterricht geholt und von der Direktorin zum Gespräch gebeten zu werden. Nachts schreckte ich schweißgebadet aus Träumen auf, in denen ich, als Betrüger gebrandmarkt, durch die Straßen von Hammerstein hastete. Verfolgt von einem wütenden Mob aus Pädagogen, der mit Kreide und Rotstiften nach mir warf. Aber je mehr Zeit verging, umso seltener wurden die Träume, bis sie schließlich ganz ausblieben. Seit ein paar Monaten habe ich kaum noch an die gefälschte Urkunde gedacht. Ich habe mich sicher gefühlt. Zu sicher …

Das Quietschen von Reifen reißt mich unsanft aus meinen Gedanken. Erschrocken steige ich in die Pedale. »Guck auf die Straße, du Penner!«, brüllt mich der Fahrer des Wagens an.

»'tschuldigung«, murmele ich, steige ab und beschließe, das Rad den Rest des Weges sicherheitshalber zu schieben.

Irgendwann musste es ja passieren, denke ich, als ich am Oswaldweg ankomme. Ich bin aufgeflogen! Mein Schicksal liegt in der Hand einer fünfzehnjährigen Schülerin.

Ich bin im Arsch. Ich bin definitiv im Arsch!

Ich durchquere den kleinen Vorgarten vor der Nummer 5, werfe das Fahrrad in ein Gebüsch neben der Eingangstreppe und öffne die Haustür. Aus der Erdgeschosswohnung hämmert der Punk-Sound der *Dead Kennedys*.

Bitte jetzt nicht auch noch Frizzi, bete ich und schleiche auf Zehenspitzen durch den Korridor. Aber als ich die Treppe erreiche, fliegt die Wohnungstür auf und Frizzis massige Gestalt erscheint im Rahmen. Er muss einen sechsten Sinn haben: jedes Mal wenn ich das Haus betrete, schafft er es, mich abzufangen.

»Na, Alter?«, brüllt er über die Musik hinweg. »Ferien? Sechs Wochen Knasturlaub vom Schweinesystem?«

Frizzi Zabruda hat sich dem System erfolgreich verweigert. Er ist vierundfünfzig, Punk der allerersten Stunde und das persönliche Waterloo seines Arbeitsvermittlers.

»Wie sieht's aus, Alter? Lust, zur Feier des Tages 'n paar Dosen zischen zu lassen?«, fragt er und dreht an dem bleistiftdicken Metallstab, der in seiner Nase steckt. Die vielen Dosen, die Frizzi in seinem jahrzehntelangen Kampf gegen das System schon vernichtet hat, haben ihre Spuren hinterlassen. Unter seinem »Punx

Not Dead«-Shirt wölbt sich ein ansehnlicher Bierbauch. Frizzi trägt ein Stachelhalsband und neonfarbene Leggins mit Leopardenmuster, seine Arme sind mit Tätowierungen übersät, auf seinem kürbisgroßen Kopf welken die fusseligen Überreste eines einstmals stolzen Iros vor sich hin. Er streckt mir eine Bierdose entgegen. »Komm schon, Alter! Anarchie am Nachmittag!«

»Ein andermal, Frizzi. Mir geht es nicht gut. Ich muss mich hinlegen.«

»Presst jeden Funken Energie aus seinen Sklaven raus, das kapitalistische Dreckssystem, was?«

»Hmm.« Ich nicke matt und schleppe mich die Treppe hoch, während er mir aufmunternd hinterherbrüllt: »Du musst dich wehren, Alter! Mach kaputt, was dich kaputt macht!«

Ich schlage die Wohnungstür hinter mir zu, lasse meine Tasche in den Flur fallen, lehne mich mit dem Rücken gegen die Tür und rutsche langsam zu Boden. Eine gefühlte Ewigkeit lang sitze ich da und stiere ins Leere, unfähig auch nur einen klaren Gedanken zu fassen, bis ich es endlich schaffe, mich aus dem Anzug zu schälen und unter die Dusche zu stellen. Nachdem ich zehn Minuten lang kaltes Wasser auf mich habe einprasseln lassen, fühle ich mich ein ganz klein wenig besser. Ich nehme eine Flasche Zitronenlimonade aus dem Kühlschrank, öffne die Balkontür und trete auf den schmalen, überdachten Holzbalkon, auf dem es angenehm schattig ist. Direkt hinter dem Haus fließt ein Bach entlang. Ich stehe oft hier und höre dem gluckernden Wasser zu. Es ist das Gluckern, das Bäche in verstaubten, kitschigen Heimatfilmen haben, in denen glücklich jauchzende Paare über grüne Wiesen hüpfen und in denen am Ende alles gut wird. In gewisser Weise gluckert ganz Hammerstein so. Und vielleicht ist es genau dieses Gluckern, weswegen ich gerne hier bin. Hammerstein ist kleinkariert und spießig, altbacken, provinziell und langweilig. Man könnte aber auch sagen, es ist unaufgeregt und verlässlich und gemächlich und wunderbar verschnarcht. Viele der Leute, die ich früher kannte, hätten für Hammerstein nur ein »Das geht ja gar nicht!« übrig. Sie liegen falsch. Hammerstein geht sehr gut, wenn man dem Chaos entflohen ist und versucht, die Dinge wieder in den Griff zu bekommen.

Ich lebe ein stinknormales Leben. Jeden Montag stelle ich die Mülltonne vorschriftsgemäß an die Straße, alle zwei Wochen gehe ich mit meinen Kollegen zum Bowling und am Sonntagmorgen geleite ich gebrechliche Senioren zum Gottesdienst. Ich folge Einladungen zu Grillpartys, auf denen ich mir Geschichten über Schwangerschaftsübelkeit und günstige Versicherungstarife anhöre, ich habe – sieht man mal von der gelegentlichen Kifferei ab – einen untadeligen Lebenswandel und einen Leseausweis der Hammersteiner Stadtbibliothek. Und auf eine merkwürdige Art gefällt mir all das. Mir gefällt es, Lehrer zu sein. Ich mag die meisten meiner Schüler. Ich mag sogar die langweiligen Grillpartys und ich mag es, an Sommerabenden mit Frizzi auf dem Balkon ein paar Dosen zischen zu lassen. Ich mag Hammerstein.

Ich will nicht schon wieder weglaufen müssen.

Warum habe ich Vollidiot mich auf die Sache mit der gefälschten Urkunde eingelassen? Jedem vernünftig denkenden Menschen ist klar, dass ein Leben, das auf einer Fälschung fußt, irgendwann scheitern muss. Aber ich war damals nicht in der Lage, vernünftig zu denken. Alles hatte schnell passieren müssen. Ich war einfach panisch gewesen.

Ich wende mich von dem gluckernden Bach ab, lasse mich in einen Liegestuhl fallen, setze die Limonadenflasche an den Mund und nehme einen tiefen Schluck.

Ich darf nicht schon wieder panisch werden. Diesmal nicht. Ich muss nachdenken. Überlegen. Wie ist Miranda an die Urkunde gelangt? Will sie Geld? Gibt es noch mehr Dinge, die sie über mich weiß? Und was weiß ich eigentlich über sie?

Ihre Eltern sind vor ein paar Jahren bei einem Unfall ums Leben gekommen. Gideon und Aurelia Lux waren populäre Bestsellerautoren und das schräge Kultpaar aller durchgeknallten UFO-Gläubigen und Verschwörungsparanoiker. Sie haben verworrene

Bücher über Raumbasen auf dem Mond, über Kornkreise und UFO-Entführungen geschrieben; sie haben die Theorie vertreten, dass Außerirdische in grauer Vorzeit die Erde besucht haben, und es mühelos geschafft, einen Zusammenhang zwischen dem Bau der Pyramiden von Gizeh, angeblichen UFO-Sichtungen in Südamerika und dem Fall der Berliner Mauer zu konstruieren. Die Art von wenig wissenschaftlicher, aber sehr fantasievoller Literatur, mit der man schlichten Gemütern das Geld aus der Tasche zieht. Darin waren sie ausgesprochen erfolgreich: Miranda wohnt im Kastanienviertel, wo die Nobel-Villen von Hammerstein stehen und die Gärten parkähnliche Ausmaße haben. Das Sorgerecht für Miranda hat ihre Tante, Trudi Lux. Bei dem Gedanken an sie schmeckt meine Limonade schlagartig schal. Gegen Trudi Lux sind Dr. Jekyll und Mr. Hyde eine Lachnummer! Ich schüttele mich und versuche die Horrorbilder zu verdrängen, als ich mich an die Begegnung erinnere, die ich am Elternsprechtag mit ihr hatte: Mirandas Tante, eine große stämmige Frau, hat schüchtern lächelnd an meinem Pult Platz genommen. Ihr Trenchcoat war schief geknöpft, aus ihrem Einkaufskorb ragten drei Porreestangen heraus, sie sprach mich ständig als Herr Krakelius an, und wenn sie redete, gerieten ihre Doppelkinne in Wallung. Während ich über Mirandas gute Leistungen sprach, lächelte sie und ihre Wangen wurden vor Stolz ganz rot. Ich speicherte Trudi Lux in der Kategorie »Biedere Hausmutti« ab. Dann brachte ich die Sprache auf Mirandas seltsames Verhalten – was sich als folgenschwerer Fehler erweisen sollte.

»Frau Lux, was Mirandas schulische Leistungen angeht, gibt es keinerlei Probleme, aber da ist eine Sache … Nun, Sie sollten wissen: Miranda starrt mich an! Unaufhörlich. Und dieses merkwürdige Verhalten … «

»Merkwürdig?« Wie von der Tarantel gestochen sprang Trudi Lux auf und verwandelte sich im Bruchteil einer Sekunde in einen zähnefletschenden Dobermann. »Meine Nichte ist nicht merkwürdig!«, bellte sie und fuhrwerkte mit einer Porreestange vor meiner Nase herum. »Und wenn sie merkwürdig wäre, dann nur, weil sie ihre Eltern verloren hat, als sie noch ein Kind war. Also behaupten Sie nicht noch mal, Miranda wäre merkwürdig, oder ...« Sie beugte sich weit über das Pult und blickte mich drohend an. »... oder ich mach Sie fertig!«

Fünf Minuten nachdem sie den Raum verlassen hatte, zitterte ich noch immer. Seit damals mache ich einen weiten Bogen, wann immer ich sie sehe.

Und das ist auch schon alles, was ich weiß. Mirandas Eltern sind verstorben. Sie ist reich. Ihre Tante ist Angst einflößend. – Und Miranda ist es auch.

Fünf nach drei.

Bitte seien Sie pünktlich, Herr Carelius. Halb vier, bei Scardanelli.

Klar, dass es *Scardanelli* sein muss. Das passt. Ausgerechnet *Scardanelli* ... Ich hasse das *Scardanelli*. Es ist ein einziger Schwindel.

***

Ich liebe das *Scardanelli*. Es ist ein einziger Schwindel.

»Gelateria/Ristorante Scardanelli« ist der weltweit einzige Gastronomiebetrieb mit gespaltener Persönlichkeit. Signor Scardanelli ist ein Mann, der zwischen zwei Geliebten hin und hergerissen ist und sich nicht entscheiden kann. Seine Leidenschaft gilt in gleichem Maße der gemeinen Speiseeisproduktion wie der gehobenen italienischen Küche. Er hat eine unkonventionelle Lösung für dieses Dilemma gefunden.

Tagsüber ist das *Scardanelli* eine Eisdiele mit künstlichen Gipsgrotten, grün-weiß-roten Wimpeln, riesigen Eiskarten und einer Musikbox, aus der ohne Pause Italo-Pop tönt. Um Punkt siebzehn Uhr wird jeder Gast, höflich aber bestimmt, aus dem Laden gebeten und Signor Scardanelli und seine emsigen Mitarbeiter beginnen umzudekorieren. Wenn das *Scardanelli* seine Türen um zwanzig Uhr wieder öffnet, hat es sich in einen venezianischen

Renaissance-Palast verwandelt. Kostbare Silberkandelaber, feinstes Geschirr, Gobelins an den Wänden, gedämpfte Musik. In der Küche rührt ein Sternekoch das Süppchen und die Speisekarten haben keine Preise.

Signor Scardanelli ist vielleicht kein Mann klarer Entscheidungen, aber er ist ein lupenreiner Demokrat. Wer bei ihm eine Kugel Erdbeereis im Hörnchen kauft, wird mit der gleichen Zuvorkommenheit bedient, wie jemand, der ein Menü für ein paar Hundert Euro bestellt. Er verkauft viele Menüs. Und er verkauft eine Menge Eis. Scardanellis Eis ist das beste nördlich der Alpen – und es wird hoffentlich den merkwürdigen Jodgeschmack vertreiben, der hartnäckig auf meiner Zunge liegt, seit ich heute Mittag Fidelios Püree probiert habe.

Feindradar einschalten, Miranda!, ermahne ich mich, als ich das *Scardanelli* betrete und scanne den Raum mit einem schnellen Blick ab. Nicht viel los. In einer der Gipsgrotten sitzen zwei Rentnerpaare und löffeln Amaretto-Becher. An einem Tisch neben der Tür hockt Max Gehrling, der Bibliothekar, und spricht mit seinem Pistazieneis. Alles normal soweit. Nichts Verdächtiges.

»Alles im grünen Bereich, Max?«

Er blickt verwirrt auf und stottert: »A-alles klar, Mi-Miranda.«

Ich steuere auf die blau erleuchtete Capri-Grotte zu, mein Lieblingsplatz bei *Scardanelli*. Kaum sitze ich, erscheint Signor Scardanelli in all seiner mediterranen Herrlichkeit, gestikuliert wild mit den Armen und begrüßt mich mit dem ihm eigenen Überschwang.

»Ah, la bella Signora Luxe. Immer wenn Sie uns beehren, habe ich Angst, dass meine Gelato schmilzte davon. Ihr Lächeln isse wie die Sonne.«

»Hallo, Signor Scardanelli.«

»Wasse darf ich meine Lieblingsgaste bringen?«

»Ich warte noch auf jemanden.«

Scardanellis Goldzahn blitzt und er wirft mir einen verschwörerischen Blick zu. »Eine Verabredung mit eine junge Signore?«

»Eher so was wir ein Einstellungsgespräch mit einem mittelalten Herrn.«

»Verstehee«, sagt Signor Scardanelli, ohne zu verstehen, und kommt übergangslos zu seinem Lieblingsthema: »Wenn ich war eine kleine Bambino in Napoli ...«

Geschichten, die so beginnen, habe ich von Signor Scardanelli schon viele gehört. Keine davon ist wahr. Der größte Schwindel am *Scardanelli* ist Signor Scardanelli selbst. Die pechschwarzen Haare sind gefärbt, sein dünner Schnurrbart ist nur angeklebt und ich habe den Verdacht, dass das Gleiche für seine Brusthaare gilt. Er grimassiert und gestikuliert und radebrecht und bedient jedes nur mögliche Italien-Klischee – aber ich weiß aus zuverlässiger Quelle, dass sich seine italienische Vergangenheit auf zwei Wochen Camping am Gardasee beschränkt.

Die Tür der Eisdiele fliegt auf. »Tut mir leid, Signor Scardanelli«, höre ich eine bekannte Stimme rufen. »Entschuldigung. Ich hab ... die Zeit vergessen.« Joris Reichenaus Haare stehen in alle Richtungen. Er flitzt mit ängstlichem Gesichtsausdruck durch den Laden, hüpft hinter die Theke, bindet sich eilig eine Fliege um und zieht ein weißes Jackett über.

Ich blicke gespannt zu Signor Scardanelli, dessen Gesicht rot angelaufen ist. Er ist ein freundlicher Mann, aber er hat seine Prinzipien. Unpünktliche Aushilfen ärgern ihn über alle Maßen. Und wenn er sich über etwas ärgert, kann ihm der Italiener schon mal entgleiten.

»Scusi, Signora«, sagt er lächelnd zu mir, dann verfinstert sich sein Gesichtsausdruck und er zischt in Richtung Joris: »Nochema vier Amareddo-Bescher! Für den Tisch nebbe em Klo. Un zwar e bissje dalli!«

***

Ich bin mir absolut im Klaren darüber, was für einen Eindruck es erweckt, wenn sich ein Lehrer mit seiner Schülerin zum Eisessen trifft. Das ist tatsächlich eine Sache, die gar nicht geht. Ich bete inständig, dass ich auf niemanden treffe, den ich kenne. Was könnte ich schon zu meiner Verteidigung vorbringen? Keine Sorge. Ist nicht so, wie ihr denkt. Ich treffe mich nur mit Miranda, weil ich ein Urkundenfälscher bin und sie mich erpresst.

Es empfiehlt sich in jedem Fall, zu diesem Treffen inkognito zu erscheinen. Ich setze eine Kappe auf, ziehe die Kapuze meines Hoodies – in dem ich mich wahrscheinlich totschwitzen werde – darüber, schiebe mir eine Sonnenbrille auf die Nase und überprüfe meine Erscheinung im Spiegel. Na ja …

Frizzi hält schon wieder Wache im Hausflur. »Und? Geht's besser, Alter?«

»Ja, ja. Wird wieder«, sage ich und versuche schnell an ihm vorbeizukommen.

Frizzi betrachtet mich kritisch, runzelt die Stirn und zieht die Oberlippe hoch. »Beknacktes Outfit, Alter. Voll der Jörg!«

Meine Behelfsverkleidung erweist sich tatsächlich als Totalflop. Ich schwitze unter der Kapuze wie irre und der Verkleidungseffekt ist gleich null. Unterwegs begegne ich Karin Schlösser, der Frau unseres Schulhausmeisters, und sie grüßt freundlich: »Tag, Herr Carelius. Na, Sie haben sich aber warm eingepackt.«

Aus dem *Scardanelli* schallt mir »Azzurro« entgegen. Vier ältere Herrschaften – mir Gott sei Dank unbekannt – löffeln Amaretto-Becher und summen leise mit. Aber als ich meinen Blick weiter durch die Eisdiele wandern lasse, muss ich schlucken: Joris Reichenau steht in einer weißen Kellnerjacke hinter der Theke und spült Gläser. Na, wunderbar. Einer meiner Schüler. Schlimmer kann es nicht mehr kommen, denke ich, und weiß eine Sekunde später, dass ich mich geirrt habe: Neben der Tür sitzt Max Gehrling.

Max hat eine Halbtagsstelle in der Stadtbibliothek. Ein paar Monate nachdem ich hierher gezogen bin, habe ich ihn mal auf ein Bier eingeladen. Einfach deshalb, weil er mir leidtat. Bei einem »Sind Sie eine arme Socke?«-Test würde Max Gehrling mühelos die volle Punktzahl erreichen.

Sind Sie Mitte dreißig und noch Jungfrau? Haben Sie schütteres Haar, diverse Tics und unreine Haut? Wohnen Sie noch in Ihrem Kinderzimmer und kleidet Ihre Mutter Sie ein? Stottern Sie, führen Sie Selbstgespräche und wirken Sie auf Frauen befremdlich? Jedes Mal ein dickes Kreuz im Ja-Kästchen.

Das Treffen mit Max ist schrecklich verlaufen. Er hat eine hohe Kieksstimme, so als wäre er noch im Stimmbruch, und hat ohne Pause über *Bibliothekarische Kataloge und Regelwerke* geredet. Mit mir, mit der Wand, mit sich selbst und mit dem Zapfhahn. Beim Abschied hat er nervös an einem Pickel rumgedrückt, die Lippen zu einem gruseligen Lächeln gefletscht und gestottert: »Toll-toll-toller Abend. Ma-machen wir jetzt öfter.« Jedes Mal wenn ich ihm begegne, fragt er mich, wann wir uns denn endlich mal wieder auf ein Bier treffen, jedes Mal lasse ich mir eine neue Ausrede einfallen – und jedes Mal komme ich mir dabei schäbig vor.

Ich ziehe die Kappe tiefer in die Stirn und versuche ungesehen an ihm vorbeizugelangen.

»Hallo, Vi-Viktor«, kiekst es erfreut. »La-lang nicht mehr gesehen.«

»Hallo, Max.«

Er deutet auf meine Kapuze und kichert hysterisch. »Merkwür-würdiger Aufzug.«

»Das ist … das habe ich nur, weil …«

Aber Max hört mir schon nicht mehr zu und spricht wieder mit seiner Eiswaffel.

Miranda sehe ich erst auf den zweiten Blick. Sie sitzt im hinteren Teil der Eisdiele, in einer der kitschigen Gipsgrotten.

»Hallo, Viktor«, sagt sie. »Blöde Aufmachung!«

»Entschuldige, das ist mein erstes Treffen mit einer Erpresserin. Ich weiß nicht, was man zu so einer Gelegenheit trägt.«

»Wie kommst du denn auf die Idee, dass ich dich erpressen will?«

»Na, weil …«

»Signor Carelius!« Scardanelli taucht mit einem öligen Lächeln an unserem Tisch auf, begrüßt mich, als wäre ich sein ältester Stammgast, und hält uns zwei quietschbunte, überdimensionierte Eiskarten hin.

»Nicht nötig«, sagt Miranda fröhlich. »Wir nehmen einen großen Amore-Becher für zwei.«

Ich verdrehe die Augen und seufze tief.

In diesem Moment gibt die Musikbox mit einem würgenden Geräusch den Geist auf und in die plötzliche Stille hinein, schmettert Signor Scardanelli mit der Inbrunst eines Opern-Tenors: »Eine große Amore-Becher für Signor Carelius unde Signora Luxe!«

***

Viktor Carelius hört gar nicht mehr auf zu seufzen und lässt den Kopf in die Hände sinken.

Signor Scardanelli eilt davon und bringt die Musikbox mit einem gezielten Tritt in Schwung. Die Rentner applaudieren euphorisch, und der Signore verbeugt sich, als hätte er gerade einen triumphalen Erfolg an der Mailänder Scala gefeiert. Viktor gibt ein jammeriges »Oh, Mann …« von sich.

»Hast du ein Problem mit Signor Scardanelli?«, frage ich lächelnd.

»Allerdings. Mit ihm und mit seinem Laden auch. Ein einziges Schmierentheater!«

»Ich mag es hier! Alles ist so übertrieben, dass jedem klar ist, dass es Theater ist. Signor Scardanelli weiß es und wir wissen es. Und er weiß, dass wir es wissen. Und wir wissen, dass er weiß, dass wir es wissen. Es ist ein Schwindel, der nicht behauptet, wahr zu sein. – Ganz anders als ein Schwindel, der als Wahrheit verkauft werden soll. Wie getürkte Studiennachweise und eine gefälschte Masterurkunde, zum Beispiel.«

Viktor nimmt endlich die lächerliche Sonnenbrille ab. »Woher weißt du von der Urkunde?«, fragt er mit einem leichten Zittern in der Stimme.

»Ich habe einen Blick in deine Personalakte geworfen.«

»Du hast was? Wie kommst du an meine – autsch!«

Ich trete Viktor gegens Schienbein, denn Joris Reichenau hält auf unseren Tisch zu. Sein Kopf ist puterrot, seine Augen blitzen wütend.

»Hallo, Joris«, sage ich, aber er antwortet nicht.

»Ein großer Amore-Becher für zwei«, presst er zwischen zusammengekniffenen Lippen hervor und wirft Viktor einen Blick zu, als würde er ihm den Eislöffel am liebsten ins Auge rammen. »Wohl bekomm's!« Er setzt den Eisbecher so hart auf dem Tisch ab, dass die Liebesperlen in die Schlagsahne einsinken, und stapft davon. Viktor sieht ihm verängstigt hinterher und macht ein Gesicht wie ein scheintotes Frettchen.

»Hau rein! Die Sahne ist ein Traum«, empfehle ich, aber er hat im Moment keinen Sinn für Süßes.

»Noch mal«, sagt er. »Wie kommst du an meine Personalakte?«

Ich wische mir Sahne von der Oberlippe. »Weil im Sekretariat so wenig Platz ist, sind die Personalakten ausgelagert worden. Ins Sanitätszimmer. Die Akten sind in einem Stahlschrank; das Schloss ist ein Witz. Jeder, der eine Haarnadel und einen Hauch Entschlossenheit besitzt, kann es in drei Sekunden knacken. Am ersten Schultag nach den Weihnachtsferien habe ich in Mathe bei Köhler Bauchkrämpfe vorgetäuscht und er hat mich aus dem Unterricht entlassen. Du weißt, wie in einem solchen Fall verfahren wird …«

Viktor nickt. »Der Schüler informiert die Schulsekretärin und begibt sich ins Sanitätszimmer. Die Sekretärin ruft einen Sorgeberechtigten an, der entscheidet, ob der Schüler abgeholt wird oder selbstständig den Weg nach Hause antritt.«

»Genau. Ich habe mich brav auf die Liege im Sanitätszimmer gelegt, und als die Sekretärin nach nebenan ging, um zu telefonieren, habe ich ihr gesagt, dass sie es lange klingeln lassen soll, weil Tante Trudi schlecht hört. Trudi konnte aber überhaupt nicht rangehen, weil sie beim Frisör saß, um sich eine neue Dauerwelle machen zu lassen. Ich hatte jede Menge Zeit. Ich habe das Schloss geknackt, mir deine Akte genommen, sie in meine Tasche gepackt und zu Hause kopiert. Am nächsten Tag habe ich wieder Bauchkrämpfe bekommen, durfte mich erneut ins Sanitätszimmer legen und habe die Akte zurückgesteckt. War keine große Sache.«

Viktor sieht mich an, als hätte ich ihm gerade die wahren Hintergründe des Kennedy-Attentats offenbart. »Und würdest du mir auch verraten, warum du meine Akte gelesen hast?«

»So was gehört zu den grundlegenden Standards einer Sicherheitsüberprüfung.«

»Sicherheitsüberprüfung?«

»Ja. Machen wir immer so.«

»Wir?«

So kommt dieses Gespräch nicht von der Stelle. Ich lege den Eislöffel zur Seite und blicke Viktor Carelius in die Augen. »Mich würde interessieren, warum du die Urkunde gefälscht hast.«

»Ach wirklich?«, fragt er mit einem trotzigen Unterton. »Ich bin sicher, dass du das auch bereits in Erfahrung gebracht hast.«

»Ja. Ich würde es aber gerne noch einmal von dir hören.« Ich beuge mich über den Tisch und flüstere: »Ich will wissen, ob du ehrlich bist, Viktor. Ich will wissen, ob ich dir vertrauen kann.«

Mit einer fahrigen Bewegung schiebt er die Kapuze zurück, nimmt die Kappe ab und blickt auf die Tischplatte. Als er stockend zu sprechen beginnt, wirkt er wie ein angeschlagener, taumelnder Boxer. »Gleich zu Beginn des Studiums habe ich Kerstin kennengelernt. Sie war … Es hat bei uns beiden sofort gefunkt. Ich war noch nie vorher so verliebt. Und dann kam ich eines Tages nach Hause, und sie hatte ihre Sachen gepackt und war weg. Sie hat nur ein paar Zeilen hinterlassen. Sie müsse sich über ihre

Gefühle klar werden … Ich wusste in diesem Moment, dass es aus war.«

»Ja. Damals hatte sie schon seit einem halben Jahr was mit einem Andreas Perkuleit laufen«, rutscht es mir raus – und ich schlage die Hand vor den Mund. Manche Wahrheiten sollte man nur in kleinen Dosen verabreichen.

Viktor starrt mich entgeistert an. »Andreas? Andy? Aber … der war mein bester Kumpel damals.«

»Nein. War er nicht. – Tut mir leid«, sage ich zerknirscht.

Viktor versinkt für einen Moment in Schweigen, dann fährt er mit brüchiger Stimme fort. »Ich war vollkommen am Boden. Bei mir ist alles außer Kontrolle geraten. Ich lernte Leute kennen, die eine Menge schlechter Angewohnheiten hatten – und bin völlig abgestürzt. Eines Morgens wurde ich wach und lag auf einer versifften Matratze. In einer Wohnung, die ich nicht kannte, neben Menschen, die ich nicht kannte. In einem dreckigen, ungelüfteten Raum, in dem es nach kaltem Rauch, nach Katzenklo und nach verbrannter Zwiebelsuppe roch. Ich hatte keine Ahnung, wo ich war und wie ich dahin gekommen war. In dem Moment wurde mir klar, dass ich mein Leben augenblicklich ändern musste, oder ich würde vor die Hunde gehen. Das Problem war aber, dass ich einigen unangenehmen Leuten Geld schuldete. Viel mehr Geld, als ich hatte. Zur Hochschule zurück konnte ich also nicht. Ich musste weg – und zwar schnellstens. Ich kannte da einen Typen, einen Belgier, der sich damit ein bisschen was nebenher verdiente, dass er U-Bahn-Tickets fälschte. Einen Teil der Studiennachweise hatte ich ganz regulär erworben … und die fehlenden hat er für mich gefälscht … und die Urkunde auch.«

»Hast du ihm dafür Geld gezahlt?«

»Ein paar Hundert Euro.«

»Du solltest das Geld zurückfordern. Dein Belgier ist ein Stümper und die Fälschung ist erbärmlich. Ein Wunder, dass du damit durchgekommen bist«, sage ich und lasse noch einen Löffel von Scardanellis göttlichem Eis auf der Zunge zergehen. »Aber mir ist ein guter Lehrer ohne Abschluss lieber als ein schlechter mit Einser-Abschluss. Du bist ein guter Lehrer! Und wegen der Urkunde musst du dir keine Sorgen mehr machen. Ich habe sie gegen eine erstklassige Fälschung ausgetauscht, die nicht von einem echten Dokument zu unterscheiden ist. Damit bist du auf der sicheren Seite. – Du solltest wirklich was von dem Eis probieren, bevor es schmilzt.«

Das tut er nicht, sondern glotzt mich nur verständnislos an. »Miranda … wenn du mich nicht erpressen willst … warum bin ich hier?«

»Weil du einen Führerschein hast. Und weil du im Unterricht ein paar kluge Dinge gesagt hast. In Geschichte beispielsweise. Dass man so viele Quellen wie möglich studieren soll und dabei immer daran denken muss, wer die Quelle ist, welche Interessen sie hat und warum ihr daran gelegen ist, die Dinge so darzustellen, wie sie es tut. Oder in Philosophie, als du über Glaube und Zweifel gesprochen hast. Du weißt schon: *Indem wir etwas infrage stellen, stoßen wir auf die Wahrheit. Der Zweifel ist der Weisheit Anfang. Je mehr einer weiß, desto mehr bezweifelt er.*«

»Alles nicht von mir. Das Erste ist von Cicero, das Zweite von Descartes und das Dritte von Voltaire.«

»Ich weiß, dass es Zitate sind. Darum geht es nicht. Es geht darum, dass du deine Schüler zum Zweifeln ermutigst, Viktor. Weil du es selbst für wichtig hältst, zu zweifeln.«

»Und wofür genau qualifiziert mich das?«, fragt er.

»Für die Mitarbeit in einer gemeinnützigen Organisation … einer geheimen gemeinnützigen Organisation. Einem Netzwerk von Menschen, die zweifeln. Menschen, die auf der Suche nach der Wahrheit sind. – So wie meine Eltern.«

Es dauert einen Moment, bis der Groschen bei ihm fällt.

»Du meinst solche Dinge wie angebliche UFO-Abstürze und Begegnungen mit Außerirdischen und Regierungsverschwörungen?« Viktor räuspert sich und verfällt in einen nervigen, belehrenden Pädagogenton. »Miranda … ich möchte euch tatsächlich zum Zweifeln ermuntern. Dazu, nicht alles arglos zu glauben. Dinge zu hinterfragen. Aber das muss natürlich in einem wissenschaftlichen, vernünftigen Rahmen geschehen. Es geht um Beweise. Um Fakten. Nicht um Verschwörungsspinnereien.«

»Willst du damit sagen, meine Eltern waren Spinner?«

»Natürlich nicht«, beschwichtigt er und wird rot. »Aber ich meine … wovon reden wir hier? Geheime Raumfahrtmissionen der NASA? Schattenregierungen? Marilyn Monroe war eine Außerirdische von der Venus? Michael Jackson ist wohlauf und betreibt einen Hundesalon im Orion-Gürtel?«

»Nicht schlecht«, sage ich. »Zwei Nieten, ein Treffer und einmal knapp vorbei.«

Viktor schüttelt den Kopf. »Wirklich, Miranda, das ist völlig …«

Ich nehme meine Tasche und stehe auf. »Schade. Ich hatte gehofft, du würdest die Dinge, die du sagst, auch wirklich meinen. Da habe ich mich wohl getäuscht.« Ich lege einen Zehn-Euro-Schein auf den Tisch. »Vergessen Sie alles, was ich gesagt habe. Ich wollte Sie nur ein bisschen hochnehmen. Betrachten Sie sich als eingeladen, Herr Carelius. Wiedersehen.«

Hoch gepokert …

»Miranda, warte! Setz dich doch bitte.«

… und gewonnen!

»Okay«, sagt er. »Überzeug mich! Nenn mir nur eine einzige Verschwörungstheorie, die sich als wahr herausgestellt hat.«

Ich nehme wieder Platz. »Wo du doch so gerne von Verschwörungsspinnern sprichst … Wie hättest du vor ein paar Jahren jemanden bezeichnet, der behauptet hätte, dass unsere gesamte elektronische Kommunikation von dem Geheimdienst einer befreundeten Nation überwacht, ausgespäht und gespeichert wird?«

Das bringt ihn ins Grübeln. Wen das nicht ins Grübeln bringt, dem ist, ehrlich gesagt, auch nicht mehr zu helfen.

Fast drei Minuten lang stiert er, ohne ein Wort zu sagen, auf den dahinschmelzenden Amore-Becher, dann hebt er den Kopf und blickt mich fragend an. »Und diese … diese, ähm, Organisation, von der du gesprochen hast … Was genau tut die?«

Na bitte. Geht doch. Ich habe ihn.

»Um das zu verstehen, brauchst du erst mal einen Schnellkurs in verschwörungstheoretischem Denken«, sage ich.

»Und wie soll das praktisch aussehen?«

»Ich werde dich unterrichten. Täglich. Wir beginnen so bald wie möglich. Bei mir zu Hause, in der Bibliothek meiner Eltern.«

Viktor Carelius schüttelt entschieden den Kopf. »Sicher nicht, Miranda! Wenn sich ein Lehrer mit einer Schülerin in einer Eisdiele trifft, ist das schon äußerst unangemessen. Ein Lehrer, der seine Schülerin zu Hause besucht, das ist …«

»Das Problem ist mir bewusst«, unterbreche ich ihn. »Aber es gibt für jedes Problem eine Lösung. Ich habe einen Plan. Und bei der Gelegenheit wirst du gleich lernen, wie leicht es ist, eine Wahrheit zu erschaffen. Es ist ganz simpel. Du tust einfach Folgendes …«

2

Bei der Bäckerei Brecklinghaus am Galgenplätzchen bekommt man die knusprigsten Brötchen und leckersten Hörnchen von ganz Hammerstein – was aber nicht der einzige Grund ist, warum Tante Trudi dort einkauft. Bei Brecklinghaus gibt es auch die aktuellen Lokalnachrichten. Will man wissen, warum Bürgermeister Kisselberg den Führerschein abgeben musste, wieso es bei der Jahreshauptversammlung des Obst- und Gartenbauvereins zum Eklat kam oder wer wen geschwängert, betrogen oder verlassen hat, dann kauft man sein Backwerk bei Brecklinghaus. Wenn Trudi Brötchen holen geht, kann das schon mal dauern.

Heute Morgen ist sie aber ungewöhnlich schnell zurück. Mit hochrotem Kopf knallt sie die Brötchentüte auf den Küchentisch, lässt sich auf einen Stuhl fallen und keucht: »Dein Lehrer … dieser Krakelius … völlig verrückt geworden …«

»Was ist denn los?«, frage ich und bemühe mich, überrascht auszusehen.

Trudi ringt nach Luft. »Stell dir vor: Ich stehe bei Brecklinghaus und bezahle grade die Brötchen, da kommt er rein und säuselt: ›Du hast wunderschönes Haar, Trudi.‹ Ich hab gedacht, ich hör nicht richtig. Der Laden war rappelvoll und alle haben mich angeglotzt wie sonst was. Ich hab ihn angepflaumt, dass es wohl bei ihm hackt – da fängt er an zu schluchzen: ›Bitte, lass uns dieses unwürdige Versteckspiel beenden. Warum darf niemand wissen, dass wir uns lieben?‹ Im Laden hättest du ’ne Stecknadel fallen hören können, alle haben nur noch die Ohren gespitzt. Ich hab gemacht, dass ich rauskam, und als ich an der Tür war, hat er mir hinterhergebrüllt: ›Warum müssen wir unsere Gefühle verstecken, Trudi?‹ Völlig durchgedreht, der Kerl! Und so was ist Lehrer … Was sollen denn jetzt die Leute von mir denken?«

Ich bin mir ziemlich sicher zu wissen, was sie denken – nämlich das, von dem ich gerne hätte, dass sie es denken. Ohne Zweifel donnert und blitzt es mittlerweile gewaltig am Hammersteiner Gerüchtehimmel und die Legende vom ungleichen Paar macht bereits die Runde. So wie es aussieht, hat sich Viktor Carelius wortwörtlich an mein Drehbuch gehalten – und damit seine erste Prüfung bestanden.

Trudi gönnt sich auf den Schreck erst mal einen Schokoriegel, kaut nachdenklich darauf herum und sagt plötzlich: »Weißt du, was an der Sache total merkwürdig ist? Das, was er gesagt hat … mit den schönen Haaren und den versteckten Gefühlen … Genau das Gleiche hat Torben zu Clarissa gesagt, in einer Folge von ›Marionetten der Liebe‹, in der letzten Woche. Nur dass sie nicht in einer Bäckerei standen, sondern in einem Yachtclub.«

»Ist ja wirklich seltsam«, sage ich und nehme mir vor, in Zukunft nicht mehr ganz so ungeniert vom Privatfernsehen abzukupfern.

Ab jetzt wird sich die Sache ganz von selbst entwickeln. Viktor muss nur ein paar Wegmarken setzen.

***

So richtig kann ich immer noch nicht glauben, dass ich mich tatsächlich auf Mirandas Plan eingelassen habe. Aber nachdem ich mich in der Bäckerei vor versammelter Mannschaft zum Affen gemacht habe, gibt es sowieso keinen Weg mehr zurück. Also begebe ich mich am Nachmittag, gemäß Mirandas Instruktionen, zum Juweliergeschäft Kleinert, erstehe einen nicht allzu teuren Ring und bitte den Juwelier darum, V. C. ♥ T. L. einzugravieren. Er lächelt wissend und zwinkert mir zu. Der Lokalfunk funktioniert offenbar einwandfrei.

Miranda hat recht: Wahrheiten werden gemacht.

Am Ende dieses Tages habe ich einen zweifelhaften Ruf und einen Ring, den ich nicht brauchen kann. Zwei gute Gründe für ein kaltes Bier. Ich setze mich in Unterhose und T-Shirt auf den Balkon und gönne mir einen ausgiebigen Schluck, während ich über Mirandas geheimnisvolle Andeutungen nachgrüble.

Eine geheime Organisation. Ein Netzwerk von Menschen, die zweifeln.

Klingt vor allem nach einem Haufen nerdiger Verschwörungsspinner. Wenn es diese Organisation überhaupt gibt. Ich frage mich immer noch, ob das Ganze vielleicht nur eine Riesenverarsche ist, und ich mich demnächst auf YouTube wiederfinde, als »Der Idiotenlehrer, der auf ältere Damen steht«. Aber ich muss zugeben, dass mich Mirandas Andeutungen auch neugierig gemacht haben. Was für eine Organisation soll das sein?

Ich nehme mein Tablet und gebe »lux hammerstein« in die Suche ein. 422 000 Ergebnisse.

Gideon und Aurelia Lux sind echte Berühmtheiten gewesen. Ich stoße auf zahlreiche Foren, in denen ihre kruden Theorien diskutiert werden. Die haben sie in mehr als vierzig Büchern verbreitet, darunter Titel wie »Pyramiden – Grabstätten, Kraftwerke, Sternentore?«, »Kennedy und die Aliens – Dallas in ganz neuem Licht«, oder »Sind wir die Außerirdischen? – Geheimnisse der DNS«. Sämtliche ihrer Bücher sind in mehrere Sprachen übersetzt worden und haben Riesenauflagen erreicht. Sie müssen nicht nur reich, sie müssen stinkreich gewesen sein. Einen großen Teil ihres Vermögens haben sie in die von ihnen gegründete Lux-Stiftung gesteckt. Einen Moment lang frage ich mich, ob das die Organisation sein könnte, von der Miranda gesprochen hat, aber an der Stiftung ist nichts Geheimes. Sie ist in sozialen Netzwerken vertreten und hat eine eigene Website, auf der ich erfahre, dass sie Projekte im Bereich der UFO-Forschung fördert und außerdem alternative Archäologie und die Ziele der Exopolitik unterstützt.

Was, bitte schön, sind alternative Archäologie und Exopolitik?

Ein paar Klicks später weiß ich, dass es sich dabei weder um seriöse Wissenschaft noch um ernstzunehmende Politik handelt. Alternative Archäologie bezweifelt, dass die Entwicklung der menschlichen Zivilisation so verlaufen ist, wie es gemeinhin behauptet wird, und stellt unter anderem die These auf, dass Außerirdische in unsere Entwicklung eingegriffen, uns genetisch verändert und so erst zu denkenden Wesen gemacht haben. Oder, dass Außerirdische unsere Ahnen in grauer Vorzeit besucht haben, ihnen umfangreiches Wissen vermittelten und so die Grundlage unserer Kultur schufen. Die alternative Archäologie beruft sie sich dabei auf steinzeitliche Höhlenmalereien, die Begegnungen mit Außerirdischen zeigen sollen, und auf uralte Bauwerke, die unsere Vorfahren mit ihrem damaligen Wissenstand und ihren primitiven Werkzeugen weder hätten planen noch errichten können. Sie verweist auf den Fund seltsam geformter Schädel oder prähistorischer Artefakte, die sich ihrer Meinung nach jeder gängigen historischen Einordnung entziehen.

Leidlich spannende Fantasy – aber ganz sicher keine Wissenschaft.

Und Exopolitik? Auch eine reichlich wirre Angelegenheit. Die Bewegung der Exopolitik geht davon aus, dass es eine außerirdische Präsenz auf der Erde gibt, dass es dafür Beweise gibt und dass offizielle Stellen alle Informationen zu diesem Thema verschleiern. Sie fordert eine staatliche Unterstützung der UFO-Forschung, die Offenlegung aller vorhandenen Informationen und die Beschäftigung der Politik mit dem Thema.

Außerirdische Präsenz? Alles klar, Freunde. Das hört sich genauso durchgeknallt an, wie ich es erwartet habe. Entweder waren Mirandas Eltern äußerst geschäftstüchtige Aufschneider oder sie haben wirklich an all dieses Zeug geglaubt. Ich frage mich, was schlimmer ist.

In dem Wikipedia-Artikel zu Gideon und Aurelia Lux lese ich im Abschnitt *Privates*:

Gideon und Aurelia Lux waren beide schon populäre Autoren im Bereich der UFO-Forschung und Prä-Astronautik, als sie sich 1999 als Teilnehmer einer astro-archäologischen Forschungsreise zu den Osterinseln kennenlernten. Das Paar heiratete am sechsten Mai 2000. Ein Jahr später wurden sie Eltern einer Tochter (Miranda, 01. 05. 2001). Gideon Lux hat zudem eine weitere Tochter aus einer früheren Beziehung (Indigo, 21. 04. 1986).

Miranda hat eine Halbschwester? Überrascht halte ich im Lesen inne und blicke auf. 1986? Das bedeutet, dass sie fünfzehn Jahre älter ist als Miranda. Ein Jahr älter als ich. Auf jeden Fall lebt sie nicht in Hammerstein, sonst wäre ich ihr mit Sicherheit schon begegnet. Ich wende mich wieder dem Artikel zu. Unter der Überschrift *Tod* findet sich folgender Eintrag:

Am 17. 07. 2008 kündigten Gideon und Aurelia Lux in einer TV-Sendung an, eine weltumfassende Verschwörung zu enthüllen. Dazu luden sie internationale Medienvertreter zu einer Pressekonferenz ein, die vier Tage später auf Helgoland stattfinden sollte. Auf dem Weg dorthin stürzte der Hubschrauber des Ehepaares über der Nordsee ab. Neben Gideon und Aurelia Lux kam auch ihr Assistent, der zweiunddreißigjährige Birger Vend, bei dem Unfall ums Leben. Um das Unglück ranken sich bis heute zahlreiche Verschwörungstheorien

Ich klicke auf den Link zu einem Video, in dem der letzte Fernsehauftritt von Mirandas Eltern zu sehen ist. Eine Late-Night-Show. Der Moderator kündigt sie mit den Worten an: »Und hier kommt das Ehepaar, das die kleinen grünen Männchen persönlich kennt: Aurelia und Gideon Lux.«

Die beiden betreten die Bühne, dazu spielt die Studio-Band das Star-Wars-Thema, ein bescheuert aussehendes Zeichentrick-UFO wird eingeblendet und flitzt durchs Bild. Gelächter im Publikum. Gideon und Aurelia Lux nehmen am Schreibtisch des Gastgebers Platz. Beide sehen aus, als kämen sie aus einer Hippie-Kommune. Gideon Lux trägt eine Brille mit farbig getönten Gläsern, eine abgewetzte Samtjacke und ein orangefarbenes Halstuch. Aurelia ist eine hübsche, schlanke Frau mit langen roten Haaren. Sie ist in ein regenbogenfarbenes Wickelgewand gehüllt, ihre Mundwinkel zeigen nach oben, was so aussieht, als würde sie ohne Unterlass lächeln.

Moderator: »Aurelia, Gideon: Was John und Yoko für die Friedensbewegung waren, sind Sie für alle selbst ernannten Ufologen und Verschwörungstheoretiker. Sie haben eine riesige Gemeinde von UFO-Gläubigen, die Ihnen folgt.«

Aurelia (lächelnd): »Ich hoffe sehr, dass wir das nicht haben. Wir brauchen keine Gemeinde und ganz sicher keine Gläubigen. Nichts fände ich schlimmer, als wenn jemand auf der Basis unserer Theorien über das UFO-Phänomen einen Glauben oder Kult schaffen würde. Auf dieser Welt wird viel zu viel geglaubt – und viel zu wenig gezweifelt.«

Raunen im Publikum.

Moderator: »Sie wollen die Welt also nicht nur von der Existenz von E.T. überzeugen, sondern dabei auch gleich die Religion abschaffen?«

Gideon: »Es ist bestimmt nicht unsere Absicht, jemandem seinen Glauben zu nehmen. Ich würde mich selbst als einen spirituellen Menschen bezeichnen. Wer an was oder wen auch immer glauben möchte, der soll das tun. Solange er jedem anderen das Recht einräumt, zu zweifeln. Zu fragen. Dinge und Geschehnisse anders zu interpretieren.«

Moderator: »Kritiker werfen Ihnen vor, mit fantasievollen Theorien aufzuwarten, aber keinen einzigen Beweis vorzulegen.«

Aurelia: »Wer bestimmt, was ein Beweis ist? Wer bestimmt, wann ein Zeuge glaubwürdig ist und wann nicht? Ist es nicht merkwürdig? Denken Sie an die zahlreichen Militärangehörigen oder Piloten, sogar Astronauten, die über Begegnungen mit UFOs berichten. Eben waren sie noch Menschen, die wir für so vernünftig, seriös, fähig und vertrauenswürdig hielten, dass wir unsere Sicherheit und unser Leben in ihre Hände legten oder sie mit einer historischen Mission betrauten – aber kaum sprechen sie von UFOs, werden sie zu labilen, halluzinierenden Spinnern oder lächerlichen Figuren, die die Venus nicht von einem Flugobjekt unterscheiden können. Und wenn diese Menschen –«

Moderator: »Mein Publikum würde sicher gerne noch mehr

erfahren, aber leider drängt die Zeit ein bisschen. Kommen wir zum Wesentlichen. Was erwartet uns in Ihrem neuen Buch? Eine drohende Invasion vom Jupiter?«

Gelächter.

»Es wird kein Buch geben«, sagt Gideon.

Talkmaster (blickt verwirrt zur Regie und sortiert seine Notizen): »Aber … nach meinen Informationen …«

Gideon (lehnt sich in seinem Stuhl nach vorne): »Es gibt ein Manuskript, aber der Verlag, der es veröffentlichen wollte, hat im letzten Moment einen Rückzieher gemacht. Und auch kein anderer Verlag will das Buch publizieren, obwohl ihm die Veröffentlichung einen beachtlichen Gewinn bescheren würde. Wäre man ein Verschwörungstheoretiker, könnte man den Eindruck gewinnen, hier sei Druck ausgeübt worden.«

Moderator: »Verraten Sie uns auch, was so brisant ist, dass es nicht veröffentlicht wird?«

Aurelia (ernst blickend): »Die größte Verschwörung, die die Welt je gesehen hat. Und wir haben Beweise. Beweise, die jeder Prüfung standhalten. Wir haben uns dazu entschlossen, die uns vorliegenden Dokumente am zweiundzwanzigsten Juni online zu stellen. Am Tag zuvor veranstalten wir eine Pressekonferenz auf Helgoland, zu der wir hiermit Vertreter der internationalen Medien einladen. Wir werden dort alles offenlegen, was wir herausgefunden haben.«

Moderator (klatscht spöttisch Beifall): »Ein gelungener PR-Coup. Gratuliere!«

Gideon: »Sie scheinen uns nicht zu verstehen. Es geht hier nicht um Werbung für irgendein Produkt. Es geht um unser aller Schicksal. Die Welt wird nach diesem Tag nicht mehr die Welt sein, die wir kennen.«

Moderator (grinsend): »Da wird einem ja wirklich bange. Kommen Sie schon, Aurelia. Ergehen Sie sich nicht nur in so düsteren Andeutungen wie Ihr Gatte. Geben Sie dem Publikum einen Hinweis. Worum geht es? Nur ein Satz? Nur ein Wort?«

Aurelia Lux blickt ihren Mann an und nimmt seine Hand, dann dreht sie den Kopf, sieht direkt in die Kamera und flüstert: »Ajax.«

Stille im Studio.

Moderator (mit süffisantem Lächeln): »Interessant, Aurelia. Wenn auch ein ganz klein wenig orakelhaft. Vielen Dank für Ihren Besuch. – Liebe Zuschauer, bleiben Sie dran. Nach einer kurzen Verbraucherinformation empfange ich noch Tiffany Berger, bekannt aus ›Marionetten der Liebe‹, und Rufus den rappenden Schornsteinfeger. Bis gleich!«

Ich sehe mir den Clip ein zweites und auch noch ein drittes Mal an. Ich bin zugegebenermaßen überrascht. Gideon und Aurelia Lux sehen aus wie verkiffte Freaks, aber das, was sie sagen – und wie sie es sagen – klingt beinahe vernünftig. Ich habe glühende Sektierer erwartet, die mit missionarischem Eifer jeden von ihrer Sicht der Welt überzeugen wollen. Aber so wirken sie ganz und gar nicht, sondern ruhig und überlegt und sachlich. Der Moderator gibt sich alle Mühe, das, was sie sagen, ins Lächerliche zu ziehen, aber das Ganze hat, zumindest auf mich, den gegenteiligen Effekt. Alles an dieser Show wirkt bizarr, überdreht und vollkommen lächerlich – außer Gideon und Aurelia Lux.

Ajax? Was hat das zu bedeuten?

Es wird dunkel, der Bach unter meinem Balkon gluckert leise vor sich hin, während ich nachdenklich in den Nachthimmel blicke. Vielleicht ist es ja doch keine vollkommene Zeitverschwendung, sich einmal mit den Ideen von Mirandas Eltern zu beschäftigen …

***

»Dein Vater und seine komischen Ideen«, ächzt Tante Trudi, während sie mit einem Poliertuch am Rand des Brunnens herumreibt. »Konnte er deiner Mutter nicht was Normales zur Hochzeit schenken, so wie andere Männer? Ein Paar Ohrringe? Meinetwegen auch ein Auto oder eine Weltreise? Nein, bei Gideon musste es ein Springbrunnen sein. Und dann auch noch so einer …« Sie blickt zu der Skulptur in der Mitte des Brunnens, seufzt und schüttelt den Kopf.

Ich finde die meisten der komischen Ideen meines Vaters ganz wunderbar, aber was den Brunnen angeht, muss ich Trudi leider recht geben. Ich wünschte auch, Vater wäre ein ganz klein weniger extravagant in der Wahl seines Geschenkes gewesen. Das hätte mich davor bewahrt, zweimal im Jahr bei Tante Trudi antreten zu müssen, um gemeinsam mit ihr den Brunnen von Vogeldreck zu befreien. Eine Mordsarbeit, die mir jedes Mal einen mehrtägigen Muskelkater beschert. Heute Morgen ist es wieder so weit.

Der Brunnen ist aus silberschimmerndem Edelstahl und hat einen Durchmesser von beinahe fünf Metern. Er sieht aus wie eine fliegende Untertasse. Eine fliegende Untertasse, die auf dem unkrautüberwucherten Vorplatz vor unserem Haus eine blitzsaubere Landung hingelegt hat. An der Stahlumrandung des Brunnens befinden sich blinkende Lämpchen, bunte Scheinwerfer färben das Wasser im Becken grün und eine Pumpe sorgt dafür, dass unaufhörlich gluckernde Bläschen aufsteigen, wie in einem riesigen Whirlpool. In der Mitte des UFO-Brunnens erhebt sich eine hohe, schlanke Stahlsäule, auf der eine silberfarbene Skulptur angebracht ist, die starke Ähnlichkeit mit dem berühmten Manneken Pis in Brüssel aufweist. Nur dass es hier kein kleiner Junge ist, der sein Wasser abschlägt, sondern ein zwei Meter großer Außerirdischer mit riesigen schwarzen Augen und verlängertem Hinterkopf.

Vaters schräge Art zu sagen: »Keine Angst vor Fremden. Aliens sind auch nur Menschen.«

Während ich mit den Vogelhinterlassenschaften auf dem Brunnenrand kämpfe, schrubbt Trudi den Edelstahl mit verbissenem Blick auf Hochglanz. Ihr gestriges Erlebnis in der Bäckerei wirkt noch immer nach. Unablässig murmelt sie: »Schöne Haare. Der hat sie doch nicht mehr alle. Dem geb ich schöne Haare.«

Ich taste nach dem Medaillon auf meiner Brust, in dem ich das Psychophon aufbewahre. Noch immer keine Nachricht von Elektra. Dabei brenne ich darauf, endlich zu erfahren, was ihre Recherche im Fall von Joachim Hersfeld, dem toten Luftwaffenoffizier, ergeben hat …

»Was ist? Keinen Schmalz mehr in den Armen?«, moppert Trudi.

»Ich brauche eine halbe Stunde Pause.«

Gemächlich schlendere ich hinters Haus. Der Brunnen auf dem Vorplatz war Vaters Idee, der Garten hinter dem Haus ist das Werk meiner Mutter. Wer bei dem Begriff Garten an ein Rasenquadrat und ein paar Beete denkt, liegt allerdings gewaltig daneben. Unser Garten ist ein künstlich geschaffener, vollkommen verwilderter Dschungel, so riesig, dass man sich darin verirren kann. Mutter hat hier Bäume, Büsche, Sträucher, Blumen und Kräuter aus der ganzen Welt wild durcheinander angepflanzt und sich selbst überlassen. Inmitten dieser Wildnis, durch die nur ein paar Trampelpfade führen, kann man merkwürdige Monumente finden, wie etwa einen Steinkreis oder maßstabgetreue, vier bis fünf Meter hohe Kopien ägyptischer, lateinamerikanischer und asiatischer Pyramiden, die Mutter hier von Hammersteiner Maurermeistern und Steinmetzen hat errichten lassen – die sie zwar für durchgeknallt hielten, die lukrativen Aufträge aber gerne annahmen. Ich setze mich auf die von Farnen und Schlingpflanzen überwucherten Stufen einer asiatischen Pyramide. Wieder tastet meine Hand nach dem Medaillon. Warum meldet sich Elektra nicht? Entweder sie konnte bisher nichts Nennenswertes über Joachim Hersfeld herausfinden oder sie hat so viele Daten, dass sie ewig braucht, um die Spreu vom Weizen zu trennen. Ist sie vielleicht auf Hinweise gestoßen, die beweisen könnten, dass sein Tod mit dem von Gerald von Aschersberg und dem Verschwinden meiner Eltern in Verbindung steht? Ahnt sie schon, welche Rolle die Ajax-Tragödie in allen drei Fällen spielt?

Melde dich, Elektra. Komm schon. Melde dich endlich!

Oder hat sie es vielleicht längst versucht … und mein Psychophon ist defekt? Mit Fidelios Erfindungen ist das so eine Sache: Manche, wie die holo-organischen Glühwürmchen oder die singenden Wurmlöcher, sind sinnfreier Kokolores. Andere wie der Transkommunikator sind – sagen wir mal – umstritten. Wenn man Elektra glaubt, erhält sie über den Kommunikator pausenlos Freundschaftsanfragen von zwielichtigen Wesenheiten aus anderen Dimensionen. Ich zweifle nicht im Geringsten an ihrer Behauptung, glaube aber nicht, dass der Transkommunikator dafür verantwortlich ist, sondern Elektra selbst.

»Ich bin ein starker spiritueller Sender und Empfänger«, hat sie mir bei unserer ersten Begegnung feenhaft lächelnd anvertraut. Es gibt Menschen, die würde der Umstand, dass sie Stimmen hören, beunruhigen. Elektra gehört nicht dazu.

Man könnte sagen, sie und ich sind Freundinnen. Soweit man mit Elektra befreundet sein kann. Wenn ich mit ihr rede, habe ich immer das Gefühl, als würde nur ein Teil von ihr am Gespräch teilnehmen, während ihr Geist gleichzeitig auch noch in ganz anderen Sphären schwebt.

Meine spirituellen Fähigkeiten sind weniger stark ausgeprägt, besser gesagt: überhaupt nicht. Selbst mithilfe des Transkommunikators ist es mir noch kein einziges Mal gelungen, irgendwelche Nachrichten aus anderen Dimensionen zu empfangen, und meine telepathischen Botschaften an Edward Snowden sind allesamt unbeantwortet geblieben. Ich glaube nicht, dass der Transkommunikator wirklich was taugt. Auch Fidelios emotionsbetriebener Aura-Reaktor hat so seine Macken, und die von ihm entwickelte, bewusstseinserweiternde Hofman-Zentrifuge hat bisher bei keinem Zweifelwerker Wirkung gezeigt. Abgesehen von Rasputin Keller vielleicht …

Einige von Fidelios Erfindungen sind aber tatsächlich kleine Wunderwerke der spirituellen Technologie, die in der Regel absolut zuverlässig funktionieren. Das Psychophon beispielsweise.

Ich öffne das Medaillon. Sein Inneres ist mit einer bernsteinfarbenen, harzigen Masse ausgekleidet. In die Masse eingebettet liegt das Psychophon. Es hat die Größe, Form und Beschaffenheit einer Kontaktlinse, und hat nichts mit irgendeiner Art von herkömmlichem Phone zu tun. Es ist eine extrem personalisierte Kommunikationshardware: Es heißt Psychophon, weil es der Persönlichkeit seines Benutzers angepasst wird und nur bei ihm – und durch ihn – funktioniert. Seine Psyche ist der PIN-Code, der das Psychophon entsperrt. Jeder Zweifelwerker besitzt eines. Überflüssig zu erwähnen, dass diese Art von Netz absolut sicher ist, da niemand von außen in es eindringen kann.

Mein Psychophon hat mich bisher noch nie im Stich gelassen. Dass keine Nachricht von Elektra kommt, muss andere Gründe haben …

Ich erhebe mich von den Stufen der Pyramide und will das Medaillon gerade schließen, als ich in dem dichten Gestrüpp vor mir eine Bewegung wahrnehme. Einen Moment lang bin ich unter Schockstarre – dann stürme ich entschlossen auf das grüne Dickicht zu. Das Geräusch schneller Schritte und brechender Zweige. Ich hechte zwischen die Sträucher und sehe eine Gestalt in schwarzer Motorradkluft und silberfarbenem Helm davonlaufen. Augenblicklich nehme ich die Verfolgung auf, aber der Motorradfahrer legt ein irrwitziges Sprinttempo vor, schlägt überraschende Haken zwischen den Bäumen und setzt leichtfüßig über jedes Hindernis hinweg. Ich bleibe an ihm dran, doch als er die Grundstücksgrenze erreicht, macht er einen gewaltigen Satz – und steht auf der zwei Meter hohen Backsteinmauer. Er dreht den Kopf, blickt kurz in meine Richtung, dann springt er. Wenige Sekunden darauf höre ich, wie ein Motorrad gestartet wird und mit irrer Beschleunigung davonbrettert.

Was war das? Wer war das?

Ich stehe vor der Mauer, die Hände auf die Knie gestützt und ringe nach Luft. Plötzlich spüre ich, wie das Psychophon aktiv wird. Ein Psychophon sendet keinen Signalton und es vibriert auch nicht. Wenn man eine Nachricht bekommt, dann weiß man es einfach. Ich ziehe das winzige Ding aus der Harzmasse und hefte es mir an die Stirn.

Hallo, Miranda, haucht Elektras elfenhafte Stimme in meinem Kopf. *Es tut mir leid, dass es so lange gedauert hat. Aber ich habe womöglich etwas Interessantes entdeckt. Du solltest vorbeikommen. Am besten sofort.*

Ist gut. Ich komme.

Alles klar bei dir, Miranda? Du klingst so gehetzt.

Gerade ist … Ich erzähle es euch gleich!

Noch immer aufgewühlt von meiner Begegnung mit dem Motorradfahrer, laufe ich zum Haus zurück und schnappe mir mein Fahrrad. Als ich am Brunnen vorbeiwill, springt Trudi mir mit Todesverachtung in den Weg. Ich muss eine Vollbremsung hinlegen.

»Hallo?«, blökt sie und stemmt die Hände in die Hüften. »Sind ja ganz neue Sitten. Von der Pause in den Feierabend?«

»Ist ein Notfall, Trudi. Einer Freundin geht es nicht gut. Ich mache weiter, wenn ich zurückkomme.«

»Na gut. Wenn es nicht anders geht. Ausnahmsweise. Aber den da …«, sie deutet auf den silberfarbenen Außerirdischen mit dringendem Bedürfnis, »den lass ich für dich übrig. Was hat deine Freundin denn?«

»Ähm … eine schlimme Psychokinese. Grassiert momentan.«

»Ist ja interessant!«, schnaubt Trudi erbost. »'ne Epidemie in Hammerstein und ich bin mal wieder die Einzige, die nichts davon weiß.«

Du bist ja auch die Einzige, die nicht weiß, dass du ein Verhältnis mit meinem Lehrer hast, denke ich. Arme Tante Trudi. »Bis nachher. Ich beeile mich.« Ich küsse sie auf die Wange, steige aufs Rad und gebe Gummi.

***

Den gesamten Vormittag über bin ich damit beschäftigt, meinen Ruf als Liebhaber von Trudi Lux zu festigen. Ich kaufe langstielige Rosen, Edel-Pralinen und herzförmige Luftballons, und erstehe in *Gertis Boutique* am Galgenplätzchen ein Negligé in Trudis Konfektionsgröße. Später lasse ich mich in der Parfümerie am Marktplatz eingehend beraten und entscheide mich für ein Fläschchen »64 – der Duft für die reife Frau«.

Wie gut Mirandas Plan funktioniert, wird mir klar, als ich mittags nach Hause komme und auf Frizzi treffe. Er steht, die Arme über dem Bierbauch verschränkt, im Hausflur und knatscht ein Kaugummi. »Na, Alter. Alles im Lot auf dem Segelboot?« Frizzi spielt an seinem Nasenpiercing und grinst. »Wie man so hört, stehst du jetzt auf ältere Bräute?«

»Wer behauptet denn so was?«, frage ich unschuldig.

»Uschi aus *Uschis Tattoo-Studio* und Didi aus dem Getränkemarkt. Und Atze aus der Motorradwerkstatt hat mir erzählt, dass die Geschichte mit Trudi Lux und dir schon mindestens zwei Jahre läuft.«

»Aha?«, sage ich.

Frizzi legt seine Pranken auf meine Schultern. »Warum hast du denn nichts erzählt? Wie issn das? Stehst du jetzt speziell auf Trudi Lux oder is' das bei dir so 'n genereller … «

Nur ein Schellen an der Haustür bewahrt mich vor einer eingehenderen Befragung. Frizzi drückt auf und einer seiner Kunden, ein Typ mit Fusselbart und blassem Gesicht, huscht in den Hausflur. »Geh schon mal rein«, sagt Frizzi zu ihm und deutet auf die offen stehende Wohnungstür.

Frizzi wohnt hier für lau. Das Haus am Oswaldweg 5 gehört seiner Großtante, Julchen Zabruda, einer hochbetagten weißhaarigen Dame, für die der Begriff »reizend« erfunden worden ist. Sie lebt in einer Senioren-Wohnanlage am Rand von Hammerstein und macht sich beständig Sorgen um *das Fritzchen.*

»Ich verstehe nicht, warum er keine Arbeit findet. Dabei ist er so ein guter Junge. Schreibt eine Bewerbung nach der anderen und bekommt nur Absagen. Seit Jahren. Was wird nur aus dem Jungen, wenn ich mal nicht mehr bin?«

Frau Zabruda sorgt sich grundlos. Frizzi kommt gut über die Runden. Er ist selbstständiger Unternehmer. Allerdings ist er in einer Sparte der Rauchwaren-Branche tätig, die nicht von der offiziellen Arbeitsmarktstatistik erfasst wird. Die aktuelle Gesetzeslage hindert ihn zudem daran, seine Einkünfte zu versteuern.

Frizzi folgt seinem Kunden in die Wohnung, in der Tür dreht er sich noch mal um. »Du bist voll der Jörg, Alter. Warum hast du nicht gesagt, dass du auf Ältere stehst? Ich hätt da längst was für dich klarmachen können.«

»Bist 'n echter Freund, Frizzi«, sage ich und atme erleichtert auf, als sich die Tür hinter ihm schließt. Wirklich beeindruckend, dass Mirandas Plan, mich als Liebhaber reifer Damen zu etablieren, so perfekt aufgeht. Ich hoffe nur, sie hat auch einen Plan, wie ich diesen Ruf zu gegebener Zeit wieder loswerde.

***

Wer hat mich in unserem Garten beobachtet?, frage ich mich beunruhigt, während ich den Kastanienpfad in Richtung Innenstadt hinabschieße. Irgendetwas an der Art, wie der Motorradfahrer den Kopf gedreht und von der Mauer aus zu mir hinabgeblickt hat, kommt mir auf eine merkwürdige Art vertraut vor. Aber ich kenne niemanden, der Motorrad fahren kann. Und erst recht niemanden, der aus dem Stand auf eine zwei Meter hohe Mauer springen kann.

Auf jeden Fall bedeutet ein Fremder in unserem Garten nichts Gutes. Ich muss Fidelio und Elektra umgehend Bericht erstatten.

Fred Botzing, der Friseur, steht auf den Stufen vor seinem Geschäft, lässt sich die Halbglatze von der Sonne bescheinen und hebt die Hand zum Gruß. »Hallo, Miranda. Schöner Tag, was?«

Die Turmuhr von Sankt Lambertus schlägt zwölf. Auf dem Platz hinter der Kirche spielen ein paar Kinder Fußball. Willi

Laumann (Spitzname: die Mumie, und mit 101 Jahren der älteste Einwohner Hammersteins) sitzt auf einer Bank vor dem Kriegerdenkmal und füttert Tauben.

Man könnte glauben, Hammerstein sei die allerunaufgeregteste aller unaufgeregten Kleinstädte. Zwanzig Jahre hinter der Zeit zurück, abgelegen, verschlafen, weit ab von den großen Entscheidungen und Geschehnissen, die den Lauf der Welt bestimmen. Kaum jemand käme auf die Idee, dass hinter der Kleinstadtidylle äußerst merkwürdige Dinge vor sich gehen.

Meine Eltern haben nicht zufällig in Hammerstein gelebt und es ist genauso wenig Zufall, dass die Lux-Stiftung hier ihre Zentrale und das Zweifelwerk sein geheimes Hauptquartier hat. Hier geschehen unablässig merkwürdige Dinge! Hammerstein ist gewissermaßen ein Hotspot für seltsame Ereignisse, aber in den Nachrichten findet sich nichts davon. Nicht mal im »Hammersteiner Boten«, dem lokalen Käseblatt, das mit so sensationellen Schlagzeilen aufmacht wie: *Grundstein für neuen Kindergarten gelegt* oder *Jubel und Trubel beim Bestatterkongress*.

Niemand schreibt über die merkwürdigen Vorkommnisse, weil niemand darüber redet. Ich bin mir sicher, dass beinah jeder Hammersteiner schon einmal seltsame Lichter am Himmel gesehen, unerklärliche Geräusche gehört oder merkwürdige Erscheinungen beobachtet hat. Aber wer will schon riskieren, als Spinner zu gelten? Also hält man lieber die Klappe und redet sich ein, dass man sich nur etwas eingebildet hat.

Ich kette mein Fahrrad an einen Laternenpfahl vor »Elektro Hümmerich« an; Fidelio lässt mich herein, hängt ein Geschlossen-Schild an die Tür und humpelt mit mir in die Grotte hinab.

Aufgeregt erzähle ich ihm von dem Motorradfahrer.

»Hat er versucht dich anzugreifen?«, fragt Fidelio.

»Nein. Er ist vor mir davongerannt.«

Fidelio runzelt die Stirn. »Hmm … hört sich jetzt nicht so wirklich gefährlich an. Vielleicht nur ein vorwitziger Reporter.«

»Wäre möglich«, muss ich zugestehen. Nach dem Verschwinden meiner Eltern hat sich schon mal ein Papparazzo auf unser Grundstück geschlichen und versucht, Fotos von mir zu schießen, wahrscheinlich, um sie unter der Schlagzeile »Kleine Ufo-Waise (7) weint um ihre Eltern« zu veröffentlichen. Der Mann hatte allerdings Tante Trudis Entschlossenheit unterschätzt und die Erfahrung machen müssen, dass es höllisch brennt, wenn man Glasreiniger in die Augen gesprüht bekommt.

»Nichtsdestotrotz«, sagt Fidelio, »… ich denke, morgen kannst du anfangen, den Carelius zu unterrichten. Die Gerüchte-Maschinerie läuft wie geschmiert. Alle werden denken, dass er ständig bei euch aufkreuzt, weil er und deine Tante schwer was am Laufen haben. Im Tabakladen hab ich gehört, die beiden wären schon seit Weihnachten heimlich verlobt. Würde mich nicht wundern, wenn man sich nächste Woche erzählt, die gute Trudi wäre froher Hoffnung.« Er kichert rachitisch.

Aus einem der Tunnel ist plötzlich ein schrilles Kreischen zu hören, das an eine Amok laufende Kreissäge erinnert.

»Die holo-organischen Glühwürmchen! Sind ganz schön überdreht in letzter Zeit«, stöhnt Fidelio. Er dreht den Kopf und brüllt: »Ist da bald Ruhe?« – woraufhin das Kreischen auf die Lautstärke eines Düsentriebwerks anschwillt. »Na wartet, ihr holografischen Teufelsbraten!« Fidelio verschwindet schimpfend in dem Tunnel, während ich mich in den daneben liegenden Gang begebe.

Nach ein paar Metern erreiche ich eine Biegung, ziehe den Kopf ein und zwänge mich durch eine schmale Öffnung im Gestein. Hier beginnt Elektras Reich. Eine niedrige Höhle, die mit allem ausgestattet ist, was man zum Leben braucht: Wasser, Strom, Heizung und noch so einigem mehr … Es sieht aus, als wäre eine Abordnung tibetischer Mönche in ein Lauschzentrum der NSA eingezogen. Rechner und Monitore, dicke Kabelstränge und blinkende Leuchten, dazwischen Sitzkissen, Klangschalen, Windspiele und Batiktücher. Der Geruch von Räucherstäbchen liegt in der Luft und man meint, ständig Glöckchen klingen zu hören.

Elektra steht vor einer riesigen Stellwand, die mit Fotos von Kornkreisen bepflastert ist. Kornkreise haben es ihr angetan. Sie ist überzeugt, dass die Kreise von extraterrestrischen oder außerdimensionalen Wesen stammen, die versuchen, auf diese Weise mit uns zu kommunizieren. Sie arbeitet ständig daran, die Muster der Kreise mathematisch zu entschlüsseln oder sie (Originalton Elektra) intuitiv zu erfassen. Genau damit ist sie offenbar im Moment beschäftigt: Ihre Augen sind geschlossen, ihre schlanken Finger bewegen sich spinnenartig über ein Kornkreisfoto, den Kopf hat sie in den Nacken gelegt.

Sie trägt eines ihrer schwarzen Flattergewänder, eine schwarze Strumpfhose und schwarze Ballerinas – was keine wirkliche Überraschung ist. Alles in ihrem Kleiderschrank bewegt sich in einem Spektrum zwischen tief- und nachtschwarz.

»Schön, dich wahrzunehmen, Miranda. Einen Moment noch. Ich bin gleich bei dir«, sagt sie, ohne die Augen zu öffnen.

Elektra ist sechzehn, auf den Tag genau ein Jahr älter als ich und das späte Glück ihrer Eltern. Nachdem die Ehe von Fidelio und Wanda Hümmerich sechsundzwanzig Jahre lang kinderlos geblieben war, dürfte Elektra vor allem ein sehr überraschendes Glück für sie gewesen sein. Fidelio war damals schon Anfang fünfzig, seine mittlerweile verstorbene Gattin Ende vierzig. »Das Kind haben uns die Feen vor die Haustür gelegt«, behauptet Fidelio manchmal, wenn er schon ein paar Irish Coffee intus hat – und ich bin geneigt, das zu glauben. Seine Frau, an die ich mich kaum erinnern kann, war wohl ein eher derber und bodenständiger Charakter, und Fidelio selbst ist die meiste Zeit über ein missmutiger Kinderschreck. Schwer zu glauben, dass dieses Paar eine Tochter produziert hat, die so sanft und freundlich und medial veranlagt ist, und durchs Leben schwebt wie eine zarte, entrückte Elfe.

Elektra dreht sich um, öffnet die Augen und schenkt mir ein transzendentes Lächeln. Ihre Augen haben das hellste Blau, das ich je gesehen habe, aber sie sind noch das am wenigsten Außergewöhnliche an Elektra Hümmerich: Ihre Haare und Augenbrauen sind so hellblond, dass sie fast weiß erscheinen, ihre Haut ist wie Porzellan und so durchscheinend, dass darunter selbst die feinsten blauen Äderchen deutlich zu erkennen sind. Elektra leidet seit ihrer Geburt an einer seltenen, extrem starken Form von Lichtallergie. Ein Sonnenstrahl – und es würde ihr ergehen wie einer Ameise unter dem Brennglas. Sie verlässt das unterirdische Tunnelsystem so gut wie nie, nur manchmal, in mondlosen Nächten kann man sie mit großen staunenden Augen durch die Gassen von Hammerstein spazieren sehen. Bis ich Zweifelwerkerin wurde, wusste ich nicht einmal, dass Elektra existiert – und das gilt für die meisten Hammersteiner wahrscheinlich immer noch.

Sie kommt auf mich zu und umarmt mich.

»Was hast du herausgefunden?«, frage ich, aber bevor sie antworten kann, humpelt Fidelio in die Höhle und poltert: »Denen hab ich es mal gezeigt, diesen holo-organischen Halbstarken. Die mucken so schnell nicht mehr auf.«

Tatsächlich haben die Glühwürmchen ihr Kreischen eingestellt. Nur das Klingen unsichtbarer Glöckchen und das leise Summen der Ventilatoren in den Rechnern ist zu hören.

Kein Zweifelwerker wäre so wahnsinnig, jemals einen Computer oder ein Smartphone zu benutzen, noch irgendeine Form elektronischer Kommunikation zu betreiben, weil einfach alles überwacht wird und man als Normalsterblicher immer irgendwelche Spuren hinterlässt. Um Kontakt untereinander zu halten, benutzen wir ausschließlich die Psychophone, gelegentlich den Transkommunikator oder tote Briefkästen, wie Spione in längst vergangenen, analogen Zeiten. Aber wer auf der Suche nach der Wahrheit ist, der ist natürlich gezwungen, sich zu diesem Zweck auch auf alle möglichen legalen und nicht ganz so legalen digitalen Pfade der Informationsbeschaffung zu begeben – und zwar ohne Spuren zu hinterlassen.

Genau das ist Elektras Spezialgebiet.

Kornkreise mögen ihr Steckenpferd sein, aber es sind in erster Linie ihre Fähigkeiten als Spezialistin für digitale Aufklärung und Verschleierung, die sie für das Zweifelwerk so wichtig machen. Sie als Hackerin zu bezeichnen, käme mir allerdings nie in den Sinn. Bei einem Hacker denke ich an einen schwitzenden, übergewichtigen Computer-Nerd mit mangelnder Körperhygiene, der in einer zugemüllten Bude sitzt, sich von Cola und Fastfood ernährt und mit dicken Wurstfingern auf seine Tastatur eindrischt. Elektra hingegen ist eine digitale Elfe. So federleicht wie sie durchs Leben schwebt, so schwebt sie auch durch die Welt der Bits und Bytes. Sie dringt, wie ein Lufthauch durch einen Fensterspalt, in jedes noch so gut gesicherte System ein und verschwindet wieder, ohne dass jemals jemand ihren Besuch bemerkt. Ich verstehe so gut wie nichts von dem, was sie da tut – und wie sie es tut. Wohl, weil ich als Kind durch die Gegend gestromert, auf Bäume geklettert und Schmetterlingen hinterhergejagt bin, während Elektra, der solche Erlebnisse verwehrt geblieben sind, schon im zarten Alter von fünf Jahren ihre ersten Programme geschrieben hat.

»Setzt euch doch«, sagt sie mit singender Stimme. »Mögt ihr Hibiskusblütentee?«

Fidelio verzieht das Gesicht und schüttelt den Kopf, aber ich nehme eine Tasse. Kaum haben wir uns auf zwei Sitzkissen niedergelassen, erscheint auf einem der Monitore das Polizeifoto, das ich bereits kenne: der tote Luftwaffenoffizier, ein Loch in der Schläfe, den Kopf auf der aufgeschlagenen »Ajax«-Ausgabe.

»Joachim Hersfeld«, beginnt Elektra ihre Ausführungen und streicht ihr weißes Haar zurück. »Geboren 1950, Abitur 1968, verpflichtet sich als Berufssoldat bei der Bundeswehr. Ausbildung zum Kampfpiloten. Er bekommt beste Beurteilungen, mehrere Auszeichnungen und macht eine rasante Karriere. 1988 wird er Stabsoffizier. Seit 2014 im Ruhestand. Er lebte in Birkenich, das ist ein kleines Dorf, keine fünfzig Kilometer von hier. Hersfeld war seit einigen Jahren verwitwet. Im Ruhestand widmete er sich seinen Hobbys: Er war passionierter Jäger und Waffennarr.« Elektra seufzt tief, bevor sie fortfährt: »Er hinterlässt einen Sohn, Elmar, der verheiratet ist und ebenfalls in Birkenich lebt. Dort war Hersfeld letzten Dienstag zum Essen eingeladen. Als er nicht erschien und auch telefonisch nicht zu erreichen war, fuhr seine Schwiegertochter zu seinem Haus, fand ihn dort tot auf und verständigte die Polizei. Die geht von einem Unfall aus. Ihrer Meinung nach wollte Hersfeld ein Jagdgewehr reinigen. Er übersah dabei, dass sich noch eine Kugel in der Waffe befand, ein Schuss löste sich, traf ihn in den Kopf und verwundete ihn tödlich.«

»Wem wollen die das denn erzählen?«, moppert Fidelio. »Er ist Soldat, Jäger und Waffenexperte und so dämlich, ein Gewehr zu reinigen, in dem noch 'ne Kugel steckt? Und dabei auch noch den Lauf auf sich zu richten? Heiliger Bimbam!«

»Ich habe seine Mailkontakte gecheckt und mir angesehen, auf welchen Seiten er unterwegs war«, fährt Elektra fort. »Nichts Bemerkenswertes oder Verdächtiges.«

Ich nehme einen Schluck von meinem Tee. Dass Hersfeld Opfer eines Unfalls geworden sein soll, erscheint mir auch in höchstem Maße zweifelhaft. Und warum liegt sein Kopf auf einer Ausgabe der »Ajax«-Tragödie?

Geliebtes Salamis …

Ich bin mir sicher – irgendwo in diesen Zeilen versteckt, liegt die Antwort auf die Frage, warum Hersfeld gestorben ist. Warum Gerald von Aschersberg vor fünfundzwanzig Jahren ums Leben kam. Warum meine Eltern verschwunden sind.

»Das hier sind Fotos, die ich gefunden habe«, sagt Elektra und startet eine Dia-Show: Hersfeld als junger Pilot vor einem Kampfjet. Hersfeld bei seiner Ernennung zum Stabsoffizier. Hersfeld bei einer militärischen Luftschau in den Achtzigerjahren, neben dem damaligen, sauertöpfisch blickenden Bundeskanzler.

»Nun wird es interessant«, verkündet Elektra. »Das nächste Bild habe ich im Archiv eines ausländischen Geheimdienstes entdeckt. Willst du etwas über die Geheimnisse deiner eigenen Regierung oder deines Militärs erfahren, dann hältst du dich am besten an die Erkenntnisse fremder Geheimdienste.«

»Wahnsinnig geworden?«, grummelt Fidelio und steckt sich eine Zigarette an. »Morgen haben wir den KGB vor der Tür stehen – oder wie die jetzt grade heißen. Oder die CIA oder den Mossad oder sonst irgendwelche verkniffene Gestalten.«

»Ach, Papa. Reg dich doch nicht künstlich auf. Du weißt, dass ich gut bin. Ich hinterlasse keine Spuren. Und würdest du bitte hier unten nicht rauchen? Danke«, sagt Elektra sanft lächelnd. »Seht euch lieber das hier an!«

Auf dem folgenden Foto ist Joachim Hersfeld in Zivil zu sehen. Er trägt eine Aktentasche unter dem Arm und verlässt gerade ein Gebäude, über dessen Eingang eine halb abgeblätterte Schrift zu erkennen ist: *Babumbu-Süßwaren*.

»Was macht er vor einer Süßwarenfabrik?« Fragend blicke ich zu Elektra.

»Es gibt keine *Babumbu-Süßwaren*«, klärt sie mich auf. »Das Gebäude ist eine Tarnadresse eines unserer Nachrichtendienste. Dieses Foto ist am sechsten Juni 1990 aufgenommen worden. Und jetzt schaut bitte auf den rechten Bildrand.«

Sie vergrößert den entsprechenden Bildausschnitt und ich erkenne hinter der gläsernen Eingangstür des Gebäudes die Gestalt eines zweiten Mannes.

Augenblicklich springe ich auf, mein Tee schwappt über den Rand der Tasse. »Aschersberg!«, entfährt es mir.

Das Gesicht des Mannes ist verschwommen, aber ich habe es schon auf so vielen Fotos gesehen, dass ich es sofort wiedererkenne. Gerald von Aschersberg! Gerald von Aschersberg, der vor fünfundzwanzig Jahren gestorben ist und vor seinem Tod siebzehn Zeilen aus »Ajax« auf ein Blatt Papier gekritzelt hat. Hersfeld und Aschersberg auf einem Foto! Ein Offizier der Luftwaffe und ein Staatssekretär im Verteidigungsministerium. Bei einem konspirativen Treffen.

Danach sieht es zumindest aus.

»Hast du irgendeine Ahnung, worum es dabei gegangen sein könnte?«, frage ich Elektra.

»Vielleicht«, sagt sie. »Zunächst einmal: Dies ist das einzige Foto, das von dem Treffen existiert. Aber an der Zusammenkunft sollen außer Hersfeld und Aschersberg noch zehn weitere Personen teilgenommen haben: Regierungsbeamte, Militärs, Wissenschaftler. Das ist durchgesickert – anscheinend gab es eine undichte Stelle im System. Die Namen der anderen Teilnehmer konnte ich aber nicht in Erfahrung bringen.«

»Was haben sie da gemacht?«, frage ich. »Was war so geheim, dass sie es in der nicht existierenden Babumbu-Süßwarenfabrik besprechen mussten?«

Elektra hebt den Kopf, blickt mich an und lächelt. »Ich weiß es nicht. Aber … ich habe eine Vermutung. Das Treffen fand am sechsten Juni 1990 statt. 1990 gab es die UFO-Welle über Belgien, und auch in Teilen von Deutschland kam es zu Sichtungen. Und am fünften Juni …«

»Na klar! Der Weißberg-Zwischenfall!« Fidelio haut sich vor lauter Aufregung beinah die Brille von der Nase.

»Äh, könnt ihr mir mal auf die Sprünge helfen?«, frage ich.

»Am fünften Juni 1990 soll Gerüchten zufolge in einem Waldstück bei Weißberg – das liegt etwa sechzig Kilometer entfernt von hier – ein Objekt gelandet sein«, sagt Elektra. »Einigen Stimmen nach gab es sogar … Kontakt.«

Ich schaue nachdenklich zu dem Foto mit der Süßwarenfabrik. »Und am nächsten Tag treffen sich zwölf wichtige Entscheidungsträger aus Militär und Regierung. Im Geheimen.«

»Ist doch klar, was da gelaufen ist«, sagt Fidelio und schnaubt verächtlich. »Eine geheime Gruppe, von der offiziell keiner weiß. Sie sollten die ganze Sache unter der Decke halten. Und dann wahrscheinlich das übliche Programm fahren: das Thema ins Lächerliche ziehen, Zeugen verunglimpfen …«

Elektra fährt sich mit dem Zeigefinger über die Augenbrauen.

»Aber einer von ihnen, nämlich Gerald von Aschersberg, wird ein paar Monate später in den einstweiligen Ruhestand versetzt und kurz darauf ist er tot. Ich glaube, dass er die undichte Stelle war. Und dass er vorhatte, die Öffentlichkeit darüber in Kenntnis zu setzen, was wirklich an diesem fünften Juni in den Wäldern bei Weißberg geschehen ist. Und dass er deswegen gestorben ist.«

»Und bei Hersfeld, diesem Luftwaffen-Heini, war es garantiert das Gleiche – obwohl er sich ja reichlich Zeit damit gelassen hat«, bemerkt Fidelio und kratzt sich die Glatze.

»Vielleicht hatte er vorher Angst«, sagt Elektra. »Vielleicht hat er im Ruhestand einen Sinneswandel vollzogen, vielleicht wollte er reinen Tisch machen … Aber was auch immer ihre Beweggründe waren – Hersfeld und Aschersberg sind tot, weil sie die Wahrheit sagen wollten!«

»Und meine Eltern sind verschwunden, weil sie diese Wahrheit kannten!« Die Erkenntnis trifft mich wie ein Blitz, die Tasse rutscht mir aus der Hand und zersplittert klirrend auf dem Boden.

Geliebtes Salamis, der Wogen Dröhnen
umtost dich nun …

***

Um zehn Uhr abends kommt Frizzi auf die glorreiche Idee, die *Ramones* aufzulegen und seine Anlage bis zum Anschlag aufzudrehen. In Presslufthammerlautstärke dröhnt *Pet Sematary* durchs Haus. Ich suche nach den Ohrstöpseln, die ich für diese Fälle bereithalte, als etwas gegen meine Balkontür kracht.

Auf dem Balkon liegt ein Stein, darum ist ein Zettel mit einem Einmachgummi befestigt.

Morgen früh. 10:00
M.
P. S. Blumen kaufen für T.

Morgen früh also. Es geht los. Ich verbrenne den Zettel in der Spüle (das hat Miranda mir eingeschärft), dann drücke ich mir die Ohrstöpsel in die Ohren, nehme mein Tablet – und begebe mich auf die Spur der UFOs!

Im Netz finde ich als Erstes unzählige Artikel zu dem sogenannten »Roswell-Zwischenfall«, der Mutter aller UFO-Verschwörungstheorien: Angeblich soll im Jahr 1947 in der Wüste von New Mexiko ein UFO abgestürzt sein. Die Leichen mehrerer Außerirdischer sollen geborgen und in die Area 51, eine geheime militärische Einrichtung unter dem Kommando der CIA gebracht worden sein. Einige Quellen behaupten sogar, es habe außerirdische Überlebende des Absturzes gegeben.

Es gibt populäre UFO-Sichtungen, wie jene vom Dezember 1980, nahe des Luftwaffenstützpunktes Bendswater in Großbritannien, den Teheran-Zwischenfall aus dem Jahr 1976, die sogenannten Phoenix-Lights, oder eine ganze Welle von Sichtungen über Belgien im Jahr 1990.

Richtig schräg wird es dann, als ich mir die Videos ansehe. Wie schön, dass einem das Internet die Möglichkeit bietet, seine narzisstische Persönlichkeitsstörung mit Menschen auf der ganzen Welt zu teilen, denke ich, während ich einen der vielen, dilettantisch gefälschten Clips betrachte. Ich kämpfe mich durch einen riesigen Wust aus bewusster Verarschung, unbewusster Verblendung, krankhafter Wichtigtuerei und beängstigender Verwirrung. Kopfschüttelnd höre ich mir völlig wahnwitzige Berichte über Alienentführungen, unterirdische Labore, Unterwasser-Raumbasen und Außerirdische bei der UNO an. Es ist, als würde man durch die Gänge eines virtuellen Irrenhauses laufen und jede einzelne Zellentür aufreißen.

Bis ich plötzlich hinter einer Tür auf etwas stoße, das – wenigstens auf den ersten Blick – nicht ganz so irre erscheint wie das, was ich zuvor gesehen habe: Ich bleibe an dem Video einer Pressekonferenz hängen, auf der zahlreiche Zeugen beteuern, dass das UFO-Phänomen existiert. Fast alle sind ehemalige Militärangehörige oder Regierungsmitarbeiter, die während ihrer Dienstzeit mit dem Phänomen konfrontiert wurden: über Militärbasen schwebende UFOs, die zeitweilig die Kontrolle über Atomwaffen übernommen haben. Fotos der NASA, die retuschiert wurden, bevor die Öffentlichkeit sie zu sehen bekam. Radaraufzeichnungen unfassbar schnell fliegender Objekte mit unglaublichen Flugeigenschaften – und Vertuschung all dessen durch staatliche Stellen.

Das, was die Zeugen sagen, klingt unglaublich und völlig abwegig, aber die meisten von ihnen sprechen so klar und sachlich über ihre Erlebnisse, dass es mir einigermaßen schwerfällt, sie sofort als Spinner abzutun.

Vielleicht ist das der Moment, in dem ich neugierig werde.

Und je länger ich das Internet durchforste, umso häufiger finde ich, versteckt unter Unmengen von Schund, Schrott und blankem Wahnsinn, immer wieder Dinge, die mich stutzen lassen: Ein General de Brouwer von der belgischen Luftwaffe präsentiert der Presse Radaraufzeichnungen, die ein Objekt zeigen, das schier unglaubliche Geschwindigkeits- und Flughöhenwechsel vollführt. Zwischen 1989 und 1992 hat es in Belgien über zweitausend UFO-Sichtungen gegeben. General de Brouwer muss zerknirscht einräumen, dass die Luftwaffe das Eindringen dieser Objekte in den belgischen Luftraum in keinem Fall verhindern konnte – und dass er nicht die geringste Ahnung hat, um was es sich bei diesem Phänomen handelt.

Im weiteren Verlauf meiner Recherche stoße ich auf die Arbeiten von John E. Mack, einem 2004 verstorbenen Pulitzer-Preisträger und Professor für Psychiatrie in Harvard. Er hat sich in wissenschaftlichen Studien Menschen gewidmet, die behaupten, von Außerirdischen entführt worden zu sein – und ist zu dem Schluss gekommen, dass ihre Berichte real sind, dass sie ein tatsächliches Ereignis schildern. In einem Video ist zu sehen, wie er Schüler einer Schule in Simbabwe befragt, die ein Objekt in der Nähe ihrer Schule landen sahen, aus dem, ihren Aussagen nach, ein Wesen stieg. Zunehmend interessiert höre ich mir die Berichte der Kinder an. Die Art, wie sie über dieses Erlebnis sprechen, erweckt bei mir nicht unbedingt den Eindruck, als würden sie etwas erfinden oder fantasieren.

Vielleicht ist das der Moment, in dem ich nachdenklich werde.

Und meine Nachdenklichkeit nimmt in dem Maße zu, in dem ich immer mehr Berichte von Menschen höre, die ähnliche Begegnungen mit UFOs schildern. Ganz normale Menschen. Keine Durchgeknallten, Wichtigtuer oder notorischen Scherzkekse, sondern Menschen, die sehr bewegt und verstört von dem sind, was sie erlebt haben. Die offiziellen Erklärungen dieser Sichtungen scheinen in vielen Fällen nicht zu dem zu passen, was die Zeugen gesehen haben, und wiederholen sich mit schöner Regelmäßigkeit: Meteorschauer, Wetterphänomene, Drohnen, seltene Wolkenformationen, Weltraumschrott, Sumpfgas oder eine Massenhalluzination.

Im Ernst? Ich muss lächeln. Massenhalluzination? Das klingt auch nicht plausibler als UFO-Erscheinung.

Als ich das Tablet endlich zur Seite lege und auf den Balkon hinaustrete, dämmert bereits der neue Tag herauf. Ich bin nach wie vor skeptisch, was das UFO-Phänomen angeht … aber ein kleiner Teil von mir, hält es auch nicht mehr für vollkommen unmöglich.

Irgendetwas hat sich in dieser Nacht verändert. Es fühlt sich an, als wäre etwas, das ich vorher nur schemenhaft im Augenwinkel wahrgenommen habe, einen Millimeter nach innen, ein ganz klein wenig näher an das Zentrum meines Blicks herangerückt.

Ich muss an Aurelia Lux denken, an die Talkshow, an den Moment, in dem sie den Kopf zur Kamera gedreht und leise »Ajax« geflüstert hat. Ihr Gesichtsausdruck … Ihr Blick hatte in diesem Moment etwas unsagbar Trauriges.

Ich stütze die Arme auf das Balkongeländer und sehe zu, wie die Sonne langsam hinter dem Horizont aufsteigt, und vielleicht ist das der Moment, in dem ich beginne, zu zweifeln …

3

Fünf vor zehn. Viktor Carelius ist pünktlich. Und er hat an die Blumen gedacht.

Ich stehe an einem der großen Fenster im Obergeschoss und beobachte durch ein Fernrohr, wie er das Tor zum Grundstück öffnet. Vom Tor bis zum Haus sind es zu Fuß drei Minuten, und ich registriere grinsend, wie das Fragezeichen in Viktors Gesicht von Minute zu Minute größer wird. Er guckt irritiert, als er an dem künstlichen Sumpf mit dem Wassertempel vorbeikommt, er wirkt ziemlich verstört, als er den Alien-Brunnen vor dem Haus ins Auge fasst, und als er schließlich den Kopf in den Nacken legt und an dem Gebäude emporblickt, sieht er aus wie ein Cockerspaniel, der versucht, die allgemeine Relativitätstheorie zu verstehen.

Ich muss ihm zugutehalten, dass bisher jeder, der zum ersten Mal vor dem monumentalen Kasten stand, ähnlich unintelligent geguckt hat. Das Haus spiegelt die Vorlieben meiner Eltern für eine bunte Vielfalt von Baustilen wieder. Mein Zuhause ist eine wahnwitzige architektonische Collage aus düsterer gotischer Kathedrale, barockem Wasserschlösschen, Sagrada Familia, kambodschanischem Tempel und luftiger Jugendstil-Architektur. Als ich ein Kind war, wurde ständig an-, ein- und umgebaut: hier eine tanzende indische Gottheit auf das Dach, da ein paar gruselige Wasserspeier und bunte Kirchenfenster, ein Balkon in Form eines antiken Streitwagens, und – wenn man die Handwerker schon mal im Haus hat – auch gleich noch das ein oder andere Neuschwanstein-Türmchen.

Viktor glotzt mit offenem Mund auf die Fassade, bis er es endlich schafft, sich aus seiner Erstarrung zu lösen und die Stufen zum Eingang hinaufzusteigen.

Ich springe die Treppe hinunter und reiße die Tür auf. »Willkommen bei der Lux-Stiftung! Komm rein.«

Er sieht ziemlich zerknittert aus, so als wäre er die ganze Nacht über wach gewesen. Zögernd tritt er über die Schwelle und wirft einen skeptischen Blick in die Halle. In diesem Moment kommt Trudi aus der Küche, trocknet sich die Hände an einem Spülhandtuch ab und linst neugierig zur Haustür. Sie kneift die Augen zusammen und ihre Doppelkinne beginnen, Unheil verkündend zu wackeln.

»Was will der denn hier?«

Viktor zuckt zusammen wie eine verängstigte Laborratte und blickt Hilfe suchend zu mir. Ich wende mich Trudi zu und lächele das Zehnjährigen-Lächeln, das ich extra für Gelegenheiten wie diese einstudiert habe.

»Ich habe es dir noch nicht erzählt, Trudi, es sollte eine Überraschung sein … Meine Noten sind so gut, dass ich vielleicht eine Klasse überspringen kann. Aber zuerst muss ich am Ende der Ferien eine Eignungsprüfung bestehen. Viktor – Herr Carelius – bereitet mich darauf vor. Außerdem möchte er die Bibliothek nutzen, um sich Ideen für seine Unterrichtsgestaltung im nächsten Jahr zu holen. Er kommt ab jetzt jeden Tag.«

»Einen Jahrgang überspringen? Das ist ja wunderbar«, sagt Trudi und strahlt mich glücklich an, dann fährt sie herum, macht ihr bösestes Bulldoggengesicht und blafft Viktor an: »Was sollte denn der Blödsinn vorgestern, bei Brecklinghaus? Von wegen schöne Haare und so?«

»Tut mir leid«, stammelt Viktor. »Ich war, ähm, betrunken.«

Innerlich rolle ich mit den Augen. Im Grundkurs Ausflüchte, Ausreden und schnell improvisierte Notlügen wird er ein paar Extrastunden brauchen.

»Betrunken?« Trudis Stimme zittert vor Empörung. »Sie sind Lehrer und sind um acht Uhr morgens betrunken?«

»Öhm, nur in den Ferien«, nuschelt Viktor.

Bevor er sich noch tiefer reinreitet, greife ich ein. »Ich bin mir sicher, dass das ein einmaliger Ausrutscher war und Herr Carelius in Zukunft immer nüchtern sein wird. Nicht wahr?«

Viktor nickt brav.

»Die Blumen! Gib ihr die Blumen!«, zischele ich ihm zu.

Er streckt ihr die langstieligen Rosen entgegen. »Noch mal, Entschuldigung. Die sind für Sie.«

»Was soll ich denn mit dem Gemüse?« Trudi wird knallrot, zögernd steckt sie die Nase in den Strauß. »Na ja, gut riechen tun sie ja … Dann hoffe ich mal, dass das wirklich nur ein Ausrutscher war, junger Mann«, sagt sie in versöhnlichem Ton. »Ich bringe euch nachher ein Frühstück.« Trudi watschelt in die Küche und nimmt noch eine Nase Rosenaroma. Als ich Viktor in Richtung Bibliothek schiebe, steckt sie noch einmal den Kopf aus der Tür: »Wollen Sie Ihr Ei weich oder hart, Herr Krakelius?«

»Ähm … weich.«

»Und der Kaffee? Milch und Zucker?«

»Nur Milch … bitte.«

»Soll ich Ihnen die Milch warm machen?«

»Gerne.« Viktor lächelt schüchtern.

»Ist doch besser für den Magen«, sagt Trudi und ihre Augen haben plötzlich ein ganz mütterlich besorgtes Glänzen.

Ich zupfe den Rosenkavalier am Ärmel und flüstere: »Blumen öffnen Herzen. Sie mag dich!«

Den Blick in die Höhe gerichtet, folgt Viktor mir durch die Halle. Drei schwindelerregend steile Treppen gehen von hier aus in die oberen Etagen. Aber ich lotse ihn zu den breiten Stufen am Ende der Halle, die abwärts zu einer großen Flügeltür führen.

»Die Bibliothek der Lux-Stiftung«, sage ich. »Sie ist …«

»Riesig!«, entfährt es ihm. Er stolpert in den Raum und blickt mit großen Augen auf die Tausende von Büchern. Die nächsten Minuten überlasse ich ihn ganz seiner stillen Begeisterung. Er wandert staunend von Regal zu Regal, erklimmt die Wendeltreppe zur Galerie, zieht mal hier und mal dort einen Einband aus den Fächern und blättert behutsam durch die Seiten. »Einfach fantastisch!«, sagt er, nachdem er seine Bibliotheksexkursion beendet hat. »Aber …«

»Aber?«

»Ich sehe hier regalweise Belletristik, Biografien, Bildbände, Kunstbände, wissenschaftliche Literatur, aber … Eigentlich habe ich erwartet, in der Bibliothek der Lux-Stiftung massenhaft Bücher über UFOs und Außerirdische zu finden.«

»Tja«, sage ich und senke den Kopf, damit er nicht sieht, dass ich lächeln muss. »So kann man sich täuschen.«

Viktor nimmt das antike Stehpult in Augenschein, beugt sich vor und beginnt laut zu lesen. *»Geliebtes Salamis, der Wogen Dröhnen umtost dich nun, da Seemänner auf deine Küsten blicken, die fest im Meere ruhen. Dein Sohn ist fern der Heimat, wo Ida ihre Herden weidet …* Was ist das?«

Ich trete zu ihm an das Pult und streiche mit den Fingern über den Einband. »Der Chor. Aus ›Ajax‹. Von Sophokles.«

»Ajax?«, stößt er überrascht hervor. »Aber das ist es, was deine Mutter gesagt hat … in dem Video, das ich gesehen habe. Als …«

»Wie schön«, unterbreche ich ihn. »Du warst fleißig und hast vorgearbeitet und dich schon ein bisschen im Internet informiert. Was hast du sonst noch so recherchiert?«

»Eine ganze Menge: UFO-Sichtungen, Entführungen durch Außerirdische, Prä-Astronautik, Exopolitik …« Er sieht mich an, als würde er ein Fleißkärtchen erwarten.

»Dir ist schon klar, dass sie dich jetzt auf dem Schirm haben?«

»Auf dem Schirm haben? Wer?«

»*Sie*. Wenn du nur einmal ein Schlagwort wie UFO oder Außerirdische in die Suche eingibst, stehst du sofort unter besonderer Beobachtung. Du musst jetzt Schadensbegrenzung betreiben: Geh regelmäßig auf UFO- und Verschwörungsseiten und hinterlasse in den Foren zweifelhafte Beiträge. So was wie: ›Schmelzkäse – die Energiequelle der Zukunft‹, ›der Papst und die mitteleuropäische Sommerzeit-Verschwörung‹ … Oder du erklärst, warum du überzeugt bist, dass fast alle Zahnärzte Kundschafter aus dem Andromedanebel sind. Wenn du das oft genug machst, fallen sie vielleicht darauf rein und ordnen dich in die HVM-Kategorie ein.«

»HVM?«

»Das steht für harmlose Vollmeise. Ansonsten solltest du so selten wie möglich online gehen, und wenn dann nur auf unverdächtige Seiten. Ach, und telefonieren darfst du auch auf keinen Fall mehr.«

»Willst du mir verbieten zu telefonieren?«

»Du kannst von mir aus mit Carola Kern oder irgendwelchen anderen Bekannten telefonieren, bis du Blasen auf der Zunge hast. Aber niemals mit mir oder einem der Leute, die du in den nächsten Tagen kennenlernst. Wir haben andere Möglichkeiten, um zu kommunizieren. Und jetzt komm bitte mit, ich …«

»Was ist das denn?« Viktor steuert auf den schwarz-rot lackierten Spiegeltisch zu. Mutter hat ihn aus dem Nachlass einer Voodoo-Priesterin aus New Orleans erworben. Der Spiegel ist blind, einer düsteren Legende zufolge hat er sich eingetrübt, als die Augen eines Mörders in ihn blickten. Aber es ist nicht der Spiegel, der Viktors Interesse weckt, sondern das kleine pyramidenförmige Objekt auf dem Tisch.

»Das ist ein Transkommunikator«, erkläre ich. »Ein Gerät, das telepathische Schwingungen verstärkt.«

Er sieht mich an, als hätte ich nicht mehr alle Nadeln an der Tanne. »Ja. Sicher«, sagt er lachend. »Und wem sendest du telepathische Botschaften? Edward Snowden vielleicht?«

»Was?« Ich fahre herum und ein gewaltiger Hitzestoß durchfährt mich. Ich habe gestern Abend vergessen, die Zeitschrift zurückzustecken! Und vielleicht hatte ich ausgerechnet gestern Abend die bescheuerte Idee, meine telepathische Kontaktaufnahme zu Edward Snowden könnte sich erfolgreicher gestalten, wenn ich Lippenstift auftrage. Und die noch bescheuertere Idee, meine Lippen für eine Zehntelsekunde auf das Cover zu pressen.

Viktor hält die Zeitschrift mit dem Kussmund in die Höhe und grinst. Ich wünschte, die Erde würde sich auftun und mich verschlingen. Oder noch besser, ihn.

»Gib her!« Ich reiße ihm die Zeitung aus der Hand und lasse sie in der Schublade verschwinden.

Ein triumphierendes Lächeln legt sich auf Viktors Gesicht. »Du bist tatsächlich in Edward Snowden verknallt?«

»Quatsch!«

»Du weißt aber schon, dass er eine Freundin hat?«

Sein Lächeln wird noch eine Spur breiter – und es tut mir auf einmal gar nicht mehr leid, dass ich ihn am letzten Schultag so gepiesackt habe. »Natürlich weiß ich das«, entgegne ich und versuche vergeblich, nicht zickig zu klingen. »Aber wenn sie so großherzig ist wie er, werden wir mit Sicherheit ein Arrangement treffen können, das uns alle zufriedenstellt. Ich habe ja noch ein paar Jahre Zeit, darüber nachzudenken.«

Ich gehe zum Kamin und löse einen locker sitzenden Stein aus dem Sims. Dahinter ist ein Tastaturfeld angebracht, auf dem ich einen sechsstelligen Code eintippe. Die Wand neben dem Kamin teilt sich und gibt die Sicht auf einen gläsernen Aufzug frei. Ich ziehe den erstaunt blickenden Viktor mit mir in den Lift, die Tür schließt sich und der Aufzug gleitet lautlos abwärts.

»Da du vorhin den Mangel an Fachliteratur beklagt hast …«, sage ich und halte den Lift an. »U1 – Literatur zu UFO-Sichtungen.«

Ihm klappt die Kinnlade runter, als er in den riesigen Saal voller Bücher starrt, der dreimal so groß ist wie die oberirdische Bibliothek.

»Begeben wir uns noch ein bisschen tiefer in die Unterwelt!« Ich setze den Lift wieder in Bewegung. »U2 – UFO-Entführungen, U3 – Parapsychologie, U4 – Alternative Archäologie, U5 – Exopolitik. Der Bibliothekar der Lux-Stiftung wird dir eine Auswahl an Grundlagenliteratur aus allen Bereichen zusammenstellen. Er stößt heute Vormittag noch zu uns. U6 – Archiv und

Asservate. Und U7 …« Ich stoppe den Aufzug. »U7 sollte dich besonders interessieren, denn es betrifft deinen zukünftigen, speziellen Aufgabenbereich.«

»Und der wäre?«

»Mich von A nach B zu bringen«, sage ich lächelnd und drücke auf den Lichtschalter.

»Oh, oh, äh … wow!«, stammelt Viktor Carelius und wird blass.

Was den Fuhrpark des Zweifelwerks angeht, haben sich meine Eltern nicht lumpen lassen.

»Ein Rolls-Royce Phantom«, sage ich und fahre zärtlich mit der Hand über das Dach der Limousine. »Das silberfarbene Geschoss daneben mit den Flügeltüren ist ein Mercedes SLS AMG. Und dann gibt es natürlich noch den Range Rover – falls uns die Suche nach der Wahrheit mal durch unwegsames Gelände führt. Was sagst du?«

Irgendwie vermisse ich in seinen Augen das euphorische Glitzern, das sich bei Männern normalerweise automatisch einstellt, wenn sie vor einem Park glänzender Nobelkarossen stehen. Viktor hingegen sieht ganz käsig aus.

»Es ist ja fast beruhigend zu erfahren, dass du nicht alles über mich weißt, Miranda. Aber …« Er räuspert sich umständlich. »Die Sache ist die: Ich bin ein eher … schlechter Fahrer.«

»Wie schlecht genau?«

Er kratzt sich am Kinn. »Also … in den ersten drei Jahren nach meiner Führerscheinprüfung war ich in acht leichte Unfälle verwickelt, ich habe es mal geschafft, bei der Parkplatzsuche auf dem Uni-Parkplatz elf Wagen zu beschädigen … und ich habe den Rauhaardackel meiner Tante auf dem Gewissen. Das war vor fünf Jahren. Seitdem fahre ich nur noch Fahrrad. Hinter dem Steuer bin ich eine Gefahr für die Allgemeinheit. Und so teure Karossen wie die da machen mir regelrecht Angst. Ich würde es nicht mal schaffen, sie ohne Kratzer aus der Garage zu bugsieren.«

»Im Ernst? Sag mir bitte, dass das ein Witz ist.«

Viktor schüttelt den Kopf. »Tut mir leid, aber ich bin der denkbar ungeeignetste Chauffeur der Welt.«

Angesichts dieser unschönen Offenbarung, ist es nicht ganz einfach, Zuversicht auszustrahlen – aber ich versuche es: »Ach wo«, sage ich und klopfe ihm aufmunternd auf die Schulter. »Vielleicht hilft dir ein kleiner Auffrischungskurs. Ich kenne zufällig einen Fahrlehrer. Ich frage mal nach, ob er ein paar Stunden mit dir einschieben kann. Du brauchst bestimmt nur ein bisschen Übung. Du kriegst das hin!« Wenn Kinder an der Blockflöte dilettieren, ermutigt man sie schließlich auch.

Der Duft von frischem Kaffee liegt in der Luft. Während wir uns die Untergeschosse angesehen haben, hat Trudi ein riesiges Tablett in der Bibliothek abgestellt. Brötchen, Hörnchen, Eier, Margarine, Käse, Joghurt, Marmelade, Kaffee, Milch … Auf Viktors Untertasse hat sie ein Stückchen Minzschokolade gelegt.

»Das kriegt noch lange nicht jeder. Sieht wirklich so aus, als hätte sie dich ins Herz geschlossen«, sage ich.

Er haut rein, als hätte er seit Tagen keine Nahrung mehr zu sich genommen, schlingt in Rekordzeit ein Ei und fünf Brötchen runter und kippt dabei becherweise Kaffee in sich hinein. Dabei kleckert er mit Eidotter wie ein Dreijähriger, knatscht unappetitlich und leckt gelegentlich Marmelade vom Messer.

»Un dasch gehört alscho allesch der Luksch-Schtiftung? Un warum … warum braucht die Schtiftung einen Schauffeur?«, fragt er mit vollem Mund.

Ich rühre mit dem Löffel in meinem Joghurt. »Meine Eltern haben die Stiftung gegründet, um Projekte zu fördern, die sich mit anderen Forschungsgegenständen als denen der etablierten Wissenschaft beschäftigen: Die Lux-Stiftung geht vor Ort Berichten über UFO-Sichtungen nach, sie untersucht, ob es möglich ist, dass Pyramiden vielleicht einmal als Kraftwerke gedient haben, oder sie unterstützt Archäologen, die sich mit der Frage beschäftigen, warum auf verschiedenen Kontinenten sehr ähnliche, in ferner Vorzeit erschaffene Bauwerke stehen, obwohl es zu dieser Zeit angeblich keinen Kontakt zwischen den Kulturen dieser Kontinente gab.«

»Klingt gar nicht mal uninteressant«, befindet Viktor und wischt sich einen Brötchenkrümel von der Wange. »Und zu welchen Schlüssen sind diese Archäologen gekommen?«

»Zu den Schlüssen, zu denen man unweigerlich kommen muss. Entweder die Wissenschaft irrt sich und es gab Kontakte. Oder ... die Menschen der damaligen Zeit hatten alle die gleichen Lehrer. Lehrer, die sich über die ganze Welt bewegen konnten und ihnen beibrachten, diese Gebäude zu erbauen. Lehrer, die nicht von diesem Planeten kamen.«

»Selbst wenn«, sagt Viktor und nimmt einen weiteren Schluck Kaffee, »beantwortet das noch immer nicht meine ursprüngliche Frage: Warum braucht die Lux-Stiftung einen Chauffeur?«

»Braucht sie nicht«, sage ich lächelnd.

»Aber ...«

»Die Lux-Stiftung braucht keinen Fahrer – aber das Zweifelwerk. Das ist die Organisation, von der ich dir bei *Scardanelli* erzählt habe.« Ich erhebe mich und beginne, langsam vor dem Tisch auf und ab zu spazieren. »Die Stiftung und das Zweifelwerk wurden gleichzeitig gegründet. Beide sind der Wahrheit verpflichtet, aber sie arbeiten auf unterschiedlichen Feldern. Es gibt Dinge, von denen wir nichts wissen, weil sie noch nicht entdeckt, erfunden oder erforscht wurden. Die Lux-Stiftung arbeitet daran, diese Wissenslücken zu füllen. Es gibt aber auch Dinge, von denen wir nichts wissen, weil sie bewusst vor uns geheim gehalten werden. Aufgabe des Zweifelwerks ist es, so viel wie möglich über diese Geheimnisse zu erfahren – und dieses Wissen öffentlich zu machen. Das eine ist Forschung, das andere Detektivarbeit.«

Viktor greift nach einem Hörnchen und sieht mich argwöhnisch an. »Und wie genau sieht diese Arbeit aus? Mit welchen Mitteln arbeitet ihr?«

Ich habe geahnt, dass es auf eine Grundsatzdiskussion darüber hinausläuft, ob der Zweck die Mittel rechtfertigt. Schließlich ist der Mann mir gegenüber Philosophielehrer – wenn auch einer mit verbesserungswürdigen Tischmanieren.

»Viktor«, sage ich und blicke ihn eindringlich an, »wir haben es mit einem Gegner zu tun, der im Geheimen agiert, der die Unwahrheit sagt, der Dinge vor der Öffentlichkeit versteckt, der Ereignisse verschleiert und Verwirrung stiftet. Ein Kampf gegen einen solchen Gegner ist von vornherein aussichtslos, wenn man seine Strategien nicht auch beherrscht.« Ich lehne mich zurück und seufze. »Es ist natürlich ein moralisches Dilemma, dem sich jeder gegenübersieht, der sich entschließt, das Zweifelwerk zu unterstützen. Aber man muss sich entscheiden. Sonst kann man nicht handeln. Und wer nicht handelt, macht sich schuldig an der Wahrheit! Ich habe eine Entscheidung getroffen: Der Zweck rechtfertigt einige dieser Mittel – andere nicht.«

»Was tut dieses Zweifelwerk?«, fragt Viktor Carelius weiter. »Hackt ihr euch in Systeme von Behörden? Stehlt ihr Daten? Entwendet ihr Unterlagen? Brecht ihr vielleicht auch irgendwo ein? – Ich versuche gerade, mein Leben in einigermaßen normale Bahnen zu lenken. Ich bin nicht darauf erpicht, in irgendwelche illegalen Machenschaften verstrickt zu werden.« Er hebt den Kopf, blickt mich lange an und sagt: »Was, wenn ich keine Lust habe, dabei mitzumachen? Ich könnte jetzt aufstehen und einfach zur Tür hinausspazieren.«

»Könntest du«, sage ich lächelnd. »Aber du tust es nicht. Weil deine Neugier viel größer ist als deine Angst. Weil du ein Mensch bist, der zweifelt. Weil du nach Antworten suchst. Und weil du ahnst, dass dich das, was hier gerade geschieht, diesen Antworten näher bringen könnte. – Na ja, und wenn doch …« Ich ziehe eine gläserne, mit einer durchsichtigen Flüssigkeit gefüllte Phiole aus meiner Hosentasche und halte sie zwischen Daumen und Zeigefinger. »Dann müsste ich dir leider dieses Gegenmittel vorenthalten. In deinem Kaffee war eine Droge, die einen hammermäßigen Blackout bewirkt und dafür sorgt, dass die letzten zweiundsiebzig Stunden aus deinem Gedächtnis radiert werden. Die Wirkung setzt in genau vier Minuten ein. In dem Fall wirst du morgen früh in deinem Bett aufwachen und nichts mehr von dem wissen, was du bisher erfahren hast. Keinem entsteht ein Schaden. Dir nicht und dem Zweifelwerk auch nicht. Du hättest in den Ferien ausreichend Zeit, um mit Carola Kern zu brunchen. Es ist deine Entscheidung!«

Viktor stellt das Kauen ein und starrt fast eine Minute lang auf die Phiole. Dann erhebt er sich langsam, ein Lächeln breitet sich auf seinem Gesicht aus – und er streckt mir seine Rechte entgegen. »So wie es aussieht, kennst du mich wirklich gut. Ich bin neugierig. Ich bin dabei!«

Ich nehme seine ausgestreckte Hand. »Ein neuer Zweifler. Willkommen, beim … «

»Ähm, das Gegenmittel?«, unterbricht er mich und deutet auf die Phiole.

»Ach ja«, sage ich, breche die Spitze des Glasgefäßes ab und lasse die Flüssigkeit auf meine Zunge rinnen. »Ist nur Zuckerwasser. Und das Gefährlichste in deinem Kaffee ist die warme Milch. Hast du wirklich geglaubt, ich würde dir Drogen verabreichen? Ich sagte, *einige* Mittel sind erlaubt. Leute unter Drogen zu setzen, gehört bestimmt nicht dazu. Aber ein bisschen Verarsche geht immer. Willkommen beim Zweifelwerk!«

»Willkommen beim Zweifelwerk, Ritter der Wahrheit! Dich erwarten Zweifel und Verwirrung. Doch hoffe nicht auf Ruhm und Ehre«, ertönt eine kieksende Stimme über uns.

Überrascht blickt Viktor auf.

Eine dürre Gestalt löst sich aus dem Schatten eines Regals und tritt an das Geländer der Galerie. »Wie sagte schon Plato: Diejenigen, die hinter die Schatten blicken können und die Lügen ihrer Kultur erkennen, werden von der Masse nie verstanden werden, geschweige denn, dass man ihnen glaubt.«

»Max?«, sagt Viktor und blickt ungläubig zur Galerie.

Max Gehrling steigt die schmale Wendeltreppe hinab.

Vielleicht sind es seine schlaksige Erscheinung und seine viel zu langen Arme, vielleicht seine merkwürdigen, affenartigen Bewegungen, aber jedes Mal, wenn ich Max sehe, muss ich an einen unterernährten Orang-Utan denken. Einen hyperintelligenten, unterernährten Orang-Utan. Max trägt ein kariertes Hemd, das ihm am Hals zu weit ist, darüber einen ockerfarbenen Pullunder, seine Hosenbeine stehen auf Hochwasser. Er kommt auf uns zu und bleckt die Zähne. »Morgen, Miranda. Trudi hat mich reingelassen.« Dann streckt er Viktor seine lange Affenhand entgegen. »Schön, dass du dabei bist.«

»Du?«, sagt Viktor, noch immer ganz perplex. »Du gehörst auch zum Zweifelwerk?«

»Max ist der Bibliothekar der Lux-Stiftung und des Zweifelwerks«, kläre ich ihn auf.

»Die halbe Stelle in der Stadtbibliothek – das mache ich nur so nebenbei. Gehört zu meiner Tarnung«, sagt Max mit stolzgeschwellter Brust.

»Aber du … stotterst ja gar nicht.«

»Natürlich nicht. Ist auch nur Tarnung. Als Stotterer unterschätzen einen viele Menschen. In den meisten Fällen ist es ein Vorteil, unterschätzt zu werden.«

»Das ist alles nur ein Fake?«, sagt Viktor und guckt verwirrt. »Dein Stottern und die nervösen Zuckungen und die ganzen … Verhaltensstörungen?«

»Wie?« Max' rechtes Augenlid beginnt unkontrolliert zu flattern und in seinem Gesicht zuckt es, als hätte er in ein offenes Kabel gefasst. »Zuckungen? Verhaltensstörungen? Welche Verhaltensstörungen? Wovon redet er, Miranda?«

»Ja, wovon redest du, Viktor?«, frage ich scheinheilig und beobachte mit steigendem Vergnügen, wie er tomatenrot wird und sich verlegen windet. Meine kleine süße Rache dafür, dass er vorhin unbedingt Edwards Freundin ins Spiel bringen musste.

»Ich meinte nur … ich dachte, dass … Herrgott!«, schimpft er und lässt sich in einen Sessel fallen. »Wie soll man denn noch wissen, was hier wahr und was erfunden ist?«

»Um das unterscheiden zu lernen, bist du hier«, sage ich. »Max und ich werden dir dabei ein bisschen Hilfestellung geben. Und wenn ich eben gesagt habe, dass Max der Bibliothekar des Zweifelwerks ist, war das auch nur die halbe Wahrheit. Genau genommen ist er die Bibliothek.«

Viktor blickt mich verständnislos an.

»Bereit, Max?«, frage ich.

Max Gehrling nickt und schließt die Augen.

»Beginnen wir mit etwas Einfachem«, sage ich. »Suche nach *Schlagwort* in *Titel*. Wie wäre es mit Andromeda?«

Max legt zwei Finger an die Schläfe, seine Augenlider beginnen zu flattern, wie die Flügel einer hyperaktiven Libelle.

»7456 Nennungen in Titel«, kiekst er nach geschätzten dreieinhalb Sekunden. »Vorschlag 1: Der Andromeda-Nebel – Geburtsort des Universums? Nix, Stefanie/Siebenwunder-Verlag/ Hamburg 1996/ U1/ Regal 13/ Fach B. Vorschlag 2: Post aus dem Andromeda-Nebel und noch mehr merkwürdiges Zeug. Linnert, Carl Niklas/ Salamander-Verlag/ Beerburg 1972/ U1/ Regal 34/ Fach L. Vorschlag 3: Kosmische –«

»Danke, Max«, unterbreche ich ihn. »Ich glaube, Viktor hat es verstanden.«

Der starrt mich mit weit aufgerissenen Augen an. »Wollt ihr mir erzählen, Max hat die Titel aller Werke in dieser Bibliothek im Kopf? Und kennt ihren genauen Standort?«

Max kichert, was sich anhört wie das Keckern eines übergeschnappten Beos. »Wenn es nur darum ginge …«, sagt er. »Das würde auch ein sprechender Schimpanse hinkriegen. Nein, ich kenne natürlich auch den Inhalt aller Bücher. Den genauen Wortlaut. Ich bin die Sicherungskopie der Lux-Bibliothek.«

»Ihr wollt mich doch nur wieder …« Viktor sprintet los, stürmt die Treppe zur Galerie hoch, läuft an den Regalen entlang, streckt sich und nimmt einen großformatigen Band aus einem der oberen Fächer. »Also schön«, ruft er zu uns herunter. »Der Band, den ich in der Hand halte, ist gekennzeichnet mit EG/ G/ R15/ F7/ 04. Was habe ich hier?«

Max schließt die Augen. »Du befindest dich in der Kategorie Kunst und Kultur, Unterkategorie Film, der Titel des Buches lautet ›Lexikon der Leinwand-Legenden‹. Nenn eine beliebige Seitenzahl.«

Viktor blättert hektisch durch die Seiten. »Dreihundertsechsunddreißig.«

»*... den internationalen Durchbruch mit seiner Rolle als Nero in* ›*Quo Vadis*‹«, beginnt Max zu zitieren. »*Er war mehrfach für einen Oscar nominiert und gewann ihn zweimal in der Kategorie* ›*Beste Nebenrolle*‹ *für seine Darstellungen in Spartacus und Topkapi. Legendär ist auch seine Verkörperung des belgischen Detektivs Hercule Poirot. Zudem war er als Autor tätig und inszenierte Opern, wie die* ›*Zauberflöte*‹ *und –*«

»Ich fasse es nicht!«, stößt Viktor hervor. »Wort für Wort, so wie es hier steht.«

»Wenn du weiterblätterst, wirst du auf Seite 401 einen Kaffeefleck finden. Verursacht von jemandem, der noch nicht gelernt hat, dass sich Kaffeetrinken und Lesen nicht vertragen. Ist es nicht so, Miranda?«, sagt Max und wirft mir einen vorwurfsvollen Blick zu. »Und die Seite 66 fehlt. Das war Rasputin Keller. Auf der Seite war ein Foto von Ralph Fiennes. Rasputin hat behauptet, es würde ihm böse Gedanken einflüstern. Er hat die Seite rausgerissen und aufgegessen. Was für ein Spinner!« Max schüttelt den Kopf, knabbert an seinen Fingernägeln und hört gar nicht mehr auf zu keckern.

»Wie um alles in der Welt, kannst du den Inhalt all dieser Bücher kennen? Wortwörtlich?« Viktor nimmt in einem der hohen Sessel Platz und blickt Max an, als wäre der ein Weltwunder. Womit er nicht ganz danebenliegt.

Max drückt an seinen Pickeln rum und lächelt verlegen. »Es

ist sicherlich von Vorteil, wenn man ein begeisterter Leser ist – und ein schneller Leser. Ich bin beides. Sehr begeistert und sehr schnell!«

»Aber wie schafft man es, sich all das zu merken? Ist das eine spezielle Technik?«

»Nein«, sage ich. »Max braucht keine Technik, um sich etwas zu merken. Er vergisst es einfach nicht. Er vergisst nie etwas.«

Viktors ungläubiger, fragender Blick wandert zwischen Max und mir hin und her.

»Als ich vier Jahre alt war«, erklärt Max, »wollte ich Tänzer werden …«

Ich beiße mir auf die Lippen und versuche nicht zu kichern. Jedes Mal, wenn ich die Geschichte höre, stelle ich mir vor, wie Max in Strumpfhose und Tutu mit affenartigen Bewegungen über eine Bühne hüpft.

»Jedenfalls …«, fährt er fort, »immer wenn die Mutti den Flur frisch gebohnert hatte und der Boden schön rutschig war, habe ich getanzt. Und an einem Tag bin ich ausgerutscht und auf den Hinterkopf geknallt. Ich war ein paar Minuten lang ohnmächtig, und als ich wieder zu mir kam, war plötzlich alles anders …« Max zieht ein Taschentuch hervor und schnäuzt sich umständlich. »Unser Gedächtnis arbeitet im Normalfall selektiv, das Gehirn filtert die Erinnerungen aus, die es als unbedeutend einstuft. Wir haben nur Zugriff auf eine begrenzte Anzahl von Erinnerungen, nämlich die, die dem Gehirn als erinnerungswürdig gelten. Das hat seine Vor- und Nachteile. Was die Nachteile betrifft …«

Immer wenn Max einem neuen Zweifler seine Geschichte erzählt, ist das der Punkt, an dem es in seinem Gesicht heftiger zu zucken beginnt als in einem Kreuzotternnest.

»Mein Filter ist seit dem Sturz deaktiviert«, kiekst er. »Ich erinnere mich an alles. Ich kann dir sagen, was für ein Wochentag der sechste Mai 1998 war, dass es morgens nieselte, mittags aber aufklarte, dass der Briefträger um zehn nach elf an unserer Haustür klingelte, dass *Karel Gott* im Radio lief, dass ich hellgrüne Socken trug, dass die Mutti Gemüsesuppe gekocht hat und dass meine neuen Schuhe drückten.« Max seufzt, was klingt, als würde sich eine eingerostete Winde in Betrieb setzten. »Es ist nicht sehr spannend, sich an jedes einzelne Mal zu erinnern, an dem man ein Brötchen gekaut, eine Teetasse gespült oder sich die Zehennägel geschnitten hat. – Aber es hat auch eine Menge Vorzüge: Ich vergesse nichts, was irgendwann, irgendwo, irgendwer zu irgendwem gesagt hat. Nichts, was ich jemals gehört, gesehen, gerochen oder geschmeckt habe. Ich weiß immer, wo die Mutti ihre Brille oder ihr Portemonnaie hin verlegt hat. Ich bin meine eigene mobile Bibliothek. Und ich gewinne jedes Mal beim Memory!« Max lächelt glücklich und kratzt sich am Kopf. Ein weißer Schuppenschauer geht auf seinen Pullunder nieder.

Ich trete zwischen die Regale und schiebe einen mit Büchern beladenen Rollwagen aus einem der Gänge. »Da du nicht über den Vorzug eines inaktiven Filters verfügst«, sage ich zu Viktor, »erwarten dich in den nächsten Wochen vor allem Schweiß, Tränen und chronischer Schlafmangel. Was Max dir hier zusammengestellt hat, ist UFO- und Verschwörungsbasiswissen. Da musst du dich durcharbeiten. Außerdem haben wir noch ein paar Unterrichtseinheiten zu speziellen Themen geplant. Wie gemeinhin bei einer Verschwörung vorgegangen wird, beispielsweise.«

»Aha?«, sagt Viktor skeptisch, erhebt sich und nimmt einen Band von dem Wagen. *»Konspiration – die Kunst der Verschwörung«,* liest er laut, schlägt das Buch in der Mitte auf, wirft einen kurzen Blick auf die Zeilen, feuchtet sich den Finger an der Zunge an und blättert weiter.

Max entweicht ein Geräusch, das an einen sterbenden Blasebalg erinnert. In seinen Augen spiegelt sich das blanke Entsetzen. »Als Bibliothekar des Zweifelwerks muss ich dich auf ein paar Regularien aufmerksam machen«, keucht er. »Niemals und unter keinen Umständen feuchten wir uns den Finger an, bevor wir eine Seite umblättern! Niemals!«

»Entschuldigung. Konnte ich ja nicht wissen.« Eilig legt Viktor das Buch zurück.

»Niemals«, stößt Max hervor, »niemals verlässt ein Buch diese Mauern! Außerdem stellen wir niemals Getränke neben Büchern ab!«

Ich ernte erneut einen strafenden Blick. Max kann ein ganz schöner Korinthenkacker sein.

»Und selbst wenn uns das abgrundtief Böse aus den Seiten entgegenblickt«, kiekst er und blinzelt nervös, »... selbst dann sollten wir es vermeiden, Bücher zu essen!«

Viktor wirkt ein wenig desorientiert ob all dem, was da auf ihn einströmt. Mit abwesendem Gesichtsausdruck nimmt er seine Kaffeetasse vom Tisch, hebt sie zum Mund – bis er im letzten Moment innehält, einen misstrauischen Blick in meine Richtung wirft und sie wieder absetzt.

»Es ist nur Kaffee. Du kannst ihn unbesorgt trinken.« Ich greife nach der Tasse und nehme einen Schluck. »Siehst du?« Das ist definitiv der richtige Zeitpunkt für die kleine Grundsatzrede, die mir mein Vater gehalten hat, als ich in die Schule kam, und die jeder neue Zweifelwerker zu hören bekommt. Ich kann sie Wort für Wort auswendig: »Du solltest nicht misstrauisch sein, Viktor! Es ist gut zu zweifeln. Aber es ist nicht gut, misstrauisch zu sein. Zweifel und Misstrauen sind zwei völlig unterschiedliche Dinge! Misstrauen entsteht aus Ängstlichkeit und mangelndem Selbstwertgefühl. Es lebt von Vorurteilen und einem begrenzten Blick. Der Zweifel hat einen freien Blick. Er wächst aus der Neugier, aus dem Wunsch nach Wissen, aus einem offenen Geist heraus. Zu zweifeln bedeutet, alles infrage zu stellen – auch die eigenen Vorurteile. Misstrauen bedeutet Stillstand! Zweifel heißt Entwicklung und Veränderung!«

Viktor hat den Kopf zur Seite geneigt und kaut nachdenklich auf seiner Unterlippe.

»Es gibt viele gute Gründe, um zu zweifeln«, sage ich. »Und viele Gründe, nicht misstrauisch zu sein. Der wichtigste: Misstrauische Menschen sind einsame Menschen. Wer nicht einsam sein möchte, der muss das Risiko eingehen, anderen Menschen zu trauen.«

»Und wie soll ich wissen, wem ich trauen kann und wem nicht?«, fragt Viktor und kratzt über seine Bartstoppeln.

»Indem du so ehrlich wie möglich zu dir selbst bist und lernst, dir zu trauen! Deiner Intuition, deinem Gefühl, deiner Wahrnehmung. Paradoxerweise muss man erst einmal an sich glauben, um zweifeln zu können.«

»Aber das tue ich doch«, sagt er. »Natürlich vertraue ich meinem Gefühl und meiner Wahrnehmung.«

»Nein, tust du nicht!« Ich wandere langsam zu dem Stehpult hinüber und fahre mit den Fingern über den dünnen Einband. »Eine Frage: Ist dir in Hammerstein schon einmal etwas Merkwürdiges begegnet? Hast du etwas gesehen, das eigentlich nicht existieren kann? Etwas, das du dir nicht erklären konntest? Ich halte es für sehr wahrscheinlich, dass so etwas geschehen ist – und dass du deiner Wahrnehmung nicht getraut hast!«

Viktor öffnet den Mund und will etwas erwidern, aber dann schließen sich seine Lippen wieder, er senkt den Kopf und blickt betreten zu Boden.

»Komm schon!«, keckert Max aus dem Hintergrund. »Du wohnst seit drei Jahren hier. Du willst uns doch nicht im Ernst erzählen, du hättest die seltsamen Lichter nie gesehen?«

***

Es ist schon kurz vor Mitternacht, als ich aus dem Tor des Lux-Anwesens trete und mich auf den Nachhauseweg mache. Mir brummt der Schädel. Das, was ich heute gesehen, all das, was ich in den vergangenen Stunden von Miranda und Max gehört habe, schwirrt wie ein wild gewordener Kometenschwarm durch meinen Kopf.

Während ich verzweifelt versuche, eine Ordnung in das gedankliche Chaos zu bringen, nehmen meine Füße wie automatisch den Weg über den Kastanienpfad. Das Kastanienviertel liegt in den Hügeln über der Stadt und einige Alteingesessene behaupten, es würde eigentlich gar nicht richtig zu Hammerstein gehören. Der Kastanienpfad, der an verwilderten Wiesen vorbei und durch ein dunkles Waldstück talwärts führt, ist die kürzeste Verbindung zwischen dem Viertel und der Stadt.

Eine dunkle Wolke zieht am Mond vorbei. Vor mir schimmern Kiesel im Mondlicht.

Eine riesige Bibliothek. Eine Sammlung von Luxuskarossen. Ein verhaltensauffälliger Bibliothekar mit Superheldengedächtnis. Ein Drogen-Bluff. Eine Fünfzehnjährige, die mir Vorträge über Zweifel und Misstrauen hält.

Was kommt als Nächstes?, frage ich mich. Wer gehört eigentlich noch zum Zweifelwerk? Und – ich rufe mir das Bild des schmalen Bandes auf dem Stehpult vor Augen – was hat es mit dieser Tragödie von Sophokles auf sich?

»Ajax«, hat Mirandas Mutter geflüstert, als sie in der Fernsehshow über die größte Verschwörung der Welt gesprochen hat. Ich kenne das Drama von Sophokles nicht. Worum geht es in dem Stück und was hat es mit dem Zweifelwerk zu tun? Ich sollte mir schnellstmöglich ein Exemplar besorgen, um mich schlauzulesen.

Der Weg macht eine Biegung, bald darauf taucht die alte Klosterruine vor mir auf. Ich bleibe stehen und blicke für einen Moment auf die verfallenen, mondbeglänzten Mauern, als hinter mir ein Ast knackt. Erschrocken fahre ich herum und halte den Atem an.

Nichts – nur das leise Zirpen von Insekten. Einen Moment lausche ich in die Dunkelheit, dann mache ich, dass ich weiterkomme. Ich bin mir sicher, dass ich mir das Knacken nicht eingebildet habe.

Du musst dir selbst vertrauen. Trau deiner Wahrnehmung!

Miranda hat heute Nachmittag ins Schwarze getroffen: Es gab

tatsächlich eine Gelegenheit, bei der ich meiner Wahrnehmung nicht getraut habe.

Ich habe etwas gesehen!

Gleich an meinem ersten Abend in Hammerstein …

Ich war damit beschäftigt, das Umzugschaos einzudämmen und die letzten Kartons auszupacken, als jemand gegen meine Wohnungstür bollerte. Ich öffnete und sah mich einem volltätowierten, einhundert Kilo schweren Alt-Punk gegenüber, der mir seine Pranke entgegenstreckte.

»Hey, Alter. Ich bin Frizzi. Ich wohn unten. Freund oder Feind?«

»Was?«, fragte ich verdattert, aber da schob Frizzi mich schon zur Seite, marschierte in meine Wohnung und unterzog meine CD-Sammlung einer eingehenden Prüfung. Anscheinend verlief sie zu seiner Zufriedenheit.

»Ah, ich seh schon – Freund«, sagte er, strahlte mich an und offenbarte dabei eine imposante Zahnlücke. Dann zog er ein kleines Plastiktütchen mit grünlichem Inhalt aus seiner Hosentasche. »Hier, Alter, ist 'n Werbegeschenk. Wo wir jetzt Nachbarn sind, sollte ich dich fairerweise über 'n paar Dinge informieren. Komma eben mit!«

Frizzi führte mich in den Keller, öffnete eine Tür, die mit ungefähr zwanzig Schlössern gesichert war, und präsentierte mir stolz eine bestens ausgestattete landwirtschaftliche Anbaufläche. Ein Dickicht üppig wuchernder Pflanzen, über dem ein betäubend süßer Duft schwebte.

»So sieht 'n antifaschistischer Schutzwall aus«, sagte Frizzi, deutete mit großer Geste auf das Grünzeug und drückte mir eine handgeschriebene Produkt- und Preisliste in die Hand, die mich praktischerweise auch gleich über das Firmenmotto seines landwirtschaftlichen Kleinbetriebs in Kenntnis setzte.

Fairer Handel – faire Preise
Kein Kredit – keine Scheiße

Frizzi patschte mir schwungvoll die Hand auf die Schulter und ich ging in die Knie. »Also, Alter. Du weißt Bescheid. Wenn du mal Entspannungsbedarf hast …«

Nachdem mir klar geworden war, wo ich mich eingemietet hatte, hatte ich jede Menge Bedarf an Entspannung und testete Frizzis Werbegeschenk.

Ich ging auf meinen Balkon, nahm einen Zug und blickte in den Himmel – als ich plötzlich über den Hügeln eine grün leuchtende Kugel auftauchen sah!

Auftauchen ist das einzige Wort, das den Vorgang annähernd korrekt beschreibt. Die Kugel kam nicht von irgendwoher geflogen. Sie erschien aus dem Nichts und schwebte über dem Wald. Ich stand da wie vom Donner gerührt, unfähig mich auch nur einen Zentimeter vom Fleck zu bewegen. Die Kugel beschrieb eine Ellipse über den Bäumen, dann schoss sie unvermittelt in die Höhe, stoppte abrupt – und eine Sekunde später standen drei leuchtende Kugeln am Himmel und kreisten umeinander, bis sie von einem Moment auf den anderen auf dieselbe mysteriöse Art verschwanden, wie sie erschienen waren. Das Ganze dauerte nicht länger als eine Minute.

»Das ist nicht passiert«, hörte ich mich mit zitternder Stimme zu mir selbst sagen. Ich warf einen ungläubigen Blick auf die Zigarette zwischen meinen Fingern, drückte sie umgehend im Aschenbecher aus, marschierte schnurstracks in mein Schlafzimmer und ließ mich in voller Montur aufs Bett fallen.

Fliegende grüne Kugeln? Oh, Mann …

Frizzis Produkte sind mit Vorsicht zu genießen, konnte ich gerade noch denken, bevor mir die Lider zufielen.

Während ich mit eiligen Schritten stadteinwärts laufe, blicke ich mich immer wieder um. Das Geräusch vorhin habe ich mir mit Sicherheit nicht eingebildet. Es hat sich angehört, als wäre jemand auf einen am Boden liegenden Ast getreten. Irgendjemand ist mir durch den Wald gefolgt.

Ich atme erleichtert auf, als die ersten Straßenlaternen von Hammerstein vor mir erscheinen.

Was die grünen Kugeln angeht … eine Zeit lang habe ich wirklich versucht, mir einzureden, dass dieses Erlebnis nur Frizzis würzigem Rauchwerk zu verdanken war, obwohl ich ahnte, dass ich es mir damit zu einfach machte. Dafür war das, was ich gesehen hatte, viel zu real gewesen.

Als Frizzi mir später erzählt hat, dass es in einiger Entfernung von Hammerstein ein militärisches Sperrgebiet mit einem großen Übungsgelände gibt, tat sich mir sogar eine plausibel klingende Erklärung für das Erlebte auf: Wahrscheinlich hatte in dieser Nacht eine militärische Übung stattgefunden und das, was ich gesehen hatte, waren Leuchtraketen gewesen.

Dass Leuchtraketen keine elliptischen Bahnen beschreiben, nicht mit Irrsinnstempo in den Himmel steigen und sich auch nicht teilen und umeinanderkreisen, hatte ich dabei der Einfachheit halber ausgeblendet.

Was habe ich damals wirklich gesehen?, frage ich mich, als ich zu Hause ankomme. Ich ziehe den Schlüssel aus der Tasche und will gerade die Haustür aufschließen – da höre ich erneut ein Geräusch. Ganz leise. So als würde ein Turnschuh an einer Bordsteinkante entlangfahren. Ich schaue über die Schulter und sehe gerade noch, wie eine Gestalt aus dem Lichtkegel einer Straßenlaterne springt und davonläuft.

Mit klopfendem Herzen öffne ich die Tür, schlüpfe hastig in den Hausflur, schlage die Tür hinter mir zu, schließe zweimal ab und lege den schweren Sicherheitsriegel vor, den Frizzi eingebaut hat.

Kein Zweifel. Ich werde verfolgt. *Dir ist schon klar, dass sie dich jetzt auf dem Schirm haben?*

***

Trudi hat heute Morgen gleich zwei Plättchen Minzschokolade auf Viktors Untertasse drapiert. (»Weißt du, Kind, auf den zweiten Blick ist er ja doch ganz sympathisch, der Herr Krakelius. Kann man nicht anders sagen …«) Ich nehme mir vor einzugreifen, wenn sie beginnt, ihm heimlich Schokoriegel zuzustecken. Aber Viktor schenkt den Minztäfelchen keine Beachtung. Er berichtet mir von seiner nächtlichen Begegnung und gestikuliert währenddessen wild mit den Armen. Und weil er dabei ein Brötchen mit Marmelade in der Hand hält, hat er auch Marmelade auf Stirn, Nase und Kinn.

»Trug dein Verfolger einen Motorradhelm?«, frage ich.

»Nein, er hatte eine Kapuze übergezogen. Aber warum …«

Ich berichte ihm von dem Motorradfahrer in unserem Garten.

Viktor legt das Brötchen auf den Teller. »Das ist kein Spaß, Miranda«, sagt er mit besorgtem Blick. »Wir … sollten zur Polizei gehen.«

Ich kann nicht an mich halten und pruste laut los. »Tut mir leid«, sage ich, während er mich erstaunt ansieht. »Ich wusste nicht, wie drollig du sein kannst. Die Polizei? – Du musst noch eine Menge lernen, Viktor. Verlieren wir keine Zeit!«

Wegen des schönen Wetters verlege ich die erste Unterrichtsstunde ins Freie. Viktor kommt gar nicht mehr aus dem Staunen raus, während er an den Miniaturpyramiden, Wassertempeln und Obelisken vorbeiläuft. Ich führe ihn zu der kleinen Lichtung mit dem Steinkreis, in dessen Mitte wir uns im Schneidersitz auf den Boden setzen.

»Zunächst einmal solltest du wissen, dass Hammerstein ein besonderer Ort ist«, leite ich den Anfängerkurs in Verschwörungslehre ein. »In dieser Region treten überdurchschnittlich oft seltsame Phänomene auf: Kornkreise, merkwürdige Geräusche in der Luft und vor allem die fliegenden, leuchtenden Kugeln, die du gesehen hast. Diese Phänomene existieren schon sehr lange. Max hat sich durch alle alten Stadtchroniken gelesen und herausgefunden, dass schon im vierzehnten Jahrhundert über leuchtende Scheiben und Kugeln berichtet wird. Du hattest keine Halluzination. Diese Erscheinungen sind real! Und es sind weder Leuchtraketen noch Kugelblitze noch sonstige Wetterphänomene. Sie sind etwas, das wir nicht verstehen. Ich weiß weder was oder wer sie sind, noch woher sie kommen oder was ihre Absichten sind – nicht mal, ob sie überhaupt irgendwelche Absichten haben. Aber ich weiß, dass es sie gibt!«

»Aber warum gerade hier, in Hammerstein?«, fragt Viktor, rupft einen Grashalm aus und beginnt, darauf herumzukauen.

»Es gibt auf der ganzen Welt Hotspots, an denen sich solche Ereignisse häufen, und Hammerstein ist einer davon. Vielleicht gibt es an diesen Orten etwas, das diese Flugobjekte anzieht. Vielleicht suchen sie nach etwas …«

»Und deine Eltern haben diese Erscheinungen untersucht?«

»Nicht nur meine Eltern«, sage ich. »Du würdest dich wundern, wenn du wüsstest, wie viele Menschen hier leben, die sich mit diesen Dingen beschäftigen.«

»Und die gehören alle zum Zweifelwerk?«

»So einfach ist es leider nicht«, seufze ich. »Das hängt damit zusammen, was ich gestern über Zweifel und Misstrauen gesagt habe … Es gibt Zweifler und es gibt Menschen, die sich als Zweifler sehen, tatsächlich aber nur misstrauische Menschen sind. Ein Zweifler zweifelt, weil er nach der Wahrheit sucht, und ist für jede Wahrheit offen, die er finden wird. Egal ob sie ihm persönlich nun gefällt oder nicht. Außerdem ist ihm bewusst, dass jede Antwort auch wieder neue Fragen aufwirft. Misstrauische Menschen zweifeln hingegen an offiziellen Darstellungen oder allgemeinen Auffassungen, weil sie recht haben wollen. Sie glauben sich bereits im Besitz der Wahrheit, bevor sie sich danach auf die Suche machen. Sie suchen nur nach etwas, das ihre Vorurteile endgültig bestätigen oder – im schlimmsten Fall – ihr menschenverachtendes Weltbild untermauern soll. Mit solchen Leuten wollten meine Eltern nichts zu tun haben. Deshalb haben sie das Zweifelwerk gegründet. Unser Wahlspruch lautet: ›Stelle nichts in Abrede, aber bezweifle alles!‹«

»Das habt ihr von Lord Byron geklaut«, merkt Viktor oberschlau an. Als Lehrer kann man wohl einfach nicht anders. Noch nicht mal als falscher Lehrer.

»Besser gut geklaut, als schlecht erfunden.«

»Wie groß ist das Zweifelwerk? Wer gehört dazu?«, fragt er und blinzelt in die Sonne.

»Wir sind zweiundfünfzig Zweifler – dreiundfünfzig mit dir. Aber die meisten Zweifler sind auf Reisen, manchmal führen ihre Aufträge sie um die ganze Welt und dauern mehrere Jahre. Ich bin seit drei Jahren beim Zweifelwerk, und es gibt Zweifler, die ich noch nie persönlich getroffen habe. Offiziell sind sie mit einem Forschungsauftrag der Lux-Stiftung unterwegs – aber auch immer mit einem geheimen, zusätzlichen Auftrag des Werks. Meine Freundin Sibel, beispielsweise. Sie ist Archäologin und Geologin und untersucht im Moment die Nazca-Linien in Peru. Hast du schon mal davon gehört?«

»Ja«, sagt Viktor. »Ich habe eine Fernsehdokumentation darüber gesehen: kilometerlange Linien, geometrische Formen und Figuren, mitten in der Wüste. Vor ewiger Zeit in den Boden gescharrt. Figuren, die man nur aus der Luft erkennen kann.«

»Ja. Merkwürdig, oder? Warum scharrt jemand, Jahrhunderte bevor das erste Fluggerät erfunden wird, Formen in den Sand, die man nur aus der Luft sieht? Jedenfalls – Sibel macht dort im Auftrag der Lux-Stiftung neue Luftaufnahmen. Was sie außerdem für das Zweifelwerk erledigt … darf ich dir im Moment leider noch nicht sagen.«

»Eine Archäologin und Geologin? Eine Wissenschaftlerin? Seriöse Wissenschaftler arbeiten für das Zweifelwerk?«, sagt Viktor überrascht.

»Na ja …«, sage ich und sehe zu, wie ein Marienkäfer über meinen Turnschuh krabbelt, »die meisten sind keine Wissenschaftler im herkömmlichen Sinn. Sibel ist da eher die Ausnahme. Aber viele haben spezielle Fertigkeiten oder Fähigkeiten – so wie Max zum Beispiel. Allen gemein ist das Interesse an der UFO-Thematik. Manche beschäftigen sich aber auch noch mit anderen Dingen: politische Verschwörungen, Geheimbünde, Geheimdienst-Forschungen zur Gedankenkontrolle oder Alltagsverschwörungen.«

»Welche Alltagsverschwörungen?« Viktor blickt drein wie jemand, der gerade das kleine Einmaleins gelernt hat und plötzlich eine Gleichung mit drei Unbekannten lösen soll.

»Unser Experte dafür ist Rasputin Keller«, sage ich. »Du wirst es nicht vermeiden können, ihm früher oder später zu begegnen. Er behauptet, dass es Codes in Modekatalogen gibt, die die baldige Ankunft der apokalyptischen Reiter ankündigen, und er hält es für möglich, dass der Heilige Gral im Keller einer Düsseldorfer Altbierkneipe eingemauert ist. Außerdem hat er den starken Verdacht, dass eine Gruppe von Zombies die Macht in den Vorständen internationaler Konzerne übernommen hat. Wenn du ihm begegnest, solltest du vorsichtshalber etwas Abstand halten. Rasputin vermutet nämlich auch, dass die Regierung irgendwelche Stoffe in Seifen, Shampoos und Deos mischt, um uns willenlos zu machen. Er meidet Hygieneprodukte wie der Teufel das Weihwasser.«

Viktor verzieht das Gesicht. »Danke für die Warnung. Und welche Zweifelwerker sind momentan hier in Hammerstein?«

»Außer Max und mir, nur noch zwei weitere«, sage ich. »Du wirst sie in Kürze kennenlernen.«

»Und deine Tante … Gehört sie auch dazu?«

Ich muss lächeln. »Trudi weiß nur von der Lux-Stiftung, und nicht mal die interessiert sie besonders. Viel weniger jedenfalls als die ›Marionetten der Liebe‹.«

Viktor guckt wie ein Auto. »Wer sind die ›Marionetten der Liebe‹?«

»Glaub mir, du willst es gar nicht wissen.« Ich sehe auf meine Armbanduhr und erhebe mich aus dem Gras. »Max müsste mittlerweile eingetrudelt sein, er wartet in der Bibliothek auf uns.«

Schweigend gehen wir zurück zum Haus. Bisher habe ich mich davor gedrückt, die Risiken eines Zweiflerdaseins zu erwähnen, aber früher oder später muss ich die Sache zur Sprache bringen …

»Da ist noch etwas, das du wissen solltest«, sage ich, als wir den Alien-Brunnen erreichen. »Es gibt die misstrauischen Rechthaber, es gibt die Zweifler, aber es gibt noch eine weitere Gruppe von Menschen, die nicht wegen der schönen Landschaft hier leben, sondern weil – wer auch immer – sie hierher geschickt hat. Mit einem Auftrag: die Dinge, die hier geschehen, zu verheimlichen, zu vertuschen und zu verschleiern. Und zwar mit allen Mitteln.« Ich sehe auf und blicke Viktor in die Augen. »Es ist gefährlich, ein Zweifler zu sein!«

Trudi hat uns kommen sehen und lässt uns ein.

»Max Gehrling wartet in der Bibliothek«, sagt sie zu mir, dann wendet sie sich Viktor zu und lächelt verlegen. »Ich hab Ihnen noch einen Schokoladenpudding gemacht. Für später. Sie sehen aus, als würden Sie Pudding mögen. Und ein bisschen … ein bisschen sehen Sie aus wie Fabian von Scherbel.« Ein Hauch von Rosa legt sich auf ihre Wangen, sie kichert verschämt und eilt schnellen Schrittes in die Küche. Ich blicke ihr nach und frage mich ein ganz klein wenig beunruhigt, ob die Wirklichkeit – zumindest was Trudi angeht – gerade mein Drehbuch überholt. Welchen Geist habe ich da aus der Flasche gelassen?

»Wer ist Fabian von Scherbel? Auch ein Zweifelwerker?«, fragt Viktor flüsternd.

»Nein«, sage ich und öffne die Tür zur Bibliothek. »Nur eine Marionette der Liebe.«

»Hallo, Viktor. Morgen, Miranda. Ich habe alles vorbereitet«, begrüßt uns Max.

Vor dem Kamin steht ein schwerer Holztisch, dahinter ein

ausladender Ohrensessel. Rechts und links davor hat Max zwei kleinere Tische und Stühle platziert. Auf den drei Tischen liegen weißgepuderte Perücken.

»Was soll das denn werden?«, fragt Viktor mit skeptischem Gesichtsausdruck.

»Du wirst jetzt ein paar grundlegende Dinge über Verschwörungen lernen. Aber das muss ja nicht durch langweiligen Frontalunterricht passieren«, sage ich und schiebe ihn zu dem Tisch an der Rechten. Max nimmt ihm gegenüber Platz und ich werfe mich in den großen Ohrensessel. »Legen wir los.« Ich ziehe mir die gepuderte Richterperücke auf den Kopf. Max bleckt die Zähne, keckert und tut es mir gleich.

Viktor schnuppert an seiner Perücke und betrachtet sie mit allen Anzeichen mittelschweren Ekels.

»Los, komm schon«, sage ich. »Sonst macht es keinen Spaß.«

»Das sieht doch völlig bescheuert aus«, protestiert er.

»Genau das ist der spaßige Teil dabei.«

Er rollt mit den Augen und zieht die Perücke widerstrebend auf. Ich schlage mit der Hand auf den Tisch.

»Hiermit erkläre ich das fiktive Verfahren im fiktiven Fall Skeptiker gegen Verschwörungstheoretiker für eröffnet. Die Seite der Verschwörungstheoretiker, vertreten durch Max Gehrling, behauptet, dass offizielle Stellen Kenntnis vom UFO-Phänomen haben und sich dazu verschworen haben, dies vor der Öffentlichkeit geheim zu halten. Die Skeptiker vertreten die Gegenthese, dass es keine UFOs und folglich auch keine Verschwörung gibt. Den Vorsitz in diesem Verfahren führt die ehrenwerte Richterin Miranda Lux. Das Wort haben die Skeptiker. – Das bist du, Viktor.«

»Das hatte ich schon verstanden. Danke, Miranda«, sagt Viktor etwas gereizt und kratzt sich unter der Perücke.

Ich beuge mich zu ihm vor. »Es wäre mir sehr recht, wenn du mich mit ›Euer Ehren‹ ansprechen würdest – und versuch doch bitte, ein bisschen mehr Engagement in deine Rolle zu legen.«

»Natürlich. Entschuldige«, sagt er und verdreht die Augen. »Also, ähm, Euer … Euer Ehren. Zunächst einmal: Selbst für den rein hypothetischen Fall, dass es UFOs gäbe oder dass es vielleicht sogar Kontakt zu Außerirdischen gab … selbst dann stellt sich mir die Frage: Warum sollte überhaupt ein Interesse vorhanden sein, diese Dinge geheim zu halten?«

Max scharrt nervös mit den Füßen. »Würde die Existenz von Außerirdischen bestätigt, würde das Weltbild der meisten Menschen so erschüttert, dass das gesamte System ins Wanken geriete. Religion, Politik, Wirtschaft – alles wäre plötzlich infrage gestellt. Es gibt Menschen, Gruppen und Institutionen, die von der jetzigen Situation profitieren und jedes Interesse daran haben, die Existenz von Außerirdischen vor der Öffentlichkeit zu verheimlichen. Wenn ich vielleicht nur zwei Beispiele anführen darf: Wenn eine außerirdische Rasse durch den Kosmos reisen und uns auf der Erde besuchen kann, handelt es sich dabei um Wesen, deren Technologie sehr viel weiter entwickelt sein muss als unsere. Es ist nicht unwahrscheinlich, dass sie eine Energiequelle kennen, die ungefährlich, erneuerbar und im Prinzip jedem zugänglich ist. Auf dieser Welt wird sehr viel Geld mit Energie verdient, die gefährlich, nicht erneuerbar und eben nicht jedem zugänglich ist. Wer so ein Geschäft betreibt, hat sicher kein Interesse an kostenloser Energie für alle.« Max bleckt triumphierend die Zähne. »Oder was, wenn ihre Zivilisation so hoch entwickelt ist, dass sie Wege gefunden hat, Konflikte gewaltfrei und kreativ zu lösen? Es würde Stunden dauern, wenn ich alle Gruppen auf diesem Planeten aufzählen wollte, die in irgendeiner Form von kriegerischen Auseinandersetzungen profitieren. Diese Menschen sind nicht im Geringsten daran interessiert, dass Konflikte gewaltfrei geregelt werden.«

»Danke, Max«, sage ich. »Möchte sich der Vertreter der Skeptiker dazu äußern?«

»Ganz bestimmt möchte er das«, knurrt Viktor. »All das, was Max anführt, ist doch bloße Theorie. Es kann nur eine Verschwörung geben, wenn es UFOs gibt. Es existiert aber kein einziger objektiver Beweis dafür. An UFOs zu glauben, widerspricht einfach der Vernunft.« Er lehnt sich in seinem Stuhl zurück und verschränkt die Arme vor der Brust.

Max kichert und pult sich in den Zähnen. »Vor gar nicht allzu langer Zeit galt es als vernünftig, zu glauben, die Sonne würde sich um die Erde drehen. Und noch ein wenig früher entsprach es der Vernunft, zu denken, die Erde sei eine Scheibe. Und außerdem: Wer bestimmt, was vernünftig ist und was nicht?«

Viktor wirkt ein wenig ratlos. Er zieht sich die Perücke tiefer in die Stirn und räuspert sich mehrmals. »Also … jede Verschwörungstheorie ist doch …«

»Einspruch, Euer Ehren«, kräht Max und springt auf. »Unsere Seite lehnt den Begriff *Verschwörungstheorie* ab, da er diskriminierend und tendenziös ist. Ich rege an, ihn für die Dauer dieser Verhandlung durch den neutralen Begriff *alternatives Wirklichkeitsmodell* zu ersetzen.«

»Hat die Gegenseite Einwände?«, frage ich.

»Nein, hat sie nicht«, seufzt Viktor resigniert. Er sieht aus wie ein Elfjähriger in einer Doppelstunde Mathe, der verzweifelt darauf wartet, dass der Pausengong seinen Qualen ein Ende setzt. Dann reißt er sich aber zusammen, steht langsam auf, trommelt mit den Fingern auf dem Tisch und blickt herausfordernd zu Max. »An einer Verschwörung, die die Existenz Außerirdischer vertuschen wollte, müssten unzählige Menschen beteiligt sein. So eine groß angelegte Verschwörung funktioniert nicht. Es gibt immer jemanden, der redet. Menschen haben Fehler. Manche wollen sich wichtigmachen, manche verplappern sich, manche werden gesprächig, wenn sie trinken … Es würden auf jeden Fall Informationen durchsickern.«

»Das Argument ist unserer Seite wohlbekannt«, kiekst Max. »Es wird von den Gegnern alternativer Wirklichkeitsmodelle ständig ins Feld geführt – und stößt ins Leere. Wir schließen uns der Argumentation der Gegenseite insofern an, als wahrscheinlich nur die wenigsten Verschwörungen völlig geheim bleiben und in den meisten Fällen tatsächlich Informationen nach außen gelangen. Wir sind aber der Ansicht, dass dies das Gelingen einer Verschwörung nicht maßgeblich beeinträchtigt. Eine sorgfältig geplante Verschwörung kalkuliert diese Schwachstellen ein. Sie hat nicht nur einen Plan A. Dazu gleich mehr. Zunächst aber möchte ich auf ein grundlegendes Missverständnis zu sprechen kommen: Gerüchte über eine Verschwörung entstehen nicht dadurch, dass sie sich von zwei fantasiebegabten Menschen am Telefon ausgedacht werden. Sie entstehen genau aus diesen spärlichen Information, die nach außen dringen. Aus diesen wenigen Tropfen der Wahrheit, die aus dem harten Fels der Verschwörung austreten. – Wenn das hohe Gericht mir diesen bildhaften Vergleich gestattet …«

Das Gericht gestattet und Max freut sich wie Bolle.

»Das ist doch alles Bullshit«, ereifert sich Viktor – was das Gericht keinesfalls gestattet und ihn daher zur Ordnung ruft.

»Ist ja schon gut«, murrt er. »Aber das mit den Tropfen der Wahrheit ist doch ausgemachter Blödsinn. Sobald nur ein Tropfen einer Information nach außen gelangt, ist er innerhalb von einer Stunde im Internet zu einem Fluss geworden – und nach drei Stunden zu einem Meer. Man kann überhaupt nicht verhindern, dass sich eine solche Information verbreitet.«

Max blinzelt und reckt kampfeslustig den Kopf. »Ich denke durchaus, dass so manches Rinnsal noch gestoppt wird, bevor es sich ausbreitet. Aber im Prinzip schließen wir uns auch hier der Ansicht der Gegenseite an: Es gibt Informationen, die die breite Öffentlichkeit erreichen. Aber als vorausschauender Verschwörer habe ich auch für diesen Fall einen Plan: Ich schaffe ein bestimmtes gesellschaftliches Klima. Ich habe Einfluss und sorge dafür, dass das Thema in den Medien und der Öffentlichkeit als nicht ernst zu nehmend dargestellt wird. Als etwas Lächerliches. Und jeder, der behauptet, es sei nicht lächerlich, wird zu einer lächerlichen Figur. Und jeder, der dieser lächerlichen Figur Gehör schenkt, wird auch eine. Und nichts macht den meisten Menschen mehr Angst, als sich lächerlich zu machen.« Erschöpft von seinem Plädoyer, aber offenbar sehr zufrieden mit sich, nimmt Max auf seinem Stuhl Platz.

»Wenn ich etwas behaupte, dafür aber keine Beweise vorbringen kann, dann ist das lächerlich«, mault Viktor – als sich die Tür öffnet.

Trudi tritt ein und stellt eine Schüssel mit Pudding und drei Schälchen auf einem Tisch ab. Ihr Blick wandert erstaunt über unsere Perücken.

»Probt ihr ein Theaterstück?«

»Ja«, sage ich. »Ist ein Teil meiner Prüfung.«

»Wie schön, Kind. Und was ist das für ein Stück?«

»Die Wandlung des skeptischen Pädagogen. Ein dramatischer Einakter.«

»Ach … so was Modernes. Na, damit kenne ich mich nicht aus«, sagt Trudi kopfschüttelnd und tritt den Rückzug an, nicht ohne Viktor zuzuflüstern: »Ich hab Ihnen noch ein bisschen Vanillesoße gemacht. Sie sehen aus, als würden Sie Vanillesoße mögen …«

Als sich die Tür hinter Trudi schließt, bittet die ehrenwerte Richterin die Vertreter beider Seiten an den Richtertisch. »Das Hohe Gericht könnte sich jetzt zur Beratung zurückziehen, weiß aber schon, dass es zu keinem Ergebnis kommen wird. Daher vertagt es die Sitzung auf unbestimmte Zeit und ordnet den sofortigen Verzehr des Schokoladenpuddings an!«

Könnte Trudi sehen, wie gierig Viktor seinen Pudding in sich hineinlöffelt, würde sie glänzende Augen bekommen.

»Nicht schlecht, die Idee mit der Verhandlung«, sagt er zwischen zwei Löffeln. »Und was deine Argumentation angeht, Max … so habe ich die Sache mit den Verschwörungen noch nie betrachtet.«

Max lächelt verlegen und schlürft Vanillesoße aus seinem Schälchen.

»Nur die Perücken hättest du dir sparen können, Miranda.« Viktor wirft mir einen scheelen Blick zu und kratzt sich den Kopf.

»Ganz und gar nicht«, sage ich. »Eine Perücke hilft, um sich in eine Rolle hineinzuversetzen. Als Zweifelwerker wirst du lernen müssen, verschiedene Rollen zu spielen. Und – wenn ich das mal so offen sagen darf – was deine darstellerischen Fähigkeiten angeht, gibt es noch reichlich Luft nach oben. Außerdem hast du durch die Perücke eine wichtige Sache gelernt, die man sich als Zweifler immer wieder vergegenwärtigen sollte.« Ich nehme die Perücke ab und schüttele meine Haare. »Es schadet überhaupt nicht, sich gelegentlich lächerlich zu machen. Und es tut fast gar nicht weh!«

***

Ich bin ein eifriger Schüler. In den folgenden Tagen stehe ich jeden Morgen um Punkt neun Uhr vor dem seltsamen Haus mit den schiefen Türmchen und bedrohlich aussehenden Wasserspeiern, und jeden Morgen öffnet mir Trudi Lux – von der auf wundersame Weise alles Furchteinflößende abgefallen ist – lächelnd die Tür.

»Morgen, Herr Krakelius. Ich habe Ihnen in der Bibliothek ein Frühstück vorbereitet. Mit einem weichen Ei. Und die Milch habe ich Ihnen warm gemacht. So wie Sie es gerne mögen.«

Die Vormittage verbringe ich mit dem Studium der Unmenge an Literatur, die Max mir zusammengestellt hat. Ein ausgesprochen breites Themenspektrum: Ich erfahre Wissenswertes über Telepathie und Telekinese (die Fähigkeit, Objekte durch bloße Gedankenkraft zu bewegen oder zu verformen), über Astralkörper, Nahtoderfahrungen und Gedankenkontrolle, über Geheimgesellschaften, geheime Codes und kaum bekannte Details politischer Attentate. Der Großteil der Bücher widmet sich allerdings dem UFO-Phänomen und den angeblichen Verschwörungen, die damit in Zusammenhang stehen.

An den Nachmittagen gesellen sich dann Max oder Miranda zu mir, beantworten Fragen, die sich mir nach der Lektüre auftun, und führen mich noch tiefer in die Materie ein.

Und je mehr ich über diese undurchsichtige Welt der Verschwörungen, paranormalen Erscheinungen und UFO-Begegnungen erfahre – alles Dinge, die ich noch vor ein paar Tagen als pure Spinnerei abgetan hätte – umso mehr geraten meine Überzeugungen ins Wanken und umso brüchiger wird mein bisheriges Bild der Wirklichkeit. Als ich einen dicken Wälzer lese, der zahlreiche Argumente dafür anführt, dass Apollo 11 nie auf dem Mond gelandet ist und diese erste Mondlandung nur in irgendwelchen geheimen Studios von der NASA inszeniert worden ist, wächst meine Verunsicherung von Seite zu Seite. Vor einer Woche hätte ich eine solche Behauptung ausschließlich einer zu lebhaften Fantasie zugeschrieben, aber nun bin ich mir tatsächlich nicht mehr ganz so sicher, ob Neil Armstrong je einen Fuß auf den Erdtrabanten gesetzt hat.

»Wenn auch nur die Hälfte von dem, was ich hier gelesen habe, zutrifft, glaube ich wirklich beinah, dass wir niemals dort waren«, sage ich nachmittags zu Miranda.

»Plumps! Und schon bist du reingefallen«, entgegnet sie und lacht. »Du hast einfach eine Überzeugung gegen eine andere ausgetauscht. Du glaubst nur an etwas anderes als vorher. Wenn du so etwas liest, dann soll es dich nicht dazu bringen, es zu glauben, sondern nur dazu, zu zweifeln. Andere Möglichkeiten in Betracht zu ziehen. Deine eigenen Theorien zu entwickeln. Selbst zu denken!« Miranda setzt sich mir gegenüber an den Tisch und blickt mich mit ernstem Gesichtsausdruck an. »Du solltest ausgesprochen vorsichtig sein: Verschwörungstheorie ist nicht gleich Verschwörungstheorie«, sagt sie und betont dabei jedes einzelne Wort. »Manche Theorien entstehen so, wie Max es erklärt hat. Sie speisen sich aus den wenigen Informationen, den Tropfen der Wahrheit, die nach außen durchdringen. Aber es gibt auch Verschwörungstheorien, die von den Verschwörern selbst in die Welt gesetzt werden, um Verwirrung zu schaffen. Verschwörungstheorien, die selbst Teil einer Verschwörung sind.«

Ich kann ihr nicht ganz folgen und gucke entsprechend dumm aus der Wäsche.

»Nehmen wir die Geschichte mit der Mondlandung«, sagt sie. »Die Astronauten waren noch nicht auf der Erde zurück, da kursierte schon das Gerücht, die ganze Sache sei nur ein Fake gewesen, und viele Menschen fragen sich seither, ob jemals wirklich Menschen dort oben waren oder nicht. Diese Verschwörungstheorie ist bewusst aufgebaut worden – damit niemand auf die Idee kommt, die richtige Frage zu stellen.«

»Und die wäre?«, frage ich verwundert.

»Die Frage lautet nicht, ob sie dort waren, sondern wann. Und was sie da oben gefunden haben. Auf der dunklen Seite des Mondes.« Miranda lächelt. »Stell dir vor, es hätte eine geheime Mondmission gegeben, einige Zeit vor der offiziellen. Eine Mission, von der die Öffentlichkeit nie erfahren hat. Stell dir vor, diese Mission hätte auf dem Mond etwas entdeckt. Auf der uns abgewandten, dunklen Seite. Bauwerke, ähnlich den Pyramiden auf der Erde zum Beispiel oder eine verlassene, außerirdische Raumbasis. Etwas, das beweisen könnte, dass wir nicht alleine sind. Wenn ich verhindern möchte, dass etwas davon an die Öffentlichkeit gelangt, wäre es nicht ungeschickt, kurz darauf eine offizielle Mission zu starten, inklusive weltweit übertragener Bilder, auf denen nichts als Staub und Gestein zu sehen sind. Und dann lanciere ich auch noch ganz gezielt das Gerücht, diese Landung hätte nie stattgefunden. Ausreichend Stoff, über den sich die Leute den Kopf zerbrechen können. So ist die Gefahr gering, dass jemand die richtigen Fragen stellt.«

Miranda schaukelt mit ihrem Stuhl, ein feines Lächeln spielt um ihre Lippen. »Der Trick, die Aufmerksamkeit der Öffentlichkeit in die falsche Richtung zu lenken, wurde schon bei vielen Verschwörungen erfolgreich angewandt. Bei dem Attentat auf Kennedy in Dallas beispielsweise. Alle fragten sich anschließend: War Lee Harvey Oswald ein Einzeltäter oder gab es mehrere Schützen? Die Frage, warum Kennedy ermordet wurde, halte ich aber für weitaus bedeutender.«

»Na ja … Er hatte jede Menge Leute gegen sich aufgebracht: die Mafia, die Exil-Kubaner, Leute, die was gegen Bürgerrechte hatten, Teile der CIA und des FBI …«

»Hmm«, sagt Miranda und nickt zustimmend. »All das ist nicht von der Hand zu weisen. Es gibt eine Menge möglicher Gründe, warum ihm jemand nach dem Leben hätte trachten können – sogar ohne die UFOs.«

»Äh … was?«

»Wusstest du, dass er darüber nachdachte, in der Raumfahrt enger mit den Sowjets zusammenzuarbeiten? Das hätte bedeutet, dass die NASA ihre Kenntnisse mit ihnen hätte teilen müssen. Vielleicht auch ihre Kenntnisse über UFOs … wer weiß. Es gab bestimmt eine Menge Leute, die so etwas um jeden Preis verhindern wollten.«

»Also, bei allem guten Willen … das klingt mir jetzt doch eine Nummer zu fantastisch«, entgegne ich.

Miranda steht auf, nimmt sich eine Tasse Kaffee, dann greift sie nach einer Untertasse. Eine schnelle Bewegung aus dem Handgelenk und die Untertasse schwirrt wie eine Frisbeescheibe durch die Luft auf mich zu. Ich springe auf und bekomme sie gerade noch zu fassen, bevor sie auf dem Boden zerschellt.

»Gar keine so schlechte Reaktion für dein Alter«, befindet Miranda und nippt an ihrem Kaffee.

»Und was sollte das?«

»Ich wollte dir damit nur zeigen, dass man immer mit fliegenden Untertassen rechnen muss«, sagt sie. »Als Zweifelwerker solltest du eine Sache beherzigen: Wenn irgendetwas Merkwürdiges geschieht – wenn ein Politiker tot in einem Hotelzimmer aufgefunden wird, wenn ein hoher Militär Selbstmord begeht, wenn es eine plötzliche Häufung von Todesfällen unter politischen Entscheidungsträgern gibt – und du suchst nach Gründen für das, was geschehen ist, dann solltest du in Zukunft immer zweimal darüber nachdenken. Einmal unter der Annahme, dass es keine UFOs gibt. Da finden sich in der Regel schon jede Menge Gründe für mysteriöse Todesfälle: politische Intrigen, Korruption, geheime Waffengeschäfte, Spionage – die übliche langweilige und deprimierende Palette. Und dann solltest du ein zweites Mal darüber nachdenken. Unter der Annahme, dass UFOs existieren. Es gibt nie nur eine Geschichte, Viktor. Es gibt immer mindestens zwei!«

Ich habe Mirandas Worte noch im Ohr, als ich kurz vor Mitternacht nach Hause komme.

Todmüde falle ich ins Bett und bin gerade im Begriff einzuschlafen, als plötzlich wildes Getrampel im Flur erklingt. Im nächsten Moment gellt Frizzis panische Stimme durchs Haus: »Feuer, Alter! Feuer! Es brennt!«

Schlaftrunken stolpere ich die Treppe runter. Die Haustür steht weit offen, davor springt Frizzi, nur mit getigertem String-Tanga und Doc-Martens bekleidet, auf und ab und versucht die Flammen eines Feuers auf dem Treppenabsatz zu löschen.

»Oh, Mann. Das iss ja wohl voll der Jörg!«, schreit er, während er die Flammen austritt. »Irgend so 'n Honk hat uns getrocknete Hundekacke vor die Tür gekippt und sie angezündet. Guck dir meine Docs an, Alter. Die sind hinüber!«

In diesem Moment höre ich ein Rascheln – dann springt eine kapuzenbewehrte Gestalt aus der Hecke und sprintet davon.

»Ich krieg dich, du Fascho-Sau!«, krakeelt Frizzi und nimmt die Verfolgung auf, aber schon am Gartenzaun lässt ihn seine Kondition im Stich. Nach Atem ringend, schleppt er sich zum Haus zurück. »Mann, Alter. Welcher Assi wirft uns Hundekacke vor die Tür?«

***

»Hundekot? Klingt nicht unbedingt nach dunkler Verschwörung«, sage ich, als Viktor uns von der Fäkal-Attacke berichtet. »Andererseits – die benutzen alle Mittel, die ihnen angebracht erscheinen, und vielleicht denken sie, dass bei dir ein brennender Hundehaufen reicht, um dich einzuschüchtern.«

»Wer sind eigentlich diese *sie*, von denen ihr ständig redet?« Viktor blickt Max und mich fragend an. »Die Regierung? Das Militär? Der Geheimdienst?«

»Das ist schwer zu sagen.« Max seufzt und quetscht einen Pickel auf seiner Stirn aus. »Hast du schon mal von dem Begriff der glaubhaften Abstreitbarkeit gehört?«

Viktor schüttelt den Kopf.

»Stell dir vor, ich wäre Mitglied einer Regierung«, sagt Max und bleckt die Zähne.

Ich kann mir Max zwar bestenfalls als Minister für Zappeln, Zucken und Blinzeln vorstellen, aber Viktor nickt brav und sagt: »Okay.«

»Nun erhalte ich Kenntnis von einer Sache, von der die Öffentlichkeit nichts erfahren soll«, erläutert Max. »Einem Kontakt mit Außerirdischen zum Beispiel. Alles muss vertuscht werden, notfalls auch mit illegalen Mitteln. Gleichzeitig muss ich mich für den Fall wappnen, dass doch etwas nach außen dringt. Eventuell muss ich dann vor einem Untersuchungsausschuss oder sogar vor Gericht aussagen – und dabei glaubhaft abstreiten können, dass die Regierung etwas weiß. Also sorge ich dafür, dass eine Gruppe oder geheime Organisation gebildet wird, die sich damit beschäftigt. Es darf keine Verbindung zwischen mir und dieser Gruppe nachweisbar sein. Keine offiziellen Anordnungen oder Befehle, die von mir kommen. Sollte die Geschichte auffliegen, kann die Gruppe behaupten, unabhängig von der Regierung, auf eigene Faust gehandelt zu haben – und ich bin aus dem Schneider. Aber die Sache hat einen gewaltigen Haken. Kannst du dir vorstellen, welchen?«

»Ja«, sagt Viktor nach einigem Nachdenken. »Damit die Gruppe behaupten kann, unabhängig gehandelt zu haben, müsste sie bis zu einem gewissen Grad tatsächlich unabhängig handeln können – damit wäre sie jeder offiziellen Kontrolle entzogen und dem Machtmissbrauch wären Tür und Tor geöffnet. Eine solche Gruppe könnte dann zu der eigentlichen, geheimen Regierung werden.«

»Ganz genau«, sage ich. »Und manchmal habe ich das ungute Gefühl, als könnte dies … bereits geschehen sein.«

Später am Nachmittag – ich habe uns in der Küche ein paar Kekse und frischen Kaffee organisiert, und stehe gerade mit dem Tablett in den Händen vor der Tür zur Bibliothek – höre ich Viktor die Zeilen aus Ajax rezitieren.

»*Geliebtes Salamis, der Wogen Dröhnen umtost dich nun …* Was hat es mit dieser Ajax-Sache auf sich, Max?«

»Ich könnte dir natürlich das gesamte Drama auswendig hersagen, aber ich beschränke mich mal auf die groben Züge der Handlung«, höre ich Max kieksen. »Achilles, der Anführer des griechischen Heeres, wird im Krieg gegen Troja getötet. Die Heerführer sprechen die Waffen des Toten aber nicht dessen treuem Kampfgefährten Ajax, sondern Odysseus zu. Daraufhin beschließt Ajax, sich an den Heerführern zu rächen und sie zu töten. Die Göttin Athene belegt ihn mit einem Zauber, sodass er, statt der Heerführer, eine Herde Schafe tötet. Als der Zauber wieder von ihm fällt, erkennt Ajax, zu welcher Schande ihn seine Rachsucht getrieben hat, und er stürzt sich in sein Schwert.«

»Das weiß ich, Max«, höre ich Viktor in genervtem Ton sagen. »Ich habe mir mittlerweile ein Exemplar besorgt und mich hindurchgequält. Unter uns gesagt: Ich fand die Geschichte von vorne bis hinten so deprimierend, dass ich auch kurz davor stand, mich in ein Schwert zu stürzen. – Ich meinte aber nicht die Handlung der Tragödie, sondern … Was hat dieses Splatter-Drama mit UFOs und Verschwörungstheorien zu tun?«

Max hüstelt nervös, und ich stelle mir vor, wie seine Finger in diesem Moment aufgeregt an seinem Hemdkragen nesteln. »Bitte hör auf, in der Sache nachzubohren, Viktor«, kiekst er. »Das meiste, was ich dir im Moment dazu sagen könnte, wäre reine Spekulation.«

»Dann spekuliere *ich* vielleicht mal«, entgegnet Viktor. »Die Handlung der Tragödie ist für uns nicht von Bedeutung, oder? Es sind nur diese siebzehn Zeilen, die für uns interessant sind. Ist es nicht so? Welche Bedeutung haben diese Worte, Max? Was haben diese Zeilen mit Außerirdischen zu tun?«

»Viktor, ich kann dir im Moment wirklich nichts dazu sagen«, fiepst Max mit ängstlicher Stimme. »Ich bitte dich, zu respektieren, dass –«

»In diesen Zeilen versteckt sich die Antwort darauf, warum Mirandas Eltern verschwunden sind«, unterbricht ihn Viktor ungeduldig. »So ist es doch, oder?«

»Gideon und Aurelia sind nicht verschwunden«, höre ich Max sagen. Seine Stimme wird zu einem Flüstern: »Auch wenn Miranda es nicht wahrhaben will: Gideon und Aurelia Lux sind tot!«

Meine Hände beginnen zu zittern und die Tassen auf dem Tablett klirren aneinander. Einen Moment lang schließe ich die Augen – dann atme ich tief durch und trete ein.

Augenblicklich herrscht verlegenes Schweigen.

»Was ist los? Habe ich euch bei einem Männergespräch gestört?«, frage ich und versuche möglichst unbefangen zu klingen. »Worüber habt ihr gesprochen?«

»Frauen«, sagt Viktor hastig, während Max genauso hastig kiekst: »Fußball.«

»Was denn jetzt?«, frage ich.

»Frauen, ähm … Frauenfußball. Darüber sprachen wir gerade«, stammelt Viktor. »Max ist Experte.«

»Ja. Genau. Frauenfußball. Da kenn ich mich aus. Die Mutti hat früher auch gespielt. Im Tor.« Max kratzt sich am Kopf, lächelt nervös und weicht meinem Blick aus.

Ich wende mich von den beiden ab, stelle das Tablett auf einen Tisch und sage: »Machen wir weiter!«

Meine Eltern sind nicht tot! Wenn es etwas gibt, an dem ich nicht zweifle, sondern dessen ich mir absolut sicher bin, dann das. Egal was alle anderen glauben. Egal was Max heute Nachmittag gesagt hat, nicht wissend, dass ich vor der Tür stand.

Papa und Mama sind nicht tot!

Es ist zwei Uhr nachts, Viktor und Max sind schon vor Stunden gegangen; Tante Trudis Schnarchen ist bis in mein Zimmer zu hören. Ich wälze mich von einer Seite des Bettes auf die andere, aber ich finde einfach nicht in den Schlaf. Irgendwann gebe ich es auf, schwinge mich aus dem Bett, schleiche auf Zehenspitzen die Treppe hinunter und stehle mich in den Garten davon.

Es ist eine klare Nacht. Unzählige Sterne blinken am Firmament. Eine sanfte Brise weht. Ich durchquere den kleinen Eichenhain, den meine Mutter so geliebt hat, dass sie manchmal hier geschlafen hat. Gelegentlich höre ich ein Rascheln, wenn ein kleines Tier durch die Büsche huscht.

Meine Eltern sind nicht tot! Sie sind irgendwo da draußen und sie blicken in denselben Sternenhimmel, in den ich blicke. Das fühle ich deutlich. Nur wusste ich bisher nicht, in welche Richtung ich gehen muss, um sie zu finden.

Aber nun gibt es zum ersten Mal eine Spur, der ich folgen kann: Joachim Hersfeld.

Er und Aschersberg waren beide in der Weißberg-Gruppe. Sie wussten, was geschehen ist. Wenn es mir gelingt, herauszufinden, was sich wirklich in Weißberg zugetragen hat, werde ich auch Klarheit über das Schicksal meiner Eltern gewinnen.

Wir müssen uns dringend bei Hersfeld umsehen, denke ich. Bevor die Spur kalt wird. Sobald Viktors Ausbildung weit genug fortgeschritten ist, nehmen wir die Sache in Angriff. Allerdings muss ich mir noch einfallen lassen, wie wir das bewerkstelligen können, ohne irgendwo einzubrechen …

Ich trete aus dem Hain heraus auf die kleine Lichtung mit den Monolithen, setze mich in die Mitte des Steinkreises, lege den Kopf in den Nacken und blicke zu den Sternen empor.

»Ich vermisse euch«, höre ich mich leise sagen, dann spüre ich, wie mir eine Träne die Wange hinabrinnt – und mit einem Mal fühle ich mich wie der einsamste Mensch auf diesem Planeten. Ich wünschte, irgendjemand wäre bei mir. Ich vermisse meine Eltern so sehr und ich vermisse sogar … Indigo. Obwohl ich es niemandem gegenüber zugeben würde. Obwohl ich so unglaublich wütend auf sie bin. Ich vermisse sie. Meine Schwester – die mich im Stich gelassen hat. Selbst sie! Ich vermisse sie alle.

Eine verirrte Motte flattert vor meinem Gesicht hin und her – und dann wird es auf einen Schlag völlig windstill. Nicht mehr der geringste Luftzug, kein einziges Geräusch. Vollkommene Stille. Die Motte steht, ohne mit den Flügeln zu schlagen, vor mir in der Luft. Als hätte irgendetwas die Zeit angehalten.

Im nächsten Moment höre ich über mir ein Geräusch, das klingt, als würde ein Türschloss einschnappen – und sitze plötzlich in einem Kegel aus grünem Licht.

Über mir schweben drei grüne leuchtende Kugeln!

Drei pulsierende Lichter, die langsam tiefer sinken, bis sie, keine fünf Meter über mir, in der Luft verharren.

Ihr Licht legt sich angenehm warm auf mein Gesicht, und die Einsamkeit, die ich gerade eben noch empfunden habe, weicht einem plötzlichen Gefühl des Aufgehobenseins. Der Sicherheit. Dem Gefühl, beschützt zu werden. Mit angehaltenem Atem beobachte ich, wie die Farbe der Kugeln von hell- zu dunkelgrün wechselt. Dann blinken sie in schnellem Wechsel und ohne erkennbares rhythmisches Muster auf und beginnen sich immer schneller umeinander zu drehen, bis das grüne Licht, in dem ich sitze, abrupt erlischt.

Die Kugeln sind verschwunden. Die Motte taumelt durch die Luft davon, und ein Windhauch fährt über meine Arme.

Ich stehe noch minutenlang da und starre auf die Stelle, an der sich die Lichter in Nichts aufgelöst haben.

Ich habe schon viele Erscheinungen am Himmel gesehen. Letztes Jahr im Winter sogar einmal etwas, das aussah wie eine riesige, schwebende Stadt. Ich habe auch zuvor leuchtende Kugeln gesehen, aber immer aus weiter Entfernung. Noch nie sind sie mir so nahe gekommen. Beinah so, als würden sie meine Nähe suchen …

***

Miranda hat mir Erich von Dänikens »Erinnerungen an die Zukunft« ans Herz gelegt. Der Klassiker der Prä-Astronautik, wie sie mir versichert hat. Draußen herrscht das, was man nur als Dreckswetter bezeichnen kann. Dunkle Wolken hängen am Himmel und der Regen klatscht unaufhörlich gegen die Fenster der Bibliothek.

Max kann heute nicht; er muss mit der Mutti zur Fußpflege. Miranda selbst ist heute Nachmittag nur kurz in der Bibliothek aufgetaucht und hat ein paar knappe Sätze mit mir gewechselt, dann ist sie in den gläsernen Lift gestiegen und ins Untergeschoss entschwunden. Das war vor sechs Stunden. Jetzt ist es neun Uhr abends, und nachdem ich den ganzen Tag über gelesen habe, ist es mit meiner Konzentration nicht mehr weit her. Ständig verliere ich den Faden, bis ich es schließlich aufgebe und das Buch zur Seite lege. Ich lasse mich in meinen Stuhl zurücksinken, reibe mir die Augen und spiele mit dem verführerischen Gedanken, mir ein kurzes Nickerchen zu gönnen – als mein Blick an dem kleinen pyramidenförmigen Gegenstand auf dem Spiegeltisch hängen bleibt.

Ein Transkommunikator. Ein Gerät, das telepathische Schwingungen verstärkt.

Miranda hat mir zwar ausdrücklich verboten, irgendwas außer den Büchern anzurühren – aber Miranda ist nicht da. Ich erhebe mich, gehe zu dem Spiegeltisch hinüber und lege die Spitze meines Zeigefingers auf die Spitze der Pyramide. Verdutzt sehe ich, wie der Kommunikator eine rote Färbung annimmt und beginnt, in kurzen Intervallen aufzublinken. Zögernd nehme ich ihn in die Hände und setze ihn vorsichtig auf meinen Kopf. Sofort spüre ich, wie sich ein sanftes Kribbeln auf meiner Kopfhaut ausbreitet, und im nächsten Moment höre ich ein starkes Rauschen – wobei hören der falsche Begriff ist. Ich nehme das Rauschen nicht mit den Ohren wahr; es ist, als käme es aus mir selbst, als wäre es in meinem Kopf.

»Ähm ... hallo? Hier ist Viktor Carelius«, sage ich zögerlich. »Hallo? Ist da wer?«

Das Rauschen wird immer lauter, dann bricht es abrupt ab – und ich höre eine Stimme. Eine Männerstimme. Klar und deutlich.

»Eine Zwiebel hat viele Häute.«

»Wie?« Ich muss mich verhört haben.

»Eine Zwiebel hat viele Häute«, wiederholt die Stimme. *»Das ist wichtig, Viktor. Schreib es auf. Du vergisst immer so schnell ...«*

»Wer ist da?«

Ein erneutes Rauschen, dann herrscht Stille.

Wessen Stimme ist das gewesen?, frage ich mich und merke, wie sich die Haare auf meinen Armen aufrichten.

Ich reiße die oberste Schublade des Spiegeltisches auf und suche hektisch nach Stift und Zettel. »Eine Zwiebel hat viele Häute, eine Zwiebel hat viele Häute, eine Zwiebel hat viele Häute«, murmele ich vor mich hin.

Nur ein Stapel Illustrierte mit Edward Snowden auf dem Titelblatt. Ich durchwühle die nächste Schublade und finde einen Kuli und eine Packung Papiertaschentücher. Die tun es zur Not auch.

Eine Zwiebel hat viele Häute kritzele ich auf eines der Taschentücher.

Was hat diese Botschaft zu bedeuten? Hat sie überhaupt irgendetwas zu bedeuten? Von wem stammt sie? Und vor allem: Habe ich sie wirklich gehört? Nachdenklich falte ich das Taschentuch zusammen und stecke es in meine Hosentasche. Als ich den Stift zurücklegen will, erregt ein kleiner Fotostapel, der von einem Gummi zusammengehalten wird und zuunterst in der Schublade liegt, meine Aufmerksamkeit. Ich nehme ihn heraus und löse das Gummi.

Familienfotos der Familie Lux.

Das geht dich nichts an. Das sind private Fotos. Steck sie wieder weg, denke ich – aber zu meiner Schande siegt die Neugier über den Anstand: Ich breite die Bilder vor mir auf dem Tisch aus.

Miranda als kleines Mädchen mit ihren Eltern. Aurelia Lux sanft lächelnd, Gideon mit dem orangefarbenen Halstuch, das er anscheinend nur selten abgelegt hat. Miranda und Trudi vor dem Alien-Brunnen. Und Miranda mit einer Frau, deren Kopf aus dem Bild geschnitten ist. Und das nicht nur auf einem, sondern auf allen Fotos, auf denen sie zu sehen ist.

»Was machen Sie da?«, dröhnt es ohrenbetäubend laut durch die Bibliothek.

Erschrocken fahre ich herum und fege dabei den gesamten Fotostapel vom Tisch. Trudi Lux steht in der Tür, eine Packung Kekse in der Hand. Ihre Doppelkinne zittern, mit grimmigem Gesichtsausdruck stapft sie auf mich zu und sieht dabei wieder mindestens genauso Furcht einflößend aus, wie bei unserer ersten Begegnung. So, als wollte sie mich *fertigmachen*.

»Tut mir leid«, stottere ich. »Ich habe nur … ich wollte nicht …«

»Los, helfen Sie mir, die Bilder einzusammeln«, kommandiert sie. »Schnell. Wenn Miranda das sieht, bekommt sie einen Anfall.«

Ich knie mich neben sie auf den Boden und greife nach den Fotos. »Die Frau, deren Kopf auf allen Fotos fehlt … Ist das …?«

»Indigo. Mirandas Halbschwester«, stößt Trudi hervor. »Aber

das haben Sie nicht von mir. Und erwähnen Sie ihren Namen Miranda gegenüber bloß nicht!«

»Warum hat Miranda den Kopf ihrer Schwester aus den Fotos geschnitten?«

»Weil die feine Indigo einfach abgehauen ist«, schnaubt Trudi empört. »Einen Tag nach dem Hubschrauberabsturz hat sie ihre Sachen gepackt und sich auf und davon gemacht. In dem Moment, in dem ihre kleine Schwester sie am dringendsten brauchte. Sie hat uns alleinegelassen! – Und jetzt stecken Sie die Fotos endlich in die Schublade zurück«, befiehlt sie und drückt mir die Bilder in die Hand.

Keine Sekunde zu früh, denn in diesem Moment öffnet sich die Tür des Lifts. Miranda blickt uns überrascht an.

»Alles in Ordnung?«, fragt sie.

»Alles bestens«, sage ich mit einem schiefen Lächeln.

»Was Süßes, Kind?«, fragt Trudi Lux, zieht einen Schokoriegel aus der Tasche ihrer Kittelschürze und wedelt damit vor dem Gesicht ihrer Nichte herum.

Miranda guckt argwöhnisch und schüttelt stumm den Kopf.

»Na, dann geh ich mal wieder«, nuschelt Trudi und eilt schnellen Schrittes von dannen.

Ohne mich aus den Augen zu lassen, kommt Miranda auf mich zu. Ihr Blick gleitet über den Spiegeltisch.

»Oh, du hast ein bisschen in meinem Privatleben spioniert«, sagt sie.

Mit Schrecken sehe ich, dass die Ecke eines Fotos verräterisch aus der Schublade herauslugt. »Es tut mir leid«, sage ich zerknirscht. »Ich wollte nicht in deinen Privatsachen rumschnüffeln. Ich habe nur nach einem Stift und einem Zettel gesucht. Weil da eine Stimme war … Sie kam aus dem Ding.« Ich deute auf den Transkommunikator. »Sie hat gesagt, dass eine Zwiebel viele Häute hat. Und dass ich das aufschreiben soll. – Ich weiß, das klingt ziemlich unglaubwürdig und irgendwie nach fauler Ausrede, aber …«

Miranda blickt mich interessiert an. »Was war das für eine Stimme?«

»Ein Mann. Und irgendwoher … «

»Pscht!« Sie legt den Zeigefinger an die Lippen und bedeutet mir, ruhig zu sein. Dann zieht sie ein glänzendes Medaillon unter ihrem T-Shirt hervor. »Einen Moment!«

Miranda tritt hinter ein Bücherregal. Ich spähe neugierig zwischen den Einbänden hindurch und sehe, wie sie eine winzige, grün blinkende Scheibe – nicht größer als ein Zwei-Cent-Stück – aus dem Medaillon nimmt und an ihre Stirn heftet. Für ein paar Sekunden schließt sie die Augen, dann nimmt sie die Scheibe wieder ab und steckt sie zurück. Mit langsamen, schleppenden Schritten kommt sie hinter dem Regal hervor, und als sie den Kopf hebt, sehe ich, dass ihr Gesicht totenblass ist.

»Was ist los?«, frage ich.

»Jemand ist gestorben. Wir werden den praktischen Teil deiner Ausbildung vorziehen müssen. Komm mit!«

4

Der Regen verwandelt den Kastanienpfad in eine schlammige, glatte Rutschbahn. Die dicken Tropfen prasseln wie Maschinengewehrsalven auf das Blattwerk der Bäume und trommeln auf den großen schwarzen Schirm, den ich schützend über mich halte. Viktor ist pitschnass, der Regen rinnt ihm übers Gesicht, und er läuft wie ein trauriges, verstoßenes Hündchen neben mir her. Während ich den Pfützen ausweiche, sehe ich aus dem Augenwinkel, wie er mir immer wieder nervöse Blicke zuwirft. Viktor würde liebend gern unter dem Schirm Zuflucht suchen, und vor allem wüsste er zu gerne, was eigentlich passiert ist. Aber er traut sich nicht zu fragen; er ist noch immer peinlich berührt darüber, dass ich ihn beim Spionieren ertappt habe.

Natürlich könnte ich ihm sagen, dass er nur das gefunden hat, was er finden sollte, aber ich lasse ihn ein bisschen zappeln – und noch nasser werden. Das lehrt ihn etwas Demut. Und die ist ja bekanntermaßen eine Tugend.

Viktor setzt zu einem ausgedehnten Verlegenheitsräusperer an. »Es tut mir leid, Miranda. Ich wollte wirklich nicht …«

»Belassen wir es dabei«, sage ich großspurig. »Früher oder später hättest du sowieso von der Sache mit Indigo erfahren.«

»Und du hast wirklich keine Ahnung, wo deine Schwester ist?«, fragt er.

»Nein. Ich will es auch nicht wissen. Sie ist abgehauen. Und jetzt genug von ihr. Sonst hätte ich mir die Geschichte mit den Fotos ja gleich sparen können.«

»Äh … was?«, fragt er und sieht mich verdutzt an.

»Glaubst du wirklich, ich würde etwas so offen rumliegen lassen, wenn ich nicht wollte, dass es gefunden wird? Jedermann kann im Internet lesen, dass ich eine Halbschwester habe. Irgendwann hättest du mich nach Indigo gefragt. Ich habe aber nicht die geringste Lust, über sie zu reden. Ich habe auf deine Neugier gesetzt und auf Tante Trudis Geschwätzigkeit spekuliert. Jetzt weißt du alles, was es über Indigo zu wissen gibt, und ich habe dieses leidige Thema vom Hals. Außerdem hast du dabei wieder etwas Wichtiges gelernt.«

Er bleibt stehen und sieht mich fragend an. »Und das wäre?«

»Sei vorsichtig, wenn du eine scheinbar geheime Information findest. Jemand könnte sie genau dort platziert haben, damit du auf sie stößt. Außerdem musst du dich nicht dauernd entschuldigen. Schließlich habe ich auch deine Personalakte gelesen.«

»Richtig … Stimmt!«, geht es ihm auf. »Und ich Blödmann lasse mir von dir ein schlechtes Gewissen machen, nur weil …«

»Man könnte also sagen, wir sind quitt«, beende ich sein selbstmitleidiges Gejammer. »Und jetzt komm endlich unter den Schirm!«

An der Klosterruine steige ich durch das Loch im Zaun, aber Viktor bleibt unschlüssig stehen. »Wo willst du hin?«, fragt er.

»Eine Abkürzung. Die spart uns mindestens zehn Minuten.«

»Aber …« Er deutet auf das Schild. »Betreten verboten!«

»Ach, Viktor«, seufze ich. »Wenn du irgendwo ein ›Betreten verboten‹-Schild siehst, bedeutet das nur: Betreten verboten für Langweiler und Dumpfhirne. Du bist ein Zweifler! ›Betreten verboten‹ heißt auf Zweiflerisch übersetzt: Ab hier wird es interessant! Komm schon, wir haben es eilig.«

Ich führe ihn zwischen den verfallenen Mauern hindurch zum Tunneleingang hinter dem Fliederbusch. »Ein geheimer Fluchtgang, gebaut von Mönchen«, erkläre ich.

»Ganz schön duster«, beschwert er sich, während er sich hinter mir durch den feuchten Gang tastet.

»Der Weg ans Licht führt immer durch die Dunkelheit. Zieh den Kopf ein!«

Das Licht am Ende des Tunnels entpuppt sich in diesem Fall als das Blinken einer Laterne.

»Oh, der Stadtpark«, sagt Viktor überrascht, als wir uns aus dem Tunnelausgang quetschen. »Das ist ja wirklich 'ne gewaltige Abkürzung. Ich hatte keine Ahnung, dass es diesen Tunnel gibt.«

»Weil du bisher zu viel Zeit damit verschwendet hast, über Verbotsschilder nachzudenken. Wie die meisten Hammersteiner.«

»Und wohin geht es jetzt?«, fragt er, während ihm der Regen in den Kragen läuft.

»Du wirst gleich die beiden anderen Zweifelwerker kennenlernen, von denen ich dir erzählt habe. Wir müssen da vorne lang.«

An schönen Abenden sind die Bänke im Stadtpark von knutschenden Pärchen belegt, doch heute ist er wie ausgestorben. Wir überqueren ein Rasenstück, verlassen den Park und schleichen an der Terrasse des »Hammersteiner Hof« vorbei, wo der Regen kleine Pfützen auf den Stahltischen bildet. Dann laufen wir über das Galgenplätzchen und erreichen die Lambertuskirche, ohne einem einzigen Menschen zu begegnen. Aber hinter der Kirche ist plötzlich das Geräusch schneller Schritte auf dem Pflaster zu hören.

»Wartet!«, kiekst es hinter uns. Max' schlaksige Orang-Utan-Gestalt taucht aus dem Regen auf. »Ich habe Elektras Nachricht bekommen«, keucht er außer Atem und blickt mich fragend an. »Wieder Ajax?«

Viktor fährt herum. »Würdet ihr mich jetzt bitte endlich mal darüber aufklären, was hier vor sich geht? Was hat es mit Ajax auf sich?«

»Du wirst es erfahren. Noch ein paar Minuten Geduld«, sage ich und biege in eine schmale Gasse ein. Das Licht der Straßenlaternen spiegelt sich auf den nassen Pflastersteinen.

»Ich wollte sofort los, als ich die Nachricht bekommen habe, aber die Mutti hat mich nicht rausgelassen«, vertraut Max Viktor an. »Ich musste ihr erst noch eine Wärmflasche machen. Bei Regen kriegt sie es immer im Rücken.«

Viktor hat kein Ohr für die Gebrechen von Mutter Gehrling. »Ich habe eine Stimme gehört«, sagt er aufgeregt zu Max. »In der

Bibliothek. Sie kam aus diesem Gerät … dem Transkommunikator. Bis jetzt habe ich dieses Ding für einen Witz gehalten … «

»Und vielleicht hattest du damit auch recht«, sage ich. »Ich habe damit noch keine einzige Botschaft empfangen.«

»Nee, ich auch nicht. Noch nie«, kiekst Max. »Was hat sie denn gesagt, diese Stimme?«

»Sie hat gesagt: ›Eine Zwiebel hat viele Häute.‹ Was in aller Welt hat das zu bedeuten?«

»Es könnte bedeuten, dass du medialer veranlagt bist, als ich gedacht habe«, sage ich.

»Oder aber auch nur«, Max' rechtes Auge zuckt wie ein Zitteraal, »dass du gewaltig einen an der Murmel hast.«

»Wir sind da!«, sage ich und deute auf die grüne Leuchtschrift über dem Elektrogeschäft.

»Oh, nein!« Für einen Moment entgleiten Viktor die Gesichtszüge. »Wollt ihr etwa sagen, dass … Fidelio Hümmerich … Er ist auch ein Zweifelwerker?«

Ich drehe den Kopf weg, beiße mir auf die Lippen und giggele leise in mich hinein. Ich kann mir vorstellen, warum ihn die Aussicht, auf Fidelio Hümmerich zu treffen, aus der Fassung bringt: Fidelio kennt außer der Übellaunigkeit, die meistens bei ihm vorherrscht, nur zwei weitere Gemütszustände: väterliche Sorge um seine *kleine Elfe* – und diebische Freude, wenn er jemanden verarschen kann. Als er mir von seiner Begegnung mit Viktor Carelius erzählt hat, hat er sich vor Lachen beinahe verschluckt.

***

Max und Miranda schlüpfen eilig in den Laden, aber ich bleibe zögernd auf den Stufen vor dem Eingang stehen. Hinter der Schaufensterscheibe erscheint die Silhouette einer humpelnden Gestalt. Ich bin nicht besonders erpicht darauf, Fidelio Hümmerich zu begegnen, denn unser bisher einziges Zusammentreffen ist von reichlich bizarrem Charakter gewesen …

Es war vor etwas über einem Jahr. Ich brauchte neue Batterien für meinen Wecker. Der Elektro-Schnäppchen-Shop, in dem ich sie für gewöhnlich erstand, hatte an diesem Tag wegen einer Inventur geschlossen. Frizzi wusste Rat und schickte mich zu »Elektro Hümmerich«. Den Laden hatte ich vorher nie wahrgenommen. Er liegt ziemlich versteckt in einem toten Winkel von Hammerstein und das Schaufenster sieht eher nach Elektronikmuseum als nach Elektronikfachhandel aus.

Fidelio Hümmerich saß hinter dem Verkaufstresen, rauchte eine filterlose Zigarette und blätterte in einem Herrenmagazin aus den Siebzigerjahren.

Ich räusperte mich. »Schönen guten Tag. Ich brauche Batterien.«

Er blickte nur kurz auf und murmelte: »Kann ich mir vorstellen. Wollen Sie nicht lieber einen Fernseher? Ich hab einen im Angebot. Ist in Farbe.«

»Nein danke. Nur Batterien.«

»Wenn Sie meinen.« Widerwillig und mit grimmigem Blick legte er das Magazin weg. »Batterien … Batterien … Wo sind die gottverdammten Batterien?« Er öffnete eine Schublade nach der anderen und nuschelte: »Sie haben vielleicht Sonderwünsche.«

»Ähm … das ist doch ein Elektronikfachhandel?«, fragte ich.

»Wenn Sie meinen … Oh, ich glaub, ich weiß, wo ich die Batterien hab. Welche Größe brauchen Sie denn?«

»Mignon.«

»Mignon? Sagt mir nichts. Sind das so kleine? Wie man sie für diese … Walkmen braucht?«

»Ähm, ja. Wenn es noch Walkmen gäbe«, antwortete ich und fragte mich, wo ich gelandet war. »Die gibt es aber schon seit fünfundzwanzig Jahren nicht mehr. Heute haben die Leute Musikdateien auf ihren Handys.«

»Wenn Sie meinen.« Fidelio Hümmerich zuckte die Schultern, zog eine Zigarrenkiste unter dem Tresen hervor und öffnete sie. Ich blickte auf ein Sammelsurium loser Batterien.

»Sind die neu?«, fragte ich schüchtern an.

Er führte die Batterie zum Mund und drückte seine Zungenspitze auf den Pluspol. »Funktioniert tadellos. Wie viele brauchen Sie denn?«

»Also … geben Sie mir am besten gleich vier Stück.«

Er kramte mit mürrischem Gesichtsausdruck in der Zigarrenkiste. »Kann ich Sie vielleicht für 'n Kühlschrank interessieren? Ist auch im Angebot.«

Ich hob abwehrend die Hände und schüttelte den Kopf.

»Wie Sie meinen.« Fidelio Hümmerich begann, auf eine altertümliche Registrierkasse einzuschlagen. »Macht dann drei Mark und zwanzig.«

»Sie meinen, drei Euro zwanzig?«

»Von mir aus.« Er warf mir einen genervten Blick zu und hielt die Hand auf. Hastig drückte ich die Münzen in seine Handfläche und beeilte mich, aus dem Laden zu kommen.

»Sechs Monate Garantie auf alles. Problemloser Umtausch bei Mängeln oder Nichtgefallen«, rief er mir hinterher. »Vielen Dank für Ihren Besuch beim Fachhändler!«

Seit damals bin ich mir sicher, dass Fidelio Hümmerich eine Schraube locker hat. Ich habe es vermieden, den Laden noch mal aufzusuchen, und sicherheitshalber im Schnäppchen-Shop einen Jahrhundertvorrat an Batterien gekauft.

Fidelio Hümmerich baut sich in der Ladentür auf. »Willst du da draußen anwachsen, junger Freund?«, knurrt er mit einem bedrohlichen Unterton und mustert mich durch die beschlagenen Gläser seiner Hornbrille.

»Nein, ich … Tag, Herr Hümmerich.«

Fidelio zieht die Hand aus der Tasche seines Arbeitskittels, streckt sie mir entgegen und grinst breit. »Für Freunde: Fidelio. Hab dich damals ganz schön verarscht, was? Aber keine Angst. Damit ist jetzt Schluss. Schließlich sind wir jetzt beide Zweifelwerker. – Kommt mit! Elektra wartet schon.«

***

»Wer ist diese Elektra?«, flüstert Viktor mir zu, während wir Max und Fidelio in die kleine Elektro-Werkstatt hinter dem Laden begleiten.

»Fidelios Tochter«, flüstere ich zurück. »Sie ist sechzehn.«

»Er hat eine Tochter?«, entfährt es Viktor. Er blickt ungläubig zu Fidelio, der davon glücklicherweise nichts mitbekommt, weil er gerade von Max in Beschlag genommen wird, der ihm die allerbesten Grüße von der Mutti ausrichtet.

»Sie hat es mal wieder schlimm im Rücken«, berichtet Max.

Fidelios Mitleid hält sich in Grenzen. »Sie hat es immer irgendwo. Damit sich ihr Jüngelchen Tag und Nacht um sie kümmert. Du solltest aufhören, ihr den Arsch hinterherzutragen, und endlich mal erwachsen werden!«, knurrt er unfreundlich und streckt seine linke Hand in Richtung Steckdose.

»Um Gottes willen! Nicht!«, schreit Viktor, stürzt vor und fällt ihm in den Arm.

»Immer mit der Ruhe, mein Junge«, sagt Fidelio. Er schiebt Viktor zur Seite, steckt die Finger in die Steckdose, schüttelt sich kurz, und der Eingang zur Grotte öffnet sich.

Während Max und Fidelio die Treppe hinabsteigen, steht Viktor wie angewurzelt da und starrt die Steckdose an, dann macht er einen Schritt vor und streckt zögernd seinen Zeigefinger aus. »Aaargh!«, brüllt er im nächsten Moment, springt mit schmerverzerrtem Gesicht zurück und reibt sich den Arm. »Ich habe einen gezogen bekommen!«

»Das passiert, wenn man den Finger in die Steckdose hält. Was hast du erwartet?«

»Aber Fidelio … er hat doch auch …«

»Ist was für Fortgeschrittene«, sage ich und ziehe ihn mit mir durch den Eingang der Grotte. Viktor betrachtet staunend die Höhle mit Fidelios spirituellen Gerätschaften, und ich kläre ihn darüber auf, dass sich unter den Straßen Hammersteins ein ganzes Labyrinth aus solchen Tunneln, Höhlen und verzweigten Gängen befindet.

Während wir das Labor durchqueren, bleibt er immer wieder stehen. Mit leicht angeekeltem Gesichtsausdruck blickt er auf das Aquarium mit den pupsenden Schleimhäufchen, aus dem heute zur Abwechslung mal rote Funken aufsteigen; er beugt sich neugierig über den Tisch mit den Psychophon-Rohlingen und wirft einen kritischen Blick auf den emsig vor sich hin ratternden Aura-Reaktor, der aussieht wie ein überdimensioniertes, goldfarbenes Osterei.

»Was ist das hier? Eine Scherzartikelfabrik?«, fragt er leise und wirft mir einen verwirrten Blick zu.

»Lass das bloß nicht Fidelio hören«, flüstere ich. »Du befindest dich im weltgrößten Forschungszentrum für interdimensionale Kommunikation und spirituelle Technologie. Du bekommst später eine Einführung. Bis dahin – fass unter keinen Umständen irgendwas an! Und pass auf, dass du nichts umstößt!«

Zu spät. Viktor zwängt sich zwischen zwei Labortischen hindurch und schafft es dabei, mit dem Hintern gegen eine flache Stahlkassette zu stoßen, die mit lautem Scheppern auf dem Boden aufschlägt. Augenblicklich ertönt ein übergeschnappter, hoher Gesang aus der Kassette und hallt lautstark durch die Grotte: Di-di di-di didi-di-di, di-di-did-di-di-did, di-di di-di …

»Ich glaub, mein Schwein pfeift!«, brüllt Fidelio, fährt herum, greift nach der Kassette und streicht beruhigend mit seinen Händen darüber. »Ruhig, Freunde«, sagt er. »Alles in Ordnung. Onkel Fidelio ist ja da. Ganz ruhig!« Wütend funkelt er Viktor an. »Geht's noch? Hast du 'ne Ahnung, welche Kräfte du hier entfesseln kannst? Wenn du durch ein Atomkraftwerk läufst, drückst du dann auch auf jeden Knopf, der dir vor die Nase kommt?«

»War keine Absicht«, murmelt Viktor eingeschüchtert.

»Was war das in dem Behälter?«, fragt er flüsternd, nachdem Fidelio außer Hörweite ist.

»Nur Bob und Lol«, sage ich. »Die singenden Wurmlöcher. Und jetzt komm weiter.«

Wir biegen in einen Gang, in dem es nach Räucherstäbchen riecht, treten durch eine Öffnung im Fels, ich schiebe einen Perlenvorhang zur Seite – und wir stehen in der Überwachungszentrale des Zweifelwerks.

»Das ist Elektra«, sage ich.

Viktor gelingt es nicht mal ansatzweise, seine Überraschung zu verbergen. Mit weit aufgerissenen Augen betrachtet er Elektras weißes Haar und ihre helle, durchscheinende Haut, und als sie mit feenhaften, leichten Schritten auf ihn zuschwebt, sieht er aus, als würde er einem Geist begegnen.

»Und das ist Viktor Carelius«, stelle ich ihn vor. »Er hört neuerdings auch Stimmen.«

»Wie wunderbar«, sagt Elektra und betrachtet ihn interessiert. Dann lächelt sie ihr Elfenlächeln und haucht: »Wie schön, dass du mich nun auch kennenlernst. Ich habe dich ja schon vor einiger Zeit kennengelernt – oder besser gesagt, deine Festplatte.«

»Oh«, sagt Viktor und wird ein wenig rot.

»Du musst nicht verlegen werden. Wir haben alle unsere kleinen Schwächen.« Elektra tritt vor und sieht ihn prüfend an. »Darf ich?«, fragt sie, legt ihre linke Hand auf seine Stirn, schließt die Augen und nimmt einen tiefen Atemzug.

»Ähm … was wird das?« Viktor blickt Hilfe suchend zu mir, aber ich bedeute ihm, Elektra einfach mal machen zu lassen.

»Da ist etwas in deiner Zukunft«, sagt sie nach einer Weile, zieht die Hand langsam zurück und blickt ihm tief in die Augen. »Ich kann nicht genau erkennen, was es ist, aber es fühlt sich an … beinah so, als wärst du für etwas … bestimmt. Etwas, das große Veränderungen hervorbringen wird.«

Man kann Viktor ansehen, dass ihm ziemlich unbehaglich zumute ist. Er hüstelt verlegen. »Ähm … für etwas bestimmt? Willst du behaupten, du kannst in die Zukunft sehen?«

»Vergangenheit, Gegenwart, Zukunft … Vielleicht ist all das nur eine Illusion«, sagt Elektra sanft lächelnd. »Vielleicht ist alles, was geschehen wird, bereits geschehen. Vielleicht gibt es nur ein ewiges Jetzt, in dem alles gleichzeitig geschieht. Wer sich von der Illusion löst, der kann sehen. – Setz dich doch. Magst du Basilikumtee?«

Viktor nickt abwesend und lässt sich umständlich auf einem der Sitzkissen nieder. Ich kann an seinem verwirrten Gesicht ablesen, wie es gerade in ihm arbeitet. Selbst für Menschen, die die Existenz von UFOs in Erwägung ziehen, stellen Finger in der Steckdose und ein sechzehnjähriges, weißhaariges Orakel eine Herausforderung dar.

Max beobachtet Viktor interessiert und keckert leise in sich hinein, bis Fidelio ungeduldig brummt: »Können wir jetzt langsam mal zum Thema kommen?«

Elektra nickt ernst und wendet sich mir mit den Worten zu: »Es gab einen weiteren Toten. Heute Nachmittag. Ich weiß es von meinem Kontakt bei der Polizei.«

»Wer ist der Tote?«

»Hendrik Nachtweih. Astrophysiker. Dreiundsechzig Jahre.« Elektra öffnet eine Bilddatei und auf allen Monitoren in der Höhle erscheint dasselbe Bild: Ein zierlicher, kleiner Mann liegt, mit Stoffhose, Hemd und Strickjacke bekleidet, auf einem Bett. Wie jemand, der ein kurzes zehnminütiges Schläfchen hält, bevor er sich wieder an die Arbeit macht. Aber dieser Mann wird sich nie mehr an die Arbeit machen. Seine rechte Hand umklammert ein Tablettenröhrchen, zwei weitere Röhrchen liegen neben dem Kissen und ein viertes auf einem Läufer vor dem Bett.

»Sein Lebenspartner hat der Polizei erzählt, dass Nachtweih in letzter Zeit an starken Stimmungsschwankungen gelitten hat«, sagt Elektra. »Alles deutet auf einen Selbstmord hin. Aber …«

Sie zoomt auf den Nachttisch neben dem Bett, auf dem mehrere Bücher aufgestapelt sind. Ganz obenauf ein schmaler Ledereinband.

»Ajax!«, stößt Viktor hervor. »Die gleiche Ausgabe, wie in der Bibliothek deiner Eltern. Was geht hier vor, Miranda?«

Fidelio zieht ein Taschentuch aus seinem Arbeitskittel und fährt sich damit über die Stirn, Max blinzelt nervös und wischt ein paar Schuppen von seinem Pullunder, Elektra fährt mit ihren schlanken Fingern durch ihr weißes Haar – und alle drei blicken mich auffordernd an.

Ich atme tief durch und sage: »Es ist an der Zeit, ihn einzuweihen. Fidelio? Würdest du beginnen?«

»Ich? Na schön. Wenn du meinst ...« Fidelio erhebt sich ächzend, steckt die Hände in die Kitteltaschen und läuft in seinem schwankenden Piratengang in der Höhle auf und ab. »Ist wohl am besten, wenn ich chronologisch vorgehe«, brummt er, kneift die Augen zusammen und nimmt Viktor ins Visier. »Sagt dir der Name Gerald von Aschersberg was, Junge?«

Viktor runzelt die Stirn. »War das nicht irgendein Minister, der in den frühen Neunzigerjahren Selbstmord begangen hat?«

»Nein, kein Minister«, sagt Fidelio. »Staatssekretär. Und ob er wirklich Selbstmord begangen hat, steht auf einem ganz anderen Blatt. Aber von vorn: Aschersberg kam aus einer wohlhabenden Familie. Liberales hanseatisches Großbürgertum. Er war ehrgeizig und hatte hochgesteckte Ziele. Seine Karriere verlief atemberaubend. 1989 wurde er Staatssekretär im Verteidigungsministerium. Der jüngste Staatssekretär in der Geschichte des Landes. Nur zwei Jahre später war es plötzlich vorbei: Im März 1991 wurde er in den einstweiligen Ruhestand versetzt.«

»Aus welchem Grund?«, fragt Viktor.

»Offiziell wegen eines vermasselten Waffengeschäfts in Millionenhöhe«, sagt Fidelio und zieht die Nase hoch. »Die Bundeswehr wurde mit neuartigen Sturmgewehren ausgerüstet, von denen sich rausstellte, dass sie nur bei schönem Sommerwetter und leichtem Westwind funktionierten. Kennt man ja. Er musste dafür den Kopf hinhalten. Aber die Waffengeschichte war nur ein Vorwand. Eigentlich ging es um was ganz anderes: Aschersberg galt als Sicherheitsrisiko: Etwa Mitte 1990 begann er, ein merkwürdiges Verhalten an den Tag zu legen. Er wirkte oft vollkommen abwesend und sprach davon, verfolgt zu werden. Selbst enge Freunde fragten sich, was plötzlich mit ihm los war. Am achtundzwanzigsten März 1991 wurde er in den Ruhestand versetzt. Kurz darauf erlitt er einen Nervenzusammenbruch, galt als suizidgefährdet und wurde in ein Militärkrankenhaus gebracht. Man quartierte ihn im sechzehnten Stock des Gebäudes ein.«

»Im sechzehnten Stock? Einen Selbstmordkandidaten?«, fragt Viktor erstaunt.

»Ja. Superidee, oder?«, grummelt Fidelio. »Wundert mich, dass sie ihm nicht auch noch 'ne Packung Rasierklingen in die Hand gedrückt haben. Und es gab noch 'ne ganze Reihe weiterer Merkwürdigkeiten. Aber dazu kommen wir später. Bleiben wir zunächst bei der offiziellen Geschichte. Nach Angaben seines Arztes verbesserte sich Aschersbergs Zustand und er wirkte wieder einigermaßen stabil. Aber dann – in der Nacht vom einundzwanzigsten auf den zweiundzwanzigsten Mai – stürzte er sich aus dem Fenster seines Zimmers in die Tiefe.« Fidelio nimmt seine dicke Brille ab, spuckt in ein Taschentuch und beginnt die Gläser zu säubern. »Vorher hat er sich aber noch die Zeit genommen, siebzehn Zeilen einer antiken Tragödie aus einem Buch über Weltliteratur zu kopieren und auf einen Zettel zu kritzeln.«

»Ajax?«, wispert Viktor fragend und ich nicke bestätigend.

Elektra erhebt sich von ihrem Kissen, schwebt leichtfüßig in die Mitte der Höhle, legt den Kopf in den Nacken und schließt die Augen – dann ertönt ihre leise, singende Stimme:

Geliebtes Salamis, der Wogen Dröhnen
umtost dich nun,
da Seemänner auf deine Küsten blicken,
die fest im Meere ruhen.
Dein Sohn ist fern der Heimat,
wo Ida ihre Herden weidet.

Fern deinen geliebten Felsen.
Gezeichnet von der Zeit,
ohne Trost und ohne Namen,
sicher nur in Aussicht auf das dunkle, kalte Grab.
Weh, der Mutter am Ende ihrer Tage.
Weh, ihrem öden Herzen, ihren grauen Tempeln,
hört sie vom Schicksal ihres Kindes,
geflüstert in ihr Ohr.
Weh, weh, gellt ihr Schrei.
Kein leises Murmeln,
wie das Jammern der Nachtigall.

Für einen Moment herrscht andächtige Stille. Nur das leise Klingen von Glöckchen ist zu hören. Aus Elektras Mund klingen die siebzehn Zeilen so traurig und gleichzeitig so schön und bewegend, dass es mir den Atem verschlägt. Und den anderen geht es ähnlich. Viktor sitzt da, wie zu einer Salzsäule erstarrt, Max' Nase zittert wie die eines Kaninchens und Fidelio wischt sich verschämt eine Träne der Rührung aus dem Augenwinkel.

»Was hältst du von der Sache?«, durchbreche ich schließlich das Schweigen und hole uns aus den lyrischen Höhen auf den steinigen Boden der Realität zurück.

Viktors Gesicht nimmt einen nachdenklichen Ausdruck an. »Na ja …«, sagt er nach einer Weile. »Für mich hört es sich an, als hätte dieser Aschersberg tatsächlich massive psychische Probleme gehabt: Verfolgungswahn und wahrscheinlich auch eine starke Depression. Und dass er sich ausgerechnet dann umbrachte, als es ihm scheinbar wieder besser ging, klingt zwar merkwürdig, kommt aber gar nicht so selten vor. Viele Selbstmörder wirken vor ihrem Tod beinahe gelöst. Eben weil sie den Entschluss zum Freitod gefasst haben und glauben, dass ihr Leid bald ein Ende hat. Die siebzehn Zeilen passen ins Bild. Es klingt wie ein Abschiedsbrief. Als würden diese Zeilen seine Gemütsverfassung widerspiegeln. So wie Ajax, der sich fern seiner Heimat Salamis fühlt, der alle Hoffnung auf eine Heimkehr aufgegeben und alles Glück verloren hat, so verloren und alleine hat er sich in diesem Moment wahrscheinlich auch gefühlt. Von allem getrennt, ohne jede Hoffnung – genauso empfindet jemand, der eine schwere Depression hat.«

»Ja«, sage ich. *»Gezeichnet von der Zeit. Ohne Trost und ohne Namen. Sicher nur in Aussicht auf das dunkle, kalte Grab.* – Es könnte genauso gewesen sein, wie du vermutest: Aschersberg war ein Mensch, der starke psychische Probleme hatte und endgültig ins Bodenlose stürzte, als seine Karriere von einem Tag auf den anderen beendet war.«

»Bis man sich die Sache genauer ansieht«, kiekst Max, springt auf und fuhrwerkt mit seinen langen Armen in der Luft herum. »Es gibt da ein paar sehr bemerkenswerte Details. Als von Aschersberg in den Ruhestand versetzt wurde, erschienen nach Aussage seiner Sekretärin am selben Tag zwei Männer und führten hinter verschlossener Tür ein etwa halbstündiges Gespräch mit ihm. Ein Uniformträger, einer in Zivil. Nachdem die Besucher gegangen waren, fand sie ihren Chef an seinem Schreibtisch sitzend. Völlig aufgelöst stierte er ins Leere und murmelte unablässig vor sich hin: ›Ich bin ein loyaler Kollege.‹« Max zupft nervös an seinen Nasenhaaren. »Ein paar Tage später erlitt er dann den Nervenzusammenbruch und wurde ins Krankenhaus gebracht. Und obwohl es ihm bald besser ging, erlaubte das Krankenhaus keine Besucher. Er hat mehrmals verlangt, einen mit ihm befreundeten Geistlichen zu sehen, aber diesem wurde der Zutritt nicht gestattet. Was ist das für ein Krankenhaus, das seinen Patienten keine Besucher erlaubt? Selbst sein Bruder wurde mehrmals abgewiesen. Der hatte schließlich genug von diesem Spiel und entschloss sich, Aschersberg aus dem Krankenhaus zu holen und mit nach Hause zu nehmen. Aber er sollte seinen Bruder nicht mehr lebend sehen. Wenige Stunden bevor er das Krankenhaus hätte verlassen können, sprang Gerald von Aschersberg in den Tod.«

»Hmm«, macht Viktor und kratzt über seine Bartstoppeln. »Hört sich zugegebenermaßen wirklich seltsam an.«

Max nickt wie ein Aufziehäffchen, bleckt die Zähne und verkündet: »Es wird noch merkwürdiger. Gerald von Aschersberg hat während seines Aufenthaltes in der Klinik ein Tagebuch geführt. Dieses Tagebuch war nach seinem Tod unauffindbar. Und damit nicht genug: Der Pfleger, der extra für ihn abgestellt war und ihn während der gesamten Dauer seines Aufenthaltes dort betreut hat, war ausgerechnet in der Todesnacht nicht im Dienst. Stattdessen arbeitete eine Aushilfe, ein Mann, der noch nie vorher Dienst getan hatte. Und der ließ Aschersberg in den entscheidenden Minuten aus den Augen.« Max redet sich regelrecht in Rage – als es in seiner Hosentasche klingelt. Er zieht ein Uralt-Handy hervor, sieht auf das Display und sagt verlegen: »Ist die Mutti. Da muss ich rangehen. Wenn ihr mich kurz entschuldigen würdet …«

Er verzieht sich in eine Ecke. Telefonate mit der Mutti können erfahrungsgemäß länger dauern. Es ist wohl besser, wenn ich anstelle von Max fortfahre. Ich stelle meine Teetasse ab. »Von Aschersberg stürzte sich aus dem Fenster seines Zimmers und schlug auf einem Vordach über dem Eingang des Krankenhauses auf. Er war auf der Stelle tot. Als man ihn fand, war das Ende eines Bademantelgürtels um seinen Hals geschlungen. Eine Rekonstruktion der Ereignisse ergab, dass er das andere Ende um einen Heizkörper in seinem Zimmer gelegt hatte. Dieses Ende hatte sich aber gelöst.«

»Das verstehe ich nicht«, sagt Viktor. »Wenn er sich umbringen wollte, warum ist er nicht einfach aus dem Fenster gesprungen? Warum hat er auch noch versucht, sich zu erhängen?«

»Da bist du nicht der Einzige, der sich das fragt«, entgegne ich. »Und dann gibt es noch diese seltsamen, schweren Kratzspuren auf der Fensterbank. Später hat man behauptet, sie seien dadurch entstanden, dass er es sich im letzten Moment noch einmal anders überlegt hat und versuchte, wieder hineinzuklettern.«

»Was?«, entfährt es Viktor. »Das klingt doch völlig an den Haaren herbeigezogen. Könnte es nicht sein, dass … Könnten solche Spuren nicht viel eher durch einen Kampf entstanden sein?«

»Natürlich!«, poltert Fidelio. »Wodurch denn sonst? Die glauben wirklich, sie kämen mit der fadenscheinigsten Lüge durch. Und meistens schaffen sie es tatsächlich«, seufzt er resigniert. »Ich brauche jetzt unbedingt 'ne Zigarette. Sonst lauf ich Amok! Auch eine, junger Freund?«

Während Viktor und Fidelio sich vorne im Labor eine Zigarettenpause gönnen, sehe ich Elektra dabei zu, wie sie Basilikumblättchen von den Stängeln rupft und eine neue Kanne Tee aufsetzt. »Was hältst du von ihm?«, frage ich.

Sie lächelt auf ihre abwesende, elfenhafte Art. »Viktor hat eine orangefarbene Aura. Ich konnte sie deutlich sehen. Das ist ausgesprochen selten. Wusstest du das, als du ihn als Kandidaten vorgeschlagen hast?«

»Ähm … nicht wirklich. Und was bedeutet das?«

»Dass er viel mehr Fähigkeiten hat, als ihm bewusst sind«, sagt sie. »Er könnte einer der besten Zweifler werden, die es jemals gegeben hat. Ich habe bisher erst einmal einen Zweifler mit einer orangefarbenen Aura getroffen.«

»Wen?«, frage ich.

Elektra umfasst meine Hände, ihre blauen Augen glitzern, dann beugt sie sich zu meinem Ohr und flüstert: »Deinen Vater.«

Fidelio und Viktor kehren von ihrer Raucherpause zurück, und Fidelio verzieht das Gesicht, als er sieht, dass Max noch immer telefoniert. »Hast du's bald, Ödipus? Leg endlich auf!«

Max nickt nervös, klimpert mit den Augen und wispert ins Telefon: »Ja, Mutti. Ich muss Schluss machen. Ja, habe ich … Ja, mache ich … Ja, natürlich weiß ich, dass es regnet, Mutti. Sicher ziehe ich die Kapuze auf. Ja … ja … tschüss, Mutti.«

»Kommen wir zurück zu Gerald von Aschersberg«, sage ich

zu Viktor, nachdem alle wieder Platz genommen haben. »Du kennst jetzt also seine Geschichte. Die Geschichte eines kranken, verzweifelten Mannes, dessen Karriere sich in Luft auflöste und der daraufhin seinem Leben ein Ende setzte.« Ich nehme einen Schluck Tee, hebe den Kopf und blicke Viktor in die Augen. »Erinnerst du dich daran, was ich dir neulich gesagt habe?«

»Ja.« Er nickt bedächtig. »Dass es immer mindestens zwei Geschichten gibt.«

»Genau«, sage ich. »Eine mit und eine ohne UFOs. In der, die du gerade gehört hast, kommen keine UFOs vor. Nehmen wir aber spaßeshalber mal an, UFOs würden existieren … Dann könnte die Geschichte so gehen: Es war einmal ein Staatssekretär, vor dem lag eine glänzende politische Karriere. Aber dann geschah etwas, was ihn zunächst seinen Posten und dann sein Leben kosten sollte: Am fünften Juni 1990 ging in einem Wald bei Weißberg, etwa sechzig Kilometer von hier, ein Flugobjekt nieder. Ein Objekt, das nicht von dieser Welt stammte. Vielleicht war es ein Absturz, vielleicht eine kontrollierte Landung. Das Gebiet wurde sofort von einer militärischen Sondereinheit abgeriegelt. Wenn es ein Absturz war, wurde eventuell außerirdische Technologie geborgen, vielleicht auch die Leichen Außerirdischer. Wenn es eine kontrollierte Landung war – was ich für die wahrscheinlichere Variante halte –, könnte es zu einer Kontaktaufnahme mit diesen Wesen gekommen sein. Was auch immer genau dort geschehen ist, alle Beweise für dieses Ereignis wurden weggeschafft. In aller Eile wurde eine geheime Gruppe aus Militärs, Regierungsbeamten und Wissenschaftlern gegründet und damit beauftragt, den Vorfall zu untersuchen und vor der Öffentlichkeit zu vertuschen. Vielleicht, weil man glaubte, die Bevölkerung vor der Wahrheit schützen zu müssen. Das wäre noch die sympathischste Variante. Es könnte aber auch ganz andere Motive gegeben haben …«

»Und du glaubst, Aschersberg war ein Mitglied dieser Gruppe?«, fragt Viktor.

»Ich weiß es«, sage ich. »Würdest du ihm das Foto zeigen, Elektra?«

Sie druckt die Fotografie mit der Babumbu-Süßwarenfabrik aus und reicht sie Viktor, der sie mit hochgezogenen Brauen betrachtet.

»Das Foto ist nach dem ersten Treffen der Gruppe entstanden. Der Mann rechts, hinter der Glastür ist Gerald von Aschersberg«, erkläre ich.

»Und wer ist der Kerl im Vordergrund? Der mit der Aktentasche?«

»Joachim Hersfeld. Ebenfalls verstorben. Zu ihm kommen wir später. Bleiben wir zunächst bei Aschersberg. Und denk bitte daran: Ich behaupte nicht, dass diese Version der Geschehnisse die Wahrheit ist, denn ich habe keinen Beweis dafür. Aber zieh auch immer die Möglichkeit in Betracht, dass sie sich folgendermaßen zugetragen haben *könnte:* Aschersberg wurde in diese Gruppe berufen, weil er als intelligent, effizient und loyal galt. Womit diejenigen, die ihn mit dieser Aufgabe betrauten, aber nicht gerechnet hatten, war, dass er auch über ein Gewissen verfügte. Und dass er es nicht mit seinem Gewissen vereinbaren konnte, die Öffentlichkeit über das, was geschehen war, im Dunkeln zu lassen. Die Gruppe bestand aus zwölf Leuten und schon bald kam es zu Auseinandersetzungen über die Frage: Halten wir alles unter der Decke oder informieren wir die Öffentlichkeit? Aschersberg, und wahrscheinlich auch einige andere, plädierten für Offenheit, konnten sich aber nicht gegen diejenigen durchsetzen, die für eine strikte Geheimhaltung waren. Ab da galt er als Sicherheitsrisiko. Während er, hin und her gerissen zwischen Loyalität und Gewissen, überlegte, was er tun sollte, wurde er beobachtet und verfolgt, was ihn in große Angst versetzte und psychisch zermürbte. Das erklärt sein seltsames Verhalten in dieser Zeit. Ihm wurde klargemacht, dass mangelnde Loyalität bestraft wird: Im März 91 wurde er in den Ruhestand versetzt. Vielleicht hat man gehofft, er wäre erleichtert, der ganzen Sache entronnen zu sein, würde seine fette Pension genießen und die Klappe halten. Aber Aschersberg rang noch immer mit der Frage, was er tun sollte. Er erlitt einen Nervenzusammenbruch und galt nun als völlig unberechenbar. Eilig wurde er in ein Krankenhaus gebracht und dort isoliert. Bis zu der Nacht seines Todes. Niemand von uns kann sagen, was in dieser Nacht geschehen ist. Vielleicht war er so verzweifelt, dass er wirklich Selbstmord begangen hat, vielleicht hat man ihn gezwungen aus dem Fenster zu springen, vielleicht wurde er gestoßen … Für mich sind die Kratzspuren auf dem Fensterbrett ein klares Indiz für einen Kampf. Mit seinem Tod war ein Sicherheitsrisiko ausgeschaltet – und jedem anderen aus der Gruppe, der sich vielleicht mit dem Gedanken trug, sein Wissen öffentlich zu machen, war vor Augen geführt worden, was dann mit ihm geschehen konnte.«

Nachdem ich geendet habe, starrt Viktor schweigend und in Gedanken versunken vor sich hin.

»Was ist?«, frage ich.

Langsam hebt er den Kopf. »Ich … ich denke nach. Über die siebzehn Zeilen, die Aschersberg hinterlassen hat. Habt ihr ein Exemplar von ›Ajax‹ hier?«

»Eine Taschenbuchausgabe«, sagt Elektra und reicht ihm ein zerfleddertes Heftchen.

Viktor schlägt es hastig auf, seine Augen wandern wieder und wieder über die Zeilen, während er unverständlich vor sich hin murmelt. Geschlagene fünf Minuten lang.

Dann blickt er von dem Buch auf, sieht uns an und flüstert: »Vielleicht liege ich vollkommen falsch, aber … es könnte ein Code sein.«

»Nein«, sagt Elektra. »Es gibt keinen Code. Den Gedanken hatten wir natürlich auch schon und ich habe alles Mögliche mit dem Text angestellt. Ich habe Wörter umgestellt, Buchstaben vertauscht, sie durch Zahlen ersetzt … Ich habe die siebzehn Zeilen im Computer durch alle möglichen Entschlüsselungsprogramme gejagt. Ohne den geringsten Erfolg.«

»Nicht die Art von Code«, entgegnet Viktor. »Es sind die Worte selbst, die uns einen Hinweis geben.«

»Geht's auch 'n bisschen weniger rätselhaft, junger Freund?«, sagt Fidelio und fährt sich mit der Hand über die Glatze.

Viktor erhebt sich von seinem Sitzkissen und beginnt, vor uns auf und ab zu spazieren. »Also ... ich stelle mir vor, ich wäre Gerald von Aschersberg. Man hat mich in diesem Krankenhaus untergebracht und isoliert – und irgendwann wird mir klar, dass ich diesen Ort nicht mehr lebend verlassen werde. Man wird mich beseitigen, weil man Angst hat, dass ich über das rede, was in Weißberg geschehen ist. Wie schaffe ich es, einen Hinweis oder wenigstens eine Andeutung zu hinterlassen, von der ich hoffen kann, dass irgendjemand sie verstehen wird? Und das, ohne dass meine Mörder diesen Hinweis verstehen. Ich kann ja schlecht einen Zettel an die Wand pinnen, auf dem steht: Übrigens, letztes Jahr ist ein UFO gelandet. Die Regierung weiß davon, verheimlicht es aber vor der Öffentlichkeit. So ein Zettel wäre genauso schnell verschwunden wie die Tagebücher.«

»Im Moment kann ich dir nicht so ganz folgen.« Max zieht die Stirn kraus und zappelt unruhig auf seinem Kissen herum.

»Ich weiß, dass sie irgendwann kommen und mich umbringen werden. Und dass sie es natürlich wie einen Selbstmord aussehen lassen werden. Also kritzele ich ein paar Zeilen aus einer antiken Tragödie auf einen Zettel, die scheinbar meinen depressiven Gemütszustand spiegeln. Meine Mörder werden diese Zeilen, im Gegensatz zu meinen Tagebüchern, nicht vernichten. Im Gegenteil, sie werden die Existenz dieses Zettels sogar publik machen. Er kommt ihnen wie gerufen, denn er beweist meine Verzweiflung und unterstützt die Selbstmordtheorie.« Viktor hebt die Hand und wedelt aufgeregt mit dem kleinen Taschenbuch herum. »In Wirklichkeit benutze ich die Worte von Sophokles aber, um zu sagen, dass ...« Er verstummt und alle Farbe weicht aus seinem Gesicht.

»Viktor«, sage ich. »Ich habe den Text wieder und wieder gelesen. Wenn es irgendeinen versteckten Hinweis gäbe …«

»Er ist nicht versteckt. Alles liegt offen vor unseren Augen. Es ist nur eine Frage der Interpretation.« Hastig blättert er durch das Buch und deutet mit dem Finger auf eine Seite. »Das Kind und die Mutter, von denen hier die Rede ist … Mit Mutter, könnte die Mutter Erde gemeint sein. Und ihr Kind ist …«

»Der Mensch«, stoße ich hervor. Plötzlich verstehe ich, worauf Viktor hinauswill und es überläuft mich eiskalt.

»Dieser Mensch hat seine Heimat – die Erde, wie er sie kannte – für immer verloren«, sagt Viktor mit zitternder Stimme. »Es gibt keinen Weg dorthin zurück. Es ist etwas geschehen, das das Ende der Menschheit und das Ende dieser Welt bedeuten kann. Und ein Aufschrei des Entsetzens wird um die Welt gehen, wenn sie die Wahrheit über das, was geschehen ist, erfährt.«

»Weh der Mutter am Ende ihrer Tage«, flüstere ich tonlos vor mich hin. *»Weh ihrem öden Herzen, ihren grauen Tempeln, hört sie vom Schicksal des geliebten Kindes, geflüstert in ihr Ohr. Weh, weh, gellt ihr Schrei.«*

Elektra wirkt wie versteinert, Max kaut auf seinen Fingernägeln, Viktor hat die Lippen zusammengepresst und starrt zu Boden. Niemand sagt ein Wort, bis Fidelio ein kurzatmiges »Heiliger Strohsack. Du könntest recht haben, Junge«, entfährt.

»Und was bedeutet das jetzt?«, sagt Max ängstlich. »Können wir überhaupt noch etwas ausrichten?«

Elektra tritt neben mich und sagt mit ruhiger Stimme: »Wenn Aschersberg geglaubt hätte, dass keine Hoffnung mehr bestünde, dann hätte er nicht diese Botschaft hinterlassen. Er hat gehofft, dass jemand diese Worte versteht und beginnt, nach der Wahrheit zu suchen. Und wer die Wahrheit findet, der ist dem Schicksal nicht mehr ausgeliefert. Der kann handeln. Wir sind Menschen. Wir sind die geliebten Kinder dieser Erde. Wenn wir die Wahrheit kennen, können wir unser Schicksal in die eigenen Hände nehmen.«

»Deine Eltern …« Viktor zieht mit einem pfeifenden Geräusch Luft durch die Zähne. »Ich wette, sie sind zu dem gleichen Schluss gekommen wie wir. Und sie haben begonnen, der Ajax-Geschichte auf den Grund zu gehen.« Viktor fährt sich aufgeregt mit der Zunge über die Lippen. »Ich stelle mir vor, dass nach Aschersbergs Tod niemand aus dieser geheimen Gruppe mehr gewagt hat, sich an die Öffentlichkeit zu wenden – selbst wenn ihn sein Gewissen geplagt hat. Siebzehn Jahre lang herrschte Ruhe. Bis deine Eltern aufgetaucht sind. Sie haben Aschersbergs Botschaft entschlüsselt und vielleicht haben sie herausgefunden, wer noch zu dieser Gruppe gehört. Vielleicht ist es ihnen gelungen, mit einer oder mehreren Personen der Gruppe in Kontakt zu kommen. Mit einer Person, die zwar nicht selbst den Mut hatte, an die Öffentlichkeit zu gehen, die sich aber davon überzeugen ließ, deinen Eltern Informationen über den Vorfall in Weißberg zu geben und ihnen Beweise zu beschaffen, die sie der Öffentlichkeit vorlegen konnten. Und genau das hatten sie vor, an dem Tag, an dem sie gestorben …« Viktor läuft rot an und die anderen blicken betreten zu Boden. »An dem sie verschwunden sind, wollte ich sagen. Tut mir leid, Miranda.«

»Ja, so könnte es gewesen sein«, sage ich und übergehe seinen Fauxpas. »Und nachdem meine Eltern verschwunden waren, hat sich erst recht niemand mehr aus der Deckung gewagt. Aber nun, acht Jahre später, scheint wieder irgendetwas vorzugehen.« Ich tippe mit dem Finger auf das Foto mit der Süßwarenfabrik. »Der Mann im Vordergrund hieß Joachim Hersfeld. Ehemaliger Luftwaffenoffizier. Er gehörte auch zu der Gruppe. Er hatte vor zwei Wochen einen tödlichen Unfall. Als er gefunden wurde, lag sein Kopf auf einer Ausgabe von ›Ajax‹. Und heute stirbt der Astrophysiker Hendrik Nachtweih, und auch bei ihm findet sich eine Ausgabe.«

»Und das ist vollkommen unlogisch«, fistelt Max aufgeregt.

»Was ist unlogisch?«, frage ich.

»Ähm, also … dass Aschersberg diese Ajax-Botschaft hinterlassen hat, ist nachvollziehbar. Wenn unsere Theorie stimmt, hing er in diesem Krankenhaus fest und musste einen Hinweis hinterlassen, der extra so schwurbelig abgefasst war, damit seine Mörder nicht verstanden, worum es ging. Aber diese beiden Männer waren in einer ganz anderen Situation. Sie konnten sich frei bewegen. Dass neben ihnen ›Ajax‹-Ausgaben gefunden wurden, ergibt überhaupt keinen Sinn.«

»Du hast recht«, sage ich konsterniert und blicke auf den Monitor, auf dem der tote Hendrik Nachtweih zu sehen ist. »Es sei denn …« Die plötzliche Erkenntnis trifft mich mit voller Wucht! »Ihr Mörder hat die Bücher dort platziert! Um klarzumachen, weswegen sie gestorben sind. Als Warnung an andere, die versucht sind, die Wahrheit zu sagen. Wer reden will, der stirbt! Und wenn die Bücher eine Warnung sind, und er heute Nachmittag ein Buch neben Nachtweihs Bett gelegt hat, kann das nur eines bedeuten: Es gibt noch jemanden, der die Wahrheit über Weißberg kennt! Und der versucht ist, zu reden. Und dieser Jemand ist in höchster Gefahr!«

***

Dieser Jemand ist in höchster Gefahr!

Während Mirandas Worte von den Wänden der Höhle widerhallen, wird mir schlagartig klar, wie sehr mein Leben in den letzten Tagen auf den Kopf gestellt worden ist. Vor zwei Wochen galt meine Hauptsorge noch der Frage, wie ich Carola Kerns Annäherungsversuchen entgehen kann, oder ob ich einem Schüler, der so einen Blödsinn schreibt wie *Die Aufklärung ist eine wichtige Epoche in der Geschichte. Ohne sie gäbe es viel mehr ungewollte Schwangerschaften* wirklich noch eine Gnaden-Vier-Minus geben kann. Knappe vierzehn Tage später habe ich eine Schein-Affäre mit Trudi Lux, höre Stimmen, die mir von Zwiebeln erzählen, erfahre, dass vor fünfundzwanzig Jahren ein UFO in der Nähe von Hammerstein gelandet sein soll, dass es eine Verschwörung geben könnte, die dies verschleiern will, und sehe mich einem Mörder gegenüber, der neben seinen Opfern ledergebundene Ausgaben einer antiken Tragödie zurücklässt.

»Was tun wir jetzt?«, sage ich um Fassung ringend und blicke fragend zu Miranda, aber es ist Elektra, die mir antwortet.

»Ich werde versuchen, mehr Informationen über das letzte Opfer, diesen Nachtweih zu bekommen«, sagt sie mit singender Stimme. »Und ihr …«, sie deutet auf Miranda und mich, »… ihr könntet euch morgen mal im Haus von Joachim Hersfeld umsehen. Das Glück ist mit den Gerechten.« Elektra überreicht mir einen Ausdruck von immobilienschnäppchenmaklerfrei.de und deutet auf eine farbig markierte Anzeige. »So wie es aussieht, hat sein Sohn es eilig, das Erbe zu veräußern. Das Haus steht morgen Nachmittag zur Besichtigung offen.« Damit schwebt sie davon, hüpft von Sitzkissen zu Sitzkissen und sammelt die leeren Teetassen ein. Das scheint das Zeichen zum allgemeinen Aufbruch zu sein.

»Das wird dann also dein erster Außeneinsatz«, sagt Miranda, als wir aus Elektras Höhle treten. »Nervös?«

»Nervös? Überhaupt nicht«, schwindle ich.

»Dann ist ja gut. Ich denke, wir werden den Range Rover nehmen.«

»Oh«, sage ich und mir wird ziemlich flau, als ich verstehe: Außeneinsatz bedeutet, dass ich mich hinter ein Steuer setzen muss. »Ähm … hattest du nicht einen Fahrlehrer erwähnt?«

»Ich habe mit ihm gesprochen«, sagt Miranda. »Aber er ist im Moment ziemlich gefragt und hat keine Termine frei. Du machst das schon. Es sind ja nur ein paar Kilometer und wir werden ausschließlich Landstraße fahren.«

»Und du?«, frage ich Max. »Kommst du auch mit?«

»Nein, nein, nein, nein, nein, nein, nein«, kräht er, schüttelt wie wild den Kopf und alles an ihm beginnt zu zucken. »Wo denkst du hin? Außeneinsätze sind nervlich gar nichts für mich!«

Miranda und Max verabschieden sich von Fidelio, doch als ich ihm Gute Nacht wünschen will, schließt sich seine Hand wie ein Schraubstock um meine. »Tut mir leid, junger Freund«, sagt er. »Du wirst noch ein bisschen hierbleiben müssen. Kein Zweifelwerker geht auf einen Außeneinsatz ohne Psychophon! Und ein Frischling wie du erst recht nicht!«

»Viel Spaß«, flüstert Miranda mir zu. »Wir sehen uns morgen um zwölf. Bei mir. Ach, und wenn dir Fidelio was zu essen anbietet – komm besser nicht auf die Idee, es abzulehnen.«

Kaum haben Miranda und Max das Labor verlassen, zeigt Fidelio mir einen Tisch, auf dem viele winzig kleine graue Scheiben liegen. »Das ist ein Psychophon-Rohling«, erklärt er und nimmt eine der Scheiben vom Tisch. »Ich werd ihn dir gleich anpassen, aber zuerst muss er eine Stunde lang in einem Charisma-Bad einweichen.« Er legt die Scheibe in eine flache Schale, die mit einer zitronengelben Flüssigkeit gefüllt ist, und anschließend bekomme ich eine Blitz-Unterweisung in spiritueller Technologie. Fidelio führt mich durch sein Laboratorium, in dem in allen Ecken etwas brodelt, klappert, scheppert, brummt oder zischt. Er klärt mich über Tonbandstimmen und die psychomagnetische Universalschleife auf, und referiert über transdimensionale Eselsbrücken, eigenwillige Emotionalreflektoren und psychedelische Bewusstseinszentrifugen. Ich kann nicht umhin, bei seinen Ausführungen an einen verrückten B-Movie-Wissenschaftler zu denken. Es würde mich nicht wundern, wenn Fidelio jeden Moment irre zu kichern anfinge und die Weltherrschaft für sich reklamierte. Tut er aber nicht, sondern präsentiert mir stolz seine jüngste Entwicklung: den Psycho-Detektor, mit dem man angeblich Gedankenfetzen aufspüren kann, die von Verbrechern am Tatort hinterlassen werden. Ich verstehe nur Bahnhof, nicke aber so verständig, als wäre mir all das nicht weniger geläufig als Radio und Fernseher. Zum Abschluss unseres Rundgangs schimpft Fidelio Hümmerich ausgiebig über irgendwelche kreischenden Glühwürmchen, die, soweit ich das verstehe, gar keine richtigen Glühwürmchen sind, ihm aber jede Menge Ärger bereiten. An einem Tisch, auf dem mehrere der pyramidenförmigen Transkommunikatoren aufgereiht sind, bleibe ich einen Moment stehen.

»Heute Abend habe ich mit dem Transkommunikator in der Lux-Bibliothek eine Nachricht empfangen«, sage ich.

»Isses die Möglichkeit?«, entgegnet Fidelio. »Und wie hat die Nachricht gelautet?«

»›Eine Zwiebel hat viele Häute.‹ Was kann das bedeuten?«

Fidelio zuckt mit den Schultern. »Schwer zu sagen. Vielleicht, dass du Probleme mit der Verdauung bekommen könntest.« Er öffnet einen Schrank, nimmt mehrere Rollen Alufolie heraus und drückt sie mir in die Arme. »So, jetzt mal runter mit den Klamotten, junger Freund. Da hinten kannst du dich umziehen. Du wickelst dich von Kopf bis Fuß in die Folie ein. So viele Schichten wie möglich. Die Augen und die Nasenlöcher kannst du frei lassen.«

Zwanzig Minuten später tapse ich, elegant wie Frankensteins Monster und in fünf Schichten Alufolie eingepackt, durch das Labor und lege mich, gemäß Fidelios Anleitung, flach auf eine Metallliege. Fidelio nimmt den grauen Psychophon-Rohling aus der Flüssigkeit und platziert ihn auf meiner Stirn. Dann zieht er an einem Hebel und ein riesiger Scanner beginnt über mir hin und her zu fahren.

»Der misst deine Aurawerte. Nicht bewegen!«, befiehlt Fidelio.

»Kann ich dich was fragen?«, sage ich nach ein paar Minuten, in denen nur das gelegentliche Piepen des Scanners zu hören ist.

»Ungern. Aber ich werd es wohl nicht verhindern können«, brummt Fidelio. »Worum geht's?«

»Als mir vorhin rausgerutscht ist, dass Mirandas Eltern gestorben sind, da …«

»Tja, damit hast du dich ganz schön in die Nesseln gesetzt. Wenn Miranda in der Nähe ist, dann lautet die offizielle Sprachregelung *verschwunden*, und nicht *gestorben*.« Ich höre, wie Fidelio einen tiefen Seufzer ausstößt. »Armes Kind. Es ist nicht einfach, wenn man seine Eltern so früh verliert. Und egal wie sehr wir alle nach der Wahrheit suchen – manche Wahrheiten sind schwer zu ertragen. Ich hoffe, sie lernt es zu akzeptieren, wenn sie älter wird. Es gibt in diesem Fall keinen Zweifel: Gideon und Aurelia Lux sind tot. Ich war auf ihrer Beerdigung. Und es gab eine zweifelsfreie Identifizierung: Birger Vend, der Assistent von Gideon und Aurelia – er war ein netter Kerl – ist bei dem Absturz auch ums Leben gekommen. Seine Verlobte hat ihn und die beiden anderen Leichen eindeutig identifiziert. Da gibt es nichts zu deuteln.« Ich höre, wie Fidelio durch die Nase schnaubt. »Vielleicht wären Gideon und Aurelia noch am Leben, wenn sie das Zweifelwerk eingeweiht hätten.«

»Was meinst du damit?«, frage ich.

»Die beiden haben auf eigene Faust gehandelt. Anscheinend wusste nur Birger, dass sie an dieser Ajax-Geschichte dran waren. Ich glaube, sie haben nichts gesagt, weil ihnen klar war, wie heiß die Geschichte war, und sie niemanden von uns in Gefahr bringen wollten. Ich hab selbst erst aus dem Fernsehen erfahren, was Sache war. – Und jetzt Schluss, mit dem deprimierenden Thema. Du bleibst hier liegen und rührst dich nicht, und ich koche uns in der Zeit ein kleines Mitternachts-Leckerchen. Was hältst du von Würstchen mit Kartoffelpüree?«

Nach zwei Stunden habe ich es hinter mir. Erleichtert reiße ich die Folie von meinem Körper und ziehe mich wieder an, während Fidelio die kleine graue Scheibe vorsichtig in eine Art Mikrowelle legt und an einem Knopf dreht. »Noch dreißig Minuten bei mittlerer Hitze im Individuationsbrenner, dann ist dein Psychophon fertig, junger Freund. – Und jetzt: Guten Appetit!«

Ich nehme an einem wackligen Tisch Platz. Die Würstchen sehen leicht angekokelt aus; das Püree riecht nach verbranntem Gummi – und schmeckt auch so.

»Und?«, fragt Fidelio und sieht mich erwartungsvoll an.

»Mhmm. Lecker«, beteuere ich.

»Wusstest du«, fragt er emsig kauend, »dass Würstchen mit Kartoffelpüree das zweitliebste Essen von Elvis war?«

»Ist nicht wahr«, sage ich, nur mäßig interessiert.

»Aber sein Lieblingsessen waren Erdnussbutter-Bananen-Sandwiches«, führt Fidelio weiter aus. »Und soll ich dir noch was über Elvis verraten? – Offiziell ist er 1977 gestorben, aber … er hat seinen Tod nur vorgetäuscht, weil er es leid war, in der Öffentlichkeit zu stehen. Er lebt!«

»Elvis … lebt. Alles klar«, sage ich und bin mir sicher, dass bei Fidelio Hümmerich endgültig eine Sicherung durchgeschmort ist.

»Jedenfalls hat er 1997 noch gelebt. Danach hab ich seine Spur verloren. Ich hab Beweise. Hier!« Fidelio zieht drei verblasste Polaroid-Fotos aus einer Schublade und drückt sie mir in die Hand. »Das erste Bild ist 1984 in Bottrop aufgenommen worden. Sag mir, was du darauf siehst, Junge!«

»Eine dicke, brünette Frau, die in einem Restaurant sitzt und irgendwas Ekliges isst.«

»Irre Tarnung, was? Das ist er: der King! Seinen wahren Fans gibt er natürlich immer kleine Hinweise auf seine Identität. Du musst dir nur mal ansehen, was die Frau isst: ein Erdnussbutter-Bananen-Sandwich. Elvis' Lieblingsspeise! Wer außer ihm sollte so was essen? – Schau dir das nächste Foto an.«

Dieselbe Frau. Ein paar Jahre älter und ein paar Kilo schwerer. Sie trägt eine ausgesprochen unvorteilhafte Paillettenjacke mit Fransen an den Ärmeln, sitzt in einem Bistro und verspeist gerade einen Toast Hawaii.

»1991 in Witten. Paillettenjacke und Toast Hawaii. Hawaii! Verstehst du? Wie die große Show von Elvis ›Aloha from Hawaii‹. Viel klarere Hinweise kann es ja kaum noch geben«, sagt Fidelio. »Außer auf dem letzten Foto, natürlich.«

Ich betrachte das dritte Foto. Wieder die korpulente, dunkelhaarige Frau. Diesmal bei der Arbeit in einem Imbiss. Sie steht über eine Friteuse gebeugt und schwenkt einen Korb mit Pommesfrites.

»Sieh dir ihr Namensschild an«, sagt Fidelio.

Ich halte das Bild näher an die Augen. »Elvi…ra«, lese ich.

»Elvi-ra. Muss man ja nicht erst groß erklären. 1997 in Mülheim an der Ruhr. Einen eindeutigeren Beweis gibt es nicht!«

In diesem Moment betritt Elektra das Labor, sieht erst zu ihrem Vater, dann zu den Fotos – und wirft mir einen mitleidigen Blick zu.

»Hat er dir gerade erzählt, dass Elvis lebt?«, fragt sie, deutet auf die Polaroids und seufzt. »Das ist Tante Elvira, Papas Schwester. – Papa, hör endlich damit auf, Leute zu verarschen!«

»Tut mir leid, junger Freund. Ich konnte einfach nicht widerstehen.« Fidelio kichert und kichert, bis seine Lunge zu rasseln beginnt und er einen Hustenanfall bekommt. »War wirklich das letzte Mal«, sagt er, nachdem er wieder zu Atem gekommen ist. »Ganz ehrlich. Versprochen. Ab heute ist Schluss damit. Großes Fidelio-Ehrenwort.«

»Irgendwann werden dir noch zwei Lügenhörnchen aus dem Kopf wachsen«, sagt Elektra und küsst ihren Vater auf die Stirn. »Gute Nacht, Papa. Gute Nacht, Viktor.«

Sie schwebt davon und hinterlässt einen Hauch von Patschuli. Ich helfe Fidelio den Tisch abzuräumen, als die seltsame Individuations-Mikrowelle zu piepen beginnt.

Fidelio öffnet die Herdklappe, nimmt eine Pinzette und zieht den Rohling, der nun kein Rohling mehr ist, aus dem Ofen. Die vormals graue Scheibe leuchtet in einem satten Orange. Fidelio heftet mir mein nagelneues Psychophon an die Stirn, dann zieht er ein Medaillon unter seinem Arbeitskittel hervor, nimmt sein eigenes – braunes – Psychophon und befestigt es über seiner Nasenwurzel.

»Machen wir 'nen Testlauf«, brummt er.

Wir sitzen uns schweigend gegenüber, und zunächst einmal passiert überhaupt nichts. Bis ich plötzlich ein Rauschen in meinem Kopf spüre und dann Fidelios Stimme höre. Sogar gedacht haben seine Worte noch einen missmutigen Unterton: *Noch irgendwelche Fragen zu deinem Psychophon?*

Warum ... warum haben die Psychophone unterschiedliche Farben?, denke ich – und mein Gedanke kommt offenbar bei Fidelio an.

Die Färbung entsteht während des Anpassungsprozesses, murmelt es in meinem Kopf. *Sie richtet sich nach dem Charakter des Trägers. Was welche Farbe bedeutet, ist Interpretationssache. Dass du ein orangefarbenes hast, könnte einfach heißen, dass du ein sonniges Gemüt hast oder dass du ein aktiver, kraftvoller Mensch bist. Obwohl du 'ne Körperspannung hast wie ein nasser Putzlappen.* »Entschuldigung«, sagt er laut. »Der letzte Gedanke ist mir nur so dazwischengerutscht. Kann schon mal passieren.« Dann fügt er lautlos, in Gedanken, an: *Das Psychophon von Elektra beispielsweise ist silberfarben. Silber passt, wenn man 'ne Elfe ist und den Kopf in den Wolken hat. Finde ich jedenfalls.*

Und was bedeutet es dann, dass Mirandas Psychophon grün leuchtet?

Dass sie ein unruhestiftender Kobold ist! Fidelio schickt einen gedachten Seufzer hinterher. *Sie kann ganz schön penetrant sein, wenn sie sich was in den Kopf gesetzt hat. Wie ihre Mutter. Aurelia war genauso.*

Und warum ist dein Psychophon braun?

Fidelio wirft mir einen vernichtenden Blick zu und nimmt die kleine Scheibe von seiner Stirn. »Das reicht schon als Testlauf. Scheint einwandfrei zu funktionieren.« Er reicht mir ein Medaillon an einer Kette. »Da drin bewahrst du das Psychophon auf! Du trägst das Medaillon immer um den Hals! Tag und Nacht! Dein Leben kann davon abhängen! – Und jetzt sieh zu, dass du nach Hause kommst und noch 'ne Mütze Schlaf kriegst. Morgen könnte ein anstrengender Tag für dich werden!«

5

»Weißt du was, Kind? Seit ich die Diät mache, fühle ich mich gar nicht mehr so aufgebläht«, sagt Tante Trudi. »Ach, es geht nichts über einen Teller kalte Sauerkrautsuppe zum Frühstück. Danach bin ich den ganzen Tag über fit.« Sie schlürft die Suppe so hingebungsvoll vom Löffel, als wäre es Ambrosia.

Trudi kann mir nichts vormachen. An ihren Fingerspitzen klebt geschmolzene Schokolade.

Ich schenke mir eine Tasse Kaffee ein, schütte Cornflakes in einen Teller und gieße Milch darüber, während ich auf den kleinen Fernseher blicke. »Marionetten der Liebe« – was sonst? Ein schon etwas angejahrtes Paar rutscht in einer Sperrholzkulisse auf einem Sofa rum und simuliert Leidenschaft.

»Ich bin ein verheirateter Mann, Marianne. Und ich liebe meine Frau. Wir dürfen das nicht tun. Sosehr ich es auch möchte. Fünfundzwanzig Jahre haben wir uns nicht gesehen und jetzt kommst du zurück nach Birnenschorf und wirbelst mein Leben durcheinander.«

»Oh, Richard. Es gibt etwas, das du nicht weißt: Als ich mich vor fünfundzwanzig Jahren von dir getrennt habe, war ich schwanger. Mit Fabian!«

»Fabian von Scherbel ist mein Sohn?«

Unheilschwangere Musik ertönt und die Kamera fährt auf ein Paar weit aufgerissene Augen zu.

»Ist heute aber spät dran, der Herr Krakelius«, sagt Trudi nach einem Blick auf die Küchenuhr.

»Er kommt heute erst um zwölf. Wir machen eine Exkursion ins naturhistorische Museum nach Birkenich«, schwindele ich, weil das tantenkompatibler klingt als: Wir schnüffeln ein bisschen im Haus eines Mannes herum, der mit einer Kugel im Kopf aufgefunden wurde.

»Warum hast du das nicht früher gesagt? Ihr müsst doch was

essen. Ich mach euch ein Lunchpaket fertig.« Sie watschelt zum Kühlschrank und nimmt ein Dutzend Tupperdosen heraus. »Der Herr Krakelius sieht immer so ein bisschen verhungert aus. Und seine verkrumpelten Pullis – die haben noch nie ein Bügeleisen gesehen. Er bräuchte eine Frau, die sich um ihn kümmert.«

»Du kannst ihn gut leiden, was?«, sage ich.

Trudis Augen beginnen zu glänzen, sie lächelt und nickt, dass die Doppelkinne Kirmes haben. Dann aber stutzt sie plötzlich und wird knallrot. »Oh, aber nicht, wie du vielleicht meinst, Kind. Wenn du meinst, dass … Es ist nur … Die Art, wie er redet und wie er lacht oder wie er sich manchmal mit der Hand über die Stirn fährt. Er erinnert mich an deinen Vater. Dich etwa nicht?«

Mir geraten Cornflakes in die Luftröhre, ich bekomme einen Hustenanfall und beuge mich tief über meinen Teller. Erst Elektra, die sagt, dass Viktor eine Aura wie Vater hat, und nun behauptet auch noch Tante Trudi, die beiden wären sich ähnlich.

Haben sie etwa recht? Kann es sein, dass ich Viktor Carelius als Kandidaten für das Zweifelwerk in Betracht gezogen habe, weil er mich an Vater erinnert? Nein, nein, nein, denke ich, das ist doch ausgemachter Blödsinn. Psycho-Mumpitz. Vater ist Vater und Viktor ist Viktor. Ist doch vollkommen klar. – Oder?

Als ich wieder aufschaue, blickt Trudi mich noch immer fragend an. Hastig trinke ich einen Schluck Kaffee, drehe mich weg und starre auf den Fernseher.

»Richard, jedes Mal in den letzten fünfundzwanzig Jahren, wenn ich in Fabians Gesicht geschaut habe, habe ich dich darin gesehen. Er ist wie du. Er hat deine Talente. Und er wird ein genauso erfolgreicher Molkereiprodukte-Manager werden wie du. Auch wenn er sich dagegen sträubt und lieber Puppenspieler werden möchte.«

»Marianne, du darfst das nicht tun. Du darfst ihn nicht in eine Rolle pressen. Lass ihn sein eigenes Leben leben. Auch wenn du mein Gesicht in seinem siehst … Ich bin ich und er ist er. Das ist dir doch klar, oder?«

Es klingelt an der Tür.

»Hier!« Ich wedele mit den Autoschlüsseln vor Viktors Nase herum.

Er macht ein Gesicht, als ginge es zu seiner Hinrichtung. Zögernd streckt er die Hand nach dem Schlüssel aus, blickt ängstlich auf den schwarz glänzenden Range Rover, atmet tief durch und steigt ein.

»Warte!« Ich lege noch eine Kleidertasche auf den Rücksitz, packe Trudis Lunchpaket daneben und klettere auf den Beifahrersitz.

»Ich weiß wirklich nicht, ob das eine gute Idee ist«, sagt Viktor und schluckt. Er dreht den Schlüssel im Zündschloss – und würgt den Motor ab. Bei den nächsten vier Versuchen ebenfalls. Dann schafft er es endlich, den Wagen zu starten. Im Schneckentempo nimmt der Range Rover die Auffahrt in Angriff. Wer schon mal aus dem siebten Untergeschoss eines Parkhauses gefahren ist, weiß, dass einem dabei ganz schön schwindlig werden kann. Die Gefahr besteht bei Viktor nicht, denn er fährt nur halbes Schritttempo. Dabei hält er sich vorsichtshalber extrem rechts.

Krrriiiiiiieeek.

Ein schreckliches, kreischendes Geräusch bohrt sich in meine Gehörgänge, als die Beifahrerseite an der Leitplanke entlangschrappt. Als würde jemand ein riesiges Kreidestück über eine Schiefertafel ziehen. Ein Geräusch, das einem die Tränen in die Augen treibt.

Kriiiiiieeek.

Ruhe in Frieden, schwarzmetallic Lack!

»Klappt ja einigermaßen gut«, schreit Viktor über das trommelfellzerfetzende Stahlkreischen hinweg.

Ich lächle, hebe den Daumen und versuche angestrengt so auszusehen, als wäre die Beifahrerseite nicht vollkommen hinüber.

Endlich erreichen wir die Ausfahrt und stehen vor einer hohen, dichten Buchsbaumhecke. Ich nehme die Fernbedienung aus dem Handschuhfach, drücke den gelben Knopf und die Hecke vor uns öffnet sich. Langsam rollt der Wagen vor, die

Hecke schließt sich hinter uns – wir stehen auf der Hammersteiner Landstraße.

»Und jetzt?«, fragt Viktor. »Hat der Wagen keine Navigation?«

»Damit man uns auch ganz bestimmt orten kann?«, sage ich und ziehe eine Landkarte aus dem Handschuhfach. »Lieber analoge Umständlichkeit als digitale Überwachung. Erst mal links.«

Viktor schlägt das Steuer ein und gibt Gas, der Wagen macht einen Satz nach vorne, der Motor gurgelt traurig und säuft ab.

»Wird schon«, sage ich und wünsche klammheimlich, ich hätte Trudis Christopherus-Plakette mitgenommen.

Um es kurz zu machen: Für die fünfzig Kilometer bis Birkenich brauchen wir gute zwei Stunden. Viktor krampft die Arme um das Lenkrad und sitzt so weit nach vorne gebeugt, dass seine Nasenspitze beinah gegen die Windschutzscheibe stößt.

Es ist ein wunderschöner Sommertag. Die Fahrt geht an kleinen Dörfern, Rapsfeldern und Badeseen vorbei, dann führt die kurvenreiche Straße in die Hügel hinauf. Ich habe reichlich Zeit, die Landschaft zu bewundern. Nur gelegentlich erreichen wir unsere Spitzengeschwindigkeit von vierzig Stundenkilometern. Unterwegs werden wir von einem wütend hupenden Heutrecker und einer Gruppe Radfahrer überholt, zwischendurch gerät Viktor ins Kiesbett neben der Fahrbahn, einmal würgt er den Wagen an einer Ampel ab, einmal auf einem unbeschrankten Bahnübergang.

Er hat wirklich nicht untertrieben. Viktor Carelius ist der schlechteste Chauffeur der Welt.

»Da vorne ist es. Radetzkyweg 12. Park nicht direkt vor dem Haus, sondern ein Stück unterhalb«, sage ich.

»Warum?«

»Weil wir schlecht da reinmarschieren und sagen können: Hallo, wir sind vom Zweifelwerk und untersuchen den Tod von Joachim Hersfeld. Du brauchst Maske und Kostüm. Du musst wie ein finanzstarker Kaufinteressent wirken. Wenn du da mit Ringelpulli und verstrubbelten Haaren auftauchst, läutet bei denen sofort der Schufa-Alarm.« Ich öffne das Handschuhfach und nehme eine schmale Tube heraus. »Fidelios psychokosmetischer Selbstbräuner. Wirkt sofort und ist nach zwölf Stunden wieder weg. Keine Angst. Komm her.« Ich schmiere sein Gesicht ein. »Allerliebst«, sage ich. Dann drücke ich ihm eine Tube Gel in die Hand. »Keine Scheu. Nimm reichlich! In der Kleidertasche auf dem Rücksitz liegt dein Kostüm. Beeil dich.«

Ich steige aus. Während Viktor sich im Wagen umzieht, beobachte ich das Grundstück. Rasen vor dem Haus, ein paar Rosenbeete, eine Garage. In der Einfahrt steht ein Volvo. Ich präge mir das Kennzeichen ein. Am Jägerzaun hängt ein Schild, auf dem das Haus zum Kauf angeboten wird.

»Ich sehe vollkommen bekloppt aus«, ertönt Viktors Stimme hinter mir. Er schlägt die Autotür zu und sieht mit traurigem Blick an sich hinunter.

»Das ist wahr«, sage ich und betrachte ihn eingehend. »Aber leider nötig, um nicht aufzufallen. Nur die Bekloppten fallen in einer bekloppten Welt nicht auf.«

Viktor zupft am Kragen seines Polohemdes, in dem er sich sichtlich unwohl fühlt. Sein Gesicht hat einen bronzefarbenen Teint, seine Haare sind zurückgegelt und glänzen, als wäre Welt-Brillantine-Tag. Ein qualitativ hochwertiger Strickpullover liegt lässig über seinen Schultern, an seinem linken Handgelenk blinkt die gut gemachte Kopie einer hochpreisigen Markenuhr.

»Und was soll die Maskerade?«

»Dein Name ist Fabian von Scherbel. Du bist jung und smart und hast Geld wie Heu. Am besten, du machst irgendwas, von dem keiner weiß, was es ist, was aber unglaublich wichtig klingt. So was wie E-Commerce-Advance-Advertising-Start-up. Du bist zufällig vorbeigekommen und hast gesehen, dass das Haus besichtigt werden kann. Die Lage hier ist super, du bist immer auf der Suche nach einer lohnenden Investition und hast daher spontan beschlossen, dir das Haus mal anzusehen.«

»Und du? Brauchst du keine Verkleidung?«

»Nur ein Requisit.« Ich nehme ein Smartphone aus der Hosentasche und halte es in die Höhe.

»Hast du nicht gesagt, wir benutzen keine Handys?«

»Ist nur eine Attrappe.« Ich kämme mir die Haare mit den Fingern ins Gesicht, schiebe mir einen Kaugummi in den Mund und lege einen extrem gelangweilten Blick an den Tag. »Ich bin deine heftig pubertierende Nichte. Ich brauche kein Kostüm.«

»Und was genau hast du jetzt vor?«, fragt Viktor, während wir die Straße überqueren und uns dem Haus nähern.

»Wir müssen sehen, dass wir eine kleine Führung durchs Haus bekommen, damit ich weiß, wo Hersfelds Arbeitszimmer ist. Anschließend verwickelst du die Leute in ein Gespräch und versuchst dabei, so viel wie möglich über Hersfeld zu erfahren. Ich gebe vor, aufs Klo zu müssen, und während du sie hinhältst, durchsuche ich das Arbeitszimmer. Kriegst du das gebacken?«

»Weiß nicht. Ich habe keine Idee, wie ich einen erfolgreichen Jungunternehmer spielen soll. So was liegt mir nicht.«

»Ganz einfach«, sage ich. »Keine Selbstzweifel und ein forsches Auftreten – das verwechseln die meisten mit Selbstbewusstsein und sind schwer beeindruckt.«

»Na schön. Also gut … Keine Selbstzweifel!« Viktor pustet tief durch und drückt auf die Klingel.

Ich höre Schritte im Flur, dann öffnet sich die Tür und vor uns steht ein schmächtiger Mann mit ängstlichem Mäuseblick. Alles an ihm ist grau. Sein Anzug, seine Schuhe, seine Brille, sogar sein Gesicht.

»Ich grüße Sie«, sagt Viktor, lächelt ein breites Gewinnerlächeln und streckt dem Mann die Hand entgegen. »Fabian von Scherbel. E-Commerce-Advance-Advertising-Start-up.«

Gar nicht mal schlecht.

»Oh«, sagt der Mann offenbar tief beeindruckt. »Ähm … Elmar Hersfeld. Kommen Sie wegen des Hauses?«

»Ich bin zufällig vorbeigekommen und habe gesehen, dass das Objekt zu besichtigen ist. Eigentlich kann ich nicht noch ein

Haus brauchen, aber bevor ich dem Finanzamt das Geld in den Rachen werfe … Exquisite Lage, mein Wertester. Muss ich schon sagen. Exquisite Lage.«

Man könnte beinah auf seiner Schleimspur ausrutschen. Als Chauffeur ist Viktor ein Totalausfall, als Schauspieler ist er halbwegs brauchbar.

Hinter Elmar Hersfeld erscheint eine hagere, schlecht gelaunt aussehende Frau im Flur. »Meine Frau, Leonie«, stellt er vor.

Viktor leiert sein Sprüchlein ein zweites Mal runter, die Frau reicht ihm die Hand.

»Von Scherbel?«, sagt sie nachdenklich. »Irgendwie kommt mir der Name bekannt vor. – Und wer ist sie?«, fragt sie misstrauisch und wirft mir einen finsteren Blick zu.

»Das ist meine Nichte Miranda.«

»Melinda«, sage ich in genervtem Ton und ohne von meinem Handy aufzublicken.

»Genau. Melinda. Ich muss heute auf sie aufpassen. Ihre Mutter ist …«

»In der Reha«, nuschele ich und knatsche gelangweilt auf meinem Kaugummi herum. »Ich hab Durst!«

»Ich würde mir das Objekt gerne einmal ansehen«, sagt Viktor.

»Natürlich. Bitte kommen Sie doch herein.« Elmar Hersfeld tritt zur Seite und macht eine einladende Geste. Seine Frau verschwindet in einem Zimmer im Erdgeschoss, nicht ohne mir noch einen abschätzigen Blick zuzuwerfen. Wir kennen uns noch keine Minute, aber schon verbindet uns herzliche gegenseitige Abneigung.

Hersfeld führt uns die Treppe hoch, zeigt uns die Räumlichkeiten und betont mehrmals, dass sämtliche Rohre und elektrischen Leitungen erst vor einem Jahr erneuert wurden. Er öffnet eine Tür am Ende des Korridors. Es riecht nach frischer Farbe, an einer Wand hängen Hirschgeweihe, auf der Fensterbank stehen mehrere Modellflugzeuge.

»Ihr Hobby?«, fragt Viktor.

»Die Modelle? Oh, nein. Ein Hobby meines Vaters. Er war früher bei der Luftwaffe. Das Haus hat ihm gehört.« Elmar Hersfeld blickt zu Boden. »Er ist vor zwei Wochen gestorben. Ein tragischer Unfall.«

»Mein aufrichtiges Beileid. Was ist passiert?«, fragt Viktor.

»Mein Vater war Waffensammler. Er hat eine Waffe gereinigt, als sich ein Schuss löste. Er traf ihn … in den Kopf.«

»Krass!«, sage ich und lasse eine Kaugummiblase platzen.

Hersfeld windet sich verlegen. »Herr von Scherbel, ich sollte Ihnen nicht verschweigen … Nun, es ist hier, in seinem Arbeitszimmer passiert. Wir haben natürlich renoviert und alles erneuern lassen …«

»Ich hab Hunger!«, sage ich. »Haben Sie Chips?«

»Der Preis versteht sich inklusive Inventar«, erläutert Elmar Hersfeld, als wir kurz darauf im Wohnzimmer um einen Glastisch sitzen. »Und er ist natürlich nur eine Verhandlungsbasis …«

Seine Frau sieht ihn bei seinen letzten Worten an, als würde sie ihm am liebsten ein Sofakissen aufs Gesicht drücken, aber ihre Miene hellt sich urplötzlich auf, als Viktor geschmeidig einwirft: »Keine Sorge. Sollte ich mich zum Kauf entschließen, zahle ich selbstverständlich die veranschlagte Summe. Entscheidend ist, ob mir ein Objekt gefällt. Und mein erster Eindruck von diesem Objekt ist sehr gut. Der Preis spielt keine Rolle. Entweder man hat Geld – oder man hat keins.« Er lächelt und spielt an seiner Armbanduhr herum.

»Das sehe ich genauso«, sagt Leonie Hersfeld und füllt unsere Gläser mit Sprudelwasser. Die nervöse Art, in der sie dabei lächelt, lässt vermuten, dass sie eher keines hat, aber dringend welches benötigt. »Mein Schwiegervater besaß auch noch ein kleines Jagdhaus. Es ist zwar etwas renovierungsbedürftig, aber sehr idyllisch gelegen. Nur ein paar Kilometer von hier entfernt. Vielleicht könnte Sie das auch interessieren.«

»Haben Sie keine Cola?«, beschwere ich mich.

»Nur Wasser«, entgegnet sie spitz.

»Wasser trink ich nicht. Haben Sie Chips?«

»Liebe Frau Hersfeld, lieber Herr Hersfeld, ich möchte Ihnen noch einmal mein Beileid aussprechen«, sagt Viktor. »Was für ein tragischer Verlust! Obwohl es ja … nun … rein finanziell gesehen, ist es für sie ja eher …«

Leonie Hersfeld nickt eifrig mit dem Kopf. »Sie sagen es. Man muss das alles natürlich auch mal ganz nüchtern betrachten. – Schrecklich ist es natürlich schon«, fügt sie nach einem kurzen Blick auf ihren Ehemann pflichtschuldig hinzu. Dann streckt sie den Rücken durch und wispert Viktor verschwörerisch zu: »Wissen Sie, ich war sozusagen dabei, als es passiert ist.«

Augenblicklich fahre ich meine Ohren auf Spock-Länge aus!

»Sie waren dabei?«, fragt Viktor.

»Na ja, nicht direkt, aber … Mein Mann hatte … Wir hatten meinen Schwiegervater zu uns zum Grillen eingeladen. Aber er kam nicht und ging auch nicht ans Telefon. Nun ja, es wäre nicht das erste Mal gewesen, dass er sich um eine Einladung drücken wollte. Jedenfalls … mein Mann hat das Fleisch noch mal vom Grill genommen und ich bin hierhergefahren, um zu sehen, warum mein Schwiegervater nicht auftauchte. Ich steige also aus dem Auto und gerade als ich das Gartentor öffne, höre ich den Knall. Und dann – Totenstille. Ich bin mit meinem Nachschlüssel ins Haus und habe ihn in seinem Arbeitszimmer gefunden. Ich wusste immer, dass es mit diesen ganzen Waffen im Haus irgendwann ein Unglück geben würde. Aber der alte Starrkopf ließ ja nicht vernünftig mit sich reden …«

Elmar Hersfeld schluchzt bei den Worten seiner Frau plötzlich laut auf. »Entschuldigen Sie. Es ist nur … Ich bin immer noch nicht darüber hinweg. Obwohl ich manchmal denke, dass es so fast das Beste für meinen Vater war. Wissen Sie, er wurde in letzter Zeit zunehmend … zerstreut.«

Was dann folgt, ist ganz großes Kino!

»Ich kann es nicht mehr hören«, faucht Leonie Hersfeld,

springt unvermittelt aus ihrem Sessel auf und ihr wütender Blick macht deutlich, dass gerade etwas aus ihr herausbricht, was schon sehr lange heraus will. »Wann hörst du endlich damit auf, dir was vorzulügen? Er war nicht zerstreut. Er war durchgedreht! Der alte Trottel hatte den totalen Verfolgungswahn. Und damit hat er genervt, bis zum Gehtnichtmehr.«

»Muss schlimm für Sie gewesen sein«, sagt Viktor in verständnisvollem Tonfall, und aus Leonie Hersfeld sprudelt es nur so heraus: »Ständig sah er irgendwelche fremden Wagen vor dem Grundstück stehen. Im Haus schleppte er eine geladene Waffe mit sich herum und natürlich behauptete er auch, er würde abgehört. Der alte Spinner! Hat nur noch aus der Telefonzelle im Dorf telefoniert. Er war nicht zerstreut, er war völlig übergeschnappt!«

»War bei meinem Oppa auch so«, sage ich und scrolle gemächlich vor mich hin. »Er hat in Unterwäsche auf der Straße getanzt. Anschließend ham sie ihn in die Klapse gebracht.«

Einen Moment lang sieht Leonie Hersfeld mich an wie ein Rotkehlchen mit Durchfall, bevor sie damit fortfährt, ihrem Ärger lautstark Luft zu machen. »Ich weiß nicht, wie oft wir ihn zum Essen eingeladen haben. Jedes Mal hatte er eine andere Ausrede. Wollte niemanden mehr sehen, fühlte sich von jedem verfolgt. Er hat das Haus am Ende kaum noch verlassen.«

»Na ja, immerhin ist er noch regelmäßig zu seinen Chorproben gefahren«, wagt Elmar Hersfeld leise einzuwenden und erntet einen vernichtenden Blick seiner Frau.

»Oh ja, sein Chor. Das war auch so eine Schnapsidee«, keift sie. »Was der Mann in einem Chor wollte, das weiß nur der liebe Gott. Er konnte keinen einzigen Ton halten und hatte eine Stimme wie ein rostiges Hoftor. Zeigt nur, dass er völlig irre war.«

»Ich muss aufs Klo!«, verkünde ich.

»Äh … du weißt ja, wo das Bad ist«, murmelt Elmar Hersfeld.

Ich werfe Viktor einen Wickel-sie-ein!-Blick zu, schlurfe aus dem Zimmer und ziehe die Tür hinter mir ins Schloss. Dann vervierfache ich mein Tempo, renne die Treppe hoch, sprinte über den Korridor, öffne die Tür zu Hersfelds Arbeitszimmer und peile die Lage. Die Wände sind frisch gestrichen, der Boden ist neu verlegt. Alles ist sauber und aufgeräumt. Nichts deutet mehr darauf hin, dass in diesem Raum ein Mensch gestorben ist. Gibt es hier noch irgendetwas Interessantes zu finden?

Meine Augen wandern über die Modelle auf der Fensterbank, über die Hirschgeweihe und einen Waffenschrank und bleiben an einem kleinen Regal hängen: noch mehr Flugzeugmodelle, ein paar Bücher, ein Wackeldackel, eine halbvolle Cognacflasche, ein Notizblock, ein Würfelbecher, in dem Bleistifte und Kugelschreiber stecken. Ich greife nach dem Block. Nichts. Halt! Ich reiße den obersten Zettel ab, halte ihn gegen das Licht und kneife die Augen zusammen. Eine Schrift hat sich auf das Blättchen durchgedrückt! Eilig nehme ich einen Bleistift aus dem Würfelbecher, schraffiere damit über den Zettel und vor meinen Augen taucht eine zehnstellige Zahl mit einer Null am Anfang auf.

Eine Telefonnummer!

Ich schiebe den Zettel in die Hosentasche und will den Bleistift zurückstecken, als ich mit der Hand gegen die Cognacflasche stoße. Starr vor Schreck sehe ich, wie sie zwei Sekunden lang am Rand des Regalbrettes entlangtorkelt wie ein dickbäuchiger Betrunkener, dann kippt sie nach vorne – und zersplittert krachend auf dem Boden. Einen Moment lang stehe ich da wie Pik sieben, dann fahre ich herum, kehre die Scherben mit dem Fuß unters Regal, stürze ins Bad, kralle mir eine Rolle Toilettenpapier, sprinte zurück und beginne hastig, den verschütteten Cognac mit dem Papier aufzusaugen.

Unten öffnet sich die Wohnzimmertür. Schritte auf der Treppe.

Einen Haufen nasses Toilettenpapier in den Armen, springe ich über den Flur, schließe die Badezimmertür hinter mir ab, werfe das Papier in die Toilette und spüle. Der Papierwust verursacht augenblicklich eine Verstopfung, alles wird zurückgeschwemmt, die Schüssel füllt sich mit Wasser und Papierfetzen. Ich schlage den Deckel zu, drehe kurz den Wasserhahn am Waschbecken auf und öffne die Tür.

Leonie Hersfeld steht mit verschränkten Armen im Flur und sieht mich mit stechendem Blick an. »Was ist hier los?«, fragt sie schmallippig. »Ich habe ein Geräusch gehört.«

»Kann schon sein«, sage ich und schiebe mich an ihr vorbei. »War Ihr Klo. Mit der Spülung stimmt irgendwas nicht. Übrigens …«, ich ziehe meinen Kaugummi lang, »Sie haben kein Klopapier mehr!«

Leonie Hersfeld lässt mich nicht aus den Augen, als ich die Treppe ins Erdgeschoss hinabsteige. Sie sieht aus, als würde sie mir liebend gerne eine knallen.

Aus dem Wohnzimmer sind die Stimmen von Viktor und Elmar Hersfeld zu hören. Ich reiße die Tür auf und motze lautstark: »Das ist voll öde hier.«

Hersfeld blickt mich aus ängstlichen Mäuseaugen an.

»Wann fahren wir endlich?«, maule ich in Richtung Viktor. »Ich bin um halb fünf mit Jenny und Karim und Marcel verabredet. Das ist wichtig, Alter! Kapierst du das? Wenn ich das nicht schaffe, flip-pe ich aus!«

Viktor erhebt sich. »Liebe Frau Hersfeld, lieber Herr Hersfeld, es hat mich sehr gefreut.«

Leonie Hersfeld blickt ihn entsetzt an. »Sie wollen gehen? Aber wir haben doch noch gar nicht … ich meine, wegen der Einzelheiten des Kaufes … Und nur weil dieses verzogene Gör …«

Viktor lächelt breit. »Ungeduld ist das Vorrecht der Jugend. Wir waren doch alle mal jung und ausgeflippt.« Er lächelt versonnen. »Ach, das waren wilde Zeiten damals bei den Jungliberalen. Wie auch immer … Ich ziehe einen Kauf des Hauses in Erwägung. Sie werden von mir hören. Einen schönen Tag!«

»Du warst ein ziemlich glaubwürdiger Schleimbeutel. Nicht schlecht«, sage ich, als wir zum Auto zurückgehen.

»Danke. Irgendwann fing es an, Spaß zu machen«, antwortet

er und grinst, aber dann verzieht er das Gesicht, dreht den Kopf in meine Richtung und rümpft die Nase. »Du stinkst nach Fusel. Hast du etwa getrunken?«

»Nein, aber ich habe was gefunden. Könnte sein, dass sich unsere kleine Scharade gelohnt hat.« Ich wedele mit dem Zettel, den ich vom Notizblock gerissen habe. »Und wir haben ein paar äußerst interessante Dinge über Joachim Hersfeld erfahren, findest du nicht?«

Nach sieben Fehlversuchen gelingt es Viktor schließlich, den Range Rover in Bewegung zu setzen.

»Entweder lügt Leonie Hersfeld oder sie verschweigt etwas«, sage ich, während wir im Zeitlupentempo durch Birkenich tuckern.

»Was meinst du?« Viktor schaut mich fragend an.

»Wenn sie – würdest du den Blick bitte wieder auf die Straße richten, Viktor? Danke. – Also: Die Version, nach der sie gerade am Haus ankam, als der Schuss fiel, funktioniert nur, wenn Hersfelds Tod tatsächlich ein Unfall war. Wenn es aber kein Unfall war, sondern Mord, worauf vieles hindeutet, und wenn Leonie Hersfeld just in diesem Moment am Haus ankam und den Schuss hörte, dann muss sie gesehen haben, wie die Person, die Hersfeld ermordet hat, das Haus verließ. Wenn ich einen Schuss höre, jemanden aus dem Haus kommen sehe und kurz darauf meinen toten Schwiegervater finde, dann ist doch das Erste, was ich tue, der Polizei davon zu erzählen und ihr eine Personenbeschreibung zu geben. Warum macht sie das nicht?«

»Auf mich wirkt sie ziemlich geldgeil«, sagt Viktor. »Vielleicht kennt sie den Täter und … erpresst ihn.«

Ich nicke zustimmend. »Entweder das – oder sie versucht ihn zu schützen!«

Als wir endlich den Ortsausgang erreichen, nehme ich das Psychophon und presse es an meine Stirn.

Hallo, Miranda. Wie ist es gelaufen?, höre ich Elektras Stimme.

Bitte überprüfe einen Telefonanschluss für mich. Ich gebe ihr die zehnstellige Nummer durch. *Ich muss wissen, wem er gehört, ich brauche eine Liste aller ein- und ausgehenden Anrufe und mich interessiert besonders, ob der Anschluss von einer Telefonzelle in Birkenich aus angerufen wurde.*

Bin schon bei der Arbeit, Miranda.

Wir sind gleich da, teile ich ihr mit – als Viktor sich verschaltet. Das Getriebe gibt die Art von metallischem, schmerzerfüllten Knirschen von sich, bei dem man den Kopf gegen die Wand schlagen und sich wehklagend zu Boden werfen möchte.

Korrektur, denke ich. *Kann noch ein bisschen dauern.*

»Ai, ai, ai, ai, ai«, macht Fidelio, tritt aus der Ladentür, legt die Stirn in Falten und betrachtet die eingedellte und völlig zerschrammte Beifahrerseite des Range Rover. Viktor hat es nach zehn Minuten hektischen Rangierens geschafft, den Wagen vor dem Laden zu parken. Das rechte Hinterrad steht auf dem Bürgersteig.

»War wohl 'ne aufregende Fahrt, was?«, flüstert Fidelio mir zu, als wir in die Grotte hinabsteigen.

»Paris-Dakkar in Superzeitlupe«, seufze ich und nehme Kurs auf Elektras Höhle.

Viktor und ich berichten über unseren Besuch in Birkenich, darüber, dass Hersfeld sich in den letzten Wochen seines Lebens verfolgt fühlte, und über die merkwürdige Aussage seiner Schwiegertochter. »Was konntest du über die Telefonnummer herausfinden?«, frage ich Elektra.

Sie kichert. »Ihr werdet nicht glauben, zu wem die Nummer gehört. – Wunderlich Verlag!«

»Weirdo Wunderlich?«, entfährt es mir.

»Ach, du Scheiße. Was hat der Schmierlappen denn mit der Geschichte zu tun?«, knurrt Fidelio.

»Hrrhm«, räuspert sich Viktor. »Es wäre schön, wenn ihr mich in dieses Gespräch mit einbeziehen könntet. Wer ist dieser Wunderlich?«

»Entschuldige, Viktor«, haucht Elektra, klickt eine Bilddatei an, und wir blicken auf ein Foto, das Weirdo Wunderlich in seiner ganzen Pracht zeigt: das Hemd bis zum Bauchnabel geöffnet, eine Lederhaut, wie man sie nur nach dreißig Jahren Kettenrauchen bekommt, einen goldenen Ring im Ohr. Auf seiner Hühnerbrust baumeln zahlreiche Amulette und Talismane. Seine Finger formen ein Victory-Zeichen. Die letzten verbliebenen, blassblonden Haarsträhnen hat er zu einem lächerlich dünnen Zopf gebunden.

»Hast du wirklich noch nie von ihm gehört?«, sagt Elektra. »Weirdo Wunderlich war in den frühen Achtzigerjahren ein politischer Aktivist, dem die Friedensbewegung zu zahm war. Er ist durch seine Wackelpudding-Attentate bekannt geworden und dadurch, dass er sich nackt am Tor von Bundeswehrkasernen angekettet hat, um gegen die Nachrüstung zu demonstrieren. Ende der Achtziger ist er dann auf die Kanaren ausgewandert und hat eine Kommune gegründet. Ökologische Landwirtschaft und freie Liebe. Nach ein paar Jahren war die Kommune heillos zerstritten und das Geld ging ihnen aus. Weirdo zog zurück nach Deutschland und wurde beinah bürgerlich. Er hat seine Freundin geheiratet, wurde ein treuer Ehemann und hat mittlerweile fünf Kinder mit ihr. Und er hat den Wunderlich Verlag & Versand gegründet. Der Verlag veröffentlicht Literatur zum Thema Verschwörungen, Außerirdische und UFOs. Im weitesten Sinne ...« Elektra gluckst in sich hinein. »So ein Zeug wie ›Ich war eine Alien-Sklavin‹ oder ›Mysteriöse Sexstrahlung aus dem Weltall‹. Und in seinem Versand verhökert er Liebesquarze, Kristallschädel-Schlüsselanhänger und Kamasutra-Pendel.«

»Ooh. Dieses Zeug habe ich schon mal auf dem Verkaufskanal im Fernsehen gesehen«, sagt Viktor und lächelt gequält.

Elektra hüpft leichtfüßig zu einem Drucker und nimmt mehrere Blatt Papier aus dem Ausschub. »Ich habe seine Telefonverbindungen geprüft. Er ist tatsächlich mehrmals aus einer Telefonzelle in Birkenich angerufen worden. Das letzte Mal vor zweieinhalb Wochen.«

»Dachte ich mir doch«, sage ich. »Hast du noch was?«

»Ich habe mir einen ersten Überblick darüber verschafft, was er so im Internet treibt.« Ein feines Lächeln spielt um ihre Lippen. »Ganz so treu scheint er doch nicht zu sein. Er chattet sehr gerne und sehr ausgiebig mit Luder20. Das ist die hier!« Elektra zieht unter den Anruflisten ein Foto hervor, auf dem sich ein blondes Starlet mit Schmollmund und künstlicher Oberweite auf einem Flokati räkelt.

»Gut zu wissen. Wir sollten uns dringend mit Weirdo Wunderlich unterhalten«, sage ich und nicke Viktor auffordernd zu. »Der Verlag sitzt in Kelzberg. Wenn wir sofort losfahren, erwischen wir ihn da noch.«

»Nach Kelzberg?« Viktor wird blass. »Aber das ist nicht wie Birkenich. Kelzberg ist eine richtige … Stadt. Mit Kreisverkehr und Linksabbiegerspur und so was. Und bis wir da sind, ist bestimmt kein Mensch mehr im Verlag.«

Ich klopfe ihm auf die Schulter. »Vielleicht fährst du ausnahmsweise einfach mal schneller als fünfzig.«

Das tut er tatsächlich. Auf der Autobahn wird Viktor für seine Verhältnisse beinah übermütig und jagt den Tacho zeitweilig auf atemberaubende 100 km/h. Leider hat dieser Geschwindigkeitsrausch zur Folge, dass er die Ausfahrt Kelzberg verpasst. Wir nehmen die nächste Abfahrt und gurken eine halbe Stunde lang über die Landstraße. In Kelzberg angekommen, geraten wir mitten in den Feierabendverkehr. Viktor treten Schweißperlen auf die Stirn. An einer Kreuzung nimmt er einem Lieferwagen die Vorfahrt, vor einem Supermarkt hat er einen Beinah-Zusammenstoß mit einem Rollator, an einer Ampel würgt er den Wagen ab und provoziert damit ein lautstarkes Hupkonzert.

Als er den Range Rover endlich in einem Industriegebiet am Rand von Kelzberg parkt, ohne dass jemand ernsthaft zu Schaden gekommen ist, bin ich beinah so weit, die Existenz von Schutzengeln nicht mehr grundlegend anzuzweifeln.

6

»Bist du sicher, dass wir hier richtig sind?«, fragt Viktor.

Ich kann seine Skepsis nachvollziehen. Weirdo Wunderlich residiert nicht gerade in der nobelsten Nachbarschaft. Heruntergekommene Fabrikgebäude, ein stillgelegter Schlachthof, eine Autowerkstatt, die von zwei knurrenden Schäferhunden bewacht wird. Daneben eine Muckibude, vor der sich ein paar zweifelhafte Gestalten rumdrücken. Über eine Stahltreppe erklimmen wir eine Laderampe und laufen an graffitiübersäten Rolltoren entlang. Ein schief hängendes Metallschild, das nur von einer einsamen, verrosteten Schraube gehalten wird, weist uns darauf hin, dass wir den Sitz des Wunderlich Verlages erreicht haben.

Viktor öffnet die Tür und wir stehen in etwas, das man mit viel Wohlwollen als Empfangsbereich bezeichnen könnte. Überall aufeinandergestapelte Kartons, ein Tisch mit Heilsteinen, Amuletten, Energiearmbändern und Fläschchen, in denen ein obskures Produkt namens »Bionisches Lustwasser« schwappt. In einem wackligen Holzregal sind die Topseller ausgestellt: »Die Gefangene der Mond-Mutanten«, »Amazonen-Kriegerinnen von der Venus« und »Der Alien und die Astronautin«.

Hinter einem Empfangstresen sitzt eine Frau mit bedrohlich schaukelnder Rothaarperücke und Zigarette im Mundwinkel, und poliert ihre Fingernägel. Sie blickt gelangweilt auf und erinnert dabei an eine Schildkröte, die ihren Kopf aus dem Panzer schiebt. Ich schätze sie auf irgendwas zwischen ein- und zweihundert Jahren. Ihr Hals und ihr Dekolleté bestehen nur aus Falten. Ihr Gesicht ebenfalls, aber sie hat die tiefen Furchen mit mindestens einem halben Kilogramm Make-up ausgespachtelt. Die jugendliche Seniorin trägt knallroten Lippenstift, neonfarbene Ohrringe, einen Ledermini und ein Top mit Leopardenmuster.

Nach einem kurzen desinteressierten Blick auf uns wendet sie sich wieder ihren Nägeln zu.

»Manuskripteinsendungen nur per E-Mail«, murmelt sie und poliert dabei fleißig weiter. »'ne Leseprobe von dreißig Seiten und ein dreiseitiges Exposé. Und immer schön dran denken: Unsere Leser mögen's saftig! Sie hören innerhalb eines halben Jahres von uns.«

»Wir möchten zu Weirdo Wunderlich«, sage ich und lehne die Ellenbogen auf den Tresen.

»Was?«, sagt die Schildkröte, hebt freundlicherweise noch mal den Kopf und dreht an einem Hörgerät hinter ihrem rechten Ohr. »Sie müssen lauter sprechen. Ich höre nicht gut. Was wollen Sie?«

»Ich will Ihren Chef sprechen«, brülle ich ihr ins Ohr.

»Der ist beschäftigt. Hat keine Zeit.«

»Für mich schon.« Ich tippe mit dem Finger auf die Gegensprechanlage. »Sagen Sie ihm, dass Luder20 da ist!«

Die Schildkröte stöhnt genervt. Dann bequemt sie sich aber doch noch und krächzt in den Hörer: »Chef? Ja, ich weiß, dass du nicht gestört werden willst. Aber hier ist 'ne junge Frau, die sich nicht abwimmeln lässt ... Keine Ahnung ... Was? ... Äh, 'ne Frau Louda Tzwantzysch. Hallo? Hallo, Chef? Wie? Ja. Ist gut.« Sie legt auf und deutet mit der Polierfeile auf eine Tür. »Sie können reingehen. Die Treppe hoch und dann die Tür am Ende des Flurs. Da ist sein Büro. Steht aber auch dran.«

»Ähm, bin ich eigentlich immer noch Fabian von Scherbel?«, fragt Viktor, als wir die enge, knarrende Treppe hinaufsteigen.

»Nein, nur ein Bodyguard in unerträglichen Klamotten.« Ich nehme Kurs auf das Büro am Ende des schmalen Flurs. Das Anklopfen erspare ich mir.

Kaum habe ich die Tür einen Spalt weit geöffnet, als es mir von drinnen entgegenzischt: »Bist du verrückt, hierher zu kommen? Weißt du, in was für Schwulitäten du mich bringst? Wenn meine Frau erfährt, dass …« Weirdo Wunderlich verstummt und sieht mich an, als wäre ich eine Erscheinung. Er trägt ein Hawaiihemd mit tellergroßen Schweißflecken unter den Achseln. Ein paar Haarsträhnen hängen ihm wirr um den Kopf. In seiner zitternden Rechten hält er ein Glas mit goldfarbener Flüssigkeit. »Du bist nicht Luder20!«

»Nein. Ich bin Miranda Lux«, sage ich lächelnd und bahne mir einen Weg durch das Chaos in seinem Büro. Umgestürzte Bücherstapel, afrikanische Trommeln, indianische Traumfänger, ein lebensgroßer Barbarella-Aufsteller und massenhaft Kartons mit returnierter Ware: Entspannungsschaumbäder, Tantra-Massageöle und Innere-Ruhe-Tees.

Weirdo Wunderlich zieht für sich persönlich stärkere Beruhigungsmittel vor: Auf seinem Schreibtisch stehen ein überquellender Aschenbecher und eine fast leere Flasche Whisky, daneben liegt eine angebrochene Schachtel Valium.

»Miranda Lux?«, wispert er erschrocken, schiebt sich hastig eine Zigarette zwischen die Lippen, nimmt einen kurzen Zug und drückt sie wieder aus. »Die … die Tochter von Gideon und Aurelia?«

Ich nicke, und er zündet sich die nächste Zigarette an. Auch die landet nach zwei hektischen Zügen im Ascher.

»Und wer ist der Pomaden-Clown?«, fragt er und macht eine Kopfbewegung in Richtung Viktor, der sich unsicher lächelnd im Hintergrund herumdrückt.

»Das ist Herr Carelius. Er hat schwarze Gürtel in fünf Kampfsportarten!«

»Was?«, sagt Viktor verdutzt, aber Weirdo Wunderlich hat sich schon wieder mir zugewandt.

»Was willst du hier?«, fragt er, sieht mich missmutig an und nimmt einen großen Schluck aus seinem Whiskyglas.

Ich trete vor seinen Schreibtisch und sage leise: *»Geliebtes Salamis, der Wogen Dröhnen umtost dich nun …«*

Weirdo Wunderlich reißt die Augen auf, spuckt seinen Whisky aus und ringt nach Luft, das Glas rutscht ihm aus der Hand und ein großer feuchter Fleck breitet sich auf dem sowieso schon ziemlich ramponierten Teppich aus. Wie von der Tarantel gestochen springt er auf, stürzt quer durch den Raum und reißt einen ausgeblichenen Vorhang vors Fenster – was ziemlich überflüssig ist, denn die Scheibe ist so verdreckt, dass man auch beim besten Willen weder hinein- noch hinausblicken kann.

»Pscht. Bist du wahnsinnig?«, zischt er und zieht mit zitternden Fingern die nächste Zigarette aus der Packung.

»Kannten Sie einen Mann namens Joachim Hersfeld?«

Wunderlich stiert auf einen Punkt an der Wand und schweigt.

Ich nehme ihm die Zigarette aus der Hand und breche sie in der Mitte entzwei. »Sie können sich mit mir unterhalten – oder mit Herrn Carelius. Er ist Experte, was Befragungen angeht, und verfügt über ganz spezielle Gesprächstechniken.«

»Genau!«, sagt Viktor und spannt seine Gesichtsmuskeln an, wohl in der Annahme, das würde bedrohlich aussehen. Es wirkt eher so, als hätte er einen schlimmen Migräneanfall, aber um einen kettenrauchenden Schundliteratur-Verleger einzuschüchtern, reicht es allemal. Ängstlich sucht Weirdo Wunderlich Zuflucht hinter seinem Schreibtisch.

»Ich stelle Ihnen die Frage noch einmal«, sage ich. »Kannten Sie Joachim Hersfeld?«

Er schlägt die Hände vors Gesicht. »Ja, ich kannte ihn«, piepst er nach einer Weile.

»Und Hendrik Nachtweih?«

Weirdo Wunderlich nickt stumm.

»Die beiden Männer sind tot.«

»Ich weiß«, krächzt er und rauft sich sein schütteres Resthaar. »Ich habe die Todesanzeige von Hersfeld in der Zeitung gesehen, und die Sache mit Nachtweih ist sogar in den Nachrichten – schließlich war er einer der renommiertesten Wissenschaftler des Landes.« Er deutet auf einen stummgeschalteten Flachbildfernseher an der Wand, auf dem ein Nachrichtenkanal eingestellt ist.

»Was wissen Sie über Ajax?«, frage ich und nehme ihn ins Visier.

Er blickt zu Boden und stöhnt auf. Ein paar Sekunden lang betrachtet er intensiv seine ausgetretenen Mokassins, bevor er den Kopf hebt und mit leiser Stimme zu sprechen beginnt. »Ich nehme an, du bist mit dem Fall Gerald von Aschersberg vertraut?« Wunderlich greift nach dem Whisky auf seinem Schreibtisch und nimmt einen tiefen Schluck, direkt aus der Flasche.

Ich nicke. »Ich kenne seine Biografie, ich kenne die merkwürdigen Umstände seines Todes und ich weiß, dass er Mitglied einer geheimen Gruppe war, die das, was 1990 in Weißberg geschehen ist, vertuschen sollte. Ich bin mir sehr sicher, dass er sich, entgegen seinem Auftrag, entschlossen hat, sein Wissen mit der Öffentlichkeit zu teilen, und deswegen sterben musste. Und ich habe die starke Vermutung, dass er die siebzehn Zeilen aus ›Ajax‹ als eine verklausulierte Warnung hinterlassen hat, als einen Hinweis darauf, dass etwas geschehen ist, was das Leben aller Menschen betrifft. Etwas, das unsere Existenz bedroht …«

»Genau genommen bin ich darauf gekommen«, merkt Viktor aus dem Hintergrund an, aber Weirdo Wunderlich beachtet seinen Einwurf nicht.

»Du bist ein kluges Mädchen«, sagt er und öffnet eine neue Packung Zigaretten. »Ganz das Kind deiner Eltern. Gideon und Aurelia sind damals zu dem gleichen Schluss gekommen!«

Augenblicklich stellen sich die Haare an meinen Armen auf. »Sie kannten meine Eltern? Persönlich?«

»Ja. Ein paar Monate bevor sie tödlich verunglückt sind –«

»Verschwunden sind«, sage ich.

Einen Moment lang guckt er irritiert, dann fährt er fort: »Also schön. Ein paar Monate bevor sie verschwunden sind, standen sie eines schönen Nachmittags einfach hier in meinem Büro. Ich dachte, ich werd nicht mehr. Die berühmten Gideon und Aurelia Lux! Zusammen mit ihrem Assistenten, so ’nem kräftigen, langhaarigen Wikinger.«

»Birger Vend.«

»Ja. So hieß er. Jedenfalls … ich bin aus allen Wolken gefallen, als sie mich fragten, ob ich ihr neuestes Buch im Wunderlich Verlag veröffentlichen wolle. So renommierte Autoren in meinem Verlag! Vor allem so umsatzstarke Autoren. Ich sah mich schon die Auslandsrechte verkaufen und mit Geldkoffern durch die Welt touren. Aber …« Weirdo Wunderlich verzieht das Gesicht. »Es stellte sich raus, dass ich nicht unbedingt ihre erste Wahl gewesen war. Kosmos Edition, wo sie sonst alle ihre Bücher veröffentlicht haben, hatte das Manuskript überraschenderweise abgelehnt. Genauso wie Alien Press, Pluto Publishing, der Paranormal Verlag und, und, und … Sie hätten das Manuskript natürlich auch selbst veröffentlichen und ins Netz stellen können, aber sie versprachen sich von einer Buchveröffentlichung wesentlich mehr Aufmerksamkeit. Ich war zwar nicht gerade erfreut, als ich erfahren habe, dass ich so was wie ein Notnagel war, aber was kümmert es mich?, hab ich gedacht. Hauptsache, in den Laden kommt endlich mal richtig Kohle rein. Dann kamen sie darauf zu sprechen, dass an die Veröffentlichung ein paar Bedingungen geknüpft waren – und ich konnte plötzlich verstehen, warum sich kein Verlag darauf eingelassen hatte.«

»Welche Bedingungen?«, frage ich.

Weirdo Wunderlich stößt Tabakrauch aus der Nase. »Niemand im Verlag durfte das Manuskript vor der Veröffentlichung sehen. Es musste ohne Lektorat in Druck gehen. Druck im nichtdeutschsprachigen Ausland, unter größter Geheimhaltung. Vorankündigung erst einen Tag vor dem Erscheinungstermin, dann allerdings 'ne Riesenkampagne mit ganzseitigen Anzeigen in allen großen Tageszeitungen, die deine Eltern selbst finanzieren wollten.« Er drückt die angerauchte Zigarette aus und zündet sich die nächste an. »Da wurde mir klar, dass irgendwas ganz Großes im Busch war. Und dass es vielleicht gefährlich werden könnte … Ich hab darauf bestanden, wenigstens ein paar grundlegende Informationen zu bekommen. Na ja, in ein paar Sachen hat mich dein Vater eingeweiht: Sie hatten sich seit Jahren mit der Ajax-Geschichte beschäftigt. Irgendwann war ihnen klar geworden, was du auch rausgefunden hast: Aschersberg hat mit dem Text einen Hinweis hinterlassen. Sie wussten, dass er ein Mitglied der Weißberg-Gruppe war – und irgendwie war es ihnen auch gelungen rauszufinden, wer noch zu der Gruppe gehörte. Die Namen haben sie mir natürlich nicht verraten, wohl aber, dass es in der Gruppe noch drei weitere Leute gab, die die gleiche Einstellung hatten wie Aschersberg. Nach seinem Tod waren sie so verängstigt, dass sie nicht mehr gewagt haben, sich zu mucksen. Gideon und Aurelia war es aber gelungen, ihr Vertrauen zu gewinnen. Die drei Personen hatten sich bereit erklärt, mit deinen Eltern zusammenzuarbeiten, unter der Voraussetzung, dass sie anonym bleiben würden. Sie haben ihnen Informationen und geheime Dokumente zukommen lassen.« Weirdo Wunderlich blickt auf. »Nachdem ich das erfahren hatte, war mir klar, dass das 'ne ganz heiße Kiste war. Ich war hin und her gerissen zwischen der Aussicht auf einen großen Batzen Geld – und der Angst, es könnte mir genauso ergehen wie Aschersberg.« Er blinzelt durch den aufsteigenden Rauch seiner Zigarette. »Du erinnerst mich an deine Mutter. Sie wusste ganz genau, was in meinem Kopf vorging. Ich kann mich noch an jedes ihrer Worte erinnern: ›Weirdo, denk nicht an das Geld, das du mit diesem Buch verdienen könntest. Geld ist nur etwas, das unseren Blick vernebeln soll. Denk daran, dass es um die Wahrheit geht. Erinnerst du dich noch an den Weirdo Wunderlich von früher? An den, der für eine bessere und gerechtere Welt gekämpft hat? Wenn noch etwas davon in dir steckt, dann hilf uns! Lass nicht länger zu, dass wir alle belogen werden! Trag deinen Teil dazu bei, dass die Welt die Wahrheit erfährt!‹« In Weirdos gerötete Kaninchenaugen tritt ein feuchtes Schimmern. »Schließlich habe ich zugestimmt. Wir haben uns per Handschlag geeinigt und vereinbart, uns ein paar Tage später noch mal zu treffen, um das weitere Vorgehen abzustimmen.«

»Aber das Buch ist nie erschienen«, merkt Viktor an.

»Nein«, sagt Weirdo und sein Blick verdüstert sich. »Kaum saß ich am nächsten Morgen im Büro, meldete sich Viktoria-Luise – meine Sekretärin, unten am Empfang – an der Gegensprechanlage und warnte mich, dass zwei Männer auf dem Weg nach oben wären. Sie klang völlig aufgelöst. Die beiden waren einfach an ihr vorbeimarschiert. Eine Sekunde später ging die Tür auf und ich sah mich zwei gestriegelten Strebertypen mit falschem Dienstleister-Lächeln gegenüber. Die beiden sahen aus, als könnten sie sich noch mit dem Schwamm rasieren. So panisch, wie Viktoria-Luise geklungen hatte, hatte ich irgendwelche Schlägertypen erwartet, stattdessen standen diese Milchbubis vor mir. Im ersten Moment hätte ich fast laut gelacht, aber dann …« Weirdo sieht plötzlich aus, als wäre er einem Geist begegnet. »Aber dann habe ich in ihre Augen gesehen und mir ist es kalt den Rücken runtergelaufen. Sie waren vollkommen … ihre Augen waren wie tot. Kalt. Ohne jede Regung. Und es war, als wäre die Temperatur im Zimmer auf einen Schlag um zwanzig Grad gefallen. Ich habe noch nie in meinem Leben so eine Angst gespürt.« Weirdo fährt sich mit den Händen durchs Gesicht.

»Erzählen Sie weiter!«

»Ich habe vor Angst gezittert, aber ich hab versucht, cool zu wirken. Der eine ist an der Tür stehen geblieben und hat mich die ganze Zeit über nur angesehen. Ohne einmal zu blinzeln. Der andere hat sich mir gegenüber an den Schreibtisch gesetzt.

›Wer sind Sie und was wollen Sie?‹, hab ich gefragt.

Er hat gelächelt und gesagt: ›Wir beraten Unternehmen. Und wir möchten auch Ihren – nun, ja – Verlag beraten.‹

Ich hab all meinen verbliebenen Mut zusammengenommen und erwidert: ›Dann können Sie gleich wieder gehen. Ich brauche keine Unternehmensberater. Unternehmensberatungen sind die Hämorrhoiden am Arsch des Kapitalismus!‹

›Ach, Herr Wunderlich‹, hat der Kerl geseufzt. ›Immer noch der alte rebellische Habitus. Sehen Sie – Sie haben gestern eine unternehmerische Entscheidung bezüglich der Veröffentlichung eines Buches getroffen, die uns etwas übereilt und kurzsichtig erscheint und von der wir denken, dass sie nicht von Vorteil für Ihren Verlag ist.‹

›Woher wissen Sie …‹

›Das ist unerheblich. Unser Interesse gilt nur dem Wohl Ihres Verlages. Und unser professioneller, kostenfreier Rat lautet: Machen Sie diese Entscheidung rückgängig! Tun Sie es nicht, könnte Ihr Unternehmen, unserer Einschätzung nach, großen Schaden erleiden.‹

›Ich rufe jetzt die Polizei!‹ Ich hab den Hörer in die Hand genommen, als der zweite Typ sich vor meinen Schreibtisch gestellt hat. Er hat einen Haufen Fotos aus seinem Jackett gezogen, sie vor mir ausgebreitet und dabei immer weiter gelächelt. Es waren Fotos von meinen Kindern. Auf dem Spielplatz, beim Chorsingen, beim Ponyreiten, bei einem Ausflug in den Zoo, im Freizeitpark … Sunshine und Moonlight gingen damals noch in den Kindergarten, Rain war grade aufs Gymnasium gekommen und Summer und Snowflake waren in der Grundschule. Diese Typen kannten ihren ganzen Tagesablauf!

›Fünf gesunde Kinder!‹, hat der eine Milchbubi gesagt. ›Sie sind ein beneidenswerter Mann, Herr Wunderlich. Aber … beschäftigt einen nicht auch tagtäglich die Sorge, einem dieser entzückenden Kinder könnte etwas zustoßen? Denkt man nicht unentwegt an die mannigfachen Gefahren, die ihnen drohen? Fahrradunfälle, schwere Stürze, tragische Schwimmunfälle …‹

Er ist aufgestanden, die beiden sind zur Tür, da hat er sich noch mal umgedreht und gesagt: ›Die Fotos können Sie behalten. Vielleicht lassen Sie sie rahmen und stellen sie auf Ihren Schreibtisch. Damit Sie Ihre Lieben immer um sich haben und daran erinnert werden, wie viel sie Ihnen bedeuten. Ach, und was Ihre geschäftliche Entscheidung angeht … Wir würden uns freuen, wenn Sie sie vielleicht doch noch einmal überdenken würden. Wir wünschen Ihnen einen schönen Tag.‹«

Weirdo Wunderlich sieht aus, als würde er jeden Moment losheulen. »Ich habe umgehend deine Eltern angerufen und meine Zusage zurückgezogen. Was sollte ich denn machen? Meine Kinder sind mein Leben. Ich hätte mir nie verziehen, wenn …«

»Schon in Ordnung. Jeder Vater hätte so gehandelt«, tröste ich ihn und lege eine Hand auf seine Schulter.

»Es hat deine Eltern nicht mal sonderlich überrascht. Sie haben wohl schon geahnt, dass so was passieren würde. Aber ich kam mir vor wie ein elender Verräter. Und als Gideon und Aurelia dann ein paar Monate später gestorben sind –«

»Verschwunden sind«, korrigiert Viktor, wofür er von mir einen anerkennenden Blick erntet. Der Mann lernt schnell.

»Ja, schon gut: Als sie verschwunden sind …«, sagt Weirdo Wunderlich, »… da konnte ich nicht mehr in den Spiegel sehen. Vielleicht wäre all das nicht passiert, wenn ich damals mehr Rückgrat gezeigt hätte. Ich hätte Teil einer guten Sache sein können. Stattdessen hocke ich weiter in dieser Klitsche, verkaufe irgendwelchen gutgläubigen Idioten Heilsteine, die in Massenproduktion in Taiwan hergestellt werden, und verlege Schund. Die Hälfte von diesem Schwachsinn schreibe ich selbst. Unter irgendwelchen bescheuerten Pseudonymen. Hier: Jean Luc Dikart. Das bin ich. Und Guido Galaxy. Und Veronica Venus bin ich auch.« Er nimmt drei Bücher vom Schreibtisch und pfeffert sie mit wütendem Gesichtsausdruck durch sein Büro. »Nach dem Hubschrauberabsturz habe ich mir geschworen: Sollte noch mal jemand meine Hilfe brauchen, dann würde ich nicht wieder den Schwanz einziehen!« Weirdos zitternde Finger spielen mit dem Feuerzeug. »Und dann, vor ein paar Wochen, ist tatsächlich etwas passiert: Ich bekam einen Anruf. Eine Männerstimme. Alles, was sie sagte, war: ›Ajax. Wir brauchen Ihre Hilfe, Herr Wunderlich!‹ Mir ging total die Muffe, aber ich hab geantwortet: ›Ich helfe Ihnen. Was soll ich tun?‹

Die Stimme hat mich zu einem Treffpunkt bestellt, und ich

bin dann mitten in der Nacht zu einem Waldparkplatz auf halbem Weg zwischen Hammerstein und Birkenich gefahren. Heute ist mir klar, dass der Mann, mit dem ich mich getroffen habe, Joachim Hersfeld war – in der Todesanzeige war ein Foto abgedruckt. Er wusste, dass Gideon und Aurelia damals bei mir gewesen sind. Er hat mir erzählt, dass er einer von drei Leuten aus der Weißberg-Gruppe ist, die Aschersberg unterstützt und dann später deine Eltern mit Informationen versorgt haben. – Oh, Mann … ich …« Weirdo beginnt plötzlich schnell und flach zu atmen und seine Lippen laufen blau an.

»Er hyperventiliert«, sagt Viktor, greift nach einer Plastiktüte, die zwischen den Kartons auf dem Boden liegt, und macht einen Satz zum Schreibtisch. »Atmen Sie da rein«, sagt er.

Weirdo pustet in die Plastiktüte, ganz allmählich wird sein Atem wieder ruhiger. »Danke«, sagt er zu Viktor und sinkt erschöpft in seinen Stuhl zurück.

»Geht es wieder?«

Er schließt für einen Moment die Augen und nickt.

»Was hat Hersfeld Ihnen noch erzählt?«, frage ich.

Weirdo Wunderlich sieht mich mit ernstem Blick an. »Dass der Hubschrauberabsturz deiner Eltern mit Sicherheit kein Unfall war. Und dass die Weißberg-Gruppe noch immer existiert. Aber nachdem Gideon und Aurelia die ganze Sache damals beinah an die Öffentlichkeit gebracht hatten, gab es ein großes Aufräumen. Hersfeld und seine beiden Mitstreiter waren wohl sehr vorsichtig. Man konnte ihnen nicht nachweisen, dass sie die Whistleblower waren. Aber sie galten als unsichere Kandidaten. Sie wurden aus der Gruppe entfernt und durch zuverlässigere Leute ersetzt. Man hat ihnen sehr deutlich gemacht, dass ihr Leben keinen Pfifferling mehr wert ist, sollten sie auch nur das Geringste über die Gruppe preisgeben. Und diese Drohung hat gewirkt. Acht Jahre lang. Aber …« Weirdo zündet sich mit zitternden Fingern die nächste Zigarette an. »Hersfeld ging es wie mir. Sein schlechtes Gewissen hat ihn nicht mehr schlafen lassen. Bis er sich vor ein paar Wochen dazu durchgerungen hat, reinen Tisch zu machen. Es ist ihm gelungen, auch seine beiden ehemaligen Mitstreiter davon zu überzeugen. Die Dokumente, die sie deinen Eltern übergeben hatten, sind bei dem Absturz vernichtet worden, aber sie hatten Kopien und alles auf einem Stick gespeichert, den sie an einem sicheren Ort versteckt hatten. Sie wollten, dass ich die Dokumente, ergänzt durch Kommentare und Erklärungen ihrerseits, als Buch veröffentliche.

Wir haben uns noch zwei weitere Male getroffen. Jedes Mal an einem anderen Ort, jedes Mal mitten in der Nacht. Beim zweiten Treffen war auch Hendrik Nachtweih dabei, und zu unserem dritten Treffen hat Hersfeld eine Frau mitgebracht.«

»Eine Frau? Wer war sie?«, frage ich.

Weirdo Wunderlich zuckt mit den Schultern. »Sie … sie blieb die ganze Zeit über im Auto sitzen. Ich habe sie nur ganz kurz gesehen. Ich weiß nicht mal, ob ich sie wiedererkennen würde. Auf jeden Fall … vor zwei Wochen sollte die Übergabe des USB-Sticks stattfinden. Ich habe am vereinbarten Treffpunkt drei Stunden lang gewartet, aber kein Schwein ist aufgetaucht. Ich wusste sofort, dass das nichts Gutes heißen kann. Zwei Tage später lese ich in der Zeitung, dass Hersfeld tot ist. Heute hat es Nachtweih erwischt – und wahrscheinlich bin ich der Nächste, der dran glauben muss. Ich hab eine gottverdammte, verschissene Angst!« Er schluchzt auf und blickt sehnsüchtig zu der Valium-Schachtel auf seinem Schreibtisch.

»Herr Wunderlich, das, was Sie –«

»Kannst ruhig Weirdo sagen«, schnieft er.

»Weirdo, das, was du getan hast, war ausgesprochen mutig«, sage ich. »Und … du stehst nicht allein. Bitte versuch jetzt ruhig zu bleiben – oder zu werden. Lass die Finger von dem Valium. Und wenn sich irgendetwas Ungewöhnliches tut oder wenn dir noch was Wichtiges bezüglich dieser Frau einfällt oder wenn sie sich vielleicht bei dir melden sollte, dann …« Ich kritzele eine Telefonnummer auf ein Post-it. »Dann ruf von einer Telefonzelle aus diese Nummer an. Dort wird sich eine Trudi Lux melden. Du sagst ihr, dass du von der Firma Cucaracha-Kaffee bist und dass Miranda Lux bei einem Preisausschreiben der Firma eine Heißluftballonfahrt gewonnen hat. Wir kommen dann, so schnell es geht, vorbei. Okay?«

»Okay«, nuschelt er, schnieft noch mal und deutet auf Viktor. »Kannst du mir den Kampfsportler nicht dalassen?«

»Tut mir leid«, sage ich bedauernd. »Den brauch ich selbst.«

»Der Kerl ist ja völlig durch den Wind«, befindet Viktor, als wir wieder auf der Autobahn sind. »Nimmst du ihm das ab, was er uns erzählt hat? Ich meine … der Mann kombiniert Whisky mit verschreibungspflichtigen Medikamenten!«

»Ich glaube ihm«, sage ich. »Gerade weil er solche Angst hat. Und weil er von diesen beiden Gestalten erzählt hat. So was denkt sich niemand aus. Und ich frage mich – Abfahren, Viktor! Du musst hier runter!«

»Ist ja schon gut.« Er zieht rechts rüber, nimmt die Ausfahrt und biegt dann links ab. Kurz darauf tuckern wir über die Landstraße in Richtung Hammerstein. Es ist dunkel geworden, Viktor schaltet die Scheinwerfer ein.

»Wir müssen herausfinden, wer diese Frau ist, die Hersfeld zu dem Treffen mit Weirdo Wunderlich mitgebracht hat«, sage ich. »Sie ist nun die Einzige, die weiß, wo sich die Dokumente befinden. Vielleicht weiß sie auch, was mit meinen Eltern geschehen ist. – Was hast du?«

Viktor wirft nervöse Blicke in den Rückspiegel. »Ich … ich befürchte, wir werden verfolgt.«

Ich drehe mich um und sehe ein paar Scheinwerfer, in etwa fünfzig Metern Abstand. Offenbar auch ein Geländewagen. Darin die undeutlichen Umrisse zweier Personen.

»Der Wagen war schon auf der Autobahn hinter uns«, wispert Viktor ängstlich. »Ich dachte, das wäre Zufall. Aber dann hat er auch die Ausfahrt genommen …«

Die kurvige Landstraße führt an dieser Stelle zwischen dunklen, baumbestandenen Hügeln hindurch. Eine gottverlassene Landschaft. Keine Ansiedlung weit und breit. Mir rutscht das Herz in die Hose, als ich sehe, dass der Wagen hinter uns beschleunigt, und die Scheinwerfer näherkommen.

»Gib Gas!«, brülle ich.

»Aber … hier sind nur Fünfzig erlaubt …«

Ich fahre mein linkes Bein aus, trete das Gaspedal durch und der Range Rover schießt auf eine Kurve zu.

»Bist du verrückt?«, schreit Viktor und latscht auf die Bremse. Die Reifen quietschen, der Wagen gerät ins Schlingern, wir werden durchgeschüttelt wie auf der Achterbahn. Zweige kratzen an den Fenstern entlang, der Range Rover schleudert einmal um die eigene Achse und wir kommen, entgegen der Fahrtrichtung, zum Stehen. Der Motor geht aus.

Mit angehaltenem Atem blicke ich zu dem Geländewagen, der keine dreißig Meter entfernt mit laufendem Motor auf der einsamen Straße steht. Wie ein Raubtier, das auf den richtigen Moment wartet, um seine Beute anzuspringen. Zehn Sekunden lang passiert überhaupt nichts, dann blenden die Scheinwerfer auf, der Motor heult auf – und der Wagen rast in irrsinnigem Tempo auf uns zu. Er ist nur noch zehn Meter von uns entfernt, als der Fahrer plötzlich eine Vollbremsung hinlegt.

Über der Fahrbahn schweben drei grüne Lichtkugeln!

Zwischen uns und unseren Verfolgern.

Die Lichter stehen einen Moment lang unbeweglich in der Luft, dann fliegen sie in einer Zickzackbewegung auf den Geländewagen zu. Der Fahrer schaltet augenblicklich in den Rückwärtsgang und gibt Gas. In hoher Geschwindigkeit jagt der Wagen rückwärts, legt eine rasante Wende hin und rast davon. Zehn Sekunden später sind die Rücklichter unserer Verfolger in der Dunkelheit verschwunden.

Ich sitze da wie vom Donner gerührt und starre auf die grünen, schwebenden Kugeln.

Viktor sieht aus, als würde er gleich ohnmächtig werden. »Nicht, Miranda!«, sagt er, aber ich öffne die Autotür und springe auf die Straße.

Die Lichtkugeln beginnen umeinander zu kreisen, dann steigen sie in die Höhe und schweben über den Baumwipfeln. Für einen Moment wird der ganze Wald in ein sanftes grünes Licht getaucht – dann erlischt es und die Kugeln sind verschwunden.

Während ich noch immer in den Nachthimmel starre, höre ich, wie Viktor aus dem Wagen steigt. »Die Kugeln … sie haben uns gerettet«, stammelt er. »Was um alles in der Welt war das?«

»Ich weiß es nicht«, flüstere ich. »Aber es war wunderschön!«

***

Bis Hammerstein sprechen Miranda und ich kein Wort. Manchmal geschieht etwas, das so unglaublich ist, dass es keine Worte dafür gibt.

Ich weiß nicht, was in Miranda vorgeht, aber ich habe das Gefühl, gerade Zeuge von etwas vollkommen Unglaublichem geworden zu sein – viel mehr als nur ein Zeuge. Ich war Teil des Geschehens. Grüne Lichter, die unsere Verfolger vertrieben und uns gerettet haben … Etwas Unbekanntes, etwas, das ich nicht verstehe, hat gerade in mein Leben eingegriffen. Der Gedanke daran sollte mich zutiefst beunruhigen, aber er tut es nicht. Im Gegenteil. Bei der Erinnerung an die Lichtkugeln fühle mich ruhig und gelöst, wie in einer Art innerem Gleitflug. Als hätte die Erde kurz ihre Schwerkraft verloren. Als würde ich über den Dingen schweben. Völlig losgelöst von …

Krrriiieek!

Das schrille Kreischen von Blech, das an Blech entlangfährt, holt mich auf unsanfte Weise in die Realität zurück. In die Tiefgarage einzufahren, ist mindestens genauso kompliziert wie auszufahren. Um weitere Beschädigungen der Beifahrerseite zu vermeiden, halte ich mich bewusst links. Offenbar ein ganz klein wenig zu sehr. Und egal was ich tue, die Leitplanke scheint die Fahrerseite magnetisch anzuziehen.

Krrriiieek!

Miranda kneift die Augen zusammen und verzieht das Gesicht.

»Hm«, macht sie, nachdem ich den Range Rover geparkt habe, und wandert mit kritischem Blick um den Wagen herum. »Wenigstens sehen jetzt beide Seiten gleich aus. Du bist ein Genie der Lackschaden-Symmetrie!«

»Ich habe dir gesagt, dass ich ein miserabler Fahrer bin.« Mittlerweile ist mir klar, warum mich der Besitz eines Führerscheins so attraktiv für das Zweifelwerk macht: Miranda ist zu jung zum Fahren. Für Elektra gilt das Gleiche, außerdem verlässt sie ihr unterirdisches Refugium so gut wie nie. Fidelio hat mir hämisch grinsend erklärt, dass er für die Abschaffung des privaten Personenverkehrs eintritt und aus ideologischen Gründen nicht fährt. Und als ich Max gefragt habe, warum er keinen Führerschein besitzt, hat er ängstlich geblinzelt und gewispert: »Autofahren ist nervlich nichts für mich.«

Für mich auch nicht, aber es sieht so aus, als hätte ich die Arschkarte gezogen.

»Und noch was«, sage ich und werfe Miranda einen strengen Blick zu, während uns der gläserne Lift nach oben bringt. »Ich mag ein schlechter Fahrer sein, aber ich bin der Fahrer. Und wenn ich fahre, dann greift mir niemand ins Steuer und niemand tritt die Bremse oder das Gaspedal. Vor allem niemand, der keinen Führerschein hat.«

»Du hast natürlich recht. Entschuldige«, sagt sie. »Aber … glaubst du, James Bond hätte auch nur eine einzige Verfolgungsjagd gewonnen, wenn er sich an die Verkehrsordnung gehalten hätte? Wir können jederzeit wieder in eine brenzlige Situation kommen. Und dann? Eine wilde Flucht mit vierzig Stundenkilometern?« Miranda zupft sich am Ohrläppchen. »Ich versuche gleich noch mal, den Fahrlehrer zu kontaktieren. Ich muss ihm unbedingt klarmachen, wie dringend es ist.«

Wir durchqueren die Halle auf Zehenspitzen, um Trudi Lux nicht zu wecken.

»Ich melde mich bei dir, sobald ich mit ihm gesprochen habe«, verabschiedet sie mich an der Haustür. »Gute Nacht.«

***

Kaum habe ich die Tür hinter Viktor geschlossen, dröhnt eine Stimme in Domglockenlautstärke durch die Halle.

»Wo kommst du um diese Zeit her?«

Trudi steht im geblümten Nachthemd, die Hände in die Hüften gestemmt, auf dem Treppenabsatz und blickt mich finster an. »Weißt du, was ich mir für Sorgen gemacht habe? Ich war so mit den Nerven runter, dass ich 'ne Fünf-Schokoriegel-Krise hatte. Also: Wo kommst du her?«

»Na, vom Naturkundemuseum in Birkenich. Ich habe dir doch erzählt, dass wir eine Exkursion machen«, schwindele ich routiniert.

»Erstens gibt es im Museum in Birkenich nur einen verrotteten Mammutstoßzahn und ein paar versteinerte Pfeilspitzen zu sehen. Da ist man in zehn Minuten durch. Und zweitens hat kein Museum der Welt so lange geöffnet!«

Manchmal hat Trudi Momente erschreckender Scharfsinnigkeit.

»Die Wahrheit, Miranda …«, knurrt sie. »Ich will keine Ausreden hören!«

»Es gab Probleme mit dem Wagen«, sage ich – was zumindest ein Teil der Wahrheit ist.

»Was für Probleme?«

»Na ja …« Ich muss an den ruinierten Range Rover denken, daran wie wir schneckengleich über die Straßen gekrochen sind, vor allem aber an Viktors verdrehte Quasimodo-Haltung hinter dem Steuer – und werde angesichts dieser Bilder von einem mittelschweren Kicheranfall ereilt.

»Was ist los?«, fragt Trudi.

»Oh, Mann«, keuche ich und japse nach Luft. »Viktor ist eine Katastrophe hinter dem Steuer. Wenn er sich einer Kreuzung nähert, sieht er immer aus, als ob …« Ich umklammere ein imaginäres Lenkrad, ziehe ein Gesicht wie ein zu Tode erschrecktes Erdmännchen, und Trudi beginnt ebenfalls zu kichern.

»Kriiiiek! Krrriiiek!«, mache ich und wir brechen in lautes Gelächter aus.

»Ach«, seufzt Trudi, nachdem wir uns wieder halbwegs eingekriegt haben. »Er ist wirklich wie dein Vater, der Herr Krakelius.«

»Was?« Ich stehe plötzlich stocksteif da.

»Du kannst dich wahrscheinlich nicht mehr dran erinnern, aber …« Bei Trudi setzt ein erneuter Kicheranfall ein. »Gideon konnte auch keinen Wagen aus 'ner Parklücke bugsieren, ohne einen Totalschaden zu verursachen. Die Autolackierer haben ein Vermögen an ihm verdient. Und wenn er auf die Autobahn aufgefahren ist, dann sah er immer aus wie …« Sie macht ein Gesicht wie ein kurzsichtig blinzelnder Gibbon. »Hach, die beiden könnten wirklich Brüder sein. – Schlaf gut, Kind.«

***

Was für ein Tag.

Mirandas Spionageaktion im Haus von Joachim Hersfeld, ein Valium schmeißender, verängstigter Verleger, ein geschrotteter Geländewagen, eine Verfolgungsjagd – und, als paranormale Krönung des Tages, grüne Lichter über einer einsamen Landstraße. Es gibt Momente, da hat man sich eine Zigarette mehr als verdient!

Während ich über den Kastanienpfad heimwärts marschiere, nehme ich meinen Drehtabak aus der Tasche, rolle eine Zigarette, lasse das Feuerzeug klicken und nehme einen ganz, ganz tiefen Zug. Endlich Ruhe.

Aber die soll sich schon kurz darauf als trügerisch erweisen. Als ich das Wäldchen erreiche, durch das sich der Kastanienpfad ein Stück weit schlängelt, höre ich hinter mir einen halb unterdrückten Nieser. Ich stehe still und halte den Atem an.

Mein erster Impuls ist der, Fersengeld zu geben. Aber dann – vielleicht ist es die Begegnung mit den grünen Lichtern, die in mir den Mut erweckt hat – renne ich nicht davon, sondern beschließe in einem Anflug von Angriff ist die beste Verteidigung, den Spieß umzudrehen. Ich wette, es ist der Kerl, der mich schon einmal verfolgt und das Feuer vor unserer Haustür gelegt hat.

Hinter der nächsten Wegbiegung mache ich einen Satz ins Unterholz, nehme einen schweren Ast vom Boden auf, halte ihn wie einen Baseballschläger und drücke mich hinter einen Baumstamm. Dann höre ich das Geräusch sich leise nähernder Schritte und sehe eine Gestalt an mir vorbei über den Pfad schleichen.

Ich puste einmal kräftig durch.

Jetzt oder nie!

Ich stoße einen Kampfschrei aus, springe aus dem Dickicht, bleibe mit dem Fuß an einer Wurzel hängen – und lege eine glatte Bauchlandung hin. Der Ast rutscht mir aus den Händen und schlittert über die Kiesel davon.

Einen Sekundenbruchteil steht die Kapuzengestalt wie erstarrt da – anscheinend unschlüssig, was sie tun soll –, dann fährt sie auf dem Absatz herum und rennt in Richtung Kloster.

Bis es mir gelingt, wieder auf die Füße zu kommen, hat der Kapuzenmann schon fünfzig Meter Vorsprung, aber ich nehme trotzdem die Verfolgung auf. Nach wenigen hundert Metern bekomme ich heftiges Seitenstechen, mein Atem geht keuchend und ich bin kurz davor aufzugeben. Aber als ich sehe, dass der Kapuzenmann ebenfalls langsamer wird, beiße ich die Zähne zusammen und gehe an die letzten Reserven. Er erreicht das Klostergelände, wirft sich zu Boden, windet sich wie ein Aal durch das Loch im Zaun und rennt auf das verfallene Gemäuer zu. Einen Moment lang zögere ich, dann quetsche ich mich ebenfalls durch das Loch – weit weniger elegant als der Kapuzenträger. Im Aufrichten sehe ich, wie er auf den Fliederbusch zusteuert.

Er kennt den versteckten Tunnel!

Laut keuchend folge ich ihm in das feuchte, rutschige Gewölbe. Es ist stockfinster. Ich haste blind durch die Dunkelheit, höre das Atmen des Kapuzenmannes und das Geräusch seiner schnellen Schritte vor mir. Er ist schon beinah am Tunnelausgang, als ich ein Schlittern und einen überraschten Aufschrei vernehme. Er schlägt der Länge nach hin! Gerade als er sich wieder aufrappelt, laufe ich im Dunkeln volles Rohr in ihn hinein. Wir landen beide im Gestrüpp vor dem Ausgang, fahren hoch und ich bekomme durch pures Glück seinen Arm zu fassen. Er wehrt sich verbissen und schlägt und tritt in alle Richtungen um sich. Ich springe mit ausgestrecktem Arm vor, meine Fingernägel kratzen über seine Wange – und im nächsten Moment bekomme ich einen Tritt ab, der mir die Luft nimmt. Mitten in die Kronjuwelen.

Ich schreie vor Schmerz auf und schnappe nach Luft wie ein Fisch auf dem Trockenen, aber es gelingt mir, den Kapuzenmann festzuhalten – und ihm die Kapuze vom Kopf zu reißen.

»Joris? Joris Reichenau?« Völlig perplex starre ich ihn an.

»Lass mich los, du Schwein!« Er entwindet sich meinem Griff und funkelt mich wütend an.

»Kannst du mir sagen, was das soll?«, fahre ich ihn an. »Warum spionierst du mir hinterher? Und du warst das doch auch mit der brennenden Hundekacke vor meiner Haustür.«

»Sie sind ein Schwein!«, stößt er hervor. Seine Unterlippe zittert und er spuckt vor mir aus. »Meinen Sie, ich wüsste nicht, dass da was abgeht – mit Miranda und Ihnen? Ich hab Sie belauscht, bei *Scardanelli*. Ihren tollen Plan mit Trudi Lux. Vielleicht können Sie alle anderen damit verarschen, aber ich weiß, dass Sie sich jeden Tag mit Miranda treffen.«

Vor Wut schießen ihm Tränen in die Augen und mir wird schlagartig klar, worum es hier geht: Er ist eifersüchtig! Joris Reichenau ist in Miranda verliebt! Und er denkt, dass …

»Joris, was immer du dir da zusammenfantasierst – du bist völlig auf dem Holzweg. Miranda ist meine Schülerin, sonst nichts.«

»Das können Sie 'nem Toten erzählen!« Er dreht den Kopf zur Seite, wischt sich verstohlen die Tränen fort und für einen Moment herrscht Schweigen.

»Du bist schon lange in sie verliebt, oder?«, frage ich mitfühlend und mache den Fehler, ihm in einer väterlich gemeinten Geste die Hand auf die Schulter zu legen. Einem gekränkten Fünfzehnjährigen die Hand auf die Schulter zu legen ist ungefähr so empfehlenswert, wie die Schnauze eines Alligators zu tätscheln.

Joris fegt die Hand weg, fährt herum und zischt: »Ich bin sehr gespannt, was Frau Direktorin Bischofs sagt, wenn sie nach den Sommerferien erfährt, dass sich einer ihrer Lehrer mit einer Schülerin trifft. – Schwein!« Er zeigt mir den Stinkefinger und stürmt durch den dunklen Stadtpark davon.

Den restlichen Weg nach Hause lege ich in stark gekrümmter Haltung zurück. Joris' Tritt in meine Weichteile entfaltet erst im Nachhinein seine volle Wirkung. Ein schmerzhaftes Ziehen breitet sich in meinem Unterleib aus. Als ich endlich am Oswaldweg ankomme, will ich nur noch zwei Dinge: mein Bett – und Eis, um die Schwellung zu kühlen. Erleichtert stelle ich fest, dass in Frizzis Wohnung kein Licht mehr brennt.

Aber dieser Tag ist trotzdem noch nicht vorbei.

Nachdem ich – sehr langsam und sehr breitbeinig – die Treppe hochgestiegen bin und meine Wohnungstür aufschließe, meldet sich mein Psychophon. Es ist ein merkwürdiges Gefühl, an das ich mich noch nicht gewöhnt habe. So als würde sich in meinem Kopf ein winziges Uhrwerk in Bewegung setzen.

Ich nehme die orange leuchtende Scheibe aus dem Medaillon und hefte sie an meine Stirn.

Hallo, Viktor. Ich bin es, Miranda. Ich hoffe, du bist mittlerweile wohlbehalten zu Hause eingetroffen?

Ich … ja, bin ich.

Alles in Ordnung, Viktor? Du hörst dich komisch an. So gepresst.

Nein, nein, alles okay.

Ich erwähne nichts von meiner Begegnung mit Joris. Auch wenn der Tritt schmerzt – Joris tut mir leid. Ich will ihn keinesfalls bloßstellen. Ich kann mich noch sehr gut daran erinnern, wie es sich anfühlt, ein verletzter, verwirrter und verliebter Fünfzehnjähriger zu sein.

Was gibt es denn, Miranda? Ich bin todmüde.

Ich gehe in die Küche, öffne den Kühlschrank und stelle bestürzt fest, dass ich kein Eis mehr habe. Im Tiefkühlfach liegt nur eine einsame Packung Rahmspinat. Die tut es zur Not auch.

Ich habe den Fahrlehrer gesprochen, teilt mir Miranda mit. *Ich habe ihm von dem Range Rover berichtet und konnte ihn davon überzeugen, dass es äußerst dringend ist. Er hat sehr gelacht und … ich soll dich grüßen. Morgen hast du eine Fahrstunde. Er selbst kann nicht, aber er schickt eine Mitarbeiterin. Sie holt dich morgen früh ab!*

Na schön. Wann? So gegen zehn wäre okay.

Sie kommt um sechs. Nacht, Viktor.

»Was?«, entfährt es mir laut, aber die Verbindung ist bereits unterbrochen. Ich lege den gefrorenen Spinat aufs Sofa, lasse mich vorsichtig darauf nieder und stöhne erleichtert auf, als ein wohltuender Kühlungseffekt eintritt. Gepriesen seist du, Erfinder des Tiefkühlgemüses!

Der kurze Moment der Entspannung endet abrupt, als mein Blick auf den Anrufbeantworter fällt. Das rote Lämpchen blinkt in kürzesten Abständen.

Dreiundzwanzig Anrufe!

Ich drücke auf Play. Anruf 01 (12:15) ist von Carola Kern: »Hallöle, Viktor. Hoffe, bei dir ist alles klar. Ich will auch gar nicht stören. Wollte nur mal nachfragen, ob unsere Verabredung mit dem Brunch noch steht.« Pause. »Wir haben nun schon zwei Wochen Ferien … und bis jetzt hast du dich ja nicht gemeldet. Wahrscheinlich hast du einfach viel zu tun, mit der Vorbereitung für das neue Schuljahr … Würde mich wirklich freuen, von dir zu hören. Bussi.«

Bussi? Ein leichtes Frösteln überläuft mich, aber das kann auch an dem Tiefkühlspinat liegen.

Wie sich dann herausstellt, ist Nachricht 02 ebenfalls von Carola Kern. Genauso wie 03, 04, 05, 06 … Alle Anrufe gehen auf ihr Konto. Seit heute Mittag hat sie dreiundzwanzigmal versucht, mich zu erreichen. Und anscheinend hat sie sich die Zeit zwischen den Anrufen mit mehreren Flaschen Prosecco versüßt. Ihre Botschaften werden von Nachricht zu Nachricht konfuser, ihre Sprache immer verwaschener und ihr Ton zunehmend unangenehm.

Nachricht 05 (16:05): »Hallo, Vikky, ich bin es nochma. Ich dachte, vielleicht hassu meine ersten Nachrichten mittlerweile abgehört. Hoffe, du hälls mich nicht für aufdringlich. Würde dich wirklich gerne sehen. Bussi.«

Nachricht 12 (20:26): »Duuu, Viggor. Isch hatte grade die Idee, dass wir beide doch ma in Urlaub fahrn könndn. Naddürlich nur so. Als (Hickser) Freunde. Auf ne eisname Hüdde. Was hällls du dvvn?«

Nachricht 22 (23:37): »… auch nisch nödig, disch su meldn. Hab schon gehört. Du bevorsuugs Seniorinninninnen. (Hysterisches Lachen). Männer … Alle die gleischn Schweine! Dreggskerl!«

Nachricht 23 (23:39): (Schluchzen) »Dud mir leid, Viggor.« – Tiefes Schluchzen. – »Dud mir eschd leid.« – Ganz tiefes Schluchzen. – »Sooo leid.« – Schnarchen!

Ich seufze tief, stöpsele das Telefon aus, nehme den Rahmspinat und begebe mich zu Bett.

Worst day ever!

***

Nachdem ich die Psychophon-Verbindung zu Viktor gekappt habe, kann ich ein Grinsen kaum unterdrücken. Der morgige Tag wird für ihn ein ganz besonderer werden. Die Fahrschule Droschkenrat hat eine eher ungewöhnliche Unterrichtsmethodik …

Vielleicht sind Viktor und ich nicht die Einzigen, die heute Abend Lichterscheinungen am Himmel gesehen haben. In der leisen Hoffnung, dass das Phänomen irgendwo als Randnotiz erwähnt wird, zappe ich mich durch die Fernsehkanäle. Ohne den geringsten Erfolg. Die Nachrichtensender machen mit einer neuen Krise im Nahen Osten auf, gefolgt von Berichten über Streiks bei der Bahn und einen Lebensmittelskandal. Der Generalsekretär einer Partei steht unter Korruptionsverdacht, sieht aber keine Veranlassung zum Rücktritt; eine Millionärsgattin ist spurlos verschwunden – wahrscheinlich eine Entführung; ein bekannter Fußballer wurde betrunken am Steuer ertappt und die Wetteraussichten sind mittelprächtig. Kein Wort über Lichterscheinungen. Ehrlich gesagt habe ich auch kaum damit gerechnet. Es ist schon interessant, worüber nicht berichtet wird.

Langsam steige ich die Treppe ins Obergeschoss hoch und öffne die Tür zu meinem Zimmer. Trudis lautes Schnarchen dringt über den Flur. Ich mache mich bettfein und schlüpfe unter die Decke, aber ich kann nicht einschlafen. Die Arme hinter dem Kopf verschränkt, liege ich da und blicke durch das kleine runde Fenster über meinem Bett in den Himmel. Jedes Mal, wenn ich die Lider schließe und versuche einzuschlafen, habe ich das Bild der grünen Lichter vor Augen … Noch nie haben sie sich eingemischt. Was hat sie dazu gebracht? Was hat sich verändert?

Wenn man mitten in der Nacht Antwort auf grundlegende Fragen sucht oder einfach seine Gedanken mit jemandem teilen möchte, ist es von unschätzbarem Vorteil, mit Elektra befreundet zu sein.

Ich kann ihr Psychophon spüren. Das bedeutet, dass sie entweder wach ist – Elektra hat einen äußerst geheimnisvollen Schlaf-

Wach-Rhythmus –, oder dass sie träumt. Letzteres ist nicht ohne Probleme. Normalerweise klinkt sich ein Psychophon automatisch aus dem telepathischen Netz aus, sobald sein Besitzer schläft. Nicht so bei Elektra, die selbst im Schlaf noch ein starker spiritueller Sender und Empfänger ist; ihr Psychophon ist immer aktiv. Nimmt man in einer Traumphase Kontakt zu ihrem Psychophon auf, kann es passieren, dass man sich in einem von Elektras Träumen wiederfindet – einmal war ich mit ihr auf einem *Frutti di Mare*-Ball, auf dem ich mit einer schweratmigen Qualle tanzen musste, während sie sich angeregt mit einem charmanten Hummer unterhielt – oder es kommt gleich zu einem Kurzschluss im System und das Psychophon verabschiedet sich.

Ein Risiko, das ich eingehen muss.

Ich hefte mir die grüne Scheibe an die Stirn und konzentriere mich auf Elektra. Sofort ist hinter meiner Stirn ein Knistern zu fühlen, als würde ein Kabel durchbrennen, das Psychophon beginnt zu flackern und in meinem Kopf ereignet sich das, was Fidelio als mentale Verpuffung bezeichnet.

Kurzschluss!

Na dann: Gute Nacht!

***

Das Schrillen der Haustürklingel reißt mich aus dem Schlaf. Augenblicklich sitze ich senkrecht im Bett und blicke begriffsstutzig zu meinem Nachttisch. Carola Kerns konfuse Nachrichten auf meinem Anrufbeantworter haben mich letzte Nacht so aus dem Konzept gebracht, dass ich vergessen habe, den Wecker zu stellen. Sechs Uhr!

Ich schlage die Bettdecke zurück – und bekomme den Schreck meines Lebens. Das Laken sieht aus, als hätte ich vergangene Nacht mit einem grünen Schleimmonster gekämpft. Einen Moment lang setzt mein Herzschlag aus, dann ereilt mich die Erkenntnis: Spinat! Ich muss auf der Packung eingeschlafen sein.

Das Kopfschmerz verursachende Klingeln an der Tür hört nicht auf, jemand hält den Finger auf die Schelle gepresst. Ich werfe mich in meinen Bademantel und stolpere die Treppe runter.

Frizzi kommt in Leopardenstring und Netzhemd aus seiner Wohnung gesprungen, hält mich am Arm fest und wispert: »Nicht aufmachen. Das sind die Bullen! Wenn es morgens um sechs bei einem klingelt, können das nur die Bullen sein. Los, Alter. Hilf mir! Wir müssen meine Plantage vernichten.« Er zieht mich Richtung Kellertür. »Du hast nicht zufällig einen Kanister Benzin zur Hand? Am besten wir fackeln die ganze Bude ab. – Oh, Mann, meine schönen Pflanzen. Das iss voll die Apokalypse, Alter!«

»Komm runter, Frizzi! Entspann dich. Das ist für mich!«

Frizzi reißt entsetzt die Augen auf. »Du hast Bekannte, die morgens um sechs Uhr auf sind? Das ist ja wohl voll der Jörg! Und warum hast du eigentlich Spinat auf der Stirn?«

Ich gehe zur Tür und öffne, während Frizzi mir neugierig über die Schulter spinkst. Am Straßenrand steht die glänzendste, eleganteste, schwärzeste Limousine, die ich je gesehen habe. Und vor mir …

»Heiliger Sid!«, stöhnt Frizzi, schlägt die Tür wieder zu und pfeift durch seine Zahnlücke. »Alter, hab ich ’ne Erscheinung, oder was? So was von voll schön! Das muss ein Traum sein.«

»Das ist meine Fahrlehrerin. Ich werde diese Tür jetzt wieder öffnen. Und du versuchst bitte so zu tun, als ob du erwachsen wärst«, erkläre ich so langsam, dass es auch einem Kleinkind einleuchten müsste.

»Iss ja schon gut, Alter.«

»Hallo«, sage ich, als ich die Tür öffne – und befürchte, dass ich dabei genauso bescheuert grinse, wie Frizzi es gerade tut.

Die Frau mustert uns kurz und verzieht keine Miene. Sie hat ausgeprägte Wangenknochen, kirschrote Lippen und die dunkelsten Augen, in die ich je geblickt habe. Sie trägt eine Chauffeuruniform, auf Hochglanz polierte Stiefel und eine Chauffeurmütze, unter der sich ein geflochtener schwarzer Zopf hervorschlängelt.

»Mercedes von der Fahrschule Droschkenrat«, sagt sie mit heiser klingender Stimme. »Ich soll hier einen Viktor Carelius abholen. Wer von Ihnen ist das?«

»Ich«, sagen Frizzi und ich gleichzeitig – und ich boxe ihn auf den Oberarm.

»Hey, geht's noch, Alter?«, beschwert er sich.

»Es wäre schön, wenn Sie sich zeitnah einigen könnten«, sagt Mercedes. »Wer von Ihnen ist es denn nun? Spinatgesicht oder Kürbiskopf?«

»Spinatge… also, ich«, haspele ich. »Ich bin Viktor Carelius. Tut mir leid, ich habe verschlafen.«

»In einem Topf mit Spinat?«

»Nein, ich … Ich springe schnell unter die Dusche und ziehe mir was an.«

»Sie haben genau fünf Minuten. Ab jetzt.«

»Wenn Sie wollen, können Sie in der Zeit bei mir 'n Kaffee trinken«, bietet Frizzi selbstlos an.

»Danke. Ich warte hier«, sagt Mercedes kühl.

»Irgendwie kommen Sie mir bekannt vor. Ich könnte wetten, wir sind uns schon mal begegnet. Vielleicht letztes Jahr auf dem *Brechreiz*-Konzert?«, baggert Frizzi weiter.

»Das ist äußerst unwahrscheinlich.«

»Was dagegen, wenn ich Ihnen Gesellschaft leiste, während Viktor sich anzieht?« Frizzi zieht den Bauch ein und zupft an seinem Iro rum.

Mercedes ignoriert ihn und nickt mir auffordernd zu. »Sie haben nur noch vier Minuten und vierzig Sekunden. Worauf warten Sie?«

Als ich nach der schnellsten Dusche meines Lebens nach unten komme, steht Mercedes, die Hände hinter dem Rücken verschränkt, vor der Tür und lässt ohne sichtbare Regung eine von Frizzis Heldensagen aus der Punk-Steinzeit über sich ergehen.

»Wir rennen um die Ecke und stehen plötzlich ’ner Hundertschaft Bullen gegenüber«, berichtet er stolz und kratzt sich am Bauch. »Die stürmen auf uns los, da zieht mein Kumpel Knoche ’n Molli aus der Manteltasche und eine Sekunde später – «

»Eine Sekunde später und ich wäre weggewesen«, sagt Mercedes über seine Schulter hinweg zu mir und dreht sich auf dem Absatz um. Ich folge ihr zu der Limousine.

Frizzi läuft uns durch den Vorgarten hinterher. »Könnte auch mal wieder ’ne Fahrstunde vertragen. Ich fahr zwar nur Mofa, aber … Was dagegen, wenn ich mitkomme?«

»Ja.« Mercedes steigt in den Wagen, ich nehme auf dem Beifahrersitz Platz und sie startet die Limousine. Bevor wir um die Ecke biegen, werfe ich einen Blick in den Außenspiegel. Frizzi steht auf dem Bürgersteig und macht ein Gesicht wie ein Vierjähriger, den die Mama am Rastplatz vergessen hat.

Mercedes nimmt die Landstraße. Die Limousine bewegt sich vollkommen geräuschlos und ich habe das Gefühl, über den Asphalt zu schweben. Was sowohl an der perfekten Federung des Wagens wie auch an meiner Fahrerin liegt. Immer wieder werfe ich verstohlene Blicke auf die zum Niederknien schöne Frau hinter dem Steuer.

Sie blickt derweil auf die Straße – und schweigt.

»Darf ich Sie was fragen?«, wage ich schließlich einen schüchternen Vorstoß.

»Sie wollen wissen, ob ich zum Zweifelwerk gehöre? Ich weiß, dass es existiert und was seine Ziele sind. Ich kenne Miranda Lux. Flüchtig. Von früher.« Sie schaltet hoch und der Wagen zischt raketengleich an den Rapsfeldern vorbei. »Die Fahrschule ist ein Partnerunternehmen des Zweifelwerks. Wir werden als externe Spezialisten hinzugezogen, wenn es um hoffnungslose Fälle geht, wie Sie einer sein sollen.«

»Ich bin kein hoffnungsloser Fall«, protestiere ich.

»Wir werden sehen«, sagt sie und für einen kurzen Moment spielt ein Lächeln um ihre Lippen. »Sagen Sie mir, was genau Ihr Problem ist, Herr Carelius. Warum können Sie nicht Autofahren?«

»Ich … ich weiß nicht«, stottere ich. »Als ich den Führerschein gemacht habe, hat mir jedermann erzählt, dass man irgendwann alles automatisch macht, ohne darüber nachzudenken. Das ist bei mir aber nie passiert. Sobald ich hinter dem Steuer sitze, bekomme ich schweißnasse Hände. Ich bin mir nie sicher, ob der Wagen auch wirklich das tut, was ich will. Und dann noch die ganzen Schwachmaten, die da draußen unterwegs sind und glauben, sie *könnten* Autofahren, in Wahrheit aber auch völlig überfordert sind … Das macht mir eine Höllenangst.«

»Ich denke, ich verstehe Ihr Problem«, sagt Mercedes. »Sie kämpfen gegen die Maschine. Sie betrachten sie als Feind. Das ist die Ursache Ihrer Schwierigkeiten. Sie müssen lernen, ein Teil der Maschine zu werden – sich mit ihr zu vereinigen.«

»Aha? Und das können Sie mir beibringen?«

»Ja«, sagt sie und fährt rechts ran. »Bevor wir unseren Weg fortsetzen …« Sie öffnet das Handschuhfach und nimmt einen schwarzen Stoffbeutel mit zwei schmalen Luftschlitzen heraus. »Ziehen Sie den über den Kopf. Sie müssen nicht wissen, wo wir hinfahren.«

»Kommt nicht infrage!«, protestiere ich.

»Beutel über den Kopf und Sie lernen Autofahren. Kein Beutel über den Kopf und Sie steigen aus.«

»Unter dem Ding wird mir garantiert schlecht. Bitte nicht. Kann ich nicht einfach die Augen schließen? Ich verspreche Ihnen, nicht zu zwinkern.« Mercedes sieht mich argwöhnisch an. »Sie können mir vertrauen«, sage ich. »Da, wo ich herkomme, habe ich gelernt, dass man seine Versprechen hält.«

»Das hoffe ich für Sie«, sagt sie und steckt den Stoffbeutel zurück. »Denn da, wo ich herkomme, habe ich gelernt, einem Mann die Augen aus den Höhlen zu quetschen.«

»Haha«, mache ich und hoffe, dass das ein Witz war. Sicher bin ich mir nicht. Während sie den Wagen startet, kneife ich die Augen so fest zusammen, als gäbe es einen Preis dafür, und bete, dass mir kein unabsichtliches Blinzeln unterläuft.

»Entspannen Sie sich«, höre ich Mercedes sagen. »Ich mache uns ein bisschen Musik.« Und während die Limousine lautlos über die Straßen jagt, ertönt ein leiser perkussionslastiger Ethno-Sound aus der Anlage. Ein eindringlicher, sich unentwegt wiederholender Trommelrhythmus, der mich immer schläfriger werden lässt …

Ich schrecke auf und merke, dass ich im Schlaf gesabbert habe. Der Sitz neben mir ist leer. Wir müssen ewig lange gefahren sein, es ist bereits dunkel. Ächzend erhebe ich mich aus meinem Sitz, steige aus dem Wagen und reibe mir verwundert die Augen. Ich habe einen Fahrübungsplatz, vielleicht auch eine Art Teststrecke erwartet – aber das hier ganz bestimmt nicht.

Ich stehe inmitten eines gigantischen Autofriedhofs. Unzählige ausgeschlachtete Wracks und rostige Autoteile. So weit das Auge reicht. Einige meterhoch aufeinandergestapelt wie blecherne Türme zu Babel. Dazwischen Batterien, Motoren, Karosserien, Autotüren und Auspufftöpfe. Über mir schwebt der Arm eines riesigen Krans. Um mich herum, brennende Reifenstapel. Der beißende Geruch von verbranntem Gummi liegt in der Luft.

»Mercedes?«, rufe ich.

Keine Antwort.

Da ertönt hinter mir ein Hupen. Ich fahre erschrocken zusammen. Das Hupen kommt von einem grauen Trabant ohne Kühlerhaube. Im nächsten Moment beginnt der Motor des kleinen Wagens zu ruckeln und seine Scheinwerfer leuchten auf.

»Mercedes?«, rufe ich noch einmal, als plötzlich von überallher Scheinwerfer aufflammen und Motorengeräusche ertönen. Ich kauere mich ängstlich hinter die Limousine und beobachte, wie sich das Licht der Autoscheinwerfer bündelt und in eine schmale Gasse zwischen den Blechbergen fällt. Langsam richte ich mich auf, mache ein paar zögernde Schritte und folge dem Licht. Es führt mich zwischen metallenen Trümmern hindurch, an ölig schimmernden Pfützen und schwelenden Feuern vorbei, bis ich unvermittelt vor einem riesenhaften Berg aus Autoreifen stehe. Groß wie der Petersdom!

Während ich staunend auf die Reifen starre, höre ich hinter mir die Zündung eines Wagens. Dann noch eine. Noch eine. Noch eine … Ich drehe mich um und sehe ungläubig, dass sich die Autowracks in Bewegung setzen. Auspuffgeknatter, das Ächzen eines Getriebes, brummende Motoren. Die Schrottwagen holpern los, formieren sich, und die Blechlawine beginnt hupend den Reifenberg zu umrunden. Dann ertönt, wie aus dem Nichts, der ohrenbetäubend laute Rhythmus einer riesigen blechernen Trommel und von der Spitze des Reifenberges erschallt ein durchdringender Schrei.

Ich blicke auf. Mercedes steht auf dem Gipfel. Sie trägt keine Mütze mehr; ihr langes Haar spielt offen um ihr Gesicht. Über den Kopf reckt sie einen Kanister, aus dem sich Benzin auf die Reifen ergießt.

»Mercedes! Nicht!«

Sie wirft den Kanister hinter sich. Das Flackern eines Streichholzes erhellt ihr lächelndes Gesicht. Das Streichholz fällt – und eine gewaltige Flamme schießt in den Himmel.

»Mercedes!« Ich muss husten, bekomme keine Luft mehr und sinke am Fuß des Reifenberges auf die Knie. Meine Augen brennen und tränen. Eine dichte Wolke aus schwarzem Qualm umgibt mich. Ich presse die Lippen aufeinander und halte die Luft an. Dann fühle ich plötzlich die Berührung zweier Hände auf meinen Wangen. Mercedes kniet mir gegenüber. Ihr Gesicht ist rußgeschwärzt.

»Atme!«, sagt sie und presst ihre Stirn gegen meine. »Keine Angst! Atme!«

Widerstrebend öffne ich den Mund, beißender Rauch dringt in meine Lunge – und ich kann atmen!

»So ist es gut«, flüstert Mercedes. »Atme! Atme den schwarzen Atem der Maschine!«

Dunkler Qualm steigt in meine Nase. Es ist, als würde ich reinen Sauerstoff atmen. Ganz unglaublich! Eine Welle euphorischen Glücksgefühls steigt in mir auf und reißt mich förmlich mit sich weg. Jede Zelle meines Körpers ist auf einen Schlag von purer Freude am Leben durchdrungen. Ich springe auf, recke die Faust in den Himmel und brülle: »Jaa! Jaa! Ihr Atem durchdringt mich! Jaa!«

»Und nun …«, sagt Mercedes, sieht mir tief in die Augen und legt ihre linke Hand auf mein Herz. »Nun höre ihren Herzschlag. Hör den Herzschlag der Maschine! Hörst du ihn, Viktor?«

Ich schließe die Augen und lausche auf die Geräusche der Autowracks, die uns noch immer umrunden. Ich gebe mich dem hypnotischen Dubsound-Tuckern der Motoren hin, dem punkigen übermütigen Scheuern kaputter Keilriemen, dem Heavy-Metal-Rhythmus der hämmernden Zylinderkolben …

»Ich kann ihren Herzschlag hören!«

»Fühl ihn! Fühl ihren Herzschlag, Viktor. Lass deinen Herzschlag mit ihrem eins werden!«

Das Blut pocht in meinen Schläfen, Mercedes' Hand liegt auf meiner Brust, der Rhythmus der großen Blechtrommel dröhnt in meinen Ohren, dehnt sich immer weiter in mir aus, weiter und immer weiter – bis mein Herz im gleichen Rhythmus schlägt.

»Ich kann ihn fühlen! Den Herzschlag der Maschine! Jaaaa!«

Ich mache einen Satz auf eines der Autowracks, die um uns herumfahren, und Mercedes folgt mir leichtfüßig. Wir springen von einem Wagen zum nächsten, unsere Füße trommeln in einem ekstatischen Tanz auf dem Blech der Schrottwagen. Dann zieht Mercedes mich mit sich auf die Kühlerhaube eines abgetakelten Porsche.

»Und nun«, wispert sie, zaubert ein kleines Glasgefäß mit

dunkler Flüssigkeit aus ihrer Hosentasche hervor, zieht den Korken mit den Zähnen, spuckt ihn aus und reicht mir das Fläschchen. »Trink!«

Einen Moment zögere ich. Dann sehe ich Mercedes tief in die dunklen Augen, setze das Fläschchen an den Mund und leere es in einem Zug.

Augenblicklich beginnt es in meinem Bauch zu rumoren.

»Was war das?«, frage ich und presse eine Hand auf den Magen.

»Der Trank der Vereinigung«, sagt Mercedes lächelnd. »Warmes Motoröl.«

Ich presse die Hand vor den Mund, mein Körper wird durchgeschüttelt und …

»Werden Sie wach! Wir sind da.« Mercedes rüttelt mich an der Schulter.

»Was?« Ich richte mich in meinem Sitz auf und sehe mich erstaunt um. Es ist heller Tag. Kein Autofriedhof weit und breit. Die Limousine steht in einem Talkessel, am Rande einer Teststrecke.

»Alles in Ordnung mit Ihnen?«, fragt Mercedes. »Sie sind ein bisschen blass um die Nase.«

In ihrem Gesicht ist nicht die kleinste Spur von Ruß zu entdecken, nicht einmal ein hauchdünner Ölfilm auf der Stirn. Ihre Chauffeuruniform sitzt tadellos.

»Aber wir haben doch gerade … Wir waren … Wie viel Uhr haben wir?«

»Es ist zehn Uhr morgens, wir waren vier Stunden unterwegs – und den Großteil davon haben Sie verschlafen.«

»Aber alles war so … der Autofriedhof … das Herz der Maschine … der Trank der Vereinigung …«

»Sie scheinen ja einen sehr bewegten Traum gehabt zu haben.«

»Ja. Anscheinend«, murmele ich, während ich mich gleichzeitig frage, woher der ölige Geschmack in meinem Mund kommt.

»Machen Sie sich bereit für die Realität«, sagt Mercedes. »Fahrerwechsel! Und denken Sie daran: Es ist nur ein mentales Problem. Die Maschine ist Ihr Freund!«

Irgendetwas ist anders. Als ich mich hinter das Steuer setze, befällt mich weder die übliche Panikattacke, noch zittern meine Hände, noch bricht mir der Schweiß aus. Stattdessen spüre ich ein aufregendes, verheißungsvolles Kribbeln, ähnlich dem, das ich vor meiner allerersten Verabredung gefühlt habe. Ich drehe den Schlüssel im Zündschloss. Sofort springt die Limousine an und der Motor scheint mir mit benzingetränkter Stimme zuzuraunen: »Wir sind jetzt Freunde, Viktor. Machen wir einen drauf!«

»Machen wir einen drauf«, flüstere ich, trete das Gaspedal durch und der Wagen schießt davon.

Die nächsten Stunden sind ein einziger Geschwindigkeitsrausch. Ich jage die Limousine mit Höchsttempo über den Asphalt, ich beschleunige, ich bremse, ich übe mich in kontrolliertem Schleudern, ich fahre in einem Affenzahn rückwärts, ich rase im Slalom zwischen künstlichen Hindernissen hindurch … Ohne jede Angst! So als hätte ich mein Leben lang nichts anderes getan.

Ich habe mich niemals vorher so gut gefühlt!

Ich kann Autofahren!

Während ich in einem Affenzahn Runde um Runde über die Teststrecke brettere, stoße ich mehr übergeschnappte Glücksjauchzer aus als ein ganzer Schuhplattel-Verein zusammen.

Mercedes lächelt still in sich hinein. Ich wünschte, diese Fahrt würde niemals enden. Vor mir die Straße und neben mir die schönste Frau der Welt.

»Ich denke, das genügt.« Mercedes lässt mich anhalten.

Überrascht sehe ich, dass es bereits zu dämmern beginnt. Ich muss stundenlang über die Teststrecke gekreuzt sein, dabei fühlt es sich an, als wäre ich gerade erst gestartet.

Mercedes dreht mir den Kopf zu und nickt zufrieden. »War doch gar nicht mal schlecht. Sie können es! Nur die Jauchzerei sollten Sie sich abgewöhnen, sonst könnte es Ihnen passieren, dass Sie während der Fahrt von Ihrem Beifahrer erwürgt werden.«

»Ich kann es nicht fassen«, wispere ich. »Ich kann Autofahren. Erst dieser merkwürdige Traum und dann ... Wie haben Sie das gemacht?«

Mercedes lächelt ein Lächeln, bei dem man sich wünscht, man wäre ihr Mund. »Die Fahrschule Droschkenrat hat sehr spezielle Lehrmethoden. Ich habe Sie nur ein wenig unterstützt. Sie hatten ein mentales Problem – Sie haben es gelöst. Und jetzt rutschen Sie rüber und lassen mich wieder ans Steuer.«

»Kann ich nicht zurückfahren?«, bettele ich.

»Nein. Sie schließen wieder schön die Augen.«

Das tue ich, aber das ein oder andere Blinzeln in Richtung meiner Fahrerin riskiere ich diesmal doch. Ich kann nicht anders.

Mercedes hat Wangenknochen, an denen man sich schneiden könnte. Sie besitzt die elegante, stolze Nase einer ägyptischen Pharaonin. Sie hat die schwarzen Augen einer aztekischen Göttin. Sie duftet nach Kakaobohnen und ihr Haar hat ...

»Sie erinnern sich daran, was Ihnen droht, wenn Sie blinzeln?«, sagt sie, ohne den Blick von der Straße zu wenden.

»Ja. Sie quetschen mir die Augen aus.« Glücklich lächelnd lasse ich den Kopf gegen die Nackenlehne sinken.

Ich glaube, ich bin verliebt.

Als wir nach vierstündiger Rückfahrt in Hammerstein ankommen und Mercedes die Limousine vor dem Haus im Oswaldweg parkt, bin ich mir absolut sicher, dass ich verliebt bin! Ein eindeutiges Anzeichen dafür ist, dass man mich schon schockfrosten müsste, um das dämliche Grinsen aus meinem Gesicht zu bekommen.

»Wann ist meine nächste Fahrstunde?«, frage ich hoffnungsfroh.

»Sie brauchen keine mehr. Wer einmal eine Fahrstunde bei Droschkenrat hatte, verlernt das Fahren nie mehr.«

»Oh«, sage ich enttäuscht.

Ein weiteres sicheres Anzeichen dafür, dass man verliebt ist, ist, dass man ohne Weiteres bereit ist, sich total zum Affen zu machen, völlig egal, wie verzweifelt man dabei wirkt. »Was, äh, hrrhm … gehen Sie gelegentlich mal ins Kino, Mercedes? Oder in einen Club? Oder essen? Was … was machen Sie so in Ihrer Freizeit?«

»Ich trainiere ehrenamtlich Jetpiloten.«

»Verstehe«, sage ich. »Schade … ich hatte gehofft … Ich bin nicht gut in so was, aber ich möchte Ihnen sagen, dass … Heute war ein sehr besonderer Tag für mich, in … vielerlei Hinsicht. Auf Wiedersehen, Mercedes.«

Ich steige aus, und als ich vor der Haustür stehe, höre ich Ihre Stimme.

»Viktor?«

Ich drehe den Kopf. Mercedes hat die Scheibe heruntergelassen und beugt sich aus dem Fenster der Limousine.

»Ähm … ja?«

»Ich fand diesen Tag auch sehr schön.« Ein feines Lächeln spinnt sich über ihr Gesicht. »Wer weiß, vielleicht treffen wir uns mal zufällig wieder. Grüßen Sie Miranda von mir. – Gute Nacht.«

7

Fidelio ist alles andere als erfreut, als ich morgens um neun mit meinem defekten Psychophon in seinem Labor auftauche.

»Miranda!«, schnaubt er wütend.

Wenn Fidelio einen Satz mit *Miranda* beginnt, empfiehlt es sich, in Deckung zu gehen.

»Wie oft hab ich es euch schon gepredigt: Psychophon-Kontakt während der Schlafzeiten nur im allerhöchsten Notfall!« Fidelio macht ein Gesicht wie ein gereizter Büffel. »Aber das scheint ja keinen zu interessieren. Fidelio wird's schon wieder richten. Zum letzten Mal: Bei einem Kurzschluss wird das Charakterprofil deines Psychophons völlig unscharf. – Gib schon her!« Er nimmt die grün schimmernde Scheibe und bestreicht sie mit einer Masse, die wie unappetitlicher grauer Wackelpudding aussieht. Fidelios selbst produzierter, ektoplasmatischer Persönlichkeitskleber. »Hier. Muss ein paar Stunden trocknen.« Er gibt mir das Psychophon zurück und blickt mich missmutig an.

In diesem Moment betritt Elektra das Labor. Sie hält einen Transkommunikator, den sie sanft auf dem Tisch abstellt.

»Was hast du jetzt schon wieder mit dem Ding gemacht?« Fidelios Glatze ist knallrot. Er sieht aus, als könnte ihm jeden Moment Dampf aus den Ohren steigen.

»Nichts«, sagt Elektra in unschuldigem Tonfall.

»Fräulein!«, schnarrt Fidelio drohend. »Wen hast du kontaktiert?«

»Niemand.«

»Nichts« und »Niemand« stehen ganz oben in der Top Ten der Antworten, die Eltern weltweit in Verzweiflung stürzen. Fidelio lässt sich auf einen Hocker fallen. Wenn er noch Haare hätte, würde er sie sich jetzt wahrscheinlich raufen. »Wer um alles in der Welt hat so was wie die Pubertät erfunden?«, seufzt er, dann erhebt er sich, hinkt in die Küche und holt sich einen Kaffee. Fidelios Kaffee ist mit genauso großer Vorsicht zu genießen wie sein Kartoffelpüree. »Was ist bei eurem Treffen mit Wunderlich rumgekommen?«, brummt er und nimmt einen Schluck von dem muffig riechenden Gebräu.

Ich berichte, was wir von Weirdo erfahren haben. Als ich von unseren Verfolgern im Geländewagen und dem Auftauchen der grünen Lichter erzähle, blickt mich Elektra ungläubig an.

»Ich habe noch nie gehört, dass die Lichter eingeschritten sind, dass sie Partei ergriffen haben … Irgendetwas muss geschehen sein, das sie dazu veranlasst. Ich frage mich nur, ob es ein gutes oder schlechtes Zeichen ist.« Sie verfällt in ein nachdenkliches Schweigen, bevor sie mit leiser Stimme sagt: »Wir müssen herausfinden, wer die Frau ist. Sie ist der Schlüssel zu allem!«

»Der einzige Ansatzpunkt, den wir noch haben, ist Hendrik Nachtweih. Was konntest du über ihn herausfinden?«, frage ich.

Elektra lehnt sich in ihrem Stuhl zurück. »Nachtweih wurde 1953 geboren. Eine glänzende Karriere als Astrophysiker. Internationale Anerkennung. Unzählige Veröffentlichungen. Galt bei mehreren Gelegenheiten als aussichtsreicher Nobelpreis-Kandidat, hat ihn aber nie erhalten.« Sie streicht sich die Haare aus der Stirn. »Gestorben ist er an einem Medikamentenmix aus Schmerz-, Schlaf- und Beruhigungsmitteln. Keine Anzeichen von Gewalt oder Fremdeinwirkung. Die Behörden gehen von einem Selbstmord aus. Nachtweihs Lebenspartner hat der Polizei berichtet, sein Freund habe depressive Schübe gehabt. Dieser Lebenspartner ist fünfundzwanzig Jahre jünger als Nachtweih und – Achtung, jetzt kommt's – ein echter B-Promi. David Vermeer!«

»Muss ich den kennen?«

»Du kennst ihn! Er war in den ersten Staffeln von ›Marionetten der Liebe‹ dabei. Als Steffen, der spielsüchtige Tanzlehrer. Dann ist er ausgestiegen, um seine Karriere als ernsthafter Schauspieler voranzutreiben. Die sah so aus, dass er bei jeder Dschungelshow, in jedem Promi-Container und bei sämtlichen Promi-Trampolinspringen auftauchte. Im Moment moderiert er ›Slutlike‹, so eine Pimp-me-up-Show am Nachmittag, in der er brave Hausfrauen zu bösen Mädchen umstylt. Am Ende der Sendung fallen sie ihm dann weinend um den Hals, weil sie schon immer mal wie eine schmierige Altmännerfantasie aussehen wollten.«

»Oh … ja, jetzt weiß ich, wen du meinst.« Vor meinem inneren Auge erscheint ein Paradiesvogel mit Ziegenbärtchen, losem Mundwerk und ausgefallenen Klamotten. Wenn ich dagegen an Hendrik Nachtweih denke, den Wissenschaftler mit grauer Strickjacke … Schwer vorzustellen, dass die beiden ein Paar waren.

»Nachtweih muss Kontakt zu Hersfeld und der unbekannten Frau gehabt haben. Was ist mit seinen Mails und Telefondaten?«, frage ich.

Elektra schüttelt den Kopf. »Bisher habe ich nichts gefunden, was für uns von Interesse ist.«

»Aber sie *hatten* Kontakt. Wie haben sie das gemacht? Ich würde mich zu gerne mit diesem David Vermeer unterhalten und mich bei Nachtweih umsehen. Sein Haus steht nicht zufällig auch zum Verkauf?«

»Nein. Aber ich habe mir schon was überlegt«, sagt Elektra und lächelt. »Max ruft bei David Vermeer an und gibt sich als Redaktionsmitglied von ›Stern & Staub‹ aus, dem Fachorgan für Astrophysik. Er wird Vermeer sein Beileid aussprechen und ihn darüber informieren, dass die Zeitschrift einen Nachruf auf Nachtweih plant, wobei er nicht nur als Wissenschaftler, sondern auch als Mensch gewürdigt werden soll. Aus diesem Grund würde ›Stern & Staub‹ gerne ein Interview mit David Vermeer führen, der als sein Lebenspartner dazu sicherlich am besten Auskunft geben kann. Stimmt er zu, vereinbart Max einen Termin, zu dem ihn zwei Redakteure aufsuchen werden.«

»Wie ausgefeimt«, sage ich und recke den Daumen in die Höhe. »Dann bleibt nur noch zu hoffen, dass Viktors Fahrstunde halbwegs erfolgreich verläuft, damit unsere Fahrt nicht so ein Harakiri-Unternehmen wird wie die letzte. Was ist das eigentlich für eine Angestellte, die Droschkenrat da neuerdings hat?«

Elektra und Fidelio tauschen einen kurzen Blick aus.

»Keine Ahnung«, nuschelt Fidelio.

Elektra blickt verlegen zu Boden und haucht: »Ich weiß nur, dass sie Mercedes heißt und sehr gut sein soll.«

Eine rote Lampe neben der Treppe leuchtet auf: Jemand hat oben den Laden betreten.

»Das ist Max«, sagt Elektra. »Ich hoffe, er hatte Glück.«

Max hatte, wie er uns hocherfreut meldet.

Offenbar ist er von der Mutti neu eingekleidet worden. Die Klamotten, die er trägt, habe ich vorher noch nie an ihm gesehen: ein T-Shirt mit dem schönen Aufdruck »Your Favourite Bitch« (die Mutti kann kein Englisch), eine braune Stoffhose, die um Max' Beine schlackert wie ein Ballon, dem das Helium ausgeht, dazu beige Socken und ein Paar Sandalen.

David Vermeer war regelrecht gerührt darüber, dass sein Lebenspartner von »Stern & Staub« gewürdigt werden soll. »Morgen Nachmittag um vier hat Vermeer Zeit«, sagt Max und blinzelt aufgeregt. »Es war nicht einfach, ihn zu verstehen. Er hat die ganze Zeit geschluchzt und im Hintergrund hat sich ein Hund die Seele aus dem Leib gewinselt. Klang nach einem Riesenvieh.«

»Ein Hund?«, sage ich. »Interessant zu wissen. Willst du bei Herrchen Sympathiepunkte sammeln, musst du dafür sorgen, dass Hundi dich mag. Ich werde entsprechende Vorkehrungen treffen.« Ich puste auf mein Psychophon, in der Hoffnung, dass der Persönlichkeitskleber dadurch etwas schneller trocknet. »Sag mal, Max, hast du die Angestellte von Droschkenrat schon mal getroffen – diese Mercedes?«

Max läuft rot an, blickt Hilfe suchend zu Fidelio und Elektra und schüttelt den Kopf, dass die Schuppen nur so fliegen. »Nein, ich kenne sie nicht«, kiekst er ängstlich und zappelt, als hätte er in die Steckdose gefasst.

Fidelio und Elektra blicken mich unschuldig lächelnd an und zucken die Schultern.

Irgendetwas stimmt hier nicht!

Irgendetwas stimmt hier ganz und gar nicht!

Was hat es mit dieser geheimnisvollen Mercedes auf sich?, frage ich mich, als ich den Laden am späten Nachmittag verlasse. Ich werde sie mir bei nächster Gelegenheit ansehen. Aber erst mal haben wir das Gespräch mit David Vermeer vor der Brust.

Als ich bei *Scardanelli* vorbeikomme, überfällt mich das unbändige Verlangen nach einem von seinen köstlichen Erdbeerbechern. Halb fünf. Noch eine halbe Stunde, bis er schließt. Das könnte ein bisschen knapp werden für fünf Kugeln Eis und ein halbes Pfund Erdbeeren mit Schlagsahne, aber ich bin gewillt, die Herausforderung anzunehmen.

Ich setze mich an einen der Tische unter der grün-weiß-rot gestreiften Markise vor der Eisdiele und beobachte das beschauliche Treiben auf dem Marktplatz. Mütter mit kleinen Kindern an der Hand, ein dicker Gemüsehändler, der Kisten mit Tomaten aus einem Lieferwagen hievt und zu seinem Stand schleppt, eine Gruppe von Frauen, die am Blumenstand den neuesten Klatsch austauschen. Ich wette, Trudi und Viktor sind noch immer das Thema Nummer eins.

»Signora Luxe!« Scardanelli hebt die Hand vors Gesicht, als würde er geblendet. »Questa Belleza! Ihre Liebreiz überstrahlte alles!«, säuselt er und lächelt breit. Sein Schnurrbart ist schief geklebt und wandert Richtung Nase. »Sagen Sie niente. Ich kann lesen in Ihre Kopfe. Sie wollen Bananensplit. Unde? Habe ich rechte?«

»Beinah«, antworte ich. »Aber ich hätte doch lieber einen Erdbeerbecher.«

»Pronto, Signora. Kommte sofort!«

Er verschwindet wieder in der Eisdiele und ich höre ihn in Richtung Theke rufen: »Ein Ettbeerbescher für de Tisch dreizehn, drausse. Mach los, Kerlsche! Un zwar e bissje schneller als Sonndachs!«

Zwei Minuten später kommt Joris Reichenau in weißer Kellnerjacke mit dem Erdbeerbecher aus dem Eiscafé geschossen, sieht mich und erstarrt augenblicklich zu einer Salzsäule. Über seine Wange verlaufen tiefe Kratzspuren.

»Hallo, Joris«, grüße ich ihn und lächle.

Er lächelt nicht. Seine Unterlippe beginnt zu zittern, der Erdbeerbecher rutscht ihm aus den Händen und das Glas zerspringt auf der Erde. »Hat er es dir erzählt?«, stößt er hervor und sein Kopf läuft knallrot an.

»Erzählt? Wer? Was?«, frage ich verdutzt.

»Tu doch nicht so«, sagt er wütend. »Bestimmt habt ihr beide euch ganz prächtig über mich amüsiert.«

»Joris, ich habe keine Ahnung, wovon du redest. Ich …«

Aber er hört mir nicht mehr zu, dreht sich auf dem Absatz um und rennt in einem Affenzahn über den Marktplatz davon.

Ich frage mich, in welchen Film ich geraten bin, als Signor Scardanelli aus der Tür tritt und entsetzt auf das Erdbeereis zu seinen Füßen blickt. »Che Disastro!«, entfährt es ihm und er beginnt die Glasscherben vom Boden aufzulesen. »Was isse passiert?«

»Ich … ich weiß nicht. Joris hat das Eis fallen lassen und ist weggerannt.«

Scardanelli schüttelt den Kopf. »Dä Bub macht misch irschendwann nochema wahnsinnisch«, schimpft er.

»Ich habe keine Ahnung, was mit ihm los ist«, sage ich.

»Ich schone. Il fuoco dell'amore«, seufzt Scardanelli – wieder ganz Italiener. »Isse doch klar wie Minestrone ohne Gemüse. Er isse verfallen Ihre Zauber! Ich bringe Ihnen eine neue Erdbeerbecher. Sulla casa.«

Auch wenn der Erdbeerbecher aufs Haus geht und das Eis vorzüglich ist, so richtig schmeckt es mir nicht. Die ganze Zeit muss ich über das merkwürdige Verhalten von Joris nachdenken. *»Hat er es dir erzählt? Bestimmt habt ihr euch prächtig über mich amüsiert?«*

Und dann dämmert es mir. Ich erinnere mich, dass er auch im *Scardanelli* war, als ich mich mit Viktor getroffen habe, daran, wie wütend er Viktor angesehen hat … Joris Reichenau ist eifersüchtig! Und anscheinend der Einzige in Hammerstein, der nicht glaubt, dass Viktor Tante Trudis Liebhaber ist – auch wenn er daraus die falschen Schlüsse zieht.

Ich lehne mich in meinem Stuhl zurück, schließe für einen Moment die Augen, seufze und fahre mir durch die Haare.

Armer Joris!

Es ist mir nicht entgangen, wie er mich während des Unterrichts mit schwärmerischem Gesichtsausdruck beobachtet, wenn er denkt, ich bemerke es nicht. Wie er rot anläuft, wenn ich ihn anspreche. Wie nervös er wird, wenn ich das Klassenzimmer betrete.

Dass Joris in mich verliebt ist, ist offensichtlich – aber dass es so schlimm ist, habe ich nicht geahnt. Dabei mag ich ihn wirklich. Joris Reichenau gehört nicht zu denen, die es einfach haben. Sein Vater war Feuerwehrmann und ist vor fünf Jahren bei einem Einsatz in einer brennenden Düngemittelfabrik ums Leben gekommen. Joris lebt mit seiner Mutter in einem winzigen Haus hinter dem Galgenplätzchen. Seit die Drogerie dichtgemacht hat, ist seine Mutter arbeitslos. Joris jobbt ständig irgendwo und schafft es trotzdem noch mit halbwegs guten Noten durch die Schule zu kommen. Ja … ich mag ihn wirklich, denke ich. Er ist – mal abgesehen von dem Auftritt, den er gerade eben hingelegt hat – ausgesprochen höflich und einfühlsam und hilfsbereit. Und als so ein Amöbenhirn aus unserer Parallelklasse auf dem Schulhof rassistische Sprüche geklopft hat, war Joris einer derjenigen, die sich getraut haben, die Klappe aufzumachen und diesem Schwachkopf eine klare Ansage zu erteilen. Und wenn ich genauer darüber nachdenke, sieht er auch ziemlich gut aus:

kastanienbraune Locken, sanfte braune Augen, schlanke Statur. Nur seine Brille müsste er unbedingt mal richten lassen …

Krieg dich wieder ein, Miranda, rufe ich mich zur Ordnung. Schluss mit diesen merkwürdigen Gedanken über Joris Reichenau. Schließlich hast du ein Gelübde abgelegt: zu warten. Auf Edward. Den mutigsten Mann der Welt. Und in ein paar Jahren, wenn du erst erwachsen bist, dann …

»Signora Luxe! Sie träumen!« Scardanelli steht vor mir, stemmt die Hände in die Hüften und bedenkt mich mit einem tadelnden Blick. »Woraufe warten Sie? Sie haben kaum etwas gegessen und jetzt die ganze schöne Gelato schmilzte davon. Man musse die Gelato essen, wenn die Becher wird servierte!«

Am folgenden Morgen versuche ich, Viktor via Psychophon zu erreichen. Er meldet sich augenblicklich – aber leider ist der Gute nicht in der Lage, einen einzigen klaren Gedanken zu fassen. Das Psychophon überträgt emotionale Schwingungen, und man bekommt hautnah mit, in welchem Gemütszustand sich das Gegenüber befindet. Viktor klingt, als hätte er die ganze Nacht an einem Tropf mit Aufputschmitteln gehangen. *Kann Autofahren,* höre ich immer wieder in meinem Kopf, dazwischen fange ich Begriffe wie *schleudern, rasen, unglaublich, fantastisch, wunderbar* auf. Und ungefähr jeder zweite Gedanke lautet: *Mercedes!*

Könntest du versuchen, dich ein bisschen zu beruhigen, denke ich. *Du kannst deine neu erworbenen Fahrtkünste gleich heute Nachmittag unter Beweis stellen. Wir werden einen kleinen Ausflug unternehmen. Sei um vierzehn Uhr bei mir. Alles Weitere später – und komm um Himmels willen ein bisschen runter.*

Das Letzte, was ich höre, bevor ich das Psychophon von der Stirn nehme, ist ein manisches Jauchzen.

Das verspricht ja heiter zu werden.

Mittags ziehen gewaltige schwarze Wolken am Himmel auf und entladen ihre Regenlast über Hammerstein. Schwere Tropfen stürzen zur Erde und klatschen auf das kleine Vordach vor unserer Haustür.

Pünktlich um zwei Uhr steht Viktor vor der Tür. Der Regen scheint ihm nichts auszumachen. Ich glaube, er bemerkt ihn nicht einmal. Mit klitschnassen Haaren begrüßt er mich ungewohnt überschwänglich und grinst dabei wie ein Honigkuchenpferd. »Ich kann – «

»Autofahren. Das hast du heute Morgen schon ein- oder zweimal erwähnt. Ich bin sehr gespannt.«

»Fahren wir los? Ich kann es kaum erwarten«, sagt er, reibt sich die Hände und beginnt *Drive my Car* zu pfeifen.

Seine gute Laune ist beängstigend.

Trudi kommt aus der Küche, mustert ihn mit besorgter Miene und lächelt ihm kurz zu. Dann dreht sie den Kopf, zieht die Stirn kraus und flüstert in meine Richtung: »Er hat doch hoffentlich nicht wieder getrunken, Kind?«

Dass seine frisch erworbenen Fahrkenntnisse nicht der einzige Grund für Viktors überbordende Stimmung sind, wird spätestens klar, als wir in der Garage stehen und er verträumt auf den silberfarbenen SLS AMG blickt. Mit einer Geste, die man nur als zärtlich bezeichnen kann, streicht er über die Karosserie und flüstert mit heiserer Stimme: »Nehmen wir den Mercedes!«

»So – *Mercedes*«, wiederhole ich und dehne den Namen wie Kaugummi. »Da scheint Droschkenrat sich ja eine ganz besondere Angestellte an Land gezogen zu haben. Und dich hat es ganz schön erwischt.«

»Blödsinn«, sagt Viktor und wird rot. »Legen wir lieber endlich los!« Er wirft sich in den Fahrersitz des Mercedes und ich nehme neben ihm Platz.

»Was steht an?«, fragt er, klingt dabei wie ein Hauptdarsteller in einem Action-Streifen und macht zu allem Überfluss auch noch das dazugehörige coole Gesicht. Irgendwie schwer gewöhnungsbedürftig.

»Wir fahren zum Haus von Hendrik Nachtweih«, sage ich.

»Dem toten Astrophysiker?«

»Ja. Alles Weitere erkläre ich dir während der Fahrt. Nachtweih hat in Bad Höstert gelebt.«

»Noch nie gehört.«

»Das ist ein kleines Städtchen, ungefähr so weit von hier entfernt wie Birkenich. Aber in der entgegengesetzten Richtung. Die Adresse ist Erlenweg 5.«

Die Flügeltüren des Wagens schlagen zu und Viktor startet den Motor. Für einen Moment schließt er die Augen und legt die Stirn auf das Lenkrad.

»Würdest du mir freundlicherweise verraten, was du da tust?«, frage ich und beobachte ihn skeptisch.

»Ich erspüre den Herzschlag der Maschine«, sagt er, hebt den Kopf und lächelt mir zu. Das Garagengitter fährt in die Höhe. Viktor tritt aufs Gas und schießt die Auffahrt hoch.

Die nächste Viertelstunde sage ich keinen Ton. Ich bin völlig baff: Viktor jagt den Mercedes in rasantem Tempo, aber vollkommen sicher über die nasse, kurvige Bundesstraße, und ist dabei so entspannt, als wäre er in der Boxengasse einer Formel-1-Strecke zur Welt gekommen. Die Landschaft fliegt wie ein grünes, flatterndes Band an uns vorbei.

»Alle Achtung«, sage ich. »Droschkenrats neue Angestellte scheint ja einiges draufzuhaben.«

»Oh ja.« Viktor lächelt versonnen, und beginnt von seiner ungewöhnlichen Fahrstunde zu erzählen – und von Mercedes, Mercedes, Mercedes. »Ich soll dich von ihr grüßen.«

»Ich kenne sie überhaupt nicht«, sage ich verwundert.

»Doch! Sie sagte, sie würde dich von früher kennen. Flüchtig.«

»Aha?« Ich lasse mich tiefer in den Sitz rutschen. Ich kann mich beim besten Willen nicht daran erinnern, je einer Mercedes begegnet zu sein. Andererseits – früher gingen bei uns ständig Leute ein und aus. Manche erschienen häufig und blieben über Wochen, manche kamen nur selten – manchmal mitten in der Nacht –, manche habe ich nur einmal und nie wieder gesehen.

»Riechst du das auch?«, reißt Viktor mich aus meinen Gedanken. Er beugt sich zu mir herüber, schnuppert und verzieht das Gesicht. »Du bist das! Himmel! Du riechst ja wie eine Metzgerei!«

»Das hoffe ich doch.« Ich habe Trudis Tupperdosen mit Aufschnitt geplündert und das Innenfutter meine Jeansjacke mit Salami, Schinkenwurst und Mortadella gespickt; in meiner rechten Jackentasche steckt ein Stückchen Blutwurst, in der linken zwei Landjäger. Ich fühle mich wie die Dattel im Speckmantel. »Da, wo wir hinfahren, gibt es einen Hund. Und ich habe vor, seine beste Freundin zu werden. Gewinn das Vertrauen des Hundes und du gewinnst das Vertrauen seines Herrchens.« Ich setze ihn darüber ins Bild, wie wir im Fall Hendrik Nachtweih vorgehen werden, dass wir vom Magazin »Stern & Staub« sind und ein Interview mit David Vermeer führen werden.

»Du meinst doch nicht etwa diesen überkandidelten Fernseh-Heini?«

»Doch. Genau den«, sage ich. »Du bist Redakteur bei ›Stern & Staub‹ und ich bin eine blutjunge Volontärin. Wir versuchen von Vermeer so viel wie möglich über Hendrik Nachtweih zu erfahren; über das, was er in der Zeit vor seinem Tod getan hat, mit wem er Kontakt hatte und über die Umstände seines angeblichen Selbstmordes. Und vielleicht ergibt sich eine Gelegenheit, sich noch ein bisschen umzusehen.«

»Brauchen wir keine Verkleidung?«, fragt Viktor.

Ich nehme sein Outfit in Augenschein. »Mach dir keine Sorgen. Für ein Wissenschaftsmagazin ist das genau richtig. – Hier noch ein kleines Journalisten-Requisit.« Ich hole ein Diktiergerät aus meiner Umhängetasche und lasse es in Viktors Jackentasche gleiten.

Bad Höstert ist ein schläfriger Kurort. Eine Heilquelle, Thermen, ein paar Cafés, ein Kurpark mit Orchester-Pavillon. Eines der Städtchen, in denen alles in gedämpftem Ton vor sich geht und ewiger Sonntagnachmittag herrscht. Bei dem tristen Regenwetter sind kaum Menschen auf der Straße.

Das Haus von Nachtweih und Vermeer liegt etwas außerhalb, in einer schicken Villengegend. Viktor biegt von der Hauptstraße ab, folgt einer baumbestandenen Straße, nimmt eine scharfe Biegung und parkt den Mercedes vor dem Grundstück am Erlenweg 5, am Rande eines Waldstücks.

Der Besitz ist von einer hohen Mauer umgeben. Neben einem schweren schmiedeeisernen Tor ist eine Sprechanlage eingelassen. Viktor drückt den Klingelknopf.

»Oh, Mist«, wispert er panisch. »Die Namen. Wir haben die Namen vergessen. Wie heißen wir?«

»Ja, bitte? Wer ist da?«, meldet sich eine angenehme, singende Stimme.

»Sag irgendwas«, flüstere ich.

»Ähm, Manuela … Neuer und Joachim Lö… Löbanski. Wir kommen von ›Stern & Staub‹, stottert Viktor.

Ein Brummen ertönt und ich drücke das Tor auf. »Unglaublich pfiffig«, sage ich. »Hoffen wir mal, dass er sich nicht besonders für Fußball interessiert.«

Über einen Kiesweg gehen wir auf ein eckiges, modernes Haus mit gläserner Fassade zu. Im Erdgeschoss gibt es einen großzügig angelegten Wintergarten, vor dem Eingang stehen riesige Kübel mit palmenartigen Gewächsen.

»Noble Hütte«, bemerkt Viktor. »Ich wusste nicht, dass man in der Wissenschaft und beim Privatfernsehen so gut verdient.«

Die Haustür öffnet sich und David Vermeer tritt heraus. Er trägt eng anliegende dunkle Kleidung, wirkt größer als im Fernsehen, ist durchtrainiert und hat kein Gramm zu viel auf den Rippen. Sein Gesicht ist braun gebrannt, er hat kurzes, schwarzes Haar, schmale Koteletten und einen winzigen Kinnbart. Vermeer begrüßt uns mit einem freundlichen Nicken. Zwischen seinen Beinen wuselt ein kleiner verknautschter Mops hindurch. Er kommt auf mich zugeschossen, kläfft aus vollem Leib und schnauft freudig. Ich nehme ihn auf die Arme und er beginnt augenblicklich zu sabbern und über meine Jacke zu lecken.

»Kommst du wohl, bei Fuß!«, ruft Vermeer. »Lässt du wohl unseren Besuch in Ruhe. Bei Fuß! Bei Fuß, Ajax!«

Viktor guckt genauso entgeistert wie ich.

Ajax …

David Vermeer führt uns in ein elegant eingerichtetes Wohnzimmer und wir nehmen auf einer ausladenden weißen Couch Platz. Sofort hüpft Ajax auf meinen Schoß, sieht mich erwartungsfroh an, steckt die Schnauze in meine Jackentasche und versucht, an die Blutwurst zu gelangen. So wie es aussieht, habe ich einen neuen Freund gefunden. Zumindest solange ich nach Wurst dufte.

»Wenn er Ihnen lästig wird, setzen Sie ihn runter«, sagt David Vermeer und beginnt uns Kaffee einzuschenken.

»Ist schon in Ordnung«, entgegne ich lächelnd. »Er ist süß. Ajax. Was für ein schöner Name. Wie sind Sie darauf gekommen?«

»Gar nicht. Der Hund gehörte Hendrik«, sagt Vermeer und wirft einen Blick auf Ajax, der deutlich macht, dass er nicht gerade das innigste Verhältnis zu dem Mops pflegt. »Mich mag er nicht, geschweige denn, dass er auf mich hören würde.« Er seufzt. »Aber an Ihnen scheint er ja einen regelrechten Narren gefressen zu haben.« Er beugt sich vor, füllt meine Tasse und rümpft die Nase. »Merkwürdig, irgendwie habe ich plötzlich den Geruch von Landjägern in der Nase.« Dann bemerkt er, dass Viktor auf die vielen Kunstbände blickt, die in einem gläsernen Regal aufgereiht sind, und lächelt schüchtern. »Ich habe ein paar Semester Kunstgeschichte studiert, bevor ich … bevor ich beim Fernsehen gelandet bin.« Seine Stimme ist eine gefühlte Oktave tiefer als bei seinen Fernsehauftritten. Er wirkt um Fassung bemüht, ist zurückhaltend und hat nichts mit der schrillen Erscheinung gemein, die ich aus dem Nachmittagsprogramm kenne.

»Wir wissen es sehr zu schätzen, dass Sie sich zu diesem Gespräch bereit erklärt haben«, sagt Viktor und legt das Diktiergerät vor sich auf den Tisch. »Wir können das Interview jederzeit unterbrechen, wenn Sie es wünschen. Ich stelle mir vor, dass es für Sie schwierig sein muss. Es ist ja noch ganz …«

»Ja, es ist alles noch sehr frisch.« David Vermeer nickt traurig. »Hendrik ist noch nicht einmal begraben. Es erscheint mir alles vollkommen unwirklich. Manchmal denke ich, dass er jeden Moment zur Tür hereinkommen müsste. Ich … ich kann nicht glauben, dass er tatsächlich fort ist. Obwohl ich befürchtet habe, dass er seinem Leben eines Tages selbst ein Ende setzen könnte …« Vermeer schweigt einen Moment, dann hebt er den Kopf, blickt Viktor und mich an und sagt: »Was mich veranlasst hat, Ihrer Interviewanfrage zuzustimmen, war, dass Sie in Ihrem Artikel über den Menschen Hendrik Nachtweih schreiben wollen. Denn er war ein ganz besonderer Mensch. Über seine Arbeit könnte ich Ihnen gar nichts erzählen. Hendrik fand meine Show grässlich, und mir fehlt jegliches Verständnis für Formeln und Gleichungen. Ich habe nur eine sehr allgemeine, laienhafte Vorstellung davon, was er getan und woran er gearbeitet hat.« Ein trauriges Lächeln spielt um seine Lippen. »Wissen Sie, die meisten Leute fanden, dass wir überhaupt nicht zueinander passten. Ich war für sie nur der einfach gestrickte Schönling aus dem Fernsehen und Hendrik ein dröger Wissenschaftler. Beruflich lebten wir tatsächlich in sehr unterschiedlichen Welten, aber es gab so vieles, das uns verbunden hat. Die Liebe zur Natur. Die Liebe zur Kunst. Hendrik liebte klassische Musik und Malerei. Er war ein Schöngeist und ein empfindsamer Mensch. Eine empfindsame Seele. Zu empfindsam für diese Welt …«

Viktor räuspert sich. »Er hatte seelische Probleme?«

David Vermeer fährt sich mit der Hand durch die Haare. »Hendrik war von Natur aus ein sehr grüblerischer Typ. Niemand, der mit der Faust auf den Tisch geschlagen, sondern jemand, der Probleme in sich hineingefressen hat. Er wirkte oft niedergeschlagen – und diese Niedergeschlagenheit wurde irgendwann zu einer echten Depression. In letzter Zeit gab es wohl Probleme auf der Arbeit, die ihn zusätzlich belastet haben. Es ging um irgendwelche Posten oder um Etats für Forschungsprojekte. Hendrik ging es sehr schlecht. Und als ich vor drei Tagen aus dem Studio nach Hause kam … habe ich ihn gefunden.« Vermeer wischt sich mit der Hand über die Augen, dreht den Kopf und blickt schweigend aus dem Fenster.

Ajax beginnt unruhig auf meinem Schoß hin und her zu zappeln, schiebt den Kopf unter meine Jacke und versucht eine Salamischeibe zu ergattern.

»Ich glaube, er muss mal raus«, befinde ich. »Ich mach das schon.«

»Oh, das wäre wirklich nett«, sagt Vermeer. »Nehmen Sie den Haustürschlüssel mit, er hängt draußen in der Diele.«

»Komm, Ajax. Wir gehen Gassi.« Ich stehe auf und der Mops watschelt mit heraushängender Zunge hinter mir her, während Viktor das Diktiergerät einschaltet.

»Nun, Herr Vermeer, vielleicht erzählen Sie mir zunächst einmal, wie Sie Hendrik Nachtweih kennengelernt haben.«

»Das war 2008, wir sind uns zufällig auf einer Ausstellung begegnet …«, höre ich ihn sagen, während ich die Wohnzimmertür hinter mir schließe.

Ich lasse meine Blicke durch den Hausflur gleiten. Rechts geht es in die Küche. Viel Chrom, eine riesige Arbeitsplatte, eine Kochinsel in der Mitte. Vor mir führt eine freischwingende Holztreppe ins Obergeschoss. Ajax hechelt fröhlich und blickt erwartungsvoll auf meine Jeansjacke. »Gleich«, sage ich, nehme ihn auf den Arm und schleiche auf Zehenspitzen die Treppe hoch. Oben angekommen setze ich den Mops ab, fördere alles, was ich an Wurst dabeihabe, aus meiner Jacke zutage und breite es vor ihm aus. Sofort macht er sich glücklich schnaufend über die Landjäger her.

»Warum hat dein Herrchen gerade diesen Namen für dich ausgesucht? Bist du vielleicht auch so was wie eine Botschaft? Oder ein Geheimnisträger?« Ich streichle ihm über den Kopf, betrachte eingehend seine Ohren und untersuche sein Halsband und die Hundemarke. Was genau ich zu finden hoffe, kann ich nicht sagen. Einen winzigen Zettel, der im Halsband versteckt ist? Einen Chip mit geheimen Informationen, den man ihm eingepflanzt hat? Was auch immer ich suche … ich finde nichts. Wäre auch zu schön gewesen – aber leider sind wir hier nicht bei *Men in Black*.

»Nein, du bist kein Geheimnisträger. Du bist nur ein süßer Mops mit gesundem Appetit«, seufze ich und kraule Ajax hinter den Ohren. »Und deswegen frisst du jetzt einfach weiter und bist schön still, während ich mich ein bisschen umsehe.«

Umgehend wendet Ajax sich wieder Salami und Mortadella zu und schlingt, was das Zeug hält. Ich hoffe nur, Viktor fallen ein paar halbwegs intelligente Fragen ein, damit auch Vermeer möglichst lange beschäftigt ist.

Die erste Tür führt in einen hellen, weiß gestrichenen Raum, der Hendrik Nachtweih offenbar als Arbeitszimmer gedient hat. Ein Stahlregal mit Fachliteratur, ein moderner Druck an der Wand, ein Schreibtisch, auf dem ein zugeklapptes Notebook liegt, ein antikes Messingteleskop vor dem großen Fenster – und das war es. Alles wirkt völlig steril. Kein einziges Foto, keine Zettel mit handschriftlichen Notizen, noch nicht mal ein Schnipsel im Papierkorb. Das Notebook zu untersuchen, kann ich mir sparen; Elektra hat seine Kontakte bereits überprüft. Und er wird nicht so dumm gewesen sein, Dateien, die niemand sehen sollte, auf der Festplatte eines Notebooks zu speichern, mit dem er im Internet unterwegs war. Die Schubladen des Schreibtischs sind leer, abgesehen von einem kleinen Stapel Druckerpapier.

Nichts. Kein Hinweis auf die Weißberg-Gruppe, nichts, was darauf hindeutet, wie er mit Hersfeld Kontakt gehalten haben könnte, und erst recht keine Spur von der Frau. Das Zimmer sieht geradezu unnatürlich aufgeräumt aus. Ich werfe einen letzten Blick in den Raum, schließe die Tür und trete wieder auf den Korridor, als Ajax zu winseln beginnt.

Er hat das gesamte Wurstsortiment in Rekordzeit verschlungen und sieht mich mit einem seltsamen, angespannten Blick an.

»Oh, nein. Nicht hier, Ajax!«, wispere ich – aber er wirkt nicht so, als könnte er noch länger als drei Sekunden warten.

Hektisch sehe ich mich um. Mein Blick bleibt an ein paar Zeitungen hängen, die zuoberst in einem Altpapierkorb liegen. Hastig greife ich nach einer davon und schiebe sie dem Mops unter. Gerade noch rechtzeitig: Ajax hechelt erleichtert und lässt der Natur freien Lauf.

Ich überlege, wie ich seine Hinterlassenschaft möglichst unauffällig entsorgen kann, greife nach einer weiteren Zeitung aus dem Altpapier – und stutze: alle Zeitungen in dem Korb sind penibel gefaltet, aber dazwischen liegt eine einzelne, zusammengeknüllte Zeitungsseite. Falsch. Nur die obere Hälfte einer Seite, wie ich feststelle, als ich das Knäuel auseinanderfalte. Die untere Hälfte ist herausgerissen. Die halbe Seite stammt aus dem Kleinanzeigenteil des »Hügelland-Kurier«, eine der Gratiswochenzeitungen, die aus viel Werbung, minimaler Information und massenhaft Kleinanzeigen bestehen.

Nachtweihs penibel aufgeräumtes Arbeitszimmer und die akkurat gefalteten Zeitungen weisen darauf hin, dass er einen ausgesprochenen Ordnungstick hatte. Warum liegt dann zwischen einem Stapel ordentlich gefaltetem Altpapier eine zusammengeknüllte, zerrissene Zeitungsseite? Vielleicht ist es völlig belanglos, aber … Ich wühle mich durch die Zeitungen und stoße auf eine zweite Seite aus dem »Hügelland-Kurier«. Wieder fehlt die Hälfte. Warum? Weil Nachtweih mit den fehlenden Hälften der Seiten ein wärmendes Feuerchen im Kamin entfacht hat? Oder weil dort etwas stand, das so brisant war, dass er es nicht seinem Altpapierkorb anvertraut, sondern vernichtet hat …

Ich stopfe mir die Zeitungsseiten in die Jackentasche, dann mache ich mich daran, das kleine Verdauungsfestival von Ajax zu entsorgen. Leise steige ich die Treppe hinunter und öffne die

Haustür, werfe alles draußen in die Mülltonne und stehe dreißig Sekunden später – Ajax auf dem Arm – wieder im Wohnzimmer.

»Alles erledigt«, sage ich.

David Vermeer nickt dankbar, wendet sich wieder Viktor zu und erzählt von Reisen nach Paris und Barcelona, die er gemeinsam mit Hendrik Nachtweih unternommen hat. »Aber irgendwann war Hendrik zu nichts mehr zu bewegen. Er hat sich vollkommen in seine Arbeit vergraben und …«

Vermeers Handy klingelt. Er nimmt es vom Tisch, sieht mit gerunzelter Stirn auf das Display und meldet sich.

»Woher haben Sie meine Nummer?«, fragt er nach ein paar Sekunden. »Im Moment ist es schlecht. Ich habe Besuch. Ich rufe Sie zurück.«

Kopfschüttelnd legt er das Smartphone zur Seite. »Noch eine Interviewanfrage. Diesmal von einem Boulevardmagazin. Kann man nicht ein bisschen mehr Pietät verlangen? Ich muss unbedingt mit der Produktionsleitung sprechen. Die können nicht einfach jedem meine Privatnummer geben«, sagt er ärgerlich.

»Wir möchten Sie auch nicht weiter aufhalten«, sagt Viktor und wir erheben uns. »Vielen Dank noch einmal, dass Sie sich in dieser schwierigen Situation für ein Interview zur Verfügung gestellt haben.«

»Ich habe es für Hendrik getan. Wann wird der Artikel denn erscheinen, Herr Löbanski?«

»In … ähm, in der nächsten Ausgabe … nächsten Monat … wahrscheinlich«, sagt Viktor.

Wir verabschieden uns an der Haustür von Vermeer. Als wir über den Kiesweg davongehen, drehe ich mich noch einmal um. David Vermeer steht in der geöffneten Tür und blickt uns nach. Zu seinen Füßen hockt ein hechelnder Ajax und schaut mir mit traurigen Mopsaugen hinterher.

»Wie zufällig ist es, dass dieser Hund Ajax heißt?«, fragt Viktor, als wir wieder im Wagen sitzen.

»Ich würde sagen, die Zufälligkeitswahrscheinlichkeit geht gegen null. Aber an ihm ist nichts Außergewöhnliches, falls du das denkst. Er ist nur ein Mops mit gesunder Verdauung.«

Viktor biegt auf die Bad Hösterter Hauptstraße ein, kurz darauf haben wir das kleine Kurstädtchen hinter uns gelassen und es geht in flottem Tempo eine Serpentinenstraße entlang, die sich zwischen hohen Tannen hindurch talwärts schlängelt.

»Was hältst du von David Vermeer?«, sagt Viktor und sieht mich fragend an.

»Schwer zu sagen. Auf jeden Fall ist er völlig anders, als ich erwartet habe. Nicht der Krawalltyp aus dem Fernsehen. Er ist viel ernsthafter und kultivierter … und sympathischer. Hast du noch was Interessantes aus ihm rausbekommen?«

»Wir sollten uns die Aufzeichnung nachher gemeinsam anhören«, sagt Viktor und zieht das Diktiergerät aus der Jackentasche. »Vielleicht ist mir ja was Wichtiges entgangen, aber viel Neues über Nachtweih oder darüber, welche Kontakte er hatte, habe ich nicht erfahren. Vermeer hat angedeutet, dass er und Nachtweih sich Freiräume in ihrer Beziehung gelassen haben. Jeder hatte seinen eigenen Freundeskreis. Hendrik Nachtweih konnte mit dem ganzen Fernsehvolk nichts anfangen, Vermeer wiederum fand den Bekanntenkreis seines Freundes öde und schnarchnasig. Fast nur Wissenschaftler. Wirklich befreundet scheint Nachtweih aber auch mit denen nicht gewesen zu sein. Es ging da wohl eher um einen fachlichen Austausch.«

»Hat Vermeer eine Frau erwähnt?«

»Nein. Fehlanzeige. Sieht so aus, als wäre unser Besuch ein Schlag ins Wasser gewesen.«

»Vielleicht aber auch nicht.« Ich ziehe die halben Zeitungsseiten aus meiner Jacke. »Aus zwei Seiten sind Teile herausgerissen worden. Vielleicht kann Elektra uns weiterhelfen. Aber zuerst müssen wir einen kurzen Boxenstopp bei mir zu Hause einlegen«, befinde ich und schnüffele am Kragen meiner Jacke. »Ich muss das Wurstaroma runterwaschen!«

Während ich unter die Dusche springe und in frische Klamotten schlüpfe, wird Viktor von Trudi mit Nutellabroten und Kakao versorgt.

Als ich in die Küche komme, höre ich sie sagen: »Sie brauchen jemanden, der Sie bekocht. An Ihnen ist ja gar nichts dran. Und wenn Ihre Pullis mal gebügelt werden sollen, sagen Sie mir Bescheid, Herr Krakelius.« Dabei sieht Trudi ihn an, als wäre er fünf. Wahrscheinlich wird sie ihm als Nächstes einen Löffel Lebertran verabreichen.

Viktor nickt glücklich lächelnd, sieht auf den Fernseher, wo »Marionetten der Liebe« läuft, und schiebt sich die nächste Brotscheibe zwischen die Kauleisten.

»Tut mir leid, wenn ich Muttis Besten jetzt entführen muss«, sage ich zu Trudi und drücke Viktor seine Jacke in die Hand. »Aber wir haben zu tun.«

In der Diele flüstere ich ihm zu: »Nimm du den Wagen, ich komme mit dem Fahrrad nach.«

»Du willst bei dem Regen mit dem Fahrrad fahren?« Viktor sieht mich irritiert an.

»Der Regen macht mir nichts aus. Ich brauche ein bisschen Bewegung und frische Luft. Du kannst die anderen ja schon mal über unseren Besuch bei Vermeer ins Bild setzen.«

Tatsächlich macht mir der Regen einiges aus. Fahrradfahren bei diesem Wetter hat was von chinesischer Wasserfolter. Die Tropfen bohren sich wie spitze Nadeln in Stirn und Wangen, während ich über das rutschige Pflaster der Hammersteiner Straßen jage.

Meine Entscheidung, das Rad zu nehmen, hat nichts mit dem Verlangen nach frischer Luft zu tun. Ich möchte nur auf Nummer sicher gehen und vermeiden, dass Joris Reichenau Viktor und mich gemeinsam sehen könnte. Eine weitere Eifersuchtsszene wie die vor *Scardanelli* möchte ich nicht riskieren. Mir zuliebe nicht – und Joris zuliebe nicht.

Meine Entscheidung soll sich als goldrichtig erweisen.

Als ich hinter Sankt Lambertus scharf um eine Ecke biege, rausche ich fast in einen entgegenkommenden Radfahrer hinein. Er weicht mir aus, geht volle Möhre in die Bremsen, gerät ins Schleudern und schafft es gerade noch, einen Sturz zu vermeiden.

Ich bremse scharf und blicke über die Schulter zurück.

Joris Reichenau steht über den Lenker seines Rades gebeugt, schnappt nach Luft und sieht mich mit großen, erstaunten Augen an. »Miranda?«

Ich erlebe einen Drei-Fragen-Moment. Frage eins: Warum kann ich plötzlich meinen Herzschlag in den Ohren hören? Frage zwei: Warum würde ich Joris unglaublich gerne erklären, dass seine Eifersucht auf Viktor völlig grundlos ist? Frage drei: Warum tue ich das nicht? Stattdessen haspele ich verlegen: »Joris … Ich … ich habe es leider eilig. Tut mir leid!«, und trete in die Pedale.

In meinem Nacken fühle ich ein merkwürdiges Prickeln.

Ich bin sicher, Joris Reichenau sieht mir hinterher! Der Gedanke zaubert mir für einen Moment ein Lächeln ins Gesicht – bevor ich mich wieder unter Kontrolle bekomme.

Tut mir leid, Edward, denke ich. Das ändert nichts zwischen uns. War nur ein kleiner Ausrutscher!

Viktor hat den Mercedes ein paar Meter unterhalb von »Elektro Hümmerich« geparkt. Ich schließe mein Rad ab und laufe die Stufen zum Laden hinauf.

Eine Minute später sitze ich mit den anderen in Fidelios Höhlen-Laboratorium. Viktor schildert gerade unseren Besuch bei David Vermeer. Elektra sitzt im Schneidersitz auf einem der Labortische und hört ihm aufmerksam zu, Max blinzelt nervös, und Fidelio knurrt: »Ein Mops namens Ajax? Wird ja immer doller.«

»Seht euch an, was ich gefunden habe!« Ich ziehe eine Klarsichthülle unter meinem Pullover hervor, in der die Zeitungsseiten stecken. »Kannst du rauskriegen, wie der Text der fehlenden Anzeigen lautete?«, frage ich Elektra. »Und wer sie aufgegeben hat?«

»Ich glaube, die erste Frage kann ich dir beantworten.« Max nimmt mir die Hülle aus der Hand. »Ich muss der Mutti jede Woche aus dem ›Hügelland-Kurier‹ vorlesen, weil sie immer nach Angeboten für Fußpuder sucht und wissen will, ob irgendwo ein Seniorenkaffee veranstaltet wird. Ich brauche nur Erscheinungsdatum und Seitenzahl, dann kann ich dir sagen, was dort stand.« Max zieht die Nase hoch.

»Einmal die Ausgabe vom sechsundzwanzigsten Mai, die andere ist vom sechzehnten Juni«, sage ich. »Beide Male fehlt die untere Hälfte von Seite vier.«

Max schließt die Augen, seine Lider flattern kurz, dann bleckt er die Zähne und guckt geheimnisvoll.

»Raus mit der Sprache. Mach schon«, kommandiert Fidelio.

»Die fehlenden Teile gehören zu der Kleinanzeigenrubrik Treffen/Vereine. In beiden Ausgaben gibt es eine Anzeige mit beinah identischem Text. Nur unterschiedliche Termine«, sagt Max mit zitternder Stimme. *»Werte Sangesbrüder und -schwestern: Der CdA trifft sich am 29.5.* – in der anderen Ausgabe heißt es *am 21.6. – um 20 Uhr zur Chorprobe unter …«* Max keckert und läuft rot an. *»… unter den Brüsten der Madonna.«*

»Was?«, entfährt es allen Umstehenden gleichzeitig.

»So steht es da«, kiekst Max entschuldigend.

»Unter den Brüsten der Madonna … Chorprobe … CdA …«, wiederhole ich einigermaßen ratlos. »Was sind die Brüste der Madonna und was bedeutet CdA?«

»Zu der Madonna fällt mir leider nichts ein«, höre ich Elektra sagen. »Aber wofür CdA steht, ist doch offensichtlich.« Augenblicklich richten sich die Augen aller Anwesenden auf sie. Elektra lächelt und haucht: »Der Chor des Ajax.«

Für einen Augenblick ist es so still, dass nur das leise Summen der singenden Wurmlöcher zu hören ist.

»Natürlich!«, durchbreche ich das kollektive verblüffte Schweigen. »Der Chor des Ajax!« Und dann rattert irgendetwas in meinem Kopf los wie ein wild gewordenes Zahnrad, dreht sich schneller und schneller – und rastet plötzlich ein. »Der Chor … erinnerst du dich, Viktor? Elmar Hersfeld hat gesagt, dass sein Vater das Haus kaum noch verlassen hat, dass er aber …«

»Regelmäßig zu Chorproben gefahren ist«, unterbricht mich Viktor, bei dem der Groschen offenbar auch gefallen ist. »Und das, obwohl er keinen Ton halten konnte, wenn man seiner Schwiegertochter glaubt.«

»So haben sie miteinander kommuniziert. Über den Kleinanzeigenteil. So haben sie sich zu ihren Treffen verabredet. Hersfeld und Nachtweih und die Frau, von der wir nicht wissen, wer sie ist.«

»Ja. Könnte sein. Die Frage ist nur: Was können wir mit dieser Erkenntnis anfangen?«, murmelt Fidelio, woraufhin sich ein nachdenkliches Schweigen ausbreitet – bis Viktor plötzlich aufspringt und ruft: »Wir geben auch eine Anzeige auf! Der gleiche Text, natürlich nur mit einem aktuellen Datum. Und dann hoffen wir, dass die unbekannte Frau die Anzeige liest und am Treffpunkt erscheint.«

Max Gehrling schüttelt den Kopf.

»Was?«, sagt Viktor eingeschnappt. »Hast du einen besseren Vorschlag?«

»Dein Plan hat einen kleinen Schönheitsfehler«, kiekst Max. »Sie weiß längst aus den Medien, dass Hersfeld und Nachtweih tot sind. Warum sollte sie dann weiter den Kleinanzeigenteil studieren?«

»Ja. Das ist ziemlich unwahrscheinlich«, muss ich zugestehen.

»Nein, ist es nicht!«, ertönt Elektras singende Stimme hinter mir und ich drehe mich erstaunt zu ihr um. »Ich stelle mir vor, ich wäre diese Frau«, sagt sie. »Ich fürchte um mein Leben, ich habe panische Angst, denn ich weiß, was mit Hersfeld und Nachtweih geschehen ist. Ich bin auf mich alleine gestellt, meine Mitstreiter sind tot. Mir bleibt nur eine Hoffnung.« Elektra lächelt. »Die Hoffnung, dass es Menschen gibt, die auf meiner Seite sind. Menschen, die mir helfen können. Menschen, die wissen wollen, was mit Aschersberg und Hersfeld und Nachtweih geschehen ist, und die verstanden haben, was es mit den Kleinanzeigen auf sich hat. Weshalb sie genau über diesen Weg versuchen könnten, mit mir Kontakt aufzunehmen. Wenn ich diese Frau wäre, würde ich die Kleinanzeigen sehr genau lesen. Wir sollten tun, was Viktor vorgeschlagen hat.«

Elektra schafft es immer wieder, mich mit ihrer ganz persönlichen Art von Logik zu verblüffen.

»Wir können keine Anzeige aufgeben«, sagt Fidelio brummig und bläst die Backen auf wie ein Ochsenfrosch. »Bevor wir das tun, müssen wir erst mal eines wissen: Was und wo um alles in der Welt sind die Brüste der Madonna?«

Während Elektra sich im Internet auf die Suche nach den ominösen Brüsten macht, halte ich mit Viktor, Max und Fidelio eine kurze Lagebesprechung ab.

»Wir sollten noch mal zu Hersfeld fahren. Vielleicht weiß Elmar Hersfeld mehr über die Chorproben seines Vaters. Ruf ihn an«, sage ich zu Viktor. »Erzähl ihm, du wärst an dem Haus interessiert, müsstest aber ein paar Dinge mit ihm klären und würdest deswegen gerne noch einmal vorbeikommen.«

»Das heißt, ich muss mich wieder in irgendwelche schlimmen Klamotten zwängen?«, fragt Viktor und verzieht so verzweifelt das Gesicht, dass Max ein schrilles Keckern ausstößt. Offenbar gibt es einen blinden Fleck in seiner Selbstwahrnehmung – beim Thema schlimme Klamotten würde ich an seiner Stelle ein wenig mehr Zurückhaltung üben.

»Die Maskerade sparen wir uns diesmal«, sage ich. »Es wird Zeit, einen Frontalangriff zu starten. Du quetschst Elmar Hersfeld über diesen Chor aus. Vielleicht hat sein Vater mal eine unbedachte Bemerkung fallen lassen. Und ich knöpfe mir Leonie Hersfeld vor und sage ihr auf den Kopf zu, dass sie lügt, was den Tod ihres Schwiegervaters betrifft.«

»Dann mal los, Junge. Worauf wartest du?«, sagt Fidelio, legt

Viktor die Hände auf die Schultern und schiebt ihn in Richtung Steintreppe. »Du kannst vom Laden aus telefonieren, da oben ist ein Festnetzanschluss.«

Während Viktor die Stufen erklimmt, trete ich hinter Elektra. Ihr Blick ist konzentriert auf den Monitor gerichtet. »Und?«, frage ich.

Elektra giggelt leise in sich hinein. »Wenn man Brüste und Madonna eingibt, stößt man auf jede Menge interessante Ergebnisse – aber keine, die für uns relevant wären. Ich suche fleißig weiter. Kann aber dauern, bis ich die richtigen Brüste finde. Irgendwie gibt es hier viel zu viele davon …«

***

»Guten Tag, Frau Hersfeld. Fabian von Scherbel hier. Ich hoffe, ich störe nicht.«

Tue ich nicht. Nicht im Geringsten. Im Gegenteil. Leonie Hersfeld ist entzückt, von mir zu hören, und mich beschleicht der starke Verdacht, dass ich bisher der einzige Kaufinteressent für das Haus bin. Natürlich kann ich es mir noch einmal ansehen, natürlich geht es auch sofort, selbst wenn sie deswegen einen Termin verlegen muss …

»Sagen wir in einer Stunde, Herr von Scherbel?«, flötet sie in den Hörer und fragt mit nervösem Unterton: »Sie, ähm, Sie kommen diesmal aber alleine?«

»Tut mir leid, ich muss nach wie vor auf meine Nichte aufpassen. Ihre Mutter ist noch immer …«

»Verstehe«, sagt Leonie Hersfeld und klingt dabei, als hätte sie einen Eiswürfel auf der Zunge. »Nun ja, wenn es nicht anders geht. Dann bis später, Herr von Scherbel.«

Als Miranda und ich in den Mercedes steigen wollen, bemerke ich, dass ein Zettel an der Windschutzscheibe klemmt. Ich ziehe ihn mit spitzen Fingern unter dem Scheibenwischer hervor und falte das durchnässte Papier auseinander. Drei Worte. Die

Schrift ist etwas verlaufen, aber immer noch deutlich zu erkennen: *Carelius. Du Schwein!*

»Das war Joris Reichenau«, sagt Miranda seufzend und nimmt mir den Zettel aus der Hand. »Er ist in mich verknallt – und auf dich ist er eifersüchtig!«

Sie erzählt mir von ihrer Begegnung mit Joris bei *Scardanelli.* »Er hat 'ne richtige Szene hingelegt. Hätte ich ihm irgendwie gar nicht zugetraut«, fügt sie leise hinzu, und ich stelle amüsiert fest, dass sich ihre Wangen dabei rot färben.

Wenn Miranda sowieso weiß, was Sache ist, muss ich ihr meine Begegnungen mit Joris Reichenau auch nicht mehr vorenthalten. Wir steigen in den Wagen und ich berichte ihr, dass Joris mein nächtlicher Verfolger war, schildere unseren kleinen Kampf im Tunnel in aller Ausführlichkeit und verschweige dabei nur den Tritt in die Familienplanung.

»Er ist hoffnungslos in dich verschossen, Miranda. Er tut mir richtig leid«, sage ich. »Aber ich befürchte, er ist so wütend, dass er seine Drohung wahr machen und nach den Ferien mit seinen Eifersuchtsfantasien zu Direktorin Bischofs laufen wird. Ich muss versuchen, vernünftig mit ihm zu reden. Aber ich habe keine große Hoffnung, dass er mir zuhören wird.«

»Ich werde mit ihm sprechen«, sagt Miranda ernst. Ihr Blick wird grüblerisch. »Ich habe geglaubt, dein Verfolger sei identisch mit dem Motorradfahrer, den ich in unserem Garten gesehen habe. Aber ich habe mich geirrt. Wenn es Joris war, der dich verfolgt hat – wer war dann die Person mit dem silberfarbenen Helm? Auf jeden Fall nicht Joris, denn der fährt kein Motorrad und hat mit Sicherheit auch keinen Helm. Außerdem hat er eine ganz andere Statur als der Motorradfahrer …« Miranda versinkt in ein nachdenkliches Schweigen.

Drei Ampeln gibt es in Hammerstein. Eine am Marktplatz, eine an der Kreuzung Hügelstraße/Talstraße und die dritte vor der Sparkasse. An den ersten beiden Ampeln rausche ich bei Grün durch, vor der Sparkasse erwische ich eine Rotphase und muss vor dem Zebrastreifen abbremsen. Der Regen klatscht gegen die Frontscheibe, unzählige Rinnsale laufen über die Scheibe. Eine Frau mit rotem Regenmantel überquert den Fußgängerüberweg, blickt verwundert auf den Mercedes, hebt den Kopf und …

»Runter!«, zische ich Miranda zu. Sie guckt verwundert, lässt sich aber sofort in ihren Sitz rutschen und rollt sich ein wie ein Igel.

Carola Kern starrt mich durch die Scheibe an und ihre Lippen formen das Wort »Viktor?«. Dann springt die Ampel um, ich trete aufs Gas und lege einen Kavaliersstart hin. Im Rückspiegel sehe ich, wie Carola dem Wagen mit offen stehendem Mund hinterherblickt.

»Verdammter Mist! Carola Kern!«, sage ich zu Miranda. »Ich hoffe, sie hat dich nicht gesehen. Das fehlte mir gerade noch.« Ich erzähle ihr von den Prosecco-geschwängerten Nachrichten auf meinem Anrufbeantworter.

»Sieht so aus, als hätten wir beide ein kleines Stalker-Problem«, befindet Miranda und richtet sich wieder in ihrem Sitz auf.

»Ja«, sage ich. »Mit dem Unterschied, dass Carola wahllos jeden Mann im heiratsfähigen Alter verfolgt. Joris Reichenau scheint doch sehr exklusiv an dir interessiert zu sein.« Ich lege eine kleine Kunstpause ein und blicke Miranda herausfordernd an. »Warum habe ich nur den Eindruck, dass du ihn auch magst?«

»Er ist … in Ordnung«, entgegnet Miranda verlegen.

So langsam beginnt mir die Sache Spaß zu machen. »Ah, in Ordnung. Und du läufst immer rot an, wenn von Leuten die Rede ist, die ›in Ordnung‹ sind?«

***

Viktor lässt nicht locker. Wie ein Bluthund, der Witterung aufgenommen hat. »Vielleicht findest du Joris ja ein bisschen mehr als in Ordnung«, sagt er in einem verdächtig unschuldigen Tonfall.

»Auch wenn es dich eigentlich nichts angeht: Mein Herz ist bereits vergeben!« Ich presse die Lippen aufeinander, verschränke die Arme vor der Brust – und hoffe darauf, dass die Hitze in meinem Gesicht wieder nachlässt.

»Stimmt. Wie konnte ich das vergessen? Edward Snowden …« Viktor grinst in sich hinein.

Ich drehe mich weg und blicke auf die Straße. Unaufhörlich prasselt der Regen auf den Mercedes ein, während er sich schnell und elegant über die kurvenreiche, enge Landstraße vorwärtsbewegt. Hinter der tropfenübersäten Scheibe scheint das Grün und Braun der Landschaft ineinanderzufließen. Viktor und ich schweigen uns eine geschlagene Viertelstunde lang an. Besser schweigen, als das Joris-Thema zu vertiefen, denke ich, als Viktor plötzlich den Kopf dreht und mich ernst anblickt.

»Weißt du, Miranda, manchmal passiert es, dass man von Menschen, die man liebt, verlassen wird. Sie gehen fort, sie sterben oder sie … verschwinden. Es tut ganz unglaublich weh. Dieser Schmerz ist so stark, dass man ihn nie wieder spüren will. Und dann kann es passieren, dass man, um diesen Schmerz in Zukunft nie mehr fühlen zu müssen, andere Menschen nicht mehr wirklich nah an sich heranlässt. Denn wenn man jemandem nicht so nah ist, tut es auch nicht so weh, wenn er einen verlässt. Verstehst du, was ich meine? Es ist ziemlich gefahrlos, für jemanden zu schwärmen, der unerreichbar ist. Die Sache ist nur die: Wenn man nie jemanden nah an sich heranlässt, bleibt man allein. Denk einfach mal drüber nach, Miranda. Ich finde, Joris Reichenau hat eine Chance verdient!« Viktor nickt mir aufmunternd zu und macht ein Gesicht wie ein Freistoßschütze, der den Ball aus dreißig Metern im Winkel versenkt hat.

Während der Mercedes weiter über die nasse Straße rast, sitze ich wie vom Donner gerührt da und bekomme keinen Ton raus. Mein Mund ist staubtrocken. Viktors Worte jagen durch meinen Kopf. Kann es wirklich sein, dass …? Richte ich meinen Blick in unerreichbare Fernen, um nicht zu sehen, was direkt vor meinen

Augen liegt? *Man musse die Gelato essen, wenn die Becher wird servierte,* radebrecht Scardanellis Stimme in meinem Kopf. Habe ich Angst, Joris zu nahezukommen, um nicht verletzt zu werden? Ich schäme mich ein wenig, als ich mir klarmache, wie viele Male ich ihn mit ein paar knappen Worten abgespeist habe, wenn er mich angesprochen hat. Und wie oft ich …

»Jetzt ist es wieder weg!«, reißt mich Viktors aufgeregte Stimme aus meinen Gedanken. Sein Blick ist an den Rückspiegel geheftet.

»Was ist weg?«

»Da war gerade ein Motorrad hinter uns. Nur ganz kurz. Ist plötzlich aus dem Regen aufgetaucht und war im nächsten Moment schon wieder verschwunden.«

»Bist du sicher?«, frage ich und werfe einen Blick über die Schulter. Nichts als Landschaft und Regen.

»Ganz sicher!« Viktor nickt bestätigend. »Der Fahrer trug einen silberfarbenen Helm!«

Ab da behalte ich die Straße hinter uns fest im Auge. Aber das Motorrad taucht nicht mehr auf und wir erreichen Birkenich ohne weitere Zwischenfälle.

In der Einfahrt vor dem Haus steht der graue Volvo von Elmar und Leonie Hersfeld. Letztere öffnet uns mit einem falschen Lächeln die Tür, das schlagartig verrutscht, als sie Viktors strubbliges Haar und seine Lederjacke bemerkt, und beim Blick auf mich komplett gefriert. Mit säuerlichem Gesichtsausdruck bittet sie uns ins Wohnzimmer, wo Elmar Hersfeld in einem Sessel sitzt und uns aus ängstlichen Mäuseaugen entgegenblickt.

»Herr von Scherbel«, sagt er, reicht Viktor die Hand und fordert uns auf, Platz zu nehmen. »Ich freue mich, dass Sie nach wie vor an dem Haus interessiert sind. Ich hatte schon befürchtet … Ähm, Sie sagten meiner Frau, Sie hätten noch einige Fragen? Also, wenn es um die Bausubstanz geht, dann kann ich Ihnen versichern, dass Sie sich deswegen keine Gedanken machen müssen. Oder sind Sie vielleicht doch an dem Jagdhaus meines Vaters interessiert? Ich könnte Ihnen da …«

»Wir glauben, dass Ihr Vater ermordet wurde«, sage ich.

»Was?« Elmar Hersfeld richtet sich mit einem Ruck in seinem Sessel auf und sieht mich mit offen stehendem Mund an.

»Was soll das?«, zischt Leonie Hersfeld und ihre Augen verengen sich zu schmalen Schlitzen. »Sie … Sie sind überhaupt nicht an dem Haus interessiert!«, geht es ihr auf. »Sie wollen hier nur rumschnüffeln! Wer sind Sie?«

»Wir sind Außendienstmitarbeiter einer gemeinnützigen Organisation.«

»Sie sind was?«, kreischt sie und funkelt mich wütend an.

Ich ignoriere sie und wende mich Elmar Hersfeld zu, der der zugänglichere Charakter zu sein scheint. »Bei unserem letzten Besuch haben Sie von Chorproben Ihres Vaters erzählt. Hat Ihr Vater einmal erwähnt, wo sich der Chor traf?«

»Wirf diese Leute raus, Elmar! Auf der Stelle!«, schreit Leonie Hersfeld.

Ihr Mann blickt verängstigt und völlig ratlos drein. »Aber sie sagen, dass Vater … Ich möchte hören, was … «

»Du warst schon immer eine Memme!« Leonie Hersfeld springt auf, stürzt in die angrenzende Küche und knallt die Tür hinter sich zu.

»Bitte versuchen Sie, sich zu erinnern«, sage ich in beschwörendem Ton zu Elmar Hersfeld. »Jede Einzelheit könnte wichtig sein, auch wenn sie Ihnen unbedeutend erscheint.«

»Mein Vater ist … ermordet worden?«, fragt er leise und sieht mich ungläubig an.

»Sie können helfen, dass ihm Gerechtigkeit widerfährt. Bitte erzählen Sie Vik… ähm, Herrn von Scherbel, was Sie über das Leben Ihres Vaters in den Monaten vor seinem Tod wissen. Selbst das, von dem Sie denken, es wäre nicht wichtig.« Ich erhebe mich vom Sofa und nehme Kurs auf die Küche.

»Was hast du vor?«, fragt Viktor.

»Frauengespräch«, sage ich lächelnd und öffne die Tür.

Leonie Hersfeld sitzt am Küchentisch, vor sich eine geöffnete Flasche Doppelkorn. Als ich eintrete, stürzt sie gerade ein Glas von dem klaren Schnaps hinunter. Das strähnige Haar hängt ihr ins Gesicht, ihre Augen sind glasig und sie blickt mich an, als würde sie am liebsten mit einem Küchenmesser auf mich losgehen. »Mach, dass du rauskommst!«, fährt sie mich an. »Du ... und dein angeblicher Onkel auch. Sonst rufe ich die Polizei!«

»Das steht Ihnen natürlich frei«, sage ich. »Allerdings müsste ich den Beamten dann erzählen, dass Sie, was den Tod Ihres Schwiegervaters betrifft, gelogen haben.«

»Du bist wohl übergeschnappt. Was erlaubst du dir, du ... «

»Sie haben gelogen! Ihr Schwiegervater hatte keinen Unfall. Er ist umgebracht worden. Und wenn Sie wirklich hier waren, als es passierte, dann haben Sie auch gesehen, wer es getan hat!«

Leonie Hersfeld stößt ein schrilles, hysterisches Lachen aus. »Was für eine blühende Fantasie! Du bist doch vollkommen ... behascht. Seid ihr doch heute alle!«

»Kann es sein, dass Sie Geld brauchen, Frau Hersfeld? Haben Sie Schulden oder einen mittellosen Liebhaber oder ... planen Sie eine Schönheits-OP?« Das wütende Blitzen in ihren Augen verrät mir, dass mindestens eine meiner Vermutungen ins Schwarze getroffen hat. »Erpressen Sie den Mörder Ihres Schwiegervaters, Frau Hersfeld?«

Sie springt so unvermittelt auf, dass ich nicht reagieren kann. Im nächsten Moment bekomme ich eine krachende Ohrfeige, taumele einen Schritt zurück und knalle mit dem Rücken so heftig gegen den Küchenschrank, dass die Teller und Tassen Kasatschok tanzen.

Leonie Hersfeld presst eine Faust gegen den Mund und sieht für einen kurzen Moment lang aus, als wäre sie über sich selbst erschrocken. Aber sie ist nicht der Typ, der sich entschuldigt. »Ich muss mich nicht als Kriminelle bezeichnen lassen«, stößt sie schwer atmend hervor. »Nicht in meinem eigenen Haus.«

Meine linke Gesichtshälfte brennt wie Hölle. Leonie Hersfeld kann froh sein, dass ich es prinzipiell für klüger erachte, deeskalierend zu agieren – sonst würde sie sich jetzt eine fangen. Aber so richtig! »Manchen Leuten ist einfach nicht zu helfen«, sage ich, reibe mir die Wange und trete den Rückzug an. In der Küchentür drehe ich mich noch einmal zu ihr um. »Sie haben keine Ahnung, in welcher Gefahr Sie sich befinden. Die Leute, mit denen Sie sich einlassen, haben sehr viel zu verlieren. Diese Leute haben Ihren Schwiegervater getötet und sie werden nicht zögern, eine Gelegenheitserpresserin wie Sie zu töten. Kommen Sie endlich zur Vernunft!«

Für einen Augenblick sieht es aus, als wollte Leonie Hersfeld etwas sagen. Ihre Lippen zittern, zögerlich öffnet sich ihr Mund – doch dann dreht sie den Kopf zur Seite und sieht zu Boden. »Geh!«, sagt sie leise. »Geh endlich.«

»Leonie Hersfeld hat mir eine geschallert«, sage ich, als Viktor den Motor startet.

»Was?« Er reißt die Augen auf. »Sie hat dir eine Ohrfeige verpasst?«

»Diese hohle Nuss rennt offenen Auges in ihr Unglück!« Ich berichte Viktor von dem äußerst unglücklichen Verlauf, den mein Frauengespräch genommen hat. »Hattest du bei Elmar Hersfeld mehr Glück?« Vorsichtig betaste ich meine angeschwollene Wange.

Viktor schüttelt den Kopf. »Er weiß nicht mehr über den Chor, als er uns schon beim letzten Mal erzählt hat. Er fand es zwar seltsam, dass sein alter Herr plötzlich Interesse am Chorgesang entwickelte, aber er war froh, dass sein Vater überhaupt ein Hobby hatte, das ihn dazu brachte, ab und zu das Haus zu verlassen. Er weiß weder, wer Mitglied in diesem Chor ist, noch wo die Chorproben stattgefunden haben. Ich habe ihn gefragt, ob ihm die Brüste der Madonna etwas sagen. Fehlanzeige! Er ist nur rot angelaufen wie 'ne Hagebutte.«

Wir lassen Birkenich hinter uns und Viktor steuert den Mercedes über eine enge Straße, die mehrere Kilometer zwischen dichten Mischwäldern hindurch ins Tal führt. Es dämmert bereits. Zu meiner Rechten geht es steil abwärts. Ich blicke auf gewaltige Baumkronen, zwischen denen silberne Schleier aus Feuchtigkeit aufsteigen. Weiter unten im Tal, halb verdeckt durch die Bäume, liegt der Sternfelder Stausee, ein dunkles, unbewegtes Gewässer, das von steilen Uferhängen und schroffen Felsen begrenzt wird. Viktor schaltet die Scheinwerfer an, der nasse Asphalt vor uns glitzert in der einsetzenden Dunkelheit. Wir brausen in halsbrecherischem Tempo talwärts, aber ich fühle mich völlig sicher und lehne mich entspannt zurück. Viktor ist seit seiner Fahrstunde so was wie ein Houdini auf vier Rädern. Souverän fegt er mit dem silberfarbenen Mercedes durch die engen Kurven und sieht dabei so euphorisch aus wie ein Zehnjähriger, der sich Papas Auto für eine Spritztour geliehen hat. Schwer zu glauben, dass es sich um denselben Mann handelt, dem noch vorgestern bei jedem Spurenwechsel Schweiß auf die Stirn getreten ist. Ich kann es kaum erwarten, der mysteriösen Mercedes persönlich zu begegnen. Die Frau muss heilende Hände haben …

Hinter einer lang gezogenen Biegung mündet ein schmaler Forstweg in die Straße ein. Genau als wir auf der Höhe der Einmündung sind, sehe ich aus dem Augenwinkel zwei Scheinwerfer aufflammen! Einen Atemzug später schießt ein schwerer Wagen aus dem Forstweg, biegt mit quietschenden Reifen auf die Straße, beschleunigt und jagt uns in rasendem Tempo hinterher.

Es ist, als hätte ich einen plötzlichen Stromschlag bekommen. Meine Fingerspitzen fühlen sich an, als wären sie elektrisch geladen. »Der Geländewagen! Häng ihn ab!«, schreie ich.

Der Wagen, der uns schon einmal verfolgt hat! Meine Augen scannen den dunklen Himmel ab, in der verzweifelten Hoffnung, grüne Lichter auftauchen zu sehen. »Helft uns! Bitte! Kommt schon!«

Aber alles bleibt dunkel. Keine Lichter. Wir sind auf uns alleine gestellt.

Die Scheinwerfer des Geländewagens sind direkt hinter uns, sein Motor heult auf – und als der Wagen uns rammt, tut es einen so gewaltigen Schlag, dass mein Kopf gegen die Seitenscheibe knallt. Ich schreie laut auf. Das Einzige, was mich davor bewahrt, in totale Panik zu verfallen, ist der Umstand, dass dieses Mal ein guter Fahrer neben mir sitzt.

Viktor wirkt völlig unbeeindruckt. »Anschnallen, Miranda!« Sein Gesicht nimmt den vergeistigten Ausdruck eines meditierenden Mönches an, dann tritt er das Gaspedal durch, ich werde in meinen Sitz gepresst und der Wagen geht ab wie eine Rakete. Wir heizen dermaßen rasant über die schmale Straße, dass ich in jeder Kurve befürchte, wir könnten uns um den nächsten Baum wickeln – aber der Mercedes scheint regelrecht an dem nassen Asphalt zu kleben.

Dummerweise kann der Fahrer des Geländewagens aber auch Autofahren und lässt sich durch Viktors gewagte Manöver nicht abschütteln.

»Festhalten!«, befiehlt mein Fahrer und reißt das Steuer bei voller Fahrt herum. Der Mercedes rutscht über die rechte Seitenbegrenzung, schießt über einen Erdhügel wie ein Skispringer über die Schanze, hebt ab und scheint für einen Augenblick in der Luft zu stehen, bevor er auf den Boden kracht. Das Heck knallt gegen einen Stamm, der Wagen schleudert um die eigene Achse. Ich richte mich in meinem Sitz auf und spähe durch die Bäume. Einen Moment lang glaube ich, wir hätten unsere Verfolger abgehängt, aber dann taucht die Schnauze des Geländewagens über dem Erdhügel auf …

Viktor gibt Gas, Steine spritzen auf und treffen wie spitze Geschosse auf den Wagen, Tannenzapfen prasseln auf das Dach. Ich klammere mich an meinem Sitz fest und bete, dass wir irgendwie heil aus dieser Nummer rauskommen. Der Mercedes ist nicht für nächtliche Slalomfahrten im Wald gemacht. Zweige kratzen wie lange dürre Krallen über das Metall. Mit jedem Meter scheinen die Bäume dichter zu stehen, die Äste hängen so tief, dass uns jede Sicht genommen wird – bis der Wald urplötzlich ein Ende hat. Wir schießen zwischen den Bäumen heraus, vor uns liegen fünfzig Meter freies Gelände, und dahinter …

»Viktor! Da vorne ist Ende!«, schreie ich.

Er steigt mit aller Kraft auf die Bremse, aber der Wagen schlittert weiter über den schlammigen Boden auf einen Abgrund zu. Ich schließe die Augen und höre im Geiste schon die Totenglocke läuten – dann steht der Wagen plötzlich. Seine Schnauze ragt mehrere Zentimeter über den Abgrund. Dreißig Meter unter uns liegt der dunkle, unbewegte Spiegel des Sternfelder Sees.

»Raus!«, brüllt Viktor, die Flügeltüren schwingen hoch, und wir rollen uns aus dem Wagen. Kaum bin ich wieder auf den Beinen, sehe ich den Geländewagen auf uns zukommen. Ganz langsam. Wie ein Jäger, der das Wild in die Enge gedrängt hat.

Dann, etwa zwanzig Meter vor uns, hält er an. Die Scheinwerfer blenden auf, und ich reiße die Hand vors Gesicht. Wir sitzen in der Falle – es sei denn, wir riskieren den Sprung in den See.

»Wir haben keine Wahl. Wir müssen springen«, flüstere ich Viktor zu. »Auf Drei. Eins, zwei – «

»Ich kann nicht schwimmen!«, wispert er panisch.

»Was? Das sagst du mir erst jetzt?«

»Ist das der passende Zeitpunkt zum Diskutieren?«

Die Lichter des Geländewagens erlöschen. Ich halte den Atem an und rechne damit, dass jeden Moment zwei Muskelpakete aus dem Wagen steigen, um was auch immer mit Viktor und mir anzustellen. Vielleicht um uns mitsamt dem Mercedes im See zu versenken.

»Hörst du das?«, flüstert Viktor plötzlich, und im selben Moment nehme ich es auch wahr: ein leises Brummen, das stetig lauter wird.

Ein Motorrad!

Ich kneife die Augen zusammen und spähe in die Dunkelheit,

während die Maschine zwischen den Bäumen hervorkommt, beschleunigt und auf uns zurast. Ich kann das Motorrad hören, aber nicht sehen. Erst als die Maschine direkt hinter dem Geländewagen ist, gelingt es mir, sie auszumachen: Das Motorrad ist nachtschwarz und fährt ohne Licht. Der Fahrer mit dem silberfarbenen Helm!

Die Insassen des Wagens registrieren ihn erst in dem Moment, in dem er an der Beifahrerseite vorbeischießt, eine Vollbremsung hinlegt, zur Seite schleudert und genau vor der Kühlerhaube zum Stehen kommt. Blitzschnell zieht er etwas, das an eine Fernbedienung erinnert, aus seiner schwarzen Lederkluft, richtet es auf den Wagen und ein leises Klacken ist zu hören.

Er hat die Türschlösser blockiert!

Die beiden Männer im Wagen beginnen, wie wild gegen die Scheiben zu klopfen und rütteln mit aller Kraft an den Türen – vergeblich. Sie sind eingesperrt. Der Motorradfahrer dreht den Kopf und nickt uns kurz zu, dann fährt er langsam zur Fahrerseite, winkt fröhlich ins Wageninnere und heftet eine metallisch schimmernde, diskusartige Scheibe an das Dach des Wagens. Nur ein leises *Klick* ist zu hören.

»Was soll die Scheiße denn?«, stößt Viktor mit piepsiger Stimme hervor.

»Das ist eine Haftmine! Runter!« Ich ziehe ihn mit mir zu Boden, während der Motorradfahrer Vollgas gibt und auf dem Hinterreifen in Richtung Wald davonschießt.

Im Inneren des Geländewagens bricht blinde Panik aus. Die Innenraumbeleuchtung flackert auf, und ich sehe, wie die Männer verzweifelt nach irgendetwas suchen, mit dem sie die Scheiben zerschlagen können. Ein Blick auf sie reicht, um zu wissen, dass sie zu dem gruseligen Milchgesichter-Verein gehören, wie die, die Weirdo Wunderlich bedroht haben. Einer von ihnen hält plötzlich einen Feuerlöscher in Händen und drischt damit hektisch auf die Frontscheibe ein. Beim dritten Versuch zerbirst sie mit einem lauten Knall in unzählige Splitter. Die Milchgesichter winden sich aus dem Wagen und rutschen über die Kühlerhaube. »Weg!«, höre ich einen von ihnen schreien.

Sie kommen direkt auf uns zugerannt. Meine Hände fahren über den Boden, ich ertaste einen Stein, richte mich auf, schleudere ihn auf unsere Verfolger – und verfehle sie um einen guten Meter. Aber die Männer sind einzig darauf bedacht, sich zu retten. Sie stürmen an uns vorbei und springen in die Tiefe. Einen Wimpernschlag später höre ich ihre Körper auf die Wasseroberfläche auftreffen.

»Was um Himmels willen ist das, Miranda?« Viktor zupft mich panisch am Ärmel und deutet auf den Geländewagen. Ich werfe den Kopf herum und sehe grünen Rauch aus der vermeintlichen Haftmine steigen. Dann springt ihre Oberseite mit einem satten Ploppen auf, ein lautes Zischen – und eine Fontäne aus grün leuchtendem Konfetti steigt in die Luft, bevor die glitzernden Staniolteilchen wieder erdwärts segeln und sich wie ein grün schimmernder Regen auf Dach und Kühlerhaube des Wagens legen.

Ich stiere fassungslos auf den Konfettiregen, dann werfe ich mich auf den Bauch, robbe ein Stück über den feuchten Boden zurück und blicke in die Tiefe. Im See sind zwei Punkte zu erkennen, die sich, wild mit den Armen paddelnd, in Richtung Ufer bewegen.

»Die sind wir fürs Erste los!«, keuche ich.

»Alles in Ordnung mit dir?«, fragt Viktor, steht auf und hilft mir auf die Beine.

»Geht so.« Mir zittern noch immer die Knie. »Und bei dir?«

Viktor sieht reichlich mitgenommen aus. »Ich brauch 'ne Zigarette«, stöhnt er und beginnt die Taschen seiner Lederjacke nach dem Tabakpäckchen abzusuchen. »Ohne den Motorradfahrer würden wir jetzt da unten im See schwimmen«, sagt er, nachdem er eine Zigarette gedreht und einen tiefen Zug genommen hat.

»Ich würde schwimmen«, berichtige ich ihn. »Du würdest wie ein Stein am Grund des Sees liegen. Schwimmen lernen steht ab sofort ganz oben auf deiner Fortbildungsliste!«

»Wer ist dieser Motorradfahrer? Warum … hilft er uns?«

Das wüsste ich mindestens genauso gerne wie Viktor – aber ich habe nicht die geringste Ahnung. Ratlos zucke ich die Achseln. »Sehen wir uns den Geländewagen mal näher an. Wir können die Kennzeichen von Elektra überprüfen lassen. Aber ich bin mir jetzt schon sicher, dass sie gefälscht sind«, sage ich, während wir auf das Gefährt zugehen.

Vorsichtig krabble ich auf die Kühlerhaube und schlängele mich durch die geborstene Frontscheibe hindurch ins Innere des Wagens.

Nichts. Keine Papiere, nichts Persönliches. Nicht mal ein Papiertaschentuch, ein zusammengeknülltes Bonbonpapier oder ein Kaugummi im Aschenbecher. Ich habe aber auch nicht ernsthaft erwartet, etwas zu finden.

Ich löse die Handbremse und klettere vorsichtig aus dem Auto. »Hilf mir«, sage ich zu Viktor und wir stellen uns hinter den Wagen und beginnen, mit vereinten Kräften zu schieben. Viel Kraft ist nicht nötig. Das Gelände ist abschüssig, die Räder geraten sofort in Bewegung, der schwere Wagen nimmt Fahrt auf, rollt auf die Felskante zu und stürzt in die Tiefe. Ein lautes Klatschen, dann spritzt Wasser auf und innerhalb weniger Sekunden versinkt der Geländewagen mit einem gurgelnden Geräusch im See.

Viktor setzt den Mercedes, der wie durch ein Wunder bei unserer Verfolgungsjagd nur ein paar Dellen abbekommen hat, vorsichtig zurück, wendet und fährt langsam auf die Bäume zu. Wir durchqueren den Wald, finden schließlich zurück zur Straße, und als wir endlich wieder Asphalt unter den Rädern haben, hefte ich mir das Psychophon an die Stirn und setze Elektra über alles in Kenntnis.

Um Himmels willen. Seid ihr in Ordnung, Miranda?

Alles okay so weit. Aber wenn dieser Motorradfahrer nicht gewesen wäre … Elektra?

Für einen Moment ist die Verbindung gestört, so als wären Elektras Gedanken kurzzeitig ins Stolpern geraten, dann kann ich sie wieder klar empfangen: *Was konntet ihr über den Chor des Ajax herausbekommen?*

Nichts. Aber diese Leonie Hersfeld verschweigt uns etwas …

Ich habe ein bisschen in der Buchhaltung des »Hügelland-Kuriers« spioniert. Die Kleinanzeigen sind tatsächlich von Joachim Hersfeld aufgegeben worden.

Und was machen die Brüste der Madonna?

Elektras Antwort ist ein tiefer, gedachter Seufzer. *Ich habe in den letzten Stunden mehr Brüste gesehen, als mancher in seinem ganzen Leben. Aber leider nicht die passenden. Ich melde mich, sobald ich welche gefunden habe, die fürs Zweifelwerk interessant sein könnten.*

Nachdem der Nichtschwimmer den Mercedes in der Garage abgestellt hat, nehmen wir den gläsernen Lift nach oben. Das Erdgeschoss ist dunkel; Trudi schläft bereits.

»Und jetzt? Wie gehen wir weiter vor?«, fragt Viktor, als wir die Halle durchqueren.

»Bevor wir nicht wissen, was und wo die Brüste der Madonna sind, können wir nur warten. Vielleicht nutzt du den morgigen Tag für einen Schwimmkurs. Wenn du fleißig übst, kannst du unter Umständen in ein paar Wochen das Seepferdchen machen.«

»Ausgesprochen witzig! Gute Nacht, Miranda.« Viktor öffnet die Haustür einen Spalt weit und schlüpft ins Freie.

Ich schließe die Tür hinter ihm ab und will gerade die Treppe hinaufsteigen – als es Sturm klingelt! Ich sprinte zurück, öffne und sehe mich einem völlig verdatterten Viktor gegenüber.

»Was ist los?«

Er blinzelt, zwinkert und zuckt so neurotisch, als hätte er sich bei Max Gehrling angesteckt. »In … ähm … in eurem Brunnen … sitzt 'ne Frau!«

Ich frage mich ernsthaft, ob Viktor bei unserer Verfolgungsjagd ein folgenreiches Schleudertrauma erlitten hat.

»Und … da ist noch was. Komm!«, sagt er, zieht mich am Arm mit sich vor das Haus und deutet nach rechts.

Ich traue meinen Augen nicht. Vor mir steht ein nachtschwarzes Motorrad, davor liegt ein Paar schwarzer Stiefel, über den Lenker hängen Lederjacke und Lederhose, auf dem Sattel thront ein silberfarbener Helm.

Ohne ein Wort zu sagen, zieht Viktor mich weiter auf den Brunnen zu – und mir klappt die Kinnlade runter!

Mit dem Rücken zu uns sitzt eine Frau mit langen schwarzen Haaren in dem leuchtend grünen, sprudelnden Wasser. Ihre Arme ruhen auf der silberschimmernden Brunnenumrandung. Sie hat den Kopf in den Nacken gelegt und betrachtet die Alien-Statue.

Als wir den Brunnen erreichen, dreht sie sich um und lächelt. »Ich hatte einen anstrengenden Tag. Mir war nach einem Bad. Hallo, Miranda. Hallo, Viktor.«

Es ist, als würde der Blitz in mich fahren.

»Mercedes?«, sagt Viktor mit ungläubigem Blick.

»Indigo!«, stoße ich hervor.

8

Miranda steht da, als wäre mitten im Sommer der Winter über sie hereingebrochen. Ich sehe, wie ihre Halsschlagader zu pochen beginnt, ihre rechte Hand ballt sich zur Faust. Dann fährt sie auf dem Absatz herum und stürzt davon.

»Miranda!«, rufe ich ihr hinterher.

»Lass sie! Ich habe nicht erwartet, dass sie mir um den Hals fällt«, seufzt Mercedes … aka Indigo.

»Du bist Indigo? Und Mercedes? Und …«

»Ich bin vieles«, sagt sie in dem heiseren Ton, bei dem man sich ihr zu Füßen werfen möchte, schenkt mir ein Lächeln, für das das Gleiche gilt, und erhebt sich ohne Vorwarnung aus dem Wasser. »Wärst du so freundlich und würdest mir ein Badetuch holen, Viktor? Trudi lagert sie in einem Bauernschrank in der Halle. In dem Fach über den Bettlaken. Da lagen sie zumindest vor acht Jahren. – Viktor?«

»Ähm … ja?«

»Das Badetuch?«

Wenn direkt vor einem, mitten in der Nacht eine Frau aus einem Brunnen mit grün leuchtendem Wasser steigt, kann einen das in gehörige Verwirrung stürzen. Und wenn diese Frau auch noch aussieht wie Indigo Lux, muss man schon eine Alien-Statue aus Edelstahl sein, um sie nicht anzustarren. In einem Akt übermenschlicher Willensanstrengung gelingt es mir, mich von ihrem Anblick loszureißen. Ich murmele: »Oh ja … das Tuch … natürlich«, und laufe ins Haus. Ich reiße die Tür des massiven Eichenschranks auf, greife nach einem großen, roten Badetuch und stehe zehn Sekunden später wieder vor dem Brunnen.

Indigo steigt über die stählerne Umrandung, trocknet sich ab und hüllt sich in den roten Frotteestoff.

»Zeit, die Feierlichkeiten zur Rückkehr der verlorenen Tochter einzuleiten. Komm mit!«, sagt sie. Kaum stehen wir in der Halle, schlägt sie die Tür mit solcher Kraft zu, dass es wie ein Kanonenschlag durch das nächtliche Haus hallt.

Geschätzte drei Sekunden später erscheint eine aufgebrachte Trudi Lux im Nachthemd und mit bedrohlichem *Ich mach Sie fertig!*-Gesicht oben an der Treppe. »Was ist hier los? Was soll die verdammte Türenknallerei mitten in der Nacht? Was – « Trudis Blick bleibt an Indigo hängen. Sie reißt die Augen auf und guckt so entgeistert, als würde sie einem Gespenst gegenüberstehen.

»Hallo, Trudi«, sagt Indigo lächelnd. »Ich bin … wieder da.«

Trudi Lux wankt einen Schritt zurück und fasst sich ans Herz. Ihr Gesicht läuft dunkelrot an, sie holt Luft, als wollte sie eine Luftmatratze mit einem einzigen Atemzug aufpumpen, und schmettert mit der Stimme einer wagnerianischen Rachegöttin: »Du bist abgehauen! Du hast uns im Stich gelassen und hast acht Jahre lang nichts von dir hören lassen. Du bist einfach abgehauen!«

»Ich bin nicht freiwillig gegangen, Trudi. Ich … musste gehen. Tut mir leid! Ehrlich!« Indigo schenkt ihrer Tante den Verzeihung heischenden Blick, mit dem zehnjährige Ladendiebinnen ihre Eltern ansehen, wenn sie von der Polizei nach Hause gebracht werden. »Ich habe dich vermisst, Trudi!«

Man kann an Trudis Mienenspiel erkennen, wie die Gefühle in ihr miteinander kämpfen, ihre Doppelkinne beginnen unkontrolliert zu wackeln – dann schluchzt sie laut auf und ein Tränenschwall schießt aus ihren Augen.

»Ich habe dich auch vermisst, Kind!« Mit der Grazie einer Schwergewichts-Catcherin stürmt sie die Stufen hinab, fällt Indigo heulend um den Hals und drückt sie an ihre Brust. »Ich habe dich so vermisst, Kind!« Sie schlägt die Hände vor den Mund. »Ich kann nicht glauben, dass du wieder da bist!« Dann bricht sie erneut in Tränen aus, bis sie, nach mehreren vergeblichen Anläufen halbwegs die Fassung wiedererlangt. Sie schnäuzt sich in ein großes Taschentuch und sagt mit einem mütterlich besorgten Blick auf Indigo: »Wie dünn du bist, Kind. Du hast bestimmt Hunger! Isst du immer noch so gerne Zwiebelkuchen? Du musst sofort was essen! Ich back dir einen Zwiebelkuchen.«

»Trudi, es ist mitten in der Nacht«, sagt Indigo.

»Na und? Wenn du nach acht Jahren endlich wieder nach Hause kommst, dann ist es ja wohl das Mindeste, dir dein Lieblingsessen zu machen. Egal um welche Uhrzeit!«

Ich beginne mich gerade ein wenig überflüssig zu fühlen, als Trudi mich am Arm in die Küche zieht und auf einen Stuhl drückt: »Und der Herr Krakelius sagt bestimmt auch nicht Nein zu einem leckeren Stück Zwiebelkuchen. – Wo ist eigentlich Miranda?«

»Ich nehme an, auf ihrem Zimmer. Oder in der Bibliothek«, sagt Indigo. »Wir sind uns bereits begegnet, und sie ist ein bisschen … trotzig. Ich gebe ihr noch etwas Zeit, sich abzureagieren.«

Während Trudi wie ein aufgescheuchtes Huhn zwischen Küche, Kammer und Keller hin und her rennt, um die Zutaten für den Zwiebelkuchen zusammenzusuchen, setzt sich Indigo mir gegenüber an den kleinen, holzwurmbefallenen Tisch in der Küche, betrachtet mich interessiert – und ich versuche verzweifelt, nicht so verwirrt auszusehen, wie ich mich fühle.

»Ich weiß genau, was du denkst«, sagt sie. »Das ist sie also: die böse Schwester, die die siebenjährige Miranda im Stich gelassen hat. Die sich bei Nacht und Nebel auf und davon gemacht hat, noch bevor ihre Eltern beerdigt waren.«

»Nein, das stimmt nicht!«, protestiere ich. »Ich habe mich vielmehr gefragt, wie es sein kann, dass du vorhin genau im richtigen Moment aufgetaucht bist. Ohne dich wären Miranda und ich erledigt gewesen.«

»Das ist es, was große, böse Schwestern tun«, sagt Indigo mit heiserer Stimme. »Nach acht Jahren im richtigen Moment auftauchen und die kleine Schwester und deren nichtschwimmenden Lehrer rausboxen.«

Irgendwie habe ich den leisen Verdacht, dass sie sich über mich lustig macht.

»Was sollte diese ganze Mercedes-Geschichte? Warum hast du mir erzählt, du wärst eine Fahrlehrerin?«

»Ich *bin* eine vom techno-spirituellen Fahrlehrerverband geprüfte schamanische Fahrlehrerin. Könntest du sonst Autofahren? Und Mercedes wollte ich schon immer mal heißen. Ich habe viele Namen … und viele Professionen. Und manchmal arbeite ich eben auch für die Fahrschule Droschkenrat. Weil ich eine Schwäche für hoffnungslose Fälle habe.« Sie blickt auf und lächelt spöttisch – was einfach nur hinreißend aussieht! »Und es war die Gelegenheit, sich das neuste Mitglied des Zweifelwerks mal aus der Nähe anzusehen. Miranda scheint ein gutes Näschen für Talente zu haben. Du bist gar nicht mal so schlecht als Zweifler, Viktor Carelius. Obwohl deine Fähigkeiten sicher noch ausbaufähig sind. Wenn du Hilfe brauchst … Ich mache aus jedem Fußgänger einen Fahrer und aus jedem Nichtschwimmer einen Schwimmer. Gibt es noch mehr Sachen, die du nicht kannst?«

Sie lehnt sich zurück. Unter ihrem Blick fühle ich mich wie die Maus vor der Schlange. Eine Maus, die sich merkwürdigerweise nichts mehr wünscht, als sofort und am Stück verschlungen zu werden … Es braucht ein halbes Dutzend Räusperer, bis es mir gelingt, meine Gedanken wieder auf das Wesentliche zu richten. »Warum bist du gerade jetzt zurückgekommen?«, frage ich.

Indigos Gesicht versteinert und sie senkt den Blick. »Ich bin schon seit einer Weile wieder in der Nähe. Aber ich wollte nicht, dass Miranda davon erfährt. Aus verschiedenen Gründen …« Einen Moment lang versinkt sie in Schweigen, bevor sie den Kopf hebt und sagt: »Aber ich habe schnell begriffen, in welcher Gefahr Miranda schwebt. Und du auch, Viktor. Ihr habt schlafende Hunde geweckt. Jemand musste auf euch aufpassen.«

»Wer waren die Milchgesichter in dem Geländewagen? Was wollen die von uns?«

Indigo schiebt sich eine Haarsträhne hinters Ohr, beugt den Kopf zu meinem Ohr und flüstert: »Ajax.«

»Was weißt du darüber?«, entfährt es mir.

»Miranda, du und ich, wir sind auf der Spur des bestgehüteten Geheimnisses auf diesem Planeten. Nur haben wir uns ihm bisher aus unterschiedlichen Richtungen genähert. Aber jetzt … «

»So ein Glück, Kind!« Trudi kommt freudestrahlend in die Küche gewatschelt und wedelt triumphierend mit einem Gewürzstreuer. »Ich hatte schon befürchtet, ich hätte keinen Kümmel mehr im Haus, aber ich hab noch welchen in der Kammer gefunden, hinter dem Unkrautvernichter.«

»Du wirst bald mehr über Ajax erfahren«, flüstert Indigo mir zu, dann steht sie auf, zieht das Badetuch enger um ihre Schultern und sagt laut: »Ich muss mit Miranda reden. Aber zuerst würde ich mir gerne was anziehen. Habt ihr meine Kleidung rituell verbrannt, Trudi, oder ist noch was oben in meinem Zimmer?«

»Was denkst du von mir, Kind? In deinem Zimmer ist alles noch genauso wie vor acht Jahren. Und ich hab regelmäßig gelüftet und Staub gewischt. Und frische Duftseife in deinen Kleiderschrank gelegt. Natürlich sind deine Sachen noch alle da!«

»Du bist ein Schatz!« Indigo küsst ihre Tante auf die Wange. »Bis nachher, Viktor«, sagt sie mit einem Lächeln, das selbst die Antarktis zum Schmelzen bringen würde.

»Hallo? Hören Sie mir zu, Herr Krakelius?«, reißt mich Trudis Stimme aus meinen Schwärmereien.

»Äh … was?«

»Ich hab gesagt, ich mach mich an den Teig und Sie können schon mal die Zwiebeln schälen.« Trudi drückt mir Gemüsemesser und Schneidebrett in die Hand und deutet auf einen Berg aus mindestens drei Kilogramm Zwiebeln.

Schweigend machen wir uns an die Arbeit und vergießen gemeinsam ein paar Tränen. Allerdings aus unterschiedlichen Gründen: Trudi weint aus Freude über die unverhoffte Rückkehr ihrer Nichte still in den Hefeteig, und ich weine, weil Zwiebeln nicht nur viele Häute haben, sondern ausnahmslos jedermann in ein bemitleidenswertes, schniefendes und heulendes Häuflein Elend verwandeln.

***

Ich stehe hinter dem hohen Fenster in der Bibliothek, presse das Gesicht gegen die Scheibe und sehe zu, wie schmale Regenrinnsale an der Außenseite des Glases herunterlaufen.

Als ich ein Kind war, ist mir irgendwann klar geworden, dass die Lux-Familie anders war als andere Familien. Abgesehen davon, dass die meisten Familien keinen Alien-Brunnen im Vorgarten und keine Gargoyles auf dem Dach hatten, waren in diesen Familien auch die Generationen klar zu unterscheiden. Kinder, Eltern und manchmal noch Großeltern, die mit im Haus lebten. Jeder hatte seine Rolle, jeder gehörte einer bestimmten Generation an. Bei uns lag die Sache erheblich komplizierter: Da gab es Trudi, die ich als kleines Mädchen immer als eine Art Großmutter betrachtet habe, die aber in Wirklichkeit natürlich die große, zehn Jahre ältere Schwester meines Vaters und damit meine Tante war. Dann gab es noch Indigo, die fünfzehn Jahre älter war als ich, die meine Schwester war und damit zu den Kindern, gleichzeitig aber auch zu den Erwachsenen gehörte. Mit fünf Jahren habe ich verstanden, dass Aurelia nur meine, nicht aber Indigos Mutter war. Eines Abends, als mein Vater mich ins Bett brachte, habe ich ihn nach Indigos Mutter gefragt.

»Aurelia ist meine Mama. Aber wer ist Indigos Mama?«

Vater hat mir über die Haare gestrichen und gelächelt. »Indigos Mutter und ich haben uns getroffen, als wir noch sehr jung waren. Ich war nicht mit ihr verheiratet, aber Indigo, sie und ich, wir waren damals auch eine Familie.«

»Habt ihr hier gewohnt?«

»Nein. Wir haben in einer großen Stadt gewohnt, die Kairo heißt. In Ägypten. Dort habe ich damals gearbeitet. – Aber dann ist Indigos Mutter … fortgegangen.« Vater hatte traurig gelächelt.

»Warum? Wollte sie nicht mehr bei dir und Indigo bleiben? Mochte sie euch nicht mehr?«

»Doch. Sie mochte uns sogar sehr, aber …« Er küsste mich auf die Stirn und deckte mich zu. »Ich werde es dir erklären, wenn du älter bist. Versprochen. – Und jetzt, schlaf gut.«

Meine Mutter und Indigo waren beide äußerst temperamentvoll und konnten sich mitunter ganz schön in die Haare geraten. Jedes Mal, wenn das passierte, blickte Vater in stummer Verzweiflung gen Himmel, seufzte tief und flüchtete mit einem Buch und einer Kanne Kaffee in eines der Neuschwanstein-Türmchen, um nicht zwischen die Fronten zu geraten. Aber am Ende jedes Streits stand eine ebenso temperamentvolle Versöhnung. Obwohl Indigo nicht ihre leibliche Tochter war, hat Aurelia sie geliebt. Aber niemand hat sie so geliebt wie ich!

Von dem Moment an, als ich laufen konnte, hing ich ständig an ihrem Rockzipfel. Meine große Schwester faszinierte mich. Stundenlang konnte ich ihr Gesicht betrachten: der bronzefarbene Ton ihrer Haut, die hohen, schrägen Wangenknochen, vor allem aber ihre merkwürdigen, dunklen Augen. Beinah schwarz. Sie war so ganz anderes als alle. Sie hatte mit keinem Ähnlichkeit – nicht einmal mit meinem Vater.

Meine Eltern waren oft auf Reisen und so oblag es Indigo, einen großen Teil meiner Bildung und Erziehung zu übernehmen. Ich war ein neugieriges, aufgedrehtes und dauerplapperndes kleines Kind, aber Indigo hat auch auf meine hundertste *Warum ist das so?*-Frage ruhig und geduldig reagiert. Ich weiß noch, wie sie mich eines Nachts geweckt und mit zu dem Steinkreis im Garten genommen hat, um mir die Sternbilder zu zeigen und mir ihre geheimnisvoll klingenden Namen beizubringen. Indigo hat mich über die grundlegenden Unterschiede zwischen Jungs und Mädchen aufgeklärt, sie hat mir wunderbar gruselige Gutenacht-

Geschichten erzählt, sie hat mir anhand unzähliger Hörbeispiele erklärt, warum *The Cure* die beste Band der Welt sind, und sie hat großmütig die Schuld auf sich genommen, als ich Vaters antiquarische Ausgabe von Baudelaire-Gedichten im Aquarium versenkt habe, weil ich wissen wollte, ob Bücher schwimmen können. Sie war die beste große Schwester der Welt!

Bis sie einfach gegangen ist. In dem Moment meines Lebens, in dem ich mich am allereinsamsten gefühlt habe.

Und jetzt kommt sie zurück, sitzt nackt in unserem Brunnen, flirtet Viktor an und tut, als wäre sie nur mal eben zur Maniküre gewesen. Wäre das ein Comic und nicht das richtige Leben, würde über meinem Kopf eine schwarze Wolke aus finsterem Groll hängen.

Als sich die Tür öffnet, muss ich mich nicht umdrehen, um zu wissen, dass sie es ist. Ich erkenne sie an ihrem Parfüm. *Cosmic Dancer*. Es duftet nach Schokoladenessenz, Süßholz und Orange. Acht Jahre lang habe ich es nicht gerochen.

Indigos leise Katzenschritte kommen näher, aber sie sagt kein Wort. Wahrscheinlich wartet sie darauf, dass ich beginne. Da kann sie warten, bis die Hölle gefriert. Ich werde in meinem ganzen Leben kein Wort mehr mit ihr reden. Selbst wenn jetzt ein tonnenschwerer Asteroid auf die Erde zurasen würde, selbst wenn gleich die nächste Sintflut über uns hereinschwappen sollte, wird nicht eine Silbe meine Lippen verlassen. Ich werde ihr nicht die Genugtuung geben und … »Du hast mich im Stich gelassen!«, schießt es aus mir heraus, ohne dass ich es verhindern kann. Ich fahre herum und funkele sie wütend an. »Einen Tag nachdem Papa und Mama verschwunden waren. Du bist die erbärmlichste Schwester der Welt!«

Indigo zeigt keine Regung. Sie ist barfuß, trägt eine ausgeblichene Jeans und ein verwaschenes T-Shirt und sieht unverschämt gut aus. Wie eine antike Göttin in hippem Gammel-Look. Ihre dunklen Augen glänzen in dem schwachen Licht der Leselampen wie schwarze Edelsteine. Dann spinnt sich ein feines, leicht amüsiert wirkendes Lächeln über ihr Gesicht. »Ich habe damit gerechnet, dass du ein wenig verstimmt sein könntest, kleine Schwester. Aber meinst du nicht, dass eventuell auch ein klitzekleines Dankeschön angebracht wäre?«

»Dafür, dass du abgehauen bist?«

»Nein. Dafür, dass ich wieder aufgetaucht bin und dir den Arsch gerettet habe.«

»Pfft!« Trotzig verschränke ich die Arme vor der Brust, drehe mich weg und blicke angestrengt aus dem Fenster.

»Von hier fortzugehen war das Schwerste, was ich in meinem Leben tun musste«, höre ich Indigo flüstern. »Ich bin gegangen, um dich zu schützen, Miranda. Dich und Trudi.« Sie fasst mich sanft an den Schultern, dreht mich zu sich herum – und ich lasse es zu. Indigo blickt mich eindringlich an. »Denk daran, dass ich schon erwachsen war, als Papa und Aurelia versucht haben, das Rätsel um Ajax zu lösen.«

Vor Überraschung mach ich einen Satz zurück und stoße gegen die Fensterbank. »Was weißt du darüber?«, entfährt es mir.

»Gideon und Aurelia haben mich nicht in ihre Arbeit und ihre Erkenntnisse über Ajax eingeweiht. Genauso wenig wie die anderen Zweifelwerker. Nur Birger Vend wusste Bescheid. Aber ich habe mit ihnen in einem Haushalt gelebt. Und ich war kein Kind mehr. Es ließ sich gar nicht vermeiden, dass ich das ein oder andere aufgeschnappt habe. Ich wusste damals nicht viel, aber genug, um in Gefahr zu sein. Das war auch Gideon und Aurelia klar. Am Abend vor dem Hubschrauberabsturz, bevor sie nach Helgoland aufgebrochen sind, haben sie mit mir gesprochen. Hier in der Bibliothek. Sie haben mir gesagt, dass ich, falls ihnen etwas zustoßen sollte, sofort verschwinden muss. Um euch aus der Schusslinie zu bringen. Gideon und Aurelia machten mir klar, dass ich als Mitwisserin gelten und man mich jagen würde – aber niemand würde eine Siebenjährige und eine seriensüchtige Schokoholikerin der Mitwisserschaft verdächtigen. Ich musste gehen! Du kannst dir nicht vorstellen, wie schwer es mir gefallen ist, dich und Trudi alleine zurückzulassen, Miranda. Ich … Sieh nur – da!«

Sie tritt neben mich und deutet aus dem Fenster.

In schneller Abfolge erscheinen aus dem Nichts drei leuchtende Kugeln in der Dunkelheit, ploppen plötzlich aus dem Nirgendwo in diese Welt und tauchen den Garten in diffuses grünes Licht. Mit großen Augen sehe ich zu, wie sie durch den nächtlichen Garten schweben, in die Höhe steigen und schließlich über der Spitze der kambodschanischen Pyramide einen grünen Strahlenkranz bilden. Die Kugeln blinken in unregelmäßigen Abständen auf – ein sanftes grünes Licht, das die Augen nicht blendet – und ich vermeine einen hohen, singenden Ton zu hören.

»Sie erscheinen immer häufiger. In den vergangenen Monaten habe ich in fast jeder Nacht Lichter gesehen«, höre ich Indigos heisere Stimme. »Etwas steht bevor …«

»Wer oder was sind sie? Sind sie … haben diese Lichter mit der Ajax-Sache zu tun?«

»Ich weiß nicht, was sie sind. Ich weiß nur, was ich bei ihrem Anblick fühle: Wir müssen sie nicht fürchten! Erinnerst du dich, was Vater uns beigebracht hat?«

»Dass man seinem Gefühl immer trauen soll«, sage ich leise, und während meine Augen weiter auf die leuchtenden Kugeln gerichtet sind, greife ich zaghaft nach Indigos Hand.

Im nächsten Moment steigen die Lichter blitzschnell in den Himmel und sind verschwunden.

Ich drehe den Kopf, blicke in Indigos schwarze Augen – und einen Sekundenbruchteil später falle ich ihr um den Hals und lasse all den Tränen freien Lauf, die ich acht Jahre lang aufgespart habe.

Meine große Schwester ist zurück!

»Es ist schön, wieder zu Hause zu sein. Bei dir«, sagt Indigo. Sie streicht mir durch die Haare, haucht einen Kuss auf meine Wange und lächelt. Dann nimmt sie mich bei der Hand und führt mich zum Kamin. »Wir müssen reden!«

Kaum haben wir in den hohen Sesseln vor dem Feuer Platz genommen, sprudelt es nur so aus mir heraus: »Was weißt du über Ajax? Wo warst du die ganze Zeit? Wer sind die Gestalten, die uns heute Abend verfolgt haben? Und … weißt du, was mit Mama und Papa geschehen ist?«

Indigo beugt sich in ihrem Sessel vor und umfasst meine Hände. »Vielleicht ist es hilfreich, mit einer anderen Frage zu beginnen: Was weißt du über deine große Schwester?«

Plötzlich höre ich ein Geräusch über mir, das klingt wie das Schlagen papierner Flügel. Verwirrt blicke ich auf – und sehe, dass Bücher aus den Regalen gleiten, in die Luft steigen und durch die Bibliothek schweben wie ein raschelnder Vogelschwarm. Sessel und Sofas rutschen auf einmal über den Boden wie wild gewordene Autoskooter. Der Transkommunikator hebt sich, von unsichtbarer Hand bewegt, von seinem Platz, leuchtet rot auf und schwirrt zwischen den Büchern umher. Die Schublade des Spiegeltisches fliegt auf, die Zeitschriften mit Edward auf dem Titelbild flattern in die Höhe und ordnen sich wie ein Heilgenschein über meinem Kopf an. Indigo sieht aus, als würde sie die Luft anhalten, dann atmet sie aus – und alles schießt blitzschnell an seinen Platz zurück.

Ich kann nur dasitzen und sie anstarren. »Du … du hast telekinetische Fähigkeiten?«

»Unter anderem.« Indigo lächelt mich an, dann schnellt sie sprungfederartig aus dem Sessel in die Höhe, überschlägt sich in der Luft – und sitzt im nächsten Moment auf dem Geländer der Galerie, hoch über mir. Sie winkt mir zu, macht einen Salto vorwärts und landet sanft wie eine Feder in ihrem Sessel.

Ich habe mit fünfzehn Jahren schon mehr merkwürdige Dinge gesehen als die meisten Menschen in ihrem gesamten Leben. Aber wenn die eigene Schwester die Naturgesetze außer Kraft setzt … Das ist, als wäre man urplötzlich in Matrix 4 gelandet! Ich bin so perplex, dass ich kein Wort hervorbringe, und starre sie fassungslos an.

Indigo erhebt sich aus ihrem Sessel und beginnt vor dem flackernden Kaminfeuer auf und ab zu wandern. »Von Anfang an passierten in meiner Nähe manchmal seltsame Dinge«, sagt sie. »Wobei mir diese Dinge zunächst gar nicht seltsam vorkamen. Das geschah erst, als ich merkte, dass alle anderen Kinder ihre Bauklötze immer aus der Spielzeugkiste holen mussten, während ich sie einfach zu mir kommen ließ. Und es gab noch mehr: Während andere Menschen Musik scheinbar nur hören konnten, konnte ich sie auch sehen. Wie einen Fluss aus ständig wechselnden Farben, der aus den Boxen floss. Manchmal wusste ich im Voraus, was irgendjemand sagen würde. Oder was er tun würde. Und als Vierjährige bin ich beim Spielen von einem Balkon gestürzt – und butterweich gelandet. Ich hatte nicht mal eine Schramme. Und jedes Mal, wenn Vater panisch wurde, weil er sein geliebtes orangefarbenes Halstuch nicht finden konnte, musste er nur mich fragen. Ich konnte ihm immer sagen, wo es war. Ich wusste es einfach. Aber all das geschah willkürlich, ich hatte keinen Einfluss darauf. Vater hat mir klargemacht, dass ich lernen musste, diese besonderen Talente zu entwickeln und zu kontrollieren. Und sie vor anderen zu verstecken!« Indigo seufzt. »Talent entwickeln klingt schön locker und unangestrengt. Tatsächlich war das Ganze ziemlich kräftezehrend, so eine Art mentales Gewichtheben. Doch es hat sich ausgezahlt. Mit der Zeit habe ich gelernt, diese Fähigkeiten zu steuern und sie bewusst einzusetzen. Abgesehen von ein paar Rückfällen in der Pubertät …« Indigo setzt sich auf die Lehne meines Sessels und kichert: »Wie damals, als ich dreizehn war und Vater mich nicht zu dem *Cure*-Konzert nach London trampen lassen wollte. An dem Tag sind zwei Dutzend rohe Eier im Kühlschrank geplatzt.«

»Wer wusste von diesen Fähigkeiten, außer Vater?«

»Nur Aurelia«, sagt Indigo. »Und natürlich bekam auch Trudi mit, dass manchmal unerklärliche Dinge geschahen, aber sie ist eben … Trudi. Tiefschürfende Analyse ist nicht ihr Ding. Wenn in ihrem Kühlschrank Eier platzen, dann fragt sie nicht lange, wie das passieren konnte, sondern konzentriert sich auf die Frage, wie sie die Schweinerei beseitigt kriegt.«

»Hast du dich jemals gefragt, warum du diese Fähigkeiten hast und woher du sie hast?«, frage ich.

»Sicher habe ich das. Und ich habe Vater danach gefragt. Er hat für gewöhnlich die Schultern gezuckt und ›Spezielle angeborene Begabung‹ gemurmelt. Heute weiß ich, dass er meinen Fragen ausgewichen ist, weil er mich schützen wollte.«

»Wovor?«

Die Augen meiner Schwester nehmen eine traurige Färbung an. »Er wollte, dass ich aufwachse, wie jedes Kind aufwachsen sollte. Ohne Angst. Ich sollte nicht wissen, dass ich in Gefahr war.« Indigo drückt meine Hand und flüstert: »Ein Grund, warum ich vor sieben Jahren gehen musste, war, dass ich ein paar der Dinge wusste, die Gideon und Aurelia über die Weißberg-Verschwörung herausgefunden hatten. Aber es gab noch einen weiteren, viel schwerwiegenderen Grund: Ich musste verschwinden, weil ich ich bin.«

»Was meinst du?« Ich blicke sie verwirrt an.

»Meine Mutter … Was weißt du über sie, Miranda?«

»Nicht viel«, muss ich zugeben. »Vater war nicht gerade gesprächig, wenn ich ihn nach ihr gefragt habe. Ich weiß, dass sie Noori hieß und dass ihr Name für mich als Kind sehr exotisch geklungen hat. Ich wollte von Vater wissen, welche Nationalität sie hatte, aber er hat gesagt: ›Fragen nach der Nationalität stehen der Weiterentwicklung der Menschheit nur im Wege und gehören …‹«

»… auf die Müllhalde der Evolution‹«, führt Indigo meinen Satz zu Ende, und wir müssen lachen.

»Ansonsten weiß ich nur noch, dass sie mit dir und Vater in Kairo gelebt hat und … dass sie euch verlassen hat, als du zwei Jahre alt warst. Und dass Vater kurz darauf mit dir hierher gezogen ist, nach Hammerstein.«

»Lange Zeit wusste ich auch nicht viel mehr. Ich kann mich

kaum an ihr Gesicht erinnern. Und es gab nicht ein Foto von ihr. Vater hat immer behauptet, alle Fotos seien in einer Kiste gewesen, die bei unserem Umzug nach Hammerstein verloren gegangen war.

Als ich älter wurde, begann ich Fragen zu stellen. Ich wollte wissen, was für ein Mensch meine Mutter gewesen war. Wo sie hergekommen war. Warum sie gegangen war. Konkrete Antworten habe ich von Vater nie bekommen, und jedes Mal, wenn ich ihn nach ihr fragte, legte sich ein Schatten auf sein Gesicht. Als würde ihn der Gedanke an sie unsagbar traurig machen. Irgendwann habe ich aufgehört zu fragen. Und dann hat er Aurelia kennengelernt, du kamst zur Welt, und wir waren eine neue Familie. Eine glückliche Familie. Niemand hat mehr von Mutter gesprochen. – Bis zu dem Abend, an dem Vater und Aurelia mich in die Bibliothek gerufen haben. Ich musste ihnen versprechen, sofort von hier zu verschwinden, falls ihnen auf dem Weg nach Helgoland etwas zustoßen sollte. Vater hat mir eine Sporttasche gegeben, die bis zum Rand mit Geldbündeln gefüllt war. Und mehrere Reisepässe. Alle mit meinem Bild, aber unterschiedlichen Namen. Und er hat mir einen Zettel gezeigt, auf dem ein Name und eine Adresse standen. Ich musste beides auswendig lernen, anschließend hat er den Zettel im Kamin verbrannt. Dann hat Aurelia mich umarmt und gesagt: ›Wenn wir nicht zurückkehren – such in Ägypten nach den Verwandten deiner Mutter!‹«

»Du warst in Ägypten?«, frage ich verblüfft.

Indigo lächelt. »Ich war während der vergangenen acht Jahre an sehr vielen Orten – aber zunächst war ich tatsächlich in Ägypten: die Adresse auf dem Zettel führte mich nach Kairo. Der Name, den ich gelesen hatte, lautete Dr. Hassan Samad.«

»Und er war … ein Verwandter deiner Mutter?«

Indigo schüttelt den Kopf. »An der angegebenen Adresse fand ich eine Arztpraxis. Wie sich schnell herausstellte, war Doktor Samad kein Verwandter. Er war der Arzt, der geholfen hatte, mich auf die Welt zu bringen. Und was er damals, in der Nacht zum einundzwanzigsten April 1986, erlebt hatte, war so merkwürdig, dass er sich noch an jede Einzelheit erinnerte: Mitten in der Nacht wurde er aus dem Bett geklingelt. Vor der Tür stand ein aufgeregter junger Mann, der sich als Gideon Lux vorstellte und erklärte, bei seiner Freundin hätten die Wehen eingesetzt; er müsse dringend mitkommen. Doktor Samad packte seine Tasche, und Gideon führte ihn zu einer winzigen Kellerwohnung. Er kam gerade noch rechtzeitig, um mich auf die Welt zu holen. Aber kaum hatte er die Nabelschnur durchtrennt, begann es, seltsam zu werden: Vater beschwor ihn, Stillschweigen über die Geburt zu wahren und sie nicht den Behörden zu melden. Er bot ihm sogar Geld. Doktor Samad hat meine Geburt tatsächlich nicht gemeldet – aber es war nicht das Geld, das ihn dazu bewogen hat. Er sagte, es wären die Augen meiner Mutter gewesen. Das, was ihr Blick in ihm auslöste. Schwarz wie Kohle seien sie gewesen und als sie ihn anschaute, war ihm, als könnte sie in ihn hineinblicken. Doktor Samad kämpfte mit den Tränen, während er mir davon erzählte, so sehr bewegte ihn die Erinnerung an diesen Moment. Er sagte, der Blick ihrer Augen sei wie ein Versprechen gewesen. Ein Versprechen darauf, dass, was immer auch geschieht, am Ende alles gut wird.

Als ich mich von ihm verabschiedete, kannte ich also die Umstände meiner Geburt, aber mehr nicht. Und auch sonst konnte mir niemand weiterhelfen. Es gab ja nicht einmal eine Geburtsurkunde. Wie und wo sollte ich in dieser Millionenstadt nach meinen Verwandten suchen?« Indigo hebt den Blick und ihre dunklen Augen blitzen auf. »Auf die Antwort stieß ich völlig unvermittelt und unerwartet bei einem Besuch der Pyramiden von Gizeh wenige Tage später. Ich nahm an einer Führung teil und erfuhr vom Glauben der alten Ägypter: dass vor langer Zeit Götter von den Sternen zur Erde gekommen seien und ihr Wissen mit den Menschen geteilt hätten, bevor sie wieder in ihre ferne Heimat zurückkehrten. Aus Verbundenheit mit den Göttern und in der Hoffnung darauf, dass sie einmal wiederkehren würden, erbauten die Ägypter die fantastischen Pyramiden von Gizeh. Ihre Anordnung und Ausrichtung orientiert sich an der Sternformation, von der die Götter der Legende nach einst gekommen waren: dem Gürtel des Orion. Von einem Moment auf den anderen begriff ich! Es war, als hätte sich ein verschlossenes Tor geöffnet … und ich verstand schlagartig, was Aurelia gemeint hatte, als sie sagte: ›Such in Ägypten nach den Verwandten deiner Mutter!‹«

»Worauf willst du hinaus?«, frage ich.

»Der Name!«, sagt Indigo und greift nach Stift und einem Zettel. »Der Name meiner Mutter. Er ist ein Anagramm.« Sie kritzelt etwas auf den Block und reicht mir den Zettel.

N O O R I = O R I O N

»Willst du sagen, deine Mutter kam … von den Sternen?«, frage ich und bin selbst darüber überrascht, mich plötzlich in der Rolle des Skeptikers wiederzufinden.

»Diese These könnte zumindest einige Dinge erklären«, sagt Indigo mit heiserer Stimme. »Meine besonderen Talente und die Tatsache, dass Gideon meine Geburt vor offiziellen Stellen geheim halten wollte. Und dann gibt es da noch etwas …« Meine Schwester lächelt.

Dieses Lächeln kenne ich. Es bedeutet, dass die Pointe der Geschichte erst noch kommt.

»Von Kairo aus bin ich nach Wien gereist«, sagt sie.

»Was wolltest du in Wien?«

»Ich habe Kontakt zu einer Molekularbiologin aufgenommen, die ich von früher kannte. Eine Frau mit offenem Geist. Sie hat an ein paar Projekten der Lux-Stiftung mitgearbeitet. Sie ist eine hervorragende Wissenschaftlerin und außerdem verlässlich, vertrauenswürdig und äußerst verschwiegen. Ich habe meine DNS von ihr analysieren lassen.«

Ich sehe Indigo mit offenem Mund an und ahne bereits, dass ich in der nächsten Sekunde etwas Unglaubliches hören werde.

Meine Schwester lehnt sich in ihrem Sessel zurück und blickt mich mit durchdringendem Blick an. »Meine DNS ist nur teilweise bestimmbar. Sie hat sowohl menschliche, wie auch unbekannte DNS-Sequenzen!« Indigo lächelt in sich hinein. »Entweder bin ich eine freakige Laune der Natur – oder ein Kind der kosmischen Liebe!«

Ich sitze da wie vom Donner gerührt.

Ihre besonderen Fähigkeiten, über die sie mit niemandem sprechen sollte, ihre schwarzen Augen, Vaters Versuch, den Arzt für sein Schweigen zu bezahlen … All das würde tatsächlich Sinn machen, wenn sie …

Ich fühle mich mit einem Mal ziemlich schwindelig. Was schon mal passieren kann, wenn einem die große Schwester eröffnet, dass sie das Ergebnis einer intergalaktischen Liebesbeziehung sein könnte – theoretisch zumindest. Wobei unbekannte DNS natürlich zunächst einmal nur unbekannte DNS bedeutet, und nicht außerirdische DNS. Der Einzige, der Licht in dieses Dunkel bringen könnte, ist … »Hast du eine Spur von Papa? Oder von Aurelia?«, entfährt es mir. »Hast du irgendetwas über den Hubschrauberabsturz in Erfahrung gebracht?«

Indigo wendet ihr Gesicht ab und blickt in den dunklen Garten.

»Bitte, sag mir, was du weißt, Indigo. Die Wahrheit. Selbst … selbst, wenn sie schrecklich ist.«

Langsam dreht sie sich um und blickt mich ernst an. »Das, was ich zu sagen habe, sollten alle Zweifelwerker hören. Setz dich mit Fidelio in Kontakt. Er soll die anderen informieren: Wir treffen uns so schnell wie möglich in seinem Labor.«

»Was ist mit Papa und Mama? Warum kannst du mir nicht jetzt sagen, was du weißt?«

»Weil es alle angeht«, sagt Indigo in einem ruhigen, aber bestimmten Ton, der deutlich macht, dass sie darüber nicht mit sich reden lassen wird.

Ich kenne sie gut genug, um zu wissen, dass jedes weitere Nachbohren sinnlos ist. Also nehme ich mein Psychophon aus dem Medaillon. »Fidelio wird Augen machen, wenn er hört, dass du zurück bist.«

»Ähm, nein«, sagt Indigo und lächelt ein wenig schuldbewusst. »Wird er nicht. Er weiß schon seit einiger Zeit, dass ich zurück bin. Und Elektra weiß es auch.«

»Sie wussten davon?«, frage ich verblüfft und schlagartig wird mir klar, warum sie so rumgeeiert haben, als ich sie nach Mercedes gefragt habe. »Warum wussten sie es und ich nicht?«

Indigo streicht mir sanft über die Wange. »Tut mir leid, kleine Schwester. Eine bestimmte Enwicklung in der Ajax-Sache hat mich zurück nach Hammerstein geführt. Ich hielt es für sicherer, wenn niemand von meiner Rückkehr erfuhr. Du nicht und auch die Zweifelwerker nicht. An einem bestimmten Punkt kam ich aber ohne Hilfe nicht mehr weiter und so habe ich Kontakt zu Fidelio aufgenommen ... na ja, und noch zu einigen anderen Zweifelwerkern.«

»Zu wem?«

»Ach, nur ein paar. Max, Sibel, Fletcher, Dolores, Conny Kuiper, Klingsor Grün ...«

Ich rolle mit den Augen. »Also eigentlich zu so gut wie jedem. Fehlt nur noch Rasputin Keller.«

»Oh, Rasputin ...«, sagt Indigo und lächelt. »Habe ich glatt vergessen. Natürlich habe ich auch mit ihm gesprochen.« Ihr Lächeln wird zu einem breiten Grinsen. »Ich soll dich schön grüßen und dir mitteilen, dass er herausgefunden hat, warum es am Nordpol keine Pinguine gibt. Soweit ich ihm folgen konnte, hat es irgendwas mit Schneekugeln, österreichischen Herrenschneidern und der Bundeslade zu tun.«

»Sehr witzig. Würdest du mir verraten, warum ich die Einzige bin, die nichts von deiner Rückkehr wissen durfte?«

»Weil du in meinem Kopf das siebenjährige Mädchen geblieben bist, das du warst, als ich fortging. Ein kleines Mädchen, das vor der Wahrheit beschützt werden muss.« Indigo hebt den Kopf, ihre schwarzen Augen blicken ernst. »Aber dann ist mir klar geworden, dass du nicht mehr sieben bist, sondern eine kluge und mutige junge Frau, die sehr gut auf sich selbst aufpassen kann – mal abgesehen von dem kleinen Zwischenfall heute Abend. Gideon und Aurelia wären stolz auf dich. Du bist eine echte Zweiflerin. Niemand, der vor der Wahrheit beschützt werden muss, sondern jemand, den ich mir im Kampf um die Wahrheit an meiner Seite wünsche. Wir werden von nun an gemeinsam kämpfen!«

Ihre Augen funkeln und sie umfasst meine Hände, als Trudis Stimme durchs Haus dröhnt: »Essen ist fertig, Kinder!«

Indigo reckt die Nase in die Höhe und schnuppert. »Geliebter Zwiebelkuchen! Wie habe ich dich vermisst! Sag Fidelio, wir treffen uns erst in zwei Stunden. Trudi läuft Amok, wenn wir ihr Essen verschmähen. Und außerdem habe ich wirklich einen mordsmäßigen Hunger. Was gibt es da zu grinsen?«

»Nichts. Ich frage mich gerade nur, welcher Teil deiner DNS für deine Vorliebe für Zwiebelkuchen verantwortlich ist. Der menschliche oder der unbekannte? Und sollte Letzteres der Fall sein … Die Vorstellung, dass irgendwo im Sternbild des Orion ein Planet existiert, auf dem es intelligentes Leben *und* Zwiebelkuchen gibt, hat etwas Wunderbares.« Kichernd hake ich meine Schwester unter und wir folgen der verführerischen Zwiebelkuchen-Duftspur.

Die große Tür zum Planetensaal steht weit auf. Einen Moment lang bleibe ich zögernd in der Halle stehen.

Acht Jahre lang hat niemand diesen Raum betreten. Früher war er der Mittelpunkt des Hauses. Hier versammelte sich die Lux-Familie zu feiertäglichen Festessen, hier haben meine Eltern Gäste empfangen, hier fanden die Sitzungen der Lux-Stiftung statt. Aber am Tag der Beerdigung meiner Eltern hat Trudi den Saal verschlossen. »Der ist viel zu groß für uns beide allein«, hat sie traurig gesagt und sich eine Träne fortgewischt. »Und viel zu voll mit schönen Erinnerungen, die nur wehtun.« Fortan nahmen wir unsere Mahlzeiten in der Küche ein – für gewöhnlich bei laufendem Fernseher.

Aber zur Feier von Indigos Rückkehr hat Trudi den Saal geöffnet und den großen runden Tisch in der Mitte des Raumes gedeckt. Dort sitzt Viktor. Er wirkt etwas verloren in dem riesigen dunklen Saal, in den nur ein schmaler Lichtstreifen aus der Halle fällt, und guckt haargenau so verpeilt wie in dem Moment, in dem er zum ersten Mal vor unserem Haus stand.

Der Planetensaal ist ebenfalls eine der komischen Ideen meines Vaters. Es gibt keine Fenster und alles in diesem Raum ist schwarz: schwarzer Teppichboden, schwarze Wände, schwarze Möbel. Auch die hohe kuppelartige Decke ist vollkommen schwarz. In anderen Haushalten sorgen mehr oder weniger geschmackvolle Lampen für die nötige Beleuchtung. Viel zu langweilig für Vater. Bei ihm musste es schon ein Modell des Sonnensystems sein. Ich drücke einen Schalter neben der Tür und unter der Decke flammt eine gleißend helle Sonne auf. Viktor reißt die Hand vor Augen und schreit erschrocken auf.

»Entschuldigung!« Sofort drehe ich am Dimmer und dämpfe das grelle Sonnenlicht auf Mondlichtstärke (was beim Original natürlich nicht geht, aber Vater hat sich von Mutter dankenswerterweise davon überzeugen lassen, auf hundertprozentige Authentizität zu verzichten und den Dimmer einzubauen). Dann drücke ich einen zweiten Schalter und über unseren Köpfen leuchten die Planeten des Sonnensystems auf und beginnen, lautlos um das Zentralgestirn zu kreisen. Die Sonne ist mit Unmengen von Nylonfäden an der Decke befestigt, die mit bloßem Auge nicht zu erkennen sind. Die Planeten ziehen ihre Bahnen auf einem System aus dünnen, schwarzen Metallleisten, die sich in luftiger Höhe durch den ganzen Saal erstrecken und in dem übrigen Schwarz gleichsam unsichtbar sind. Es ist, als hätte man einen schwerelosen Logenplatz, irgendwo im dunklen Kosmos. Die blau leuchtende Erde, der bedrohlich rote Mars, die Venus, Saturn mit seinen schimmernden Ringen … Neun Planeten, obwohl es offiziell nur acht gibt. Vater hat sich geweigert, Pluto aus dem System zu nehmen, nachdem ihm die Internationale Astronomische Union 2006 den Planetenstatus aberkannt und ihn zu einem Zwergplaneten degradiert hat. »Einmal Planet, immer Planet«, hat er entschieden gesagt. »Ich bin mir sicher, Pluto interessieren die Entscheidungen der Internationalen Astronomischen Union einen galaktischen Scheißdreck!«

Viktor verfolgt völlig entrückt, wie die Planeten durch den dunklen Saal schweben.

»Können Sie mich hören, Major Tom?«, fragt Indigo.

»Was?« Mit reichlich verwirrtem Gesichtsausdruck kehrt Viktor in irdische Sphären zurück. Als er uns Arm in Arm in der Tür stehen sieht, blinzelt er misstrauisch. »Habt ihr euch vertragen?« Besorgt blickt er auf die Gabeln und scharfen Messer auf dem Tisch.

»Keine Sorge«, sagt Indigo und lächelt ihn an. »Du musst nicht befürchten, dass die Messer über den Tisch fliegen.«

Wir nehmen rechts und links von Viktor Platz. Aus der Küche ist ein sattes Ploppen zu hören. Kurz darauf erscheint Trudi mit einem Eiskübel, in dem die teuerste Flasche Champagner steckt, die sie im Keller finden konnte. »Zu so einem Anlass kann man sich ja mal ein Fläschchen besonderes Blubberwasser gönnen«, sagt sie, strahlt Indigo an und schenkt uns ein. »Für dich gibt's nur einen winzigen Schluck zum Probieren, Kind. Du bist erst fünfzehn.«

»Auf den Zweifel«, sagt Indigo und ihre schwarzen Augen leuchten.

Wir beide nippen nur an unseren Gläsern, und ich bedeute Viktor, ebenfalls nichts zu trinken. »Wir haben noch zu arbeiten«, flüstere ich ihm zu. Er nickt verstehend und stellt sein Glas zur Seite. Irgendwie sehen seine Augen merkwürdig aus. »Hast du geweint?«, frage ich mit gerunzelter Stirn.

»Der Herr Krakelius hat die Zwiebeln geschält«, verkündet Trudi.

»Sieh an«, sagt Indigo und betrachtet ihn amüsiert. »Ein Mann, der keine Angst vor Tränen hat.«

Viktor wird rot und beugt sich über seinen Teller.

»Jetzt aber mal los«, befiehlt Trudi und tischt uns Unmengen Zwiebelkuchen und Radieschen-Löwenzahn-Salat auf. Sie gönnt sich während des Essens ein weiteres Gläschen Champagner, wird immer gesprächiger und erzählt eine *Wisst ihr noch wie?*-Geschichte nach der anderen.

Viktor wirft kurze, scheue Blicke auf Indigo, wenn er denkt, sie bemerkt es nicht. Die Art von Blicken, die Joris Reichenau mir immer im Unterricht zuwirft.

Joris!, durchfährt es mich. Ich muss noch unbedingt mit ihm reden, bevor er irgendwelchen Blödsinn über Viktor und mich verbreitet. Für einen Sekundenbruchteil blitzt in meinen Kopf der Gedanke auf, wie es wäre, wenn er jetzt hier wäre. Auf dem freien Platz links neben mir. Und mir Blicke zuwerfen würde … »Entschuldigung, Edward«, murmele ich leise in den Salat, aber merkwürdigerweise habe ich dabei nicht mal ein halb so schlechtes Gewissen, wie ich haben sollte.

»Ach, Kinder. Ist das schön«, befindet Trudi und schenkt sich großzügig Champagner nach. Normalerweise trinkt sie keinen Alkohol und er steigt ihr schneller in den Kopf, als die Planeten um die Sonne sausen. Nach dem zweiten Glas beginnt sie zu kichern wie eine hibbelige Konfirmandin, nach dem dritten springt sie alle paar Minuten auf, um mich und Indigo zu herzen, nach dem vierten erwischt es auch Viktor, der mir einen verschreckten Hilfe!-Blick zuwirft, als Trudi ihn an ihre Brust drückt.

»Hups!«, macht sie und wankt ein wenig. »Jetzt ist mir aber ein bisschen schwindlig. Das ist einfach die Freude! Aber ich leg mich mal besser hin. Lasst alles stehen, ich räume morgen früh auf. Nacht, Kinder. Nacht, Herr Krakelius.« Glücklich vor sich hin summend, wankt sie aus dem Saal, und als sie auf der Treppe ist, hören wir sie lauthals den Titelsong aus »Marionetten der Liebe« schmettern:

Folg stets deinem Herz,
den Gefühlen, die dich aufwühlen …

Indigo, Viktor und ich blicken uns an – und prusten los.

Als Trudis Schlafzimmertür zufällt, klärt Indigo Viktor darüber auf, dass wir uns mit den anderen Zweifelwerkern treffen werden.

Er guckt zwar überrascht, stellt aber keine Fragen und nickt bloß zustimmend. Es ist so offensichtlich, dass er in Indigo verknallt ist – wahrscheinlich würde er genauso eifrig nicken, wenn sie ihm einen Badeurlaub in den Krokodilsümpfen vorschlüge. Schnell nimmt er sich noch ein Stück Zwiebelkuchen als Wegzehrung, dann schleichen wir still und heimlich aus dem Haus und laufen in Richtung Kastanienweg.

Fidelio Hümmerich sieht aus wie die schlechte Laune höchstpersönlich. »Müssen wir uns zu so 'ner unchristlichen Zeit treffen?«, grummelt er, als er uns die Tür öffnet und in den Laden einlässt. »Ich bin nicht mehr so n' junger Hüpfer wie ihr. Ich brauch meinen Schlaf.« Er raunt Viktor ein mürrisches »Jetzt komm schon rein, Junge« zu, aber dann wandert sein Blick zwischen Indigo und mir hin und her, und ein breites Grinsen vertreibt den missmutigen Ausdruck aus seinem Gesicht. »Das ist mal 'ne Überraschung, was?«, sagt er zu mir und deutet mit dem Daumen auf Indigo. »Da ist die große Schwester auf einmal wieder da! War gar nicht so einfach, sich nicht zu verplappern. Vor allem, als du uns über die geheimnisvolle Mercedes ausgequetscht hast.«

»Ja«, sage ich drohend, während ich mich an ihm vorbei in den Laden schiebe. »Darüber werden wir uns bei passender Gelegenheit noch mal ganz ausführlich unterhalten.«

Aber Fidelio kichert nur, humpelt uns voraus in die Werkstatt und öffnet die Tür zur Hammersteiner Unterwelt.

Wir folgen ihm die steinerne Treppe hinunter ins Laboratorium. Plötzlich stutzt Viktor und legt die Stirn in Falten. »Ähm … Fidelio?«

»Was ist, Junge?«

»Hattest du den orthopädischen Schuh sonst nicht am rechten Fuß?«

»Wenn du meinst«, knurrt Fidelio und humpelt ungerührt weiter.

Unser Treffen kann leider nicht im Labor stattfinden, da sich die holo-organischen Glühwürmchen mit den singenden Wurmlöchern zusammengetan haben und einen Radau veranstalten, als wären sie auf einer außer Kontrolle geratenen Facebook-Party. In Elektras Höhle, hinter dem meterdicken Felsgestein, ist ihr Gekreische aber nur noch ein leises Summen. Sie hat Orangenblütentee gekocht. Max ist auch schon da und hilft Elektra, Tassen und Untertassen zu verteilen.

Wir nehmen auf den orientalischen Sitzkissen Platz und alle blicken erwartungsvoll zu Indigo. Sie trinkt einen Schluck, stellt die Tasse ab, lässt ihren Blick über unsere Gesichter wandern – und dann erfahren die Zweifelwerker das, was sie mir vor wenigen Stunden offenbart hat. Sie erzählt von jenem Abend in der Bibliothek, von ihren besonderen Talenten, ihrer Reise nach Ägypten, der Erkenntnis im Angesicht der Pyramiden und den Besonderheiten ihrer DNS. Viktor stiert sie in einer Mischung aus Bewunderung und Unglaube an. Er sieht aus, als wollte er unbedingt etwas sagen, aber er scheint unter akuter Stimmbandverschlingung zu leiden.

»Zweifelst du an dem, was ich euch erzählt habe?« Indigo lächelt ihn an, dann heben sich die Teetassen und Untertassen in die Luft, schwirren durch die Höhle und vollführen ein paar Loopings, bevor sie leise klirrend landen.

Fidelio beschlagen vor Verblüffung die Brillengläser, Max keckert hysterisch. Elektra blickt so gebannt und fasziniert auf meine Schwester, als stünde sie kurz davor, einen spirituellen Indigo-Fanclub zu gründen.

»Ich … ich weiß nicht, ob ich die Einzige bin«, sagt Indigo leise. »Oder ob es noch andere wie mich gibt. In den vergangenen acht Jahren habe ich überall auf der Welt nach ihnen gesucht, ohne auch nur einen Einzigen zu finden. Was nicht bedeutet, dass nicht noch andere dort draußen sind. Vielleicht verbergen sie ihre Besonderheit nur, um sich zu schützen, denn *sie* jagen uns. Wir sind das unberechenbare Element in ihrem Plan. Uns bekommen sie nicht unter Kontrolle! «

Viktors Gesicht ist ein einziges Fragezeichen. »Du meinst, es könnte noch mehr, ähm … Menschen mit unbestimmbarer DNS geben? Und was heißt, das unberechenbare Element? Und ihr werdet gejagt von … wem?«

»Von den gleichen Menschen, die die Öffentlichkeit über das belügen, was in Weißberg geschehen ist. Die abstreiten, dass es überhaupt stattgefunden hat. Die, die hinter dem stecken, was ich die Ajax-Verschwörung nenne.«

Ich springe von meinem Kissen auf. »Was weißt du darüber? Was weißt du über das Verschwinden von Papa und Mama?«

»Gleich«, sagt Indigo. »Es wäre sinnvoll, wenn ihr mir zunächst alles erzählt, was ihr über Ajax wisst. Damit ich mich auf das konzentrieren kann, was ihr noch nicht wisst.«

Wir legen alle gleichzeitig los, bis Indigo dem Stimmenwirrwarr Einhalt gebietet. »Ein Supergehör gehört leider nicht zu meinen Talenten. Ich verstehe kein Wort. Bitte nur einer. Miranda?«

Ich erstatte ihr ausführlich Bericht. Angefangen von dem, was wir über Aschersberg und den Weißberg-Zwischenfall herausgefunden haben, über unsere Entschlüsselung des Ajax-Textes, die mysteriösen Todesumstände von Hersfeld und Nachtweih, unseren Besuch bei Weirdo Wunderlich, die Zeitungsanzeigen, den Chor des Ajax und die ungelöste Frage nach den Brüsten der Madonna. »Hast du schon mal davon gehört?«, frage ich, doch Indigo schüttelt den Kopf.

»Genauso wenig wie ihr.« Sie atmet tief durch. »Aber ich weiß, was am fünften Juni 1990 in Weißberg geschehen ist!«

Mir bleibt augenblicklich der Atem weg, so wie sämtlichen anderen Anwesenden auch. Alle blicken mit weit aufgerissenen Augen zu Indigo.

»Damals, als Gideon und Aurelia verunglückt sind und ich flüchten musste, wusste ich nicht mehr als ihr. Ich wusste von dem Ajax-Text, von Aschersbergs merkwürdigen Todesumständen, dass sein Tod in Zusammenhang mit einer UFO-Landung in Weißberg stand und dass es eine Gruppe gab, die dies vertuschen sollte. Aber was *genau* war an diesem Abend in Weißberg geschehen?« Indigo zögert einen Moment, bevor sie fortfährt: »Als ich aus Ägypten nach Europa zurückkam, begann ich, diesen Fragen nachzugehen. Aber ich hatte keinen Ansatzpunkt. Bis mir klar wurde, an welchen Orten ich suchen musste. Wo ist eine ausgesprochen hohe Dichte von Leuten zu finden, die von Begegnungen mit Außerirdischen erzählen?«

»Psychiatrien!«, kiekst Max und zappelt und zuckt wie ein aufgeregter Oktopus.

»Genau«, sagt Indigo. »Und ich konnte die Suche eingrenzen: Ich suchte nach einem Patienten, der wirres Zeug über Außerirdische erzählte, der mit großer Wahrscheinlichkeit als paranoid diagnostiziert war und der früher entweder einmal ein hochrangiges politisches Amt innehatte, beim Militär gewesen war oder der zumindest im Umfeld solcher Personen tätig gewesen war: ein Sekretär, ein Personenschützer, ein Chauffeur … Ich habe mir Zugang zu den Patientenakten mehrerer Psychiatrien beschafft und stieß sehr schnell auf jemanden, auf den alle drei Punkte zutrafen: Edgar Thomsen!«

»Moment!«, kreischt Max. »Den Namen kenne ich!« Er schließt die Augen und sprintet durch die Gänge seiner inneren Bibliothek. »Natürlich«, entfährt es ihm keine drei Sekunden später. »Edgar Thomsen war dieser Kerl, der 1993 ein Messer-Attentat auf einen Minister verübt hat. Während einer Wahlkampfveranstaltung. Vor laufender Kamera. Aber es gelang ihm nur, seinem Opfer zwei oberflächliche Wunden am Arm beizubringen, bevor ihn Sicherheitsleute überwältigten.«

»Du liegst wie immer goldrichtig, Herzblatt. Die Mutti kann stolz auf dich sein«, sagt Indigo, und Max läuft rot an und keckert verlegen. »Aber da das Attentat scheiterte und das Opfer nicht ernsthaft verletzt war, blieb es bei einer Randnotiz und verschwand nach kürzester Zeit wieder aus den Nachrichten. Interessant wird es, wenn man weiß, dass Thomsen früher selbst einmal Personenschützer war. Und zweimal dürft ihr raten, wen er beschützt hat.«

»Gerald von Aschersberg?«, flüstere ich.

Indigo nickt, zieht einen USB-Stick aus der Hosentasche und gibt ihn Elektra. »Würdest du bitte die erste Datei abspielen? Das ist ein Video des Attentates, das damals in den Nachrichten zu sehen war.«

Die Aufnahme zeigt Bilder aus einem vollbesetzten Bierzelt. Fähnchenschwenkendes Wahlvolk im Saal, auf der Bühne ein hemdsärmeliger, Volksverbundenheit demonstrierender, schwitzender Redner, der die üblichen Phrasen absondert: Heute ist das Morgen von Gestern … Tradition bewahren, Zukunft sichern … und keinesfalls ein generelles Tempolimit auf Autobahnen. Nicht mit ihm.

Plötzlich springt ein Mann an einem der Tische ganz vorne im Saal auf und macht einen Satz auf die Bühne. Blitzschnell zieht er ein Brotmesser aus der Jacke und stürmt mit wutverzerrtem Gesicht auf den Redner zu. Dieser steht da wie erstarrt, eine Klinge blitzt auf, das Messer trifft ihn am Arm. Aus dem Saal sind entsetzte Schreie zu hören. Der Mann mit dem Messer holt erneut aus, aber da wirft sich schon ein ganzer Pulk aus Sicherheitsleuten auf ihn. Sie entwinden ihm das Messer, überwältigen ihn, und während Sanitäter sich um das Opfer kümmern, wird der Täter von der Bühne gezerrt. Ende der Aufzeichnung.

»Das ist der Clip, der damals in sämtlichen Nachrichtensendungen zu sehen war. Aber ich bin auf einen zweiten Clip gestoßen … Er ist identisch mit dem ersten, aber fünf Sekunden länger. Achtet auf das Ende!«

Ich sehe das Attentat ein zweites Mal. Der Satz auf die Bühne, das schreiende Opfer, die Sicherheitsleute … Aber als der Attentäter abgeführt wird, bricht der Clip nicht ab. Stattdessen ist zu sehen, wie der Täter den Kopf herumwirft und in Richtung seines Opfers schreit: »Das war für Weißberg! Verräter!«

»Das Attentatsopfer benötigte nur eine kurze ambulante Versorgung im Krankenhaus«, sagt Indigo. »Der Mann hielt schon am Tag darauf die nächste Wahlkampfrede. Edgar Thomsen, der Attentäter, faselte bei seinen Vernehmungen von UFOs und Außerirdischen. Er wurde als paranoid-schizophren diagnostiziert und verschwand in der geschlossenen Abteilung einer Psychiatrie. Und da blieb er auch erst mal. Regelmäßig attestierten ihm Gutachten, dass er eine Gefahr für die Allgemeinheit war und diese weiterhin vor ihm geschützt werden musste.« Indigo lächelt bitter. »Die Psychiatrie, in der Thomsen untergebracht war, suchte nach Pflegepersonal. Ich besorgte mir die erforderlichen Unterlagen, ging unter falscher Identität zu einem Vorstellungsgespräch, wurde eingestellt und war bei meinen Kollegen schnell beliebt, weil ich gerne die Nachtwachen für sie übernahm. Im Notfall konnte man einen zentralen Sicherheitsdienst der Einrichtung anfordern, aber ansonsten war man nachts die einzige Pflegekraft auf der Station. Was mir äußerst gelegen kam. Ich begann mich in diesen Nächten mit Edgar Thomsen zu unterhalten. Er war zunächst misstrauisch, aber als er merkte, dass ich ihn ernst nahm und ihm zuhörte, erzählte er mir immer mehr. Wahrscheinlich war ich der erste Mensch, der ihm jemals wirklich zugehört hat. Schließlich konnte ich Thomsen überzeugen, alles noch einmal zu sagen. Vor einer Kamera.« Sie nickt Elektra zu, die umgehend die nächste Videodatei öffnet.

Zunächst sieht man nur Indigos Gesicht. »Okay. Mit der Kamera ist alles in Ordnung.«

Dann tritt sie zurück und man erkennt, dass sie sich in einem kleinen, karg eingerichteten Raum mit gekachelten Wänden befindet. Indigo trägt die weiße Berufskleidung einer Krankenpflegerin. Sie nimmt an einem Tisch Platz, gegenüber einem hageren Mann mit ungepflegten grauen Haaren, der mit unruhigen, flatternden Augen in die Kamera blickt.

»Wenn ihr mich fragt, der Kerl sieht genauso aus, wie ich mir einen durchgeknallten Messerstecher vorstelle«, verkündet Fidelio ungefragt und erntet ein fünffaches erbostes Psst.

»Heute ist der achte August 2012, zwei Uhr nachts«, höre ich Indigo auf der Aufzeichnung sagen. »Herr Thomsen, würden Sie bitte zunächst Angaben zu Ihrer Person machen?«

Der Mann klopft mit den Fingerspitzen auf die Tischplatte, bleckt die Zähne und fährt sich mit der Zunge nervös über die Lippen. Insgeheim muss ich zugeben, dass Fidelio nicht ganz unrecht hat: Edgar Thomsen wäre die Top-Besetzung für die Rolle eines irre kichernden Axtmörders.

»Mein Name ist Edgar Thomsen«, sagt er mit einer krächzenden Stimme, die diesen Eindruck noch verstärkt. »Ich wurde am vierten Januar 1960 geboren und …« Er stiert irre in die Kamera. »… ich bin nicht verrückt!«

»Herr Thomsen, was haben Sie beruflich gemacht?«

»Ich war bei einer Spezialeinheit der Polizei, die für Personenschutz zuständig ist.«

»Waren Sie für den Schutz des damaligen Staatssekretärs Gerald von Aschersberg verantwortlich?«

»Ja.«

»Warum sind Sie hier, Herr Thomsen?«

»Ich habe 1993 ein Messer-Attentat auf einen Politiker verübt. Seither hält man mich hier gefangen!« Er ruckt hektisch mit dem Kopf und seine Augen folgen dem Flug einer unsichtbaren Fliege.

Ich sehe, wie Viktor und Fidelio skeptisch das Gesicht verziehen.

»Warum haben Sie dieses Attentat verübt?«, ertönt Indigos Stimme.

Edgar Thomsen beginnt aufgeregt mit seinem Stuhl vor- und zurückzuwippen und seine Stimme überschlägt sich fast: »Er war dabei damals. Der Kerl, den ich abstechen wollte. Er war dabei. Fünfter Juni 1990. In Weißberg. Er war einer von denen, die uns verraten haben!«

»Erzählen Sie mir, was in dieser Nacht geschehen ist.«

Edgar Thomsen beugt sich zu Indigo vor und krächzt heiser: »Ich war als Personenschützer für Gerald von Aschersberg eingesetzt. Er war ein anständiger Kerl. Nicht so ein arrogantes Arschloch wie andere, die ich erlebt habe. Seine nette Art war nicht gespielt, und wenn er fragte, wie es mir ging, dann war sein Interesse echt. Natürlich hat er nie über die Inhalte seiner Arbeit mit mir gesprochen. Bis zum fünften Juni 1990 …«

»Bitte berichten Sie uns, was in dieser Nacht geschah.«

Edgar Thomsen knetet nervös die Hände. »In der Nacht zum fünften Juni 1990 wurde Aschersberg zu einem Treffen gerufen, zu dem ich ihn begleiten musste. Ein Helikopter landete in seinem Garten und nahm uns an Bord. Was schon sehr ungewöhnlich war. Ich meine … er war ein Staatssekretär, nicht der Bundespräsident. Aschersberg schien von der ganzen Sache genauso überrascht zu sein wie ich. Er war kreidebleich. Wir landeten auf einem kleinen Militärflughafen. Damals hatte ich keine Ahnung, wo wir waren, heute weiß ich, dass sich dieser Flugplatz in der Nähe von Weißberg befand. Es war eine gespenstische Szenerie. Überall Militär, bis an die Zähne bewaffnet. Und ständig flogen weitere Hubschrauber ein. Die meisten der Gesichter kannte ich: lauter hohe Tiere. Sie gingen alle in einen großen Hangar. Aschersberg auch. Ich durfte den Hubschrauber nicht verlassen, genauso wenig wie der Pilot.

Aschersberg blieb etwa drei Stunden in dem Hangar, und als er zurückkam, war er weiß wie die Wand und hat kein Wort gesagt. Während des ganzen Rückfluges nicht. Stierte die ganze Zeit nur ins Leere. Aber nachdem der Hubschrauber uns wieder in seinem Garten abgesetzt hatte und verschwunden war, packte er mich am Arm und zog mich hinter einen Strauch. Und dann begann er … zu weinen. So wie ich noch keinen erwachsenen Mann habe weinen sehen. Er heulte zum Gotterbarmen. ›Sie haben uns verkauft! Sie haben uns verkauft! Aber ich mache da nicht mit! Ich mache nicht mit!‹

Ich war mir sicher, dass er einen Nervenzusammenbruch hatte, aber als ich einen Arzt holen wollte, flehte er mich an, es nicht zu tun. Und dann … dann hat er es mir erzählt. Nachdem er mir das Versprechen abgenommen hatte, die Öffentlichkeit über alles zu informieren, falls er … falls er es nicht mehr selbst tun könnte.«

»Worüber sollten Sie die Öffentlichkeit informieren? Was hat Aschersberg Ihnen erzählt?«, fragt Indigo.

»Dass er in eine geheime Gruppe berufen worden war«, flüstert Edgar Thomsen. »Eine Gruppe, die das, was in Weißberg geschehen war, vertuschen und verschleiern sollte.«

»Und was genau ist in dieser Nacht geschehen?«

Edgar Thomsens Gesicht nimmt einen verängstigten Ausdruck an, dann beugt er sich langsam zu Indigo vor und wispert: »In dieser Nacht ist in einem Wald bei Weißberg ein UFO gelandet – und Aschersberg hat in diesem Hangar an Verhandlungen mit Außerirdischen teilgenommen.« Thomsens Finger trommeln nervös auf der Tischplatte. »Ja … ich weiß genau, wie das klingt. Als Aschersberg es mir erzählt hat, habe ich mich auch gefragt, ob ich nicht doch besser einen Arzt holen sollte. Aber seine Verzweiflung war so echt … Er sagte, dass er zum ersten Mal zu so einem Treffen einberufen worden wäre, aber er hatte das Gefühl, als hätte es vorher bereits Zusammenkünfte gegeben. Als wäre dieses Treffen der Abschluss langer Verhandlungen. Verhandlungen zwischen Menschen und diesen … Wesen. Aschersberg war sich sicher, dass in dieser Nacht überall auf der Welt, in vielen Ländern, auf allen Kontinenten ähnliche Treffen stattgefunden hatten.«

Indigo blickt ihr Gegenüber prüfend an. »Diese Außerirdischen, denen Aschersberg begegnet sein will … wie sahen die denn aus?«

Edgar Thomsens Gesicht verzieht sich zu einer Grimasse. »Das habe ich ihn natürlich auch gefragt. Er ist kalkweiß geworden und hat gesagt: ›Sie sehen aus wie wir. Aber sie sind … schrecklich. Sie mögen aussehen wie Menschen, aber sie ähneln vielmehr … Ameisen.‹ Es war ihr Verhalten, das ihn an Insekten hat denken lassen, die Art, wie sie organisiert waren. Ständig in Bewegung, aber keine Bewegung zu viel. Er sagte, dass sie für alles genau das Maß an Energie einsetzen, das benötigt wird. Alles, was sie tun, folgt einem logischen Plan. Diese Wesen sind technologisch hoch entwickelt und arbeiten präzise, logisch und effizient. In ihrer Welt folgt alles einer Kosten-Nutzen-Rechnung. Ohne Leidenschaft, ohne Mitgefühl, ohne all das, was das Leben unberechenbar macht.« Thomsens Unterlippe beginnt zu zittern. »Und wir werden bald so sein wie sie!«

»Was meinen Sie damit?«

»Diese Wesen suchen neue Lebensräume, um sich auszubreiten und das Leben im Universum nach ihren Prinzipien zu formen, und unser Planet ist ein neuer Lebensraum für sie. Sie werden diesen Planeten kolonialisieren und uns vernichten!«

»Hat Aschersberg das gesagt oder ist das eine persönliche Hypothese von Ihnen, Herr Thomsen?«

»Genau das hat Aschersberg zu mir gesagt – und ich glaube jedes Wort davon!«

»Klingt das nicht etwas wirr?«, sagt Indigo. »Wenn diese Außerirdischen uns technologisch überlegen sind und uns vernichten wollen, warum sollten sie dann Gespräche mit uns führen?«

Thomsen beginnt, hysterisch zu kichern, dann beugt er sich zu Indigo vor und tippt mit dem Zeigefinger gegen seine Stirn. »Sie müssen denken, wie die es tun. Der einfachste und effizienteste Weg, einen Gegner zu besiegen, ist, ihn gar nicht wissen zu lassen, dass er sich in einem Krieg befindet. Warum einen offenen Konflikt riskieren, wenn ich meine Gegner einfach über ein paar Generationen wegzüchten kann? Ganz langsam und schmerzlos. Wir werden es gar nicht merken – und irgendwann sind wir keine

Menschen mehr, sondern wie sie. Alles Menschliche an uns, das Unberechenbare, das Fehlerhafte, alles, was nicht effizient ist, wird verschwinden. Diese Wesen beobachten uns schon sehr lange, sie kennen unsere Strukturen genau, sie wissen, dass auf diesem Planeten fast alles ein Geschäft ist. Also haben sie sich auch zu einem Geschäft entschlossen. Damit ein Geschäft ein Erfolg wird, muss man sich nur die richtigen Vertragspartner suchen. Also haben sie sich Partner gesucht, die ähnliche Interessen haben wie sie. Leute in Machtpositionen. Menschen, die von ihrem Volk gewählt wurden, denen dieses Volk aber auch ein wenig zu unberechenbar ist und denen es sehr entgegenkommt, wenn ihre Untertanen ein bisschen kalkulierbarer werden. Was in vier oder fünf Generationen ist, interessiert diese Art von Mensch nicht.« Thomsen zittert am ganzen Körper. »Was in jener Nacht im Hangar bei Weißberg vereinbart wurde, war der Start eines gewaltigen Zuchtprogramms, das eine Win-win-Situation für beide Vertragspartner bedeutet. Diese Wesen werden das Menschliche aus uns hinaus- und immer mehr von sich in uns hineinzüchten. In einem unsichtbaren Krieg ohne erkennbare Kriegshandlungen. Und die Menschen, die diesen Vertrag mit ihnen geschlossen haben, bekommen im Gegenzug ein berechenbares Volk und als Bonus noch ein paar neue Technologien, die sie der Öffentlichkeit als großartige menschliche Schöpfungen verkaufen können. Als Instrumente des Fortschrittes, die jedem Einzelnen mehr Freiheit versprechen, in Wahrheit aber nur ein zusätzliches Mittel der Kontrolle aller sind. Die einzige Verpflichtung, der sie dafür nachkommen müssen, besteht darin, dieses Zuchtprogramm unter allen Umständen geheim zu halten. Die Welt, die wir kennen, wird schon bald nicht mehr existieren.« Edgar Thomsen blickt flehentlich zu Indigo und flüstert: »Versprechen Sie mir das, was ich Aschersberg versprochen habe. – Sie müssen es allen erzählen, falls mir etwas zustößt. Wenn ich nicht mehr reden kann. Versprechen Sie es mir!«

Auf dem Video ist zu sehen, wie seine Schultern zu zucken beginnen, er begräbt das Gesicht in den Händen. Indigo sieht ihn mitfühlend an und drückt seine Hand. »Ich verspreche es Ihnen«, höre ich sie sagen. »Möchten Sie eine Pause?«

Thomsen schüttelt den Kopf und blickt wieder auf.

»Würden Sie dann bitte erzählen, was nach dieser Nacht geschehen ist?«, sagt Indigo.

»Nach dieser Nacht hat Aschersberg nie mehr mit mir darüber gesprochen«, sagt Thomsen zögerlich. »Es war beinah so, als hätte dieses Gespräch zwischen uns nie stattgefunden. Sein Nervenkostüm wurde immer dünner, er begann sich merkwürdig und absonderlich zu verhalten, bis er schließlich in den Ruhestand versetzt wurde. Damit entfiel auch sein Anspruch auf Personenschutz und ich wurde anderweitig eingesetzt. Ich habe Gerald von Aschersberg nie mehr wiedergesehen. Als ich erfahren habe, dass er im Krankenhaus war, wollte ich ihn besuchen, aber man hat mich nicht zu ihm gelassen. Und dann war er plötzlich tot, gestorben unter äußerst mysteriösen Umständen. Da wusste ich, dass er in der Nacht des fünften Juni keinen Nervenzusammenbruch gehabt hatte, sondern dass er die reine Wahrheit gesagt hatte. Und ich tat, was ich ihm versprochen hatte. Ich habe Kontakt zu Journalisten aufgenommen und ihnen alles erzählt. Printmedien, Fernsehen, Radio … Aber man hat mich überall abgewimmelt. Bald galt ich in Redaktionen als Crazy-Edgar, der nervige Verschwörungsspinner. Wie hätte man mir auch glauben können, ich hatte ja keinen einzigen Beweis. Es war, als würde ich wieder und wieder gegen eine Wand rennen.«

»Wussten Sie von dem ›Ajax‹-Text, den Aschersberg hinterlassen hat?«

Edgar Thomsen stößt einen leisen Pfiff aus. »Sicher. Und als ich davon gehört habe, war mir sofort klar, was er damit sagen wollte. Aber wem hätte ich das erzählen sollen, das hätte mich nur noch verrückter erscheinen lassen.« Thomsen blickt auf den Tisch und sagt leise: »Und dann drehte ich wirklich langsam durch. Weil mein Leben die Hölle wurde. Das blieb von meinen Vorgesetzten nicht unbemerkt und es kam, wie es kommen musste: Ich verlor meinen Job, ich war verzweifelt, weil mir niemand glaubte, ich begann zu trinken und schließlich trennte sich meine Frau von mir und nahm unsere Tochter mit. Und während mein Leben immer mehr den Bach runterging, sah ich im Fernsehen diejenigen, die uns verraten hatten, große Reden über Verantwortung und Fortschritt schwingen. Eines Tages bin ich dann völlig ausgeflippt. Ich kann mich kaum daran erinnern, so als würde ein Nebel über allem liegen – bis zu dem Moment, in dem mich die Security überwältigte. Ich bin nicht stolz auf das, was ich getan habe. Ich war … einfach nicht mehr ich selbst. Für meine Tat habe ich eine Strafe verdient. Aber meinem Opfer ist nicht viel passiert. Es war nur eine Körperverletzung. Hätte man mich ins Gefängnis gesteckt, wäre ich schon lange wieder frei. Doch ich bin auf immer und ewig kaltgestellt. Ich komme hier nie mehr raus. Auf jeden Fall … nicht lebend.«

Edgar Thomsen blickt zu Boden, dann beginnt das Bild zu flackern und die Aufzeichnung bricht ab.

Ich sitze da, stiere auf den flimmernden Monitor, kriege keinen Ton raus und fühle mich, als wäre ich gegen eine Abrissbirne gelaufen. Ein Zuchtprogramm? Ein Handel zwischen Außerirdischen und den Mächtigen dieser Welt? Wenn das, was Edgar Thomsen behauptet, die Wahrheit über Weißberg ist, dann …

»Glaubst du ihm?«, frage ich Indigo.

»Jedes Wort!«

»Ein Zeuge!«, stößt Elektra hervor. »Wir haben endlich einen Zeugen!«

»Ja«, knurrt Fidelio. »Einen Zeugen aus der Psychiatrie, der paranoid ist, von Außerirdischen und Zuchtprogrammen redet und keinen einzigen Beweis vorbringen kann.«

»Diese Diskussion ist müßig«, sagt Indigo und ihre dunklen Augen nehmen einen traurigen Glanz an. »Selbst wenn Edgar Thomsen als die Seriösität in Person gegolten hätte, würde uns das nichts mehr nützen. Er starb, drei Monate nachdem ich mit ihm gesprochen habe.«

»Lass mich raten«, kiekst Max. »Herzinfarkt, Hirnschlag oder Lungenembolie?«

»Selbstmord«, sagt Indigo leise. »Er hat sich mit seinem eigenen Kissen erstickt.«

Wie auf Kommando stöhnen alle gleichzeitig auf.

»Der Grund, warum ich Thomsen glaube, sind nicht seine treuen Augen, sondern das, was ich nach unserem Gespräch herausgefunden habe«, sagt Indigo geheimnisvoll und nippt an ihrem Tee.

»Worüber?«, frage ich.

»Ich habe Indizien gefunden. In Berichten über UFO-Entführungen.«

»Natürlich!«, entfährt es Elektra und sie schlägt die Hand an die Stirn. »Im Sommer 1990 sind die Berichte über UFO-Entführungen sprunghaft gestiegen. Auf ein Vielfaches. Eine Zeit lang gab es fast täglich neue Berichte von Menschen, die behaupteten, in ein Raumschiff entführt worden zu sein, wo medizinische Untersuchungen und Eingriffe an ihnen vorgenommen wurden.«

»Stimmt«, sagt Indigo. »Und unter diesen Entführten waren auffallend viele Frauen, auf die drei bestimmte Merkmale zutrafen: Frauen, die in einer festen, stabilen Beziehung lebten, die sich Kinder wünschten, bisher aber keine hatten bekommen können, und die kurz nach der Entführung – die meisten von ihnen glaubten, dass es nur ein Albtraum gewesen war – dann doch schwanger wurden.« Indigo blickt herausfordernd in die Runde. »Ich habe einige dieser Frauen ausfindig gemacht und versucht, mit ihnen über ihre Entführung, ihre Schwangerschaft und ihre Kinder zu sprechen. Nur drei von ihnen haben sich dazu bereit erklärt, und nachdem ich mit ihnen gesprochen hatte, verstand ich, warum die meisten Mütter schwiegen: Sie hatten Angst, als schlechte Mütter zu gelten!« Indigo fährt sich mit dem Zeigefinger über die Augenbrauen. »Alle haben das Gleiche erzählt: wie glücklich sie waren, angesichts der unverhofften Schwangerschaft. Aber dann, nach der Geburt … All diese Kinder waren merkwürdig. Anders als andere Kinder. Alle waren ausgesprochen intelligent, aber sie suchten nie körperlichen Kontakt zu ihren Eltern, sie hielten sich von anderen Kindern fern, und wenn ein Familienmitglied einen Unfall hatte oder wenn ein Haustier starb, ließ sie das scheinbar völlig unberührt. Von ihren Eltern schienen sie keine Zuneigung, sondern bloße Versorgung zu erwarten. Die meisten Mütter und Väter gaben sich die Schuld, glaubten, dass sie ihr Kind nicht genug liebten. Aber dann geschah etwas, das ihr Gewissen beruhigte und ihnen eine Erklärung dafür bot, warum ihre Kinder so anders waren. Bei allen Eltern erschienen eines schönen Tages, kurz nach der Einschulung der Kinder, Vertreter einer privaten Organisation zur Förderung Hochbegabter, die erklärten, schulische Tests hätten eine extreme Hochbegabung des Kindes gezeigt. Eine spezielle Form der Hochbegabung, die fast immer mit einem leicht autistischen Verhalten einhergehe. Diese Organisation bot den Eltern nicht nur eine plausible Erklärung für das Verhalten ihrer Kinder, sondern offerierte auch gleich Hilfe: in Form eines Stipendiums für eine der zahlreichen von der Organisation geleiteten Internatsschulen, in denen die Kinder von speziell ausgebildeten Lehrkräften, gemäß ihrer besonderen Begabung unterrichtet würden. Erleichtert, endlich die wahre Ursache des Verhaltens ihrer Kinder zu kennen, und im Glauben, im Interesse ihres Kindes zu handeln, willigten die Eltern ein – mit der Folge, dass sich ihnen ihre Kinder immer mehr entfremdeten. Rein formal blieben die Eltern sorgeberechtigt, aber die Erziehung der Kinder lag de facto in den Händen dieser Organisation. Die erste Generation dieser Kinder bevölkert gegenwärtig die Universitäten. Sie werden ihr Studium mit Auszeichnung abschließen, Karriere machen und schließlich an die Schaltstellen der Macht gelangen. In der Wirtschaft, in der Politik, bei den Medien …«

»Die beiden Milchgesichter, die uns verfolgt haben … das waren welche von denen, oder?«, fragt Viktor.

»Ja, sie gehören einer bestimmten Gruppe innerhalb dieser Organisation an. Einem Sicherheitsdienst, dessen Aufgabe es ist, alles, was der Organisation gefährlich werden könnte, auszuschalten. Sie werden in einem Internat in den Alpen ausgebildet. Das Internat wird besser bewacht als Fort Knox, aber ich habe es geschafft, ein paar Aufnahmen zu machen. Mit einem Teleobjektiv, aus ein paar Kilometern Entfernung.« Indigo scheint einen Moment zu zögern, dann wendet sie sich mir zu, nimmt meine Hand und sagt eindringlich: »Versprich mir, dass du bei dem, was du gleich sehen wirst, ruhig bleibst, Miranda.«

Verwirrt blicke ich auf. Ich möchte den sehen, der nach einer solchen Einleitung ruhig bleibt. Warum sagt sie das? Was ist los? Die Härchen in meinem Nacken stellen sich auf und ich blicke nervös auf den Monitor.

Elektra startet das nächste Video.

Ich sehe eine schmale Passstraße. Sie führt zu einer Burg mit massiven Festungsmauern, die sich vor dem Panorama hoher Berggipfel erhebt. Das Bild wackelt ein wenig. Einmal taucht der Zweig eines Nadelbaumes direkt vor der Linse auf. Offenbar saß Indigo im schwankenden Geäst einer Tanne, als sie diese Bilder aufgezeichnet hat.

»Ich hatte Glück«, sagt sie. »An dem Tag, an dem ich gefilmt habe, stand hoher Besuch ins Haus. Seht selbst!«

Dann zoomt die Kamera die Burg heran. Ich erkenne den Burghof, in den Schüler aus allen Teilen der Festung zusammengelaufen kommen und sich sammeln. Bei ihrem Anblick schießt mir sofort durch den Kopf, was Aschersberg seinem Bodyguard über die Außerirdischen anvertraut hat: Ameisen! Das Gewimmel auf dem Innenhof der Burg erscheint auf den ersten Blick chaotisch, aber dann erkenne ich, dass das Durcheinander einem Plan folgt, in dem offenbar jeder genau weiß, was er zu tun, wohin er zu laufen, wo er zu stehen und wie er dabei auszusehen hat. Hier findet nichts von dem statt, was man im Allgemeinen auf Schulhöfen zu sehen bekommt. Kein Lachen, kein Schubsen, kein übermütiges Geschrei, kein Hüpfen, Springen, Trödeln oder aus der Reihe tanzen. Aber es ist nicht nur diese durchorganisierte Geschäftigkeit, die mich an Ameisen denken lässt. Jedes Mal, wenn die Kamera eines der Gesichter heranzoomt, läuft es mir kalt über den Rücken: Die Augen der Schüler haben etwas Insektenhaftes. In ihnen ist keine Regung zu erkennen. Nichts spiegelt sich in ihnen wider. Keine Freude, kein Glück, keine Wut, keine Angst. Diese Augen treten mit nichts und niemandem in Verbindung. Sie dienen nur einem Zweck: visuelle Informationen aufzunehmen. Sie beobachten. Kalt und teilnahmslos.

Alle Schüler tragen Schuluniform, niemand lächelt. Jungen in tadellos sitzender Kleidung, mit akkuraten Haarschnitten und Gesichtern, die man kaum auseinanderhalten kann. Und auch die Mädchen ähneln sich wie ein Ei dem anderen: die Haare zu einem Zopf gebunden, die Höhere-Tochter-Nase in die Luft gereckt und so propper, als hätten sie zum Frühstück kiloweise Kernseife gegessen. Die männlichen Milchgesichter sammeln sich auf der rechten Seite des Burghofs, die Kernseifenmädels nehmen an der linken Seite Aufstellung.

Mehrere Lehrer treten auf den Hof, angeführt von einem dünnen Mann mit hagerem Gesicht, der ganz offensichtlich in dieser Einrichtung das Sagen hat. Auch die Lehrkräfte stellen sich in Reih und Glied auf, als eine schwarze Limousine durch das Burgtor fährt, einen Bogen beschreibt und mitten auf dem Hof hält. Sofort eilt der Hagere auf den Wagen zu und reißt die Autotür auf. Aus dem Wagen steigt ein großer, kräftiger Mann, der aber nur von hinten zu sehen ist. Der Hagere schüttelt ihm devot lächelnd die Hand, dann deutet er mit stolzer Geste auf die versammelte Schülerschaft. Sein Gast betrachtet den Aufmarsch der Schüler, wendet den Kopf und …

Ich schreie laut auf und drücke Indigos Hand so fest, dass ich ihr fast die Finger zerquetsche. Mein Herz hämmert wie verrückt! »Birger Vend!«, schreie ich. »Das ist Birger Vend!«

Dann wird es dunkel um mich …

Als ich wieder wach werde, liege ich flach auf dem kühlen Boden der Höhle. Elektra kniet neben mir und flößt mir etwas ein, das sich zunächst wie Eis anfühlt, bevor sich eine wohlige Wärme in meiner Mundhöhle ausbreitet.

»Selbst gemachter Pfefferminz-Sonnenschein-Likör«, sagt sie lächelnd. »Der bringt jeden wieder auf die Beine.«

Langsam richte ich mich auf. Das Video steht auf Pause, auf dem Monitor ist noch immer das Gesicht des Mannes zu sehen, von dem ich bis vor einer Minute geglaubt habe, dass er gemeinsam mit meinen Eltern über der Nordsee abgestürzt wäre. »Birger Vend …«, flüstere ich ungläubig.

Fidelio beugt sich vor, linst über den Rand seiner Brille und betrachtet das Gesicht auf dem Monitor mit kritischem Blick, bevor er wieder aufsieht und sich ausgiebig an der Glatze kratzt. »Er ist es tatsächlich. Nur mit kurzen Haaren und ohne Bart. Und in so feinem Zwirn habe ich ihn auch noch nie gesehen, Birger lief früher immer nur in ausgeleierten Strickpullis rum.«

»Wie alt ist die Aufnahme?«, fragt Viktor.

»Zwei Jahre«, sagt Indigo und sieht besorgt zu mir. »Geht es wieder, Miranda?«

»2014?« Ich springe auf die Beine, so schnell, dass mir sofort wieder schwindelig wird und ich mich auf Max' Schulter abstützen muss. »Aber wenn Birger Vend lebt, dann … dann leben Papa und Mama auch noch!«

Ich erwarte, freudige Zustimmung zu hören, stattdessen senkt sich ein bleiernes Schweigen über die anderen. Sie schauen weg und weichen meinem Blick aus.

»Was habt ihr?«

Indigo tritt zu mir, nimmt mich in die Arme und streicht beruhigend über meine Haare und meinen Rücken. »Ich befürchte, es bedeutet das Gegenteil«, flüstert sie. »Es tut mir so leid, kleine Schwester. Aber dass Birger Vend auf diesem Video zu sehen ist, kann nur heißen, dass er entweder von Beginn an für die Verschwörer gearbeitet oder dass er irgendwann die Seiten gewechselt hat. Dass er lebt, macht es sehr wahrscheinlich … dass Gideon und Aurelia nicht mehr am Leben sind. Dass sie wegen Ajax gestorben sind. Und dass Birger Vend für ihren Tod verantwortlich ist!«

»Nein! Das stimmt nicht! Sie leben!«, schreie ich, reiße mich von Indigo los und stürze aus der Höhle.

Die Wurmlöcher und die Glühwürmchen haben ihre Party beendet und schlafen friedlich. Bis auf die gelegentlichen Pupser aus dem Aquarium und das leise Flüstern der Tonbandstimmen ist es still im Laboratorium. Ich sitze auf einem der Arbeitstische, starre vor mich hin und warte darauf, dass mir die Tränen über die Wangen laufen, aber es kommen keine. Es ist viel schlimmer: Ich fühle mich kalt wie Stein. Indigo hat recht! Die Tatsache, dass Birger Vend lebt und für die Gegenseite arbeitet, bedeutet, dass er meine Eltern hintergangen … und mit großer Wahrscheinlichkeit auch ermordet hat.

»Hrhmm«, ertönt ein verlegenes Räuspern. »Kann ich irgendwas für dich tun?«

Ich habe Viktor nicht kommen hören. »Nein. Danke. Nett, dass du fragst, aber … ich brauche nur zehn Minuten alleine.«

»Okay.« Er nickt stumm, blickt noch einmal besorgt zu mir und verschwindet wieder in dem Gang, der zu Elektras Höhle führt.

Birger Vend …, denke ich. Die Art, wie er auf dieser Burg empfangen worden ist, lässt vermuten, dass er eine hochrangige Position in dieser Organisation bekleidet. Warst du von Anfang an ein Verräter, Birger Vend? Oder bist du irgendwann zu einem Verräter geworden? Wann und warum?

Als Kind habe ich Birger geliebt: Er war wie ein großer, freundlicher struppiger Bär, er hatte ein dröhnendes Lachen, konnte mit den Ohren wackeln, hat mit mir *Engelchen flieg*! gespielt – und währenddessen meine Eltern ausspioniert und geplant, wie er sie ausschalten kann. Sie haben ihm vertraut, und er hat sie …

Er hat sie umgebracht. Alles spricht dafür.

Ich atme tief durch. Vielleicht ist das der Moment, in dem ich es akzeptieren muss. Wäre da nicht eine leise Stimme in mir, die mir noch immer eindringlich zuflüstert: Ein sicherer Beweis ist das Auftauchen von Birger Vend nicht. Höchstens ein Indiz. Einen *Beweis* für den Tod deiner Eltern gibt es nicht – es sei denn, man akzeptiert zwei Särge in der Erde des Hammersteiner Friedhofs als Beweis.

Das tue ich nicht!

Noch gibt es Raum für Zweifel.

Und Raum für Zweifel bedeutet Raum für Hoffnung.

Wenn ich eines Tages einen Beweis in Händen halte, der keinen Zweifel am Tod meiner Eltern zulässt, werde ich akzeptieren, dass sie tot sind. Aber nicht heute. Nicht jetzt. Ich werde so lange zweifeln, bis ich eine klare Antwort auf die Frage habe, was mit ihnen geschehen ist. Und diese Antwort kann mir nur einer geben: Birger Vend!

Ich gleite vom Arbeitstisch und mache mich mit langsamen Schritten auf den Weg zurück in Elektras Höhle.

»Ich werde dich finden!«, flüstere ich.

Wenn Elektra ihre Missbilligung über das, was jemand sagt, zum Ausdruck bringen möchte, tut sie das für gewöhnlich mit sanfter Stimme und benutzt dabei Formulierungen wie: »Ich bitte dich, noch einmal zu überdenken …« Wenn Elektra mit zornbebender Stimme brüllt »Hast du sie noch alle, Papa?«, muss dem ein katastrophaler Kurzschluss im sozialen Interaktionsnetz vorausgegangen sein. Und sie ist nicht die Einzige, die aufgebracht ist. Just in dem Moment, in dem ich die Höhle betrete, bricht ein wütendes Gewitter über Fidelio Hümmerich herein.

»Wie kannst du so was sagen?«, schreit Viktor.

Max vergisst vor lauter Empörung sogar, dass er nicht wirklich stottert, und kiekst: »Ich fa-fa-fass es nicht!«

Fidelio guckt vollkommen zerknirscht und sieht beinah so aus, als hätte er tatsächlich ein schlechtes Gewissen. Eine echte Premiere. Fidelio ist im Normallfall so gut wie nichts peinlich, und was ein schlechtes Gewissen ist, weiß er nur vom Hörensagen.

»Was ist hier los?«, frage ich.

Elektras blaue Augen funkeln wütend. »Papa hat Indigo gefragt, ob sie nicht auch … ob sie nicht das Gleiche ist wie diese … Züchtungen.«

Kaum hat sie es ausgesprochen, fliegen Fidelio die nächsten üblen Beschimpfungen um die Ohren. Max und Viktor kriegen sich gar nicht mehr ein.

»Jetzt beruhigt euch mal alle wieder«, dringt Indigos Stimme durch die Schimpfwörter-Kanonade.

Augenblicklich tritt Stille ein.

»Ich nehme dir die Frage nicht übel«, sagt sie zu Fidelio, der sich daraufhin mit erleichterter Miene auf einem Sitzkissen niederlässt und sich mit einem schmutzigen Taschentuch über die Glatze fährt. »Ist die Frage denn so unberechtigt?« Indigo nimmt dabei alle Anwesenden ins Visier. »Meine Antwort darauf, ob ich so bin wie sie, lautet Ja und Nein. Ich bin mir sicher, die DNS all dieser Musterschüler ist nur zum Teil bestimmbar. So wie meine. Das verbindet uns. Und dennoch bin ich das Gegenteil von dem, was sie sind!« Indigos dunkle Augen blitzen silbrig auf. »Alles, was ich anführen kann, beruht natürlich nur auf Indizien und Vermutungen. Ich weiß nicht, ob meine Mutter eine Außerirdische war, aber wenn sie es war, dann würde das bedeuten …«

»Dass es nicht nur diese Ameisenwesen gibt, sondern noch andere«, beendet Viktor ihren Satz und sieht sie gespannt an.

»Ist es bei der unzähligen Menge an Sternen und Planeten in diesem Kosmos nicht sehr wahrscheinlich, dass es neben diesen ameisenhaften Kreaturen noch andere Lebensformen gibt, die hier präsent sind? Wesen, deren Entwicklung aber eine ganz andere Richtung genommen hat? Die uns nicht kolonialisieren wollen. Die uns und den Fortgang unserer Entwicklung nur beobachten – und vielleicht manchmal an kritischen Punkten dieser Entwicklung eingreifen, indem sie uns im Verborgenen Werkzeuge geistiger oder materieller Art an die Hand geben, die uns helfen können? Und wäre es nicht denkbar, dass sie Kundschafter auf diesen Planeten schicken, um mehr über uns zu erfahren und uns zu verstehen? Und wäre es dann nicht auch denkbar, dass es Kundschafter gibt, die ihre Forschungsobjekte so faszinierend finden, dass sie sich in eines von ihnen … verlieben?« Indigo deutet auf den Monitor, auf dem die insektenäugigen Musterschüler zu sehen sind. »Diese Schöpfungen sind so bedauernswert wie Frankensteins Monster. Sie wissen ja nicht einmal, dass sie das bloße Ergebnis eines Programms sind, das an der Menschheit vollzogen wird. Ohne dass die Menschen es wissen, ohne dass sie sich dagegen wehren können, ohne dass sie sich entscheiden können. – Meine Eltern haben sich füreinander und für mich entschieden. Aus Liebe. Der unberechenbarsten Kraft im Universum. Die Schöpfer dieser Einserschüler wollen eine Welt, in der es eine unveränderliche Ordnung gibt, in der alles berechenbar ist. In dieser Welt bin ich ein unberechenbares Element. Ich bin wie ein Virus in ihrem System. Aber es gibt etwas, das sie noch mehr fürchten.«

»Die Wahrheit«, haucht Elektra. »Würden den Menschen Beweise dafür vorliegen, dass dieses Zuchtprogramm existiert, dann würden sie die, die sie verkauft haben, zur Verantwortung ziehen und … sich wehren.«

»Was bedeutet, dass die Verschwörer auch jeden jagen, der versucht an diese Beweise zu gelangen«, sagt Indigo.

»Was schlägst du vor? Was sollen wir tun?«, fragt Viktor aufgeregt.

Ich fasse Indigo am Arm und blicke sie beschwörend an. »Ich will, dass wir nach Birger Vend suchen! Er weiß, was mit Papa und Mama geschehen ist.«

»Nein! Wir operieren getrennt. Ich suche nach ihm«, sagt Indigo mit entschlossenem Gesichtsausdruck. »Birger Vend ist ein sehr gefährlicher Mann, Miranda. Erinnerst du dich daran, dass er eine Verlobte hatte, die seine Leiche und die von Gideon und Aurelia identifiziert hat? Ein paar Wochen später war sie tot. Gestorben an einer Überdosis Heroin. Dabei beteuern die Eltern dieser Frau bis heute, ihre Tochter hätte niemals im Leben Drogen angerührt.« Indigo blickt mich durchdringend an. »Wenn man Birger Vend begegnet, sollte man auf diese Begegnung vorbereitet sein. Du bist darauf nicht vorbereitet. Ich schon. Ich bereite mich schon lange Zeit darauf vor.«

»Er weiß, was mit Papa und Mama geschehen ist. Mir ist egal, wie gefährlich er ist. Ich gehe mit dir! Du kannst es mir nicht verbieten!«, schießt es wütend aus mir heraus. »Wie … wie willst du ihn überhaupt finden?«

»Ich nähere mich ihm bereits«, sagt Indigo ruhig.

»Was willst du damit sagen?«, wispert Viktor.

»Ich arbeite für seine Organisation.«

»Was?«, entfährt es vier Mündern gleichzeitig und die Frage wird als vielstimmiges Echo von den Höhlenwänden zurückgeworfen. Fidelio hingegen guckt, als wäre diese Enthüllung für ihn kalter Kaffee.

»Die Ajax-Verschwörung funktioniert, weil sie perfekt durchorganisiert ist«, sagt Indigo. »An der Spitze steht diese geheime Gruppe aus zwölf Personen, die einst gegründet wurde, um alles zu vertuschen. Und da es sie offiziell nicht gibt, ist sie auch an keine Verfassung und kein Gesetz gebunden. Manche, die von ihr wissen, nennen sie ›Das majestätische Dutzend‹. Natürlich scheidet von Zeit zu Zeit ein Mitglied aus – meist aus Altersgründen – und jemand rückt nach. Offenbar haben sie aus den Fehlern der Vergangenheit gelernt und sind sehr vorsichtig geworden. Sie können nicht noch einmal jemanden mit Gewissensbissen brauchen wie Aschersberg oder Hersfeld. Obwohl ich alle Möglichkeiten und Verbindungen genutzt habe, ist es mir nicht gelungen, auch nur eines der gegenwärtigen Mitglieder dieser Gruppe zu identifizieren. ›Das majestätische Dutzend‹ ist unsere eigentliche Regierung – und verfügt über einen riesigen Apparat, der für die Verschwörer arbeitet. Ein gigantisches, verästeltes Netzwerk aus Organisationen und Tarnorganisationen, die im Wesentlichen mit zwei Dingen beschäftigt sind: Sicherheit und Propaganda. Ich habe es geschafft, mich unter einer falschen Identität in die Propaganda-Abteilung einzuschleusen. Was, nebenbei gesagt, eine ziemlich riskante und arbeitsaufwendige Angelegenheit war und ist. Bevor ich zur Arbeit gehe, brauche ich jedes Mal zwei Stunden für Kostüm und Maske. Ziemlicher Aufwand, dafür ist der Job aber überdurchschnittlich gut bezahlt. Ich arbeite in einer ihrer Trollfabriken.«

»Oh«, sagen Elektra und ich gleichzeitig und nicken verstehend. Jeder Zweifelwerker hat schon mal von Trollfabriken gehört – es sei denn, er ist erst ein paar Wochen dabei: Viktor guckt, als hätte er gerade erfahren, dass es den Weihnachtsmann wirklich gibt.

»Trollfabrik? Habe ich bei Harry Potter eine entscheidende Seite überschlagen oder habe ich mich gerade verhört?«

»Weder noch«, sagt Indigo. »Die Propaganda und Gegenpropaganda läuft auf vielen Ebenen. Zum einen hat die Organisation Leute in den Parlamenten, in Ausschüssen, in staatlichen Forschungseinrichtungen und den Medien, die dafür sorgen, dass die Dinge dort im Sinne der Verschwörer laufen. Verschwörungslobbyisten, wenn man so will. Und auf der anderen Seite gibt es die Trollfabriken, die für Propaganda und Gegenpropaganda im Netz zuständig sind.«

»Und wie sieht die aus?«, fragt Viktor.

»Da, wo ich arbeite, gibt es beispielsweise eine Abteilung, in der mehrere Hundert Leute angestellt sind, die den ganzen Tag nichts anderes tun, als bewusst schlecht gefälschte Clips über UFO-Sichtungen zu produzieren und zu verbreiten. Wenn jemand neunundneunzig schlecht gefälschte Videos über UFO-Sichtungen gesehen hat, dann wird er auch das hundertste, das vielleicht eine echte Sichtung zeigt, als Fälschung abtun. Aber das ist natürlich nur eine Möglichkeit, die UFO-Thematik ins

Lächerliche zu ziehen. Ich selbst verbringe meine Tage damit, Beiträge und Kommentare zu verfassen, in denen ich mich über UFO-Augenzeugenberichte lustig mache, die Verfasser als Idioten hinstelle und sie diskreditiere. Das kann geschehen, indem ich scheinbar sachlich im Namen der Vernunft und der Wissenschaft argumentiere, oder dadurch, dass ich Spott und Häme über die Leute ausgieße. – So sieht der Job eines Trolls aus.«

»Was sind das für Menschen, die so etwas tun?«, sagt Elektra leise.

Indigo lächelt bitter. »Die Organisation hat kein Problem damit, geeignete Mitarbeiter zu finden. Es gibt Massen von Leuten, für die der Gedanke, andere im Internet zu beleidigen und zu verspotten und dafür auch noch ein fürstliches Gehalt zu beziehen, wie ein Sechser mit Superzahl ist. Dafür sind sie ohne Zögern bereit, selbst die unglaublichsten Geheimhaltungsklauseln zu unterschreiben. Und die Arbeitsstrukturen sind so angelegt, dass jeder Einzelne nur einen winzigen Ausschnitt dieser Arbeit sieht. Niemand auf den unteren Stufen der Hierarchie kennt das Gesamtbild. Niemand dort weiß, für wen er in Wahrheit arbeitet. Die meisten interessiert es auch überhaupt nicht. Aber wenn man die Augen und Ohren offen hält und Rückschlüsse aus bestimmten Vorgängen zieht, kann man Erkenntnisse über die Strukturen und Abläufe in der Organisation gewinnen. Zum Beispiel, dass die Propaganda-Abteilung vergleichsweise klein ist gegen den riesigen, krakenhaften Sicherheitsapparat der Organisation. Und Birger Vend ist zum Leiter dieses Sicherheitsdienstes aufgestiegen. Zu einem Alpha-Auditor – so werden die Leiter der Bereiche Propaganda und Sicherheit bezeichnet.«

»Bist du ihm … begegnet?«, wispere ich, aber meine Schwester schüttelt den Kopf.

»Er ist Alpha-Auditor der Sicherheitsabteilung und ich bin nur ein kleiner Hiwi in der Propaganda-Abteilung. Eine von Tausenden fleißigen Arbeitsameisen. Doch ich bin überzeugt, dass wir uns in Kürze begegnen werden.«

»Äh … wieso?«, fragt Max nervös und beginnt, an seinen Fingernägeln zu knabbern.

»Stimmungsumschwünge, Stimmungswechsel … Vor ein paar Wochen bemerkte ich, dass einige meiner Vorgesetzten plötzlich unruhig und nervös wurden. Dann tauchten immer häufiger Leute aus dem Sicherheitsdienst bei uns auf und hielten Besprechungen mit den Abteilungsleitern der Propaganda ab. Offenbar, um die Vorgehensweisen der Bereiche genau abzustimmen. Irgendetwas ging vor. Aber es gab keine Möglichkeit herauszubekommen, worüber sie sprachen. Ich hatte nicht mal im Entferntesten die Chance, eine Wanze oder eine Minikamera in den Konferenzräumen zu installieren. Das war dann der Punkt, an dem ich Kontakt zu Fidelio aufgenommen habe.«

»Ich hab 'ne TOST auf die Brüder angesetzt«, sagt Fidelio und sieht sehr selbstzufrieden aus. »TOST 1. Leider im Einsatz verschieden. Aber sie hat noch 'ne Menge Geschwister: TOST 2, TOST 3, TOST 4 …«

»Würdest du uns gütigerweise auch verraten, was eine TOST ist?«, frage ich.

»Meine neueste Entwicklung. Kennt noch keiner außer Indigo. Die techno-organische Stubenfliege!« Er zieht einen kleinen Plastikbehälter mit Luftlöchern aus der Tasche seines Kittels. In dem Behälter krabbeln an die zwanzig Fliegen munter durcheinander.

»Sind das Mini-Überwachungsdrohnen?«, fragt Viktor und beäugt die Fliegen mit gerunzelter Stirn.

»Drohnen sind was für Langweiler«, entgegnet Fidelio. »Die hier sind organisch. Na ja, zum größten Teil jedenfalls. Aber sie haben 'ne biotechnologische Radiusprogrammierung, holografische Facettenkameras und doppelt verschlüsselte –«

»Vielleicht können wir die technischen Details später erörtern«, unterbreche ich ihn ungeduldig. »Sagen wir fürs Erste einfach, sie ist so was wie eine fliegende Wanze.«

»Wenn du meinst«, brummt Fidelio beleidigt.

»Was hast du gehört, Indigo?«, frage ich.

»Die Sicherheitsleute sprachen mit meinen Abteilungsleitern über eine Gefahr, die der Organisation droht. Der größten Bedrohung seit acht Jahren. Es fiel der Begriff Ajax und mir dämmerte, worum es ging. Nachdem Gideon und Aurelia verschwunden waren – und mit ihnen die Dateien und Dokumente, die die Verschwörung hätten enthüllen können –, hatte die Organisation sich sicher gefühlt. Aber nun mussten sie zur Kenntnis nehmen, dass es eine Gruppe von Leuten gab, die Kopien besaß und offenbar entschlossen war, sie zu veröffentlichen. Einer der Männer sagte, die Lage sei so ernst, dass der Alpha-Auditor des Sicherheitsdienstes persönlich vor Ort sei, um die erforderlichen Gegenmaßnahmen zu koordinieren. Und dann sagte einer: ›Scheißfliege!‹, und dann gab es einen Knall, und das war das Ende von TOST 1.«

»Birger Vend ist hier?«, entfährt es mir.

»Er hält sich irgendwo in der Nähe auf«, sagt Indigo. »Darum bin ich zurückgekommen. Dass er als Leiter des Sicherheitsdienstes persönlich eingreift, zeigt, für wie groß sie die Bedrohung halten. Sie sind nervös. Und das macht sie angreifbar …«

»Es waren also welche von Birgers Leuten, die Hersfeld und Nachtweih umgebracht haben?«, fragt Fidelio.

»Für solche Aktionen sind sie ausgebildet, aber …« Indigo runzelt die Stirn. »Ich frage mich, woher unsere Widersacher überhaupt wussten, dass Hersfeld und Nachtweih die Dokumente veröffentlichen wollten. Sie waren sehr vorsichtig. Nur jemand in ihrem engeren Umfeld hätte davon erfahren können. Jemand, der sie kannte, hat sie überwacht und vielleicht hat dieser Jemand sie auch umgebracht – oder zumindest dabei geholfen. Vielleicht jemand, der eingeschleust worden ist, vielleicht jemand, der bezahlt oder erpresst wird …«

Im Kopf gehe ich die verschiedenen Möglichkeiten durch: David Vermeer, Elmar Hersfeld, Leonie Hersfeld … Die Einzige, der ich die nötige kriminelle Energie und Skrupellosigkeit zutraue, ist Leonie Hersfeld. Außerdem scheint sie dringend Geld zu brauchen. Aber genauso gut könnte es jemand aus dem Umfeld der mysteriösen Frau sein, die laut Weirdo Wunderlich zu Hersfeld und Nachtweih gehörte. Um ihr Umfeld zu checken, müssten wir erst einmal wissen, wer sie überhaupt ist …

»Ich werde im Anschluss an diese Zusammenkunft sofort aufbrechen und versuchen, die Spur zu Birger Vend aufzunehmen«, reißt mich Indigos Stimme aus meinen Mutmaßungen.

»Ich komme mit dir! Egal was du sagst!« Ich springe auf und greife nach meiner Jacke.

Indigo schüttelt den Kopf. »Möchtest du, dass meine Tarnung auffliegt? Ich will Birger Vend genauso dringend finden wie du, aber ich arbeite alleine!«

»Was können wir hier schon tun?«, sage ich wütend und verpasse meinem Sitzkissen einen Tritt.

»Ihr operiert von hier aus weiter und versucht herauszufinden, wer und wo diese Frau ist, die die Dokumente in ihrem Besitz hat. Ich halte das mit dem Zeitungsinserat für eine gute Idee. Gebt eine Anzeige auf und versucht euch mit der Frau zu treffen. Findet heraus, was und wo die Brüste der Madonna sind!«

9

Drei Minuten später treten Max, Viktor, Indigo und ich aus der Ladentür von »Elektro Hümmerich«. Der Morgen dämmert bereits herauf, aber noch schläft Hammerstein. Der einzige Mensch, dem wir auf der Straße begegnen, ist ein Junge, der Tageszeitungen austrägt.

Max verabschiedet sich an der Kirche von uns, und kurz darauf stehen wir an der Ecke Oswaldweg und es ist an Viktor, sich zu verabschieden. Die Art, in der sich dieser Abschied vollzieht, hat echtes Comedy-Potenzial. Nur wenige Dinge sind so erheiternd, wie einen professionellen Pädagogen dabei zu beobachten, wie ihn eine private Situation völlig überfordert: Viktor blickt verlegen zu Indigo und räuspert sich ausgiebig. Unschlüssig, was er tun soll, setzt er zu einer Umarmung an, bevor er im letzten Moment Fracksausen bekommt und ihr doch nur die Hand entgegenstreckt. »Auf, äh, auf Wiedersehen, Indigo. Viel Glück. Ich … ich hoffe, wir sehen uns bald wieder.«

Es folgt eine Flirtüberraschungsattacke vom Feinsten! Indigo lächelt ihn an, greift seine Hand und zieht den verdutzten Viktor zu sich heran. Sie haucht einen Kuss auf seine Wange und flüstert mit heiserer Stimme: »Wusstest du, dass ich eine Sammlung von seltenem Mondgestein habe? Von der dunklen Seite des Mondes? Wenn ich zurückkomme, kannst du sie dir mal ansehen. Falls dich die dunkle Seite des Mondes interessiert …«

Viktor sieht aus wie das Kaninchen vor der Schlange und stammelt etwas, das sich nach »Mpflgrmpf« anhört.

Ich drehe mich weg und beiße mir auf die Lippen, um nicht laut loszulachen.

»Ruh dich jetzt ein bisschen aus«, sagt Indigo und fährt ihm mit dem Zeigefinger über die Wange. »Ich wünsche dir süße und verstörende Träume!«

Dann hakt sie mich unter, lächelt ihm noch einmal zu und wir eilen davon, während Viktor unter der Straßenlaterne steht, als wäre er dort angewachsen.

»Was wird das?«, frage ich, als wir den Kastanienpfad erreichen.

»Was meinst du?«, sagt Indigo mit einem Gesichtsausdruck, als könnte sie kein Wässerchen trüben.

»Du weißt genau, wovon ich rede. Trudi hat mir erzählt, dass du früher reihenweise Herzen erobert hast, dass du dann aber jedes Mal in Rekordzeit das Interesse an deinen Verehrern verloren und sie wieder abserviert hast. Ich mag Viktor. Ich will nicht, dass er zu einem der vielen gebrochenen Herzen wird, die deinen Weg pflastern.«

Indigo kichert. »Die Ansprache von Trudi kann ich mir genau vorstellen. Ich wette, sie hat sich angehört, wie ein ›Marionetten der Liebe‹-Drehbuch: *Miranda, für deine Schwester war die Liebe immer nur ein Spiel!*« Indigo lacht und sieht mich herausfordernd an. »Ich weiß nicht, wie sich das mit Viktor entwickelt. Niemand kann so etwas vorhersagen – nicht mal Elektra. Aber wenn du mich fragst, ob ich es ernst meine: Wäre ich eine Kundschafterin aus dem All, würde ich mir Viktor Carelius als Forschungsobjekt aussuchen.«

»Weil er der heißeste Philosophielehrer zwischen hier und dem Andromedanebel ist?«

»Weil er vielschichtig ist«, sagt Indigo ernst. »Es gibt viel mehr an ihm, als er selbst kennt – und er beginnt gerade erst, seine inneren Schichten zu entdecken.« Meine Schwester lächelt versonnen. »Wie eine Zwiebel, die sich selbst schält. Haut um Haut. Und ich könnte mir sehr gut vorstellen, ihm dabei behilflich zu sein. Klingt das für dich ernst genug? Und wenn wir schon beim Thema sind: Was ist eigentlich mit deinem Liebesleben?«

»Welches Liebesleben?«

»Miranda … bitte.«

»Ich führe … eine Fernbeziehung.«

»Natürlich …«, sagt Indigo und wirft mir einen spöttischen Blick zu. »Eine Beziehung via Transkommunikator. Mit Edward Snowden. Der nie auf deine Nachrichten antwortet. Weshalb es schon sehr optimistisch ist, von einer Beziehung zu sprechen.«

»Woher weißt du davon?«

»Ich will dich nicht entmutigen, Miranda, aber Eddy und seine Freundin wirken sehr glücklich und harmonisch.«

»Willst du mir sagen, du hast … Edward Snowden getroffen?«

»Vielleicht«, sagt Indigo geheimnisvoll. »Wie gesagt, ich würde mir an deiner Stelle diesbezüglich keine allzu großen Hoffnungen machen. Aber: Ein Vögelchen hat mir gezwitschert, dass es da einen Jungen aus deiner Klasse gibt. Joris …«

Das geschwätzige Vögelchen kann nur Viktor gewesen sein, außer ihm weiß keiner von Joris und seinen Verliebtheits-Eifersuchts-Aktionen. Gut, dass ich nicht zur Gewalttätigkeit neige. Ansonsten würde ich dem Zwitschervögelchen bei nächster Gelegenheit den Hals umdrehen.

»Joris ist nur ein Klassenkamerad«, sage ich hastig und klinge dabei ungefähr so glaubwürdig wie ein Staatsmann, der eine Affäre mit seiner Praktikantin abstreitet.

»Miranda, komm schon …«

»Na schön«, seufze ich. »Aber es ist kompliziert …«

»Es gibt keine besseren Ratgeberinnen in komplizierten Liebesangelegenheiten als große Schwestern. Also?« Indigo sieht mich erwartungsvoll an.

Und dann beginne ich zögerlich zu erzählen: über Joris, darüber, dass ich festgestellt habe, dass ich ihn vielleicht ein bisschen mehr als in Ordnung finde, davon, dass es ganz schön komplizierte Gefühlslagen geben kann, darüber, was Viktor über die Angst vor Nähe gesagt hat …

»Was soll ich machen? Gib mir einen Tipp, Indigo!«

»Hör auf Papas Rat: Vertrau dir! Vertrau deinem Gefühl. Und wenn dein Gefühl für diesen Jungen stark genug ist, dann handele danach.«

»Und … und wie?«

Indigo blickt mich amüsiert an. »Sei einfach du selbst. Sei ehrlich. Erobere ihn mit Intelligenz, Witz und Charme. Und gelegentlich ein knappes Top zu tragen, schadet meiner Erfahrung nach auch nicht.«

Wir kichern los und kichern noch immer, als wir wenig später die Einfahrt zum Grundstück erreichen. Für einen kurzen, magischen Moment sind alle Gefahr und alle Probleme dieser Welt wie weggefegt. Wir sind nur zwei Schwestern an einem Sommermorgen, die auf dem Nachhauseweg über Jungs reden. Zwei Schwestern, von denen eine wahrscheinlich außerirdisches Erbgut in sich trägt. Und wenn Indigo tatsächlich eine halbe Außerirdische ist, deutet das darauf hin, dass im gesamten Universum wahrscheinlich ein noch unentdecktes Naturgesetz gilt: Überall reden Mädchen über Jungs!

Ich warte vor dem Haus, während Indigo sich umzieht. Als sie in ihrer schwarzen Lederkluft aus der Tür tritt und auf das Motorrad steigt, drückt sie mir ein Medaillon in die Hand. »Mein Psychophon. Fidelio will, dass ich es mitnehme, aber ich möchte nicht, dass es ihnen in die Hände fällt, falls ich … auffliege.« Sie streicht mir über die Wange. »Sie haben einen Fehler gemacht. Sie haben geglaubt, ohne Gideon und Aurelia wäre das Zweifelwerk am Ende. Führungslos. Sie haben das Werk unterschätzt. Und sie haben dich unterschätzt, kleine Schwester. Du wirst diese Frau finden! Und dann …« Sie verstummt und deutet in die Ferne. Über dem Waldhügel, der sich hinter dem Grundstück erhebt, schweben drei grüne Lichter.

»Ich habe noch nie gesehen, dass sie sich am Tag zeigen«, sagt Indigo, den Blick auf die leuchtenden Kugeln gerichtet. »Ich denke, es sind nicht nur die Ajax-Dokumente, die Birger Vend und seinesgleichen nervös werden lassen. Es sind auch diese Lichter. Es gibt von jeher Berichte über grüne, leuchtende Kugeln. Und es scheint, als würden sie immer dann auftauchen, wenn ein

Wendepunkt in der Geschichte bevorsteht. Es scheint, als wären sie auf unserer Seite. Was immer sie auch sind …«

Die grünen Lichter formieren sich zu einem blinkenden Dreieck. Aber diesmal verschwinden sie nicht einfach, sondern ziehen langsam in Richtung Westen über den Himmel davon.

Indigo startet die Maschine. Sie beugt sich vor und gibt mir einen Kuss. »Keine Angst, kleine Schwester. Ich bin bald zurück!«

Einen Augenblick später rast das Motorrad über die Landstraße davon.

Ich hebe den Blick, sehe in den Morgenhimmel und schaue den grünen Lichtern hinterher, bis sie am Horizont verschwinden.

Beim Reingehen nehme ich die Zeitung mit, die auf der Fußmatte vor der Haustür liegt, lege sie auf dem Küchentisch ab und mache mir einen Kaffee. Kaum habe ich den ersten Schluck genommen, als Trudi die Küche betritt. Sie sieht ein wenig verknautscht und verkatert aus und massiert sich die Schläfen. »Habt ihr noch lange gemacht, Kinder? Wo ist Indigo?«

»Sie ist weg.«

»Was? Schon wieder?«

»Sie … sie kommt bald zurück«, beruhige ich Trudi. Und mich selbst.

Sie öffnet den Kühlschrank und greift reflexartig nach einem Schokoriegel, aber dann zieht sie die Hand zurück, würgt ein paar Mal und presst eine Hand gegen den Magen. »Irgendwie geht es mir nicht so gut«, nuschelt sie. »Wohl die Aufregung. Ich leg mich besser noch mal hin.«

Während sie ächzend die Treppe hochsteigt, werfe ich einen schnellen Blick auf die Schlagzeilen der Tageszeitung: die üblichen Krisen, Kriege und Konflikte, ein Schlag gegen die Wett-Mafia, nach wie vor keine Spur von der entführten Millionärsgattin, Abstimmung über einen Gesetzesentwurf im Bundestag … Den Regionalteil des »Hammersteiner Boten« spare ich mir für gewöhnlich. Mein Interesse an Berichten über Wohltätigkeitsbasare, Gemeinderatssitzungen, Hundeschauen und neue Straßenbeleuchtungen hält sich in Grenzen. Aber als ich ihn zur Seite legen will, bleibt mein Blick an der Schlagzeile »Ein Todesopfer bei Unfall in Birkenich« hängen.

Ein Foto mit dem Wrack eines Wagens, der offenbar frontal gegen einen Baum am Rand einer Landstraße geknallt ist. Mit so hoher Geschwindigkeit, dass nur noch ein zusammengepresster Blechhaufen übrig geblieben ist. Aber ich kann erkennen, um was für einen Wagen es sich handelt: ein grauer Volvo! Meine Finger beginnen plötzlich zu zittern und mein Mund wird trocken.

Ein schwerer Unfall ereignete sich gestern am frühen Abend auf einer Landstraße nahe Birkenich, heißt es in dem Artikel. *Aus bisher ungeklärter Ursache kam ein PKW von der Fahrbahn ab und raste gegen einen Baum. Die Rettungskräfte konnten nichts mehr für die Fahrerin tun. Die zweiundvierzigjährige Leonie H. starb noch am Unfallort. Ein Ehepaar aus Birkenich, das die Unfallstelle kurz nach dem Unfall passierte, berichtet von einem schwarzen Geländewagen, der ihnen mit hoher Geschwindigkeit entgegenkam. Die Polizei bittet den Halter des Wagens sich zu melden, da er eventuell wichtige Hinweise auf Ursache und Verlauf des Unfalls geben kann …*

Ich lege die Zeitung zur Seite, stiere aus dem Küchenfenster und habe das Gefühl, als würde mir etwas die Luft abschnüren.

Leonie Hersfeld ist tot!

***

Selbst wenn man die ganze Nacht über wach war, kann man nur schwer einschlafen, wenn einem eine Traumfrau mit außerirdischer DNS gerade das geheimnisvolle Angebot gemacht hat, einem die dunkle Seite des Mondes zu zeigen. Aber ich bin nicht der einzige Schlaflose. Mein Psychophon meldet sich plötzlich, und als ich die orangefarbene Scheibe an meine Stirn hefte, schrillt Mirandas Gedanke durch meinen Kopf:

Leonie Hersfeld ist tot!

Was? Was ist passiert?

Miranda berichtet mir in wenigen Worten von dem tödlichen Unfall.

Soll ich versuchen, Elmar Hersfeld zu erreichen?, frage ich. *Vielleicht kann er uns mehr über die Umstände des Unfalls sagen? Wo seine Frau hinwollte, beispielsweise.*

Das ist zwecklos, Viktor. Elektra hat über ihren Kontakt bei der Polizei erfahren, dass Hersfeld im Krankenhaus liegt. Er hat einen schweren Schock erlitten, als er die Todesnachricht erhielt, und musste medizinisch versorgt werden. Er steht unter starken Medikamenten. Elektra versucht herauszubekommen, ob die Polizei mehr weiß, als bisher aus den Medien zu erfahren war. Sollte sie Näheres herausfinden, melde ich mich bei dir!

Danach bin ich noch aufgedrehter, als ich es ohnehin schon war. Ich lege mich auf mein Bett, während mir alle möglichen Gedanken durch den Kopf schwirren. Weißberg, Birger Vend, Ajax, der Tod von Leonie Hersfeld. Vor allem aber Indigo …

Erst am frühen Nachmittag finde ich in den Schlaf.

Süße und verstörende Träume!

Ich sitze in einem düsteren Nachtclub. Runde Tische, auf denen samtbezogene Lampen stehen, die leise summen und ein schummeriges Licht erzeugen. Das Geräusch von Gläsern, die aneinanderklirren. Das helle Lachen einer Frau. Rauchschwaden ziehen durch die Luft.

Der Club ist bis auf den letzten Platz besetzt. An dem Tisch neben mir spielt eine gefährlich aussehende Rocker-Gang Autoquartett, dahinter sitzt eine Gruppe betrunkener Weihnachtsmänner, die schmutzige Limericks aufsagen. Leonie Hersfeld läuft von Tisch zu Tisch und hängt den Gästen Girlanden aus Geldscheinen um den Hals. An der Bar stehen Gideon Lux und Albert Einstein und trinken Jägermeister aus Fingerhüten. Und als dann auch noch Ajax der Mops auftaucht, in einen Sektkübel pinkelt und die Internationale anstimmt, wird mir selbst im Traum klar, dass ich träume.

Wenig süß bisher, aber durchaus verstörend.

Plötzlich ertönt Musik. Es dauert zwei Takte, bis ich das Stück erkenne: »Glass Onion« von den Beatles. Eine jazzige, gehauchte Clubversion des Songs. Und es ist nicht John Lennon, sondern eine heisere Frauenstimme, die singt. Eine Stimme, die mir irgendwie bekannt vorkommt … Ich drehe den Kopf, blicke zur Bühne und sehe – Indigo. Ihre Lippen sind blutrot geschminkt, ihre Hände umklammern einen Mikrofonständer. Sie ist in ein elegantes Abendkleid aus Zwiebelhäuten gehüllt; an ihren Fingern trägt sie Zwiebelringe, von ihren Ohren baumeln Zwiebelscheiben. Ich verspüre urplötzlich großen Durst auf einen doppelstöckigen Whisky. Indigos Stimme jagt mir einen wohligen Schauer nach dem anderen über den Rücken. Und als sie ihre Darbietung mit einem letzten »Oh, yeah« beendet, brandet um mich herum frenetischer Applaus auf. Ich springe auf den Tisch, pfeife begeistert und applaudiere wie verrückt – bis plötzlich nur noch mein einsames Händeklatschen zu hören ist.

Stille.

Die Tische um mich herum sind leer. Indigo und ihre Band haben sich in Luft aufgelöst.

Da tritt von der Seite her ein Mann mit winzigen Trippelschritten auf die Bühne. Ein Lichtspot folgt ihm. Der Mann ist höchsten eins fünfzig groß, er hat nur noch einen dünnen Haarkranz am Hinterkopf, dafür aber einen Bauch, als hätte er einen Fußball verschluckt. Er trägt ein fleckiges Unterhemd, eine dunkle Stoffhose und elastische, blaue Hosenträger. Der Glatzkopf trippelt an den Bühnenrand und verharrt dort einen Moment lang reglos, dann fasst er in seine Hosentasche, zieht eine geschälte Zwiebel hervor und beißt so herzhaft in sie hinein, als wäre sie der süßeste aller Äpfel.

»Eine Tschwiebel hat viele Häute«, sagt er mit vollem Mund und blickt dabei in meine Richtung.

»Wer sind Sie?«

»Wir werden uns bald näher kennenlernen, Viktor.« Er beißt erneut in die Zwiebel. »Köstlich!«, sagt er laut kauend und schmatzend. »Wenn ich dir einen Rat geben darf: Geld für ein gutes Essen ist niemals verschwendet! Bei einer delikaten Mahlzeit kommen einem die überraschendsten Erkenntnisse! Guten Appetit!«

Er geht ab, ein roter Vorhang senkt sich auf die Bühne – und jemand hämmert gegen die Eingangstür des Nachtclubs und brüllt: »Ai, Alter! Komm, ich weiß, dass du zu Hause bist. Gib mal Laut. Du musst mir helfen!«

Was …?

Was …?

Ich schrecke aus meinem Traum auf und sitze senkrecht im Bett.

Das Geboller wird immer heftiger. »Mach endlich auf, Alter!«

Benommen taumele ich zur Tür. »Was ist los, Frizzi? Hör auf, am frühen Morgen so einen Krach zu veranstalten!«

»Früher Morgen? Wir haben acht Uhr abends, Alter. Mann, siehst du fertig aus!«

»Was willst du, Frizzi?«

»Ich brauch deine Hilfe. Iss dringend. Echt jetzt!«

»Hilfe wobei?«, frage ich argwöhnisch.

»Keine Sorge. Is alles so legal wie 'n Kindergeburtstag: Mein Kumpel Frodo hat in Holland den totalen Super-Flüssigdünger entdeckt. Der absolute Mega-Grower! Er hat mir gleich vier große Kanister mitgebracht. Die lagern jetzt in seiner Garage und ich muss sie hierherschaffen.«

»Nimm doch das Mofa und den Hänger, Frizzi!«

»Mofa ist kaputt. Hab falsch getankt«, sagt Frizzi und guckt betrübt. »Komm schon, Alter. Lass mich nicht hängen!«

»Also schön«, stöhne ich. »Gib mir fünf Minuten zum Wachwerden.«

Während ich Frizzi zu seinem Kumpel Frodo begleite, bin ich in Gedanken noch immer bei meinem merkwürdigen Traum. Bei dem … Zwiebelmann. Dessen Stimme ich vor ein paar Tagen schon mal über den Transkommunikator gehört habe. Was hat das alles zu bedeuten?

Wir werden uns bald näher kennenlernen, Viktor!

Eine Zwiebel hat viele Häute …

»Da vorne ist es«, sagt Frizzi. Die Garage seines Dünger-Buddys befindet sich in der Seilergasse, einer kleinen von Fachwerkhäusern gesäumten Straße, die vom Marktplatz abgeht.

Wie Frizzis Freund zu dem Namen Frodo gekommen ist, ist mir ein Rätsel. Frodo wirkt, gelinde gesagt, ein bisschen neben der Spur. Er sieht aus, als hätte er keine Demo seit 1968 ausgelassen, ist genauso eine Labertasche wie Frizzi, beendet aber keinen einzigen Satz, sondern verliert andauernd den Gesprächsfaden und fragt jedes Mal verwirrt: »Wo war ich grade noch mal?« Nicht unbedingt der Typ, dem man einen Ring der Macht anvertrauen würde. Frizzis Frodo kommt so rüber, als würde er gleich nach dem Auenland links abbiegen und Kurs auf den nächsten Coffee-Shop nehmen.

Nachdem der Dünger-Deal endlich über die Bühne gegangen ist, machen Frizzi und ich uns auf den Heimweg, jeder bepackt mit zwei schweren Kanistern.

»Sag mal, Alter, was issen jetzt?«, fragt Frizzi betont beiläufig, als wir den Marktplatz erreichen. »Hast du immer noch was mit Trudi Lux oder … läuft da was mit dir und deiner Fahrlehrerin? Du stehst doch auf sie, oder? Mann, da kannst du mir echt dankbar sein, dass ich dir bei ihr den Vortritt gelassen hab.«

»Den Vortritt gelassen?«

»Na klar. Hast du das etwa nicht mitgekriegt, Alter? Zwischen dieser Mercedes und mir … da hat es total geknistert.«

»Du solltest weniger rauchen, Frizzi. Du hast Wahrnehmungsstörungen. Und wenn sie wirklich – ach du Scheiße!«

Von der gegenüberliegenden Seite des Marktplatzes spaziert

uns Carola Kern entgegen. In einem luftigen »Es ist Sommer und ich bin Single«-Kleid. Noch hat sie uns glücklicherweise nicht gesehen. Ich habe nicht die geringste Lust auf Einladungen zum Brunch, noch auf Fragen danach, warum ich mit einem silberfarbenen Mercedes durch Hammerstein brettere. Es gibt nur eine Fluchtmöglichkeit.

»Komm schnell!« Ich schubse Frizzi durch den Eingang des *Scardanelli.*

»Was geht denn jetzt ab, Alter?«

»Ich, ähm, ich lade dich zum Essen ein.«

Abends war ich noch nie im *Scardanelli.* Keine Spur mehr von Musikbox und Amore-Bechern. Alles ist so was von vornehm und kultiviert und teuer, dass man vor Ehrfurcht beinah erstarrt.

Frizzi pfeift durch seine Zahnlücke. »Hammer! Voll der Luxustempel, Alter. Na ja, wenn du bezahlst …«

»Guten Abend, die Herrschaften. Ich nehme an, Sie haben reserviert?«, empfängt uns der hochnäsigste Kellner, den ich je gesehen habe.

»Ich, ähm …« Ich recke den Hals und werfe einen kurzen Blick auf die Straße. Carola Kern steht vor dem Schaufenster von »Hannis Geschenke-Stübchen« und betrachtet ihr Spiegelbild. »Könnten wir vielleicht nur einen Moment hier warten?«, frage ich. »Und eine Kleinigkeit trinken?«

»Wie trinken? Du hast mich doch grade zum Essen eingeladen!«, mault Frizzi.

»Es tut mir leid«, näselt der Kellner mit herablassendem Blick. »Aber ich fürchte, wenn Sie keine Reservierung haben, muss ich Sie bitten …«

»Signor Carelius!«

Ich hätte nie gedacht, dass ich einmal erleichtert sein würde, die Stimme von Scardanelli zu hören. Er kommt mit ausgebreiteten Armen auf uns zu und wirft dem Kellner einen strengen Blick zu. »Signor Carelius isse eine Freund von die Signora Luxe. Unde Freunde von die Signora Luxe sinde Freunde von Scardanelli. Unde …« Er blickt ein wenig verwirrt auf Frizzis Stachelhalsband. »… unde Freunde von die Signor Carelius sinde natürlich auch Freunde von Scardanelli. Folgen Sie mir. Natürlich gibt es eine Tisch für Sie.«

»Kannst du auf die Teile aufpassen, während wir futtern? Dank dir, Alter«, sagt Frizzi und drückt dem pikiert blickenden Ober die Düngerkanister in die Hand.

Scardanelli führt uns zu dem einzigen noch freien Tisch. Meine Knie werden mit jedem Schritt weicher. Dieser Abend wird mich ein halbes Monatsgehalt kosten. Mindestens.

»Ich nehm 'ne Pizza Tonno mit Knofi. Und 'nen halben Liter Lambrusco«, verkündet Frizzi, kaum dass sein Hintern Kontakt mit dem Stuhl hat. »Oder vielleicht doch lieber was anderes? Wo issen die Speisekarte?«

»Gibt es keine. Keine Pizza, keine Lambrusco, keine Karte«, sagt Scardanelli freundlich lächelnd. »Sie können wählen zwischen Menü Einse und Menü Zweie.«

»Und was ist Menü Eins?«, fragt Frizzi.

»Das isse eine Überraschung.«

»Und Menü Zwei?«

»Das isse auch eine Überraschung.«

»Und was, ähm, was kostet so ein Menü?«, frage ich ängstlich.

»Das isse ganz große Überraschung!« Scardanellis Goldzahn blinkt auf. »Aber wie sagt man: Geld für eine gute Essen isse niemals verschwendet. Und Scardanellis Essen isse fantastico. – Ich bringe Ihnen zweimal Menü Zweie.« Er streicht sich mit dem Finger über seinen angeklebten Schnurrbart und eilt davon.

»Guck dir das an, Alter. Voll der Jörg! Jede Menge Botox und teure Klunker«, flüstert Frizzi mir zu, während er die Gäste an den anderen Tischen beäugt. »Ich kann die Yachten und Auslandskonten regelrecht riechen! Ich wette, das Essen hier kostet 'n Vermögen. Echt großzügig von dir, die Einladung!«

»So bin ich«, seufze ich. »Lass es dir schmecken.«

Das muss man Frizzi nicht zweimal sagen. Wie ein Käfer durch die Borke mampft er sich durch die Vorspeise (Bachforellenpüree an Champagner-Trüffel-Creme in hauchdünnem Blätterteig) und lässt auch vom Hauptgang (goldflitterüberzogenes lombardisches Perlhuhn im Dialog mit toskanischen Tomaten und Mango-Chutney) nicht das kleinste Fitzelchen übrig. Aber als der Kellner das Dessert serviert, stutzt Frizzi und blickt ungläubig auf den Teller – genau wie ich.

»Ai, Alter«, kichert er. »Das sieht ja voll aus wie …«

»Was ist das?«, frage ich den hochnäsigen Ober und deute auf die kunstvolle Komposition aus Erdbeer-Parfait, Schokolade und Kirschen.

»Eine Dessert-Spezialität von Signor Scardanelli, die von ihm persönlich zubereitet wird und seinen besonderen Freunden vorbehalten ist: Madonnenbrüste.«

Frizzi gackert los wie ein Huhn mit Lachzwang. Ich sitze stumm da und stiere auf den Teller, während es in meinem Kopf dröhnt, als würden die Glocken einer Kathedrale läuten.

Madonnenbrüste … die Brüste der Madonna … Geld für ein gutes Essen ist niemals verschwendet … bei einer delikaten Mahlzeit kommen einem die überraschendsten Erkenntnisse …

»Brüste!«, entfährt es mir und der blasierte Ober runzelt missbilligend die Stirn. »Wo ist Signor Scardanelli?«, stoße ich hervor und springe auf.

»In der Küche«, entgegnet der Ober und guckt verschreckt. »Aber der Zugang ist nur dem Personal gestattet. Sie können nicht … Hallo?«

Ich sprinte quer durch das Restaurant und halte auf eine Schwingtür zu. Als ich sie aufstoße, rausche ich in einen Kellner, der mir in allereifrigster Servicegeschwindigkeit entgegengeschossen kommt. Sein Tablett kracht scheppernd auf den Boden und Perlhuhn, toskanische Tomaten und Chutney setzen ihren Dialog auf den Fliesen fort.

»Herrgottnochema!«, schreit Scardanelli vom anderen Ende der Küche. »Wie oft muss ich's euch dann noch vorbeede? Rechts geht's in die Küch erinn und links geht's raus! Is des denn so schwer zu begreife?«

»Entschuldigung.« Ich helfe dem Kellner auf die Beine. »Den Schaden bezahle ich natürlich«, sage ich und sehe mich im Geiste bereits unter dem Schuldenjoch.

»Signor Carelius?« Scardanelli kommt auf mich zu und blickt mich fragend an. »Scusi, aber Sie dürfen leider nicht in die …«

»Ich muss mit Ihnen sprechen, Signor Scardanelli. Über die Madonnenbrüste.«

»Oh, es isse die Begeisterung, die Sie zu mir treibt.« Ein freudiges Strahlen breitet sich auf dem Gesicht des Signore aus und er bläst stolz die Backen auf. »Die Madonnenbrüste sinde meine persönliche Spezialität. Die Parfait isse luftig wie eine Kuss von die Engel, und die Kirschen … Die Kirschen sind das Wichtigste. Sie werden getränkt in edelste Mandellikör, genau zweiundsiebzig Stunde. Und dann …«

»Wie sind Sie auf die Idee zu den Madonnenbrüsten gekommen? Auf den Namen?«

»Die Name? Äh, na weil es sieht aus, wie …«

»Brüste. Ist klar. Aber warum Madonnenbrüste?«

»Na wegen die Brüste von die Madonna. Die Brüste von die Madonna!«

»Von welcher Madonna sprechen Sie, Signore Scardanelli?«

Der Signore blickt mich mitleidig an. »Sie sind keine Katholike, oder, Signor Carelius? Etwa … Protestante?« Seine Miene wird noch eine Spur mitleidiger.

»Ich bin konfessionslos.«

»Und Sie haben auch keine katholische Freunde?«

»Ähm …?« Ich muss kurz nachdenken. Ich weiß es nicht. Aber da Miranda und die anderen Zweifelwerker den Zweifel dem Glauben vorziehen, ist es eher unwahrscheinlich, dass sie fromme Kirchgänger sind; Trudi huldigt dem Gott der Seifenopern und Frizzi verehrt den heiligen Joey Ramone … Ich schüttele den Kopf.

»Wären Sie eine gute Katholike oder würden Sie wenigstens eine Katholike kennen, dann wüssten Sie von die Brüste von die Madonna.« Scardanelli umfasst das goldene Kreuz, das an einer Kette vor seiner Brust baumelt. »In die Walde zwischen Hammerstein unde Birkenich isse eine kleine Kapelle, unter eine Felsvorsprung. Einmal im Jahr, ich nehme teil an eine Wallfahrt zu diese Kapelle. Heißt ›Kapelle von die heilige Madonna vom Walde‹. Aber das isse nur die offizielle Name. Wenn Katholike aus diese Gegend sprechen miteinander, dann heißt die Ort bei jede nur ›Die Brüste von die Madonna‹. Weil die Felsvorsprung, unter die die Kapelle liegt, ist geformt wie …« Er streckt seine Arme aus und hält die Hände etwa einen halben Meter vor seinen Oberkörper.

»Können Sie … können Sie mir aufzeichnen, wo diese Kapelle genau ist, Signor Scardanelli?«

»Sì.« Er greift nach einer Serviette, zieht einen Kuli aus der Tasche und kritzelt eine grobe Skizze.

»Geld für ein gutes Essen ist tatsächlich niemals verschwendet«, sage ich, nehme die Skizze entgegen und umarme den verdutzten Signore. »Ich liebe Sie, Signor Scardanelli. Und Ihr Restaurant auch.«

Als ich an den Tisch zurückkomme, ist mein Dessertteller blitzblank, die Madonnenbrüste sind spurlos verschwunden.

»Sorry, Alter. Dachte, du hättest keinen Hunger mehr«, murmelt Frizzi und guckt schuldbewusst.

Aber weder das entgangene Dessert noch die exorbitant hohe Rechnung, die mir der Kellner kurz darauf mit hämischem Gesichtsausdruck präsentiert, kann meine Laune trüben.

Ich weiß, wo die Brüste der Madonna sind!

* * *

»Ich weiß, wo die Brüste der Madonna sind!«, verkündet Viktor und macht dabei ein Gesicht wie ein Sechsjähriger, der gerade erfahren hat, dass er an der Hand von Lionel Messi ins Stadion einlaufen darf. Seine Stimme überschlägt sich und er wedelt hektisch mit einer Serviette durch die Luft.

Als er sich vor einer halben Stunde via Psychophon bei mir gemeldet hat, habe ich sofort seine Aufregung gespürt und gewusst, dass irgendetwas Außergewöhnliches passiert sein muss: *Komm zu Fidelio. So schnell du kannst, Miranda. Die anderen wissen schon Bescheid.*

Viktor berichtet davon, wie er versucht hat, eine Begegnung mit Carola Kern zu vermeiden, von seinem nicht ganz freiwilligen Besuch im *Scardanelli* und von dem außergewöhnlichen Dessert.

»Ein Essen im *Scardanelli*?«, fragt Fidelio und guckt entgeistert. »Hast du im Lotto gewonnen, Junge?«

»Was für eine merkwürdige Häufung von Zufällen«, kiekst Max. »Du gerätst zufällig in das Restaurant, bekommst zufällig Madonnenbrüste serviert und zufällig weiß Scardanelli, was es damit auf sich hat?«

»Oder …«, sagt Elektra und streicht sich eine Haarsträhne aus dem Gesicht, »… oder war es gar kein Zufall? Hattest du vielleicht das Gefühl, dass dich irgendjemand oder irgendetwas zu dieser Erkenntnis geführt hat, Viktor?«

»Ich, ähm, also, ich …«

»Ist doch pupsegal, woher er es weiß«, moppert Fidelio. »Hauptsache, wir können endlich aktiv werden.« Er reißt Viktor die Serviette aus der Hand, wirft einen kritischen Blick auf die Skizze und sagt: »Im Internet gibt es doch bestimmt ’n genaueren Lageplan. Mit Scardanellis Gekritzel kann ich nicht viel anfangen.«

Elektra gibt »Kapelle der heiligen Madonna vom Walde« in die Suche ein und ruft eine Landkarte auf. »Die Kapelle liegt mitten im Nirgendwo«, sagt sie. »Weit und breit keine Straße. Es gibt nur zwei Fußpfade dahin. Einer aus Richtung Birkenich, der andere geht hier von Hammerstein aus.«

»Unter den Brüsten der Madonna und am Arsch der Welt«, brummt Fidelio. »Da haben sich Hersfeld und seine Freunde ja wirklich ein abgelegenes Plätzchen für ihre Chorproben gesucht. Von hier aus sind das gute zweieinhalb Stunden Fußweg.«

»Ich drucke dir die Karte und eine Wegbeschreibung aus«, sagt Elektra zu mir. »Übrigens … was den Tod von Leonie Hersfeld angeht: Bisher konnte ich leider nicht viel in Erfahrung bringen. Mein Polizeikontakt hat mich informiert, dass Elmar Hersfeld aus dem Krankenhaus entlassen worden ist und befragt wurde. Er behauptet, nicht die geringste Ahnung zu haben, wohin seine Frau wollte. Mit etwas Glück komme ich aber noch an den Obduktionsbericht und den Bericht der Spurensicherung. Vielleicht helfen die uns weiter.«

»Danke«, sage ich und stutze plötzlich. »Sag mal, wer ist eigentlich dieser Kontakt, den du bei der Polizei hast? Wie hast du ihn kennengelernt? Die einzige Gelegenheit, zu der du rausgehst, ist doch –«

»Mein Kontakt ist ein romantisch veranlagter junger IT-Spezialist, der im Polizeipräsidium in Kelzberg arbeitet und der Lyrik und einsame Spaziergänge in mondlosen Nächten liebt«, flüstert Elektra und lächelt. »Bei der Gelegenheit habe ich ihn kennengelernt. – Kein Wort zu Papa!«

»Wir sollten morgen früh sofort eine Anzeige unter Treffen/Vereine im ›Hügelland-Kurier‹ aufgeben«, meldet sich Viktor zu Wort.

»Das erledige ich«, sagt Max. »Was haltet ihr von folgendem Text? *Werte Sangesschwester. Der CdA hat neue Gesangstalente aufgenommen. Die nächste Probe findet am soundsovielten unter den Brüsten der Madonna statt.* Wenn wir das Inserat morgen aufgeben, erscheint es in der Ausgabe am nächsten Mittwoch. Als Termin für das Treffen geben wir Donnerstag, zwanzig Uhr an.«

»Und hoffen darauf, dass die Frau, die wir suchen, das Inserat liest«, sagt Elektra leise.

»Ja. Aber wie du bereits bemerkt hast, besteht auch die Möglichkeit, dass der Mörder von Hersfeld und Nachtweih auf die Anzeige aufmerksam wird«, sage ich. »Wir müssen uns vorbereiten. Und das Gelände kennenlernen.« Ich blicke zu Viktor. »Wir beide machen morgen eine kleine Wanderung zu den Brüsten der Madonna und erkunden dort die Umgebung.«

»In Ordnung«, sagt Viktor und nickt. »Ähm, da wäre noch was, Miranda ...« Er räuspert sich umständlich und zieht eine Restaurant-Quittung aus der Tasche. »Das Zweifelwerk hat nicht zufällig so was wie ein Spesenkonto?«

»Ich werde sehen, was sich machen lässt. Ich rede mal mit der Finanzbuchhaltung des Werks.«

»Finanzbuchhaltung?«, fragt Viktor verdattert.

»Keine Sorge. Das bin ich«, keckert Max, nimmt den Beleg an sich, zerreißt ihn, bleckt die Zähne und fragt: »Bar oder Scheck?«

Tante Trudi habe ich weisgemacht, dass Viktor und ich heute eine Exkursion in die umliegenden Wälder unternehmen werden. Auf der Spur des heimischen Madonnenkäfers. Ein Bio-Projekt für meine Eignungsprüfung.

Während ich frühstücke, packt Trudi Äpfel, Käsestullen, zwei Wasserflaschen, eine Tupperdose mit Nudelsalat und Plastikbesteck in einen Rucksack. »Ihr müsst doch unterwegs was essen, Kinder!«

Ausnahmsweise läuft heute Morgen mal nicht »Marionetten der Liebe«, sondern die Wiederholung eines Boulevardmagazins vom Vortag.

»Ist er nicht ein Wonneproppen?«, sagt Trudi und verfolgt entzückt einen Bericht, in dem ein Kleinkind über eine Wiese wackelt. Natürlich handelt es sich nicht um irgendein Kleinkind und irgendeine Wiese, sondern um den jüngsten Spross eines europäischen Königshauses und um den royalen Schlosspark.

»Das waren die ersten Schritte im Leben von Prinz Olaf. Wünschen wir ihm alles Gute auf seinem Lebensweg«, sagt eine Moderatorin mit Gefrierbrand-Lächeln. Dann legt sie den Schalter um und ihr Gesichtsausdruck zeigt eine unangenehme falsche Betroffenheit, bei der man sich unwillkürlich fragt, ob die Moderatoren dieser Magazine vielleicht auch in geheimen Laboren gezüchtet werden.

»Seit drei Wochen ist Gabriele Brenner, Ehefrau von Hartmut Brenner, dem millionenschweren Besitzer einer Discounter-Kette, nun schon in den Händen ihrer Entführer«, sagt sie in einem Tonfall, der schwerste Anteilnahme vorgaukeln soll. »In einem Brief, der am Ort der Entführung gefunden wurde, teilten die Entführer Hartmut Brenner mit, er solle ihre Forderungen abwarten. Aber seither gab es keinen weiteren Kontakt mehr. Heute hat der verzweifelte Unternehmer einen bewegenden Appell an die Entführer seiner Frau gerichtet.«

Man sieht einen älteren, sichtlich gezeichneten Mann, der an einem Schreibtisch sitzt und den Entführern mit brüchiger Stimme versichert, er werde jeder ihrer Forderungen nachkommen. Hinter ihm hängt ein überlebensgroßes Foto seiner Frau, einer ernst blickenden Mitfünfzigerin mit Betonfrisur. Mit tränenerstickter Stimme bittet Hartmut Brenner die Entführer, sich zu melden.

»Auch unsere Gedanken sind in diesen schweren Tagen bei Gabriele Brenner und ihrer Familie«, säuselt die Moderatorin.

»Die arme Frau Brenner – und der arme Mann«, seufzt Trudi und packt noch zwei Bananen in den Rucksack, während die Moderatorin wieder in den Lächelmodus wechselt und zum nächsten Beitrag überleitet. Es folgen Berichte über die fünfte Hochzeit eines ehemaligen Fußballprofis und die dritte Scheidung eines ehemaligen Unterwäschemodels. Oder umgekehrt. Ich schalte innerlich ab – bis das Gesicht von David Vermeer auf dem Bildschirm erscheint. Ein übel zugerichtetes, von mehreren Pflastern verunstaltetes Gesicht.

»Seine Vorher-Nachher-Show ›Slutlike‹ wird von unzähligen Zuschauern geliebt, aber privat musste der sympathische Moderator und Schauspieler David Vermeer in jüngster Vergangenheit schwere Schicksalsschläge verkraften«, sagt die Moderatorin. »Erst kürzlich verlor er seinen Lebensgefährten und nun, nur wenige Tage später, der nächste Schock: Eine Frau drang in sein Haus ein und griff den TV-Star mit einer Schere an. Dennoch hatte David Vermeer Glück im Unglück – und einen tierischen Retter …«

Der Beitrag läuft an: David Vermeer sitzt auf dem weißen Sofa in seinem Wohnzimmer. Über seine Nase und seine Wangen ziehen sich breite Pflasterstreifen. »Ich hatte die Terrassentür geöffnet, weil es so warm war – und plötzlich stand diese Frau in meinem Wohnzimmer! Wahrscheinlich eine Stalkerin. Die Frau war völlig verrückt! Wer weiß, wie lange sie mich schon beobachtet hat«, kreischt er und gestikuliert dabei wild mit den Händen. Seine Stimme hat wieder den hohen, schrillen Fernsehton. »Und dann zog sie plötzlich eine Schere aus ihrer Jackentasche und ging damit auf mich los. Zuerst war ich wie erstarrt vor Schreck, doch dann habe ich mich gewehrt, so gut ich konnte. Aber diese Frau war wie von Sinnen. Wer weiß, wie das ausgegangen wäre … wenn nicht mein heldenhafter Retter eingegriffen hätte.« Vermeer lächelt, dann zieht er den missmutig blickenden Ajax auf seinen Schoß. »Das ist Ajax«, erklärt er den Zuschauern. »Der Hund meines verstorbenen Lebensgefährten Hendrik. Ich muss zugeben, dass ich bisher nicht viel für Hunde übrighatte, aber nun …« Er küsst den Mops auf den Kopf. »Als diese Irre mich attackiert hat, hat Ajax sich auf sie gestürzt. Er hat gekämpft und gebissen – er hat sich regelrecht in ihren Knöchel verbissen, bis sie schließlich von mir abgelassen und die Flucht ergriffen hat. Ich hoffe nur, die Polizei fasst diese Wahnsinnige bald.« Vermeer sieht direkt in die Kamera. »Aber meinen Zuschauern da draußen möchte ich sagen: Ein David Vermeer lässt sich auch von schweren Schicksalsschlägen nicht aus der Bahn werfen. The Show must go on! Die nächste Staffel ›Slutlike‹ wird wie geplant produziert – das bin ich meinen Fans schuldig.« Er lächelt und tätschelt Ajax den Kopf. Die Kamera schwenkt auf den Mops. Ajax guckt, als stünde er schon wieder kurz vor dem furiosen Finale eines Verdauungsprozesses. Ende des Beitrags.

»Nicht zu fassen, was für verrückte Frauenzimmer es gibt«, kommentiert Tante Trudi das Gesehene. »Der arme David Vermeer. Aber der kleine mutige Mops ist ja niedlich.«

»Ja. Ist er«, sage ich und kaue nachdenklich auf meinem Marmeladenbrötchen rum.

David Vermeer, Lebenspartner des zweiten Ajax-Opfers, wird in seinem Haus von einer Frau angegriffen und verletzt – und am gleichen Tag stirbt Leonie Hersfeld, Schwiegertochter des ersten Opfers bei einem mysteriösen Autounfall? Das klingt verdächtig nach Ereigniskette. Ist David Vermeer wirklich von einer Stalkerin angegriffen worden oder steckt jemand anderes hinter dieser Attacke? Ist Vermeer so verängstigt, dass er es nicht wagt, die Wahrheit zu sagen? Ich bin mir sicher, dass Leonie Hersfeld beseitigt worden ist, weil sie den Mörder ihres Schwiegervaters gekannt und erpresst hat. Haben diejenigen, die für ihren Tod verantwortlich sind, auch Vermeer angegriffen? Weiß er vielleicht doch mehr, als er uns gesagt hat? Oder weiß er vielleicht etwas, von dem er gar nicht weiß, dass er es weiß …?

Als Viktor und ich zu der Waldkapelle aufbrechen, erzähle ich ihm von der Attacke auf David Vermeer und meinen Zweifeln an der Geschichte mit der scherenschwingenden Stalkerin. »Elektra versucht, mehr darüber herauszufinden.«

Kurz vor dem Klostergelände verlassen wir den Kastanienpfad, schlagen uns in den Wald und folgen einem Fußweg, der stetig aufwärtsführt. Unter dem dichten Blätterdach ist es angenehm kühl. Wir sprechen kaum miteinander, wechseln uns mit dem Tragen des Rucksacks ab und lauschen auf die Geräusche, die uns umgeben: ein Rascheln im Unterholz, der Ruf eines Vogels, das leise Murmeln eines Baches. Alles wirkt so friedlich, dass ich für einen Moment beinah vergesse, warum wir unterwegs sind.

Für einen Augenblick sind Weißberg und die Ajax-Verschwörung und alle Birger Vends dieser Welt sehr weit weg, und Viktor und ich sind nur ein Lehrer und eine Schülerin. Auf der Spur des nicht existierenden heimischen Madonnenkäfers.

»Pause!«, sage ich, nachdem wir etwa eine Stunde steilen Aufstiegs hinter uns haben. Wir lassen uns auf einem umgestürzten, moosbewachsenen Baumstamm nieder und verputzen Trudis Nudelsalat und die Stullen.

»Hast du … von Indigo gehört?«, fragt Viktor, wischt sich Mayonnaise von der Unterlippe und blickt mich hoffnungsvoll an.

»Leider muss ich dich enttäuschen. Und … wir werden auch nichts von ihr hören.« Ich bringe ihm so schonend wie möglich bei, dass sie ihr Psychophon zurückgelassen hat und ganz auf sich alleine gestellt ist. »Aber …«, ich lächele ihm aufmunternd zu, »… sie hat etwas für dich dagelassen. Lag auf dem Spiegeltisch in der Bibliothek.« Ich greife in den Rucksack und überreiche Viktor einen schmalen, gefütterten Umschlag.

Er räuspert sich verlegen. Auf dem Umschlag steht sein Name. Mit rotem Lippenstift geschrieben. Die Umschlaglasche ist mit einem Lippenabdruck versiegelt. Behutsam öffnet er das Kuvert und zieht eine CD heraus.

Pink Floyd. »The Dark Side Of The Moon.«

»Sieh an. Der Soundtrack für eure Expedition auf die dunkle Seite des Mondes«, kichere ich und erwarte, dass er rot anläuft, aber er übergeht meine Stichelei und starrt auf den Umschlag.

»Dasselbe Rot«, sagt er leise. »Der rote Lippenstift, den sie in meinem Traum getragen hat.«

»Du hattest einen Traum von Indigo?«, frage ich und schiebe sofort ein »Entschuldigung, das ist wohl doch zu privat« hinterher.

Viktor blickt von dem Umschlag auf. »Ist schon in Ordnung. Es war nur so merkwürdig … Weißt du, als Elektra mich gefragt hat, ob mich irgendjemand oder irgendetwas ins *Scardanelli* geführt haben könnte? Ich glaube, genau das ist passiert!«

Und dann erzählt er mir von seinem Traum, in dem eine singende Indigo, Albert Einstein und betrunkene Weihnachtsmänner vorkommen – und ein mysteriöser, ein bisschen unappetitlicher Zwiebelmann. So bezeichnet ihn Viktor jedenfalls.

»Geld für ein gutes Essen ist niemals verschwendet? Bei einer delikaten Mahlzeit kommen einem die überraschendsten Erkenntnisse?«, wiederhole ich nachdenklich. »Das hat er gesagt?«

»Ja. Aber was noch viel seltsamer ist … Er war es auch, dessen Stimme ich über den Transkommunikator gehört habe: ›Eine Zwiebel hat viele Häute.‹ Und diese Stimme war kein Traum. Sie war real, oder? Oder, Miranda?« Viktor rauft sich die Haare und guckt auf eine rührende Weise verzweifelt. »In meinem Leben geschehen gerade eine Menge Dinge, die eigentlich nicht geschehen können. Sehr verwirrende Dinge. Und manchmal scheinen die Grenzen zwischen Traum und Einbildung und Realität zu … verwischen. Und ich frage mich, ob all das wirklich geschieht oder ob ich vielleicht nur ein paranoider Philosophielehrer mit Verfolgungswahn bin …«

»Da müssen alle Zweifler durch«, sage ich und lege ihm die Hand auf die Schulter. »Aber vielleicht tröstet dich, was meine Mutter immer gesagt hat: ›Zweifel ist zwar kein angenehmer geistiger Zustand, aber Gewissheit ist ein lächerlicher.‹«

Der Pfad windet sich die bewaldeten Hügel hinauf, führt an einem Froschtümpel und an einer riesigen, vom Blitz gespaltenen Eiche vorbei, bis wir schließlich auf eine kleine Lichtung treten, die an drei Seiten von Bäumen begrenzt wird. An der gegenüberliegenden Seite erhebt sich ein hoher Sandsteinfelsen. Zwei steinerne Vorsprünge ragen in die Luft über der Lichtung – ihre prägnante Form lässt keinen Zweifel daran, dass sie es waren, die als Inspiration für Scardanellis Dessert gedient haben.

Die Waldkapelle befindet sich genau unter den Felsvorsprüngen. Ein kleines Bruchsteingemäuer mit einem einzigen, winzigen Fenster aus buntem Glas über dem Eingang.

Viktor öffnet die Tür. Wir treten ein und ich blicke auf eine geschnitzte Madonnenfigur an der gegenüberliegenden Wand der Kapelle. Davor ein kleiner Altar, auf dem eine Vase mit vertrockneten Wildblumen steht. Rechts und links vor dem Altar jeweils drei Kirchenbänke. Über dem Kopf der Madonna ist ein kleiner Lautsprecher in die Wand eingelassen. Neben dem Eingang hängt ein schmales, blank poliertes Metallschild mit der Aufschrift »Audio-Information«. Ich drücke auf den darunter angebrachten Schalter.

»Willkommen, verehrte Besucher«, schallt es durch die Kapelle und Viktor fährt erschrocken zusammen. »Die Kapelle der heiligen Madonna vom Walde wurde in den Jahren 1772–1773 erbaut, um dem Wanderer ein Ort der Rast und des Trostes zu sein. Bitte respektieren Sie die Würde dieses Ortes, bitte lärmen Sie nicht und bitte hinterlassen Sie keinen Abfall. Wenn Sie den Förderverein zum Erhalt der Kapelle unterstützen möchten, finden Sie Informationen unter www.heiligemadonnavomwalde.de. Wir wünschen Ihnen einen Moment der Besinnung und inneren Einkehr.«

An innerer Einkehr ist uns im Moment nicht besonderes gelegen. Wir verschaffen uns einen Überblick über die Lage. Viktor versichert sich, dass es außer der Eingangstür nicht noch einen weiteren, versteckten Zugang gibt. Ich kontrolliere den Innenraum – und bin mit dem Ergebnis unseres Sicherheitschecks zufrieden. Nur ein Zugang, nur ein Fenster, keine Nischen, in denen sich jemand verstecken könnte, um uns aufzulauern. Aber sicher ist sicher. Ab sofort wird das Objekt unter Dauerbeobachtung des Zweifelwerks stehen. Ich nehme eine von Trudis Bananen aus dem Rucksack, schäle sie und platziere sie unter einer Bank.

»Was soll das?«, fragt Viktor mit skeptischem Blick.

»Verpflegung für unseren Kundschafter«, erkläre ich und hole einen kleinen Plastikbehälter aus meiner Jackentasche. »Eine von Fidelios TOSTs. Ich glaube, es ist TOST 3.« Ich lasse die techno-organische Stubenfliege frei, sie steigt in die Höhe, schwirrt in Richtung Altar und lässt sich auf der Stirn der Madonna nieder.

»Sobald jemand die Tür öffnet, wird sie wegfliegen«, wendet Viktor ein.

»Sie hat einen maximalen Flugradius von fünf Metern. Hat Fidelio so programmiert. Sie wird die Kapelle nicht verlassen.«

Ich hefte mir das Psychophon an die Stirn.

Hast du ein Bild, Elektra?

Glasklar. Die organischen Facettenkameras der TOST sind unglaublich. Ton ist auch einwandfrei; ich kann die Flöhe husten hören. In der Kapelle passiert bis Donnerstagabend nichts, ohne dass wir es mitkriegen.

»Mir wäre wesentlich wohler, wenn wir am Donnerstag noch jemanden dabeihätten«, sagt Viktor, als wir wieder ins Tal hinabsteigen. »Wir brauchen unbedingt einen dritten Mann, der uns Rückendeckung gibt.«

»Tja. Wäre schön«, sage ich. »Aber leider ist die Auswahl an Zweifelwerkern, die nicht gehbehindert sind und keine Lichtallergie haben, momentan etwas eingeschränkt.«

»Bleibt noch Max. Er hat zwei gesunde Arme und Beine.«

»Und ziemlich schwache Nerven«, seufze ich. »Aber du hast natürlich recht. Er kann sich diesmal nicht drücken. Allerdings sollte ich dich vorwarnen. Max hat bisher nur an einem Außeneinsatz teilgenommen und der ist nicht ganz reibungslos verlaufen: Vor ein paar Jahren ist Rasputin Keller ein Toilettenhäuschen in Kelzberg aufgefallen, von dem er vermutete, dass es ein Durchgang zu einem Paralleluniversum sein könnte. Er wollte das Häuschen nachts untersuchen. Max war dabei und sollte Schmiere stehen. Nach fünf Sekunden ist er vor Aufregung ohnmächtig geworden und umgekippt. Er war nicht mehr wach zu kriegen. Rasputin musste einen Krankenwagen rufen – und hat sich um Kopf und Kragen geredet, als er zu erklären versuchte, was er und Max mitten in der Nacht in dem Toilettenhäuschen zu tun gehabt hatten. Hoffen wir, dass unser nervöser Bibliothekar diesmal auf den Beinen bleibt.«

Noch am gleichen Abend informiere ich Max per Psychophon darüber, dass er an unserem Außeneinsatz am Donnerstag teilnehmen wird. Ich kann regelrecht spüren, wie ihm die Luft wegbleibt und es in ihm panisch zu zappeln und zucken beginnt.

Ähm … Donnerstag? Donnerstagabend ist schlecht, Miranda. Da muss ich die Mutti von der Fußpflege abholen.

Dir ist schon klar, dass es um die Zukunft der Menschheit geht?

Ähm, natürlich. Natürlich, Miranda. Aber wenn die Mutti mal eine Woche nicht bei der Fußpflege war, dann kriegt sie zwischen den Zehen immer so einen ekligen –

Dann muss die Mutti in dieser Woche eben mal an einem anderen Tag gehen!

Ja, das … das ließe sich vielleicht machen, aber …

Aber was?

Nach der Fußpflege trifft sie sich donnerstags immer noch mit ein paar Freundinnen zum Senioren-Kegeln, und ich, äh … ich muss die Kegel aufstellen.

Max?

Ja …

Ich hab auch Schiss. Und Viktor bestimmt ebenso. Aber manchmal ist etwas so wichtig, dass man sich von seiner Angst nicht daran hindern lassen darf, es zu tun. Weder von seiner Angst, noch von Füßen, noch von Kegeln. Verstehst du?

Ich … ich … ja, sicher. Du hast natürlich recht, Miranda.

Es sind noch zwei Tage, Max. Du hast also Zeit, um dich darauf vorzubereiten.

Vorbereiten? Ja … ja … gute Idee. Dann mach ich das mal. Wir … wir sehen uns am Donnerstag, Miranda. Es sei denn, die Mutti …

Maaax!

Hmmh?

Ich zähl auf dich. Donnerstag! Halb sechs! Wir treffen uns an der Klosterruine.

Am nächsten Morgen setze ich mich mit Elektra in Verbindung. Aber es ist ihr bisher weder gelungen, eine Kopie des Obduktionsberichtes von Leonie Hersfeld zu bekommen, noch konnte sie mehr über die Geschichte mit David Vermeer und seiner angeblichen Stalkerin in Erfahrung bringen.

Es könnte aber auch sein, dass dieser Zwischenfall überhaupt nichts mit der Ajax-Verschwörung zu tun hat, Miranda.

Was meinst du? Dass ihn tatsächlich eine irre Stalkerin mit einer Schere angegriffen hat?

Vielleicht hat er das alles nur inszeniert. Aus Publicity-Gründen. Die Quoten für »Slutlike« sind in letzter Zeit in den Keller gerauscht. Aber so eine Geschichte bringt ihn natürlich wieder ins Gespräch.

Vielleicht ..., denke ich. Aber wenn nicht, dann schwebt David Vermeer in Gefahr. In genauso großer Gefahr wie die unbekannte Frau, die wir suchen.

Der Mittwoch ist seit jeher Suppentag bei Tante Trudi. Erbsensuppe, Linsensuppe, Gemüsesuppe ... Heute gibt es Tomatensuppe. Ich leere meinen Teller in Rekordzeit und warte ungeduldig darauf, dass auch Trudi ihre Mahlzeit beendet und ich vom Tisch aufstehen kann. Endlich legt sie den Löffel zur Seite.

»Bist du etwa schon satt, Kind?«

»Ja. Danke, Trudi. War lecker«, sage ich, stelle meinen Teller eilig in die Spülmaschine und schieße die Treppe hoch ins Obergeschoss, wo ich hinter dem Fernrohr Position beziehe.

Ich warte darauf, dass Lenchen Küppers endlich erscheint. Lenchen ist erste Vorsitzende des Obst- und Gartenbauvereins, ihre Hobbies sind Gerüchte, Intrigen und üble Nachrede – und sie trägt in Hammerstein den »Hügelland-Kurier« aus.

Kurz nach vierzehn Uhr taucht sie auf und schiebt mit verkniffenem Gesichtsausdruck ein Exemplar zwischen die Gitterstäbe des Eingangstores. Ich sprinte in Überschallgeschwindigkeit zum Tor und greife nach der Zeitung. Meine Augen fliegen über die Spalten der Rubrik Treffen/Vereine. Auf Seite 4 werde ich fündig. Zwischen »Senioren-Kegelclub sucht Mitglieder« und »Toleranter Freundeskreis trifft sich wöchentlich«.

Werte Sangesschwester. Der CdA hat neue Gesangstalente aufgenommen. Die nächste Probe findet am Donnerstag den 25.08. um 20 Uhr unter den Brüsten der Madonna statt.

Es ist, als hätte jemand begonnen, einen Countdown herunterzuzählen, und eine nervöse Unruhe überfällt mich.

Wenn die unbekannte Frau unsere Anzeige liest und versteht, dann ... Dann könnten wir schon bald Beweise für die größte Verschwörung der Welt in Händen halten. Aber was erwartet uns, wenn jemand anderer auf das Inserat aufmerksam wird? Jemand, der um jeden Preis verhindern will, dass die Wahrheit ans Licht kommt? Ein Horror-Szenario nach dem anderen schießt mir durch den Kopf und ich werde so angespannt, dass meine Kopfhaut zu kribbeln beginnt, als würde ein ganzes Ameisenvolk darübermarschieren.

Wie soll ich das bis morgen Abend aushalten? Ich darf nicht ständig daran denken, ich muss mich ablenken, mich irgendwie beschäftigen ...

Trudi wirkt zwar etwas überrascht, als ich frage, ob ich bei der Hausarbeit helfen kann, deutet aber ohne zu zögern auf die Speisekammer und sagt: »Da ist mal wieder eine Inventur fällig. Du kannst eine Bestandsliste machen, damit ich weiß, was fehlt und was ich beim nächsten Großeinkauf besorgen muss.«

Leider funktioniert die Sache mit der Ablenkung nur bedingt. Auch während ich Remouladentuben, Pflanzenölflaschen und Apfelmusgläser zähle, kreisen meine Gedanken unaufhörlich um den morgigen Abend. Ich bin so unkonzentriert, dass ich Trudis umfangreichen Vorrat an Bohnenkaffee mehrmals zählen muss, ich fege ein geöffnetes Paket Zucker vom Regal, und als mir auch noch eine Essigflasche aus der Hand rutscht und auf den Dielen zersplittert, reicht es Trudi endgültig. Sie verzieht ob der säuerlichen Duftwolke das Gesicht, zerrt mich am Arm aus der Kammer und drückt mich auf einen Küchenstuhl.

»Du bist ja total hibbelig. Jetzt mal raus mit der Sprache, Kind! Was ist los?«

»Nichts. Alles in Ordnung.«

Trudi schüttelt den Kopf, ihre Doppelkinne wackeln und ihre Miene wird sorgenvoll. »Du musst mir nichts vormachen, Miranda. Ich weiß genau, worum es geht.«

»Was?«, entfährt es mir.

»Sicher. Ich war doch auch mal jung, Kind. Und wenn junge Mädchen mit ihren Gedanken nicht bei der Sache sind, dann hat das mit einem gebrochenen Herzen oder einer unerfüllten Liebe zu tun.«

»Nein, es …«

»Papperlapapp«, wischt Trudi jeden möglichen Einwand vom Tisch und folgt unbeirrt ihrer falschen Spur. »Aber sich wegen einer unerfüllten Liebe zu grämen, bringt gar nichts. Wenn du einen guten Rat von deiner Tante willst: Du musst ran an den Speck! Jungs in deinem Alter haben alle 'ne große Klappe, aber in Wirklichkeit sind sie ängstlicher als aufgescheuchte Feldhasen. Zumindest was Mädchen angeht. Wenn du darauf wartest, dass der Junge die Initiative ergreift, dann geht es dir am Ende wie Bianca von Waldeck.«

»Bianca von Waldeck?«

»Du weißt schon … Die Schmuckdesignerin mit dem roten Cabrio. Aus ›Marionetten der Liebe‹. Sie ist unsterblich in Marco Meisner, den Zahnarzt verliebt – und er auch ihn sie. Aber beide warten darauf, dass der andere den Anfang macht. Darauf warten sie jetzt schon seit vier Staffeln und Bianca weint sich in jeder Folge in den Schlaf. Wenn du das nicht auch willst, dann ergreif die Initiative und sprich mit dem Jungen!«

Mir klappt die Kinnlade runter und ich starre Trudi an, als

wäre sie das Orakel von Delphi. Ihr Tempo ist wirklich atemberaubend: von einer falschen Schlussfolgerung zu einer elementaren Lebensweisheit in weniger als einer Minute. Da soll noch mal jemand behaupten, Fernsehen mache nicht klug. Denn tatsächlich gibt es einen Jungen, mit dem ich dringend sprechen sollte. Aus verschiedenen Gründen …

»Trudi, du bist eine sehr, sehr weise Frau!« Ich springe auf, küsse sie auf die Stirn und greife nach meiner Jacke. »Ich bin mal ganz kurz weg!«

Joris und seine Mutter wohnen in einem winzigen Häuschen in der Veilchenstraße, nicht weit vom Galgenplätzchen. Gerade als ich um die Ecke biege, kommt mir Joris' Mutter entgegen. Offenbar auf dem Weg zu einem Vorstellungsgespräch, sie trägt eine Bewerbungsmappe in der Hand.

»Guten Tag, Frau Reichenau.«

Sie braucht einen kurzen Moment, um mich einzuordnen. »Oh, hallo … Miranda.«

»Ist Joris zu Hause?«

»Ja, er ist gerade von seiner Schicht bei *Scardanelli* gekommen. Tut mir leid, ich muss weiter, Miranda. Ich habe ein Vorstellungsgespräch.«

»Viel Glück«, wünsche ich, während sie davoneilt, dann öffne ich das niedrige Gartentor vor der Hausnummer 7. Just in diesem Moment nehme ich eine Bewegung hinter einer Gardine im ersten Stock wahr: Joris hat mich bereits gesehen! Ich hole tief Luft und drücke den Klingelknopf.

Unmittelbar darauf kann ich leise Schritte auf der Treppe und dann im Flur hören – aber Joris öffnet nicht. Dabei bin ich sicher, dass er direkt hinter der Tür steht.

»Joris? Wir sollten miteinander reden. Ich fürchte, du hast da … ein paar falsche Schlüsse gezogen. Es wäre schön, wenn wir das klären könnten.«

Nichts rührt sich hinter der Tür.

»Joris, bitte! Mach doch auf.«

Ich wünschte, mir würde irgendetwas einfallen, das charmant oder witzig oder wenigstens halbwegs intelligent wäre. Was leider nicht eintritt. Und ich fürchte, es würde mir nicht weiterhelfen: Joris ist motzig! Oder ist ihm sein Auftritt bei *Scardanelli* noch immer so peinlich, dass er mir nicht begegnen will?

»Also schön«, sage ich zu der geschlossenen Tür. »Ich habe es versucht. Aber offenbar willst du lieber sauer auf mich sein, als mit mir zu sprechen. Dabei würdest du nicht mehr sauer auf mich sein, wenn du erst mal mit mir gesprochen hättest. Falls du dich irgendwann wieder beruhigst, dann … dann komm doch einfach bei mir vorbei. Wiedersehen, Joris.«

* * *

Aus Frizzis Lautsprecherboxen lärmen die *Cramps*, dass die Wände wackeln. Es braucht eine Minute Dauerklingeln, bis die Musik leise gestellt wird und sich die Wohnungstür öffnet.

»Wassn los?«, fragt Frizzi genervt. »Mucke mal wieder zu laut?«

»Nein«, sage ich. »Ich müsste mal kurz mit dir sprechen.«

»Komm rein! Aber zieh die Schuhe aus, Alter. Ich hab grade gesaugt.«

Es empfiehlt sich dringend, dieser Weisung Folge zu leisten. Was seine Wohnung angeht, versteht Frizzi keinen Spaß. Beim ersten Mal war ich beinah schockiert: Ich hatte ein Chaos aus dreckigem Geschirr, versifften Wasserpfeifen und bis zur Decke reichenden Bierdosenhalden erwartet. Weit gefehlt! Bei Frizzi kann man vom Boden essen. Nirgends findet sich auch nur das geringste Stäubchen und alles steht haargenau an dem ihm zugedachten Platz. Ein wenig beschämt hat Frizzi mir seinen vollkommen unpunkigen, aber leider extrem ausgeprägten Ordnungs- und Sauberkeitsfimmel gebeichtet. Stellt man bei ihm ein Glas neben dem Untersetzer ab, bringt ihn das in die Nähe eines nervösen Zusammenbruchs. An der Wand hängen – natürlich ordentlich gerahmt – Plattencover von »The Clash« und den »Sex Pistols«, dazwischen ein Foto von Joey Ramone. *No Future* ist in großen roten Buchstaben auf den ordentlich drapierten Sofaüberwurf eingestickt.

Offenbar habe ich Frizzi bei der Hausarbeit unterbrochen. Er ist gerade dabei, seine Unterwäsche zu bügeln. »Was liegt an?«, fragt er und faltet einen Leopardentanga auf Briefmarkengröße zusammen.

»Ähm, Frizzi, du hast nicht zufällig irgendwas zur Selbstverteidigung?« Es sind nur noch ein paar Stunden, bis wir zu der Kapelle aufbrechen. Und je näher dieser Zeitpunkt rückt, umso nervöser werde ich. Und umso klarer wird mir, dass uns viel zu wenig klar ist, auf was wir uns da überhaupt eingelassen haben. Etwas in der Hinterhand zu haben, wäre nicht das Dümmste. »Hast du vielleicht einen Baseballschläger oder einen Elektroschocker oder einen Schlagring aus deiner Türsteher-Vergangenheit?«

»Hä?«, macht Frizzi erstaunt und stellt das Bügeleisen ab. »In letzter Zeit bist du echt gruselig, Alter! Wozu brauchst du 'ne Waffe? Wieso musst du dich verteidigen?«

Die Frage habe ich natürlich kommen sehen und kann umgehend die passende Antwort liefern. »Ein Schüler gibt mir die Schuld dafür, dass er eine Ehrenrunde drehen muss. Ziemlich aggressiv, der Junge. Schickt mir andauernd üble Droh-Mails.«

»Ah, so iss das. Verstehe. Wahrscheinlich der, dem wir auch die brennende Kacke vor der Haustür zu verdanken haben. Aber ich weiß nicht, ob ich dir weiterhelfen kann, Alter. Mal sehen …« Er verschwindet kurz im Badezimmer und als er zurückkommt, drückt er mir ein kleines Plastikfläschchen in die Hand.

»Nasenspray?«, frage ich verdutzt. »Was soll ich damit anfangen?«

Frizzi dreht nachdenklich an seinem Piercing. »Tja … weiß ich auch nicht so genau, Alter. Aber … besser als nix!«

Das Nasenspray trägt nicht wirklich zu meiner Beruhigung bei und irgendwann wird meine Unruhe so übermächtig, dass ich es nicht mehr in der Wohnung aushalte. So kommt es, dass ich viel zu früh am verabredeten Treffpunkt vor der Klosterruine erscheine. Ich bin dennoch nicht der Erste.

Im Näherkommen sehe ich Max Gehrling in Hochwasserhose und mit seltsamen Verrenkungen über den Waldweg hüpfen. Er führt Handkantenschläge und Tritte gegen einen unsichtbaren Gegner aus und gibt dabei merkwürdige Kampfschreie von sich: »OOHOI! WOOOAH! HUUAI!«

»Was wird das?«, frage ich. »Kickboxen für Bibliothekare?«

»Hallo, Viktor. OOHOI!« Max bleckt die Zähne. Seine Pupillen sind so groß wie Ein-Euro-Stücke, er springt von einem Fuß auf den anderen und zuckt und zappelt, als würde er dafür bezahlt.

»Geht es dir gut, Max?«

»Bestens!« Seine Stimme überschlägt sich. »Ich bin vorbereitet! Top vorbereitet! Wie Miranda es mir geraten hat. Top! Top! Top!«

»Aha? Und wie genau sah deine, ähm … Vorbereitung aus?«

»Martial-Arts-Filme geguckt. Zwei Tage lang. Ununterbrochen. WOOOAH!«

»Ununterbrochen? Du hast aber zwischendurch schon mal ein paar Stunden geschlafen, oder?«

»Keine Zeit zum Schlafen. Musste mich doch vorbereiten. Die Mutti hat mir Koffeintabletten aus der Apotheke besorgt und mir die ganze Zeit extrastarken Kaffee gekocht. HUUAI! Alles top! Alles top!«

»Ja, Max. Alles top«, sage ich und seufze tief.

Wir müssen ja nur die Welt retten.

10

»WOOOAH«, empfängt mich Max, als ich um halb sechs an der Klosterruine ankomme. Er zerteilt die Luft mit Handkantenschlägen und springt dabei vor mir auf und ab wie ein gedoptes Wiesel. Viktor steht hinter ihm, verdreht die Augen und macht eine Schraube-locker-Geste.

»Was ist mit unserem Bibliothekar los?«, frage ich flüsternd, während Max beginnt, eine unschuldige Kastanie mit Tritten zu traktieren.

»Unser Freund Max ist auf einem Koffein-Trip«, sagt Viktor mit genervtem Gesichtsausdruck. »Hat seit zwei Tagen nicht mehr geschlafen, quasselt ununterbrochen und veranstaltet die ganze Zeit dieses beknackte Rumgehüpfe, das er anscheinend für eine Kampfsportart hält. Wenn du mich fragst: Wir sollten Captain Coffee schnellstens aus dem Verkehr ziehen!«

»Hör mal, Max«, sage ich, fasse ihn am Arm und zerre ihn von der Kastanie weg. »Vielleicht ... vielleicht solltest du doch besser nach Hause gehen und dich mal richtig ausschlafen.«

»Wieso? Bin kein bisschen müde. Und außerdem hast du recht: Man darf keine Angst haben. Ich habe keine Angst mehr! Ich bin vorbereitet! Ich bin top! Ich bin im Team!«

Als ich in seine riesig erweiterten Pupillen blicke, wird mir klar, dass er sich davon nicht abbringen lassen wird. Leute mit stark erweiterten Pupillen sind für Argumente nur sehr beschränkt zugänglich.

»Na schön«, stöhne ich. »Aber keine Tritte und keine Kampfschreie! Und versuch dich ein ganz klein bisschen zu beruhigen.«

»Alles klar! Alles top!« Max grinst gruselig, fährt auf dem Absatz herum und schießt den Fußpfad hoch wie eine techno-organische Gämse mit Turboantrieb. Alle paar Minuten unterbricht er sein wildes Gespringe, steht plötzlich stocksteif da und wispert uns zu: »Ich hab was gehört. Da war was! Ganz sicher!«

»Schon gut, Max«, beruhige ich ihn. Aber er ist nicht zu beruhigen und produziert einen Fehlalarm nach dem nächsten, bis Viktor wütend faucht: »Halt endlich die Klappe, Max. Oder ich steck deiner Mutter, dass du dir regelmäßig das Nackedei-Magazin kaufst!«

Max schluckt, läuft tiefrot an – und ist fortan kusch.

Kurz bevor wir die Lichtung erreichen, heften wir uns die Psychophone an die Stirn. Ich spähe durch die Bäume auf die Kapelle und nehme Kontakt mit der Zweifelzentrale auf.

Wie sieht es in der Kapelle aus, Elektra?

Niemand drin. Seit eurem Besuch hat kein Mensch die Kapelle betreten. Willst du reingehen?

Nein. Da drin sitzen wir auf dem Präsentierteller. Wir beziehen erst mal hier hinter den Bäumen Stellung und beobachten die Lage.

Neunzehn Uhr sechsundfünfzig. Noch vier Minuten bis zum vereinbarten Zeitpunkt. Die Strahlen der Abendsonne wandern über den Sandsteinfelsen und die Brüste der Madonna, Mücken schwirren müde durch die Luft. Eine besinnliche Abendstimmung legt sich über die Lichtung, aber ich traue dem Frieden nicht. Mein Gefühl sagt mir, dass dies ein falscher Friede ist. Eine Kulisse …

»Da war schon wieder was«, schreckt mich Max' Kieksstimme auf. »Hinter uns! Im Wald! Ganz sicher!«

»Klappe!«, zischt Viktor.

»Ist ja schon gut«, sagt Max eingeschüchtert. »Wisst ihr, irgendwie wird mir gerade klar, dass …« Alle Farbe weicht aus seinem Gesicht. »… dass das hier ziemlich riskant ist. Gar nicht gut für meine Nerven und …« Mitten im Satz bricht er ab, seine Augen drehen sich weg, er sackt zusammen und bleibt ohnmächtig auf dem Waldboden liegen.

»Nicht schon wieder, Max!« Ich knie mich neben ihn und verpasse ihm ein paar Ohrfeigen, um ihn wach zu kriegen, aber er ist völlig weggetreten. In diesem Moment gellen plötzlich laute Schreie über die Lichtung. Die verzweifelte Stimme einer Frau!

»Hilfe! Hilfe! Warum hilft mir niemand?«

»Das kommt aus der Kapelle!«, stößt Viktor hervor.

Was ist da los, Elektra?

Die Kapelle ist leer, Miranda. Da drin ist niemand.

Aber …

Wieder ein markerschütternder Schrei. »Hilfe! Zu Hilfe!«

Ich blicke Viktor an und raune: »Los!«

Miranda! Da drin ist niemand! Das ist eine Falle!, schrillt Elektras Stimme durch meinen Kopf, aber da reißt Viktor schon die Tür auf, wir stürmen in die Kapelle – und schlagartig wird mir klar, dass Elektra recht hat.

»Hilfe! Hilfe!«

Die Schreie kommen aus dem Lautsprecher über dem Kopf der hölzernen Madonna.

»Was geht hier vor?«, schreit Viktor.

Jemand hat mit einem Funksignal von draußen das Funksignal in der Kapelle überlagert. Sie haben sich in die Audio-Information gehackt! Ihr müsst da raus, Miranda. Sofort!

Wir fahren herum und stürzen auf den Ausgang zu, als die Tür mit einem lauten Knall zuschlägt. Viktor wirft sich gegen das massive Holz, aber jemand hat die Tür von außen blockiert.

Wir sitzen in der Falle!

Im nächsten Moment zersplittert die Scheibe über der Tür, ein Brandsatz fliegt über unsere Köpfe hinweg und landet zwischen den Kirchenbänken. Unmittelbar gefolgt von einem zweiten und einem dritten. Augenblicklich schießen hohe Flammen bis unters Dach, das Holzgebälk fängt sofort Feuer und Sekunden später wüten die Flammen durch den ganzen Raum. In Zeitraffergeschwindigkeit breitet sich das Feuer in der Kapelle aus. Die Kirchenbänke brennen wie Zunder, die Flammen greifen auf die Wände und die Madonnenfigur über, die Luft ist auf einen Schlag so heiß, als würde ich in einem Backofen stehen und die Kapelle füllt sich mit schwarzem, beißendem Qualm. Ich kann nichts mehr sehen. Blind greife ich nach Viktors Arm und ziehe ihn mit mir auf den Boden. Ich habe gelesen, dass man bei einem Brand in Bodennähe die besten Überlebenschancen hat – aber auch, dass einen der Rauch nach drei Atemzügen ohnmächtig werden lässt. Nach drei weiteren Atemzügen ist man tot.

»Nicht atmen!«, kommandiere ich.

Max! Max! Hol uns hier raus!

Ich höre Viktor neben mir husten, mir wird schlecht und ich muss würgen. Plötzlich fliegt die Tür auf. Jemand bahnt sich einen Weg durch den dichten Rauch, dann umschließen zwei Arme meinen Oberkörper und ich werde aus der Kapelle gezogen.

»Viktor! Er ist noch da drin!«, keuche ich.

»Ich hole ihn raus«, sagt eine Stimme – und dann wird um mich herum alles dunkel.

***

Halb ohnmächtig bekomme ich mit, dass jemand Miranda über den Mittelgang der Kapelle hinausschleift. Ich versuche verzweifelt zum Ausgang zu kriechen; aber ich verliere in dem schwarzen Qualm die Orientierung, mir wird unsagbar schlecht, Rauch dringt in meine Lunge – und ich breche zwischen den brennenden Kirchenbänken zusammen.

Als ich die Augen wieder aufschlage, sitze ich an einem wackligen Tisch in einer ziemlich abgewohnten Küche. Die geblümten Vorhänge vor dem Fenster sind zugezogen. Zwei geschlossene Türen: eine an der rechten, eine an der linken Seite der Küche. Ein Gasherd ist mit verkrusteten Soßenresten bedeckt, auf der Spüle stapelt sich schmutziges Geschirr.

Vor dem Geschirrberg stehen zwei Frauen aus der Abteilung Mega-Supermodel und lächeln mich an. Eine blond, die andere brünett. Sie tragen atemberaubend eng anliegende Bodysuits aus

Zwiebelnetz. Das blonde Supermodel hält eine flache, mit Wasser gefüllte Schale; die Brünette trägt in der rechten Hand ein Stück Seife, in der linken ein flauschiges weißes Frotteehandtuch.

»Willkommen, Viktor!«, säuseln sie gleichzeitig. »Schön, dass du endlich gekommen bist. Er wartet schon lange auf dich.«

»Was? Ich … Was?«

Hinter der Tür zu meiner Rechten ist das Geräusch einer Toilettenspülung zu hören, dann ein Ächzen, dann höre ich wie eine Hose hochgezogen wird.

Die Tür öffnet sich und vor mir steht – der Zwiebelmann. In fleckiger Stoffhose, schmuddeligem Unterhemd und mit ausgeleierten Hosenträgern. Er nimmt die Seife, wäscht sich die Hände in der flachen Schale und trocknet sie mit dem weißen Handtuch ab.

»Ich danke euch, meine Schönen«, sagt er und lächelt die langbeinigen Supermodels an, die mindestens drei Köpfe größer sind als er.

Sie kichern, was sich anhört wie das Klingen kleiner Glöckchen, und verlassen die Küche durch die Tür zur Linken.

»Wo bin ich?«, frage ich, aber der Zwiebelmann legt den Finger an die Lippen und bedeutet mir zu schweigen. Dann öffnet er mit einer schnellen Bewegung die Vorhänge – und mir wird schwindelig!

Ich blicke in die unendlichen Weiten des Alls. Auf einen hellen Doppelstern, um den ein Dutzend Planeten kreisen. Einer der Himmelskörper sieht aus wie ein gewaltiger Schneeball, ein anderer ist tomatenrot und hat drei hellgrüne Ringe, wieder ein anderer ist tintenblau, so als wäre seine gesamte Oberfläche mit Wasser bedeckt.

»Wo … bin ich?«

»Gleich«, sagt der Zwiebelmann und nimmt mir gegenüber an dem kleinen Tisch Platz. »Am besten redet es sich doch bei einem schmackhaften Essen.«

In diesem Moment kehren die in Zwiebelnetz gehüllten Supermodels in die Küche zurück, lächeln geheimnisvoll und stellen zwei Suppenschalen auf dem Tisch ab.

Der Zwiebelmann beugt den Kopf über die Schale und fächelt sich das Aroma in die Nase. »Zwiebelsuppe. Mit Käse überbacken. Ach … sind die einfachsten Genüsse nicht die wunderbarsten? Ich danke euch sehr, meine Lieben.« Er tätschelt den beiden Models den Arm. »Ihr könnt euch jetzt zurückziehen. Wir sehen uns später … Vielleicht möchtet ihr euch schon einmal von unserem Gast verabschieden?«

»Auf Wiedersehen, Viktor«, flöten sie synchron, kichern leise vor sich hin und lassen uns allein.

»Guten Appetit«, sagt der Zwiebelmann.

Ich tunke meinen Löffel in die Suppe, führe ihn zum Mund – und schreie eine Sekunde später vor Schmerz laut auf.

»Entschuldige. Ich hätte erwähnen sollen, dass die Suppe sehr heiß ist«, sagt er und guckt zerknirscht. »Aber sich gelegentlich den Mund zu verbrennen, gehört zum Leben dazu.«

»Wo bin ich?«, frage ich zum dritten Mal, während ich mir mit der Zunge über den verbrannten Gaumen fahre. »Und wer sind Sie?« Ich blicke aus dem Fenster auf das Doppelsternsystem und kann noch immer nicht glauben, was ich da sehe. »Sind Sie …?« Ich muss schlucken. »Sind Sie … Gott? Bin ich tot?«

Der Zwiebelmann kichert los wie eine überdrehte Zehnjährige. »Du bist nicht tot und ich bin nicht Gott. Aber wenn es ihn gibt, dann bin ich zweifellos eine seiner drolligsten Ideen.«

»Was meinen Sie damit?«, stammele ich verständnislos. »Welche Idee? Wer sind Sie? Was sind Sie?«

»Das kommt ganz darauf an, wen man fragt«, sagt er und schlürft die Suppe genussvoll vom Löffel. »Ein Psychologe würde mich wahrscheinlich als eine Projektion deines Unbewussten bezeichnen. Ein Esoteriker als deinen kosmischen Zwilling. Und jemand, der religiös ist, dem fiele wahrscheinlich zuerst der Begriff Schutzengel ein. Auf jeden Fall – wir beide, wir sind so!« Er verkreuzt zwei Finger und grinst mich fröhlich an.

»Ein Schutzengel? Mein Schutzengel?«

»Schutzengel kling so schrecklich weihevoll«, seufzt er. »Sagen wir doch einfach, ich arbeite im Stellwerk des Universums – und gelegentlich stelle ich eine Weiche. Im Sinne der kosmischen Harmonie.«

»Ich verstehe kein Wort«, sage ich kopfschüttelnd und schiebe meinen Teller zurück.

»Wir sind uns schon einmal begegnet, Viktor. Weißt du noch? Du wurdest in einer verdreckten Wohnung wach, auf einer versifften Matratze …«

»Der Morgen, an dem mir klar wurde, dass ich mein Leben ändern muss«, entfährt es mir.

»Genau. Erinnerst du dich? Es roch nach kaltem Rauch und …«

»Und nach verbrannter Zwiebelsuppe!«, wispere ich fassungslos.

»Das war ich«, sagt der Zwiebelmann lächelnd und deutet mit beiden Daumen auf sich selbst. »Eine der Gelegenheiten, bei denen ich eine Weiche umgelegt habe.«

»Und warum … warum tun Sie das?«

»Damit der Zug des Lebens nicht entgleist. Und damit meine ich nicht nur den Zug deines persönlichen Lebens.« Der Zwiebelmann lehnt sich in seinem Stuhl zurück und kratzt sich in der Achselhöhle. Dann beugt er sich über den Tisch und flüstert: »Ich verrate dir jetzt ein Geheimnis, Viktor: Jedes Lebewesen in diesem Universum wird mit einem Auftrag geboren. Das, was die Menschen Ziel oder Bestimmung nennen. Eine Bestimmung, die das Leben selbst für uns vorgesehen hat. Du weißt nicht, welche Bestimmung du hast. Aber du kannst sie spüren. Wie eine Sehnsucht nach etwas, von dem du nicht weißt, was es ist. Du kannst sie spüren, wenn du auf das hörst, was dir dein Herz sagt. Wenn du deiner inneren Stimme folgst.« Der Zwiebelmann legt den Löffel zur Seite, schlürft den letzten Rest Zwiebelsuppe aus der Schale und leckt sich über die Lippen. »Solange man der inneren Stimme folgt, solange der Weg des Universums und der persönliche Weg übereinstimmen, läuft das Leben in perfekter kosmischer Harmonie ab. Du merkst es daran, dass du das Gefühl hast, zur richtigen Zeit am richtigen Ort zu sein und das Richtige zu tun. Solange die Dinge so liegen, kann ich mich bequem zurücklehnen und einen Zwiebelcocktail schlürfen. Aber der Weg zur Bestimmung ist ein langer und gewundener Pfad und so manch einer verliert unterwegs die Orientierung und glaubt seiner inneren Stimme nicht mehr. Oder kann sie nicht mehr hören. Und dann verirrt er sich und fühlt sich schlecht und mit sich selbst und dem Universum uneins. Und dann beginnt er vielleicht dumme Dinge zu tun, die ihn noch weiter von seiner Bestimmung abbringen: zu trinken oder harte Drogen zu nehmen, andere mies zu behandeln, oder er wird Waffenhändler oder Sportfunktionär oder geht zum Privatfernsehen … In dem Fall ist meine Unterstützung gefragt: Jeder muss sein Ziel selbst erreichen, aber ich kann die richtigen Weichen stellen und den Zug des Lebens wieder auf die Hauptstrecke leiten. So wie ich es gerade wieder tue: Der kosmische Plan sieht nicht vor, dass du unter den Brüsten der Madonna an Rauchvergiftung stirbst. Das Universum hat andere Pläne mit dir.«

»Welche Pläne?«, schießt es aus mir heraus.

»Sehen wir doch mal nach«, sagt der Zwiebelmann kichernd. Dann erhebt er sich schnaufend von seinem Stuhl, holt ein Küchenmesser aus einer Schublade, öffnet die Tür eines Küchenschranks, nimmt eine Zwiebel heraus und legt sie auf den Tisch. »Du hast Fragen an das Universum – ich habe vielleicht ein paar Antworten. Stell dir vor, du bist diese Zwiebel. Und der Auftrag, den du in deinem Leben hast, deine wahre Bestimmung, die liegt im Inneren dieser Zwiebel verborgen. Verborgen vor der Welt, aber auch verborgen vor dir selbst. Um sie zu erkennen, musst du eine Haut nach der anderen abschälen – und wie du ja weißt, hat eine Zwiebel viele Häute. Fangen wir an«, sagt er und beginnt die äußere braune Schale zu entfernen. »Viktor Carelius: Lehrer, Steuerzahler, Mülltonnenraussteller und Schwarm älterer Damen. Das ist die Schicht, die jedermann sehen kann. Halten wir uns nicht unnötig lange bei ihr auf.« Er beginnt die nächste

Zwiebelhaut abzupellen und sagt: »Ah, jetzt wird es schon interessanter! Viktor Carelius: kein Lehrer, dafür aber Dokumentenfälscher und Gelegenheitskiffer. Tss, tss, tss. – Und was haben wir hier?« Er entfernt eine weitere Schicht, betrachtet sie eingehend und sagt: »Viktor Carelius, der frischgebackene Zweifelwerker. Interessant. Und was finden wir in der darunterliegenden Schicht?« Der Zwiebelmann blickt auf und grinst mich an. »Ah, l'amour: Viktor Carelius, die romantische Seele. Der Junge, der die dunkle Seite des Mondes erforschen möchte. Der Junge, der sich in ein Mädchen mit schwarzen Augen verliebt hat.«

»Woher … woher wissen Sie all das?«, höre ich mich ängstlich fragen.

»Ein Teil meiner Antwort könnte dich so verunsichern, dass ich sie dir leider vorenthalten muss. Viel interessanter ist doch momentan die Frage: Welche Haut sehen wir als nächste? Was ist deine nächste Bestimmung, Viktor Carelius? Oder fragst du nur nicht danach, weil du es tief in dir schon lange weißt? Es ist kein Zufall, dass du deine wilde Zeit halbwegs unbeschadet überstanden hast. Es ist kein Zufall, dass du dein Leben geändert hast und nach Hammerstein gegangen bist. Es ist kein Zufall, dass du ein Zweifelwerker geworden bist. Und glaubst du wirklich, es ist nur ein Zufall, dass du einer Frau begegnet bist, die das Erbe ferner Sterne in sich trägt?« Der Zwiebelmann beginnt ganz langsam die nächste Zwiebelhaut abzupellen, dabei verfällt er in einen leisen Singsang. *»Weh, der Mutter am Ende ihrer Tage. Weh, ihrem öden Herzen, ihren grauen Tempeln …* Deine Welt ist in Gefahr, Viktor. Leider gibt es Kräfte im Universum, die die bunte Vielfalt des Lebens ängstigt, und die sie unter einem eintönigen Grau ersticken wollen. Und diese Kräfte bedrohen deine Welt. Du bist Zweifelwerker, du weißt, was ich meine. Wenn du mich fragst – ich kann diese öde Art von Kraft nicht ausstehen. Ich nenne sie die Zusammengekniffene-Arschbacken-Kraft. Ich selbst bin Teil einer anderen Kraft, der ein fröhlicher Furz weitaus lieber ist. Ich möchte, dass das Leben in diesem Universum beseelt und bunt und vielfältig und unberechenbar bleibt. Also habe ich ein paar Weichen in deinem Leben gestellt, damit du Weichen in deiner Welt stellen kannst. Du kannst verhindern, dass dein Planet ein öder und grauer und trostloser Ort wird, und dafür sorgen, dass er bunt und aufregend bleibt. Dass er bunter wird, als er es jemals war.«

»Aber wie? Was ist meine Bestimmung? Welchen … welchen Viktor sehen Sie, wenn Sie noch eine Haut abstreifen?«

Der Zwiebelmann zieht die nächste Schicht der Zwiebel ab und betrachtet sie eingehend, dann erhebt er sich, kommt auf mich zu, lässt ein paar Zwiebelschalen in meine Jackentasche gleiten und flüstert in mein Ohr: »Viktor Carelius. Vater. Vater eines ganz besonderen Kindes. Vater eines Kindes, mit dem eine neue Zeit beginnt. – Wir sehen uns, Viktor. Ach, und dieses Gespräch sollte unter uns bleiben.«

Ich starre ihn mit offenem Mund an, während die beiden Zwiebelnetzmodels in die Küche treten, charmant lächeln, sich rechts und links bei dem Zwiebelmann einhaken und ihn hinausführen. Die Küchentür fällt hinter ihnen zu.

Im nächsten Moment sehe ich draußen vor dem Fenster drei grüne Lichtkugeln vorbeischwirren.

Und plötzlich schießt ein Strahl aus flüssigem Menthol in meine Nase …

»Hatschi! Hatschi!« Ich fahre auf – und blicke in ein rußgeschwärztes Gesicht, auf dessen Nase ein verbogenes Brillengestell hängt.

»Joris?«

»Alles in Ordnung, Herr Carelius?« Joris Reichenau steht über mich gebeugt und hält das Nasenspray in der Hand. »Ich habe Sie nicht wachbekommen und da habe ich das Spray in Ihrer Jackentasche gefunden und …«

»Miranda?«, keuche ich. »Was ist mit Miranda?«

***

»Miranda! Miranda!«, höre ich eine Stimme wie aus weiter Ferne. Ich rieche Rauch. Jemand rüttelt mich an der Schulter. »Miranda!« Langsam öffne ich die Augen und blicke in den Sommerabendhimmel. Rauchschwaden treiben durch die Luft. Ich liege auf der Lichtung vor der Kapelle.

Ein bellendes Husten, ein Stück rechts von mir. Schwerfällig wende ich den Kopf und sehe Viktor mit angesengten Haaren im Gras sitzen und sich die Seele aus dem Leib husten. Dann wird mir klar, dass jemand meine Hand hält. Ich drehe mich nach links.

Joris Reichenau kniet neben mir im Gras und blickt mich besorgt an.

»Joris?«, krächze ich matt. »Du warst das? Du hast uns da rausgeholt? Wie … kommst du hierher?«

Er läuft tiefrot an. »Also … Eigentlich wollte ich zu dir, um dir zu sagen, wie bescheuert es von mir war, dir gestern nicht die Tür aufzumachen. Aber als ich kurz vor der Klosterruine war, habe ich gesehen, wie du mit Herrn Carelius und Max Gehrling in den Wald aufgebrochen bist, und da … bin ich euch hinterhergeschlichen. Tut mir leid, Miranda. Ich wollte dir eigentlich nicht mehr nachspionieren, aber …«

»Muss es nicht«, sage ich leise. »Es muss dir nicht leidtun. Überhaupt nicht. Ohne dich wären wir draufgegangen! Ich könnte dich küssen!«

Habe ich das laut gesagt? Keine Ahnung! Aber ich scheine es auf jeden Fall ernst zu meinen, denn ich richte mich mit einem Ruck auf und – tue das dummerweise so schnell, dass mir augenblicklich speiübel wird. Alles um mich herum dreht sich. Ich presse die Hand vor den Mund, werfe den Kopf zur Seite und übergebe mich lautstark.

Wenig charmant, wenig intelligent und nur in Maßen witzig.

Aber Joris erweist sich als echter Gentleman. Er blickt diskret zur Seite, und als die Spuckerei endlich ein Ende hat, reicht er mir sein Taschentuch. »Geht es wieder?«

Ich nicke stumm und putze mir den Mund ab.

Viktor geht es offenbar schon wieder viel zu gut. Er beobachtet Joris und mich mit amüsiertem Gesichtsausdruck und sagt grinsend: »Da habt ihr euren Kindern ja später einiges zu erzählen, wenn sie fragen, wie das war, als ihr euch kennengelernt habt.«

Ich laufe augenblicklich rot an, aber Joris geht überhaupt nicht auf Viktors Bemerkung ein, sondern fragt stattdessen aufgeregt: »Was macht ihr hier eigentlich? Ich komme mir vor, als wäre ich in einen Horrorfilm gestolpert. Wieso versucht euch jemand umzubringen?«

Viktor und ich tauschen einen kurzen Blick, dann nehme ich Joris' Hand. »Es tut mir leid. Du hast dein Leben eingesetzt, um uns zu retten. Du hast jedes Recht der Welt, zu erfahren, was hier vor sich geht. Aber … ich kann es dir nicht sagen«, flüstere ich. »Ich darf es nicht.«

Joris sieht mich fragend an; ich umschließe seine Hand mit meinen Fingern. »Auf jeden Fall liegst du völlig falsch, wenn du denkst, dass Viktor und ich …«

»Ich weiß!«, sagt er und blickt verlegen zu Boden. »Ist mir doch längst selbst klar geworden. Tut mir leid. Ich habe mich wie ein Vollidiot benommen.« Er sieht zu Viktor und verzieht bedauernd das Gesicht. »Und bei Ihnen muss ich mich auch entschuldigen, Herr Carelius. Wegen der Hundekacke und dem Tritt in Ihre –«

»Schon gut«, unterbricht ihn Viktor, räuspert sich und streckt Joris die Hand entgegen. »Unter den gegebenen Umständen und in Anbetracht der Tatsache, dass du mir gerade das Leben gerettet hast, ist es vielleicht nicht unangebracht, sich zu duzen. Herr Carelius war mal. Nenn mich Viktor.«

»Hast du jemanden gesehen?«, frage ich Joris und blicke ihn eindringlich an.

»Nein. Ich habe mich die ganze Zeit ein gutes Stück hinter euch gehalten. Bis ich plötzlich Hilfeschreie gehört habe. Ich bin sofort losgerannt und nach hundert Metern über Max Gehrling gestolpert. Als ich hier ankam, brannte die Kapelle schon lichterloh. Jemand hatte die Tür mit einem Keil blockiert. Ich habe ihn weggezogen und bin in die Kirche rein. Es war so verqualmt, dass ich kaum was sehen konnte. Und dann habe ich euch rausgeholt … Ich habe keinen Menschen gesehen, aber …« Er deutet zu dem hohen Sandsteinfelsen und ich erkenne zwei silbrig schimmernde Seile, die vor der steilen Felswand baumeln.

»So haben sie es gemacht!« Viktor schlägt die Hand gegen die Stirn. »Sie haben da oben gewartet, uns mit den falschen Hilferufen in die Kapelle gelockt, sich abgeseilt, die Tür blockiert und alles in Brand gesetzt. Und sind sofort wieder verschwunden.«

»Das macht man nicht mal eben so. Das waren Leute mit militärischer Ausbildung. Das waren Leute von Birger Vend«, sage ich.

»Leute von wem?«, fragt Joris verständnislos, als mein Psychophon aufleuchtet.

Miranda? Viktor? Antwortet doch endlich! Miranda!

»Wow, was ist das denn für ein abgefahrenes Teil?«, entfährt es Joris und er deutet mit großen Augen auf die glitzernde Scheibe auf meiner Stirn.

»Ein Smartphone der überübernächsten Generation«, sagt Viktor und zieht ihn zur Seite. »Lass Miranda mal einen Moment alleine.«

Miranda!

Ich höre dich, Elektra.

Oh – Gott sei Dank! Der Kontakt zu euch ist abgebrochen und ich habe von der TOST kein Bild mehr bekommen …

Ich schildere ihr in wenigen Sätzen, was uns zugestoßen ist.

Geht es dir gut, Miranda?

Abgesehen davon, dass meine Haare angesengt sind und dass ich rieche wie ein Räucherschinken – ja.

Und Viktor?

Geht es schon wieder so gut, dass er dumme Sprüche klopfen kann.

Und Max?

Oh, Max …

Den habe ich glatt vergessen. Aber just in diesem Moment kommt er zwischen den Bäumen hervorgetaumelt.

Max sieht nach schlimmstem Koffein-Hangover aus. Entgeistert blickt er zu Joris, dann auf die brennende Kapelle, und ein nervöses Zucken läuft über sein Gesicht. »Oh! Sieht so aus, als hätte ich den Hauptfilm verpasst …«

Eine halbe Stunde später sind wir wieder so weit bei Kräften, dass wir den Rückweg antreten können. Max und Viktor gehen durch den dunklen Wald vorneweg, Joris und ich folgen ihnen in ein paar Metern Abstand. Wir sprechen nicht viel, nur manchmal berühren sich unsere Hände wie zufällig. Ich kann regelrecht sehen, wie es in seinem Kopf rotiert. Wahrscheinlich liegen ihm tausend Fragen auf der Zunge und ich wünschte, ich könnte ihm wenigstens ein paar Antworten geben. Aber ich darf es nicht. Er ist kein Zweifelwerker.

Max, der sich die Anwesenheit meines Klassenkameraden an der Waldkapelle noch immer nicht wirklich erklären kann, wird von Viktor gerade darüber ins Bild gesetzt, warum Joris dort aufgetaucht ist. Im Flüsterton, aber immer noch laut genug, dass Joris und ich jedes Wort verstehen können. Die Begriffe Miranda, eifersüchtig und verknallt fallen dabei am häufigsten. Viel peinlicher kann es nicht mehr werden.

Max keckert, dreht sich um und sagt zu Joris: »Na, da erklärt sich ja so einiges.«

»Was meint er?«, frage ich.

Joris rückt nervös an seinem Brillengestell herum. »Ähm …«

»Der junge Mann hat sich die gesammelten Werke deiner Eltern aus der Stadtbibliothek ausgeliehen. Und sie bisher noch nicht zurückgegeben. Sind schon eine ganze Weile überfällig. Das wird teuer«, kiekst Max vergnügt.

»Du hast die Bücher meiner Eltern gelesen?«, stoße ich überrascht hervor.

Joris nickt und fährt sich verlegen durch die Haare.

»Und was … was hältst du von ihren Thesen?«, frage ich und sehe ihn neugierig an.

»Also, um die Wahrheit zu sagen … vieles von dem, was sie schreiben, klingt schon sehr fantastisch«, sagt er und macht ein zerknirschtes Gesicht.

»Und warum gibst du die Bücher nicht zurück, wenn du sie so spinnert findest?«

»Nein, nein! Ich finde sie sehr interessant. Ich glaube nicht unbedingt, was deine Eltern behaupten, aber … Seit ich die Bücher gelesen habe, mache ich mir viele Gedanken. Ob alles wirklich so ist, wie es uns erzählt wird. Ob es nicht vielleicht auch ganz anders sein kann. Und ich habe begonnen, an ein paar Dingen … zu zweifeln. – Was ist? Warum lächelst du? Habe ich was Dummes gesagt?«

»Im Gegenteil«, erwidere ich freudig und blicke ihm tief in die Augen.

Joris Reichenau ist kein Zweifelwerker. Aber er bringt beste Voraussetzungen mit, um einer zu werden!

Mein Freude darüber weicht allerdings schon bald einem beklemmenden Gefühl, als ich die ernüchternde Bilanz dieses Tages ziehe: Wir sind keinen Schritt weitergekommen. Die Frau, die wir suchen, ist nicht erschienen. Wir wissen noch immer nicht, wer sie ist. Und ohne Joris' mutige Rettungstat gäbe es jetzt zwei Zweifelwerker weniger. Wir haben uns bei unseren Ermittlungen festgefahren. Ich habe keine Idee, was wir jetzt noch tun können. Die einzige Hoffnung, die uns bleibt, ist die, dass Indigo die Spur von Birger Vend aufnehmen konnte. Bei dem Gedanken daran, dass sie sich in der Höhle des Löwen bewegt, und daran, was ihr dabei zustoßen könnte, zieht sich mir der Magen zusammen.

Als wir die Klosterruine erreichen, ist es schon nach elf, aber die Vorstellung, gleich schlaflos in meinem Bett zu liegen, während ein düsterer Gedanke den anderen jagt, ist so unerträglich, dass ich frage: »Habt ihr keine Lust, noch ein paar Minuten mitzukommen und eine Kleinigkeit zu essen?«

Max und Viktor nicken eifrig.

Ich sehe Joris an und sage bedauernd: »Du musst wahrscheinlich nach Hause, deine Mutter wird bestimmt …«

»Sie ist nicht da«, entgegnet Joris. »Sie ist für drei Tage zu meiner Oma gefahren. Ich komme gerne mit. Wenn ich darf …«

»Das ist Joris Reichenau«, stelle ich ihn ein paar Minuten später vor, und er gibt Tante Trudi artig die Hand. »Joris macht auch die Eignungsprüfung und hat mit uns nach dem Madonnenkäfer gesucht. Und Max haben wir zufällig im Wald getroffen. Er hat, ähm, Misteln geschnitten. Tut mir leid, dass es so spät geworden ist, aber wir haben uns unterwegs verlaufen.« Mir ist selbst klar, dass das nur eine leicht zu entlarvende Notlüge der Qualitätsklasse B ist, aber ich stehe ja auch nicht vor einem Untersuchungsausschuss, sondern vor Tante Trudi.

Sie guckt misstrauisch, beugt sich zu mir herunter und schnuppert an meinen Haaren. »Hast du etwa geraucht?«

Ich übergehe ihre Frage und sage: »War ein anstrengender Tag und jetzt sind wir ein bisschen hungrig …«

»Ja, sag das doch gleich, Kind. Kommt rein und setzt euch!« Trudi ist in ihrem Element, und sollte sie noch weitere Fragen gehabt haben, lösen sie sich in diesem Moment in Luft auf. Sie macht sich umgehend daran, einen ganzen Berg von Schnittchen zu produzieren und stellt gerade zwei Flaschen Limonade auf den Tisch, als das Telefon läutet. Trudi watschelt in die Halle, ich höre, wie sie etwas in den Hörer brüllt, bevor sie, offenbar aufs Äußerste erbost, in die Küche zurückkehrt. »Schon das neunte Mal heute!«, schimpft sie.

»Was ist denn?«, frage ich.

»Irgend so ein Verrückter, der …«

Das Telefon klingelt schon wieder. Trudi macht ein Gesicht wie eine germanische Rachegöttin, greift nach dem Hörer und schreit: »Jetzt hören Sie mir mal gut zu! Meine Nichte hat garantiert nicht bei einem Preisausschreiben teilgenommen! Das wüsste ich. Also lassen Sie uns endlich in Ruhe und stecken Sie sich Ihren Cucaracha-Kaffee dahin, wo keine Sonne scheint – und Ihren Heißluftballon gleich mit dazu!«

Preisausschreiben? Cucaracha-Kaffee? Heißluftballon? In meinem Kopf heult eine Alarmsirene los!

»Weirdo Wunderlich!«, entfährt es Viktor und mir gleichzeitig – als das Telefon schon wieder schrillt. Ich stürze in die Halle, komme Trudi zuvor und reiße den Hörer ans Ohr.

»Ja?«

»Hören Sie, gute Frau! Hier ist noch mal …«

»Bist du es, Weirdo? Hier ist Miranda.«

Er stöhnt erleichtert auf. »Gott sei Dank! Diese verrückte Alte hat mich nicht …«

»Was ist los, Weirdo?«

»Ich rufe von einer Telefonzelle an. Wie du es mir gesagt hast.« Seine Stimme zittert. »Hör zu, Miranda: Die Frau … Ich … ich weiß jetzt, wer sie ist. Oh, Mann, es ist nicht zu fassen … Sie hat sich bei mir gemeldet. Sie hat gefragt, ob ich was von einer Zeitungsanzeige wüsste. Anscheinend ging es um die Brüste von Madonna. Ich hab nur Bahnhof verstanden, aber … ich hab ihr von deinem Besuch bei mir erzählt. Und dass du die Tochter von Gideon und Aurelia bist. Sie … sie will sich mit dir treffen. Und ich weiß, wo sie sich versteckt. Sie ist … «

»Nicht am Telefon!«, schneide ich ihm das Wort ab. »Wir kommen sofort vorbei. Warte im Verlag auf uns. Hast du … hast du irgendwas, um dich zu verteidigen?«

»Um mich zu verteidigen? Mann, Miranda! Mach mir nicht noch mehr Schiss, als ich sowieso schon habe. Das Einzige, was ich zur Verteidigung habe, ist Viktoria-Luise. Die hat 'nen schwarzen Gürtel im Abwimmeln, aber ich befürchte, dass das in diesem Fall nicht ausreicht. Also kommt schnell! Hier treiben sich ein paar merkwürdige Gestalten rum. Beeilt euch!«

»Ich hätte auch noch einen Rest Zwiebelsuppe da. Den könnte ich euch aufwärmen«, höre ich Trudi sagen, als ich in die Küche zurückkomme, aber Viktor schüttelt heftig den Kopf und hebt abwehrend die Hände.

»Ähm, die Sache ist die«, schwindele ich drauflos. »Ich habe tatsächlich bei diesem Preisausschreiben mitgemacht und eine Fahrt im Heißluftballon gewonnen. Und dieser Mann von Cucaracha-Kaffee hat angerufen, weil ich den Gewinn noch heute bestätigen muss. Sonst verfällt er.«

»Aber doch wohl nicht mehr um diese Zeit«, brummt Trudi ärgerlich. »Kommt gar nicht infrage. Es ist schon halb zwölf.«

»Genau deswegen ist es ja so dringend. Ich muss vor Mitternacht auf der Geschäftsstelle von Cucaracha-Kaffee in Kelzberg sein.«

»Das ist ja … Sagen Sie doch mal was dazu, Herr Krakelius. Sie sind doch Lehrer!«

»Also, es klingt wirklich dringend. Und eine Fahrt im Heißluftballon würde ich mir auch nicht entgehen lassen. Machen Sie sich keine Sorgen, Frau Lux. Ich fahre Miranda hin und bringe sie sicher zurück.«

Trudis Doppelkinne wackeln heftiger als eine fünfstöckige Götterspeise. »Fünfzehnjährige, die nachts durch die Gegend gondeln, und Lehrer, die das ganz normal finden. Die Welt ist verrückt geworden. Aber auf mich hört ja keiner. Macht doch, was ihr wollt!« Wütend stapft sie aus der Küche.

Ich hasse es, wenn Trudi sauer auf mich ist, aber darum muss ich mich später kümmern. Es wird etliche Schokoriegel brauchen, um sie mir wieder gewogen zu machen.

Kaum ist sie außer Sicht, springt Viktor auf und sagt: »Komm schon, Max! Worauf wartest du?«

»Äh, ich soll auch mit?« Max rutscht vor Schreck die Gurkenscheibe von der Käsestulle.

»Natürlich!«, zische ich. »Versuch einfach mal, nicht ohnmächtig zu werden.«

»Und was ist mit mir?« Joris schiebt an seiner Brille herum und sieht mich fragend an.

»Es tut mir leid, dass wir den Abend so abrupt beenden müssen«, sage ich. »Aber ich muss wirklich dringend nach Kelzberg. Ich …«

»Ich komme mit!« Joris steht auf und greift nach seiner Jacke.

»Nein Joris, das …«

»Ich habe nicht die geringste Ahnung, um was es hier geht, Miranda. Aber nach dem, was heute Nachmittag geschehen ist, bin ich sicher, dass ihr meine Hilfe brauchen könnt.«

»Du kannst nicht mitkommen. Dazu …«

»Und wer soll euch diesmal rausholen, wenn es brennt?«

Wir blicken uns in die Augen. Ein paar Sekunden lang kaue ich unschlüssig auf meiner Unterlippe herum – dann fälle ich eine Entscheidung. Eine Entscheidung, die allen Sicherheitsvorschriften des Zweifelwerks entgegenläuft.

»Wartet einen Moment!« Ich gehe in die Halle hinaus, hefte mir das Psychophon an die Stirn, nehme Kontakt zu Fidelio auf und informiere ihn über den Anruf von Weirdo Wunderlich.

Wir brechen augenblicklich nach Kelzberg auf, Fidelio. Und … es gibt einen neuen Zweifelwerker. Er wird uns begleiten.

Was? Das geht nicht. Das ist gegen jede –

Er hat Viktor und mir das Leben gerettet.

Mag ja sein, aber trotzdem kannst du ihn nicht einfach schwupdiwupp zu einem Zweifelwerker erklären.

Wir brauchen seine Hilfe!

Kommt nicht infrage. Das verstößt gegen jede –

Ich melde mich später, Fidelio.

Miranda, das darfst du nicht. Du kannst nicht einfach … Miranda? Miranda!

Ich nehme das Psychophon von der Stirn, nicke Max und Viktor zu, blicke Joris an und sage: »Komm mit!«

Die folgende halbe Stunde muss Joris sich fühlen, wie Alice im Kaninchenbau. Mit weit aufgerissenen, staunenden Augen steht er in dem gläsernen Lift, der uns in die Tiefe bringt. Wir steigen in den Range Rover und während Viktor den Wagen in Richtung Kelzberg durch die Nacht jagt, eröffnen Max und ich einem von Minute zu Minute verwirrter blickenden Joris, was das Zweifelwerk ist und was es tut. Im Anschluss klären wir ihn in groben Zügen über die Ajax-Verschwörung und unseren aktuellen Ermittlungsstand auf. Als wir in Kelzberg ankommen, ist er ziemlich blass im Gesicht. Joris steigt aus dem Wagen, blickt in den Himmel – und verpasst sich eine schallende Ohrfeige.

»Joris!«

»Entschuldigung, aber ich wollte sichergehen, dass ich wirklich wach bin und nicht träume.«

Ich kann ihn verstehen. Als er in den Range Rover gestiegen ist, hat er das in einer Welt getan, in der Außerirdische und Verschwörungen ein Stoff für Filme und Romane waren. Dreißig Minuten später ist er in einer Welt gelandet, in der die Wirklichkeit die Fantasie längst überholt hat.

»Geht es?«, frage ich und nehme seine Hand.

Er atmet tief durch. »Legen wir los!«

Kein Mensch ist um diese Zeit in dem heruntergekommenen Industrieviertel zu sehen. Nur eine getigerte Katze, die um die überquellenden Mülleimer hinter einem Schnellimbiss streicht. Geduckt rennen wir über die Laderampe zum Eingang des »Wunderlich Verlag & Versand«. Viktor und ich bilden die Vorhut, Max und Joris sind unmittelbar hinter uns.

Die Tür steht auf. Kein gutes Zeichen.

»Hallo? Weirdo?« Zögernd trete ich ein. Die Neonröhre unter der Decke flackert und taucht die Szenerie vor uns in ein gespenstisches Licht: Viktoria-Luise, Weirdos mumienhafte Sekretärin, ist in ihrem Schreibtischstuhl zusammengesunken. Ihr Kopf liegt auf der Tischplatte. Vorsichtig beuge ich mich über sie und fahre erschrocken zurück, als sie plötzlich zu schnarchen beginnt, dass die Fläschchen mit bionischem Lustwasser gegeneinanderscheppern.

»Gott sei Dank! Sie lebt!«

»Was ist das?«, fragt Viktor und deutet auf einen winzigen roten Punkt in ihrem Nacken.

»Ich würde sagen, eine Einstichstelle.« Joris bückt sich und hebt eine Spritze vom Boden auf, in der ein kleiner Rest einer rosa schimmernden Substanz zu sehen ist.

»Max? Hast du so was schon mal gesehen?«, frage ich.

Er schließt die Augen und rast durch das Bildarchiv in seinem Kopf. »Das ist Veritodox!«, kiekst er nach ein paar Sekunden. »Wurde während der 1960er Jahre entwickelt. Eine Art Wahrheitsdroge, die von den Geheimdiensten in Ost und West genutzt wurde. Die Substanz ist im Körper nicht nachweisbar. Nach dem Ende des Kalten Krieges sind immer wieder größere Mengen davon auf den Schwarzmarkt gelangt. Damit erzählt dir jeder genau das, was du von ihm erfahren willst. Bei der richtigen Dosierung. Aber die ist individuell unterschiedlich und so schwer zu bestimmen, dass nur Experten dazu in der Lage sind. Ist die Dosis auch nur minimal zu gering, dann tritt der sogenannte ›Lebensbeichte-Effekt‹ ein. Die Leute erzählen dir zwar alle möglichen Wahrheiten, aber nicht die, die dich interessiert. Ist sie zu hoch, kommt es zum ›Denkmal-Effekt‹. Dann sagen die Leute gar nichts mehr, sondern stieren nur noch ins Leere und brabbeln vor sich hin.«

»Viktoria-Luise! Werden Sie wach!«, brülle ich Weirdos Sekretärin ins Ohr und rüttele sie an der Schulter.

»Was?« Sie schreckt auf und blickt mich aus verängstigten Augen an. »Ich geb alles zu!«, kreischt sie. »Ich war es! Ich hab Friedchen Pöppels die Nerzstola geklaut. Als ich bei ihr zu Besuch war. 1958. In ihrer Villa in Bad Salzuflen. Und dann habe ich die Putzfrau beschuldigt. Und dann … «

»Schon gut«, versuche ich, sie zu beruhigen. »Was ist hier passiert?«

»Hat ja keinen Zweck, es zu leugnen«, jammert Viktoria-Luise.

»Ich hab es immer abgestritten, weil er damals verheiratet war … aber ich hatte 1968 tatsächlich was mit Jimmy Sattiva, dem Gitarristen der *Psychedelic Onions*. Und mit dem Sänger. Und dem Drummer. Und …«

»Das ist zwecklos! Bleib bei ihr, Max, wir drei gehen hoch.«

Das Büro wird nur durch das Flimmern des Fernsehers erhellt. Wie bei unserem letzten Besuch ist ein Nachrichtenkanal eingestellt. Weirdo Wunderlich hockt auf seinem Schreibtisch. Seine dünnen Haare hängen ihm wirr um den Kopf, er hat die Arme um den Oberkörper geschlungen, schaukelt vor und zurück, sabbert zum Gotterbarmen und stiert auf den Fernseher wie ein Mondsüchtiger auf den Mond.

Ich fahre mit der Hand vor seinen Augen hin und her. Nicht die geringste Reaktion.

»Der Denkmal-Effekt. Sie haben ihm eine zu hohe Dosis gespritzt«, befindet Viktor. »Aus dem kriegen wir nichts raus.«

»Aber wenn sie ihm eine zu hohe Dosis verpasst haben, dann konnte er denen, die vor uns hier waren, auch nichts verraten«, wirft Joris ein. »Das heißt, sie wissen genauso wenig wie wir, wer und wo diese Frau ist, die die Dokumente hat.«

»Hmmh …« Ich gehe um den Schreibtisch herum und betrachte Weirdos Nacken. »Scheiße!«, entfährt es mir. »Zwei Einstichstellen! Ist euch klar, was das bedeutet? Sie haben ihm zuerst die optimale Dosis gespritzt und er hat ihnen alles gesagt, was sie wissen wollten. Und dann haben sie ihm eine zweite Ladung verpasst, damit er niemandem sonst etwas verraten kann. Sie wissen, wer die Frau ist. Sie wissen, wo sie ist. Und wir wissen nichts!« Ich fühle mich, als hätte mir jemand mit der Faust in den Magen geschlagen.

»Jemand muss sich um ihn und seine Sekretärin kümmern. Ich rufe einen Notarzt«, sagt Viktor und greift nach dem Telefon auf dem Schreibtisch – als Weirdo Wunderlich plötzlich einen unartikulierten Laut von sich gibt. »RAAUUU!«

»Schon gut, Weirdo. Wir holen Hilfe«, sage ich, obwohl ich mir sicher bin, dass er mich überhaupt nicht wahrnimmt.

»RAAUU«, macht er noch einmal, während ihm der Sabber aus dem Mund läuft und auf den Schreibtisch tropft. »RAAUU.« Auf seine Stirn treten Schweißperlen, sein Gesicht verzieht sich vor Anstrengung, dann hebt er ganz langsam den Finger und deutet auf den Fernseher. »FFFFRAAUU!«

Ich werfe den Kopf herum und starre auf den Monitor. Ein Bericht über Gabriele Brenner, die entführte Unternehmergattin. Ein Bild von ihr ist eingeblendet.

»FRAAUU!«

»Gabriele Brenner?«, stoße ich hervor. »Gabriele Brenner ist die Frau, die zu Hersfeld und Nachtweih gehört? Sie hat die Dokumente?«

Weirdo gibt einen Laut von sich, der an einen Eisbären mit Verstopfung erinnert, und nickt schwerfällig mit dem Kopf.

In meinem Hirn beginnt es zu rattern: Gabriele Brenner ist vor drei Wochen verschwunden. Unmittelbar nachdem Joachim Hersfeld umgebracht wurde. Es gibt keine Spur. Es gibt keinen Kontakt zu den Entführern.

»Sie hat ihre Entführung nur inszeniert!«, schießt es aus mir heraus. »Sie ist nicht entführt worden. Sie hält sich versteckt. Nachdem Hersfeld ermordet wurde, muss ihr klar geworden sein, dass sie und Nachtweih die Nächsten sein würden. Sie hat sich mit den Dokumenten abgesetzt. Aber wohin?« Ich fasse Weirdo Wunderlich an den Schultern und schüttele ihn durch. »Wo ist sie?«, brülle ich, doch Weirdo ist wieder in seinen apathischen Sabber-Zustand versunken und stiert trübsinnig vor sich hin. »Wir müssen zurück nach Hammerstein«, sage ich. »Schnell!«

Viktor ruft einen Notarzt, dann stürmen wir die Treppe runter, ziehen Max mit uns aus dem Verlag und rennen zum Range Rover zurück.

Als Viktor den Wagen startet und mit quietschenden Reifen vom Parkplatz fährt, drücke ich mir das Psychophon an die Stirn.

Elektra? Wir sind in einer halben Stunde bei euch. Bis dahin: Versuch so viele Informationen wie möglich über Gabriele Brenner und über die Umstände ihrer angeblichen Entführung zu bekommen!

Viktor ignoriert sämtliche Geschwindigkeitsbegrenzungen und braucht nur zwanzig Minuten. Max ist grün im Gesicht, als er aus dem Wagen steigt.

Fidelio steht mit grimmigem Blick in der Ladentür, deutet auf Joris und knurrt: »Er kommt hier nicht rein. Das ist gegen die Sicherheitsvorschriften.«

Aber seine Einwände kümmern keinen Menschen.

»Scheiß auf die Vorschriften«, sage ich und schiebe Joris einfach an Fidelio vorbei in den Laden.

Der guckt wie ein Feldwebel, dem plötzlich die Soldaten von der Fahne gehen, und ist so verdattert, dass es ihm die Sprache verschlägt. Viktor legt ihm freundschaftlich eine Hand auf die Schulter. »Mach dich locker, Fidelio. Vorschriften sind nur eine Erscheinungsform der Zusammengekniffene-Arschbacken-Kraft.«

»Der was?«

»Hör endlich auf zu trotzen, Fidelio«, sage ich. »Ohne Joris stünden wir nicht hier. Er ist ab sofort dabei. Ob es dir gefällt oder nicht!«

»Na ja, dann …« Fidelio zieht die Nase hoch, hinkt auf Joris zu und reicht ihm die Hand. »Tut mir leid, Junge. War ja nicht persönlich gemeint. Willkommen beim Zweifelwerk.« Er betrachtet Joris prüfend und ich bemerke ein kurzes Aufblitzen in seinen Augen. »Sag mal, Junge«, hebt er an, »wusstest du eigentlich, dass Elvis …«

»Das verschieben wir auf später«, unterbreche ich und ziehe den armen Joris von ihm weg. »Wir haben schließlich was anderes zu tun.«

Joris' Sturz in den Kaninchenbau ist noch nicht vorbei. Sprachlos vor Staunen folgt er uns in die Grotte, blickt mit großen Augen auf Fidelios techno-spirituelles Equipment und sieht Elektra an, als wäre sie das weiße Kaninchen persönlich.

»Hallo, Joris. Ich freue mich sehr, dass wir uns begegnen«, haucht sie mit Elfenstimme. »Und sei Papa nicht böse. Er meint es nicht so. Er kann einfach nicht anders.« Dann wird ihr Gesicht ernst. Sie deutet auf einen Monitor, auf dem Gabriele Brenner zu sehen ist, und sagt: »Gabriele Brenner ist achtundfünfzig Jahre alt. Seit zehn Jahren mit Hartmut Brenner, dem Discounter-König, verheiratet. Vor ihrer Heirat hieß sie Gabriele Reichwein. Und Gabriele Reichwein war Wissenschaftlerin. Leiterin der Molekularbiologie an einem großen staatlichen Forschungsinstitut.«

»Das passt«, wispere ich. »Molekularbiologie … ein Zuchtprogramm … Sie ist es! Sie muss damals mit Hersfeld und Aschersberg und Nachtweih in diese geheime Gruppe berufen worden sein. In das »Majestätische Dutzend«. Vielleicht war sie sogar verantwortlich für die wissenschaftliche Überwachung dieses Zuchtprogramms. Aber heimlich schlug sie sich auf die Seite von Hersfeld und Nachtweih. Sie brachten Dokumente, die das Abkommen von Weißberg bewiesen, in ihren Besitz. Und jetzt ist sie mit diesen Dokumenten auf der Flucht …«

»Sie hat es wie eine Entführung aussehen lassen«, sagt Elektra. »Nur fünfzig Meter von ihrem Haus entfernt hat man ihre Handtasche und ein Schreiben der angeblichen Entführer gefunden. Hartmut Brenner wurde darin aufgefordert, weitere Instruktionen abzuwarten. Die sind aber bis zum heutigen Tag nicht gekommen.«

Ich trete hinter Elektra, schaue über ihre Schulter und betrachte das schmale Gesicht von Gabriele Brenner auf dem Monitor. »Wo versteckst du dich? Wo bist du?«

»Sämtliche Immobilien von Hartmut Brenner werden im Moment von der Polizei überwacht. Die scheiden als Versteck aus«, sagt Elektra. »Außerdem habe ich ihre Kontakte gecheckt und überprüft, ob sie sich vielleicht bei Freunden verstecken könnte. Das ist zumindest sehr unwahrscheinlich, aber …«

Plötzlich ist ein lautes Schrillen zu hören. Elektra fährt herum, funkelt ihren Vater wütend an und schimpft: »Herrgott, Papa! Wie soll ich mich konzentrieren, wenn die holo-organischen Glühwürmchen so einen Radau veranstalten. Bring sie zur Ruhe!«

Fidelio dreht den Kopf und horcht. »Das sind nicht die Glühwürmchen. Das ist das Telefon oben im Laden! Wer ruft da mitten in der Nacht an?«

Viktor und ich sehen uns an, springen gleichzeitig auf, stürmen durch Fidelios Laboratorium und sprinten die Felsentreppe hoch in den Laden. Fidelios Telefon hat eine Wählscheibe und ist mindestens dreißig Jahre alt. Ich reiße den Hörer von der Gabel. »Ja?«

»Miranda? Bist du das?«, fragt eine Stimme. Sie klingt völlig außer Atem.

»Indigo!«, entfährt es mir, und Viktor reißt die Augen weit auf. »Wo bist du?«, frage ich aufgeregt.

»Keine Zeit, Miranda. Hör zu: Die Frau, nach der ihr sucht … Sie wissen, wer sie ist, und sie wissen, wo sie ist. Sie sind zu ihr unterwegs. Ihr müsst sofort nach –«

»Ich habe sie!«, höre ich eine Stimme im Hintergrund brüllen. »Bereich absichern! Sie darf nicht entkommen!«

»Indigo? Indigo!«, rufe ich in den Hörer.

Das Trampeln schwerer Militärstiefel auf Beton, Schreie, dann die Geräusche eines Kampfes, irgendetwas stürzt um.

»Ah! Das Miststück hat mich gebissen!«, schreit jemand.

»Jagdhaus! Jagdhaus!«, höre ich Indigo in dem Tumult brüllen, dann fällt ein Schuss – und die Verbindung ist tot.

Meine Hände halten noch immer den Hörer und zittern, als hätte ich einen elektrischen Schlag bekommen. Viktor wird weiß wie die Wand und stützt sich auf Fidelios Arbeitstisch ab.

»Oh, Gott! Indigo!«, flüstert er. »Glaubst du, sie ist …«

»Ich … ich weiß es nicht. Vergiss nicht, dass sie besondere Fähigkeiten hat. Sie schafft es irgendwie da raus«, versuche ich, ihm

Mut zuzusprechen – und glaube doch selbst kaum an das, was ich da sage.

»Warte mal!«, sagt Viktor. »Das, was sie zum Schluss gerufen hat … Jagdhaus …« Er richtet sich auf und blickt mich durchdringend an. »Als wir das erste Mal bei Elmar und Leonie Hersfeld waren, hat Leonie Hersfeld da nicht erwähnt, dass ihr Schwiegervater ein Jagdhaus besaß?«

»Ja«, dämmert es mir. »Nur ein paar Kilometer von Birkenich entfernt.«

»Wenn Hersfeld ein Jagdhaus besaß, dann weiß Gabriele Brenner garantiert davon. Vielleicht haben sie von Anfang an geplant, es als Versteck zu benutzen, falls man ihnen auf die Spur kommt. Wir dürfen keine Sekunde verlieren!«

Elektra braucht weniger als zwei Minuten, um herauszufinden, wo das Jagdhaus von Joachim Hersfeld liegt. »Wirklich nur ein paar Kilometer von Birkenich entfernt«, sagt sie. »Und ganz in der Nähe von Weißberg!«

»Da, wo alles begonnen hat«, stoße ich hervor und blicke auf die Google-Earth-Ansicht des Hauses. Es liegt ein Stück abseits von Weißberg, in der Nähe eines Waldstücks. Direkt hinter dem Haus ist eine Schafkoppel.

»Die Psychophone auf Standleitung«, sage ich zu Elektra und Fidelio, dann wende ich mich den anderen zu und flüstere: »Los!«

»Ähm …?«

»Ja, du auch, Max. Komm schon!«

Das Scheinwerferlicht des Range Rover fliegt uns voran durch die Dunkelheit, während der Wagen in voller Geschwindigkeit eine Serpentinenstraße hochrast. Rechts und links jagen schattenhaft Wälder und Felder vorbei. Ich sitze neben Viktor; Max und Joris teilen sich die Rückbank. Keiner sagt ein Wort, bis Max anfängt zu zappeln, den Kopf nach vorne steckt und kiekst: »Und ihr meint wirklich, dass ich …«

»Ja, Max!«

»Ihr glaubt nicht, dass …«

»Nein, Max!«

»Und was genau soll ich da gleich machen?«

»Herrgott, Max!«, sagt Viktor. »Du passt auf unsere Jacken auf, während wir auf der Tanzfläche sind. Und jetzt halt die Klappe! Wer was macht, entscheiden wir, wenn wir uns vor Ort einen Überblick verschafft haben.«

In diesem Moment leuchten unsere Psychophone alle gleichzeitig auf: Elektra!

Was gibt es?

Ich habe gerade eben von meinem Polizeikontakt den Obduktionsbericht von Leonie Hersfeld bekommen. Todesursache waren die schweren Kopfverletzungen, die sie bei dem Unfall erlitten hat. Aber da ist noch was … Man hat an ihrem linken Knöchel frische Bissspuren gefunden. Von einem Hund!

Bissspuren? Im ersten Moment stehe ich auf der Leitung, dann trifft mich die Erkenntnis wie ein Schlag! Vor meinem inneren Auge blitzt das Bild eines verpflasterten Gesichts auf, und ich höre eine aufgeregte Stimme sagen: *»Als diese Irre mich attackiert hat, hat Ajax sich auf sie gestürzt. Er hat sich regelrecht in ihren Knöchel verbissen …«*

Es gab keine Stalkerin! Die Frau, die bei ihm eingedrungen ist, war Leonie Hersfeld! Er war derjenige, den sie erpresst hat! Ihn hat sie gesehen, als er nach dem Mord an ihrem Schwiegervater dessen Haus verlassen hat!

»David Vermeer!«, schießt es aus mir heraus. »Er ist es. Er hat Hersfeld und Nachtweih ermordet! Und jetzt ist er hinter Gabriele Brenner her! Schneller, Viktor!«

Im Jagdhaus ist alles dunkel. Viktor parkt den Wagen hundert Meter entfernt hinter ein paar hohen Büschen.

»Bereit?«, frage ich, nachdem alle ausgestiegen sind.

Viktor und Joris nicken.

»Bereit! Alles top!«, versichert Max und lächelt ein schiefes Lächeln. Im nächsten Moment drehen sich seine Augen weg, seine Knie knicken ein und er fällt wie ein nasser Sack zu Boden.

»Schon wieder ohnmächtig! Ich fasse es nicht!«, flucht Viktor.

»Wir können nicht warten, bis er wieder wach wird«, sage ich. »Aber wir können ihn nicht hier liegen lassen. Helft mir, ihn hinter die Büsche zu schleppen.«

Nachdem wir den bewusstlosen Max abseits vom Weg unter dichtem Farngestrüpp versteckt haben, laufen wir im Schutz der Dunkelheit auf das Grundstück zu.

»Stopp! Seht, da vorne!«, sagt Joris plötzlich und deutet auf die schmale Einfahrt vor dem Haus.

Ein schwarzer Geländewagen!

»Versuchen wir von hinten an das Haus ranzukommen«, wispere ich. »Durch die Schafkoppel.«

Kaum sind wir über den Zaun der engen Koppel geklettert, beginnen die Tiere unruhig zu werden, und ich fürchte, dass sie unsere Anwesenheit verraten könnten.

»Bewegt euch ganz langsam«, sage ich.

Wir benutzen die Herde als Sichtschutz und schleichen gebückt und im Zeitlupentempo auf die Rückseite des Hauses zu.

Eine niedrige Terrasse, eine geöffnete, gläserne Schiebetür. Wir sind etwa zwanzig Meter vom Haus entfernt. Zu weit, um etwas im Inneren erkennen zu können.

»Wartet hier«, flüstert Joris, wirft sich flach auf den Bauch und kriecht an die Terrasse heran. Er reckt den Kopf vor, wirft einen kurzen Blick ins Haus und kommt augenblicklich zurückgerobbt. »Im Haus sind zwei Personen«, sagt er im Flüsterton. »Und ich glaube, sie sind bewaffnet.«

»Sind sie. Aber es sind drei!«, sagt eine Stimme hinter uns – und ich fühle die Mündung einer Pistole in meinem Nacken.

Joris und Viktor fahren erschrocken herum.

»Die Hände über den Kopf!«, befiehlt die Stimme. »Alle drei! Und jetzt vorwärts!«

Ich versuche, keine Angst zu zeigen, aber mir schlägt das Herz bis zum Hals, als wir über die Terrasse getrieben und durch die offene Tür ins Haus gestoßen werden. Augenblicklich geht das Licht an, und ich schließe geblendet die Augen.

Als ich sie wieder öffne, sehe ich, dass wir uns in einem holzgetäfelten Wohnzimmer befinden. Ein Kamin, ein Tisch, zwei Sessel, eine Couch. An den Wänden: Geweihe, antike Gewehre und Federzeichnungen mit Jagdszenen. In den Sesseln sitzen zwei von Birger Vends akkurat gescheitelten Einserschülern und richten Pistolen auf uns.

»Hinsetzen!«, befiehlt die Stimme hinter uns, und Viktor, Joris und ich drücken uns auf das Sofa. Der, der uns draußen überrascht hat, gesellt sich zu den beiden anderen und taxiert uns mit einem kalten, teilnahmslosen Blick. Er sieht aus wie einer dieser unerträglich schnöseligen Typen, die von Papi zum achtzehnten Geburtstag einen Maserati geschenkt bekommen.

»Wir haben euch erwartet«, näselt er. »Und jetzt her mit den Dingern!« Er deutet auf unsere Psychophone.

Viktor und mir bleibt nichts anderes übrig, als sie abzunehmen und ihm zähneknirschend auszuhändigen. Er wirft die Psychophone auf den Boden, lächelt ein schmales gemeines Lächeln und zermalmt sie unter seinem Absatz. Das Knirschen ist übelkeitserregend.

»Der Alpha-Auditor ist unterwegs. Ankunft in fünfzehn Minuten. Bringt sie so lange zu den anderen«, befiehlt der Schnösel seinen Kumpanen.

»Schneller!« Die beiden Milchgesichter schubsen uns in die Küche, wo einer von ihnen eine Bodenluke öffnet. Ein modriger Geruch schlägt mir entgegen. »Runter in den Keller! Los!«

Wir steigen eine Holzstiege hinab in einen niedrigen Kellerraum, der nur von einer matt leuchtenden, nackten Glühbirne erleuchtet wird. Die Luke über uns schlägt zu.

In einer Ecke hockt Gabriele Brenner. Ihre Kleidung ist verschmutzt, ihre Frisur hat jede Form verloren, die Fingernägel ihrer rechten Hand sind abgebrochen, ihr rechtes Auge ist zugeschwollen. Offenbar hat sie versucht, Widerstand zu leisten, als Birger Vends Kommando ins Haus eingedrungen ist. Sie stiert ins Leere und Speichel läuft ihr aus dem Mund.

In der gegenüberliegenden Ecke sitzt David Vermeer. Er blickt uns aus ängstlichen Augen entgegen und sieht aus, als hätte er geweint. Ein spitzer Schrei entfährt ihm, als Viktor mit erhobener Faust auf ihn zustürmt und brüllt: »Du dummes –«

»Nicht!« Mit vereinten Kräften halten Joris und ich Viktor zurück.

»Danke«, wimmert Vermeer und blickt mich unterwürfig an. Im nächsten Moment schreit er laut auf. Ich habe seine Nase zwischen Daumen und Zeigefinger gepackt und drehe sie mit einem Ruck nach links. »Aaah! Was soll das?«

»Was haben die mit ihr gemacht?« Ich deute auf Gabriele Brenner, die nichts von dem mitzubekommen scheint, was um sie herum vorgeht.

»Aaah!«, schreit Vermeer noch einmal. »Sie haben ihr irgendwas gespritzt, um sie zum Reden zu bringen. War aber wohl zu viel. Jetzt müssen sie warten, bis sie wieder ansprechbar ist. Gleich kommt irgendein Obermotz, der sie persönlich verhören will.«

Ich drehe seine Nase noch ein Stück weiter nach links, und er schreit, als wäre er mit der Hand in den Müllzerhäcksler geraten. »Du hast Joachim Hersfeld umgebracht!«, sage ich. Und Leonie Hersfeld! Und Hendrik Nachtweih! Deinen Freund! Den Mann, den du geliebt hast!«

»Ich habe ihn nicht geliebt«, winselt Vermeer. »Und umgebracht habe ich ihn auch nicht. Genauso wenig wie die beiden anderen.«

»Vielleicht nicht mit eigener Hand«, sage ich. »Aber du warst an ihrer Ermordung beteiligt. Du hast ihren Mördern geholfen!«

»Was sollte ich denn machen?« David Vermeer schlägt die Hände vors Gesicht und schluchzt: »Die … die haben mich in der Hand.«

»Klartext!«, sage ich. »Oder ich drehe deine Nase auf fünf vor zwölf!«

»Aaah! Hör auf. Ist ja schon gut. Ich … also schön … alles fing vor acht Jahren an: Zwei von diesen Milchgesichtern tauchten am Set von ›Slutlike‹ auf. Kamen einfach in meine Garderobe und sie … sie wussten alles über mich. Einfach alles. Sie haben mich erpresst.«

»Womit?«

David Vermeer weicht meinem Blick aus und dreht den Kopf zur Seite. »Als ich gerade eine Rolle bei ›Marionetten der Liebe‹ bekommen hatte und meine Karriere ins Laufen kam, da … da war ich auf einem Rave und habe einen Typen aufgerissen. Wir sind zu mir nach Hause und … Dieser Kerl hatte jede Menge Drogen in der Tasche, wir haben uns alles Mögliche eingeworfen. Irgendwann gingen bei mir die Lichter aus – und als ich wieder zu mir kam, lag der Typ neben mir und röchelte ganz merkwürdig. Mein erster Impuls war, einen Notarzt zu rufen, aber dann …« Vermeers Stimme beginnt zu zittern. »Dann schoss mir plötzlich durch den Kopf, was das für Schlagzeilen geben würde. Meine Karriere wäre schneller vorbei gewesen, als dass sie begonnen hatte. Ich konnte überhaupt nicht mehr klar denken. Und als ich mich schließlich doch dazu durchrang, Hilfe zu rufen – da hörte er plötzlich auf zu röcheln. Und lag ganz still da. Ich hatte zu lange gezögert. Er war tot. Und da beschloss ich … Ich meine … er war nur ein Fremder, mit dem ich eine einzige Nacht verbracht hatte. Er hatte sich einfach zu viele Drogen eingefahren; ich war nicht schuld an seinem Tod. Und jetzt konnte ich ihm auch nicht mehr helfen. Nur noch mir selbst … Ich habe seinen Leichnam in eine Decke gewickelt und sie in einem Baggersee in der Nähe versenkt. Meine Karriere kam in Schwung und ich hatte die Nacht beinah aus meinem Gedächtnis verdrängt, als …« David Vermeer wischt sich nervös mit der Hand über den Mund. »… als eines Tages diese gruseligen Strebertypen bei mir auftauchten. Sie wussten alles, was damals geschehen war. Ich habe keine Ahnung, woher. Sie haben gedroht, die Bombe hochgehen zu lassen! Es sei denn, ich arbeite in Zukunft für sie …«

»Haben die dir gesagt, wer sie sind?«, frage ich und quetsche seine Nase noch ein bisschen fester.

»Ah! Nein. Und ich wollte es auch gar nicht wissen. Ich habe mal gesehen, wie einer von ihnen … Das sind keine Typen, denen man Fragen stellt. Sie arbeiten für irgendeinen unserer Geheimdienste. Sie haben mir gesagt, dass es einen bekannten Wissenschaftler gäbe, der ein feindlicher Spion sei. Um ihn zu überwachen, planten sie, jemanden in sein engstes Lebensumfeld einzuschleusen: mich! Sie haben es so arrangiert, dass ich Hendrik Nachtweih scheinbar zufällig auf einer Ausstellung kennenlernte. Auf ihre Order hin begann ich eine Beziehung mit ihm. Ein paar Wochen nachdem wir uns kennengelernt hatten, sind wir zusammengezogen.« Das Gesicht von David Vermeer nimmt einen selbstmitleidigen Ausdruck an. »Ich war zwar dem Gefängnis entronnen, hatte aber trotzdem lebenslänglich bekommen: Das Leben mit Hendrik war die Hölle. Er war ein kleinlicher Pedant und ein entsetzlicher Langweiler. Aber ich musste tun, was die von mir verlangten.«

»Was weißt du über die Ajax-Verschwörung? Und das Zuchtprogramm?«, herrscht Viktor ihn an.

»Zuchtprogramm? Ich habe keine Ahnung, wovon du redest!«, wimmert Vermeer. »Ich habe nur das getan, was sie von mir wollten: Ich habe Hendrik überwacht und sie laufend darüber informiert, mit wem er Kontakt hatte. Aber da gab es nichts Auffälliges. Wenn Hendrik ein Spion war, dann verstand er es perfekt, sich sogar mir gegenüber als der absolute Voll-Langweiler zu tarnen. Acht Jahre lang! Ich zweifelte mittlerweile stark daran, dass diese Typen mit ihrer Vermutung richtiglagen. Aber dann, zu Beginn diesen Jahres, begann Hendrik sich plötzlich verdächtig zu verhalten. Er wurde heimlichtuerisch und manchmal fuhr er spätabends noch weg. Alleine. Das war überhaupt nicht seine Art. Eines Abends bin ich ihm gefolgt. Er fuhr zu einem Waldparkplatz und stieg dort in das Auto eines Mannes. Ein älterer Kerl mit grauen Haaren. Im ersten Moment dachte ich, er hat eine Affäre. Aber sie saßen nur im Wagen und sprachen miteinander. Nach fünfzehn Minuten stieg Hendrik wieder in sein Auto und die beiden fuhren in entgegengesetzte Richtungen davon. Ich habe mit meinem Smartphone ein paar Fotos von den beiden geschossen und sie an meine Auftraggeber weitergeleitet.«

»Und dann?«, frage ich.

Vermeer nimmt einen tiefen Atemzug. »Kurz darauf haben sie mich kontaktiert. Sie haben mir gesagt, der Grauhaarige wäre Joachim Hersfeld, auch ein Spion. Sie müssten ihn dringend befragen. Aber an Hersfeld wäre nicht einfach ranzukommen, er wäre sehr vorsichtig. Und bewaffnet. Ich sollte als so eine Art Türöffner dienen. Ich bin mit ihnen zu Hersfelds Haus gefahren, habe geklingelt und das in die Sprechanlage gesagt, was sie mir eingetrichtert hatten: ›Hier ist David Vermeer, der Freund von Hendrik Nachtweih. Er ist in Gefahr. Ich soll Ihnen eine Nachricht von ihm überbringen.‹ Kaum hatte er mir die Tür geöffnet, da stürmten die beiden mit vorgehaltener Waffe in die Wohnung. Sie haben ihm eine Spritze in den Oberschenkel gejagt, und ich musste ihnen helfen, Hersfeld nach oben in sein Arbeitszimmer zu schleppen. Das Zeug, das sie ihm verabreicht hatten, sollte ihn wohl gesprächig machen. Wir haben ihn in seinen Schreibtischsessel gehievt und dann haben sie versucht, ihn zu verhören. Aber anscheinend hatten sie ihm zu viel von dem Zeug verpasst – genau wie ihr.« Vermeer deutet auf Gabriele Brenner, die noch immer mit leerem Blick vor der gegenüberliegenden Wand hockt. »Typischer Fall von blöd gelaufen, habe ich gedacht, und war so naiv zu glauben, wir würden jetzt einfach wieder gehen. Ich habe den Schock meines Lebens bekommen, als einer der beiden plötzlich an Hersfelds Waffenschrank ging, ein Gewehr nahm und es lud. Der andere zog einen dünnen Ledereinband aus der Jackentasche und legte ihn auf den Schreibtisch. Dann haben sie Hersfelds Hand genommen, seinen Finger an den Abzug gelegt und dann …« David Vermeer wird blass und stammelt: »Das ganze Blut … ich stand total unter Schock. Ich konnte nicht glauben, was ich gesehen hatte. Sie haben ihn einfach umgebracht!

›Keine Sorge‹, hat einer der beiden gesagt. ›Jeder wird denken, es sei ein Unfall gewesen.‹

›Und wenn nicht?‹, habe ich gefragt.

›Dann …‹ Der Typ hat mich mit seinen kalten Augen fixiert und gelächelt. ›Dann werden es deine Fingerabdrücke sein, die man hier findet. Nicht unsere.‹

Mir ist die Luft weggeblieben. Er hatte recht! Die beiden haben Handschuhe getragen, aber ich hatte überall Abdrücke hinterlassen. Kein Mensch würde mir eine Geschichte über zwei Geheimdienstkiller abkaufen. Mir wurde klar, dass ich noch tiefer in der Scheiße saß als vorher.« David Vermeer schluchzt auf.

In diesem Moment höre ich Gabriele Brenner leise stöhnen, ihre Lider beginnen zu flattern. Es sieht aus, als würde sie aus ihrem Dämmerzustand auftauchen.

»Ich kümmere mich um sie«, sagt Joris, rutscht zu ihr herüber, nimmt ihre Hand und redet im Flüsterton beruhigend auf sie ein.

»Was ist dann passiert?«, fragt Viktor und rückt David Vermeer so nah auf die Pelle, dass dieser ängstlich zurückweicht. »Was war mit Hendrik Nachtweih?«

»Hendrik hat Selbstmord begangen. Das müsst ihr mir glauben«, wimmert Vermeer. »Meine Auftraggeber haben vermutet, dass es noch eine weitere Person gab, die zu diesem Spionagering gehörte. Eine Frau. Aber sie kannten ihre Identität nicht. Ich sollte weiter versuchen, Hendrik auszuhorchen. Aber nachdem er von Hersfelds Tod erfahren hatte, wurde Hendrik noch vorsichtiger. Und misstrauisch. Auch mir gegenüber. Ich fürchte, er hat mich durchschaut. Er hat sich umgebracht. Wahrscheinlich aus Angst davor, auch befragt zu werden. Ich kam von einer Aufzeichnung nach Hause und habe ihn tot aufgefunden. Ich schwöre es. Ich habe meine Kontaktmänner benachrichtigt. Sie sind sofort gekommen und haben das ganze Haus auf den Kopf gestellt. Ich weiß nicht, wonach sie gesucht haben – auf jeden Fall haben sie es nicht gefunden. Dafür haben sie etwas dagelassen. So wie bei Hersfeld legten sie wieder einen Ledereinband neben die Leiche. Ich habe gefragt, was das soll, und sie haben gesagt: ›Es bedeutet: Schweigen ist Gold! – Und das gilt auch für dich.‹« David Vermeer zupft nervös an seinem Bärtchen. »Ich weiß, wie das klingt, aber … ich war vor allem unglaublich erleichtert. Endlich war alles vorbei. Ich würde wieder ein eigenes Leben führen. Dachte ich. Aber dann …« Er blickt uns an und schüttelt den Kopf. »›Stern & Staub?‹ Joachim Löbanski? Manuela Neuer? Für wie blöd haltet ihr mich? Ich wusste genau, dass ihr mich nur aushorchen wolltet. Also habe ich euch den trauernden Lebenspartner vorgespielt, der von nichts eine Ahnung hat.«

»Wir sind keine feindlichen Agenten und du bist ein absoluter Vollidiot!«, fahre ich ihn an. »Weiter!«

David Vermeer guckt eingeschüchtert, schluckt und sagt mit leiser Stimme: »Und dann ging mein Albtraum weiter. Als diese entsetzliche Frau anrief. Leonie Hersfeld.«

Blitzartig schießt mir die Erinnerung an David Vermeer vor Augen, der auf einer weißen Couch sitzt und einen Anruf entgegennimmt: *»Woher haben Sie meine Nummer? Im Moment ist es schlecht. Ich habe Besuch. Ich rufe Sie zurück.«*

»Sie hat mich gesehen, als ich nach dem Mord an ihrem Schwiegervater aus dem Haus gekommen bin. Und natürlich wusste sie, wer ich war. Sie kannte mein Gesicht aus dem Fernsehen. Nachdem ihr weg wart, habe ich sie zurückgerufen. Sie hat eine vollkommen utopische Summe für ihr Schweigen verlangt. Viel mehr, als ich aufbringen konnte. Ich habe also neue Instruktionen eingeholt. Sie haben mir gesagt, ich soll sie hinhalten. Aber diese Frau ließ sich nicht lange hinhalten. Kurze Zeit darauf ist sie bei mir aufgetaucht und total ausgeflippt. Ich habe versucht, sie zu beruhigen, aber sie wurde immer hysterischer. Und als ich einen unbedachten Schritt auf sie zu gemacht habe, zog sie plötzlich eine Schere aus ihrer Jackentasche und ging auf mich los. Bis Ajax sich so in ihren Knöchel verbissen hat, dass sie abgehauen ist. Ich war mir sicher, dass sie zur Polizei laufen würde. Ich habe die Kontaktnummer angerufen. Sie haben gesagt, sie würden sich … darum kümmern. Das haben sie. Umgehend.« David Vermeer senkt den Kopf. »Sie hat es nicht einmal von mir bis nach Hause geschafft. – Um meine Verletzungen zu erklären, habe ich die Geschichte mit der Stalkerin verbreitet. Ich … ich habe alles getan, was sie verlangt haben. Aber heute Nacht haben sie mich abgeholt und hierhergebracht und … Was wollen die denn noch von mir?«

»Sie brauchen einen Sündenbock«, sage ich. »Ist dir das nicht klar? Es gibt immer einen Sündenbock. Die Informationen, die sie von Hersfeld und Nachtweih nicht bekommen haben, werden sie nun versuchen aus Gabriele Brenner herauszuquetschen. Und dann werden sie uns alle beseitigen. Aber in deiner Hand wird man die Tatwaffe finden. Wenn es vier Tote gibt, lässt sich das nicht mehr als Unfall verkaufen. Aber als undurchsichtige Geschichte, in der ein populärer Showmaster mit sinkenden Einschaltquoten offenbar für die Entführung einer Millionärsgattin verantwortlich war. Viktor, Joris und ich waren als Amateurdetektive unterwegs, sind auf das Versteck gestoßen, in dem Gabriele Brenner gefangen gehalten wurde, und haben versucht, sie zu befreien. Bei diesem Fluchtversuch hast du Gabriele Brenner und uns erschossen – und weil du die Schuld nicht ertragen konntest, hast du dich anschließend in einem Anfall spontaner Reue selbst gerichtet. Neben dir wird man einen Abschiedsbrief mit dem entsprechenden Wortlaut finden. Fall abgeschlossen!«

David Vermeer sinkt in sich zusammen. »Aber ich habe doch nur …«

»Psst!«, unterbreche ich sein Gejammer. Ich höre ein Geräusch, das näher kommt und dabei immer lauter wird. Das Geräusch von Rotoren. Ein Helikopter.

»Er ist da«, sage ich. »Birger Vend!«

Die Luke öffnet sich. »Alle hochkommen!«, befiehlt einer der Musterschüler. »Du nimmst die Frau«, sagt er an Viktor gewandt.

Wir steigen die schmale Holzstiege in die Küche hinauf. David Vermeer, dahinter Joris, dann ich und am Ende Viktor, mit der benommenen Gabriele Brenner auf den Armen. Wir werden ins Wohnzimmer geführt, wo die beiden anderen Milchgesichter bereits warten. »Die Frau in den Sessel!«, wird Viktor befohlen, und er setzt Gabriele Brenner so behutsam wie möglich in dem zerschlissenen Sitzmöbel ab. »Und jetzt alle vor den Kamin, und die Hände über den Kopf!«

In diesem Moment erscheint eine Silhouette auf der Terrasse. Eine Sekunde später steht ein riesenhafter, blonder Mann im Zimmer und mustert uns aus kalten, grauen Augen.

Der Alpha-Auditor.

Birger Vend!

Es fühlt sich an, als würde mir die Luft abgeschnürt. Egal, wie kräftig Birger Vend ist, ich würde mich augenblicklich auf ihn stürzen – wäre nicht eine Waffe auf mich gerichtet.

Birger kommt langsam auf mich zu. Er hat nichts mehr mit dem Menschen gemein, den ich als Kind gekannt habe. Sein blondes Haar ist jetzt kurz geschoren und an einigen Stellen grau. Sein früher so gutmütiges und freundliches Gesicht sieht aus, als wäre es aus Stein. Ohne jede Regung.

Einen halben Meter entfernt von mir bleibt er stehen und taxiert mich mit einem kalten echsenhaften Blick. Dieser Mann ist für das Verschwinden meiner Eltern verantwortlich! Eine nie gekannte, übermächtige Wut steigt in mir auf, mein Kopf stößt vor und ich spucke ihm ins Gesicht.

Sofort springt einer der Musterschüler auf mich zu und ich habe den Lauf seiner Pistole an der Schläfe. »Keine weitere Bewegung!«

Birger Vend verzieht keine Miene. Er nimmt ein Tuch aus der Tasche, wischt die Spucke aus seinem Gesicht und sagt in beiläufigem Ton: »Miranda Lux. Genauso temperamentvoll wie deine Mutter.«

»Wo sind meine Eltern? Was hast du mit ihnen gemacht?«, schreie ich.

Er antwortet nicht. Sein Gesicht bleibt völlig unbewegt.

»Warum hast du das getan?«, stoße ich hervor, und Tränen schießen mir in die Augen. »Sie haben dir vertraut. Sie dachten, du kämpfst mit ihnen für die Wahrheit. Und du hast sie verraten!«

»Die Wahrheit …«, sagt Birger Vend mit einer Stimme, die so frostig klingt, als würde Raureif auf seinen Stimmbändern liegen. »Du unterliegst demselben tragischen Irrtum wie deine Eltern, Miranda. Willst du die traurige Wahrheit über die Wahrheit hören? Die Menschen tun so, als wäre sie das höchste Gut auf dieser Erde. Aber die wenigsten wollen die Wahrheit wirklich wissen. Und die allerwenigsten können die Wahrheit ertragen. Sie müssen vor ihr beschützt werden. Ich beschütze sie davor. Mit allen Mitteln. Ich erwarte nicht, dass du das verstehst.«

»Jeder Mensch hat das Recht, selbst zu entscheiden, wie viel er wissen will!«, schleudert ihm Joris wütend entgegen.

Zum ersten Mal ist eine Regung in Birger Vends Gesicht zu erkennen. Ein schmales, höhnisches Lächeln. »Sieh an«, sagt er. »Dein kleiner Freund fühlt sich verpflichtet, den jugendlichen Helden zu geben. Was für ein Anblick: zwei Halbwüchsige und ein Lehrer, der James Bond spielt. Drei Fälle tragischer Selbstüberschätzung! So wie sich das gesamte Zweifelwerk überschätzt: dieser verrückte Hinkefuß Fidelio und dieser nervöse Zappelphilipp-Bibliothekar oder dieser irre Rasputin Keller … Ein Haufen naiver Gutmenschen, die unentwegt nach der Wahrheit schreien. Ihr versteht es einfach nicht: Die Wahrheit macht den Menschen Angst! Was denkst du, würde geschehen, wenn die Menschen erführen, dass sie nicht alleine sind? Dass nicht sie, sondern ganz andere Kräfte bestimmen, was auf diesem Planeten geschieht? Dass es sie in wenigen Generationen nicht mehr geben wird? Die

Wahrheit würde sie vor Furcht erstarren lassen und alles würde zusammenbrechen. Die Lüge ist ein Segen. Ein barmherziger Schleier vor unseren Augen. Nicht die Wahrheit, sondern die Lüge sorgt dafür, dass das Leben in dieser Welt funktioniert. Und ich tue alles dafür, dass sich daran nichts ändert!« Birger Vends graue Augen blicken mich durchdringend an, und ich habe das Gefühl, als würde sich kalter Stahl in meine Stirn bohren – dann wendet er sich abrupt ab und setzt sich, Gabriele Brenner gegenüber, in einen Sessel. Sie ist noch immer benommen, ihr Kopf baumelt auf ihrer Brust.

»Sie wird jeden Moment vernehmungsfähig sein, Alpha-Auditor«, merkt eines der Milchgesichter in devotem Tonfall an.

Birger Vend betrachtet Gabriele Brenner einen Moment lang – dann schlägt er sie ansatzlos mit der Hand ins Gesicht. Ihr Kopf fliegt zur Seite, sie reißt die Augen auf und blickt ihn verständnislos an.

»Wo sind die Papiere?«, fragt er mit drohendem Unterton.

»Papiere?«, murmelt sie abwesend.

»Die Papiere, die die Ajax-Verschwörung beweisen. Wo sind sie?«

»Gibt … keine Papiere … mehr.«

»Dateien?«

»Ja.«

»Wo?«

»Auf … Stick.«

»Wo ist der Stick?«

Gabriele Brenner antwortet nicht und stiert ins Leere.

In diesem Augenblick sehe ich, wie einer von Birger Vends Leuten zwei Finger ans Ohr legt. Offenbar bekommt er eine Nachricht auf einen Knopf im Ohr. Er schluckt und wird blass.

»Wo ist der Stick?«, fragt Birger Vend erneut, als der mit dem Knopf im Ohr neben ihn tritt und mit zitternder Stimme sagt: »Es … es gibt ein Problem, Alpha-Auditor. Die Gefangene konnte … entkommen.«

»Was?«, fährt Birger Vend ihn an und für einen winzigen Moment entgleiten ihm die Gesichtszüge, bevor seine Miene wieder einen kalten und maskenhaften Ausdruck annimmt.

»Die Satelliten-Überwachung konnte sie orten«, sagt sein Untergebener. »Sie ist … auf dem Weg hierher.«

Indigo!, durchfährt es mich, und als ich Viktor ansehe, weiß ich, dass er denselben Gedanken hat. Sie können nur von Indigo sprechen! Und es sieht aus, als würde der Gedanke, dass sie hier aufkreuzen könnte, die Männer extrem nervös machen. Meine große Schwester ist auf dem Weg zu uns – für eine Sekunde glimmt ein winziges Hoffnungsfünkchen in mir auf.

»Wir gehen kein unnötiges Risiko ein«, sagt Birger Vend nach kurzem Nachdenken und deutet auf Gabriele Brenner. »Wir nehmen sie mit und verhören sie später.«

»Was haben Sie mit uns vor? Wollen Sie uns etwa alle umbringen?«, schreit David Vermeer panisch. »Hören Sie! Wenn Sie mich gehen lassen, verspreche ich, mit keinem Menschen über das hier zu reden.«

Birger Vend ignoriert ihn und winkt einen seiner Musterschüler zu sich heran. »Du hilfst mir, hier alle Spuren zu beseitigen.« Dann gibt er den beiden anderen das Kommando: »Ihr begleitet unsere Besucher nach draußen. Sobald Gabriele Brenner im Hubschrauber ist, eliminiert die anderen!«

»Los! Beeilung!«, befiehlt einer von Birger Vends Helfern und verpasst mir einen Stoß in den Rücken.

»Was hast du mit meinen Eltern gemacht? Wo sind sie?«, schreie ich Birger an, während ich in Richtung Terrasse geschubst werde.

»Deine Eltern sind tot, Miranda Lux. Sie liegen in ihrem dunklen, kalten Grab.«

»Du lügst: Du lebst – und du warst mit ihnen im Hubschrauber!«

»Wirklich?« Birger Vend blickt mich mit kalten Augen an, lächelt bleistiftdünn und gibt unseren Bewachern die Order: »Macht schnell!«

Die beiden führen uns auf die Terrasse und halten dabei ihre Waffen auf uns gerichtet. David Vermeer wimmert leise vor sich hin. Gabriele Brenner ist noch immer benommen und wirkt verwirrt und abwesend. Sie taumelt so sehr, dass Viktor sie stützen muss. Seine Augen blicken suchend in die Nacht. Genau wie meine. Ich hoffe verzweifelt darauf, das Geräusch eines Motorrades zu hören oder grüne Lichter am Himmel auftauchen zu sehen. In der Dunkelheit greife ich nach Joris' Hand. Er blickt mich an und erwidert den Druck meiner Finger.

»Es tut mir leid«, flüstere ich. »Ich wollte nicht, dass du durch mich …«

»Keinen Ton!«, befiehlt einer unserer Bewacher. »Und die Hände über den Kopf! Da lang!«

Die Terrasse ist von dichten Büschen umschlossen. Ein paar flache Stufen führen in den Garten hinab. Hundert Meter entfernt wartet der Helikopter. Zwischen uns und dem Hubschrauber drängt sich die Schafherde in der engen Koppel zusammen. Es sind etwa fünfzig Tiere. Sie spüren, dass etwas Bedrohliches vor sich geht. Unruhig laufen sie in ihrer Umzäunung hin und her, ihr ängstliches Blöken ist bis hierher zu hören.

Wir steigen mit erhobenen Händen die Stufen der Terrasse hinab, als ich hinter mir plötzlich ein lautes KRACK höre. Ich fahre herum und sehe, wie einer unserer Bewacher in die Knie geht. Und ehe der zweite weiß, wie ihm geschieht, trifft ihn etwas im Rücken und er geht ebenfalls zu Boden.

Max Gehrling kommt mit zuckendem Gesicht und gebleckten Zähnen aus einem Busch hervorgehüpft. Er hält einen schweren Ast in Händen und stottert: »Ge-ge-gerade noch rechtzeitig wach geworden, was?«

Aber in diesem Moment rappeln sich die zwei Musterschüler schon wieder auf und greifen nach ihren Waffen. Joris springt auf einen von ihnen zu und tritt ihm die Pistole aus der Hand – dabei löst sich ein Schuss. Das Projektil schießt haarscharf an meiner linken Wange vorbei.

»Da rüber!«, schreie ich nach einer Schrecksekunde und zeige auf die Schafherde. Wir ziehen die Köpfe ein und rennen um unser Leben. Die Männer beginnen augenblicklich auf uns zu feuern. David Vermeer schreit vor Panik laut auf, Max sieht aus, als würde er schon wieder ohnmächtig werden, Viktor schnappt nach Luft und zieht Gabriele Brenner hinter sich her. Im Laufen werfe ich einen schnellen Blick zurück und sehe Birger Vend und den vierten Mann auf die Terrasse stürzen.

»Feuer einstellen, ihr Idioten«, brüllt er. »Wir brauchen die Frau lebend!«

Wir springen über das Gatter in die Schafkoppel; Viktor und Joris hieven Gabriele Brenner in aller Eile über den niedrigen Zaun.

»Kopf runter!«, zischt Joris und zieht David Vermeer zu Boden.

Wir kauern uns zwischen die aufgeregt blökenden Schafe. Ich sehe Birger Vend und seine drei Helfer mit finsterem Blick auf die Koppel zukommen. In diesem Moment fährt Gabriele Brenner plötzlich zusammen, so als würde sie aus einem schlimmen Traum aufwachen. Verstört blickt sie mich an. »Was … wer?«

»Ich bin Miranda Lux«, flüstere ich. »Die Tochter von Gideon und Aurelia.«

»Miranda …?«

»Der USB-Stick … Wo ist er? Tragen Sie ihn bei sich?«

Einen Moment lang zögert sie, dann fährt sie sich mit der Hand in die Haare, zieht ein kleines Pflaster hinter ihrem rechten Ohr ab und legt den kleinsten und flachsten USB-Stick, den ich je gesehen habe, in meine Handfläche.

Wie gebannt starre ich auf den schwarzglänzenden Stick. Dieses winzige, unscheinbare Ding könnte die größte Erschütterung auslösen, die die Welt je erlebt hat.

Weh ihrem öden Herzen, ihren grauen Tempeln, hört sie vom Schicksal ihres Kindes, geflüstert in ihr Ohr.

Da springt David Vermeer plötzlich mit einer schnellen katzenhaften Bewegung auf mich zu und reißt mir den Stick aus der Hand.

»Gib her!«, schreit Viktor und wirft sich auf Vermeer. Dieser führt blitzschnell die Hand zum Mund – und verschluckt den Stick! Er entwindet sich Viktors Griff, springt auf die Füße und reckt die Hände in die Luft.

»Ich habe ihn! Nicht schießen! Ich habe den Stick!«, ruft er in Richtung Birger Vend. »Ich gebe Ihnen, was Sie haben wollen, und dafür lassen Sie mich gehen!«

»Einverstanden«, höre ich Birger Vends frostige Stimme sagen. »Komm raus.«

»Tut mir leid, Miranda«, wispert Vermeer mir zu. »Aber jeder ist sich selbst der Nächste.«

»Du mieser, kleiner …!« Ich bekomme seinen Arm zu fassen, aber er reißt sich mit einer ruckartigen Bewegung los, schwingt sich über das Gatter und läuft auf Birger Vend und dessen Leute zu.

»Wo ist der Stick?«, fragt Birger.

»Ich habe ihn geschluckt.«

»Wie ungemein clever von dir«, sagt Birger Vend.

Vermeer lächelt unterwürfig. »Ein Schluck Rizinusöl und er kommt wieder zum Vorschein. Ein bisschen unappetitlich, aber ungewöhnliche Situationen erfordern ungewöhnliche Maßnahmen. Auch unappetitliche.«

»Ich bin ganz deiner Meinung«, sagt Birger Vend und nickt. »Aber wir brauchen kein Rizinusöl. Ein Skalpell reicht vollkommen.«

»Aber …« Vermeer starrt ihn fassungslos an.

»Keine Angst, du wirst nichts davon spüren«, sagt Birger, lächelt dünn, hebt seine Waffe und setzt sie David Vermeer an den Kopf. Ein Knall – und Vermeer stürzt tot zu Boden.

Ich schreie laut auf, genauso wie Max und Gabriele Brenner. Viktor und Joris blicken mit entsetztem Gesicht auf den Toten.

»Du hilfst mir, ihn zum Helikopter zu bringen«, befiehlt Birger

Vend einem der Musterschüler. Dann wendet er sich den beiden anderen zu und befiehlt in schneidendem Ton: »Die Übrigen – beseitigen!«

Er und sein Helfer nehmen den Leichnam von David Vermeer und tragen ihn davon. Während sie den toten Körper in den Hubschrauber heben, bauen sich die beiden anderen Männer vor der Schafkoppel auf.

»Es gibt zwei Möglichkeiten«, sagt der mit der Schnöselstimme und lädt seine Waffe durch. »Ihr kommt raus und ergebt euch, oder … Wir verfügen über ausreichend Munition, um die ganze Herde niederzumähen. Ihr habt drei Sekunden, euch zu entscheiden.«

In den Gesichtern um mich herum spiegelt sich das blanke Entsetzen. Gabriele Brenner lässt den Kopf in die Hände sinken und stößt einen erstickten Schrei aus.

»Eins«, zählt die Schnöselstimme.

Joris rutscht zu mir heran und nimmt meine Hand.

»Zwei.«

»Da hinten! Was ist das?«, schreit der zweite Mann plötzlich.

Das Licht eines Scheinwerfers fährt über die Rücken der Schafe. Ich höre das Aufheulen eines Motors, werfe den Kopf herum – und sehe ein Motorrad aus den Bäumen hinter uns herausschießen und in halsbrecherischer Geschwindigkeit den Hang hinabjagen.

»Indigo!«, entfährt es Viktor und mir gleichzeitig.

Das schwarze Motorrad hält genau auf die Männer zu. Einen Moment lang sind sie vor Schreck wie erstarrt, dann nehmen sie die Maschine unter Feuer. Die Kugeln peitschen durch die Luft, und ich höre wie ein Projektil den Tank durchschlägt. Das Motorrad gerät ins Schleudern und rutscht weg, aber Indigo gelingt es im letzten Moment abzuspringen. Einen Wimpernschlag lang scheint sie in der Luft zu schweben, dann landet sie auf ihren Füßen und sieht der sich überschlagenden Maschine hinterher, die über das Gras auf die beiden Männer zuschlittert. In letzter Sekunde können sie sich zur Seite werfen und gerade noch vermeiden, dass das Motorrad in sie hineinkracht.

Alarmiert von den Schüssen und Schreien, kommen Birger Vend und sein Gehilfe zurückgelaufen und nehmen Indigo ebenfalls unter Beschuss.

Sie setzt zu einem gewaltigen Sprung an, steigt hoch in die Luft – und landet mitten in der Koppel. »Alle flach auf den Boden!«, wispert sie.

Birger Vend und seine Helfer kommen mit gezückten Waffen auf die Koppel zu. »Schießt auf alles, was sich bewegt!«, befiehlt er.

Indigo kniet inmitten der blökenden Schafe nieder, schließt die Augen und hält den Atem an.

»Was tut sie da?«, fragt Joris und blickt mich verwirrt an, als plötzlich zwanzig oder mehr Schafe wie von einem unsichtbaren Gummiseil gezogen in die Höhe schnellen. Wild blökend und mit den Läufen strampelnd, schweben sie zwei Meter über unseren Köpfen in der Luft.

Augenblicklich habe ich das Bild der fliegenden Bücher in unserer Bibliothek vor Augen. Telekinese!, schießt es mir durch den Kopf.

Birger Vend und seine Leute gucken völlig perplex, und ehe sie realisieren, was geschieht, rasen die Schafe in irrsinnigem Tempo durch die Luft auf sie zu, wie ein Jagdgeschwader weißwolliger Kampfflugzeuge.

Jedes der Tiere wiegt wenigstens siebzig Kilo und wenn siebzig Kilo Schaf durch die Luft auf einen zujagen, ist das, als würde man sich einer biologischen Schwergewichtskampfdrohne gegenübersehen. Es gibt ein hässliches Geräusch, als ein kräftiger Schafbock in Hochgeschwindigkeit in einen der Musterschüler hineinrauscht. So als wären gleich mehrere Rippen hinüber. Der Mann schreit vor Schmerz auf und kippt wie von der Axt gefällt nach hinten. Ein weiterer bekommt die kräftigen Vorderläufe eines wild strampelnden Schafs gegen die Stirn und geht gleichfalls zu

Boden. Die Männer versuchen panisch, auf die Beine zu kommen, aber kaum stehen sie wieder, rast bereits die nächste Welle fliegender Kampfschafe auf sie zu. Der mit der Schnöselstimme zielt mit zitternden Händen auf ein schwarzes Schaf, das wie eine Rakete auf ihn zuhält, drückt ab – aber die Waffe klemmt. Eine Zehntelsekunde später reißt es ihn von den Füßen und er wird meterweit durch die Luft geschleudert. Auch Birger Vend wird von einem Schaf erwischt, aber er kommt sofort wieder auf die Beine, sprintet mit der Waffe im Anschlag auf die Koppel zu und zielt auf uns!

Er zielt genau eine Sekunde zu lang. Als sich sein Finger um den Abzug krümmt, rast von hinten ein Schafbock im Tiefflug heran und stößt ihm die Hörner in den Rücken. Birger Vend wird gegen das Gatter geschleudert, die Waffe fliegt ihm aus der Hand, segelt durch die Luft und landet genau vor den Füßen von Max Gehrling.

»Oh, Mann. Außeneinsatz …«, keucht Max und greift mit zitternden Händen nach der Pistole, als sich ein Schuss aus der Waffe löst. Die Kugel zischt über das Gatter. Ein schmerzerfüllter Aufschrei ist zu hören.

»Mein Arm!«, brüllt Birger Vend, robbt über den Boden davon und schreit seinen Leuten zu: »Rückzug! Wir haben den Stick. Wir haben, was wir wollten. Macht schon! Rückzug!«

Humpelnd und mit schmerzverzerrten Gesichtern, laufen die Männer, so schnell sie noch können, in Richtung des Hubschraubers. Sofort stoßen die fliegenden Schafe ihnen nach und rauschen wie weiße, blökende Kanonenkugeln in sie hinein. Birger Vend bekommt einen gewaltigen Huftritt in den Rücken ab, einer der Musterschüler wird von zwei Schafen in die Zange genommen und von den Füßen gerissen, der mit der Schnöselstimme geht gleich mehrmals zu Boden – aber trotz des massiven Dauerangriffs gelingt es ihnen, den Hubschrauber zu erreichen und sich in das wartende Fluggerät zu retten.

Sofort startet Birger Vend den Helikopter; ein lautes Motorengeräusch, die Rotoren beginnen sich zu drehen.

Indigo reißt die Augen auf und springt auf die Füße. Das Schafgeschwader schwebt daraufhin zu Boden, landet sanft im Gras und guckt verstört in die Gegend, während sich die Rotoren des Hubschraubers schneller und schneller drehen.

Sie haben Vermeer! Sie haben den Stick! Sie haben alle Beweise! Ohne nachzudenken renne ich los, springe über das Gatter und stürme auf den Helikopter zu. Schon heben sich dessen Kufen eine Handbreit über den Boden. Ich bin nur noch zwanzig Meter von dem Hubschrauber entfernt, als ich hinter mir schnelle Schritte höre. Indigos Stimme: »Nicht, Miranda!« Sie wirft sich mit ihrem ganzen Gewicht auf mich und bringt mich zu Fall.

»Wenn sie entkommen, war alles umsonst«, schreie ich.

»Wenn sie dich erschießen, dann war es mehr als umsonst, kleine Schwester!«

Hilflos muss ich zusehen, wie der Helikopter in die Luft steigt und schnell an Höhe gewinnt.

Die anderen kommen zu Indigo und mir herübergelaufen.

»Ist jemand verletzt?«, fragt sie.

»Nur ein paar leichte Blessuren«, antwortet Viktor außer Atem.

Der Hubschrauber ist bereits so hoch gestiegen, dass nur noch sein Signallicht über den Bäumen zu erkennen ist. Wir können nichts tun, als dem sich schnell entfernenden, blinkenden Licht hinterherzublicken. Mit ihm verschwindet auch jede Hoffnung auf die Wahrheit.

Das Zweifelwerk ist geschlagen.

Und der Mann, der meine Eltern getötet hat, ist entkommen!

Ich spüre einen dicken Kloß im Hals und unvermittelt schießen mir Tränen in die Augen. Ich lege den Kopf in die Arme und weine in mich hinein. Meine Schultern beginnen unkontrolliert zu zucken und …

»Oh, Mann! Was ist das?«, ruft Joris plötzlich.

Ich blicke auf und sehe über dem Wald drei grüne Lichtkugeln in der Luft stehen. Regungslos. Ein paar Sekunden lang. Als ich mich vom Boden erhebe, blinken sie plötzlich auf – dann jagen sie dem Hubschrauber wie drei leuchtende Überschallgeschosse hinterher. So schnell, dass das Auge ihnen kaum folgen kann. Sekundenbruchteile später erreichen sie den Helikopter, schwirren in unfassbarer Geschwindigkeit um ihn herum und kreuzen immer wieder seine Bahn. Der Hubschrauber gerät ins Trudeln, aber kurz bevor er die Baumkronen berührt, schafft es Birger Vend, das taumelnde Fluggerät abzufangen und wieder an Höhe zu gewinnen. Die grünen Lichtkugeln schießen blitzartig in den Himmel, stehen wie grün glitzernde Edelsteine über dem Helikopter, leuchten heller auf, als ich es je gesehen habe, und tauchen den Hubschrauber in einen Kegel aus schimmerndem grünen Licht.

Urplötzlich setzen die Rotoren aus und es herrscht vollkommene Stille. Für einen Moment sieht es aus, als hätte irgendeine gewaltige Kraft die Zeit angehalten. Der Hubschrauber verharrt still in der Luft – dann fällt er wie ein Stein vom Himmel, bricht durch die dicht stehenden Bäume und kracht auf den Waldboden. Eine riesige Flamme schießt in den dunklen Himmel.

»Das … gibt es doch nicht«, stammelt Joris. »Das … glaubt uns kein Mensch!«

Ich wende meine Augen von den Flammen ab und blicke in die Gesichter der anderen. Gabriele Brenner steht da wie zu einer Salzsäule erstarrt und auch Max und Viktor scheinen zu keiner Regung fähig zu sein. Indigos schwarze Augen sind auf die grünen Lichter gerichtet, die noch immer über der Absturzstelle schweben – und wir alle wissen, dass Joris recht hat: Kein Mensch wird uns das hier glauben.

Die grünen Kugeln bewegen sich langsam auf uns zu, bleiben für einen Moment über unseren Köpfen stehen, blinken noch einmal kurz auf und sind verschwunden.

Als hätte jemand das Licht ausgeknipst.

Um uns herum herrscht Dunkelheit.

Epilog

Geliebtes Salamis,
der Wogen Dröhnen umtost dich nun …

Langsam wandern meine Augen über die siebzehn markierten Zeilen der »Ajax«-Tragödie, die sich so in mein Gedächtnis eingebrannt haben, dass ich sie selbst dann fehlerfrei aufsagen könnte, wenn man mich mitten in der Nacht aus dem Schlaf reißen würde.

Weh der Mutter, am Ende ihrer Tage …

Ich blicke von dem geöffneten Ledereinband auf, wende mich von dem Stehpult ab und schaue durch das große Bogenfenster der Bibliothek in den Garten. Der Himmel ist genauso grau wie mein Gemütszustand, dicke Tropfen trommeln gegen die Scheibe.

Es muss ein geheimes Naturgesetz geben, das dafür verantwortlich ist, dass die Tage, an denen in meinem Leben etwas beginnt oder endet, Regentage sind: der Tag, an dem meine Eltern beerdigt wurden, der Tag, an dem ich eine Zweifelwerkerin wurde, der Tag, an dem ich das Foto des toten Joachim Hersfeld in der Hand gehalten habe. Und dieser Tag. Heute. Eine Woche vor dem Ende der Sommerferien. Es schüttet wie aus Eimern und die Welt scheint in regnerischem Grau zu versinken.

Weh, ihrem öden Herzen, ihren grauen Tempeln,
hört sie vom Schicksal ihres Kindes,
geflüstert in ihr Ohr.

Niemand wird der Welt die Wahrheit in ihr Ohr flüstern. Sie wird weiter mit der Lüge leben. Weil es keinen Beweis mehr für die Wahrheit gibt.

Dabei habe ich die Wahrheit in der Hand gehalten. Für einen kurzen Moment. Jede Nacht sehe ich mich in meinen Träumen in der Schafkoppel knien, ein winziges, schwarzglänzendes Stückchen Wahrheit in meiner Handfläche. Aber jedes Mal, wenn ich in meinem Traum versuche, den Stick mit der Hand zu umschließen, gehorchen mir meine Finger plötzlich nicht mehr – und er löst sich vor meinen Augen in Luft auf.

Die Welt wird die Wahrheit nicht erfahren.

Und niemand, außer Gabriele Brenner und den Zweifelwerkern, wird jemals wissen, dass es eine Verbindung zwischen den drei Ereignissen gibt, die in den vergangenen Tagen die Schlagzeilen beherrscht haben. Niemand wird vermuten, dass sie Glieder einer Ereigniskette sind: das mysteriöse, spurlose Verschwinden des beliebten Fernsehmoderators David Vermeer. Ein tragischer Hubschrauberabsturz nahe dem kleinen Ort Weißberg, bei dem sämtliche Insassen bis zur Unkenntlichkeit verbrannt sind. Und der glückliche Ausgang des Entführungsdramas um die Unternehmergattin Gabriele Brenner, die ihren Entführern in einem kurzen unbewachten Moment entkommen konnte.

Ich gehe zu dem hohen Fenster hinüber, presse die Stirn gegen das kalte Glas und blicke in die künstliche Wildnis hinter dem Haus.

Viktor und ich haben Gabriele Brenner gestern Nachmittag in ihrer Villa in einem vornehmen Vorort von Kelzberg besucht. Sie sah noch immer stark mitgenommen aus. Als wir ankamen, ist sie uns um den Hals gefallen, die Tränen schossen ihr in die Augen und mit brüchiger, bewegter Stimme hat sie uns für ihre Rettung gedankt.

In der Geschichte, die die Medien verbreiten, kommen Viktor und ich nicht vor. Genauso wenig wie Indigo oder Birger Vend oder fliegende Schafe oder grüne Lichter. Gabriele Brenner hat den Medien erzählt, dass sie unweit ihrer Villa von vier hünenhaften, maskierten Männern in einen schwarzen Geländewagen gezerrt und entführt wurde. Man hat sie in einem abgelegenen, leer stehenden Jagdhaus in der Nähe von Weißberg gefangen gehalten. In einem kurzen unbewachten Moment hat sie die Gelegenheit zur Flucht ergriffen und ist ein paar Stunden später auf einer Polizeiwache in Weißberg aufgetaucht. Kurz darauf hat ein Sondereinsatzkommando das Jagdhaus gestürmt. Zu spät. Die Entführer waren bereits ausgeflogen – nicht ohne zuvor alle Spuren, die zu ihrer Identifizierung hätten beitragen können, penibel beseitigt zu haben. Offenbar sind sie zu Fuß geflohen; den schwarzen Geländewagen, der keine Fahrgestellnummer hatte und mit einem gefälschten Kennzeichen versehen war, haben sie zurückgelassen. An und in dem Wagen konnten keine verwertbaren Spuren gesichert werden.

Was wirklich geschehen ist, wird nie jemand erfahren.

Wir haben mit Gabriele Brenner Tee getrunken und Plätzchen gegessen, sie hat die ganze Zeit über gezwungen gelächelt, und als sie schließlich ihre Teetasse auf der Untertasse abgesetzt und sich nervös geräuspert hat, wusste ich schon, was sie sagen würde.

»Miranda ... ohne das Zweifelwerk würde ich jetzt nicht hier sitzen. Ich stehe für immer in seiner Schuld. Mein Mann und ich sind vermögend und ich werde das Zweifelwerk uneingeschränkt finanziell unterstützen. Aber bitte verlang nicht von mir, dass ich ... Ich werde bei der Version mit der Entführung bleiben. Ich werde der Welt keine Geschichte über ein Treffen mit Außerirdischen, über eine Verschwörung, über ein geheimes Zuchtprogramm oder den Chor des Ajax erzählen. Ich habe versucht, die Wahrheit ans Licht zu bringen – und bin dabei beinahe gestorben. Ich bin kein feiger Mensch, Miranda. Gäbe es die geringste Chance, dass man mir glauben würde, würde ich der Welt die Wahrheit berichten. Aber der einzige Beweis, den wir hatten, ist vernichtet. Man würde mich nur für verrückt erklären.«

Auch wenn es wehtut: Gabriele Brenner hat recht. Ohne Beweise ist die Wahrheit nur eine weitere spinnerte Verschwörungstheorie. Menschen sind viel eher bereit, eine glaubhafte Lüge als eine unglaubliche Wahrheit zu akzeptieren.

Die Lüge ist ein barmherziger Schleier.

Birger Vend hat sich geirrt. Die Lüge ist nichts als die Angst vor der Wahrheit. Aber seit ich die Worte aus seinem Mund gehört habe, bekomme ich sie nicht aus meinem Kopf. Weil ich ständig darüber nachdenken muss, wie es um meine Angst vor der Wahrheit bestellt ist. Sind die Lügen, mit denen man sich selbst belügt, nicht die schlimmsten? Und habe ich in den vergangenen acht Jahren nicht auch durch einen Lügenschleier auf mein Leben geblickt?

Deine Eltern sind tot, Miranda Lux. Sie liegen in ihrem dunklen, kalten Grab.

Als Birger Vend diese Worte ausgesprochen hat, ist er davon ausgegangen, dass ich in wenigen Augenblicken tot sein würde. Warum hätte er mich in diesem Moment belügen sollen?

Seit jener Nacht ist mir klar geworden, dass es für mich an der Zeit ist, den Schleier von den Augen zu nehmen und die Wahrheit zu akzeptieren. So wie es echte Zweifelwerker tun sollten.

Als ich heute Morgen wach wurde und hörte, wie der Regen gegen mein Fenster schlug, wusste ich, dass dies einer der Tage in meinem Leben werden würde, an denen etwas endet und etwas beginnt. In aller Frühe habe ich mich aus dem Haus gestohlen und an der Klosterruine einen Strauß Wildblumen gepflückt. Und dann habe ich etwas getan, das ich schon vor acht Jahren hätte tun sollen. Ich bin durch den Regen zum Hammersteiner Friedhof gelaufen, habe die Blumen auf das Grab meiner Eltern gelegt und Abschied von ihnen genommen.

Meine Eltern sind tot. Sie sind tot, seit ihr Hubschrauber vor acht Jahren in die Nordsee gestürzt ist.

Eine Stunde lang stand ich an ihrem Grab, während der Regen auf mich einprasselte und in Sturzbächen über mein Gesicht lief.

Und als ich wieder zu Hause ankam, hatte ich das merkwürdige Gefühl, in dieser einen Stunde ein paar Jahre älter geworden zu sein. Erwachsener geworden zu sein.

Vielleicht ist es gerade das, was das Erwachsenwerden ausmacht, denke ich. Dass wir lernen, uns von falschen Illusionen zu verabschieden. Dass wir erkennen lernen, wann etwas vorbei ist. Dass wir lernen, ein Buch zuzuschlagen und ein neues zu beginnen!

Ich wende mich vom Fenster ab, gehe langsam zurück zu dem Stehpult und beuge mich über den Ledereinband. Seit acht Jahren hat niemand das Buch auch nur einen Millimeter vom Fleck bewegt. Seit acht Jahren liegt es da, aufgeschlagen auf den Seiten achtundzwanzig und neunundzwanzig.

Geliebtes Salamis, der Wogen Dröhnen
umtost dich nun …

Ich atme tief durch, blicke noch einmal auf die siebzehn markierten Zeilen, greife nach dem Buch und will den Einband gerade schließen – als eine heisere Stimme fragt: »Was tust du da?«

Erschrocken fahre ich herum; ich habe Indigo nicht kommen hören. »Ich schließe mit etwas ab«, sage ich.

Indigo lächelt, nimmt mir das Buch aus der Hand, öffnet es auf den Seiten achtundzwanzig und neunundzwanzig und legt es an seinen angestammten Platz zurück.

»Was soll das noch?«, stoße ich hervor. »Papa und Mama sind tot und wir haben keinen Beweis für die Ajax-Verschwörung in der Hand! Wir haben nichts erreicht.«

»So?« Indigo zieht mich auf eine Couch, nimmt meine Hände, sieht mich mit ihren durchdringenden schwarzen Augen an und sagt: »Wir haben einer Frau das Leben gerettet. Das würde ich nicht als nichts bezeichnen. Jeder Mensch ist eine Welt – und diese Welt haben wir gerettet.« Indigo streicht sich eine Haarsträhne aus dem Gesicht und blickt mich fragend an. »Willst du wirklich aufgeben? Willst du zulassen, dass die Menschen da draußen weiter belogen werden?«

»Nein, natürlich nicht! Aber wir können nichts mehr tun! Wir haben keinen Beweis. Alles ist vorbei!«

Indigo lehnt sich zurück und ein spöttisches Lächeln huscht über ihr Gesicht. »Süße, kleine Schwester! Du bist so klug und mutig, aber du bist auch erst fünfzehn. Mit fünfzehn glaubt man, dass es nur ein Entweder-Oder gibt, dass alles schwarz oder weiß, gut oder schlecht ist. Wenn du ein paar Jahre älter und um ein paar Erfahrungen reicher bist, wird dir klar werden, dass das Leben – zum Glück – nicht so einfach ist.« Indigo fährt mir mit der Hand über die Wange. »Es ist nicht vorbei, Miranda! Noch lange nicht. Ja, wir haben eine Schlacht verloren. Mehr aber auch nicht. Wir werden weiterkämpfen und wir werden weiter nach Beweisen für die Wahrheit suchen. Nur dass wir sie noch nicht kennen, bedeutet nicht, dass es sie dort draußen nicht doch irgendwo gibt. Diese Geschichte ist noch nicht zu Ende. Versprich mir, dass du jetzt nicht aufgibst!«

Ich hebe den Kopf und blicke Indigo lange an – dann nicke ich stumm mit dem Kopf.

»Uff! Das war ja eine schwere Geburt.« Indigo springt von dem Sofa auf, ihre Augen blitzen freudig. »Und jetzt … Um dich aus deiner Trübsal zu reißen, gibt es zwei kleine Überraschungen für dich, kleine Schwester. Überraschung Nummer eins: Die Familie Lux hat Zuwachs bekommen!«

»Äh, was?«, sage ich und gucke wahrscheinlich ziemlich unintelligent in die Gegend.

Indigo geht zur Tür hinüber, öffnet sie und ein kleiner, stark schnaufender Mops kommt in die Bibliothek gewackelt und kläfft mich fröhlich an.

»Ajax!«, entfährt es mir freudig, als der kleine Mops in meine Arme springt und augenblicklich beginnt, mein Gesicht abzulecken. Erfreulicherweise mag er mich auch ohne Wurstpanzerung.

»Die Polizei hat ihn nach dem Verschwinden von David Vermeer ins Tierheim gebracht. Ich habe ihn heute Morgen rausgeholt. Aber du solltest schnellstens an die frische Luft mit ihm. Er braucht dringend einen Verdauungsspaziergang. Trudi hat ihn mit mindestens zwei Kilo Fleischwurst gefüttert. Und was die zweite Überraschung angeht: Ich habe für heute Abend eine kleine Party organisiert und ein paar Leute eingeladen.«

»Und wen genau?«, frage ich argwöhnisch – als mein Psychophon aktiv wird: Viktor.

***

Ich brauche geschlagene drei Stunden, um die ellenlange Einkaufsliste abzuarbeiten, die Indigo und Trudi mir heute Morgen in die Hand gedrückt haben. Der Range Rover ist bis obenhin mit Lebensmitteln und Getränkekisten beladen. Jetzt nur noch zur Bäckerei Brecklinghaus, dann habe ich es endlich geschafft.

In der Bäckerei drängt sich ein Dutzend aufgeregt miteinander schwatzender Frauen zusammen. Alle aus der Altersklasse, die im Restaurant problemlos einen Seniorenteller ordern kann. Als ich den Laden betrete, um die vorbestellten Baguettes und Brötchen abzuholen, grüße ich freundlich. Augenblicklich brechen alle Gespräche ab. Nur gelegentlich ist ein leises verschämtes Kichern zu hören. Ein Drittel der Damen blickt errötend zu Boden, ein Drittel richtet sich nervös lächelnd die Frisur und das restliche Drittel wirft mir verstörend verheißungsvolle Blicke zu. Als ich die Brötchen und Brote bezahlt habe und wieder aus dem Laden will, zwinkert mir eine der grauhaarigen Damen unmissverständlich zu, und an der Tür steckt mir Lenchen Küppers einen zusammengefalteten Zettel in die Jackentasche.

Nichts wie weg hier!

Nachdem ich mich in den Wagen gerettet habe, falte ich den Zettel auseinander, werfe einen kurzen Blick darauf, seufze tief und hefte mir mein Psychophon an die Stirn.

Miranda!

Ja?

Ich schildere ihr, was vorgefallen ist. *Ich war gerade bei Brecklinghaus. Hast du irgendeine Ahnung, was hier vor sich geht? Ein Dutzend älterer Damen, die mich anflirten – Lenchen Küppers hat mir sogar ihre Telefonnummer in die Hand gedrückt. Hast du vielleicht irgendwas damit zu tun?*

Ich kann spüren, wie Miranda von einem Kicheranfall ereilt wird.

Ich habe nur getan, was ich dir versprochen habe, Viktor: Ich habe verbreitet, dass du und Trudi euch getrennt habt und nur noch gute Freunde seid. Anscheinend haben die Damen daraus den Schluss gezogen, dass du wieder zu haben bist.

Bring das in Ordnung, Miranda. Umgehend!

Mal sehen, was sich machen lässt … Miranda beendet die Verbindung.

Ich blicke zur Bäckerei hinüber und sehe wie meine neuen Verehrerinnen sich die Nase an der Schaufensterscheibe platt drücken. Lenchen Küppers winkt mir aufgekratzt zu.

Ich seufze tief und lasse den Kopf auf das Steuer sinken.

Nachdem ich die Einkäufe bei Trudi und Indigo abgeliefert habe, haue ich mich ein paar Stunden aufs Ohr. Das heißt, ich versuche es, aber Frizzi hat mal wieder seinen Deutsch-Punk-Nachmittag und dreht *Toxoplasma* so laut auf, dass es sich anhört, als würde in seinem Wohnzimmer ein Live-Gig stattfinden. In dem Fall helfen auch keine Ohrstöpsel mehr. Seufzend erhebe ich mich vom Bett. Da sich die Sache mit dem kleinen Nickerchen erledigt hat, widme ich mich ausgiebig der Körperpflege und der Wahl der angemessenen Garderobe für den heutigen Abend. Letzteres ist ein absolutes Novum. Ich habe meine Garderobe noch nie gewählt, normalerweise greife ich einfach in den Schrank und ziehe mir das über, was ich zuerst in die Finger bekomme. Normalerweise. Normalerweise gehe ich aber auch nicht auf Partys, auf denen man atemberaubend schönen Frauen mit außerirdischer DNS begegnet.

»Ich freue mich schon sehr auf den heutigen Abend, Viktor. Wir werden endlich einmal Zeit haben, uns näher kennenzulernen«, hat Indigo mit heute Mittag, als ich die Einkäufe abgeliefert habe, ins Ohr geflüstert. Mit ihrer heiseren Stimme, die jedes Mal, wenn ich sie höre, dafür sorgt, dass kleine, wohlige Stromstöße durch meinen Körper fahren. Und mit einem Lächeln …

Was zieht man an, wenn Indigo Lux einen näher kennenlernen möchte? Ich komme mir vor wie eine Vierzehnjährige vor dem ersten Date. Nachdem ich alles andere verworfen habe, entscheide ich mich schließlich für Anzug und Krawatte – auch wenn ich mich darin eher unwohl fühle. Aber besondere Anlässe erfordern eben auch eine besondere Garderobe. Zufrieden betrachte ich mich im Spiegel, streiche meine Haare glatt und trete aus der Wohnungstür.

Frizzi steht im Flur, schlürft Dosenbier und runzelt die Stirn, als ich die Treppe herunterkomme. »Hochzeit oder Beerdigung, Alter?«

»Nicht gut?«, frage ich unsicher und deute auf den Anzug.

»Mann, du siehst aus wie 'n zwangsgescheitelter Konfirmand mit Masturbationshemmung. Voll der Jörg!« Frizzis Augen nehmen einen fürsorglichen Ausdruck an, er rülpst leise und sagt feierlich: »Geht um 'ne Frau, was? Die heiße Fahrlehrerin?«

Ich nicke stumm.

»Du und deine Weibergeschichten, Alter«, murmelt Frizzi und schüttelt den Kopf. Dann legt er mir die bierdosenfreie Hand auf die Schulter und sagt: »Wenn du meinen Rat willst: Weg mit dem Kulturstrick um deinen Hals, raus aus dem Sparkassen-Zwirn und rein in deine üblichen Klamotten. Wenn du wirklich auf die Braut stehst, dann mach ihr nichts vor! Sei einfach du selbst. Das hast du doch wohl drauf, Alter!«

Einen Moment stehe ich da wie vom Donner gerührt, dann beuge ich mich vor und küsse Frizzi auf die Stirn. »Frizzi, du bist ein sehr, sehr weiser Mann!« Ich reiße mir die Krawatte vom Hals und stürme zurück in meine Wohnung.

»Und es schadet auch nicht, 'n Leopardentanga zu tragen, Alter!«, brüllt er mir hinterher.

Abgesehen von diesem etwas zweifelhaften Tipp, folge ich Frizzis Ratschlägen und erscheine eine halbe Stunde vor Beginn der Party in Jeans, Ringelpulli und Lederjacke am Lux-Anwesen, von wo ich aber sofort wieder aufbreche, um Fidelio und Elektra abzuholen.

Als ich mit dem Rolls-Royce bei »Elektr ümmerich« vorfahre, steckt ein mürrisch dreinblickender Fidelio den Kopf aus der Tür. »Komm rein, Junge. Wir müssen noch einen Moment unten im Labor warten«, sagt er. »Elektra ist noch nicht fertig. Frauen …«

»Und du?«, frage ich und deute auf seinen blauen Arbeitskittel. »Willst du in dem Ding zur Party?«

»Ja, warum denn nicht?«, knurrt er. »Ist frisch gewaschen und gebügelt.« Er führt mich in die Werkstatt hinter dem Laden und streckt seine Hand in Richtung der Steckdose aus.

»Warte, Fidelio!«, rufe ich. »Ich bin doch jetzt ein Zweifelwerker, oder?«

»Wenn du meinst.«

»Dann verrate mir, wie du das machst. Wie funktioniert das mir der Steckdose?«

Einen Moment lang betrachtet er mich mit prüfendem Blick und kratzt sich auf der Glatze, bevor er zögernd sagt: »Na schön.« Ächzend lässt er sich auf einem Hocker vor dem Arbeitstisch nieder. »Das ist 'ne rein mentale Sache, Junge. Verstehst du? Du musst eins werden mit der Elektrizität. In deinem Kopf. Du musst eins werden mit der Urgewalt des Blitzes.«

Das kommt mir irgendwie bekannt vor.

Werde eins mit der Maschine! Werde eins mit dem Blitz!

Ich schließe die Augen und konzentriere mich.

»Du bist der Blitz«, flüstert Fidelio. »Spür seine Kraft. Kannst du sie spüren?«

»Ich … ja, ich kann sie spüren.«

»Sag es!«, kommandiert Fidelio. »Sag, dass du der Blitz bist!«

»Ich bin der Blitz!«

»Lauter, Junge! Lauter!«

»Ich bin der Blitz! Ich bin der Blitz!«

»Ja, Junge. Und jetzt tu es!«

Meine Hand schießt vor, ich stoße Zeigefinger und Mittelfinger in die Steckdose – und bekomme dermaßen eine gezogen, dass ich einen Meter zurückfliege und auf die Dielen krache.

Fidelio kriegt sich nicht mehr ein vor Lachen. Mit der rechten Hand zieht er an zwei Fingern seiner Linken, es macht laut PLOPP, dann hält er die beiden Finger in der Hand und wedelt damit vor meinem Gesicht rum. »Das sind Prothesen, Junge. Aus Gummi. Hi, hi. Die hab ich, seit ich mal einen Zusammenstoß mit 'nem tollwütigen, transdimensionalen Zeitfresser hatte. Widerliche Viecher. Ach, Junge …« Er klopft mir aufmunternd auf die Schulter, während ich mir mit schmerzverzerrtem Gesicht den Arm massiere. »Wir werden noch viel Spaß zusammen haben.«

Ich versuche wieder auf die Beine zu kommen, als die Wand der Werkstatt zur Seite fährt und Elektra vor uns steht.

»Kleine Fee!«, entfährt es Fidelio. »Du … du siehst wunderschön aus.«

»Danke, Papa.«

Ich würde ihr auch ein Kompliment machen, wenn ich nicht noch immer von kleinen elektrischen Entladungen geschüttelt würde. Elektra trägt eine schwarze Spitzenbluse und einen bodenlangen schwarzen Rock, ihre Augen sind mit schwarzem Kajal umrandet, ihre Brauen hat sie grün gefärbt, in ihr weißes Haar sind Efeuzweige geflochten, die ihr bis über die Schultern fallen. Sie betrachtet ihren Vater und runzelt die Stirn.

»Du willst doch wohl nicht in deinem Arbeitskittel zur Party gehen, Papa?«

»Wieso? Der ist doch tadellos!«

»Zieh dir was anderes an, Papa. So gehe ich nicht mit dir raus.«

»Na schön. Wenn du meinst«, murrt er und humpelt aus der Werkstatt.

Kaum ist er außer Sicht, beugt Elektra den Kopf vor und flüstert verschwörerisch: »Ich muss mit dir sprechen, Viktor. Ich wollte nicht, dass Papa etwas davon mitbekommt, aber … Es gibt da etwas sehr Merkwürdiges.«

»Was ist los?«, frage ich.

»Ihr habt mir doch erzählt, dass in dem Hubschrauber fünf Personen waren«, sagt sie mit ernstem Gesicht.

»Ja«, sage ich. »Birger Vend, die drei gruseligen Musterschüler und der tote David Vermeer.«

Elektras Stimme zittert. »In den Medien wird die genaue Zahl der Opfer nicht genannt, da ist immer nur von mehreren Opfern die Rede. Aber mein Kontakt bei der Polizei hat mir gesteckt, dass in dem Hubschrauberwrack nur drei Leichen entdeckt wurden.«

»Was?«, entfährt es mir. »Aber das bedeutet … Was bedeutet das?«

»Ich werde der Sache nachgehen«, sagt Elektra. »Gleich morgen früh. Aber bevor ich keine gesicherten Informationen habe – kein Wort zu Miranda. Ich will nicht, dass sie …«

»Ist es so genehm?«, poltert Fidelio und kommt schnaufend in die Werkstatt gehumpelt. Um ihn herum schwebt eine Wolke aus Mottenkugelgeruch und er sieht aus, als hätte er einen Theaterfundus geplündert. Auf seiner Glatze sitzt ein roter Turban, den er geschmackssicher mit weißem Hemd, einem kariertem Kilt und karierten Kniestrümpfen kombiniert.

»Ja«, sagt Elektra und lächelt. »Jetzt bist du auch wunderschön, Papa. Gehen wir?«

Schützend breite ich eine schwarze Decke über Elektra und führe sie zum Wagen. Fidelio rutscht ächzend neben sie auf die Rückbank und wir fahren los.

***

»Miranda, gibst du mir mal den Senf?«, brüllt mir Fidelio ins Ohr.

Ich reiche ihm das Senfglas und fülle mir etwas Kichererbsenpüree in ein Schälchen.

Durch den Planetensaal schallt Musik von *The Cure*. Zweifellos ein Musikwunsch von Indigo. Unter der hohen Kuppeldecke des Saales ziehen leuchtende Planeten ihre Bahn. Trudi hat Berge an Essen aufgefahren. Die Party ist in vollem Gange.

Fidelio steht am Büffet und stopft Frikadellen in sich hinein, während er ohne Unterlass auf Trudi einredet. Sie hört ihm allerdings nicht wirklich zu, sondern ist damit beschäftigt, Ajax kleine Leckerlis vom Büffet zukommen zu lassen. Wenn sie so weitermacht, wird dieser Abend in einer verdauungstechnischen Apokalypse enden.

Elektra, Indigo und Max tanzen zu dem atmosphärischen Sound von »A Forest«. Jeder hat seine ganz persönliche Choreografie: Max schlenkert affenartig mit den Armen um sich, Elektra tanzt mit geschlossenen Augen und ohne sich von der Stelle zu bewegen, Indigo nutzt ihre besonderen Talente auch auf der Tanzfläche und legt zwischen ihren Schritten gelegentliche artistische, schwerelose Sprünge ein. Sehr zu Viktors Gefallen, der ihre Darbietung mit offen stehendem Mund beobachtet, während die Blätterteigpasteten auf seinem Teller kalt werden.

Joris Reichenau steht mit einem Glas Waldmeisterbowle am anderen Ende des Saales. Ab und zu treffen sich unsere Blicke, woraufhin wir beide sofort wieder wegsehen. Er hat mittlerweile ein Psychophon angepasst bekommen und ist damit auch offiziell zu einem Zweifelwerker geworden. Aber es ist seltsam: Nach jener Nacht in Weißberg, in der ich mich Joris so nahe gefühlt habe, hat sich eine merkwürdige Befangenheit über uns gelegt. Es gibt so vieles, was ich ihm gerne sagen möchte, aber …

»Ich habe mich noch nie so amüsiert«, verkündet Max grinsend und kommt von der Tanzfläche auf mich zu. Er wischt sich Schweiß von der Stirn und kippt einen halben Liter Apfelsaft in sich hinein – als sein Handy klingelt.

»Ja, Mutti?« Er lauscht angestrengt in den Hörer, dann beginnt sein Gesicht zu zucken, wie ich es noch nicht gesehen habe, und er kiekst: »Nein, Mutti! Nein, das mache ich nicht! Ich komme jetzt nicht nach Hause und ich renne auch nicht mitten in der Nacht zur Notapotheke, um dir Fußpuder zu holen. Das kann bis morgen warten. Ja, du hast richtig gehört. Was? Weil ich ein erwachsener Mann bin und meine eigenen Entscheidungen treffe. Was? Ja, es sind Frauen hier. Und weißt du was? Vielleicht trinke ich heute sogar mal einen Schnaps! Gute Nacht, Mutti.« Er steckt das Handy weg und bleckt die Zähne. »Das war schon lange mal fällig!«, sagt er in stolzem Ton. Dann wird sein Gesicht aschfahl und seine Lippen beginnen zu zittern. »Mein Gott!«, entfährt es ihm. »Habe ich das gerade wirklich zu ihr gesagt? Was habe ich getan? Die arme Mutti. Jetzt brauche ich wirklich einen Schnaps!«

In diesem Moment leuchtet eine rote Lampe an der gegenüberliegenden Wand des Saales auf. Das bedeutet, dass jemand an der Haustür klingelt. Ich laufe durch die Halle und öffne die Tür.

»Hallo, Miranda. Ich hab gehört, hier steigt 'ne Fete?«

»Weirdo! Wie geht es dir?«

»Alles wieder gut«, sagt er. »Also … wirklich alles.« Er beugt sich vor und flüstert: »Während ich mit Veritodox zugedröhnt im Krankenhaus lag, da ist meine Frau nicht von meiner Seite gewichen. Drei Tage und drei Nächte lang. Und als ich von der Überdosis runterkam und der Lebensbeichte-Effekt eintrat, da hab ich … na ja, da habe ich ihr alles gebeichtet. Auch die Sache mit Luder20. Ging ja gar nicht anders. Sie hat mir anschließend ausführlich dargelegt, dass ich der größte Drecksack bin, dem sie jemals begegnet ist, und dass sie es trotzdem noch mal mit mir versucht. Wir unternehmen jetzt mehr gemeinsam.« Er winkt zu einem ramponierten VW-Bus, der in der Zufahrt steht. Die Türen öffnen sich und Weirdos Frau und seine ein, zwei, drei, vier, fünf Kinder steigen aus. Hinter ihnen krabbelt Viktoria-Luise, Weirdos antike Sekretärin, heraus – in einem Outfit, für das man im Normalfall schon mit zweiundzwanzig zu alt ist.

»Schön, dass ihr da seid. Kommt rein!« Ich führe unsere Gäste in den Planetensaal. Viktoria-Luise entert säbelbeinig die Tanzfläche, Weirdos Kinder stürmen das Büffet, er küsst seine Frau zärtlich auf die Stirn und flüstert: »Ich besorg uns mal 'n Schluck Feuerwasser, Süße.«

Indigo kommt von der Tanzfläche, nimmt sich ein Glas Bowle und blickt mich herausfordern an. »Und? Amüsierst du dich, kleine Schwester?«

»Ja. Vielen Dank für alles, Indigo. Du und Trudi, ihr habt das super organisiert.«

Die letzten Takte von »A Forest« verklingen, dann ertönt »Unchained Melody«, eine herzerwärmende Edelschnulze aus den Fünfzigerjahren. Trudis Lieblingslied.

»Für mein Empfinden könntest du dich ruhig noch ein bisschen mehr amüsieren«, sagt Indigo lächelnd, fasst mich an den Schultern und schiebt mich quer durch den Saal auf Joris zu, der so verschreckt guckt wie ein Käfer auf der Kammerjäger-Messe. »Denk dran«, flüstert sie mir ins Ohr. »Charme, Witz und Intelligenz.«

Sie zieht Joris am Arm, sodass wir uns Nase an Nase gegenüberstehen.

»Miranda, das ist Joris«, sagt Indigo. »Er starrt dich schon den ganzen Abend lang an, aber er traut sich auch nach mehreren Gläsern Waldmeisterbowle nicht, dir zu sagen, dass er hoffnungslos in dich verschossen ist. – Joris! Das ist Miranda. Sie hat auch schon ein bisschen Waldmeisterbowle getrunken, aber es fällt ihr offenbar trotzdem schwer, dir zu sagen, dass sie dich sehr viel mehr als nur in Ordnung findet.«

Augenblicklich laufen wir beide rot an.

Indigo lächelt spöttisch. »Ihr beide habt jetzt sicher einiges zu besprechen. Ich lasse euch dann mal allein.«

Charme, Witz und Intelligenz. Von wegen. Ich kriege kein Wort raus – hätte ich doch wenigstens ein enges Top an. Aber vielleicht ist jetzt auch gar nicht der Moment, um zu reden …

Ganz langsam beuge ich den Kopf vor …

***

Als mir Viktoria-Luise vielsagend zuzwinkert und versucht, mich zu »Unchained Melody« auf die Tanzfläche zu zerren, beschließe ich vorsichtshalber, eine kleine Auszeit zu nehmen.

Ich stehle mich nach draußen und setzte mich auf die Umrandung des Brunnens. Als Anerkennung für meine Hilfe beim Flüssigdünger-Transport hat Frizzi mir ein kleines Potpourri seiner Erzeugnisse vermacht. Aber kaum habe ich mir eine Entspannungszigarette gedreht, als Weirdo Wunderlich aus der Haustür tritt. Das hätte ich mir denken können. Typen wie Weirdo haben einen untrüglichen Entspannungszigaretten-Radar.

»Was dagegen, wenn ich einen Zug nehme?«, fragt er und setzt sich neben mich. Gerade als ich die Zigarette anstecken will, höre ich hinter uns eine fürchterlich krächzende Stimme.

»Was machen Sie da?«

Mir fällt die Zigarette vor Schreck in den Brunnen.

Eine vogelscheuchenartige Gestalt kommt aus dem Dunkel. Die Augen des Mannes funkeln irre, in seinem verfilzten Bart hängen Nudeln und Käsereste. »Wer sind Sie?«, krächzt er.

»Wir … wir sind Freunde von Miranda«, sage ich. »Und wer sind Sie?«

Die Vogelscheuche beugt sich vor und ich werde in eine Duftwolke eingehüllt, die mir beinah den Atem nimmt. Der Mann riecht, als würde er auf einem Fischkutter zur Untermiete wohnen.

»Ich bin Rasputin Keller«, krächzt er. »Ich muss dringend mit Miranda sprechen. Ist sie zu Hause?«

»Ah, Rasputin Keller«, sage ich. »Geht es um den Heiligen Gral oder um die nicht vorhandenen Pinguine am Nordpol?«

»Das, äh … die Sache mit den Pinguinen hat sich leider als falsche Spur erwiesen. Aber … ich bin da auf eine ganz heiße Sache gestoßen: Es geht um rote Gummibärchen und blau gepunktete Kleider und Wäschetrockner, die schwarze Löcher erzeugen können. Ich weiß, wo sich sämtliche verschwundenen Socken dieser Welt befinden.«

Ich wende mich ab und verdrehe die Augen, aber Weirdo betrachtet Rasputin Keller höchst interessiert. Dann erhebt er sich, legt Rasputin den Arm um die Schulter und sagt: »Haben Sie vielleicht schon mal darüber nachgedacht, Ihre Erkenntnisse in Buchform zu veröffentlichen, mein Bester? Ich hätte Ihnen da ein interessantes Angebot zu machen …«

Er führt den verwirrt blickenden Rasputin zum Haus, während er ohne Pause weiter auf ihn einredet.

Ich fische die Zigarette aus dem Wasser des Springbrunnens.

Als ich aufblicke steht Indigo vor mir, und es verschlägt mir beinah den Atem. Würde der Anblick von Schönheit wehtun – dann würde ich jetzt laut schreien.

Sie sieht mich mit amüsiertem Gesichtsausdruck an. »Mission fehlgeschlagen?«, fragt sie und deutet auf die durchweichte Zigarette.

»Sieht so aus«, entgegne ich. »Sieht so aus, als würden alle Missionen, an denen ich beteiligt bin, fehlschlagen.«

Indigo setzt sich neben mich und nimmt meine Hand. »Du hattest offenbar zum Frühstück den gleichen Pessimismus-Brotaufstrich wie Miranda. Wir dürfen uns jetzt nicht geschlagen geben, Viktor. Wir müssen weiterkämpfen. Und damit meine ich nicht nur Undercover-Aktionen des Zweifelwerks.«

»Sondern?«, frage ich verdutzt.

»Du bist Lehrer, Viktor. Bring deinen Schülern bei, zu zweifeln. Sei einer der guten Lehrer, die ihren Schülern zeigen, dass die richtigen Fragen viel wichtiger sind als die richtigen Antworten. Dass es nie die eine richtige Antwort gibt. Sag ihnen, dass es völlig in Ordnung ist, da einen roten Elefanten zu sehen, wo alle anderen einen grauen sehen. Gib ihnen den Mut zum Zweifel. Da, wo die Zweifel mehr werden, werden die Lügen weniger.« Indigo dreht den Kopf und ihre schwarzen Augen funkeln.

Irgendwie ist mir plötzlich ziemlich schwindelig.

»Wolltest du dir nicht meine Sammlung von Mondgestein ansehen?«, fragt sie mit heiserer Stimme. »Von der dunklen Seite des Mondes? Ich habe das Gefühl, als wäre heute Nacht der passende Moment dafür.«

Ich sehe Indigo an und muss schlucken, dann fährt meine rechte Hand wie von selbst in die Jackentasche und als ich sie wieder hervorziehe, umklammert sie ein paar trockene Zwiebelschalen.

Zögerlich öffne ich die Hand und blicke den Schalen hinterher, die in die Nacht davongeweht werden.

»Was tust du da?«, fragt Indigo.

»Ich denke darüber nach, was mir jemand über Bestimmung gesagt hat. Ich … ich habe auch das Gefühl, als wäre dieser Moment ein guter Moment.«

Ich lächele sie an und nehme ihre Hand.

Langsam gehen wir zurück zum Haus.

***

»Nein! Warte! Das geht nicht«, stoße ich hervor – eine Tausendstelsekunde, bevor meine Lippen auf die von Joris treffen. Abrupt mache ich einen Schritt zurück.

»Hab ich … hab ich irgendwas falsch gemacht?«, stottert er und blinzelt mich kurzsichtig an.

»Nein. Nein. Überhaupt nicht«, versichere ich. »Aber ich muss … ich muss dringend was klären. Ich beeile mich. Geh nicht weg. Dauert nur einen Moment. Ich bin sofort zurück. Bleib hier stehen. Genau hier!«

Ich fahre herum und renne aus dem Saal, stürme durch die Halle und stürze in die Bibliothek. Gefolgt von dem aufgeregt kläffenden Ajax.

Während er sich auf einen antiquarischen Einband stürzt, um darauf lustvoll herumzukauen, setze ich mich an den Spiegeltisch und nehme den Transkommunikator im Simple-Telepathie-Modus in Betrieb.

Ähm, Edward, denke ich. *Die Sache ist die: Dieser Junge … Joris Reichenau. Ich mag ihn wirklich sehr. Und ich weiß, was ich gesagt habe … dass du immer der einzige Mann in meinem Herzen sein wirst. Na ja … es könnte unter Umständen sein, dass ich dieses Versprechen nicht halten kann. Ich hoffe, du bist mir nicht böse, aber … Vielleicht können wir einfach gute Freunde bleiben. Es wäre mir eine Ehre! Gute Nacht, Edward.*

Uff! Erleichtert atme ich auf. Die Wahrheit zu sagen, ist einfach immer das Beste. Es fühlt sich gut an. Ich setze den Transkommunikator ab und will zurück in den Planetensaal, als ein grünes Leuchten durch die hohen Fenster der Bibliothek fällt.

Über der asiatischen Pyramide in unserem Garten kreisen drei Kugeln und hüllen sie in grünes Licht!

Einen Moment blicke ich wie paralysiert auf die unwirkliche Szenerie, dann werfe ich mich herum, sprinte durch die Halle, reiße die Haustür auf und stürme, gefolgt von Ajax, hinter das Haus in den Garten.

Als wir die Pyramide erreichen, blinken die Lichtkugeln kurz auf – und sind verschwunden.

Ich blicke auf das Stück dunklen Himmel, an dem sie gerade noch zu sehen waren.

Ajax erklimmt schnaufend die Stufen der Pyramide. Auf der obersten Stufe angekommen, nimmt er etwas mit seinen Zähnen auf, macht kehrt und kommt gemütlich auf mich zugewatschelt.

In seinem Maul trägt er etwas, das er direkt vor meinen Füßen ablegt.

Ich bücke mich, hebe es auf – und blicke fassungslos auf den orangefarbenen Stoff.

Ein Halstuch.

Ein orangefarbenes Halstuch.

Das Halstuch meines Vaters!

Ich weiß nicht, wie lange ich da stehe und das kleine Stück bunten Stoff anstarre. Dann setze ich mich auf die Stufen der Pyramide und streiche Ajax mit der rechten Hand über den Kopf, während meine Linke das Tuch fest umschlossen hält. Das Halstuch meines Vaters.

Und jede Gewissheit, die ich über das Schicksal meiner Eltern zu haben glaubte, löst sich von einem Moment auf den anderen in Nichts auf. So wie die grünen Lichter es getan haben.

Ich lege den Kopf in den Nacken, sehe zu den Sternen hinauf und rufe mir den Leitspruch des Zweifelwerks ins Gedächtnis.

»Stelle nichts in Abrede«, sage ich leise zu mir selbst. »Aber bezweifle alles!«

Noch ein paar zweifelhafte Anmerkungen

Die Geschichte um das Zweifelwerk und den Chor des Ajax ist natürlich reine Fiktion. Es hat nie einen Staatssekretär mit Namen Gerald von Aschersberg gegeben. Daher konnte er auch nicht aus seinem Amt entlassen werden, konnte keinen Nervenzusammenbruch erleiden, wurde nicht im sechzehnten Stock eines Militärkrankenhauses untergebracht und sprang auch nicht in der Nacht des 22. Mai 1991 in den Tod. Demzufolge wurden in seinem Krankenzimmer auch keine siebzehn handschriftlich kopierten Zeilen aus dem Chor des Ajax gefunden.

Alles Fiktion. Ganz ohne Zweifel!

Zum Schluss nur noch eine klitzekleine Anmerkung: James Vincent Forrestal (15. 02. 1892 – 22. 05. 1949) wurde unter Präsident Truman 1947 Verteidigungsminister der USA. In seine Amtszeit fiel der sogenannte »Roswell-Zwischenfall«, bei dem gerüchteweise ein UFO in der Wüste von New Mexico abgestürzt sein soll. Am 28. März 1949 trat Forrestal von seinem Amt zurück. Freunden gegenüber sprach er davon, verfolgt zu werden. Fünf Tage später erlitt er einen Nervenzusammenbruch und wurde ins National Naval Medical Center, ein Militärkrankenhaus in Bethesda, Maryland gebracht. Sein Krankenzimmer befand sich im 16. Stock. Am 22. Mai 1949 stürzte James Forrestal aus dem Fenster seines Krankenzimmers in den Tod.

Hinterlassen hat er siebzehn handschriftliche Zeilen.

Fair Salamis, the billows roar
wander around thee yet
And sailors gaze upon thy shore,
firm in the ocean set …

Die siebzehn Zeilen aus »Ajax«, die in diesem Roman zitiert werden, sind eine Übersetzung aus dem Englischen, die sich an jenen siebzehn Zeilen orientiert, die nach Forrestals Tod in seinem Krankenzimmer gefunden wurden.

Danksagung

Zweifelsfrei, zweifellos und zweifelsohne gebührt all den Menschen, die Anteil an der Entstehung und Veröffentlichung dieses Buches haben, großer Dank.

Ein Riesendank geht an Birgit, die mich in ihrer liebenswerten Art immer wieder ermutigt, motiviert und unterstützt hat, während ich in Hammerstein nach UFOs Ausschau gehalten habe.

Dank an Anna Mechler von der Literaturagentur Lesen & Hören.

Ich danke meiner Lektorin Emily Huggins und dem Team des Ueberreuter Verlages.

Dank auch an meine Familie, Freunde und Kollegen, an die Crimies und an das Abraxas in Düsseldorf.